KB127624

공주, 폭군을 유혹하다 2

공주 폭군을 유혹하다

2

진숙 장편소설

테라스북

1권

2권

제 18 장

봄이 찾아오고

주 상궁은 서둘러 궐을 빠져나왔다. 후궁 교지가 거두어졌으니, 이 사실을 유희에게 알려야 했다. 병판의 사가로 향하는 주 상궁의 발걸음은 가벼웠지만, 그 마음은 한없이 무거웠다. 이 사실을 듣게 될 은설이 벌써 걱정이 되어 주 상궁은 편히 숨을 쉴 수조차 없었다.

"마음의 상처가 깊지 않으셔야 할 텐데……."

장옷을 뒤집어쓴 채 부지런히 저잣거리를 가로지르는 주 상궁의 눈앞에 갑자기 누군가가 우뚝 멈춰 섰다. 놀란 주 상궁이 얼굴을 한껏 굳힌 채 올려다보니, 두 눈이 퉁퉁 부은 은설이 있었다.

"아가씨!"

주 상궁은 장옷을 벗으며 황급히 은설의 손을 맞잡았다. 어제보다 더 수척해진 얼굴로 은설이 자신을 내려다보고 있었다. 이상하게도 그 시선엔 생기가 없었다.

"잠시만요."

은설은 다짜고짜 주 상궁의 손을 붙잡고 인적이 드문 숲으로 걸음을 옮겼다. 밤새 울었던 탓일까. 초점을 잃은 채 허공을 헤집는 눈동자에는 깊은 물기도 어려 있었다. 주 상궁은 얼떨떨한 얼굴로 말없이 그녀를 뒤따랐다.

인적이 뚝 끊긴 한적한 곳에 다다라서야 은설이 힘겹게 입을 열었다.

"마마님……."

"예, 아가씨."

"물을 것이 있습니다."

"예?"

"어찌 폐서인 홍 씨를 배신하였습니까."

"……그것이 무슨 말입니까."

"왜 그분을 배신하였느냐 물었습니다."

은설이 단도직입적으로 묻자 주 상궁은 주춤할 수밖에 없었다.

"참으로 가엾은 분입니다. 한데 왜 그분을 저렇게 외로이 두셨습니까. 왜 그분을 배반하신 겁니까."

주 상궁은 먹먹한 눈길로 은설을 바라보았다. 그러다 자신 없다는 듯, 그 시선을 회피하고 말았다.

"배신입니까, 아니면 다른 이유가 있었던 것입니까."

"아가씨께서 지금 무슨 말씀을 하시는 건지 쇤네는 모르겠습니다."

"말 그대로입니다. 정녕 폐서인 홍 씨를 배신하고 이학수에게 목숨을 구걸한 것인지, 아니면 누군가를 보호하기 위해 그리해야만 했던 것인지."

"그 말은……."

주 상궁의 시선이 순간 위태롭게 흐트러졌다.

"공주. 혹 그를 보호하기 위해 정체를 숨긴 채 살고 계신 겁니까."

은설의 음성이 주 상궁을 단단히 움켜쥐었다.

주 상궁의 가슴이 요동치기 시작했다.

"공주라니, 그게 무슨 말입니까."

"선왕의 공주는…… 살아 있는 것이지요?"

갑작스러운 그 질문에 이번엔 주 상궁의 말문이 턱 막혔다.

"갑자기 그것이 무슨……."

"살아 있는지…… 죽었는지, 그것만이라도 말씀해주세요."

"쇤네는 알지 못합니다, 아가씨."

갑자기 은설이 왜 이러는 것일까, 주 상궁의 눈길이 분주히 움직였다. 말을 내뱉으면서도 고통스러운 듯 은설의 반듯한 미간이 찌푸려졌다, 펴지길 반복하고 있었다.

"그렇다면…… 다르게 묻겠습니다."

겨우겨우 울분을 삼키며 말을 토해내는 그녀의 몸은 위태롭게 떨리고 있었다.

"아가씨, 어찌 이러십니까."

"내가, 공주입니까."

그 말에 은설의 손을 꼭 잡고 있던 주 상궁의 손이 아래로 곤두박질치고 말았다. 내리는 비를 막을 수 없듯, 비운은 기어이 머리를 추어올리고 있었다. 말문이 막힌 주 상궁을 담담히 바라보는 은설의 얼굴이 뜨거운 눈물로 젖어갔다.

"내가 공주냐, 물었습니다."

"아가……씨!"

"하면 내가 왜, 공주입니까."

"아가씨, 그것이……."

"내가 어찌…… 공주냔 말입니다!"

악을 쓰며 묻던 은설은 그대로 바닥 위로 고꾸라졌다.

"아가씨……!"

자신을 끝없이 짓눌렀던 의문은 해소되었지만, 그녀는 웃을 수 없었다. 아니라고 하기엔 이미 은설의 얼굴은 모든 걸 알고 있다는 듯 비통에 잠겨 있었고, 맞다고 하기엔 그 진실이 너무도 가혹해 차마 그렇다고 할 수 없었다. 주 상궁은 이러지도 저러지도 못한 채, 고꾸라지는 가엾은 그녀를 부축했다.

"아가씨. 공주라니요, 가당치 않습니다. 선왕의 공주는……."

"숨기지 마세요. 숨긴다고 해결될 일이 아닙니다."

주 상궁은 어떻게 해서든 막아보려 애를 썼다. 하지만 이젠 소용없다는 듯, 은설은 자신을 부축하는 주 상궁의 손을 뿌리쳤다. 울부짖는 그녀는 이미 무너져 내린 하늘 속에 외로이 서 있는 듯했다.

은설은 자신의 품에서 주 상궁이 주었던 가락지를 꺼내 들었다. 그것을 내려다보는 주 상궁의 시선이 적나라하게 흔들렸다.

"이것은……."

그리고 그 순간, 은설이 자신의 목에 걸고 있던 나머지 가락지를 들어 보였다. 그것을 발견한 주 상궁은 소스라치게 놀라며 그녀에게서 한 걸음 물러나고 말았다.

"……아! 그것이 어찌!"

"되었습니까, 이젠 숨길 수 있는 것이 아닌 게 되어버린 연유."

은설은 흐르는 눈물을 거칠게 닦아내며 두 다리에 힘을 주었다. 자꾸만 그 몸이 흙바닥 위로 고꾸라지려 했지만, 그녀는 버텼다.

"두창을 앓은 적도 없는 내가…… 두창에 걸렸단 이유로 갓난이 시절 이유 없이 비접을 떠났습니다."

"아."

"도무지 이해할 수 없었던 그 일은…… 내가 공주였기 때문이었습니다. 내 어머니가…… 나를 살리기 위해 내 목숨을 노리는 자들의 눈을 피하기 위해, 날 빼돌린 것이었지요."

"그건……."

"그리고 선왕이 품고 죽었다던 이 가락지는…… 제가 가지고 있었습니다."

차오르는 슬픔을 꾸역꾸역 억누르며 은설은 피를 토하듯 말들을 쏟아냈다.

꿈은 아닐 것이다. 이렇게 마음이 미어지고 아픈 것을 보니, 꿈이 아니었다. 그래서 비참했고 애통했다.

은설은 가락지를 손에 꾹 쥔 채, 말을 이어나갔다.

"온화할 은, 눈 설. 거센 눈보라 속에서도 스러지지 않는 눈 꽃으로 살아가란…… 내 아버지의 염원이 담겼다던 그 이름…… 그 이름을 제게 지어주며 이 가락지를 소녀의 목에 걸 어주었다 하였습니다."

"하."

"하면 나의 아버지는…… 이학수의 손에 독살당한 선왕 전 하십니까."

그녀의 가슴은 꼭 누군가가 칼로 도려내듯 쓰라리고 아팠 다. 하지만 그녀는 무너질 수 없었다. 지독한 눈물이 흘렀지만, 그녀는 쓰러지지 않았다.

숱하게 들어왔던 이야기였다.

폐서인이 되어 탐라로 유배를 간 중전 홍 씨와 독에 중독되 어 이학수의 손에 힘없이 스러져갔던 선왕에 대한 안타까운 이 야기.

그 슬프고도 참혹한 이야기의 주인공이 자신의 어머니와 아 버지였던 것이다.

은설은 작은 주먹을 단단히 말아 쥐며 흐트러지지 않으려 몸에 힘을 주었다.

그때, 위태롭게 떨며 슬픔을 온몸으로 받아내고 있던 은설 을 향해 주 상궁이 고개를 조아렸다. 처연하고도 비통한 그녀 의 얼굴이 모든 것을 말해주고 있었다. 이내 주 상궁은 은설을 향해 털썩, 무릎을 꿇었다.

"공주 마마를…… 뵈옵니다."

그 말을 하는 주 상궁 역시 울고 있었다. 그제야 은설은 자신을 짓누르던 고통을 담담히 받아들이며 무너져 내렸다. 힘없이 풀썩, 구겨지는 그녀의 여린 몸을 주 상궁이 힘겹게 받아냈다.

"마마……."

더는 말을 잇지 못한 채, 은설은 괴로운 듯 눈을 감았다. 그러곤 쏟아지는 눈물을 닦아야겠단 생각도 하지 못한 채 하염없이 목을 놓아 울었다.

"흐윽……. 흑, 흐윽."

"공주 마마."

"어머니……. 하아…… 아버지!"

차라리 이 목숨이 끊어지는 것이 덜 고통스러울 것 같았다. 은설은 그 작은 손으로 자신의 가슴을 아프게 내리쳤다. 하지만 그보다 은설의 온몸을 억세게 누르는 잔혹한 진실이 더 고통스러웠다.

주 상궁은 눈물로 범벅이 된 얼굴로 황급히 그녀의 손을 막았다.

"이러시면 아니 됩니다, 공주 마마!"

"내가 왜 공주입니까! 그렇게 부르지 마세요! 내가 왜! 흐윽…… 내가 왜!"

은설의 여린 볼은 쉴 새 없이 흘러내린 눈물로 빨갛게 부어 있었다. 주 상궁이 그런 은설을 품에 꼬옥 안았다.

"아파하지 마세요, 마마. 조금만…… 조금만 슬퍼해요, 우리."

"꿈, 아니지요?"

'아니, 꿈이옵니다. 아주 지독하게 슬프고 아픈…… 나쁜 꿈이지요.'

주 상궁이 그렇게 말해주길 바랐다. 하지만 그녀는 아무런 대답도 하지 않은 채, 은설을 부둥켜안고 있었다. 그녀의 까만 눈동자가 쉴 새 없이 눈물을 그려냈다.

"주 상궁 마마님."

"공주 마마."

"말해주시어요. 꿈이라고. 이것은 꿈이라고…… 얼른…… 깨어버려야 할 꿈이라고."

아무런 말도 잇지 못한 채 눈시울만 붉히는 주 상궁을 마주하자 그녀의 부르튼 잇새로 짧은 탄식이 새어 나왔다. 사실이구나, 이 끔찍한 진실의 주인공이 자신이구나, 깨달은 순간이었다. 은설은 울면서 애원했다. 믿을 수 없다고, 받아들일 수 없다고.

하염없이 눈물을 흘리던 은설이 질끈 치맛자락을 붙잡고 자리에서 일어났다. 주 상궁은 그런 그녀를 황급히 부축했다.

"정녕 탐라에 계신…… 그 가엾은 분이 제 어머니십니까?"

"마마."

"그렇게 처참하게 피를 쏟아내며 눈을 감으신 분이…… 제 아버지십니까?"

"이를…… 어찌하면 좋습니까, 이를."

"그 어린 나이에 지독한 독을 삼키고 죽어야만 했던 아이가……! 정녕 나의 오라비냔 말입니까! ……아아악!"

고통에 몸부림치던 그녀가 악을 내질렀다. 주 상궁은 그녀의 슬픈 분노에 참담한 얼굴로 고개를 조아렸다.

"송구하옵니다, 공주 마마."

송구하단 주 상궁의 말에 은설은 그대로 혼절하고 말았다.

"마마! 공주 마마……!"

"오늘은 상소를 더 받지 않을 것이니 대전 문을 굳게 걸어 잠그고 술을 내어 오라."

도윤은 다시 술을 찾기 시작했다.

아직 해가 중천에 떠 있었다.

술에 취하기엔 이른 시간이었지만, 도윤은 취하고 싶었다. 취하지 않고서는 단 일각도 버티기 힘겨웠다. 눈을 감아도, 떠도 사라지지 않는 은설의 해사한 얼굴에 도윤은 차라리 잔뜩 취해버리고만 싶었다.

술을 내어 오란 도윤의 명에도 주환과 상선은 움직이지 못한 채 머뭇거리고 있었다. 그러자 도윤은 주먹을 굳게 말아 쥔 채, 분노를 터뜨렸다.

"얼른 술을 내어 오라 하지 않느냐!"

다시…… 그 모습, 그대로.

도윤은 하루하루를 죽지 못해 살아가던 그 비참했던 때의 모습으로 돌아가 있었다.

주환은 두 눈을 지그시 감은 채 고개를 조아렸고, 상선은 말없이 대전을 빠져나갔다.

"전하, 차라리 두통을 가시게 하는 약을 드십시오."

"아니, 나는 기꺼이 아플 것이다."

"예?"

"그 여인이 내 머리를 아프게 하면…… 그저 아프게 내버려둘 것이고, 그 여인이 내 가슴을 찢어 놓으면, 그 역시 담담하게 받아들일 것이다."

"전하."

"그 여인이 주는 이 고통도 모두, 내가 그 여인을 연모했던 흔적이니까."

옥좌에 힘겹게 앉아 있던 도윤이 비싯, 실소를 터뜨렸다. 그러곤 삶의 의미를 잃은 얼굴로 '춘몽 방울'을 바라보았다.

"나의 무엇이…… 그토록 곱고 아름답던 여인을 떠나게 한 것일까."

"전하의 탓이 아닙니다. 전하께선 변하지 않을 어심을 약조하였고, 세상 모든 것으로부터 아가씨를 지켜내겠다, 옥좌를 걸고 다짐했습니다. 한데 결국, 변한 것은 아가씨가 아닙니까."

주환의 얼굴이 안타까움에 일그러졌다. 하지만 도윤은 도무지 그 말을 받아들일 수가 없었다. 방울을 전해주며 세상 그어떤 꽃보다 더 아름다운 미소를 짓던 그녀가 여전히 자신의 곁에 머무르고만 있는 것 같았다.

"은설아, 네가 너무…… 너무 보고 싶다."

괴로운 듯 얼굴을 감싸는 도윤의 얼굴은 또다시 젖어 있었다.

"전하."

"주환아…… 어찌하면 좋을까. 너무 힘들다, 너무 힘이 들어."

"전하."

"은설이가 너무 보고 싶어서…… 여기가, 너무 아프다. 견딜수가 없구나."

눈물을 애써 삼키며 도윤이 자신의 심장을 쥐어뜯었다.

태어나 처음 느끼는 고통에 그는 몸 둘 바를 몰랐다. 어찌하면 이 고통이 가시는지조차 짐작하지 못한 채, 고스란히 아픔을 받아내고 있었다.

그렇게 끝을 알 수 없는 지옥은 시작되고 있었다.

은설이 없는 나날은 그 어떤 것으로도 위로받을 수 없는 지옥일 터였다.

✿

"공주 마마, 정신이 좀 드는 것입니까."

몸이 천근만근 무거웠다. 온몸이 불에 탄 듯 화끈거렸다.

겨우 눈을 뜬 은설이 힘겹게 옆을 돌아보았다. 그러자 얼굴이 통통 부은 주 상궁이 은설을 내려다보고 있었다. 그녀의 음성이 멀어졌다, 가까워지기를 반복하고 있었다.

"고열에 내내 시달렸습니다. 집으로 데려갈 수가 없어, 우선 제 집으로 모셨습니다."

느리게 눈을 깜빡이던 그녀가 힘겹게 숨을 토해냈다. 그 하나의 숨에 열병을 앓던 내내 가슴에 맺혔던 슬픔과 한이 불쑥 솟아났다. 힘겹게 눈을 뜬 그 순간에도 그녀의 귓가에 자신을 '공주 마마'라 부르는 주 상궁의 음성이 쟁쟁했다. 그녀는 다시 눈을 꾹 감고 말았다.

"한숨 자고 일어나면 모든 것이 제자리를 찾을 것이라 기대했습니다."

"마마."

"하지만 헛된 바람이었습니다."

주 상궁은 애처롭게 은설을 바라보았다.

"어찌할 것인지는 공주 마마의 선택에 맡길 것입니다."

차갑게 질린 은설의 손을 맞잡는 주 상궁의 가슴이 처참하게 무너졌다. 그 짧은 사이에 말라버린 그녀가 너무도 안쓰러웠다. 그 말을 덤덤하게 듣고 있던 은설이 느리게 눈을 깜빡였다.

"어찌할 것이 무엇 있습니까."

"마마."

"답은 정해진 것을요."

착잡한 그녀의 음성만큼이나 처연한 처지였다.

둘은 한동안 말을 잇지 못했다. 눈빛만 주고받으며 아직 정리되지 않은 그 감정을 추슬러보려 애썼다.

아팠다. 아니, 아프다는 말로 모두 표현할 수 없을 만큼 괴로웠다.

자신만 행복했던 지난 세월도 야속했고, 멋모르고 웃으며 살아왔던 자신의 모습이 미웠다.

자신의 아버지와 오라버니를 처참하게 죽이고 어머니마저 비참하게 내동댕이친 원수가 이학수였던 것이었다.

"하아…… 전하."

그 원수의 아들은 군주가 되었다.

그녀의 가문을 짓밟은 가문의 아들이 이도윤이었다. 게다가 그녀는 그를 은애하게 되어버렸고.

가슴이 속절없이 무너졌다.

일순, 자신을 바라보며 환하게 웃던 도윤의 얼굴이 떠올랐다.

그분을 진심으로 은애했기에, 그녀는 더욱 비참해졌다.

"전하…… 소녀가…… 어찌하여야 하옵니까."

그제야 도윤을 만나서는 안 된다고 호통을 치던 영광이 떠올랐다. 그리고 대원군인 이학수와 그의 가문을 경계하고 자신을 그들의 눈에서 벗어나게 했던 유희와 병판의 행동에 담긴 뜻을 이해할 수 있었다.

"흐윽…… 흐윽."

구슬픈 은설의 울음이 방 안을 가득 메웠다.

도윤을 부르며 눈물을 흘리는 공주의 얼굴을 내려다보며 주상궁은 울분을 삼켰다.

'마마, 결국 이런 날이 오고야 말았습니다. 공주 마마께서 끝내 알아버리고 말았습니다. 이제 쇤네는 어찌해야 좋을까요.'

주 상궁은 가슴을 내려치며 다시금 정중히 무릎을 꿇었다. 속죄하는 마음이었다. 그녀를 이렇게 아프게 한 것이 꼭 자신인 것만 같아 사죄하고 싶었다.

"송구하옵니다, 공주 마마. 마마께서 아프게 될 것 같아서. 이렇게 무너지게 될 것 같아서 차마 말하지 못하였나이다."

주 상궁의 말에 그녀는 입을 틀어막은 채 엉엉, 울부짖었다. 떨칠 수만 있다면 모든 걸 다 털어내고 달아나고 싶었지만, 그녀에겐 그럴 여력이 없었다. 태어나 이렇게 아픈 적은 처음이었기에 그녀는 이 눈물마저 버거웠다.

"속이려고 속인 것이 아니었습니다. 그저 선왕 전하와 탐라에 계신 마마의 뜻대로 공주 마마께서…… 행복하셨으면 했습니다."

그 마음을 이해하지 못하는 것은 아니었다. 하지만 이 생경한 아픔은 아무리 울어도, 아무리 발악을 해도 무뎌지지 않아 두려웠다. 아무래도 그녀는 이 아픔을 버틸 자신이 없었다.

"모든 것을 포기하고 숨죽인 채 살아와야 했던 그 시간 동안 우리가 바란 것은 단 하나였습니다. 공주 마마의 행복이요."

주 상궁이 여전히 무릎을 꿇은 채 죄인처럼 고개를 숙이고 있었다. 한참을 울던 은설이 힘겹게 고개를 들어 그녀를 바라보았다.

"공주 마마께서 너무도 어여쁜 여인으로 장성하셨기에, 더욱이 숨길 수밖에 없었습니다."

유희와 병판이 애지중지 키운 그녀는 선왕과 폐비 홍 씨의 바람대로 한 떨기 매화처럼 자랐다. 출생의 아픔과 과거의 슬픔은 한 점도 찾아볼 수 없으리만큼 눈부시고 아름답게 자란 것이었다. 그런 그녀에게 차마 진실을 말할 수가 없었다. 아름답게 피었던 만큼, 너무도 슬프게 시들어버릴 것 같았기에.

"아픔을 지닌 여인이라 상상할 수도 없을 만큼 아름답고 행복한 여인으로…… 자랐으니까요."

"주 상궁 마마님."

그 진심이 은설의 가슴에 닿았다. 그녀가 그를 따라 애써 눈물을 닦아내 보았지만 힘겨웠다. 주 상궁은 괴로운 듯 그만 고개를 툭 떨구고 마는 그녀의 어깨를 조심스럽게 쥐었다.

"쇤네는 지금까지처럼 그저 흐르는 대로…… 흘러가는 대로 공주 마마께서 살아주었으면 좋겠습니다."

흘러가는 대로 살아달라는 그의 말에 그녀는 끝내 고개를 가로젓고 말았다.

"어찌…… 어찌 소녀가 그럴 수 있겠습니까."

"마마."

"모든 것을 다 묻어둔 채 어찌 웃을 수가 있겠습니까, 제가."

원통하고 억울하였다. 조선의 수많은 사람 중 왜 하필 자신이었을까. 아니, 왜 하필 내 어머니와 아버지가 그 극악무도한 자의 표적이 되었을까.

슬픔에 몸을 가누지 못하던 그녀가 조금씩 현실을 받아들이자, 원망은 한숨이 되어 가슴을 때리고 있었다.

"하면 소녀는…… 어찌하여야 합니까, 마마님."

"부디 아무것도, 아무 일도 하지 말아주세요. 지금까지처럼 부디 행복하기만 하여주세요."

애원하는 그녀의 옷깃을 스르륵 놓치고 마는 은설이었다.

"그 모든 것을 덮어두고 두 눈을 감고 살아가기엔 그분들이 너무 가엾습니다."

"하."

"내 아비를 죽인 원수의 가문은 조선을 손아귀에 쥔 채 떵떵 거리며 살고 있습니다. 내 어미를 저토록 지독한 외로움과 고통 속으로 몰아낸 원수의 아들은…… 내 아비의 피가 깃든 용상에 앉은 군주가 되었습니다."

되새길수록 가슴이 찢어졌다. 헤집을수록 심장에 빼낼 수 없는 가시가 박히는 것 같았다.

"한데, 소녀가 두 눈을 감고 두 귀를 막고…… 웃어야 합니까."

"마마께서 할 수 있는 일이 아닙니다. 공주 마마께서 하지 않길 바랐기에 마마를 병판의 손에 맡겨둔 것입니다. 모르고 살아라, 차라리 깨닫지 못한 채 행복해라. 그것을 바라신 분들 이니까요."

"한데 말입니다, 주 상궁 마마님. 하면 소녀는 그분의 손을 놓아야 합니까……. 흐윽……."

차라리 은애하지 말걸.

차라리 마음에 담아두지를 말걸.

후회하고 땅을 치기엔 이미 늦어버린 마음이었다.

자신보다 더 슬프고 외로운 삶을 살아온 도윤을 어찌 놓을 수 있을까.

은설은 그만 눈을 질끈 감고야 말았다. 겨우겨우 내뱉는 날숨이 위태로워졌다.

"소녀는 끝내 잡을 수가 없습니다. 그분을…… 죽여야겠지요."

"공주 마마."

"이 손으로…… 이 마음에서, 그리고 그 옥좌에서 말입니다."

병판의 사가는 발칵 뒤집히고 말았다.

낮까지만 해도 별채에 있던 은설이 감쪽같이 사라진 것.

"곧 비도 쏟아질 것 같은데…… 대체 어딜 간 것이야, 은설아……."

귀한 공주였기에 유희와 병판의 걱정은 걷잡을 수 없이 커졌다. 혹 이학수 쪽의 사람을 만나 잘못된 것은 아닐까, 크게 다쳐 정신을 잃은 것은 아닐까, 끝없이 번져나가는 걱정에 유희는 결국 주저앉고 말았다.

병판은 유희를 여종들에게 맡긴 채, 영광을 따라나섰다. 그 역시 가만히 앉아 은설을 기다릴 수만은 없는 노릇이었다. 서둘러 대문을 뛰쳐나온 병판과 영광이 은설을 찾기 위해 각자 흩어지기로 했다.

"이렇게까지 오랫동안 외출을 한 적이 없었는데, 혹 무슨 일이 생긴 것은 아닐까."

영광이 중얼거리며 어둠 속으로 한 발을 내디뎠을 때, 저 멀리서 나란히 걸어오는 두 여인의 모습이 보였다. 순간, 영광의 가슴이 얼어붙었다.

"은설아."

한눈에 보아도 은설의 안색이 질려 있었다. 그리고 그 곁엔…… 믿을 수 없게도 주 상궁이 있었다.

두 사람이 함께 있는 모습에 영광은 그대로 딱딱하게 굳었다. 몸속의 피가 빠르게 돌아가는 느낌이었다.

"어찌…… 은설이 네가 주 상궁 마마님과 함께……."

그때, 서둘러 나섰던 병판도 뜻밖의 조합인 은설과 주 상궁을 발견하곤 기함하고 말았다. 번뜩 스치는 기운이 좋지 않았다.

"주 상궁 마마님은 어찌 이 시간에 은설이와……."

말끝을 흐리는 병판을 향해 주 상궁이 고개를 조아렸다. 은설은 곁에서 묵묵부답인 채로 고개만 숙이고 있을 뿐이었다. 하지만 그 얼굴이 빨갛게 부어 있었다. 아무래도 눈물을 흘린 모양이었다. 영광과 병판의 얼굴이 순식간에 굳었다.

"무슨 일이 있었던 것입니까."

놀란 병판이 얼결에 물음을 쏟아냈지만, 돌아올 답이 두려워 그녀의 눈을 똑바로 바라볼 수 없었다. 그 순간에도 은설은 슬픔에 잠겨 있었다. 한눈에 보아도 상한 그녀의 얼굴이 그녀에게

24

좋지 않은 일이 생겼음을 직감하게 했다.

그의 물음에도 주 상궁은 선뜻 말을 내뱉지 못하고 은설의 눈치만 봤다. 역시나 주 상궁이 은설을 바라보는 눈길이 심상치가 않았다.

"은설아……."

영광이 조심스럽게 그녀를 불렀다. 그제야 고개만 숙이고 있던 은설이 고개를 들어 두 사람을 바라보았다. 원망 어린 눈빛에 슬픔이 그득했다. 두 사람은 그녀의 시선을 회피할 수 없었다.

"드릴 말씀이 있습니다. 어머니도 계시지요."

그 목소리가 한껏 가라앉아 있었다. 병판은 힘없이 고개를 끄덕였다. 그녀에게서 느껴지는 좋지 않은 기운이 덩달아 그를 가라앉게 했다.

"안에서 말씀드리겠습니다. 주 상궁 마마님은 이제 돌아가셔도 될 듯합니다."

그 말을 남긴 채 은설이 앞서 걸었다. 그녀의 뒤를 따르는 세 사람의 얼굴에 비극이 드리웠다.

숨 막히는 긴장감이 안채를 가득 메웠다. 누구 하나 숨결 한 점 크게 터뜨리지 못한 채 안으로, 더 안으로 깊숙이 삼키고 있었다. 하지만 엄습하는 불길한 기운 역시, 그 누구도 떨치지 못했다. 그 가운데 담담히 앉아 있는 은설에게 시선이 집중됐다. 모두 그녀가 입을 열길 기다렸다. 때마침 생각을 조금 정리한 듯, 그녀가 감았던 눈을 떴다.

"거짓 없이…… 사실만을 말하여주십시오."

그 음성과 표정은 그녀의 것이 아니었다. 처음 보는 그녀의 삼엄하고도 처연한 모습에 병판과 유희의 눈앞이 아찔해졌다. 모든 것을 겸허히 받아들이겠다는 듯, 병판은 묵묵히 고개만 조아리고 있을 뿐이었다. 그들의 안색을 살피는 영광은 다가오는 비통함을 온몸으로 느끼고 있었다. 영광의 손끝이 파르르 떨렸다.

"무엇을 말이더냐."

병판이 애써 담대하게 입을 열었다. 하지만 자신을 곧게 바라보는 은설의 젖은 눈빛에 그만 숨통이 막힐 것만 같았다.

"일전에 소녀가 아버지께 물었던 적이 있지요."

"무엇을 말이더냐."

"가락지 말입니다. 아버지께서 주셨다던 세상에 단 하나뿐이라던 가락지."

은설은 주저 없이 품에서 가락지를 꺼냈다. 그녀가 꺼낸 한 쌍의 가락지에 병판과 유희는 기함하고 말았다. 하늘과 땅의 경계가 무자비하게 허물어지는 순간이었다. 유희는 그만 두 눈을 질끈 감았고, 병판은 주먹을 굳게 말아 쥐었다.

"한 쌍이었습니다. 네, 아버지께서 제게 거짓을 고한 것이었지요."

"······은설아, 그것은······."

"그리고 어머니께도 소녀가 일전에 물은 적이 있었습니다."

유희를 돌아보는 은설의 눈이 비통함으로 빨갛게 물들었다. 영광은 그런 그녀를 무너지는 가슴으로 바라보았다.

'아프지 말아라, 제발······. 아프지 말아야 한다, 은설아.'

그는 속으로 끝없이 빌었다. 하지만 그녀는 끝내, 아픔을 토해내고 있었다.

"소녀가 두창을 앓아 남해로 요양을 하러 갔다고 하셨지요."

"그랬었지."

"하나 소녀는 두창을 앓은 적이 없었습니다. 그리고 이 배냇저고리."

그리고 그녀는 꽁꽁 감추었던 자신의 배냇저고리를 펼쳐 보였다. 선명하게 적힌 '은설'이란 이름이 모두의 가슴을 할퀴었다. 유희는 고개를 숙이고 말았다.

"폐인인 홍 씨가······ 선왕의 마지막 혈육인 공주를 위해 손수 지었다는 배냇저고리에 왜 소녀의 이름이 적혀 있습니까."

"은설아······."

"주 상궁 마마님께도 물었지만 마마님께 들은 대답으로는 도저히 이 모든 것을 감내할 수가 없습니다. 이제는 말해주세요. 어머니 아버지께서 직접 대답해주셔야 합니다."

모든 것이 끝났구나, 유희와 병판은 이를 악물었다. 그러곤 힘겹게 고개를 들어, 눈물을 흘리고 있는 은설을 바라보았다. 말로 설명할 수 없는 깊은 고통이 서로에게 퍼지고 있었다. 눈길이 닿는 곳마다 아픔이 번졌다. 침묵이 길어질수록 더한 고통이 짓눌렀다.

차마 입을 열지 못하는 유희를 대신해, 병판이 부르튼 입술을 열었다. 여러 해 같던 일각이 지나고, 지독한 침묵이 깨졌다.

"거친 눈보라 속에서도…… 빛을 잃지 않는 한 떨기 눈꽃처럼 살아가란 뜻의 은설이란 이름은 선왕 전하께서…… 공주마마께 하사하신 이름입니다."

그와 동시에 병판과 유희, 그리고 영광이 은설을 향해 고개를 조아렸다.

"처음부터 모든 것을 말하지 못해…… 송구하옵니다, 공주마마."

그리고 그 말을 들은 은설은 고개를 푹 숙이고 말았다. 아니길 바랐는데, 아닌 게 아닌 줄 알면서도 끝까지 아니길 바랐는데, 그 작은 바람마저 무참히 짓밟히는 순간이었다.

은설은 깊은 한숨을 내쉬며 눈물을 닦아냈다. 그 모습에 영광이 견딜 수 없다는 듯, 자리를 박차고 안채를 나섰다.

유희는 힘겹게 입을 열었다.

"언젠간 말을 해야지 하면서도…… 차마 말할 수가 없었습니다. 그리고 홍 씨 마마께서도 그리해주길 바라셨고요."

"……언제까지 속일 생각이셨습니까."

은설이 빨개진 눈으로 유희를 바라보았다. 지난 세월 동안 어머니라 철석같이 믿었던 그녀였는데, 단 한순간에 모든 것이 무너져버리고 말았다. 언제나 다정했던 병판과 유희가 자신의 친부모가 아니라니. 그 사실만으로도 억장이 무너질 것 같은데, 실은 자신의 부모가 세상에서 제일 불행하고 가엾은 자들이라는 것이 그녀를 끝없이 바닥으로 끌어내렸다.

"홍 씨 마마께서…… 공주 마마의 신분을 회복시켜주실 때까지 기다릴 참이었습니다."

"그분이 무슨 힘으로 저를 회복시켜줍니까. 그분의 목숨도 풍전등화(風前燈火)가 아니오니까."

눈물이 후두둑 떨어졌다. 얼굴 한 번 본 적 없는 그 여인이 자신의 어머니란 사실에 가슴이 사무치게 슬펐다.

"홍 씨 마마께선 악착같이 버티고 계십니다. 공주 마마의 신분을 회복하고 다시 그때의 영명을 되찾기만을 기다리고 계십니다."

"이제 그날의 진실을 기억하는 사람은…… 그분 홀로 남은 것입니까."

혹시나 하는 마음에 은설이 물었다. 병판은 묵묵히 고개를 끄덕였다.

"이렇게 우리만 남았습니다."

밀려오는 참담함이 끝내 그녀를 무릎 꿇게 했다. 굳게 주먹을 말아 쥔 은설은 흐르는 눈물을 닦았다. 하지만 슬픔이 할퀴고 간 흔적은 그녀의 얼굴에 빨갛게 남아 있었다.

"탐라에 가야겠습니다. 홍 씨 마마를…… 뵙고 이야기를 나누어야겠습니다."

"공주 마마."

"저를 어머니께 데려다주세요."

"어찌 아프길 자처하십니까."

유희가 막아섰다.

지금 은설이 폐서인 홍 씨를 만난다는 것은, 그녀와 남은 운을 함께하겠단 뜻이었다. 홍 씨가 바란 것은 이것이 아니었다. 자신이 모든 것을 감내할 테니, 은설만큼은 행복하고 어여쁘게 살길 바랐다. 그랬기에 지금껏 그녀에게 진실을 감추고 병판의 여식으로 살게 한 것이었다. 그런데 지금, 그 모든 것이 무너지고 말았다.

"이미 다 알게 되었습니다. 모르지 않는 것을 어찌 모른 척하고, 아는 것을 어찌 지워내겠습니까."

"……홍 씨 마마께서 많이 슬퍼하실 것입니다."

"그 슬픔에 제 몫도 있습니다."

"공주 마마."

은설의 강경한 태도에 두 사람은 그만 고개를 떨어뜨리고 말았다. 병판은 그녀의 결정을 막아설 수 없음을 깨닫곤 느리게 고개를 끄덕였다. 병판이 힘없이 입술을 일그러뜨렸다.

"공주 마마, 힘든 일이 될 것입니다."

"만나뵙고 그간의 일들을 들어야겠습니다. 홀로 건뎌내서야 했을 그 고통스러운 시간을 이제라도 나누어 가져야지요."

"……공주 마마께서 하실 수 있는 일은 아무것도 없사옵니다."

"그렇다고 두 손 놓고 가만히 있으란 말입니까?"

더한 고통도 견뎌냈을 그분이었다. 더한 슬픔도 더한 아픔도 기꺼이 삼키고 또 삼키며 숱한 세월을 보냈을 터였다. 자신을 더 깊은 슬픔으로 짓누르지 않아도 은설은 지금 충분히, 감당하기 벅찰 만큼 고통스러웠지만 지체할 수 없었다.

하지만 그리 마음먹은 순간에도 은설의 눈앞에서 떠나지 않는 단 한 사람.

'전하…… 어찌 이리 험악한 운명일 수가 있습니까.'

자신이 첫정을 내주었던 도윤의 얼굴이 지워지지 않았다. 이 순간에도 자신이 기꺼이 버려야 할 그가 떠오른다는 사실이 그녀를 몹시 힘들게 했다.

은설은 괴로움에 휩싸여 두 눈을 질끈 감았다.

"겨우 이학수 무리에게서 마마의 정체를 가린 상태입니다. 한데, 지금 와서 홍 씨 마마를 찾는 것은 이학수 무리에게 목숨을 내어놓는 것과 다름없습니다."

"그것이 무서워 계속 숨어만 지내란 말입니까. 저는 그리는 못 합니다."

언제나 밝고 해사하던 그녀에게 점점 짙은 어둠이 스미고 있었다. 그녀를 바라보는 그들의 마음도 까맣게 타들어갔다. 하지만 그들은 더 이상 은설을 막아설 수 없음을 자각했다.

"채비하겠습니다."

"대감! 공주 마마를 말리셔야지요!"

"두 분 마마의 운명입니다. 그리하겠다면 따를 수밖에 없습니다, 우리는."

채비하겠다는 병판과 그를 제지하는 유희였다. 은설은 그저 묵묵히 입술을 다문 채, 고개만 숙이고 있었다.

"만나뵙고 이야기를 나누어야겠습니다."

"공주 마마."

"그래야…… 이 기나긴 비극을 끝낼 수 있을 것 같습니다. 채비하여주세요."

그 말을 끝으로 은설이 힘겹게 자리에서 일어났다. 휘청이는 그녀를 병판이 황급히 부축했다. 하지만 그녀는 괜찮다는 듯 그의 손을 조심스럽게 밀어냈다.

"괜찮습니다."

어느덧 밝고 예쁘던 원래 은설의 모습은 지워진 듯했다. 그 모습이 그들의 가슴에 커다란 구멍을 내고 있었다.

안채를 휘청이며 나서던 은설이 자신을 기다리고 있던 영광을 발견했다.

"오라버니."

힘겹게 그녀를 바라보는 영광의 얼굴에는 슬픈 기색이 역력했다.

"공주 마마셨지만 소인은 단 한 번도 공주 마마를 먼 곳에 계신 분이라 여기지 않았습니다."

"오라버니."

"그러니 마마는 공주 마마이기도 하지만 저의 누이이기도 합니다. 이곳을 떠나지 마세요."

그가 애원했다. 그녀에게 채 닿지 않을 애원임을 알면서도,

그는 그녀에게 바랐다.

"저는 탐라로 갈 것입니다. 그분을 뵈어야겠어요."

그녀의 결정에 영광은 허망한 듯, 고개만 주억거렸다. 손을 뻗어 그녀를 다독여주고 싶었지만, 이젠 그럴 수가 없을 것 같았다. 자신의 손에 닿을 거리에 있었지만 그가 쉽게 만질 수 없는 그녀란 생각이 들었다.

"이리 빨리 탐라에 가려 하시는 연유가…… 혹, 그분 때문입니까."

알고 있으면서 그가 물었다. 그러자 그녀가 고개를 푹, 숙였다. 은설은 그만, 울고 말았다.

"지워낼…… 자신이 없습니다."

사무치는 그리움을 그제야 한껏, 토해내는 그녀였다. 한눈에 봐도 그녀가 지닌 슬픔은 그 여린 몸으로 감당하기엔 벅찬 크기였다. 영광이 손을 뻗어 그녀를 품에 안았다.

"홍 씨 마마를 뵙고 나면…… 그분이 쉬이 잊어질 것이라 생각하십니까."

"그렇게라도 해야 이 마음이 그분을 조금 더 미워할 수 있을 것 같습니다."

"억지로 미워하는 것만큼 힘든 일은 없을 겁니다."

"미워하지 않고선…… 버틸 수가 없습니다."

"이 운명을 기어이 받아들이시려 합니까."

"맞설 수 있는 것이 아니지 않습니까."

영광의 품에 안긴 은설은 온 힘을 다해 울었다.

오늘이 끝인 것처럼 울고 또 울었다.

안채 안에 있는 이들도 그녀의 슬픔을 함께하고 있었다.

그녀를 바라보고 있는 영광의 마음도 천 갈래 만 갈래 찢어졌다. 할 수만 있다면 대신 아프고 싶었다.

"보고 싶어요, 오라버니. 그분이 미치도록 보고 싶습니다."

"마마……."

"이런 제가 미워 죽겠습니다. 어찌…… 내 어머니와 아버지를 처참하게 만든 자의 아들을…… 이 순간 또 떠올릴 수 있단 말입니까……흐윽."

"공주 마마, 울지 마십시오."

"모두에게 미안합니다……. 어머니에게도 아버지에게도 그리고…… 홀로 외로움 속에서 아파하고 계실 그분에게도."

조선의 하늘인 임금의 애틋한 진심도 그녀를 향해 있다는 걸, 영광은 알고 있었다.믿고 싶지 않았지만, 그것은 사실이었다. 하지만 도윤 역시 무너질 것이었다.

놓아야만 하는 그녀이기에 그 높은 하늘이 부서져 내릴 것이었다. 하지만 그 순간에도 영광은 그녀가 이렇게 자신을 덜컥 떠날까 두려워졌다. 그녀가 그녀의 이름을 되찾길 바라면서도 자신의 곁에 오래도록 머물길 원했다. 자신의 이중적인 모습이 우스웠다.

"……부디 아프진 마시옵소서, 공주 마마."

하지만 은설이 떠나는 것을 막을 수 없을 것이었다.

떠날 은설이라면, 그렇게 떠나버릴 공주라면, 차라리 행복했으면, 그리고 자신이 끝까지 도울 수 있게 제 시선이 닿을 곳에 만 있어준다면…….

그 작은 바람을 마음에 품는 영광이었다.

"도울 것입니다, 공주 마마를."

"오라버니."

"떠난다고 하시면 소인이 그 험한 길을 깨끗이 닦아 터줄 것 이고, 머무를 것이라 하시면 편히 머무르시라 소인이 그 모든 진실을 품에 안은 채 마마를 모실 것입니다. 하니…… 오늘만 아프시옵소서."

그는 진심을 다해 그녀를 보듬었다. 다독이고 끌어안으며 끝 없이 그녀를 위로했다.

'울지 마라, 울지 마라, 은설아…….'

돌부리에 걸려 넘어져 깨진 무르팍을 감싸 쥔 채 엉엉 울던 일곱 살의 그녀를 위로하듯 영광은 은설을 보듬었다. 아무 일 도 아니라는 듯 그렇게 그녀를 아무렇지 않게 달랬다.

"오늘만 그분을 마음껏 그리소서. 하나, 내일부턴 애초에 없 었던 것처럼 잊으셔야 합니다."

영광의 애원이 은설의 가슴에 닿았을까, 하염없이 은설의 눈 가에 퍼지던 옅은 떨림이 조금 잦아드는 것 같았다.

제 19 장

공주, 탐라로 향하다

열흘이 흘렀다.

영광과 은설이 함께 탐라에 가기로 한 날이 밝자, 병판의 식구들은 분주해졌다.

열흘이 흘렀지만 허약해진 은설의 마음은 회복되질 못했다.

끼니를 거르기도 일쑤고, 이따금씩 혼절을 하기도 했다.

몸과 마음이 쇠약해진 탓에 코피를 쏟는 일도 잦았다.

저 몸으로 탐라에 갈 수 있을까, 병판의 식구들은 그녀를 걱정했다.

"공주 마마……."

"어머니."

간단히 그녀의 짐을 꾸린 유희가 별채로 들어섰다.

막 탕약을 먹고 자리에 누웠던 은설이 힘겹게 몸을 일으켰다.

웃음을 영영 잃은 듯한, 건조한 얼굴이었다.

"탐라에 가실 수 있겠습니까."

"가야죠. 꼭, 갈 것입니다."

"아프지 마세요. 마마께서 아프시면 홍 씨 마마께서도 슬퍼하실 것입니다."

"그리해야지요. 네…… 마음을 추스르겠습니다."

"고운 얼굴로 마마를 맞으셔야 하지 않겠습니까."

손등으로 눈물을 훔치던 유희가 은설의 헝클어진 머리칼을 쓰다듬었다.

그러곤 손수 그녀의 머리를 빗질하고 땋아주었다.

유희에게 머리를 맡긴 채, 양 무릎을 끌어안고 앉아 있던 은설이 왈칵, 눈물을 쏟았다.

"홍 씨 마마께선 어떤 분이십니까."

얼굴 한 번 본 적 없는 그녀가 몹시도 그리웠다.

"공주 마마처럼 어여쁘시고 똑똑하시고…… 참으로 굳건하신 분이시지요."

"나처럼요?"

은설이 눈물을 지워내며 유희를 돌아보았다.

그러자 유희는 은설을 꼭 끌어안으며 따스하게 등을 쓸었다.

"예, 공주 마마처럼요."

"아."

"공주 마마와 선왕 전하의 한을 끝까지 놓지 않기 위해…… 홀로 외로운 길을 걸어오신 분입니다. 소인은 공주 마마께서 모든 사실을 알게 되었단 것이 안쓰럽기도 하면서 한편으로는 홍 씨 마마의 외로움이 끝이 날 수 있단 것에 안도감이 듭니다."

"……어머니."

"참으로 이상하지요."

은설은 유희의 품에 얼굴을 묻었다.

"그래도 어머니는 저의 어머니십니다."

"당연하죠. 공주 마마는 제 여식입니다. 단 한 번도 마마를 제 여식이 아니라 생각한 적이 없습니다. 소인에게도 마마와 같은 나이의 여식이 있었습니다. 한데, 마마께서 태어나시던 해…… 실은 그 아이를 잃고 말았지요."

"아. 어머니."

"그래서 어쩌면 지금까지 그 모든 것을 숨기고 마마를 무사히 우리의 품에서 키울 수 있었던 건지도 모르지요."

"아."

"공주 마마는…… 우리의 소중한 여식이었습니다."

그 말을 하는 유희가 엉엉 울었다.

은설은 의연하게 손을 뻗어 유희의 눈물을 닦아주었다.

"울지 마세요, 어머니."

"공주 마마……."

"누가 뭐래도 저는…… 어머니와 아버지의 딸입니다."

"흐윽……흑."

"걱정하지 마세요. 어머니와 아버지 곁을 떠나지 않습니다."

그때, 탐라로 향할 채비를 모두 마친 듯 영광이 유희를 불렀다.

그 음성에 두 사람은 서로의 손을 꼭 마주잡은 채 별채에서 나섰다.

유희는 은설의 뺨을 몇 번이고 쓸었다. 그러곤 짐을 영광에게 건네주며 말없이 그녀를 껴안았다.

"조금만…… 아프세요, 공주 마마."

"예, 다녀오겠습니다. 어머니."

때마침 은설을 배웅하기 위해 기다리고 있던 병판도 은설을 따뜻하게 보듬어주었다.

"몸 조심히 다녀오셔야 합니다."

"예, 아버지."

애틋한 인사를 뒤로한 채 은설은 영광을 따라나섰다.

그녀 뒤를 따르는 유희와 병판의 처절한 시선이 길게 늘어졌다.

축축한 땅 속에서 오랫동안 고개를 처박고 있던 비극이 다시금 세상에 모습을 드러낸 순간이었다.

"저곳이다."

보름이 훌쩍 지나서야 탐라에 도착할 수 있었다.

한양에서 제일 멀리 떨어진 섬, 탐라.

죄질이 악할수록 한양에서 멀리 떨어진 곳으로 유배를 보낸다고 했다.

배에서 내린 은설은 울렁이는 속을 부여잡으며 입술을 악물었다.

"대체 나의 어머니께서 무슨 잘못을 저질렀다고…… 이리 먼 곳까지 유배를 보냈단 말입니까."

그녀의 온몸이 파르르 떨렸다.

탐라로 오는 내내, 이학수를 향한 은설의 분노는 극에 치달았다.

노기 어린 음성으로 이를 악물던 은설이 육지에 발을 디뎠다.

짙은 바다 내음이 은설을 휘감았다.

탐라의 땅에 발을 내디디는 순간, 은설은 그만 휘청 바닥에 주저앉고 말았다.

"공주 마마."

곧 마주하게 될 어머니의 얼굴…….

은설은 끝내 울음을 참지 못하고 가슴을 쥐어뜯고 말았다.

이 비극을 대체 누구에게 보상해달라고 해야 할까, 누구를 붙잡고 울부짖어야 할까.

그녀는 아무것도 할 수 없어 가슴만 내려쳤다.

영광은 쓴 울음을 삼키는 은설을 보듬으며 슬픔을 견뎌냈다.

"오라버니 제가 할 수 있을까요. 어머니의 얼굴을 마주하고서도 이 마음속에서 그분을 씻어내지 못하면…… 그땐 어찌해야 하는 것일까요."

운명은 언제나 가엾은 이들을 못살게 굴었다.

보름을 꼬박 바다 위를 달려 탐라에 도착하기까지, 은설은 하염없이 울기만 했다.

하지만 그녀의 눈물은 마르지 않았다.

오히려 바다 위에서보다 더 슬피 울부짖고 있었다.

영광은 그녀를 일으켜 세웠다.

그 아픔을 딛고서라도 보듬어주겠다, 지켜주겠다, 마음을 먹은 것은 자신이었으니까.

자신이 그녀를 지켜내야만 했다.

"힘들면 여기서 멈추어도 됩니다."

"그럴 수 없다는 것 아시잖아요."

"공주 마마."

"갈 것입니다…… 힘들어도 버거워도 나아갈 것입니다."

이를 악무는 은설의 곁을 영광이 우두커니 지켰다.

말없이 걷던 두 사람.

흐르는 시간이 꼭 영원 같았다.

은설이 멍한 눈으로 탐라의 하늘과 땅과 바다를 끊임없이 눈에 담았다.

"내 어머니가…… 이곳에서 외로움을 견뎌내셨군요."

그리고 마침내, 영광의 다리가 우두커니 멈춰 섰다.

주 상궁이 일러준 폐서인 홍 씨의 유배지였다.

"오라버니."

말없이 멈춰 선 그를 돌아보던 은설의 눈이 깊어졌다.

그리고 찬찬히 고갤 돌려보니, 그 앞에는 다 무너져가는 초가 하나가 눈에 들어섰다.

은설의 마음이 남김없이 구겨졌다.

겨우 힘주어 걷던 두 다리에 힘이 풀리는 것만 같았다.

"공주 마마."

"다 무너져가는 저곳에 내 어머니가 계신다고요?"

"……."

"하…… 한 나라의 국모였던 분이 계신단 말입니까?"

믿을 수 없었다.

어찌 됐든 국모였다.

주군의 아내이자 이 나라의 중전이었다.

한데, 이젠 다 쓰러져가는 저곳에서 목숨만 겨우 부지하고 있었다.

호의호식(好衣好食)하며 살아온 자신의 지난 세월이 원망스럽기만 했다.

"공주 마마를 살리기 위해 마마께서 스스로 택한 길이십니다."

"아무리 그래도 그렇지…… 어찌 이런 곳에서 지내셨단 말입니까."

말이 나오지 않을 정도로 허름한 곳이었다.

사람의 발길이 끊긴지 오래인 듯, 여기저기엔 죽은 나뭇가지와 거미줄만 무성했다.

은설은 더듬거리며 눈가를 쓸었다.

"결국 공주 마마를 위해 비참한 삶을 살고 계신 마마시지만,

비통하진 않을 것입니다."

"오라버니."

"어쨌든 공주 마마께서 이렇게 올바르게 장성하시지 않으셨습니까. 마마께서는 그거 하나면 족하다고 생각하시는 분입니다."

영광의 말에 은설은 주먹을 있는 힘껏 쥐었다.

그녀의 얼굴에 착잡한 복수심이 일렁였다.

주체가 분명한 복수. 반드시 이루어야만 하는 대의.

이대로 무너질 수 없었다.

저 안에서 긴 세월을 그렇게 이를 악물고 칼날을 닦으며 보낸 어머니의 심정도 그럴 것이었다.

아무도 헤아릴 수 없을 것이었다. 그 누구도 차마 이해할 수 없을 것이었다.

"들어가요, 오라버니."

오로지 저와 자신의 어머니.

그날을 기억하는…… 잊지 말아야 할 두 사람만이 그 피로 끓는 복수심을 이뤄낼 것이었다.

영광이 은설을 부축하며 폐서인 홍 씨가 지내고 있는 초가 앞으로 다가갔다.

그때 몇 가지 되지 않는 다 해진 옷을 널고 있던 김 상궁이 은설을 발견했다.

"뉘시오."

하얗게 머리가 센 김 상궁이 경계의 눈초리로 은설과 영광을 바라보았다.

"마마를 뵈러 왔습니다."

진중한 영광의 음성에 은설은 이를 악물었다.

곧 낯선 영광의 목소리가 홍 씨가 들어선 방 안에까지 닿았고 홍 씨는 건조한 얼굴로 문을 열어젖혔다.

"누가 왔는가."

활짝 열어젖힌 문 사이로 머리가 희끗희끗 세어버린 폐비 홍 씨가 앉아 있었다.

같은 세월을 보낸 이라 형언할 수 없을 정도로, 세월의 풍파를 고스란히 맞은 이의 얼굴이었다.

여기저기 팬 주름살, 윤기라곤 찾아볼 수 없는 살결과 머리카락.

앙상하게 마른 가엾은 몸.

은설은 그만 바닥 위에 주저앉고 말았다.

"아."

그런 은설을 건조하게 바라보던 홍 씨의 초점 잃은 눈동자가 무자비하게 흔들렸다.

두 사람은 강산도 변한다는 십 년의 세월을 훌쩍 넘긴 채 만났지만, 한눈에 알 수 있었다.

'네가 나의 딸이구나!'

'당신이 나의 어머니시군요……!'

부딪힌 시선 속에 너나 할 것 없이 둘은 그만 눈시울을 붉히고 말았다.

44

"……어머니."

은설의 부르튼 잇새로 어머니란 말이 기침처럼 흘렀다.

그러자 그 사이에 있던 김 상궁은 그 말에 황급히 바닥에 납작 엎드렸다.

"고, 공주 마마……!"

동시에 홍 씨는 고꾸라지듯 은설을 향해 달려갔다.

"은설아!"

은설은 울지 않으려 이를 악물었다.

하지만 울음을 끝내 참을 수 없었다.

탐라에 있는 폐서인 홍 씨에게 줄 자금을 전하는 날, 도윤은 은설과 그렇게 헤어지고 처음으로 잠행을 나섰다.

늘 그녀를 만나러 나서던 향기로운 길이 이젠 그 한 걸음, 한 걸음도 버겁기만 했다.

평범한 흙길이 꼭 가시밭길인 듯 그는 온몸으로 통증을 느끼며 걷고 있었다.

음울한 그의 얼굴을 조심스레 살피던 주환이 입을 열었다.

"이젠…… 괜찮으신겁니까."

하지만 그는 묵묵부답이었다.

사실, 그가 전혀 괜찮지 않다는 것을 주환은 알고 있었다.

그래서 이번 자금 전달을 위한 잠행도 도윤 없이 자기 혼자 다녀올 요량이었다. 하지만 어쩐 일인지 도윤이 그를 따라나선 것이었다.

혹시나 하는 마음에 물었지만, 돌아오는 그의 침묵이 여전히 그 마음이 상처로 헝클어져 있구나 짐작할 수 있었다.

주환은 그저 고개를 조아렸다.

"떠나는 이의 옷깃을 붙들고 늘어지면 무엇 하겠느냐."

"전하……."

"잡히지도 않을 사람이라는 걸, 이젠 내가 더 잘 알아버린 것을."

담담히 정면만 응시하던 도윤이 주환을 돌아보았다.

"이젠 나도 모르겠다. 나의 마음을."

"……."

"쉬이 잠행을 나서겠다, 너를 따라나선 건…… 이젠 정말 괜찮아져서인지. 아니면 혹여 이렇게라도 우연히 그 여인을 마주칠 수 있을까, 아직 잊지 못해서인지."

그는 자신의 가슴을 툭, 툭 내려치며 고개를 저었다.

무감한 얼굴을 했지만 그 마음은 온갖 통증을 다 품은 채였다.

하지만 단 하나 확실해진 건, 그는 그 통증을 견딜 힘이 생겼단 것이었다.

아픔에 익숙해진 것이었다.

아니 그건 어쩌면, 익숙해진 것이 아니라 마지못해 그렇게 살아가는 것일 수도 있었다.

"내 고통이 짙어질수록, 탐라에 있는 폐서인 홍 씨를 더욱 돕고 싶다."

"……전하."

"기억하느냐. 은설이를 만나기 전 내게 유일한 숨이 되어주었던 것."

그의 물음에도 주환은 그의 슬픈 눈을 차마 바라보지 못해 고개만 조아리고 있었다.

곧, 그가 담담하게 입을 열었다.

"그자를 돕는 것. 폐서인 홍 씨를…… 살게 하는 것."

"……."

"참으로 이상하게도 그것이 내 목숨 줄을 앞당기는 것임을 알면서도 난 멈출 수가 없다."

"소인 역시, 영원히 전하를 보필하고 위할 것임을 약조 드립니다."

하지만 도윤은 느리게 고갤 젓고 있었다.

그러곤 두 눈을 지그시 감은 채, 눈부신 하늘을 올려다보았다.

쏟아지는 햇살이 꽤 보드라웠지만 도윤은 얼굴을 일그러뜨리고 있었다.

"그런 것은 없다."

영원한 약조란 것만큼 세상에서 허무맹랑한 것은 없었다.

그것은 아름답게 헤어진다는 처절하고도 우스운 말과 다를 것 없었다.

"은설아."

더듬더듬 자리에서 일어나 은설에게로 다가오던 홍 씨는 그만 흙바닥 위로 고꾸라지고 말았다.

"어머니!"

은설은 휘청이며 쓰러지는 홍 씨를 달려가 안았다.

두 사람은 부둥켜안자마자 그만, 꾹꾹 참았던 울음을 터뜨렸다.

"흐윽…… 흑…… 어머니."

"은설아, 흐윽."

그리고 그를 바라보고 있던 영광도 김 상궁도 눈물을 훔칠 수밖에 없었다.

모녀의 안타까운 재회였다.

홍 씨는 과연 이 재회를 바랐을까, 바라지 않았을까.

어쩌면 평생 딸을 보지 못한다고 해도 은설이 자신의 운명을 알지 않길 바랐을 수도 있었을 터였다.

하지만 이렇게 잘 자란 은설을 보니 품에 안고 싶다, 곁에 두고 싶단 욕심이 솟는 건 차마 막을 수 없었다.

"어머니. 이제야…… 이제야 어머니를 찾으러 왔습니다. 소녀의 불효를 용서치 마세요."

"네가 어찌. 어찌 이곳에 오게 된 것이야! 어찌!"

홍 씨는 울부짖을 수밖에 없었다.

그러다 행여 누가 볼까, 서둘러 그녀를 안으로 데리고 들어왔다.

초가의 안은 밖보다 더 처참했다.

은설은 말을 잇지 못한 채, 홍 씨만 바라보았다.

"대체…… 네가 여길 왜 온 것이야."

끝내 모르길 바랐건만, 은설이 자신을 찾아왔다는 건 그 비극을 모두 알아버렸단 말일 테니.

두 눈을 질끈 감은 채 홍 씨는 자신을 부둥켜안고 있는 은설의 옷깃을 꾹 쥐었다.

정말 은설이란 이름대로 눈보라 속에도 굳건히 피어날 한 떨기 매화처럼 자란 아이였다.

홍 씨는 하염없이 눈물을 흘리며 은설을 품에 꼬옥 안았다.

갓난아기 때, 그렇게 산사에서 유희의 품에 안겨 보낸 후 처음으로 안아보는 자신의 딸이었다.

마음은 미어졌고 가슴 끝은 칼로 무자비하게 베어낸 듯 아파왔다.

끝내 지키고자 했던 딸은 품에 안겨 세상을 잃은 듯 울고 있었고 이제 자신은 품에 안긴 아이를 지켜야만 했다.

늘 그래왔듯 또다시 지켜내야만 했다.

"은설아."

"어머니……."

"주 상궁이 모두 말한 것이냐."

불행은 홍 씨, 혼자만 가져도 되는 것이었다.

지금까지 늘 그랬듯 그저 그렇게 살아가면 되는 것이었다.

한데, 왜…… 목숨을 걸고서라도 지키고자 했던 은설이 자신을 만나러 온 것일까.

찰나에 수십 가지 생각이 홍 씨를 덮쳤다.

"그 누구도 말해준 것이 아닙니다."

"……하면!"

"운명이…… 저의 눈을 스스로 뜨게 하였습니다."

그 말에 홍 씨는 은설의 부르튼 뺨을 따스하게 쓰다듬었다.

하지만 그런 그녀의 얼굴도 눈물범벅이 되어 엉망인 채였다.

이번엔 은설이 홍 씨의 뺨을 보듬었다.

"어머니…… 어찌, 어찌 이리 황망하게…… 모든 것을 숨긴 채 홀로 견디셨습니까."

"너를 살리고자 그리 하였다. 하지만 나는 너를 그렇게 보내고 단 한 순간도 운 적이 없다."

"어머니."

"네가 보고 싶지도 않았고 너를 애써 그리려 하지도 않았다."

그 말은 거짓임을 은설은 잘 알았다.

하지만 코끝이 빨개지도록 울음을 참으며 말을 잇는 그녀의 진심이 고스란히 전해져 차마 은설은 그녀를 가로막을 수 없었다.

"너는 행복할 테니까."

"흑, 흐윽……."

"너는 선왕 전하와 세자와는 다르게 반드시, 끝까지, 행복할 것이었으니까."

반드시, 끝까지란 말에 힘주어 말하는 홍 씨에게서 지난날 그녀가 견뎌내야 했을 세월의 고통이 조금은 피어나고 있었다.

얼마나 바랐을까.

자신보다 더 아끼는 공주는 자신과 같은 비극에 빠지지 않기를.

그 처연한 운명을 과감하게 딛고 평범하게 살아가기를.

그녀의 애원을 알면서도 은설은 감히 그 비극을 피할 수 없었다.

아니, 그러고 싶지가 않았다.

"이렇게…… 얼굴을 보았으니 되었다."

홍 씨는 고개를 저으며 눈에 담는 것도 아까운 은설을 놓아주었다.

"돌아가거라."

"……어머니!"

"네가 있을 곳이 아니다."

하지만 은설은 홍 씨를 놓지 않았다.

그녀를 와락 끌어안으며 어린아이처럼 엉엉, 울었다.

가엾은 이 아이를 잃을 뻔한 것은 한 번으로 족하다며 애써 은설을 밀어내보는 홍 씨였다.

"내 곁에 있으면 네가 위험해진다."

"위험해지고자 왔습니다."

"은설아!"

"이젠 함께할 것이어요."

"은설아. 아니 된다."

"아니요. 함께할 것입니다, 그 뜻을요."

홍 씨만큼이나 강경한 은설의 마음이었다.

그녀는 눈물을 삼키며 홍 씨를 끌어안은 손에 힘을 주었다.

결코, 그 손을 풀지 않겠다는 듯 꽉 말아 쥔 그녀의 손엔 어마어마한 힘이 들어갔다.

"살아서 복수할 것이며, 어머니와…… 나의 아버지, 그리고 세상의 빛도 보지 못한 채 스러져갔던 내 오라버니와 나를 위해 복수할 것입니다."

"은설아."

"우릴 이렇게 만든 그자와 그자의 가문과……."

순간, 은설의 숨통이 턱 막히고 말았다.

끓어오르는 그 분노와 슬픔 끝엔 도윤의 얼굴도 있었다.

자신이 처참하게 죽여야 할 그 수많은 인물 중에, 자신이 세상에서 가장 은애했던 그 사람도 포함되어 있었다.

알고 있었지만, 다시금 마주한 현실은 그녀를 또다시 고통 속으로 잡아챘다.

이 순간에도 은설은 도윤을 향한 은애를 단칼에 베어내지 못했다.

하지만 억눌러야 했다.

자신의 어미가 그랬듯, 자신의 아비가 그래주었듯이 이젠 은설이 진심을 단단한 껍데기 뒤로 숨겨야만 했다.

"그자의 아들, 작금의 금상."

"은설아."

"이도윤……까지. 그들이 가진 모든 것을 빼앗고 말 것입니다."

어쩔 수 없는 선택이었다.

그녀가 택할 것은 그것밖에 없었다.

가문의 재기와 복수를 위해선 그분을 향한 이 안타까운 은애를 밟아서 무너뜨려야만 했다.

쉽지 않은 일이었지만 끝내 원만하게 닿을 수 없는 도윤과의 연이었다.

그 말을 내뱉는 은설의 미간이 무참하게 일그러졌다.

"아니 된다. 돌아가거라. 네가 할 일이 아니다."

때마침 하늘에도 우울한 먹구름이 드리웠다.

곁에 앉아 둘을 바라보고 있던 영광은 마른 가슴을 떨며 기꺼이 그 길을 걸으려 하는 위태로운 은설을 바라보았다.

"이젠 어머니와 함께하겠어요. 이젠…… 죽어도 어머니 곁에서 죽을 것입니다."

떨어져 있던 그 시간 동안 홍 씨가 홀로 가슴을 쳐야 했던 그 아픔을 모두 헤아릴 수 없었기에, 은설은 남은 시간만이라도 곁에 있어 주고자 했다.

"네가 할 수 있는 일은 없다."

"폐서인이 되어…… 탐라에 홀로 계신 어머니도 그들의 눈을 피해 무언갈 하고 있지 않았습니까?"

그러자 홍 씨는 느리게 고개를 저으며 은설의 손을 잡았다.

"나는 그들을 네 아버지와 네 오라버니가 처참히 죽었던 그 방법 그대로 죽일 것이다."

은설도 들은 적이 있었다.

독살.

선왕과 선왕의 아들이었던 어린 세자 휘현의 갑작스러운 죽음의 이유는 독살이었다는 끔찍한 이야기.

은설은 그만 두 눈을 질끈 감고 말았다.

"하면 제가 하겠습니다."

"은설아."

죽여야만 했다.

가문의 원수인 그와 그의 아비를 반드시 죽여야만 했다. 그래서 원래의 자리를 찾아내어야만 했다.

이것이 정녕 운명입니까.

'이 나라의 마지막 희망이 될 어여쁜 공주 마마이십니다.'

은설을 출산하던 날, 주지승이 자신에게 했던 말이 떠올랐다.

마지막 희망이라는 것이 그 말이었습니까.

기어이 이 아이의 손에 그들의 피를 묻혀야 합니까.

홍 씨는 이를 악물며 고개를 가로 저었다.

"무엇을 어찌할 생각이냐. 호락호락한 자들이 아니다."

가엾은 은설을 홍 씨가 따스하게 안았다.

하지만 홍 씨 역시, 은설의 분노를 마냥 억누르라고만 할 수 없었다.

"궐에 들어가겠습니다. 그들을 모조리 베어내기 위해서요."

은설의 말에 홍 씨는 굳고 말았다.

단순한 호기로 내뱉은 말이 아니었다. 탐라로 오는 내내 은설은 생각했다.

그러곤 악착같이 이를 악물었다. 도저히 용서할 수 없는 그들을 아주 무참히, 그리고 깨끗하게 쳐낼 수 있는 방도를 강구했다.

그러기 위해선 탐라에 유배되어 있는 홍 씨보단 자신이 나서는 것이 더 확실하고 빠른 방법이 될 터였다.

그들을 용서하고자 하는 마음은 추호도 없었으나 단 하나, 걸리는 사람이 있었다.

그 얼굴이 연신 은설의 가슴을 헤집어 놓았다.

'전하…… 나의 가엾은 전하.'

그때 홍 씨가 머뭇거리듯 은설의 손을 쥐었다.

은설은 괜찮다는 듯 느리게 고개를 끄덕였다.

"어머니에겐 이제 제가 필요할 것입니다. 외숙부님도 그렇게 되시었는데…… 어머니께서 혼자 어찌하시려고요."

방도가 있다는 은설은 홍 씨의 손을 굳건히 맞잡았다.

"나에겐 주 상궁이 있지를 않느냐."

"고작 여인의 몸입니다. 또한 이학수의 사람으로 낙인이 찍힌 주 상궁이 어머니께 눈과 귀가 되어드릴 망정 그 이상의 힘이 되어주진 못할 것입니다."

"……."

"소녀가 직접 궐로 들어가…… 그들을 칠 것입니다."

그 말에 홍 씨의 가슴이 서늘해졌다.

직접 궐에 들어간다는 것이 무슨 뜻일까.

그녀의 눈은 끝없이 은설을 어루만졌다.

그 순간, 은설이 결심했다는 듯 굳게 다문 입술을 벌렸다.

"반드시 궁녀가 되어…… 금수만도 못한 그들의 목을 베어 낼 것입니다."

초점을 잃고 허공을 슬프게 유영하던 은설의 눈빛에 그제야 힘이 들어섰다.

"궁녀라니 말도 안 된다!"

"그것만큼 강력하고 정확한 방도는 없습니다."

"그것이라면 주 상궁이 대신하여도 될 일이다."

"이학수의 사람입니다. 그들의 일거수일투족을 감시할 수는 있으나, 더한 것은 무리입니다."

"궁녀가 되어…… 무엇을 어찌하려고!"

무너지는 가슴을 부여잡으며 홍 씨가 물었다.

그러자 은설은 괜찮다는 듯, 느리게 고갤 끄덕이며 억지로 미소를 지어보였다.

"군주의 곁을 보필하는 지밀 궁녀로 입궐해 그의 환심을 사 겠습니다."

"……은설아!"

"해서…… 그를 제 손아귀에 단단히 넣어 그가 가진 모든 권력을 빼앗겠습니다."

그 말에 영광은 소스라치게 놀랐다.

자신보다 더 은애하는 사람을 무너뜨리기 위해 그의 곁으로 간다니.

그보다 더한 고통이 어디에 있을까.

하지만 홍 씨의 생각은 그와 달랐다.

어쩌면 그것만큼 치밀하고도 강력한 방도는 없을 거란 생각이 스쳤다.

"위험한 일이 될 것이다."

"감당할 수 있습니다."

강건한 모습의 은설을 보는 영광의 속은 타들어갔다.

그때, 홍 씨는 더는 은설의 뜻을 꺾지 않기로 마음먹은 듯 좀 전보다 음성을 낮추며 은설의 손등을 어루만졌다.

"여기는 위험하다, 은설아. 곧 관아에서 날 감시하는 사람들이 들이닥칠 것이다."

"어머니……."

두 사람의 시선이 깊이 얽혔다.

애써 다 말하지 않아도 알 수 있을 것만 같았다.

떨어져 있던 그 시간이 무색할 만큼 애틋했고 다정했다.

"더 있고 싶사옵니다. 어머니와 오늘 밤 함께 있고 싶사옵니다."

"세월이 많이 흘러 경계가 느슨해진 것 같아도 아니란다."

"어머니."

"이학수의 사람들이 밤낮을 가리지 않고 이 근처를 도사리고 있다."

"……."

"오늘은 이렇게나마 네 얼굴을 본 것으로 만족하려 하니, 속히 돌아가거라."

"어머니…… 이렇게 헤어지면 또 언제야 볼 수 있는 것입니까?"

은설이 더는 견딜 수 없다는 듯 홍 씨의 옷자락을 붙들었다.

생이별이었다.

또 한 번 가슴이 찢어지는 이별을 해야만 하는 것이었다.

이제야 만난, 이제야 겨우 만난 이 아이와 또 한 번 생이별을 해야 한다는 것이 홍 씨의 가슴을 수천 갈래로 갈기갈기 찢었다.

짙은 어둠보다 더한 캄캄함이 홍 씨의 온몸을 짓눌렀다.

겨우 진정이 되었던 그 호흡도, 가슴도 다시금 애처롭게 흐트러지고 말았다.

"여기에 더 머물면 너까지 위험해진다."

"하면 주 상궁 마마님을 만나 입궐 얘기를 전하게 되면 다시 올 것입니다. 반드시요."

더 이상의 회유도 통하지 않을 것 같았다.

눈물이 흐를수록 은설의 뜻은 더욱 확고해져 갔고 복수심은 더욱이 타오르고 있었다.

"네 뜻이 정녕 바뀌지 않는다면 남해로 가, 이곳을 찾거라."

"어머니."

홍 씨는 품에서 꼬깃꼬깃한 서찰 하나를 꺼내 은설의 손에 쥐어주었다.

서찰을 건네받은 은설의 눈빛이 반짝였다.

"이것이 무엇이옵니까."

"거기에 적힌 곳으로 가, 내 이름을 말하면 된다."

"예?"

"주 상궁의 노모와 오라비가 있을 것이다."

"……예."

"하면 그곳에서 널 거두어줄 것이다. 그곳에 당도하는 대로 주 상궁에게 서찰을 보내면 어렵지 않게 주 상궁과 내통할 수 있을 것이고."

"어떻게…… 그럴 수가."

은설은 믿을 수 없다는 듯 고개를 저었다.

그러자 홍씨는 슬픈 웃음을 지은 채 고갤 주억거렸다.

"혹시를 대비하고 있었다."

"혹시라면 무엇을 말합니까, 어머니."

"반정이 일어나면…… 나도 이곳을 떠나야 하니. 잠적을 위한 도피처를 주 상궁과 미리 마련을 해두었다."

"……."

"그리고 반정이 일어나고 내가 그곳에 사흘 안에 나타나지 못한다면. 나는 죽은 것이니…… 미련 없이 날 기다리지 말고 왕과 이학수의 목을 치러 가라…… 주 상궁과 네 외숙부와 미리 입을 맞추어 놓은 것이었지."

생사를 알 수 없는 그 상황 속에서도 적의 목을 베어내기 위해 계획까지 해두었다니.

내 목숨이 경각에 달렸음에도 살기 위해 발버둥이 아닌, 원수의 몰락을 위해 발버둥을 쳐야 했다니.

그간 홍 씨가 홀로 견뎌내며 살아와야 했을 아픔과 고통이 고스란히 느껴졌다.

은설은 홍 씨의 말에 힘차게 고갤 끄덕였다.

그러곤 더는 아파하지 말라는 듯 설핏, 미소까지 지어 보였다.

"잘 자라주었구나."

"어머니."

"정말 전하의 바람대로…… 한 떨기 매화처럼 곱게 자랐다. 하늘에서 널 지켜보고 있을 전하께서…… 참으로 기뻐하실 것이다."

홍 씨는 헤어져야 하는 아쉬움 대신 은설의 고운 머리칼을 연신 쓰다듬었다.

은설 역시 그 마음을 알 수 있다는 듯 더는 울지 않고 웃어 보였다.

웃는 모습으로 헤어지고 싶었다.

어머니께서 더는 슬퍼하지 않았으면 했으니까.

"다시 만날 때까지 강녕하셔야 하옵니다."

"여부가 있겠느냐. 너를 이제야 만났는데. 죽지 않기 위해 버텨왔던 날들을…… 보상 받는 듯하구나."

"……."

"또다시 난 죽지 않고 살기 위해 버틸 것이다. 늘 그랬듯 너를 위해."

"흐윽, 어머니."

"그러니 너도…… 몸 조심, 또 조심하거라."

이미 마음을 먹은 듯, 은설은 홍 씨의 당부에 고갤 끄덕였다.

하지만 마지못해 고개를 끄덕이는 두 사람의 얼굴 위로 아쉬움과 두려움이 가득 피어올랐다.

놓아야 했지만 놓고 싶지 않은 그 손이었다.

"늦지 않게 만나러 오겠습니다."

"그래. 조심히 돌아가거라."

차마 떨어지지 않는 발걸음을 눈물로 채우며 은설이 등을 돌렸다.

울지 않으리라 이를 악물수록 눈물은 악착같이 은설을 괴롭히고 있었다.

결국, 입을 틀어막은 채 은설이 힘겹게 한 걸음을 내디뎠고 은설이 등을 돌리는 것을 보고 나서야 홍 씨 역시 참았던 울음을 터뜨릴 수 있었다.

가슴이 눈물로 몇 번이고 녹아내렸다.

말로 형용할 수 없는 아픔이었다.

다 무너져가는 그 초가에서 완전히 벗어나서야 은설은 바닥에 주저앉을 수 있었다.

끓어오르는 피를 토하듯 그녀가 울분을 토해냈다.

악을 지르며 맨 주먹으로 흙바닥을 내려치는 은설을 영광이 황급히 제지했다.

"공주 마마, 이러다 손 다치십니다!"

"어째서…… 왜! 어째서 왜 이토록 우리만 아파야만 합니까, 왜!"

그러다 은설은 영광의 옷깃을 붙들며 얼굴을 묻었다.

끝없는 눈물이 가녀린 그녀의 몸을 덮쳤다.

감당하기 벅찬 고통이 또다시 그녀를 뒤흔들었다.

"흐윽, 오라버니."

"말씀하소서."

"어머니가…… 너무 불쌍합니다."

영광은 그런 은설을 따스하게 끌어안아주었다.

하지만 그 역시, 다독여도 보듬어지지 않는 그녀의 고통임을 절감했다.

"하지만 이제부턴 마마께서 함께해드릴 것이 아닙니까."

"……."

"그것만으로도 이미 행복하실 것입니다. 마마께선."

"오라버니와 어머니 아버지께…… 씻을 수 없는 상처를 드리는 것 같아 송구하옵니다."

은설은 눈물범벅이 된 채 영광의 옷깃을 쥐었다.

송구하단 그 말에 영광은 모든 걸 내려놓은 듯한 얼굴로 겸

허히 은설의 뜻을 받들었다.

"송구할 것 없습니다. 약조 하나만 해주면 됩니다."

"오라버니."

"떠나지 않겠다고. 무엇이든 다 좋으니, 공주 마마의 뜻대로 우리가 다 해줄 것이니, 그러니 우리 모두를 속이고 떠나지만은 마십시오. 그 약조, 하나면 됩니다."

이내 영광도 흐느끼고 말았다.

부디 바라옵건데…… 하늘님.

이 여인…… 이 가엾은 여인이 그래도 조금은 덜 아플 수 있기를, 이 여인의 고통을 내가 조금은 거두어줄 수 있기를 바라옵니다.

영광은 두 눈을 질끈 감은 채 가슴을 몇 번이고 쓸어 내려야만 했다.

"소녀는 갈 것이옵니다."

"……"

"한양에 당도하는 대로 어머니와 아버지께 모든 것을 말씀드리고 남해로 가, 입궐할 채비를 하겠습니다."

"……괜찮겠습니까. 보는 것만으로도 마음이 미어지게 하는 그분이 아닙니까."

"남해에서 입궐할 채비를 하며 비워내야지요. 씻어내고 지워내며 그분과의 기억을 모조리 시간 속에 흘려보낼 것입니다."

다짐했다는 듯, 은설은 고갤 끄덕였다.

그 슬픈 눈 속엔 이루고자 하는 것을 반드시 이루겠단, 다부진 다짐도 스며 있었다.

영광은 은설의 손을 따스하게 잡았다.

"서두르진 마십시오, 천천히…… 마마의 마음이 다치지 않
게."

"그들의 눈을 완벽하게 속이기 위해서는 그리고 소녀가 정체
를 숨기고 입궐하려면 은설이었던 지난날을 완벽히 지워내야
합니다."

은설 역시 눈물을 애써 지워내며 힘있게 입술을 악물었다.

"궁녀로 입궐을 할 때까지, 은설이었던 흔적을 모조리 지워
낼 때까지 소녀는 한양 땅을 밟지 않을 것입니다."

나루터로 향하는 은설의 눈은 부지런히 홍 씨의 초가를 살
폈다.

그러곤 절대로 잊지 않겠다는 듯, 몇 번이고 그 눈과 가슴에
처절함을 담았다.

때마침 배가 당도했고 두 사람은 미련 없이 배 위로 몸을 실
었다.

궁녀가 되겠다는 그녀의 각오가 탐라의 바다 위로 흩뿌려졌
다.

시간은 속절없이 흘렀다.

"돌이킬 수 없는 죄악을 범한 자들은 모두 참형하라."

"……."

"또한, 탐관이라 고발된 관리들은 모두 추포하여 그 죄를 엄히 물어야 할 것이다!"

편전을 울리는 도윤의 음성은 벼락과도 같았다.

웃음기를 잃은 그 건조한 얼굴엔 오직 악만이 남아 궐을 차갑게 얼어붙게 했다.

상참이 시작되고 끝나는 내내, 도윤은 쉬지 않고 화만 냈다.

그것은 비단 오늘만의 일이 아니었다.

싸늘한 기운을 내뿜으며 편전을 나서는 도윤의 뒷모습을 바라보며 그제야 대소 신료들은 조아렸던 고개를 들었다.

"칼만 휘두르지 않았다 뿐이지…… 갈수록 전하의 어심이 날카롭기만 합니다, 나 원 참."

"이래서 어디 숨이나 한 번 크게 쉬겠소?!"

하지만 편전을 나서면서도 도윤의 구겨진 얼굴은 펴질 줄 몰랐다.

처음부터 빛이란 없던 사람처럼, 그는 스스로 어둠 속에 자신을 꽁꽁 가두었다.

"전하, 대전으로 바로 납실 것이옵니까. 어디로 길을 잡을까요."

상선이 나지막한 음성으로 도윤을 향해 고갤 숙였다.

그러자 뒷짐을 진 채 성큼성큼 편전 앞마당을 가로지르던 도윤이 우두커니 걸음을 멈춰 섰다.

"하늘이 맑구나."

청아한 하늘을 올려다보는 도윤의 눈은 결코, 맑지 않았다. 어두운 기색이 역력했다.

그 뒤를 따르던 주환이 묵묵히 도윤을 바라보았다.

"필애원으로 가야겠다. 채비를 하거라."

"……전하!"

"누가 그 여인을 기다리러 간다 하였느냐. 그저 하늘이 맑아, 바람을 쐬려는 것일 뿐이다."

"아."

"그저 하늘이 맑아서…… 그저, 그래서."

담담하게 그 말을 이어가던 도윤이 변복을 위해 대전으로 발걸음을 옮겼다.

하지만 그의 걸음은 여전히 위태로웠다.

맑은 하늘은 그저 핑계일 것이란 걸, 주환과 상선은 잘 알았다.

여전히…… 그는 은설을 지워내지 못하고 있는 듯했다.

은설이 필애원에 나타나는 상상을 해보았다. 잠깐의 설렘이 그의 가슴에 퍼졌다.

하지만 곧, 그는 그마저 부질없다는 걸 깨닫고 말았다.

"이미…… 다른 사내의 여인이 되지 않았던가."

헛된 욕망은 늘 사람을 지치게 했다.

알면서도 그 욕심을 버리지 못하는 것만큼 미련한 것은 없었다.

도윤은 스스로 생각했다.

나는 참 미련하고도 헛된 사람이구나, 라고.

부쩍 야윈 은설은 곱게 머리를 땋고 무명옷으로 갈아입곤 별채를 나섰다.

오늘은 그녀가 궁녀가 될 준비를 하기 위해 남해로 가는 날이었다.

여주는 영문도 모른 채, 그저 은설이 어린 시절 앓았던 병세가 깊어져 다시 남해로 요양을 하러 가는 줄 알고 하염없이 눈물만 훔치고 있었다.

"여주야…… 어찌 울어. 돌아온다니까?"

"나도 따라간다니까, 어째 못 가게 하셔요. 아가씨가 혼자 거기서 뭐 어떻게 지내신다고."

"그곳에 날 보살펴주실 분들이 많아. 딱 한 해만. 한 해만 지나면 올 것이야."

"우리 아가씨가 아프긴 억세게 아프신가 봐. 일 년 동안 풀떼기밖에 없는 거기서 뭐 어찌 지내시려고……."

여주는 앞치마로 눈물을 벅벅 훔치며 은설을 끌어안았다.

그 모습을 지켜보고 있던 병관과 유희도 말없이 눈가를 닦아냈다.

함께 길을 떠날 채비를 마친 영광은 묵묵히 그녀의 마지막 인사를 기다려주었다.

"밥 많이 많이 먹고 건강해져서 다시 돌아올게. 응? 울지마."

"……얼굴이 반쪽이 되어서는. 다시 돌아오실 때는 여기 볼 살이 곱절은 되어서 오셔야 합니다. 알았죠?"

여주의 말에 은설은 말없이 고갤 끄덕였다.

그러곤 병판과 유희를 향해 애써 미소를 지어보였다.

하지만 힘겹게 그리는 미소는 오히려 더 슬픔만 그려내고 있었다.

병판은 조심스레 다가가 은설을 끌어안았다.

그러곤 그녀만 들리게 나지막이 속삭였다.

"모든 슬픔은 이곳에 내려놓고 그곳에서 새로운 마음으로 좋은 생각만 하십시오, 공주 마마."

"아버지……"

서로는 서로를 보듬었다.

이제 그 아픔과 고통은 누군가에게만 국한된 통증이 아니었다.

이젠 모두가 나눠 가지기로 한 것이었다.

그것만으로도 은설은 복수에 한 걸음 다가간 것 같아, 마음이 시원했다.

"몸 조심히 다녀올게요, 어머니, 아버지."

그녀의 말에 두 사람은 말없이 고갤 끄덕였다.

그렇게 배웅을 받으며 병판의 사가를 나서던 은설이 문득 걸음을 멈추었다.

눈부시게 맑은 하늘이 은설을 내려다보고 있었다.

"참으로 하늘이 맑습니다."

하늘을 올려다보며 중얼거리는 은설을 따라 영광도 고갤 들었다.

"그렇습니다. 참으로 청아합니다."

"……마지막으로 딱 한 번만."

"……."

"필애원에 가보고 싶습니다."

"공주 마마."

언제나 음울함만이 내려앉았던 그녀의 얼굴이 모처럼 해사해졌다.

"다른 뜻은 없사옵니다. 그저 하늘이 맑아서요…… 그저, 너무도 맑아서."

필애원으로 향하는 내내 은설은 아무 말도 하지 않았다. 그저 묵묵히 하늘만 올려다보며 걷기만 했다. 그 뒤를 따르는 영광도 입을 굳게 다문 채, 그녀의 뒤를 지켰다. 내리쬐는 햇살이 눈부셔서일까, 고개를 젖힌 채 하늘만 올려다보며 걷던 은설이 문득 걸음을 멈추며 눈을 비볐다.

"마마……."

그러자 영광이 작게 그녀를 불렀다. 눈가가 빨개진 은설이 영광을 살며시 돌아보며 괜찮다는 듯 고개를 끄덕였다.

"여기서부턴 소녀 혼자 가겠습니다."

"……괜찮으시겠습니까."

"홀로 견뎌내야 할 고통인 것을요."

아직은 많이 버거웠지만 은설은 하나씩 해보기로 했다. 짓누르는 고통은 모두 자신의 몫이었기에 달리 피할 방법이 없었다. 무명의 치맛자락을 꾹 쥔 채, 은설은 하염없이 걸었다. 영광은 그 모습을 바라보기만 했다. 그때, 은설의 눈앞에 드넓은 필애원이 펼쳐졌다. 한순간에 가슴이 먹먹해졌다.

"전하."

은설은 그 그리운 이름을 불러보았다. 울컥, 눈물이 치솟을 것만 같았다. 꾹 참아보았지만 무리였다.

"소녀를 잊지 말아달라고 하면 나쁜 욕심이겠지요."

파란 하늘도 보드라운 바람도 모두 애석하기만 했다. 살갗에 닿는 촉감이 아프기만 했다. 은설은 몇 번이고 눈을 비볐다.

"송구하옵니다. 송구하단 말로 이 모든 고통을 묻어둘 순 없겠지요. 하나, 그래도 미안합니다. 미안해요, 나의 전하."

하늘은 맑은데 자꾸만 눈앞은 뿌옇게 변했다. 은설은 눈가를 더듬으며 온몸에 힘을 주었다. 그녀의 여린 몸이 파르르 떨렸다. 그러곤 온 마음을 다해 궐 쪽을 향해 절을 올리는 은설이었다.

"강녕하시옵소서."

이 마음이 궐까지 닿을까, 은설은 고개를 들지 못한 채 엉엉 울부짖고야 말았다.

"소녀는 이제 전하를 미워할 것입니다. 몰랐던 사람처럼 그리 원망할 것입니다. 하니, 보란 듯이 굳건히 지내시옵소서. 소녀가 다시 돌아왔을 때, 마음껏 전하를 저주할 수 있도록요."

마음과 다른 그 모진 말을 내뱉는 순간에도 은설은 울고 있었다. 가슴을 쥐어뜯으며 울고 또 울었다. 그러다 결국, 은설은 바닥에 주저앉고 말았다. 견딜 수 없는 슬픔이 그녀를 억누르고 또 짓눌렀다. 은설은 무릎 위로 얼굴을 서럽게 묻었다.

"하니 전하, 바라옵건대…… 오늘은 편안히 주무세요. 오늘 밤만큼은 악몽은 꾸지 마시고 좋은 꿈만 꾸세요. 오늘이 마지막이어요, 전하의 밤을 염려하는 것은."

그녀의 뜨거운 눈물이 필애원 바닥을 적시고 또 적셨다.

"허!"

그 시각, 도윤은 말고삐를 느슨하게 풀어 속도를 늦추었다. 헐떡이며 숨을 내뱉던 도윤은 저 멀리 필애원을 바라보았다. 드넓은 초원이 한눈에 들어왔다. 그의 눈길이 뜨겁게 타올랐다, 차갑게 식어가고 있었다. 슬픔이 그를 잠식해나가는 듯했다.

"이젠 아무도 날 기다리고 있지 않겠지."

필애원에서는 여기저기 쌍을 이룬 연인들이 다정하게 초원을 거닐고 있었다. 그 모습을 먼발치서 바라보고 있자니, 정말 혼자가 되어버린 것 같아 도윤의 가슴이 무너져 내리는 듯했다.

"정말 끝이 났는가 싶어, 쉬이 저곳을 갈 수가 없다."

"전하."

"아무래도 나는 그 아이가 나와 있지 않을까 하는, 혹시나 하는 기대를 저버리지 못한 모양이다. 참으로 못났지 않으냐."

"자책하지 마옵소서."

도윤은 말에서 내렸다. 그러곤 한 걸음, 한 걸음 천천히 필애원을 향해 내디뎠다. 이젠 그 누구도 자신을 기다리고 있지 않는 그곳을 향해 도윤은 느리게 한 발을 내디뎌 보았다.

주환은 그만의 시간을 방해하고 싶지 않은 듯, 먼발치서 그를 기다리기로 했다.

너울을 늘어뜨린 채, 조심스럽게 향하는 도윤의 그림자가 길게 늘어졌다.

그 순간, 먹먹한 눈으로 정면만 응시한 채 걷는 도윤의 곁으로 은설이 지나쳤다. 장옷을 뒤집어쓴 채, 홀로 터덜터덜 필애원을 나서는 은설이었다. 하지만 도윤과 은설은 서로를 발견하지 못한 듯, 애석하게 지나치고 있었다. 막 은설을 지나쳤던 도윤이 문득 걸음을 멈추곤 너울을 거둔 채, 은설을 돌아보았다. 그러고는 장옷을 머리에 쓰고 힘없이 걸어가는 은설의 뒷모습을 빤히 응시했다.

순간적으로 익숙한 체취에 저도 모르게 고개가 돌아갔지만, 바라본 여인은 평소 은설이 입던 옷차림과는 다른 차림이었다.

도윤은 걸음을 멈춘 채 한참 그녀를 바라보았다.

"너를 닮은 향기만 나도 이렇게 가슴이 울렁거리는데…… 앞으로 난 어찌해야 하느냐."

그는 다시금 떨어지지 않는 발걸음을 돌렸다. 그러곤 필애원을 향해 거침없이 걸어갔다. 곧 필애원에 당도한 도윤은 다시금 너울을 늘어뜨리며 뒷짐을 졌다.

나무도, 바위도, 그리고 꽃가지들도 모두 그대로인데, 은설만 없었다. 도윤은 두 주먹을 굳게 움켜쥐었다.

"너를 잊을 것이다."

은설이 한참 동안 주저앉아 눈물을 터뜨렸던 그곳에 서서 도윤은 다짐했다.

"끝내 내 손을 잡지 않은 널 매일 원망하고 미워하며 너를 탓할 것이다."

마음에도 없는 소리를 내뱉어보아도 그의 마음은 갈대처럼 흔들리기만 했다. 아프기만 했고 쓰라리기만 했다. 도윤은 말없이 한숨을 푹 내쉬었다.

"하지만 결국 난 끝내 널 미워할 수 없겠지. 널 밀어내지 못하는 나를…… 원망하겠지."

끝은 정해져 있었다. 세월이 흘러도 은설이란 여인은 끝내 지워내지 못할 것이었다. 그 여인을 생각하면 가슴이 찢어질 듯 아프고 숨이 막힐 만큼 고통스러웠다. 행복했던 시간이 무색할 만큼 깊은 통증이 일었다.

"잊을 것이다. 나를 위해서가 아니라 너를 위해서."

그녀가 미친 듯이 그립기도 했지만, 또한 미칠 만큼 원망스럽기도 했다.

"이젠 넌…… 내가 아닌 다른 사내의 여인이 되었으니까."

대체 어디서부터 무엇이 잘못된 것일까, 밤새 고민을 해보아도 도윤을 이해시킬 수 있는 이별이 아니었다. 그저 도윤에게 은설은 모질기만 한 여인이었기에 그녀와의 시간을 헤집는 것만으로도 도윤의 가슴이 아파왔다.

"아프지 말아라. 오늘이 마지막이다. 이곳에서 너를 추억하며…… 너의 안녕을 바라는 일은."

그리고 머뭇거렸던 그 시간을 모두 지워내겠다는 듯 도윤은 거칠게 필애원을 돌아섰다.

"공주 마마."

쉼 없이 달린 배는 어느덧 남해에 당도했다. 오는 내내 아무 말 없이 바다만 바라보던 은설이 자신을 부르는 영광의 음성에 힘없이 고개를 돌렸다.

"도착했습니다."

그의 말에 은설은 건조한 얼굴로 자리에서 일어났다. 울다 지쳐 잠들기를 반복한 탓에, 그녀의 얼굴은 엉망이 되어 있었다.

"탐라에 계신 마마껜…… 가보지 않으셔도 되겠습니까."

영광이 바다 먼 곳을 바라보며 물었다. 그러자 은설이 조금은 지친 음성으로 고개를 저었다.

"이전에 뵙고 왔으니 조금 시간을 두고 들르는 것이 나을 듯 싶습니다, 오라버니."

"홍 씨 마마 걱정은 마시옵소서. 저희가 살뜰히 보살필 것입니다."

"예, 걱정하지 않습니다. 다만…… 한양에 계신 어머니와 아버지 걱정이……."

은설은 더는 말을 잇지 못하고 눈가를 훔쳤다. 자신의 친부모가 아니라고는 하지만 지금껏 그 두 사람을 친부모로 여기며 살아왔기에 그 연을 쉽게 끊을 순 없었다. 앞으로도 평생, 그 두 사람을 친부모처럼 여기며 살 것이었다.

은설은 먹먹해지는 가슴을 애써 움켜쥔 채 배에서 내렸다. 영광이 서둘러 그녀를 부축했다.

"어머니와 아버지도 걱정 마세요, 공주 마마. 소인이 있지 않습니까."

"오라버니."

"소인은 그저 마마가 걱정입니다."

영광이 깊어진 눈으로 그녀를 몇 번이고 내려다보았다. 하지만 은설은 개의치 않는다는 듯 그의 시선을 외면했다.

"소녀 걱정은 마세요. 괜찮습니다. 어머니와 아버지를 부디 잘 보살펴주세요."

"여부가 있겠습니까."

지독한 운명의 무엇이 이토록 저 여인을 힘들게 하는 것일까. 홍 씨가 일러준 곳으로 가기 위해 은설이 밀서를 펼쳐 들자, 영광이 그녀의 곁에 바짝 붙어 섰다.

"이제부터는 소녀 홀로 가겠습니다."

"하오나 공주 마마."

혼자 가겠다는 은설을 만류하는 영광이었다.

"오라버니는…… 가셔야 합니다."

곧 배가 떠날 듯 사람들이 서둘러 내리고 탔다. 은설은 자신의 곁을 떠날 줄 모르는 영광을 떠밀었다. 하지만 영광은 고개만 가로저을 뿐이었다.

"홀로 이리 보내지 못합니다."

"어머니…… 아버지께서 기다리십니다. 이리 지체하시다 배 떠나겠어요."

조금씩 움직이기 시작하는 배.

영광이 은설의 손을 놓지 못한 채 눈물만 흘렸다.

"오라버니와의 연을 끊는 것이 아니지 않습니까. 다시 만날 것이어요."

"공주 마마."

"여기서 기다리겠습니다."

놓지 못하는 그 손을 애써 놓은 것은 은설이었다. 영광은 그만 눈물을 참지 못하고 흘리고 말았다.

"공주 마마……!"

영광은 울음을 겨우 참으며 이를 악물었다. 생기를 잃은 황무지 같은 그녀의 얼굴을 한참 바라보던 영광은 그만 고개를 떨구고 말았다. 그러자 은설은 두어 걸음 물러나 멀어져가는 영광을 향해 사뿐히 고개를 숙여 보였다.

"소녀를 보러 종종 와주실 것이지요?"

"반드시 이곳에 있으셔야 합니다. 소인이 꼭 마마를 뵈러 올 것입니다."

"큰 슬픔에 빠지실…… 어머니와 아버지를 부디…… 부디 오라버니께서 잘 다독여주시와요."

그렇게 은설은 돌아섰다. 힘겹게 발걸음을 돌린 은설은 끝내 눈물을 흘리고야 말았다. 이젠 닿을 수 없는 거리에 홀로 남은 은설이었다.

'공주 마마는 아무렇지 않으십니까. 정녕 이렇게 멀어질 용기가 나는 것입니까. 그 마음이 상처로 곪아 터져도, 그래도 괜찮은 것입니까.'

영광은 숨죽여 울부짖었다. 그 멍든 가슴 위로 뜨거운 눈물이 하염없이 흘렀다.

"소인이 반드시 마마를 모시러 올 것입니다."

영광은 돌아서는 은설을 향해 절을 올렸다.

"단 하루라도 마마를 제 누이로 생각했던 적은 없었습니다."

고개를 숙인 영광은 차마 고개를 들지 못한 채 눈물만 흘렸다.

"그래서…… 더욱 아픕니다. 아팠습니다."

바람은 부질없이 보드라웠다. 그를 감싸는 햇볕도 대책 없이 따스하기만 했다. 이 마음은 사정없이 무너지기만 하는데……
세상은 더할 나위 없이 아름답기만 했다.

은설은 그렇게 영광의 눈앞에서 멀어져갔다.

삼 년 후.

오지 않을 것 같았던 봄이 또다시 지천에 드리웠다. 올겨울
은 유난히도 지독하게 길고 추웠다. 흐르지 않을 것 같았던 시
간은 강물처럼 분주히 흘렀다.

궐에도 긴 겨울이 물러나고 봄이 찾아왔다. 하지만 대전의
계절은 여전히 겨울이었다. 지독하게 시린 겨울. 삼 년이 지나
도 군주에게서 뿜어져 나오는 냉랭한 기운은 가실 줄을 몰랐
다. 오히려 더 짙어진 암흑 속에서 삶의 의미를 잃은 채, 하루
하루 버텨가고 있을 뿐이었다.

"전하, 중전 마마 드셨사옵니다."

언제나처럼 음산한 기운이 감도는 대전에 문득, 건조한 음성
이 울려 퍼졌다.

말없이 술을 마시고 있던 도윤이 얼굴을 들었다.

"보기 싫다."

그의 부르튼 입술이 힘없이 일그러졌다.

"전하."

중전이 애원하듯 그를 불렀지만, 도윤은 여전히 음성을 굳힌

채 술잔만 기울였다. 문전박대를 당한 중전 김 씨는 핏, 조소하며 이를 악물었다. 그러곤 치맛자락이 찢어질 것처럼 꽉 쥐며 소리를 질렀다.

"삼 년입니다, 삼 년!"

그것은 지난 몇 년 동안 소박만 맞았던 부인이 지아비를 향해 쏟는 울분이었다. 그 분노 서린 음성을 모조리 듣고 있던 도윤은 술잔을 소리 나게 내려놓았다. 그리고 중전이 서 있을 밖을 세차게 노려보며 입을 꾹 다물었다.

"차라리 사가에서 다른 여인이라도 불러 품으십시오! 중전인 신첩이 싫으시면 미월당의 최 소의라도 불러 품으시란 말입니다! 궐에 후궁들이 넘쳐나는데 도대체 왜! 전하께선 여인을 가까이 하시지 않는 겁니까! 손이 귀한 왕실이라며 조선의 앞날을 걱정하는 백성들의 저 목소리는 들리시지 않습니까!"

악에 받친 중전은 법도에 어긋나는 줄 알면서도 소리칠 수밖에 없었다. 그러자 대전 밖에서 고개를 조아리고 있던 상선이 표정을 굳히곤 더욱이 고개만 조아렸다.

"자그마치 삼 년이란 세월입니다. 어찌 여인의 손길을 거부하신단 말입니까! 후사를 보아야! 전하께서도 대소 신료들 앞에서 면이 서실 것이 아닙니까. 저자에선 지금 전하를 두고 남색이니! 후손을 보지 못하는 병에 걸리신 것이니! 해괴망측한 소문들만 떠돌고 있습니다! 후사를 보아야 왕실의 권위가 섭니다!"

그때였다. 굳게 닫힌 대전의 문이 거칠게 열리더니 여전히 싸늘한 얼굴의 도윤이 불쑥 나타났다.

"나에 관한 소문이라면 그것 말고도 꽤 되는 것이지."

"……전하!"

"미치광이 폭군이 갈수록 더 포악해져선 밤마다 궐에서 나의 칼부림에 궁인들이 죽어나간다. 승은을 거부하는 궁녀는 찢어 죽인다. 조선 팔도의 기녀들은 죄다 별궁에 가두어놓고 밤마다 여색을 즐긴다! 그리하여도 후사가 생기지 않는 연유는 억울하게 죽은 선왕 원귀의 저주가 깃들어서다!"

쉴 틈 없이 말을 쏟아내던 도윤은 거칠게 중전을 밀어냈다. 힘없이 밀려난 중전은 두려움이 가득한 얼굴로 도윤을 바라보았다. 얼마 만에 마주하는 용안인지 몰랐다. 이 나라의 군주이기도 했지만 그전에 자신의 지아비이기도 한 그였다. 하지만 몇 년이 지나도 언제나 자신에게 싸늘하기만 한 야속한 지아비였다. 짧은 찰나였지만, 그래도 좋았다. 그와 시선이 부딪친 그 짧은 순간에도 중전의 가슴은 속절없이 떨리기만 했다.

"그러니 꺼지시오. 그깟 소문 따위, 흥미도 관심도 없으니."

그러나 그녀의 마음 따위는 안중에도 없다는 듯, 그는 또 한 번 중전의 마음을 짓밟았다.

"대체…… 대체 왜 이러시는 것입니까! 전하의 우울한 증세가 조금 나아지는 듯싶더니…… 대체 왜! 왜 갈수록 마음의 갈피를 잡지 못하시고 더욱 성심을 흐트러뜨리시는 것입니까!"

중전의 물음에 도윤은 그만 휘청, 몸을 떨고 말았다.

"전하!"

상선이 급하게 도윤을 부축했다. 왜, 대체 이유가 뭐냐고 묻는다면 도윤은 정확히 대답해줄 수 있었다. 그 여인이 떠나고 난 후부터라고. 저 방울만 홀연히 남기고 떠나버린 그 여인 때문이라고.

도윤은 금세 슬픔에 젖은 얼굴로 붉은 입술을 꾹 깨물었다.

"왜냐고 물으셨소? 지금 그 연유를 몰라 내게 묻는 것이오?"

"전하."

"참으로 우습군. 그 연유를 몰라 내게 뻔뻔하게 묻는 모양새나, 그 연유를 알려고 드는 주제넘는 행동이나."

"전하!"

중전은 날이 갈수록 자신에게 더 모질어지는 도윤이 원망스러웠다. 그녀는 그의 싸늘함에 휘청이다 털썩, 주저앉고 말았다. 하지만 도윤은 눈 하나 깜빡 않고 그런 중전을 물끄러미 내려다보기만 했다. 그의 검은 눈동자엔 증오와 분노, 그리고 원망이 잔뜩 서려 있었다.

"전하, 신첩은 전하의 사람입니다. 전하의 여인입니다. 전하의…… 정비(正妃)입니다! 전하의 슬픔은 신첩의 슬픔이옵고, 전하의 아픔 또한, 신첩의 아픔이옵니다."

"하."

"……하니, 신첩에게 부디 마음을 여시어 전하의 상처를 어루만질 수 있는 기회를 주소서!"

중전이 떨리는 음성을 가다듬으며 그의 손을 조심스레 쥐었다. 그러자 그가 싸늘하게 눈을 번뜩이며, 그 손을 치워냈다.

"내 이로써 그대와 내가 죽어도 함께할 수 없음을 다시금 깨닫소."

"아, 전하."

"정녕 연유를 몰라 이리 가증스러운 꼴을 보이며 묻는 모양인데…… 나의 이 고통과 피비린내 나는 역겨운 상처의 원인에 그대는 없을 것 같소?"

도윤은 어처구니없다는 듯 싸늘하게 냉소를 내뱉으며 중전을 쏘아보았다. 그러자 중전은 눈물을 흘리며 야속한 표정으로 도윤을 올려다보았다.

"그러니 헤아려줄 수 있는 척, 보듬어줄 수 있는 척, 위선 떨지 마시오. 역겨워 봐줄 수 없으니."

그러곤 돌아서는 도윤이었다. 중전은 자신에게서 멀어져가는 도윤을 바라보며 이를 악물었다.

"홀로 이 독사 굴 같은 궐을 헤쳐나갈 수 있을 듯싶습니까? 그리 아버님과 척을 진 채 하루하루 위태롭게 버텨나가시면서 그 옥좌를 누구의 도움 없이 지킬 수 있다 생각하십니까?"

그녀는 이를 악문 채, 주먹으로 바닥을 내리쳤다. 주 상궁은 그런 그녀를 넌지시 내려다보고 있을 뿐이었다.

"언젠간 그 싸늘한 얼굴을 신첩의 품에 묻으며 이 손을 잡고 힘이 되어달라, 청을 하는 날이 올 것입니다. 반드시요."

한편, 휘청이던 도윤이 휘적휘적 걸어 도착한 곳은 궐 안의 말과 수레를 관리하는 내사복시(內司僕寺)였다.

"전하."

"비켜라."

"도승지 영감이 알현을 청하였사옵니다."

대전 내관은 부들부들 떨며 도윤 앞에 고개를 조아리고 섰다. 그러자 도윤은 싸늘하게 그를 내려다보며 붉은 입술을 열었다.

"비켜서라 하였다."

"하오나 전하, 곧 도승지 영감이 대전에 들 것이옵니다."

"네놈이!"

"아아……!"

호통을 쳐도 내관이 비켜서지 않자, 도윤은 주환의 검을 거세게 뽑아 그의 목에 겨누었다. 순간, 다리에 힘이 풀려버린 내관은 그대로 흙바닥 위에 고꾸라지고 말았다.

"저, 전하……!"

상선과 주환은 걱정 어린 얼굴로 도윤을 불렀다.

"내 말이 우스운 것이냐? 아니면 네놈이 오늘 내 손에 정녕 피를 묻히려는 것이냐!"

"사, 살려주시옵소서. 저, 전하!"

목에 칼이 들어온 내관은 파르르 떨며 고개를 조아렸다. 그러자 도윤은 그 목숨을 구걸하는 애처로운 음성조차 성가시다는 듯 칼을 저 멀리 던지고 말았다.

"전하……."

"지겹구나, 이젠. 내 발아래에서 내게 목숨을 구걸하는 저들의 음성조차 듣기 싫다."

도윤은 익선관을 거칠게 바닥에 내팽개치며 말 한 마리를 잡아끌었다.

"사냥터로 갈 것이다. 남은 일정은 모두 취소하라."

"전하."

"또 막아서는 자가 있다면, 변명 따위 듣지 않고 그 목을 벨 것이다."

은설에게 다정했던, 그리고 따스했던 그 도윤은 없어진 지 오래였다. 지독한 냉정함만이 온몸을 지배한 폭군만 시린 궐에 존재할 뿐이었다.

❖

"공주 마마, 산사에 다녀오시는 길입니까."

저 멀리서 주 상궁이 환하게 웃으며 고개를 조아렸다. 작년보다 조금 더 성숙해진 은설이 주 상궁을 향해 손을 모았다. 그러곤 무감한 얼굴로 고개를 조아렸다. 빛을 잃었어도 여전히 고운 그녀였다.

"그렇게 부르지 마시래도. 언제 오시었습니까."

"……그럼 공주 마마를 무어라 부릅니까, 소인이. 막 도착했습니다."

"공주의 신분도 회복하지 못하였는 것을요."

멋쩍어하는 은설의 곁에 성큼 다가선 주 상궁이 은설의 차가운 손을 따스하게 맞잡았다. 총명하던 그 눈빛엔 잔뜩 어두운 기운만 스며 있었다. 박꽃같이 환하던 은설의 얼굴엔 웃음이 사라진 지 오래였다. 비극만 남은 은설의 얼굴 위로 오늘도 슬픔이 한 겹 쌓여갔다. 주 상궁은 안타까운 마음으로 은설을 마주했다.

"아직 찾지 못한 공주의 자리인 것을요."

"하나…… 제겐 언제나 홍 씨 마마는 중전 마마시고 은설 아가씨는 공주 마마십니다."

주 상궁은 은설을 위로했고 보듬어주었다. 시든 매화 가지를 손에 쥔 은설이 느리게 고개를 끄덕이며 입술을 악물었다.

"야속하게도 봄이 되었습니다."

은설은 하늘을 올려다보았다. 무성한 꽃잎이 그날의 그때처럼 아름답게 하늘을 수놓고 있었다. 필애원에 와 있는 듯, 그녀의 가슴이 벅차올랐다. 하지만 이내 은설은 다시 아픔 속으로 던져지고 말았다. 여기 이곳은, 그곳이 아니니까. 감히 행복을 꿈꿀 수 있는 공간이 아니니까.

지난 삼 년간, 은설은 자신에게 더욱 혹독하게 굴었다. 오로지 상처만 가슴에 남겨두고 아픔과 증오만 기억하려 애썼다. 말수도 줄고 웃음을 지워낸 덤덤한 그 얼굴은 생기를 잃은 지 오래였다.

"이젠 조금, 무뎌지셨습니까."

주 상궁이 조심스레 물었다. 그러자 그녀는 담담하게 고개를 끄덕였다.

"그렇게 많은 이를 아프게 한 내가 어찌 감히 무뎌질 수 있

공주, 탐라로 향하다   85

겠습니까. 버텨내며 살아가고 있는 것이지요."

하지만 아픔을 말하는 그 입술은 더는 일그러지지 않았다. 아픔에 무뎌진 것이었다. 은설의 가녀린 몸 위로 셀 수 없을 만큼 켜켜이 쌓인 아픔은 이내 딱딱하게 굳어갔다. 그 대신 은설은 웃음을 잃었다. 당연한 결과였다. 그분을 마음에서 억지로 내치고 복수 하나만을 꿈꾸며 도망친 이곳에서 은설은 결코 웃을 수 없었다.

"모두의 행복을 위한 길이 아니옵니까?"

다시금 위로하듯 주 상궁이 말을 건넸지만 은설에겐 소용없었다. 그녀는 그저 정해진 답만 딱딱하게 내뱉으며 얼굴을 굳혔다.

"예, 그렇지요."

'하나, 단 한 사람. 그분에겐 결코 행복일 수 없는 길이지요.'

은설은 그 말을 삼키며 하늘을 올려다봤다.

이제 슬픔을 입에 담는 것은 더는 슬프지 않았다. 하지만 슬픔보다 더한 것은 그 사람. 반드시 자신이 죽여야만 하는 그 사람을 떠올릴 때마다 마음이 아픈 것이 문제였다.

이건 시간이 지나도 무뎌지지 않는 증오와 미안함이었다.

"그래서…… 마음이 아픕니다."

"공주 마마."

"정녕 행복일 수 있을까. 이제 그 행복이 온전할 수 있을까."

정녕 그분을 죽이고 얻어야만 하는 행복입니까.

모두 다 행복해질 순 없는 것입니까.

지난 삼 년, 은설은 복수를 가슴에 새겼지만 그분과 함께 행복해지고자 갖은 노력을 다하였다. 함께 행복해지기 위해 여러 날을 고심했지만 뾰족한 방법은 존재하지 않았다.

차라리 함께 행복하게 해달라고 하늘을 향해 빌었지만 그럴수록 피범벅이 된 은설의 아버지와 어린 오라버니가 꿈에 나와 그녀를 흔들어놓았다. 자신과 자신의 가문을 몰락하게 만든 자의 아들이라는 사실은 세월이 흘러도 변하지 않는 것이었으니까.

그것은 돌에 새긴 활자와도 같은 것이었다.

은설은 두 눈을 질끈 감으며 통증을 호소하는 자신의 심장에 손을 얹었다.

"이제 한양으로 갈까 합니다. 이젠 때가 된 듯합니다. 은설이었던 흔적을, 모두 지워낸 것 같습니다."

장담할 수 있었다. 지난 삼 년은 고독이었고, 고통이었고, 고난이었으므로. 말끔히라고 장담할 순 없지만, 감히 지워냈다 단언할 수는 있었다.

선연한 은설의 음성에 주 상궁은 더는 그 뜻을 반하지 않겠다는 듯 찬찬히 고개를 끄덕였다.

"예, 준비하겠나이다."

황실 사냥터에선 도윤의 거친 숨소리가 숲을 가르고 있었다.

"저러다 옥체 상하시는 거 아닙니까."

종사관은 주환을 향해 걱정스레 물었다. 도윤은 몇 시진째, 말에서 내리지 않은 채 사냥에만 몰두하고 있었다. 노루며 사슴이며 꿩이며 잡지 않은 동물이 없었다. 은설이 떠난 후로 하루가 멀다 하고 사냥터에서 활쏘기만 하니 사냥터엔 남아나는 동물이 없을 지경이었다.

"하아, 하아."

거친 숨을 몰아쉬던 도윤은 물 한 모금을 들이켜곤 곧바로 다음 사냥을 위해 말고삐를 잡아당겼다. 그 얼굴은 땀으로 엉망이 되어 있었지만 도윤은 무표정한 얼굴로 숲을 가로지를 뿐이었다. 그런 그를 신하들은 걱정스럽게 바라보고 있었다.

"이젠 체력이 따라주지 않소. 나 원 참."

"그러게 말입니다. 전하 따라 사냥하러 다니다간 이 몸이 먼저 축나겠소이다!"

그의 사냥을 늘 따르던 대소 신료들은 이젠 진절머리가 난다는 듯 활을 바닥에 내려놓았다. 하나, 그 누구도 나서서 그를 말릴 수 없었다. 그의 앞을 가로막는 이라면 그 누구든 개의치 않고 베어내는 그였으니까.

삼 년이란 시간 동안 그는 더 단단해졌으며 더 차가워졌다. 그것으로 모자라 누군가를 뜨겁게 사랑했던 시간이 무색하리만큼 그 어떤 감정도 존재하지 않는 듯 굴었다.

"벌써 두 시진이 훌쩍 넘었습니다. 어제도 두 시진 넘게 사냥을 하셨다 하지 않았습니까."

종사관이 주환을 재촉했다. 그의 폭주를 말릴 사람은 오직 주환, 한 명뿐이었으니까. 주환은 먹먹한 눈으로 거칠게 활시위를 잡아당기는 도윤을 응시했다.

 "……지난 삼 년 동안 쉴 새 없이 활시위를 잡아당긴 전하시지요."

 "상참과 집무 외에는 오로지 활과 사투를 벌이시니, 그 옥체가 많이 상하셨을 것입니다, 내금위장."

 "어찌할 수가 없소. 나라고 전하를 말리지 않았겠소. 하나, 무용지물이오. 전하를 재촉하면 재촉할수록 더욱 포악해지시니 지켜보는 수밖에 없지 않겠소."

 하지만 주환은 알고 있었다. 도윤이 활쏘기에 온 힘을 쏟은 것은 은설이 떠난 후부터라고. 신하들과 집무를 보는 것 외엔 하루의 대부분을 활쏘기와 술 마시는 것으로 할애하는 그였다. 사냥에 지쳐 대전으로 돌아오면 술을 마시기 전까진 서책 읽기에만 집중했다. 그러니 더욱, 궐에 있는 여인을 가까이할 틈이 없었다. 자신의 몸을 혹사하며 하루하루를 보내는 그가 어쩐지 일부러 잡생각을 할 틈을 주지 않으려고 그러는 것 같아 마음이 아팠다.

 "큰일입니다. 궐 안팎에선 후사를 걱정하는 목소리가 점점 커지는데 전하께선 사냥터에만 종일 붙어 계시니."

 종사관이 긴 한숨을 내뱉으며 뻐근한 어깨를 주물렀다. 그러곤 더는 도윤을 따라 사냥을 나설 힘이 없다는 듯, 돌아섰다. 그때, 저 멀리서 사슴의 몸통을 활로 관통시킨 후 돌아오

는 도윤의 모습이 보였다. 주환은 굳은 얼굴로 그의 곁에 다가
갔다.

"전하, 꽤 오래 사냥터에 계셨사옵니다. 이젠 환궁하실 시간
이 된 듯싶사온데."

"그리되었느냐, 벌써. 시간 가는 줄 모르고 활을 당겼군."

도윤은 거칠게 숨을 몰아쉬며 말에서 내렸다. 궁인들은 서
둘러 그에게 다가가 물과 수건을 건넸다. 도윤은 건조하게 물
을 들이켜며 땀을 닦아냈다. 그때, 어디선가 시원한 봄바람이
살랑살랑 불어왔다. 그 바람 속엔 향긋한 꽃 냄새가 가득 실려
있었다. 물을 마시던 도윤은 문득 고개를 들어 하늘을 올려다
보았다.

"아."

고운 꽃잎이 비처럼 흩날리고 있었다. 가슴 깊이 묻어두었던
아름다운 날의 한 장면이 아스라이 떠올랐다. 도윤은 감정을
헤아릴 수 없는 얼굴로 떨어지는 꽃잎을 올려다보고 있었다.
주환은 그런 도윤을 말없이 응시하다, 이내 조심스럽게 그의
곁에 가까이 다가섰다.

"……전하, 이젠 전하를 그만 괴롭혀도 되지 않겠사옵니까."

그러자 생각에 잠긴 듯, 하늘만 올려다보던 도윤이 딱딱하게
굳은 얼굴을 슬쩍 내려 주환을 돌아보았다.

"전혀 괴롭지 않다."

"……전하."

"내가 왜 나를 부러 괴롭힌다는 것이냐. 내가 왜. 해야 할 일

이 산더미인 내가 뭐가 적적하여 나를 괴롭히며 하루를 보내."

그 말을 아무렇지 않게 내뱉으며 그가 휘적휘적 숲을 가로질 렀다. 주환은 황급히 그 뒤를 따르며 다른 이는 따르지 못하게 막아섰다. 앞서 걷는 도윤의 얼굴은 한 점 일그러짐이 없었다. 그저 뒷짐진 채 꽃비를 따라 하염없이 흙길 위를 걷고 있었다.

"전하."

더는 지켜보지 못하겠다는 듯 주환이 감히 그의 앞을 가로 막고 섰다. 그러자 도윤은 내내 하늘만 바라보던 얼굴을 숙여 그를 돌아보았다.

"감히, 소신 목숨을 걸고 전하의 앞을 가로막았나이다."

그러곤 주환은 그의 앞에 무릎을 꿇었다. 그를 내려다보는 도윤의 얼굴은 여전히 무표정했다.

"더는 전하를 곁에서 지켜보고만 있을 수가 없습니다. 이러 다 옥체 상하실까 염려되어 소신 하루에도 몇 번이고 마음을 졸입니다. 이젠 그만하셔도 되지 않겠습니까. 이젠…… 그 여 인 때문에 더는 이리 전하를 스스로 아프게 하지 않으셔도 되 지 않겠습니까."

그가 애원하듯 도윤을 올려다보며 입술을 악물었다. 그를 묵묵히 내려다보고 있던 도윤은 '그 여인'이라는 말에 미간을 확 찌푸리고 말았다.

"뭐라? 그 여인 때문?"

"그 마음을 힘겹게 억누르실 필요 없사옵니다. 차라리 전처 럼 그리우면 그립다고 말을 하시는 것이……."

그 순간, 도윤이 곧장 그의 허리춤에서 칼을 꺼내 주환의 목에 칼을 겨누었다.

"전하."

처음이었다. 단 한 번도 주환의 목에 칼을 겨눈 적 없던 도윤이었다. 한데, 그런 도윤이 지금 자신의 벗과 다름없는 그에게 칼을 겨누고 있었다. 주환은 예상했다는 듯 담담하게 두 눈을 감았다.

"내 그 여인을 더는 입에 담지 말라 하였거늘. 네가 실성이라도 한 것이냐."

삼 년여 만에 둘 사이에서 은설의 이야기가 나온 것이었다. 주환은 아무런 대답도 하지 않은 채, 그저 묵묵히 도윤의 말을 받아내고 있었다.

"잊은 지 오래다. 아니, 이젠 잊었다는 말조차 우스울 정도로 내겐 아무것도 아닌 사람이다. 그런데 왜 그 여인을 말하며 아무렇지 않은 내게 억누르지 말라, 그립다 하라, 헛소리를 지껄이는 것이냐."

"전하."

"선을 넘는구나, 너답지 않게."

화가 난 듯 구겨졌던 그의 얼굴은 평온을 되찾은 듯, 무표정하게 바뀌어 있었다. 하지만 주환의 목에 겨눈 칼은 여전히 거두지 않은 채였다. 주환은 감았던 눈을 떠 그를 올려다보았다. 정녕 잊은 것일까. 그는 처연하도록 담담한 얼굴이었다.

"전하……."

"무릎을 꿇었을 땐, 너도 네가 그 선을 넘는다 생각하여서 그런 것이겠지. 다신 언급 말라. 그리고 내 앞을 가로막으려거든 합당한 연유를 들며 내 앞에 서야 할 것이다. 다른 이였으면 이 칼로 그 목을 베어내고도 남았겠지. 하지만 너이기 때문에 한 번은 넘어가는 것이다."

도윤은 들고 있던 검을 무심하게 툭, 던지며 등을 돌렸다.

"두 번은 없다."

그 말만 싸늘하게 남긴 채 도윤이 멀어졌다. 주환은 그의 뒷모습을 물끄러미 바라보았다.

가슴이 미어지게 아픈 이유는 무엇일까. 모두 다 잊어냈다고 그가 자신 있게 얘기하고 있건만 왜 주환의 가슴이 미어지는지 알 길이 없었다. 그는 참담함에 고개를 숙이며 흙바닥을 짚었다.

"정녕 모두 잊어 그리 담담하신 것입니까. 아니면 여전히 잊지 못해, 그 마음을 죽여버린 것입니까."

애처로워 보이는 그의 뒤로 눈부시게 아름다운 꽃잎들이 무성하게 흩날렸다.

❀

"폐비 홍 씨에게 사약을 내리소서!"

다음 날, 또다시 시작된 이학수 무리의 엄포였다.

아침이 밝자마자 시작된 상참 회의에선 잊고 있던 폐비 홍 씨에 대한 사약 이야기가 화두로 떠올라 있었다. 그 중심에는 중전 김 씨의 부친이자 국구인 영의정이 자리했다. 자신의 딸이 중전이니 곧 자신의 딸이 세자라도 낳는다면 폐비 홍 씨의 생존이 걸림돌이 될 것이 분명했기 때문이었다.

쓰레기는 언제든 치워버리는 것이 상책이라 생각하며 영의정은 지그시 눈을 감았다. 그를 지켜보고 있던 도승지가 도윤의 눈치를 보며 폐비 홍 씨의 사약을 추진하는 무리들을 돌아보았다.

"전하! 부디 충신들의 충언을 외면치 마시옵소서!"

충신과 충언이란 단어가 도윤의 심기를 툭, 건드리고 말았다. 도윤은 질끈 감았던 눈을 느리게 떴다.

"무엇이 충신이고 무엇이 충언이오!"

버럭, 하는 도윤을 꼿꼿하게 바라보고 있던 미월당 최 소의의 친부, 좌의정이었다. 그는 눈을 가늘게 치켜떠 버럭하는 도윤을 바라보았다.

'어째서…… 폐비 홍 씨의 이야기에만 저토록 민감하게 반응하는 것일까.'

자신의 딸이 승은을 입지 못하고 있는 것도 문제였지만 그보다 더 큰 문제는 도윤이 폐비 홍 씨를 묘하게 감싸고도는 것이었다. 매번 폐비 홍 씨의 사약 사안을 청할 때마다 도윤은 일관되게 그 주장들만 무시해버리곤 했다. 이번에도 도윤의 반응은 전과 다를 것 없었다.

"무슨 연유로 사약을 내릴까. 죽을 날만 바라보고 있는 폐비가 무슨 죄가 있다고 사약을 내리라, 마라 경들이 참견하는 것이오!"

"전하!"

"하긴, 어떤 연유든 갖다 붙여 죽이는 거 하나쯤은 우습게 생각하는 그대들이니!"

도윤의 호통에 그들은 멋쩍은 듯 서로의 눈치만 봤다. 이내 그는 옥좌를 주먹으로 힘껏 내려치며 자리에서 벌떡 일어났다.

"그 이야기는 더는 꺼내지 말라, 내 저번에 그리 엄포를 놓았건만 과인이 우스운 것이오?"

청천벽력과도 같은 군주의 음성에 신하들은 고개를 조아렸다. 동시에 좌의정은 한숨을 내쉬며 눈을 아래로 내리깔았다. 그러곤 이를 악물며 도윤을 향해 납작 엎드렸다.

"전하……! 소신은 전하의 뜻에 따르겠사옵니다!"

갑작스러운 좌의정의 말에 이번엔 폐비 홍 씨를 기필코 죽여 없애버려야겠다 입을 모았던 대소 신료들이 의뭉스러운 시선으로 좌의정을 바라봤다.

"최근 전하의 안위가 미령하다 들었사옵니다. 더는 이 일로 전하의 심기를 어지럽히는 일은 없었으면 하옵니다!"

좌의정에게 폐비 홍 씨의 사약은 별 의미 없는 일이었다. 이미 힘을 잃어 죽을 날만 세고 있는 여인이 저에게 무슨 피해를 줄까. 매번 홍 씨의 사약을 의논하는 대소 신료들을 바라보며 쓸데없는 곳에 힘을 뺀다 생각하곤 했었다. 그에게는 딱 한 가지, 자신의 딸, 최 소의에게서 왕의 씨를 보는 것이 중요했다.

중전은 물론이고 궐의 어느 여인도 거들떠보지 않는 도윤이었기에 좌의정은 언제든 자신에게도 기회는 열려 있다고 생각했다. 부원군, 국모의 아버지가 되는 것. 가능한 일이라 생각하였기에 좌의정은 검은 속내를 애써 감추며 고개를 더욱 조아렸다.

힘에 부친 듯 눈꺼풀을 파르르 떨던 도윤이 자신을 향해 고개를 조아리고 있는 좌의정을 바라보았다.

"좌의정?"

툭, 툭, 툭.

거칠게 계단을 내려선 도윤이 피식, 웃음을 흘리며 좌의정의 앞에 섰다. 그러곤 허리를 굽혀 자신을 향해 엎드린 좌의정의 머리맡을 물끄러미 내려다봤다. 도윤의 생기를 잃은 눈동자가 건조하게 움직이고 있었다.

"그대의 딸이…… 최 소의라지."

"전하, 미천한 제 여식을 알아주시니 황송하옵니다!"

좌의정은 크게 기뻐하며 도윤을 향해 다시금 납작 고개를 조아렸다. 하지만 도윤의 얼굴은 더욱 굳어졌다.

"왜, 나에게 이리 아첨이라도 하면 내가 최 소의의 옷고름이라도 풀어줄 것으로 생각하였는가."

그것은 망발이었다. 한낱 기생도 아닌 첩지를 받은 후궁을 욕보이는 발언이었다. 도윤의 날카로운 말에 모여 있던 대소 신료들은 화들짝 놀라 저들끼리 수군거렸다. 납작 엎드린 좌의정은 입술을 질끈 악물 수밖에 없었다. 그의 눈가가 수치심으로 파르르 떨렸다.

"검은 속내를 드러내지 그러시오."

"전하! 무엇인가 오해를……!"

"차라리 내가 오해를 하는 것이었으면 좋겠다만. 솔직해지시오, 좌상."

"어찌 충언을 아첨이라 하시는지요, 전하."

"그대, 내 눈을 똑바로 보시오."

도윤은 여전히 충언이라 칭하는 좌상을 삼엄하게 내려다보며 허리를 숙였다. 그러자 좌상이 두려움이 가득한 눈으로 도윤을 올려다보았다. 두 사람의 시선이 순식간에 한 덩어리가 되었다.

"충언이란 말이오."

도윤의 음성이 분기로 무자비하게 떨렸다. 그 음성을 받아내는 좌상도 두려움에 벌벌 떨었다.

"충신의 입에서 나와야 충언이오."

"아."

"아시겠소들?"

도윤은 구부렸던 허리를 들어 자신을 향해 숙덕이는 대소신료들을 향해 소리쳤다. 도윤의 분노에 수군거리던 신하들은 모두 고개를 조아릴 수밖에 없었다. 싸늘하다 못해 차가운 공기가 편전을 휘감았다.

"아무 입에서나 지껄이는 것을 충언이라 감히 칭하지 말란 말이오!"

도윤의 분노에 대소 신료들은 너나 할 것 없이 모두 바닥에 엎드렸다. 그러나 단 한 사람, 국구(國舅)인 영의정만 고개를 빳빳하게 든 채 도윤을 응시하고 있었다. 도윤은 싸늘하게 부원군을 바라보았다. 두 사람은 서로의 눈을 피하지 않았다.

"내 입에서 먼저 말이 떨어지기 전까진 폐비 홍 씨에 관한 이야기는 일절 꺼내지 말아야 할 것이오. 나의 경고를 무시할 시 그대들의 목이 온전히 달려 있으리라는 걸, 내 보장해줄 수 없으니 새겨들 들으시고."

마주 본 두 사람의 시선이 날카롭게 교차했다. 도윤은 마지막까지 싸늘하게 영의정을 응시하며 편전을 나섰다.

"전하……."

황급히 뒤따르던 상선이 조금 비틀거리는 도윤을 부축했다.

"놓아라."

어젯밤에도 술에 취해 잠들었으니 나날이 쇠약해져가는 도윤의 몸 상태는 이루 말할 수 없을 정도로 최악을 달리고 있었다. 도윤이 지끈거리는 머리를 붙잡고 대전으로 돌아가기 위해 힘겹게 한 걸음을 내디뎠을 때, 저 멀리 별궁 화원이 보였다. 그의 눈길이 무심하게 그곳에 닿았다. 그것을 뒤에서 바라보던 상선이 고개를 조아렸다.

"화원으로 길을 잡을까요, 전하."

그러자 도윤은 이내 고개를 돌려 버렸다.

"아니, 되었다. 대전으로 가자."

지난 삼 년 동안 별궁의 화원을 의도적으로 피하는 그였다.

아무래도 그 여인과 관련이 있지 않을까 싶어, 주환과 상선은 더 묻지 않았다. 그때, 무감한 얼굴로 별궁의 전각 하나를 끼고 돌던 도윤은 분주히 걷고 있는 궁녀 하나를 발견했다.

"아."

대수롭지 않게 그 시선을 거두곤 대전으로 향하던 도윤의 날카로운 눈길이 다시금 그 궁녀에게 날아가 꽂혔다. 도윤은 무언가에 크게 얻어맞은 얼굴로 그 궁녀를 돌아보았다.

그 궁녀에게서 삼 년 전, 자신을 홀로 두고 떠났던 은설의 얼굴이 묘하게 겹쳐 보였던 것이다.

도윤의 가슴이 무너져 내리고 말았다.

"잠시."

도윤은 걷던 걸음을 멈추곤 은설을 닮은 그 궁녀를 뚫어지게 응시했다. 하지만 그 궁녀는 고개만 조아린 채, 서둘러 갈 길을 향해 가고 있었다.

'뭐지, 저 궁녀는?'

멀어져가는 그 궁녀를 바라보며 도윤은 느리게 고개를 저었다. 그녀는 도윤에게서 점점 멀어지고 있었다.

스치듯 지나치는 궁녀였지만, 은설과 닮은 듯한 궁녀의 모습에 도윤의 가슴이 고동치기 시작했다.

'그럴 리가 없다. 그 여인이 저런 차림으로 궐에 있을 리가 없지.'

도윤은 휘휘 고개를 저으며 발걸음을 옮겼지만, 이상하게 그 가슴은 두근두근 뛰고 있었다. 자꾸만 그의 고개가 멀어지는 그 궁녀에게로 향했다.

'잘못 본 것이겠지……'

애써 널을 뛰는 그 마음을 다잡으며 도윤은 고개를 돌렸다. 하지만 이미 시작된 파동은 그가 아무리 마음을 다잡는다고 해도 멈춰지지 않았다.

대전으로 향하는 그의 걸음이 더뎌지고 있었다.

그날 밤, 어둠이 내려앉자 도윤은 침소의대로 갈아입고는 대전을 나섰다. 대전 안엔 여느 날과 다름없이 술상이 차려져 있었지만 오늘은 무슨 일인지 술상을 마다한 그였다.

"홀로 산보를 다녀올 것이니, 따르지 말거라."

갑작스러운 그의 행보에 궁인들이 서둘러 따랐지만 도윤은 곁을 물렸다. 그리고 말없이 연못가 주변을 도는 그의 얼굴은 여전히 무표정했다. 달빛을 지표삼아 단단한 돌길을 걷고 또 걷는 도윤의 등 뒤로 그림자가 길게 늘어졌다. 덩달아 그의 걸음도 점점 더뎌지고 있었다. 어쩐지 몸도 마음도 무거워지는 것만 같았다.

"하."

그는 깊은 한숨을 내쉬며 밤하늘을 올려다보았다. 마음이 답답했다. 오늘 밤은 유독 그 답답함이 짙었다.

"왜 이리 마음이 답답한지, 알 길이 없구나."

한참 달빛을 따라 묵묵히 걷던 그가 못가 근처에 다다라선 걸음을 멈추었다. 잔잔한 파동 위로 달빛이 은은하게 흘렀다. 검은 물결도 평화로이 흐르고 있었다.

도윤은 뒷짐을 진 채 하염없이 연못만 내려다보았다. 그 위로 슬쩍 피어오른 물안개가 그의 눈동자에 담겼다. 어쩐지 그의 눈가가 축축해지는 듯했다.

달빛 아래에서 연못만 내려다보는 그의 얼굴은 조금 전보다 훨씬 더 싸늘했다. 답답한 가슴을 좀 식힐 겸 산보를 나왔건만 오히려 더 마음이 막히는 기분이었다. 그리고 그 답답함 속에 어쩐지 낮에 보았던 은설을 닮은 궁녀도 담겨 있는 것 같았다.

"그저 닮은 얼굴일 게지. 한데 어찌 이토록 숨이 막힐 듯, 답답한 것이냐."

그 얼굴을 지워내기 위해 그는 몇 번이고 고개를 가로저었다. 그러곤 대전으로 돌아가 술잔이라도 기울이다 잠을 청하려 몸을 돌렸다.

그런데 자신이 서 있는 못가와 머지않은 곳에서 무언가가 움직이고 있었다. 도윤의 시선이 절로 그곳에 묶였다. 이내, 그 어둠 속에서 돌멩이 하나가 툭 튀어 나왔다. 그 돌은 연못 속으로 퐁당, 맑은 소리를 내며 떨어졌다.

"……수작을 부리는 게지."

자세히 보니 웬 궁녀 하나가 무릎을 끌어안고 앉아, 연못 위로 돌멩이를 던지고 있었다. 또 자신의 눈길을 끌기 위해 궁녀들이 수를 쓰는 모양이다 싶어 그는 쯧쯧, 혀를 차며 발길을 돌리려 몸을 틀었다. 그런데 가만히 앉아 있던 궁녀가 자리에서 일어나 이쪽을 바라보았다. 그러더니 서서히 이쪽으로 걸어 나왔다. 그 짧은 순간, 두 사람의 시선이 거짓말처럼 얽히고 말았다. 그리고 두 사람은 동시에 서로를 알아본 사람처럼 흠칫 몸을 떨고 말았다.

"아……."

그 궁녀였다.

은설을 닮은 궁녀.

그녀는 어둠 속에서 서서히 모습을 드러냈다. 그러자 그녀의 얼굴이 점점 달빛을 받으며 환해졌다. 서서히 드러나는 그녀의 자태에 도윤은 그만 기함하고 말았다.

"너는……!"

환영을 보는 것일까. 도윤은 위태롭게 몸을 떨고야 말았다. 그 여인이었다. 삼 년 전, 자신을 버리고 홀연히 사라져버린…… 그 나쁜 여인이었다. 도윤은 보고 있으면서도 믿기지 않아 자신의 눈을 의심했다.

"거짓일 것이다."

부정하면서도 그는 은설에게서 눈을 떼지 못하고 있었다. 그녀의 얼굴이 확연히 드러날수록 그의 단단한 가슴은 처참하게 무너졌다. 그리고 그런 그의 마음을 읽은 듯, 그 궁녀는 가까이 더 가까이 그에게로 걸어갔다.

"어찌."

그는 말을 더 잇지 못한 채 굳어버리고 말았다. 하지만 무너지는 그를 바라보며 그에게 다가가는 순간에도 그녀는 평온한 표정을 유지했다.

다른 사람일까. 그저 꼭 그 여인과 같은 얼굴을 지닌 다른 여인일까. 수없이 의문을 품은 채 도윤이 그녀에게로 다가갔다. 그리고 그 순간…….

"전하."

그 궁녀는 소스라치게 놀라며 고개를 조아렸다.

"용안을 뵈옵니다……!"

같은 음성.

자신을 그토록 떨게 했던 그 음성으로, 그리고 그 입술로 자신을 부르고 있었다. 도윤의 눈동자엔 뿌연 눈물이 왈칵, 차올랐다. 화들짝 놀라며 자신을 향해 걷던 걸음을 우두커니 멈춰선 궁녀를 물끄러미 내려다보는 도윤의 눈길이 위태로웠다.

그러다 한 걸음, 한 걸음…… 그녀에게 향하는 그 걸음을 힘주어 걷다가, 순간적으로 그녀의 손목을 잡아챘다.

"전하……!"

갑자기 다가와 자신을 잡아채는 그의 위엄에 은설은 놀란 얼굴로 그를 올려다보았다. 그러자 도윤은 믿을 수 없다는 듯 충격에 빠진 얼굴로 힘겹게 입을 열었다.

"너, 뭐야."

그 음성은 부들부들 떨리고 있었다. 그리고 궁녀 차림을 하고 있는 그녀를 몇 번이고 내려다보았다. 도윤의 검은 눈동자가 분주히 그녀를 살폈다. 그러자 그녀는 머뭇거리듯 그 붉은 입술을 열었다.

"소인은…… 그저 잠이 오지 않아 처소 밖을 맴돌다…… 송구하옵니다."

그녀는 제대로 고개조차 들지 못한 채, 군주에게서 한 걸음 물러났다. 하지만 도윤은 그럴수록 그녀를 더욱 단단하게 붙잡았다.

"네가 왜, 여기에 이런 차림으로 있는 것이냐."

그의 눈가가 파르르 떨렸다. 지워냈다 생각했는데, 애써 모두 삼켜 없앴다고 생각했는데, 이렇게 그 여인을 닮은 얼굴을 마주하니 그의 가슴이 뜨겁게 불타올랐다. 도윤은 분기를 억누르며 그녀를 단단히 자신의 손아귀에 가두었다.

"어찌…… 저를 아시옵니까."

하지만 그 궁녀는 알 수 없단 얼굴로 도윤을 응시했다. 그 가슴이 몇 번이고 무너졌다, 타올랐다, 널을 뛰고 있었다. 그녀가 어찌 아냐, 도윤에게 묻는 그 순간 그의 얼굴이 무자비하게 일그러지고 말았다.

"뭐라."

"……소인을 전하께서 어찌 아시냐, 물었습니다."

어처구니없는 그 말에 도윤은 헛웃음을 터뜨리며 잠시 하늘을 올려다보았다.

"나를 모른다?"

"……전하."

"나를 모른다?"

그는 버럭 소리를 지르며 한 걸음 물러나는 그녀에게 바짝 다가갔다. 그의 눈동자는 다른 이의 품에 안기던 은설을 보던 그날의 그때처럼 원망으로 가득 차 있었다.

그녀는 흐트러지려는 호흡을 가다듬으며 그를 향해 슬쩍 고개를 조아렸다.

"소인이 어찌 전하를 모르겠사옵니까. 전하께선 이 궐의 주인이시고 소인은 그런 전하의 시중을 드는…… 궁녀인 것을요."

모든 것을 무력하게 만들어버리는 그녀의 말이었다. 도윤은 여전히 믿을 수 없다는 듯, 헛웃음을 입가에 매단 채 고개를 조아린 그녀의 턱 끝을 움켜쥐었다. 그러곤 그 고개를 들게 해 자신을 쳐다보게 했다.

"전하……!"

"거짓말을 하고 있는 것이지. 네가 왜 내 시중을 드는 궁녀인가. 네가 왜!"

"소인은……."

그 궁녀는 그 입술을 굳게 앙다문 채 목에 힘을 주었다.

"지밀나인으로 있는 단희라고 하옵니다."

"뭐라?"

"단희……라고 하였사옵니다."

그리고 더는 그 뜨거운 눈빛을 피할 생각이 없다는 듯 은설 역시 그를 단단히 올려다보았다. 감히 궁녀가 왕에게 보일 수 없는 맹랑하고도 무례한 눈빛이었다. 그 순간, 도윤은 '단희'라는 낯선 이의 이름을 말하는 그녀를 향해 입술을 열었다.

"단희라니?"

그가 의아하게 그녀를 바라보았다. 하지만 '단희'라는 궁녀는 더 말을 잇지 않은 채 묵묵히 그를 올려다보고 있을 뿐이었다. 순간, 도윤은 뜨거운 것에 닿은 사람처럼 화들짝 놀라며 그 여인에게서 한 걸음 물러났다.

"단희라……."

이 얼굴도 이 음성도, 그리고 이 여인에게서 뿜어져 나오는 체취와 느낌도 모두 신은설, 그 여인과 다를 것 없었다. 그런데 이 궁녀는 자신을 단희라 말하고 있었다. 혼란이 물밀 듯이 밀려왔다. 그는 눈동자를 떨며 그녀를 찬찬히 살폈다.

"거짓을 고하는 것이다. 너는 은설이다."

"송구하오나 전하…… 소인은 그 여인이 아닙니다."

"아니다! 너는 은설이가 맞다! 이 목소리, 이 눈빛…… 무엇 하나 변한 것이 없다!"

"저는 그 여인이 아니옵니다, 전하."

그녀는 억울하다는 듯 눈물까지 그렁그렁 맺힌 채, 도윤을 올려다보고 있었다. 하지만 도윤은 그녀의 말을 믿을 수 없었다. 그녀의 입에서 흘러나오는 말보다, 이 여인을 마주하고 나서 격하게 반응하기 시작하는 이 마음이 진실을 말해주고 있었다. 도윤은 다시금 그녀의 손목을 잡았다. 그러곤 뜨거운 눈길로 그녀를 뚫어지게 응시했다.

"추호도 거짓이 없으렸다?"

"……소인이 어찌 전하께 거짓을 고하겠나이까."

"단희라…… 은설이가 아니라 단희라……?"

"예, 전하."

"그 말을 지금…… 나더러 믿으라는 것이냐?"

다시 한 번 더, 벼락같이 호통을 치는 그의 음성에 먼발치서 그를 보좌하고 있던 주환이 서둘러 달려왔다. 동시에 궁녀는 난감하다는 얼굴로 고개를 조아리며 도윤에게 잡힌 손목을 바라보았다.

"전하, 무슨 일…… 아."

그러자 놀란 주환이 도윤에게 손목이 잡힌 채, 어쩔 줄을 몰라 하는 궁녀를 바라보았다. 궁녀의 얼굴을 확인한 주환 역시 말문이 턱, 막히고 말았다. 삼 년 전, 군주의 마음을 세차게 뒤흔들고 홀연히 사라져버린 그 여인. 은설과 똑같은 얼굴의 궁녀였기 때문이었다.

"……어찌."

놀란 채 굳어버린 주환을 도윤이 먹먹한 눈으로 바라보았다.

"지밀나인, 단희라……. 이 궁녀를 궐에서 본 적이 있는가, 주환."

건조하기 짝이 없는 도윤의 음성에 주환은 애써 놀라움을 지워내며 다시금 그 궁녀의 얼굴을 살폈다.

"소신은…… 처음 보는 듯하온데."

그때, 궁인들이 우르르 무리 지어 순찰을 돌다 도윤을 발견하곤 황급히 고개를 조아렸다. 보는 눈이 많아지자, 주환은 은밀히 도윤에게로 다가갔다.

"전하, 보는 눈이 많으니 이 궁녀를 보내는 것이……."

그 말에 도윤은 깊은 한숨을 내쉬며 쥐고 있던 궁녀의 손목을 놓았다. 그러자 궁녀는 빨갛게 부어오른 손목을 만지작대며 도윤을 향해 고개를 조아렸다.

"물러가라."

단조로운 그 말에도 그녀는 아무런 반응도 내비치지 않은 채, 서둘러 발걸음을 돌렸다. 다시금 어둠 속으로 사라지는 그 궁녀의 뒷모습을 도윤이 빤히 좇았다.

"주환."

"……예, 전하."

"아무래도 이상하다. 단희라는 저 궁녀에 대해 알아보라."

"예, 분부 받잡겠사옵니다."

도윤의 가슴이 미어지고 말았다. 잊었다 생각했는데, 다시 마주한 그녀의 얼굴에 그의 가슴은 다시금 무자비하게 무너지고 말았다. 황망함이 쏟아졌다. 도윤은 버거운 감정에 휘청이며 어둠 속으로 사라져버린 궁녀를 떠올렸다. 혼란스러움이 그를 세차게 뒤흔들었다.

견디기 어려운 고통의 밤이었다.

✦

처소로 힘겹게 돌아온 그 궁녀는 온전히 혼자가 되자, 그대로 주저앉고 말았다. 그때, 먼저 와 그녀를 기다리고 있던 주 상궁이 소스라치게 놀라며 그녀를 부축했다.

"공주 마마!"

은설은 이를 악물며 가슴을 쥐어뜯었다. 그녀의 눈동자엔 눈물이 그렁그렁 맺히고 말았다. 누가 봐도 삼 년 전 그 여인의 얼굴로 그를 처참하게 유혹해낼 참이었다. 그녀는 붉은 연지를 바른 입술을 굳게 앙다물며 치맛자락을 쥐었다. 그런 그녀의 모습을 바라보던 주 상궁은 그녀의 굳게 말아 쥔 주먹을 따스하게 감쌌다.

"주 상궁."

주 상궁의 눈가도 젖어 있었다.

"송구하옵니다. 이리 마마를 아프게 해서."

"어찌 그대가 송구하다 합니까. 나의 일입니다. 그리고 내가 해야만 하는 일입니다. 마음 쓰지 마세요."

삼 년 전보다 더 야윈 모습의 그녀였다. 제대로 설 힘조차 없는 듯, 위태롭게 마른 그녀의 모습이 주 상궁의 가슴을 할퀴었다. 주 상궁이 은설을 따스하게 끌어안았다.

"무엇이 되었든 마마께서 걷는 그 길은 마마와 마마의 사람 모두를 위한 길이 될 것입니다. 하니, 마음 굳건히 먹으세요. 소인은 언제나 마마의 편입니다."

"고맙습니다, 주 상궁."

은설 역시 편안한 얼굴로 그녀를 끌어안았다. 하지만 그 가슴은 거세게 고동쳤다. 아까 도윤과 마주하였을 때, 혹시나 자신을 알아보지 않을까. 순간적으로 은설은 극도로 긴장하고 말왔다. 그의 모습을 떠올리는 그녀의 눈동자가 텅 비고 말았다.

삼 년여 만에 재회한 그였다. 말끔하게 궁녀로 변장한 은설은 다시금 그의 얼굴을 눈앞에 그려보았다. 그토록 그리워했고 그토록 자신을 아프게 했던 이와의 재회.

"잘 지내고 있군요. 이 가증스러운 궐의 주인답습니다."

그의 얼굴은 상상했던 것보다 더 아무렇지 않았다. 종종 궐에서 그의 소식이 들려왔지만, 생각보다 잘 지내고 있다는 말에도 은설은 믿지 못했다. 그녀에게 지난 삼 년이란 시간은 생지옥이었기에. 아무리 잊는다, 지워낸다 하였어도 말처럼 쉽게 되지 않는 것이 그 마음이었기에 은설에게 지난 시간은 고역과 고통의 연속이었다.

"괜찮으시옵니까."

주 상궁이 조심스레 물었다. 그녀가 고통으로 힘겹게 지낸 지난 시간을 곁에서 고스란히 보았으니, 주 상궁의 가슴도 먹먹해질 수밖에 없었다. 그러나 은설은 어쩐지 담담한 얼굴이었다.

"안 괜찮을 것이 무엇 있습니까."

"마마."

"참 부질없지 않습니까, 사람의 마음이라는 것이."

잘 산다는 말은 들었지만 막상 이리 잘 지내고 있는 모습을 보니 그녀의 가슴이 무너지는 듯했다. 황망함에 냉소만 연신 터져 나왔다.

"나만 힘들었나 봅니다."

그녀는 고개를 가로저으며 얼굴을 묻었다. 그러곤 입술을 굳게 다물었다.

"삼 년의 시간이 무색하네요, 주 상궁."

"마음을 굳히셨습니까, 마마."

은설은 주 상궁의 물음에 묵묵히 고개를 끄덕이며 하늘을
올려다보았다.

"예, 이미 입궐한 그 순간부터 저는 단희라는 이름을 가진 궁
녀이기로 하였습니다."

'단희'라는 낯선 이름을 입에 담으며 은설은 눈빛을 반짝였
다.

"이 조선의 왕을…… 반드시 유혹해낼 것입니다."

제 20 장

궁녀, 단희

다음 날, 날이 밝자 간밤에 도윤과 함께 있었던 궁녀에 대한 소문이 궐 안에 스멀스멀 돌기 시작했다. 궐에 있는 모든 여인에게 관심조차 없던 그가 지난밤 한 궁녀의 손을 잡고 함께 있었단 말이 여기저기서 피어나기 시작했다. 그리고 곧 그 소문은 미월당 최 소의와 중궁전에도 닿기 시작했다.

"간밤에…… 전하께서 여인과 함께 있었다? 그것도 궁녀와?"

당연히 중전 김 씨는 핏대를 세우며 분기를 금하지 못하고 있었다. 중전의 눈치를 살피던 중궁전 나인이 슬쩍 고개를 조아리며 그녀에게 은밀히 다가섰다.

"지밀나인이라는 말이 나돌고 있습니다."

"……무어라?"

"입궐한 지 얼마 되지 않은 지밀나인이라 하옵니다."

"지밀이라니?"

'지밀나인'이란 말에 중전은 기함하고 말았다. 도윤의 최측근에서 그의 시중을 드는 나인이 도윤과 함께 있었던 여인이라니. 중전은 씩씩대다 서안 위에 올려진 서책을 우악스럽게 집었다. 금방이라도 바닥 위로 내동댕이칠 기세였다.

"미월당도 이 사실을 아느냐?"

"예, 궐 안 모든 여인네들이 알고 있습니다."

그 말에 중전의 입술이 우악스럽게 구겨졌다.

"하면 미월당을 더욱이 감시하라. 전하의 곁을 먼저 차지하기 위해 무슨 수라도 쓸 년이니."

"예, 마마."

"또한, 어젯밤 그년. 그 지밀나인이라는 그 궁녀를 반드시 찾아내 내 앞에 데려와야 할 것이다. 그리고 전하의 곁에 종일 머무는 지밀나인들을 더더욱 지켜보아라. 그 누구든 전하의 눈에 들기 위해 교태를 부리거나 수작을 부리는 년이 있음 그 즉시 중궁전으로 끌고 와야 할 것이다!"

독수공방이 길어질수록 중전의 살기는 나날이 번져만 갔다. 하지만 그런 중전의 심기를 더욱 거슬리게 하는 것은 그 의문의 궁녀였다. 중전의 눈가가 분노로 젖어가고 있었다.

"전하, 주환입니다."

"들라."

대전에서 주환을 기다리고 있던 도윤은 초조한 얼굴로 그를 돌아보았다. 주환은 굳은 얼굴로 도윤의 앞에 섰다. 고개를 조아리고 있는 그의 안색이 좋지 않았다. 도윤의 심장도 다시금 요동치기 시작했다.

"말해보라. 그 궁녀의 정체가 무엇인가."

"단희라는 궁녀가 맞다 하옵니다."

"……뭐라?"

"이번에 새로 들어온 지밀나인들 중 한 명이라 하옵니다."

"사실인가."

"예, 전하. 그리고 알아보시라 명했던 병판의 여식, 신은설이란 그 여인 역시 삼 년 전, 혼례를 치르고 한양을 떠났다 하옵니다."

갈피를 잡지 못한 채, 밤새 그 가슴을 떨어야 했는데 혹시나 하는 기대를 무참히 짓밟는 그의 말이었다. 도윤은 허망한 듯 실소를 흘리며 주환에게서 시선을 거두었다.

아무리 생각해도 그 여인과 조금도 다를 것 없어 보이는 궁녀였다. 은설이 다시 제게 돌아왔다 해도 믿을 정도로 그녀와 닮아 있었다. 그런데 아니라니. 그 여인이 아닌, 전혀 다른 여인이라니.

그는 괴로움에 머리를 감싸 쥐며 마른 한숨을 토해냈다. 기꺼이 지워냈는데, 그 지옥 같은 고통을 어렵사리 견뎌내었는데. 이젠 그 여인을 닮은 궁녀가 자신의 곁을 맴돌고 있다 생각하니 어이가 없어 실소가 터져 나왔다.

"닮은 여인이다……."

헛웃음을 뱉어내는 도윤의 입술이 허망하게 일그러졌다. 그는 어젯밤 마주했던 그 단희란 궁녀를 다시금 떠올려보았다.

"참으로 야속하지 않으냐. 이젠 닮은 여인까지 나타나 날 이리 허망하게 만들다니."

다른 사람이니, 마음 쓸 필요 없다고 그는 그 마음을 다잡았다. 한시적인 흔들림일 것이었다. 그는 그렇게 자신을 위로하며 등을 돌렸다.

"왜 이렇게 동떨어지는 것이야. 빨리 걷지 못하겠느냐."

지밀상궁은 맨 뒤에서 처지고 있는 은설을 돌아보며 빽, 소리를 질렀다. 그러자 은설은 더욱이 고개를 조아리며 걸음을 재촉했다.

그때, 저 멀리서 중전 김 씨가 고고한 걸음으로 이쪽을 향해 오고 있는 것이 보였다. 대전으로 향하던 지밀 궁인들은 모두 고개를 조아리며 걸음을 멈추었다. 은설 역시 황급히 고개를 조아리며 슬쩍슬쩍 중전 김 씨를 바라보았다.

'저 여인이…… 중전이렷다.'

화려한 차림새의 중전을 바라보던 은설이 입술을 굳게 앙다물었다.

"중전 마마 납시오."

주 상궁의 곧은 음성이 은설의 귓가에 닿았다. 은설은 고개를 조금 들어 중전의 곁에 고고하게 서 있는 주 상궁을 바라보았다. 주 상궁 역시 지밀나인 맨 끝에 고개를 조아리고 있는 은설을 발견하곤 조심스럽게 고개를 끄덕였다. 그때 나란히 선 채로 고개를 한껏 조아리고 있는 지밀나인들을 넌지시 바라보던 중전이 핏, 조소했다.

"새로 온 지밀나인들이 있다지."

"예, 중전 마마."

"누구냐. 나와보아라."

간밤의 그 의문의 궁녀가 누구인지 자신이 직접 찾을 요량이었다. 중전은 그 말을 씹어 뱉듯 싸늘하게 내뱉으며 궁녀들을 돌아보았다.

중전의 명에 은설과 함께 새로이 입궐한 나인들이 쭈뼛쭈뼛 나섰다. 은설 역시 굳은 얼굴로 중전 앞에 선 채로 고개를 조아렸다. 아무래도 간밤의 소문 때문일까 싶어, 상궁을 비롯한 궁녀들은 모두 긴장한 얼굴로 서로의 눈치를 살폈다.

"……음."

중전은 날카로운 눈빛으로 은설을 포함한 나인들을 쭉 응시했다. 그 뒤에 선 주 상궁은 조마조마한 마음으로 은설을 바라보고 있었다.

"너, 고개를 들어라."

그때였다. 함께 고개를 조아리고 있어도 단연 돋보이는 미색의 은설을 중전이 가만히 지나칠 리 없었다. 새빨간 그 입술을 한껏 일그러뜨린 채 중전이 은설을 똑바로 응시하고 섰다.

은설은 입술을 꾹 앙다문 채 조심스럽게 조아렸던 고개를 들었다. 새하얀 은설의 얼굴이 중전 김 씨의 시선에 일직선으로 맞닿자, 중전은 저도 모르게 숨을 흡, 참고 말았다. 꼭 차가운 눈꽃 같았다. 그리고 앙다문 저 붉은 입술은 꼭 백설 위에 애처롭게 놓인 매화 잎 같았다. 중전은 치맛자락을 꾹 쥐었다.

"이름이 무엇이냐."

경계의 빛이 가득한 눈초리였다. 갑작스러운 중전의 물음에 은설은 쉬이 대답하지 못한 채 입술을 떨었다. 그러자 상궁은 황급히 은설을 돌아보며 싸늘하게 말했다.

"중전 마마께서 묻고 계시질 않느냐!"

"아, 단희라 하옵니다."

그때, 저 멀리서 규장각으로 향하던 도윤이 중전을 발견하곤 걸음을 멈추었다. 마주하기 싫은 얼굴이었기에 도윤은 길게 한숨을 내뱉으며 상선을 돌아보았다.

"규장각으로 향하는 길을 달리 잡아야겠다. 앞장서거라."

도윤이 황급히 발걸음을 돌리려던 그 순간, 중전의 날카로운 음성이 도윤의 발목을 움켜쥐었다.

"이년들을 모두 대전에서 멀리 치우거라!"

"중, 중전 마마……! 하오나 그것은."

아무래도 이들 중에 어젯밤 그 궁녀가 있을 것이었다. 가려내지 못한다면 모두 없애버리면 될 일. 중전은 이참에 새로이 입궐한 궁녀 모두를 출궁시킬 계획이었다.

"치우라면 치울 것이지 왜 말이 많아!"

도윤은 돌아서려던 걸음을 멈추고 중전을 돌아보았다. 중전은 한껏 날이 선 기세로 궁녀들을 표독스럽게 내려다보고 있었다. 싸늘한 기운에 도윤이 중전 앞에 고개를 조아리고 서 있는 궁녀를 빤히 바라보았다.

"중전…… 마마, 어찌……."

주 상궁이 흠칫 놀라며 중전의 곁으로 바투 다가섰다. 그러자 중전은 은설의 얼굴을 자신의 검지로 싸늘하게 훑으며 입매를 거칠게 일그러뜨렸다.

"왜, 너도 전각 하나를 얻고 싶은 것이냐?"

"그것이…… 무슨……."

은설은 입술을 질끈 깨물며 중전을 똑바로 응시했다.

"하면 왜 네년이 그 반반한 낯짝을 대전에 들이미는 것이야!"

"소인은 그저 상궁 마마님의 명을 따라 지밀로 배정을 받았을 뿐입니다."

"네 뒷배는 어느 가문이더냐? 어느 가문이 널 전하를 유혹하라 명하더냐?"

"그것이 아니옵니다, 중전 마마."

은설은 입술을 질끈 깨물며 탐욕으로 가득 찬 중전의 검은 눈동자를 바라보았다. 그러자 중전은 그런 은설을 향해 자신의 오른손을 높이 치켜들었다.

"감히 궁인 나부랭이가 어디서 언성을 높이는 것이야!"

중전은 손에 힘을 잔뜩 주어 은설의 뺨이라도 내려칠 요량으로 이를 악물었다.

"뭐 하는 짓입니까!"

그때, 중전의 손목을 도윤이 우악스럽게 잡아챘다. 갑작스러운 도윤의 등장은 궁인들을 포함해 중전, 그리고 그 앞에서 담담하게 정면을 바라보고 있던 은설을 충격에 빠뜨렸다. 궁인들은 화들짝 놀라며 서둘러 고개를 조아렸고, 은설 역시 소스라치게 놀라며 얼굴을 슬쩍 숙였다.

"저, 전하……!"

손목을 잡힌 중전은 자신을 싸늘하다 못해 증오스럽다는 듯 바라보고 있는 도윤을 올려다보았다. 무언가 잘못되었음을 직감한 그 순간, 도윤은 필요가 없어진 종잇장을 구겨 던지듯 그렇게 중전의 손을 던졌다.

"아."

그녀의 손목이 빨갛게 부었다. 하지만 그보다 더 아픈 것은 마음이었다. 중전은 빨갛게 부은 손목을 서둘러 당의 속으로 감추었다.

"전하…… 그것이……."

"매번 이런 식으로 지밀을 갈아 치웠습니까."

"오해십니다."

진절머리가 난다는 듯 그가 고개를 저었다. 몸 안을 타고 흐르는 피가 점점 굳어가는 듯했지만, 중전은 비참해지는 자신을 일으켜 세우려는 듯 위엄을 잃지 않으려 애썼다. 국모답게, 교태전의 주인답게, 그 마지막 자존심만은 잃지 않기 위해 중전은 이를 악물었다.

"납시셨나이까, 전하. 요즘 궁인들의 행동이 갈수록 법도를 우습게 여기는 듯하여, 신첩이 직접 나서 기강을 바로잡고 있었나이다."

입꼬리가 덜덜 떨렸지만 중전은 기품을 잃지 않기 위해 미소를 그렸다. 순간 중전을 향해 고개를 조아리고 있는 은설을 발견한 도윤은 얼굴을 굳히고 말았다.

'단희.'

그 여인을 꼭 닮은 얼굴로 낯선 이름을 말하던 지난밤의 그녀의 모습이 떠올랐다. 도윤의 가슴이 시큰거려 왔다.

"궁인들의 기강이 해이해져…… 내명부의 수장인 중전께서 직접 나서서 언성을 높인다라. 굳이 그럴 필요가 있습니까. 체통을 중요시 여기는 중전께서 왜 이런 번잡하고 품격 떨어지는 일을 감행하시는 건지."

도윤의 삼엄한 눈빛이 중전에게 닿았다. 이내 그는 주먹을 꾹 쥐며 시리도록 냉정한 은설을 빤히 훑었다.

저 눈도, 코도, 입술도, 뺨도…… 모두 그대로인데 어찌 다른 사람이라는 것일까.

미칠 것 같았다. 바라보고 있자니, 그 속이 모두 타버려 까맣게 재가 될 것만 같았다.

"다시는 이런 일로 언성을 높이는 일은 없었으면 합니다, 중전."

"전, 전하!"

"그리고 부탁하는데, 딱 하나 가진 그 자리…… 그 자리만큼은 책임감을 가지고 지켜나가세요. 그대에게 나의 사람으로서 바라는 것은 추호도 없으니 이 궐의 안주인답게 행동하란 말입니다."

그 말을 끝으로 도윤은 싸늘하게 돌아섰다. 중전은 절망했고, 은설은 그런 도윤을 물끄러미 바라보았다. 그러다 돌아서던 도윤이 다시금 은설을 바라보자, 그녀는 싸늘하게 시선을 돌렸다. 끝까지 자신을 향해 눈길 한 점 내어주지 않는 그녀가 이상하리만큼 신경이 쓰였다.

"가자."

은설을 등지고 몇 걸음 내디디던 도윤은 발길을 돌렸을지는 모르나, 그녀에게 자꾸만 향하는 신경마저 거두지는 못했다. 고개를 돌려 은설의 얼굴을 다시 보고 싶었지만, 이내 도윤은 고개를 저었다. 그러곤 마음을 굳힌 듯 휘적휘적 멀어져갔다.

"……단희라 하였다."

도윤이 멀어지는 것을 확인한 뒤에야 중전 역시 긴장을 풀 수 있었다. 그리고 곧 그녀의 분노는 모조리 은설에게 향했다. 중전은 그녀에게 뿜어져 나오는 말로 설명할 수 없는 단단하고도 고귀한 기운에 입술을 질끈 악물었다.

"단희. 내 네년의 이름을 똑똑히 기억하마."

그렇게 중전은 돌아섰다. 은설은 중전이 멀리 사라진 뒤에야 그 얼굴을 조심스레 들었다.

'나도 너를 똑똑히 기억하마.'

은설은 마른 주먹을 움켜쥐었다.

"술은 멀었느냐."

오늘 밤도 취해서 잠자리에 들 요량이었다. 며칠째 술에 취해도 편히 잠들지 못했던 도윤은 뻐근한 어깨를 문지르며 머리를 쥐었다. 더군다나 은설이 나타난 이후로 그는 일각도 마음을 놓을 수가 없었다. 도윤은 갑갑한지 앞섶을 풀어 헤쳤다. 풀어 헤친 야장 사이로 도윤의 탄탄하고도 미끈한 가슴 근육이 여실히 드러났다.

"전하, 오늘은 술을 드시지 아니하는 것이 어떨는지요. 옥체가 상할까 염려되옵니다."

"취하지 않곤 잠에 들 수가 없다."

재촉하는 도윤의 음성 위로 또박, 또박, 대전으로 향하는 발소리가 포개졌다. 도윤은 두 눈을 지그시 감은 채 이마를 문질렀다. 도통 잊어버릴 수가 없는 단희라는 궁녀의 얼굴이었다. 정말 은설과 조금의 교점도 없는 것일까. 머릿속이 실타래처럼 얽히고설켜 난감했다.

그때였다.

"전하…… 주안상 들었나이다."

"들라."

건조한 도윤의 말에 굳게 닫혔던 대전의 문이 조심스럽게 열렸고, 그 속으로 술상을 쥔 궁녀가 자박자박 들어섰다. 이마만 매만지며 고개를 숙이고 있던 도윤은 가까워지는 발소리에 겨우 눈을 떠 고개를 추어올렸다. 그 순간 그만 심장이 멎을 뻔하였다.

"너는……."

양 볼이 조금 상기된 은설이 도윤을 빤히 내려다보고 있었다. 어둠으로도 가려지지 않는 미색이 도윤의 가슴을 후벼 팠다. 두 사람의 시선이 단번에 부딪쳤다. 서로는 서로를 알아보는 듯, 눈빛을 떨었다.

"명하신 주안상을 가져왔사옵니다."

나지막이 그 말을 내뱉으며 은설이 들고 온 술상을 도윤 앞에 조심스럽게 놓았다. 그 짧은 찰나에도 도윤의 시선은 은설을 놓을 줄 몰랐다.

"어째서 네가, 어째서 네가 여기를…… 왜……."

화가 난 듯한 얼굴로 그녀를 뚫어지게 응시하는 그의 눈동자가 그녀를 위태롭게 담았다. 도윤이 그 반듯한 입술을 한껏 일그러뜨리며 음성을 토해냈다.

"그것이 무슨……."

갑작스러운 그의 물음에 은설은 뻗었던 손을 상 아래로 내려놓으며 고개를 조아렸다. 당황함도 주춤거림도 찾아볼 수 없는 그녀의 얼굴. 잠시 뜸을 들이듯 침묵을 유지하던 은설이 조아렸던 고개를 들어 그의 눈을 똑바로 바라보았다.

"아."

아무리 보아도 여인의 곳곳에 은설의 얼굴이 남아 있었다. 그는 변명처럼 시선을 피하며 입을 열었다.

"늘 주안상을 맡던 지밀의 얼굴이 아닌 듯하여."

"원래 주안상을 맡던 지밀이 제게 부탁을 하였습니다."

그러자 담담하게, 그리고 무감하게 은설은 슬쩍 고개를 조아린 채 입을 열었다. 감정이 파도처럼 일렁이는 가슴 위로 괴로움이 밀려왔다.

"더 하명하실 일 있으십니까."

은설이 머뭇거리듯 자신을 바라보고 있는 도윤을 향해 고개를 들었다. 그는 그녀에게서 황급히 시선을 거두며 얼굴을 돌렸다. 그러곤 눈앞에 놓인 술잔이 으스러지도록 꽉 쥐며 아랫입술을 우악스럽게 물었다.

"나가보라."

어째서 분노가 치밀어 오르는 것일까.

그저 닮은 얼굴 하나에도 이렇게 감정이 동하고 마는 한심한 자신에 대한 분노일까.

"하면 소인 물러나겠사옵니다."

은설은 예를 갖추어 고개를 조아렸다. 그러곤 두 손을 곱게 모은 채, 뒷걸음질 치며 침전에서 물러나려 했다. 그런데 그 순간…….

"멈추어라."

애써 그녀를 외면하던 그의 입술이 힘없이 일그러졌다. 멈추란 갑작스러운 말이 그녀의 발목을 움켜쥐었다. 그에게서 멀어지던 은설은 그 자리에 멈추었다.

"예, 전하."

그녀가 힘겹게 입을 열었다. 그러자 도윤은 괴로운 듯 술을 가득 잔에 따라, 그대로 입에 털어 넣었다.

"앞으론 주안상을 다른 지밀에게 맡기도록 하라."

더는 보기 힘들었다. 자신을 아무것도 아닌 사람으로 만들어버리는, 그녀와 닮은 얼굴을 한 이 궁녀를 더 마주할 자신이 없었다. 그의 말에 그녀는 아무런 대답도 않은 채 그저 묵묵히 도윤만 바라볼 뿐이었다.

"왜 대답을 않는 것이지."

은설은 그 입을 꾹 다문 채 감히 용안을 빤히 응시하다 조심스럽게 입을 열었다.

"연유를 알 수 있겠나이까, 전하."

연유라니. 상상도 못한 그녀의 반문에 도윤은 조소하고 말았다.

"무어라?"

"소인의 소임을 왜 다른 이에게 미루어라는 것인지, 그 연유를 혹 알 수 있을까 하여서요."

방자한 그녀의 태도에 도윤의 심기가 순식간에 어지럽혀졌다. 그는 날카로운 눈길로 그녀를 바라보았다.

"감히 왕의 명에 연유를 물어?"

하지만 은설 역시 지지 않고 그를 응시했다.

"제겐 이것 역시 막중한 임무입니다. 미미해 보이실진 모르겠지만, 이것은 저의 중요한 소임 중의 하나입니다. 한데 이것을 다른 이에게 맡기라고 하심이…… 혹 소인의 어떤 점이 마음에 들지 않아 명하시는 것인지······."

그때였다. 생기 없는 얼굴로 느리게 말을 이어가는 은설을 향해 도윤이 칼을 뽑아 들었다. 그의 선득한 기운이 그녀를 휘어감은 것은 순식간이었다.

"전하······!"

자신의 목에 가차 없이 칼을 겨누는 도윤의 낯선 모습에 은설은 하마터면 그때의 그 얼굴로, 그때의 감정을 내비칠 뻔하였다.

그녀와 닮은 얼굴이라 그럴까. 더욱 냉정한 얼굴로 그녀의 목에 칼을 겨누는 그였다. 하지만 그 순간에도 도윤은 그녀의 얼굴을 뚫어져라 응시하고 있었다. 칼을 겨눈 그의 마음도 편치 못했다.

"너는 목숨이 여러 개라도 되는 모양이다."

"저, 전하······."

은설은 자신이 떠난 뒤 도윤이 더욱 폭군으로 변해 궁인들을 수없이 베어냈다던 소문이 사실인가 싶었다. 금방이라도 자신의 목을 베어낼 듯, 그의 기세가 심상치 않았다. 그녀의 맑고 투명한 눈에 눈물이 그렁그렁 맺혀버렸다. 그러다 은설은 두 눈을 지그시 감았다. 그의 이맛살이 다시금 구겨졌다.

"너는 네 목숨을 구걸조차 않는구나. 과인이 두렵지 않은 것이냐?"

차라리 무릎을 꿇고 다른 궁인들처럼 살려달라 애원이라도 한다면 이 노기가 가라앉을 것 같았다. 하지만 이 궁녀는 끝까

지 자신의 심기를 건드리고 있었다. 이번엔 그의 눈가가 젖어
갔다.

"과인이 두렵지 않은 것이냐고 물었다!"

왕의 호통에 그제야 은설은 스르륵 주저앉았다. 무릎을 꿇
는 그녀의 얼굴 위로 알 수 없는 아픔이 쏟아져 내렸다.

"두렵지…… 않사옵니다."

그제야 그녀가 감았던 눈을 떴다. 그러곤 놀란 얼굴의 도윤
을 쏘아보며 입술을 악물었다.

도윤은 그만 휘청, 칼을 떨어뜨리고 말았다. 어둠과 분노만
이 가득했던 침전에 바닥에 부딪혀 내동댕이쳐지는 차가운 칼
날의 소리가 퍼졌다. 은설 역시 자신의 곁에 허망하게 툭, 떨어
지고 마는 칼을 내려다보았다. 곤두박질쳐진 것은 칼이었지만
그와 동시에 도윤의 가슴도 무너진 듯했다.

"어째서 조선의 모두가 나를 두려워하는데, 너는 두렵지 않
다고 하는 것이냐."

그가 분기 어린 눈으로 은설을 노려보았다. 그러자 그녀는
느리게 입을 열었다.

"전하께선 이 조선의 아버지십니다. 어찌 자식이 제 아비를
두려워만 할 수 있겠나이까. 전하께선 자식 같은 백성들에게
그저 두렵기만 한 존재이고 싶으신 것입니까."

아……. 도윤은 그만 떨고 말았다. 자꾸만 이 궁녀에게서 그
여인의 모습이 겹쳐 보였다. 눈물이 범벅이 된 은설이 무너지
지 않으려 버티고 있었다. 도윤은 돌아섰다.

"어명이다. 다신…… 내 눈앞에 나타나지 말라."

차라리 그건 애원이었다. 그 음성엔 어명을 내리는 국왕의 근엄함과 위엄 따위는 찾을 수 없었다. 애처롭게 떨며 처연한 그 눈으로 그는 그녀에게 애원하고 있었다. 은설은 그런 그의 뒷모습을 빤히 바라보며 자리에서 힘겹게 일어났다.

'잊었다, 자부하였습니까. 모두 지워냈다, 자신하였느냔 말입니다. 하나, 그대는 나를 결코 지워낼 수 없을 것입니다. 내가 끝없이 그대에게서 나의 흔적을 끌어낼 것이니.'

그녀는 이를 악물며 물러났다. 문이 굳게 닫히고, 그녀가 더듬더듬 침전을 벗어났다. 어둠 속에 혼자 남겨진 은설은 그제야 무너지는 가슴을 붙잡고 주저앉을 수 있었다.

"하아……. 어찌……."

괴로운 것은 그녀도 마찬가지였다. 진심으로 은애하였고, 진심으로 그의 행복을 바랐던 자신이었기에.

제아무리 그 가슴에 연모를 지워내고 분노로 채웠다 한들, 그 흔적이 모두 가신 것은 아니었다. 괴롭다 못해, 당장이라도 모든 것을 멈추고 돌아서고 싶었다. 그녀는 두 눈을 감고 괴로운 듯, 얼굴을 감쌌다.

─어명이다. 다신…… 내 눈앞에 나타나지 말라.

자신의 목에 칼을 겨누며 차갑게 쏘아붙이던 그를 다시금 떠올렸다. 그에게서 새어 나오던 슬픔의 빛도 그림자처럼 따랐

128

다. 아파하던 그의 얼굴이 만월의 빛처럼 그녀를 감쌌다.

다음 날, 해가 서산을 향해 기울어갈 때쯤에야 소일거리가 끝난 은설은 겨우 숨을 돌릴 수 있었다. 예상했던 것보다 궁녀의 삶은 훨씬 더 고달팠다. 은설은 저린 팔다리를 주무르며 잠시 엉덩이라도 붙일 겸 대전을 멀리 벗어났다. 색깔을 잃은 그녀의 건조한 얼굴 위로 햇살이 흐드러지게 쏟아졌다. 그녀는 입술을 굳게 다문 채 걷기만 했다. 아직 병판의 사가에 들르지 못한 탓에, 유희와 주혁이 보고 싶었다.

"어머니는…… 아버지는 잘 계시겠지."

언제나 유희와 병판을 생각하면 가슴에 가시가 걸린 듯 아려오는 은설이었다. 그때, 음울함이 잔뜩 내려앉은 얼굴로 터덜터덜 걷기만 하던 그녀의 앞에 누군가가 멈춰 섰다. 그녀가 조금 숙였던 고개를 들었다.

"오라버니?"

눈앞에 반가운 얼굴이 은설을 마주하고 있었다. 뜨거운 것에 덴 사람처럼 은설은 소스라치게 놀라며 어깰 들썩였다.

"왔으면 왔다고 연통을 넣어주기로 하지 않았습니까."

"……오라버니."

"주 상궁 마마님께서 말씀해주지 않으셨음, 오늘도 공주 마마를 그리워만 하다 밤을 지새웠을 것이 아닙니까."

"여긴 어쩐 일이십니까."

"업무가 있어 잠시 입궐하였습니다."

영광의 한없이 가라앉은 목소리에 은설은 붉은 입술을 질끈 깨물었다. 그는 저번에 보았을 때보다 더 근사한 사내가 되어 있었다.

"강녕하셨습니까."

"강녕하였겠습니까."

예전처럼 가벼운 농을 던져도 은설은 웃지 못했다. 딱딱하게 굳은 채로 자신을 올려다보는 은설의 낯선 얼굴에 영광은 짓고 있던 웃음을 거두고 말았다.

"딴사람이 된 듯합니다."

"……그렇습니까."

오랜만에 마주한 영광에게 웃는 모습을 보여주고 싶었지만 마음대로 되지가 않았다. 웃는 모습이 세상에서 제일 고왔던 누이였다. 그런데 그런 아이가 이젠 웃는 법을 잊은 것이었다. 영광은 처참하게 부서지는 가슴을 다잡으며 그녀 곁에 바짝 다가섰다.

"모두 잘 계십니다. 때때로 마마 생각에 여전히 눈물을 짓기도 하시지만 잘 견뎌내고 계십니다."

영광이 은은한 미소를 띤 채 은설을 내려다보았다.

"수고하였습니다, 마마."

"……제가 무슨 수고를 하였겠습니까. 오라버니께서 애쓰셨지요."

그는 작게 한숨을 내쉬며 그녀를 빤히 내려다보았다. 그때였다. 저 멀리서 이쪽으로 향해 오던 도윤은 영광과 이야기를 나누고 있는 은설을 발견하고 말았다.

"아."

자신을 바라볼 때와 사뭇 다르게 편안해 보이는 그녀의 얼굴. 그의 걸음이 더뎌지고 말았다. 도윤은 자신에게서 등을 지고 있는 사내와 도란도란 이야기를 나누는 은설의 얼굴을 빤히 직시했다. 저 사내는 누굴까. 이상하게 자신의 온 신경이 저 궁녀에게 향해 있는 것 같았다.

그러다 그 순간…… 은설과 시선이 부딪치고 말았다. 도윤은 그대로 얼었지만 은설은 그의 시선을 외면하지 않았다. 오히려 담대하게 용안을 직시했다.

대범한 그녀의 눈빛에 당황한 것은 오히려, 도윤이었다. 자신의 눈길을 피하지도, 그렇다고 고개도 조아리지 않은 채, 마치 무언가 할 말이라도 있는 사람처럼 도윤을 바라보는 은설이었다. 의식하지 않으려 했지만 도윤의 온 신경은 해를 쫓는 나무처럼 그녀에게 쏟아지고 있었다.

"주상 전하 납시오!"

뒤에 선 상선이 왕의 행차를 알렸다. 그제야 은설은 담담하게 고개를 조아렸다. 그 곁에 선 영광도 서둘러 고개를 숙이며 왕을 향해 예를 갖추었다. 동요하지 않으려 해도, 마음이 향하고 있었다.

"사냥터로 향할 것이니, 채비하라."

그는 냉정을 되찾기 위해 그녀에게서 서둘러 멀어졌다. 하지만 자신을 빤히 좇는 은설의 불편한 시선은 그 간극을 벌려놓아도 가실 줄 몰랐다. 그리고 그 끝엔 은설의 얼굴이 잔해처럼 따랐다.

'삼 년 내내 잊고 지낸 이의 얼굴이…… 닮은 얼굴 하나에 이리 허망하게 피어오를 수 있단 말인가.'

그리웠다. 아니, 그리워지고 말았다. 잊은 줄 알았던 그 여인과의 시간은 실은 잊힌 게 아니었다. 그랬기에 그는 지금 다시 삼 년 전으로 버려진 듯 온몸이 고통으로 무너져가고 있었다.

신은설, 그 여인이 다시 도윤의 마음속에 불거지고 말았다.

밤이 깊어지자, 분주한 움직임으로 소란스럽던 궐도 조용해졌다. 은설 역시 고된 하루를 보냈지만 곧바로 침소에 들진 못했다.

그녀는 도윤이 밤마다 홀로 산보를 다닌다는 길로 나섰다.

'오늘 밤에 꼭 마주쳐야만 해.'

은설은 작정한 듯 붉은 연지를 입술에 곱게 바른 채 단정히 빗어 넘긴 머리를 여러 번 매만졌다. 그러고는 만월에 드리운 흙길을 따라 조심스럽게 발을 내디뎠다.

"이 길을 내 아버지와 어머니께서도 수없이 걸으셨겠지."

대전으로 향하는 길목. 은설은 잠시 그 걸음을 멈추고 눈을 감았다. 저곳에서 자신의 아버지가 처참하게 눈을 감았을 터였다. 그제야 '복수'라는 사무치는 단어가 가슴에 와닿기 시작했다.

"어머니, 아버지…… 그리고 오라버니. 제가 돌아왔습니다. 우리에겐 참으로 지독히도 아프고 슬프기만 했던 이곳에 소녀가 돌아왔습니다."

이곳에서 자신의 어미가 모든 것을 빼앗긴 채 맨몸으로 쫓겨났을 것이었고, 자신의 아비가 중독된 채 고통 속에서 쓸쓸히 죽어갔을 것이었다. 삼 년 내내, 은설을 괴롭혔던 잔인한 현실은 그녀가 궐에 닿고 나자 견딜 수 없을 만큼 몸집을 부풀려 그녀를 짓누르고 있었다.

"우리 모두를 지옥으로 내동댕이친 이곳은 어찌 이리 평온할 수가 있답니까, 어찌."

그날의 비극은 애초에 존재하지 않았다는 듯, 궐 안은 평화롭기 그지없었다. 처음 입궐하였던 그날을 떠올리며 은설이 가슴을 내리쳤다. 죽어간 이의 이름은 흔적조차 없이 사라졌고, 각자 제 할 일을 위해 바삐 서두르는 궁인들은 '하하, 호호' 웃음꽃을 피우며 밝은 얼굴들을 하고 있었다.

"이 마음을 굳게 먹겠습니다. 이젠 소녀밖에 없지 않습니까. 반드시 이 궐 안의 모든 이에게 어머니와 아버지 그리고 오라버니의 이름을 상기시키겠습니다."

은설은 자신의 볼을 뜨겁게 타고 흐르는 눈물을 우악스럽게 닦아내며 이를 악물었다.

그녀의 핏발 서린 복수심은 뜨겁게 타오르고 있었다. 그때였다. 누군가의 발자국 소리가 사그락사그락 들렸다.

최대한 몸을 낮춘 채, 그 어둠 속을 헤집어 보니 도윤이 침소의대로 갈아입은 채 저벅저벅 돌길 위를 거닐고 있었다. 그녀는 치맛자락을 꾹 쥐었다. 숨이 턱 끝까지 차오르는 듯했지만 그녀는 지금까지처럼 무표정한 얼굴 뒤로 감정을 꽁꽁 숨겼다.

도윤은 은설이 자신을 지켜보고 있단 사실은 아예 모른 채, 별궁 화원으로 향하고 있었다. 늘 의도적으로 피해왔었지만 오늘만큼은 가보고 싶었기에. 달빛을 받으며 걷는 그는 혼자였다.

"걸어도 걸어도 취기가 가시지 않는군."

자세히 보니, 그의 걸음걸이가 조금 취한 듯 비틀거리고 있었다. 그때 하염없이 걷던 도윤이 별안간 걸음을 멈추었다. 그러곤 고개를 돌려 어딘가를 뚫어져라 응시했다. 그의 느른한 눈길이 한곳에 오래도록 머물렀다. 은설 역시 숨을 죽인 채 그곳을 바라보았는데, 그곳은 왠지 그녀의 눈에도 낯이 익었다.

"저곳은……."

도윤과 궐에서 처음 만났던 날이 떠올랐다.

'별궁 화원.'

도윤에게서 몇 걸음 물러난 채로 그녀도 그와 같은 곳을 바라보았다. 그날을 그리워하고 있는 것일까. 저 화원 안에서 편하게 미소를 짓던 자신과 도윤의 모습이 연기처럼 피어올랐다. 인정하기 싫었지만, 지난날 그 속의 자신은 행복했고 그런 자신을 내려다보던 도윤은 세상에서 제일 근사한 사내였다. 그를 연모했던 어여뺐던 지난날의 자신의 얼굴도 떠올랐다. 은설은 꽃잎처럼 사뿐히, 그의 뒤로 다가갔다.

"평생 이별의 한이 병이 되어…… 술로도 못 고치고 약으로도 다스리지 못하네. 이불 속 눈물이야, 얼음장 밑을 흐르는 물과 같아 밤낮을 흘러도 그 뉘가 알아주나."

한 여인의 슬픈 마음을 담은 시구를 읊으며 은설이 그를 향해 고개를 조아렸다. 그녀의 음성은 이내, 도윤의 귓가에 바람처럼 흘러들었다.

"무엇이냐, 넌……!"

그는 해이해졌던 정신을 가다듬으며 은설을 쏘아보았다. 하지만 어둠 속에 가려져 그녀의 얼굴은 보이지 않았다.

"지아비를 향한 그리움과 슬픔은 술로도 약으로도 해소할 수 없음을 노래한 시지요."

이미 흐트러진 도윤의 마음은 제자리를 찾지 못한 채 방황하고 있었다.

"……누구냐."

도윤의 눈동자가 어둠 속을 분주히 헤집었다.

"누군가를 그리워하는 마음은 그 누군가의 것이 아닌 오롯이 나의 것이기 때문에 내가 해내지 못하면 그 어떤 곳으로도 잊혀지지 않지요."

그때, 은설이 어둠 속에서 한 걸음 나왔다.

"또 너인 것이냐."

황망함이 도윤을 잠식했다. 온종일 떨치지 못해 자신을 아프게 했던 그 여인과 닮은 얼굴이 또다시 그 앞에 나타나고 말았다.

"소인도 쉬이 잠들지 못하고 방황하고 있던 찰나였습니다."

"무엇을 얻고자 자꾸만 내 주위를 맴도는 것이냐!"

낮고도 근엄한 목소리가 어둠을 갈랐다. 은설은 조아렸던 고개를 들어 그를 빤히 바라보았다. 그녀는 작정한 듯 그 붉은 입술을 요염하게 터뜨렸다.

"얻고자 함은 없사옵니다. 다만…… 전하께서도 소인과 같이 밤잠을 설치시는 듯하여."

"네가 무엇을 안다고 다 안다는 듯 지껄이는 것이냐."

도윤은 주먹을 말아 쥐었다. 하지만 은설은 멈추지 않았다.

"밤마다 쉬이 잠들지 못하시옵고…… 약이며 술이며 취기에 어려 아침을 맞으신다 들었사옵니다."

"한데."

"혹, 정인을 여태 잊지 못하시는 것입니까."

"무엄하도다!"

위엄이 그녀를 흔들었다. 하지만 그녀는 흔들리지 않았다.

매화 꽃잎을 입술로 앙 문 듯 그녀의 붉은 입술이 탐스럽게 빛이 났다.

"감히 소인이 요 며칠간, 전하의 눈을 바라보았나이다. 한데 바라본 전하의 눈빛엔 잊지 못한 정인을 향한 처연함이 스며 있었사옵니다."

"감히 네가……!"

그의 서늘한 눈빛이 그녀의 목덜미를 움켜쥐었다. 그는 그녀의 팔을 거세게 잡았다.

"아픔은 잊는 것이 아니옵니다."

"무어라."

"아픔은 잊은 척, 견디는 것이라 하였사옵니다."

그의 잇새로 흐르는 숨결이 점점 흐트러지고 있었다. 무너지는 것은 한순간일 터였다.

"연유가 무엇이냐, 내 곁을 맴도는 연유."

"전하의 아픔이 소인의 마음을 동하게 하옵니다."

"내 아픔이 너를 동하게 한다?"

"원하옵고 바라는 것은 없사옵니다. 다만 미천한 소인이 감히 전하의 그 아픔을 다독여주고 싶사옵니다."

은설은 자신을 아프게 쥐는 도윤을 한 치의 떨림 없이 올려다보았다. 그녀의 담대하고도 요염한 눈빛에 도윤은 점점 숨을 빼앗기는 듯했다.

"내 아픔을 다독인다?"

울음과 분노를 애써 삭이며 그가 위태롭게 말을 씹어 뱉었다.

"하면 승은이라도 바란다는 것이냐. 너도 다른 궁녀들처럼 승은을 입고 싶은 것이냐고 물었다."

그의 노기에도 은설은 고개를 조아리지 않았다.

"해서 자꾸만 내 신경을 건드리는 것이냐."

싸늘하기 그지없는 그 음성이 그녀의 가슴을 아프게 두드리고 있었다. 그는 슬픔의 빛을 완벽히 지워낸 얼굴로 그녀를 차갑게 쏘았다.

"승은이라니요. 가당치 않사옵니다."

은설이 반격하듯 대꾸했지만 그에겐 그저 덧없는 핑계일 뿐
이었다.

"승은을 입기 위해 이토록 열심히 내 곁을 맴도는 것이라면
내 너의 성의에 보답을 해주지."

그는 핏, 조소를 터뜨리며 그녀를 자신 쪽으로 와락 잡아당
겼다. 그의 가슴속에 여러 감정들이 치열하게 피어올랐다. 이
궁녀를 안고 싶단 욕망과 자신을 미치게 만드는 것에 대한 분
노가 동시에 일었다. 아니, 그것은 은설을 안고 싶단 헛된 욕심
일 수도 있었다.

"놓아주세요, 전하."

"왜, 네가 원하던 것이 이런 것이 아니었느냐?"

그의 눈동자가 거세게 타올랐다. 하지만 은설은 그의 눈빛
을 피하지 않고 고개를 더 치켜들었다.

"그때도 이리 야심한 시각에 내 곁을 알짱거렸다지. 하면 그
때도 밤길을 잃어 헤맨 것이었느냐. 지밀의 처소는 이곳과 반
대편에 있다! 한데도 네가 같잖은 그 핑계를 대며 내 눈을 어
찌 가려 보겠다?"

그가 버럭 소리를 내지르며 그녀를 쏘았다.

"바른대로 고하라! 원하는 것이 무엇이냐. 대관절 원하는 것
이 무엇이기에 이토록 어명까지 거스르며 내 눈앞에 어슬렁거
리는 것이야!"

그 순간, 은은하게 빛을 쏟아내던 달 위로 먹구름이 드리웠다. 두 사람의 시야가 어둠에 가려졌다. 그때, 은설의 음성이 어둠을 갈랐다.

"하룻밤, 전하의 품에서 불같이 피었다 지고 마는 꽃이 되긴 싫습니다."

흐느낌에 가까운 목소리였다. 그 순간, 두 사람의 눈앞을 가렸던 어둠이 걷혔다. 달빛에 반사된 그의 눈가엔 좀처럼 보기 힘든 옥루(玉淚)가 밤이슬처럼 맺혀 있었다.

"아."

그는 젖은 눈으로 그녀를 내려다보았다. 애석하게도 은설만큼이나 고운 여인이었다. 아니, 그녀를 똑 닮았으니 아름다울 수밖에 없었다. 이성을 되찾은 듯 그가 다시금 위엄을 부렸다.

"어째서지?"

"꽃이 아닌 봉오리가 되고 싶습니다."

"무어라……?"

"고작 하룻밤의 정(情)이 아닌 여러 날의 보살핌을 받고서 피어날 봉오리이고 싶습니다."

은설은 그의 차가운 눈길을 피하지 않은 채, 직시했다. 그의 뜨거운 날숨이 그녀의 목덜미를 훑었다. 순간, 그는 거칠게 그녀를 품에서 놓았다.

"방자하구나. 고작이라 하였느냐? 네가 말하는 그 고작 하루라도 내 손길이 닿길 원하는 여인이 이 궐에 얼마나 많은지 아느냐? 한데 너는 하루가 아닌 여러 날을 내 품에 안기길 욕심

부려?"

그의 호통에 은설은 다소곳이 무릎을 꿇었다. 방자하게 치켜들었던 고개도 조아린 채였다.

"뭐 하는 짓이냐."

"여러 날을 전하께서 주시길 바라는 것이 아니옵니다."

"뭐라?"

"그저 전하께서 소인의 여러 날을 보살펴주시옵소서. 여러 날 동안 전하의 곁에 머물며 진심으로 전하의 행복을 바라고 싶습니다. 한데 그럴 수 없다면, 단 하루의 시간만 소인에게 그 곁을 내어주시겠다면, 소인 차라리 먼발치서 지금처럼 전하의 행복을 바라겠나이다."

"나의…… 행복이라 하였느냐?"

한땐 자신보다 더 사랑했던 이의 행복이었다. 은설은 그때의 얼굴을 내면 깊숙이에서 꺼냈다. 지금 자신이 마주한 얼굴이 은설은 아닐까. 아닌 것을 알면서도 순간, 그는 알 수 없는 환상과 떨림을 느끼고 말았다.

"예, 그것이 소인의 진심이자 바람이옵니다."

누군가의 위로는 오랜만이었다. 괜찮은 척, 마음을 굳힌 채 살아왔기에 위로 따위 필요 없다 생각했다. 그런데 이렇게, 그녀를 닮은 여인의 따스한 음성이 그의 가슴을 울리고 말았다.

"참으로 부질없는 바람이구나."

그가 느리게 고개를 저으며 은설에게서 등을 돌렸다. 그러곤 하염없이 은설이 오길 필애원에서 기다리다 해가 저물면 돌아섰던 어느 날처럼, 그는 그렇게 터덜터덜 그녀에게서 멀어졌다. 그 얼굴은 말로 다할 수 없을 만큼 비참해져 있었다.

❀

다음 날, 도윤은 오랜만의 잠행을 마치고 주환과 단둘이 입궐을 하고 있었다.

곧 비라도 내릴 참인지 달빛은 먹구름에 가려, 음산한 분위기를 자아냈다.

"오늘은 몸이 고단하니, 술상은 되었고 불면에 좋은 탕약만 내어 오도록 하라."

부지런히 대전을 향해 걸음을 옮기는데 이내 빗방울이 하나, 둘 툭툭 떨어지기 시작했다. 굵은 빗방울이 띄엄띄엄 떨어지는가 싶더니, 산발적으로 쏴아 쏴아 퍼붓고 있었다. 도저히 이 비를 헤집고 궐 안으로 들어설 순 없는 노릇이었다.

주환은 당황해하며 도윤을 처마 밑으로 모셨다.

"전하, 소인이 우산을 들고 오겠사옵니다. 잠시 여기서 비를 피하소서."

그때 '꽈광' 하고 벼락이 내려쳤다. 빗줄기는 거세져 궐을 집어삼킬 듯 적셔나가고 있었다. 주환은 도윤을 홀로 둔 채, 황급히 어딘가로 달려갔다. 도윤은 깊이 한숨을 내쉬며 젖은 도포 자락을 털어냈다.

"비가 한동안 오지 않아 걱정이다 했더니…… 다행이군."

늦은 시간에 비까지 세차게 내리니 궁인들은 조금도 보이지 않았다. 오직 어둠과 도윤. 둘만이 궐에 남은 듯 모든 것이 텅 빈 것처럼 느껴졌다. 그때였다. 빛 한 점 허용치 않는 궐 안, 여기서 조금 떨어진 곳에 작은 불빛이 피어나는 것을 발견했다. 도윤의 눈길이 절로 그곳에 머물렀다.

"저긴…… 별궁 화원인데."

별궁 화원에서 희미한 빛이 새어 나오고 있었다.

"아."

그리고 멈춰 선 별궁 화원 앞. 미세하게 열린 문틈 사이로 누군가의 작은 움직임이 보였다. 그는 젖은 몸으로 화원의 문을 삐걱, 열었다. 그러자 궁녀 하나가 분주히 화원 안을 누비며 꽃을 돌보고 있었다. 도윤의 반듯한 눈썹이 일그러졌다. 그리고 그 순간, 인기척을 느낀 여인이 고개를 돌렸다.

"……전하!"

은설이었다. 도윤처럼 온몸이 비에 젖은 은설이 말간 얼굴로 도윤을 돌아보고 있었다. 실은 그가 잠행을 나갔다는 소식을 듣고 그곳에서 그를 기다리고 있었던 것이다. 젖은 그의 몸이 불덩이처럼 달아올랐다.

"이곳에 네가 왜……."

"전하를 뵈옵니다. 소인 오늘의 마지막 소임이 이 화원을 돌보는 것이었사온데, 다른 일이 지체가 되어 이 늦은 시각 갈무리를 하게 되었사옵니다."

은설은 쥐고 있던 수건을 놓으며 그를 향해 고개를 반듯하게 조아렸다. 그녀의 얼굴 위로 젖은 머리칼이 붙어 있었다. 옷도 비에 흠뻑 젖은 채라 몸의 곡선이 적나라하게 옷 위로 드러났다. 도윤은 이제 자신의 눈앞에 있는 이 여인이 은설인지, 단희인지 분간이 되질 않고 있었다.

"한데, 어찌…… 이리 젖으셨사옵니까."

은설은 허락도 없이 성큼 그에게 날아와 젖은 그의 뺨과 옷을 곁에 있던 깨끗한 수건으로 닦아내기 시작했다. 도윤은 힘겹게 손을 뻗어 자신의 옷을 닦아내는 그녀를 제지했다.

"그만."

"너무 젖었습니다. 어찌 이리 비를 맞으셨사옵니까. 이러다 옥체 상하시면 큰일입니다. 소인 서둘러 따뜻한 차라도 내어오겠습니다, 전하."

곧 은설은 그를 남겨두고 빗속을 뛰쳐나갔다. 도윤은 멍한 얼굴로 그녀의 뒷모습만 바라보았다. 그는 그대로 주저앉았다.

"은설아……."

'네가 너무도 그리워 널 닮은 궁녀가 내 곁을 찾아왔나 보구나.'

도윤은 두 눈을 질끈 감고 말았다. 잠시 뒤, 화원의 문이 다시 열리고 그녀가 들어섰다. 그러곤 자리에 앉아 두 눈을 지그시 감고 있는 그를 가만히 내려다보았다.

"차를 달여 왔사옵니다. 불면과 고뿔에 좋은 차입니다. 꽃으로 우려내 향도 거북하지 않고 목 넘김도 좋으실 것이옵니다."

그가 침묵을 유지한 채 기억을 더듬었다. 은설에게서 은은히 풍겨오던 체취이자 그녀가 선물한 춘몽 방울에서 뿜어져 나오던 향기였다. 삼 년 전만 해도 그의 침전을 가득 메웠던 달콤하고도 아련했던 향기. 우연이라고 하기엔 너무도 지독해 견딜수가 없었다.

"아니라면서…… 그 여인이 아니라면서 왜."

"어찌, 여인이라 하시는지."

"두고 가거라. 홀로 마실 것이니."

왜 같은 얼굴로 같은 향기를, 그리고 같은 추억을 지닌 것일까. 도윤은 원망 어린 눈빛으로 은설을 바라보았다. 그러자 은설은 그의 명에 더는 대꾸하지 않고 자리에서 일어났다. 그러곤 반듯하게 고개를 조아리며 한 걸음 물러나선 그를 지그시 응시했다.

"여전히 그 여인을 그리워하고 계시군요, 전하. 소인에겐 모두 드러내서도 괜찮습니다. 소인은…… 전하의 아픔을 외면하지 않을 것이어요."

"네가 어찌……."

허망하게 말을 뱉는 그를 향해 은설이 그 붉은 입술을 야릇하게 비틀었다.

"소인은 그 여인이 아니니까요."

그 순간, 은설의 그 말이 도윤의 심장을 날카롭게 할퀴었다.

"소인은 전하의 여인입니다. 하니, 소인은 전하의 곁을 떠나지 않아요."

제 21 장

침소 수발

다음 날, 도윤은 모처럼 편안한 얼굴로 눈을 떴다. 여전히 그의 코끝엔 간밤의 차향이 잔해처럼 남은 듯했다.

모든 것이 꿈인 것만 같았다.

별궁 화원에서 우연히 마주친 그 궁녀.

그리고 그 궁녀에게서 건네받은 차.

도윤은 그 차를 모두 마시고 아무 일도 없는 것처럼 침전으로 돌아와 쓰러지듯 잠들었다. 그런데 신기하게도 그는 내내 자신을 괴롭히던 두통과 악몽에서 벗어날 수 있었다.

그는 자신의 얼굴 위로 쏟아지는 햇살을 느꼈다. 여전히 자신의 몸 곳곳에 그 향이 은은하게 맴돌고 있는 듯했다. 절로 마음까지 편안해진 것 같았다. 하지만 그럴수록 그는 더욱 겁이 났다.

"궁녀 하나에 휘둘리는 꼴이라니. 우습지 않은가."

그는 나지막이 중얼거리며 몸을 일으켰다.

"전하, 기침하실 시각이옵니다!"

그때, 상선이 침전 밖에서 도윤을 향해 소리쳤다.

자신의 힘으로 눈을 떠 오랜만에 듣는 상선의 음성.

도윤은 피식, 헛웃음을 터뜨리며 자리에서 일어났다. 그러곤 상선을 향해 입을 열었다.

"기침하였다. 상참 들 준비하라."

"전하, 어쩐 일로……!"

그의 조금은 들뜬 음성에 상선과 주환이 의문스러운 얼굴로 침전으로 들어섰다. 오랜만에 보는 그의 편안한 얼굴에 두 사람은 놀란 얼굴로 서로를 돌아보았다.

"오랜만이옵니다. 밝은 용안으로 아침을 맞으시는 것이."

주환이 조심스레 미소를 지은 채 고개를 조아렸다. 도윤 역시 그 몸과 마음이 한결 가벼워진 듯 편안하게 얼굴을 풀곤 창밖을 응시했다.

"그러게나 말이다……. 대체 내게 무슨 짓을 한 것인지."

밤새도록 필애원을 헤집는 꿈을 꿨다. 하지만 꿈속의 도윤은 행복했다. 꿈속에서의 도윤은 혼자가 아닌 은설과 함께였으니까. 아니, 어쩌면 그것은 은설이 아닐지도 몰랐다. 그녀를 똑 닮은 단희라는 궁녀일 수도 있었다.

─전하, 더는 후사를 지체하여선 아니 됩니다. 부디 통촉하여 주시옵소서!

곤룡포를 벗고 사냥터를 가기 위해 환복을 한 도윤은 그 얼굴을 굳혔다. 오늘도 상참에선 도윤과 중전의 합방을 두고 말들이 많았다. 더는 왕의 사생활이란 명목으로 합방을 미룰 순 없었다. 사사로운 감정을 편전까지 끌어들일 순 없어, 도윤은 묵묵부답으로 합방에 대한 답을 미루고 있었다. 하지만 언제까지 피할 수 있을까. 도윤은 더 견뎌낼 자신도, 또한 그럴 여력도 남아 있지 않았다.

그가 지친 얼굴로 터덜터덜 규장각으로 향하자, 주환이 걱정스레 그 곁을 따랐다.

"전하……. 소신이 감히 드릴 말씀은 아니오나, 중전 마마와의 합방을 더 미루는 것은 불가할 듯하옵니다. 조선의 앞날을 두고 백성들의 원성이 나날이 거세지고 있사옵니다."

"후계를 잇지 못하는 것만큼 아둔하고 무능한 왕은 없을 것이지."

도윤 역시 자신의 입지를 잘 알고 있었다. 하지만 이 자리를 부지하고 싶다는 욕심은 없었기에 아무래도 좋다, 생각했었다. 그러나 나날이 후사에 관해 늘어가는 원성과 상소문을 더는 무시할 수 없었다. 그러다 자신의 뒤를 그림자처럼 쫓는 궁인들이 거슬렸는지 그는 걷던 걸음을 멈추곤 입을 열었다.

"혼자 있고 싶으니 모두 곁을 물리거라. 오늘은 사냥을 하지 않을 것이다."

"……하오나 전하."

"어명이니 죽고 싶지 않으면 물러나라, 겁박이라도 해야 물러

날 참인가."

황망함만이 그득한 그 음성에 그제야 상선은 고개를 조아리며 물러났다. 무슨 생각을 하는지 도윤은 뒷짐을 진 채 묵묵히 걷기만 했다. 스치는 바람결에도, 반짝이는 햇살 한 점에도 그의 표정은 조금도 변하지 않았다. 그저 싸늘하게 굳은 그대로 무의미하게 걷고, 또 걸었다. 도윤이 규장각을 지나쳐 하염없이 앞으로만 걷고 있던 그때…….

"출신을 말해보라니까? 천것 주제에 어찌 지밀이야?"

표독스러운 음성이 무의미하게 내디디던 도윤의 발목을 툭, 잡아챘다. 도윤이 굳은 얼굴로 소리가 나는 쪽으로 고개를 돌렸다.

"신분이 어찌 되었든, 나는 무수리로 입궐을 한 게 아니라고 했소."

"……뭐야?"

"내가 왜, 무수리들이 할 일을 해야 하는 것이오."

"하라면 할 것이지 말이 많아? 신참 주제에. 시키면 시키는 대로 할 것이지!"

단희라는 궁녀였다. 이상하게 자신의 마음을 헤집던, 그것으로도 모자라 꿈속에까지 찾아 들어 그 가슴을 무방비하게 흩트려놓았던 여인. 은설이 딱딱하게 굳은 얼굴로 궁녀들에 맞서 설전을 벌이고 있었다.

도윤의 발걸음은 자연스럽게 멈추었다.

"신참이라 무수리가 할 일을 내게 시킨다? 그것이 정당한 일이라고 생각들 하는 것이오?"

하지만 그녀는 우르르 모여든 궁녀들의 싸늘한 눈을 피하지 않은 채, 꼿꼿하게 맞서고 있었다. 도윤의 눈동자가 그녀에게 고정되었다. 그러자 궁녀들은 더욱 살벌하게 그녀 곁으로 다가섰다.

"양반가의 여식도 아니면서…… 그렇다고 중인도 아닌 듯한데."

"그러니까. 첫날부터 마음에 안 든다 했어. 입궐하자마자 지밀이라니?"

"넌 그래서 대체 어디 가문 출신인데? 여긴 아무나 받아주는 곳이 아니거든?"

"반반한 낯짝으로 전하께 뭐 어찌해보려 지밀에 든 모양인데? 우리가 네 그 해이한 정신머리를 뜯어고쳐줄게."

은설을 향해 무자비한 말을 쏟아내는 궁녀를 바라보고 있던 도윤은 저도 모르게 눈살을 찌푸리고 말았다. 그러곤 더욱 담장 가까이 다가서선 그녀를 살폈다.

무례한 그 말들에도 표정 하나 변하지 않는 그녀.

원래 저토록 무감한 얼굴을 한 여인일까.

자신을 마주할 때와 다를 것 없는 건조한 얼굴로 그저 정면만 응시하고 있는 그녀.

도윤은 그녀의 얼굴을 빤히 살폈다.

은설과 닮은 듯하면서도 무언가 다른 분위기가 풍기고 있는 듯했다. 은설은 봄에 갓 피어난 꽃잎처럼 화사하고 따스한 기운을 잔뜩 지닌 여인이었다. 하지만 단희라는 저 궁녀에게선 봄을 느낄 수 없었다. 오히려 자신보다 더 차가운 겨울 속에 꽁꽁 얼어붙은 하나의 눈꽃과도 같았다.

매서운 폭풍 속에서도 흔들리지 않고 자리를 지키며 피어 있을 한 떨기의 눈꽃.

그는 자신도 모르게 몸을 부르르 떨고 말았다.

"지밀에 들기 위해선 우리 눈에 잘 보여야 하거든? 시키면 잔말 말고 해."

그중 우두머리로 보이는 궁녀가 콧방귀를 끼며 은설을 향해 자신들의 옷가지를 집어 던졌다. 은설의 머리와 얼굴을 사정없이 때리고 바닥에 널브러지는 옷가지들. 그제야 건조한 얼굴로 궁녀들을 바라보던 은설이 얼굴을 구겼다.

"무엇 하는 짓이오."

"빨아."

"······뭐라."

"세답방 가서 빨면 돼. 깨끗하게 빨아 와야 한다?"

홀로 남겨진 은설과 흙투성이가 된 옷가지들.

은설은 주섬주섬 옷가지들을 챙겨 돌아서는 궁녀의 어깨 하나를 잡았다. 그러곤 그 궁녀들만 들리게 은밀히 속삭였다.

"이것이 너희들이 말하는 신참 신고식이라는 것이냐."

갑작스러운 은설의 태도 변화에 궁녀들은 꿀 먹은 벙어리가 되고 말았다.

"아주 유치하기 짝이 없구나. 하나, 그것이 너희들이 꼭 해야

만 하는 관례라면 이번 한 번은 내 너희들의 놀이에 동참해주
마. 그러나 두 번은 없을 것이다."

"······뭐라고?"

"반반한 낯짝이라 하였느냐. 전하를 어찌해보려 들어왔다 하
였느냐? 그래, 내 이 반반한 낯으로 전하의 승은이라도 입게
되면, 니들은 어찌 될 성싶으냐?"

은설은 건조한 얼굴로 따박따박 그들을 향해 말을 내뱉었다.

"한 치 앞만 보고 경거망동 말아라. 그 한 치의 앞을 내다볼
눈은 가지지 않았으니, 언행에 조심하여야 할 것이다."

그리고 은설은 돌아섰다. 그녀는 깊은 한숨을 내쉬며 세답
방을 찾기 위해 주위를 두리번거리다, 무작정 걷기 시작했다.

도윤 역시, 그런 은설을 조용히 뒤따랐다. 그날 밤 은설이 그
의 뒤를 은밀히 따랐던 것처럼 이번엔 도윤이 그녀의 뒤를 그
림자처럼 쫓고 있었다.

"하아······."

그때, 한참 걷다 멈춰선 그녀의 어깨가 작게 달싹이는 것이
보였다. 도윤은 뒷짐을 진 채 그녀의 뒷모습만 묵묵히 바라보
았다. 그 사실을 꿈에도 모른 채 은설은 다시금 옷가지를 낑낑
대며 품에 끌어안았다. 먼발치서 걷고 있었지만 둘의 거리는
꽤 가까웠다.

"참으로 많이 닮았구나."

은설을 가득 담은 도윤의 눈이 깊어졌다. 이렇게 오래도록
저 궁녀의 얼굴을 살핀 것은 이번이 처음이었다. 이상하게 그

가슴이 무너졌다, 솟아올랐다 멋대로 뛰고 있었다. 그는 자신
도 모르게 입에 담기만 해도 통증이 이는 그 이름을 내뱉었다.

"은설아……."

하지만 은설이 아닌 그 궁녀는, 조금 지친 듯한 그 얼굴로 하
늘을 올려다보고 있었다. 그때, 은설의 조그만 품에 아슬아슬
하게 안겨 있던 옷가지가 툭, 툭 떨어지고 말았다.

"하."

그녀는 낮게 탄식을 내뱉으며 떨어진 옷가지를 줍기 위해 허
리를 구부렸다. 그러곤 바닥에 떨어진 옷가지를 손에 쥔 채 다
시금 상체를 들었는데.

"앗!"

은설은 그만 자신의 치맛자락을 질끈 밟고 말았다. 그녀의
작은 몸은 미처 아, 소리를 내지를 새도 없이 휘청이며 앞으로
고꾸라지고 있었다. 양손 가득 안고 있던 빨랫감은 버둥대는
그녀의 품에서 쏟아져 사방으로 흩어졌다.

가엾게도 끝내 중심을 잡지 못한 은설이 흙바닥과 점점 가
까워지던 그 순간…….

"……아?"

딱딱하고 차가운 흙바닥 위로 곤두박질쳐질 거란 자신의 예
상과 달리, 따뜻하고 단단한 무언가가 그녀의 상체를 부드럽게
감쌌다.

익숙하면서도…… 낯선 느낌.

놀란 은설이 감았던 눈을 떴다. 커진 눈으로 자신을 안은 이

의 얼굴을 살폈지만, 쏟아지는 햇볕 때문에 앞이 보이지 않았
다. 은설은 햇볕을 손바닥으로 가리며 그 얼굴을 확인했다.

"나는 네가 참 싫다."

단조롭지만 애처로운 그 음성이 은설의 온 감각을 일순, 앗아
가고 말았다.

왕이었다.

도윤이 무표정한 얼굴로 자신을 감싸 안고 있었다.

소스라치게 놀란 나머지 은설은 그 얼굴을 조아리지도 못한
채, 그의 얼굴만 빤히 직시했다.

"그 여인을 닮은 네 얼굴도 싫고 그 여인과 닮은 네 체취도
싫고."

"……아."

"그 여인과…… 똑 닮은 네 행동도 싫다."

그제야 정신을 차린 은설이 화들짝 놀라며 그에게서 떨어졌
다. 그러곤 서둘러 흙바닥 위에 납작 엎드리며 고개를 조아렸
다.

"저, 전하……! 송구하옵니다."

하지만 도윤은 이제 화를 내지도 않았다. 그렇다고 해서 그
녀를 편안하게 바라볼 수도 없었다. 자신도 어찌해야 할지 해
답을 찾지 못한 먹먹한 얼굴로 몇 번이고 고개를 조아린 그녀
를 내려다볼 뿐이었다.

"참으로 네가 싫은데…… 어찌 왜 하루, 한순간도 네가 내
눈앞에서 떠나질 않는 것이냐."

"전하."

"어명이라 겁박도 해보았고 네 목에 칼도 겨누었다. 다신 눈에 띄지 말라, 으름장도 놓았고 승은을 원하는 것이냐, 너를 억지로 몰아붙이기도 했다."

그의 음성이 끝없이 가라앉았고 그것을 받아내는 은설 역시 걷잡을 수 없는 슬픔에 갇히고 말았다.

"한데도 너는 날 여전히 이렇게 아무것도 할 수 없게 만드는구나."

"소인은 그저."

"그래, 넌 그저 네 소임을 다할 뿐이겠지. 한데 말이다, 나는 그저 소임을 다하며 아무렇지 않게 하루하루 살아가는 널 보며 괴로움을 느낀다. 통증을 느끼고 끝없는 갈증을 느끼며 목말라 한다."

"……전하."

"하면 이제 나는 아무것도 하지 않고 그저 네 삶을 살아가는 널 보며 무엇을 해야 하는 것일까."

은설은 흔들리는 군주를 보며 자신의 노력이 헛되지 않았음을 느꼈다. 하지만 동시에 그녀의 가슴도 사무치게 아파오고 있었다.

"네가 준 차를 마시고 나는 아주 오랜만에 단잠을 잤다."

원점이었다. 잊었다고 생각했던 은설과의 아픈 기억은 어제일처럼 다시 선명해진 뒤였다. 도윤의 음성은 이미 황망함으로 그득했다. 한 번 피어오른 추억은 걷잡을 수 없이 터져 나왔다.

"다행입니다. 소인의 마음이 전하께 전해졌나 봅니다."

"너의 마음이라……."

"예, 전하께서 좋은 꿈을 꾸시길 바라는 마음으로 달였사옵니다."

오늘도 어여쁜 여인이었다. 이제 도윤은 그 마음의 경계마저 허물어진 듯 눈앞도 흐릿해졌다.

"너는 방자하고 무례하면서도…… 꼭 내가 너에게 벌을 내리지 못하는 걸 아는 듯이 군다."

"전하께서도 이미 알고 계시지 않습니까. 부정하고 싶으시겠지만, 소인의 진심을 느끼신 것이지요."

참으로 맹랑한 여인이었다. 하지만 도윤은 아무것도 할 수 없었다. 그저 마음을 앓으며 그 여인을 내려다보는 것 외엔 어떤 것도 할 수 없었다. 그랬기 때문에 체통을 지키지 못하고 궁녀의 뒤꽁무니를 따른 것일지도 몰랐다. 자신이 처한 지금의 처지가 한심했지만 안타까웠다.

"너의 진심을 내가 부정한다."

"닮아서 그러신 것입니까."

"무어라."

"전하가 잊지 못하는 그 어심 속의 주인, 그분과 제가 그리도 닮았습니까."

세차게 뒤흔들 요량이었다. 부정한다면 인정할 수밖에 없게 그를 쥐고 흔들 참이었다. 고민하고 갈등한다면 그럴 필요가 없게 자신이 답을 내려줄 것이었다. 하지만 그런 은설도 힘에 부치는 건 마찬가지였다. 다른 이를 연기하며 내면 깊숙이에 담긴 은설, 자신의 모습을 지워내는 것. 이건 해보지 않은 사람은 알 수 없는 고통이었다.

그리 닮았느냐 묻는 그 순간, 하마터면 도윤은 '무척이나.'라고 말하며 속내를 드러낼 뻔하였다. 그는 흔들리는 이성을 다잡으며 위엄을 부렸다.

"헛소리를 지껄이는구나. 내 마음속의 주인이라니 가당치도 않은 소리."

"소인을 바라보는 전하의 눈빛에…… 그분을 향한 그리움이 가득합니다."

"그만!"

그의 호통에 그녀는 하는 수 없이 말을 삼켰다. 동백꽃 색을 칠한 요염한 입술은 무언가를 더 뱉어내려는 듯 달싹였지만, 도윤의 싸늘한 눈빛에 하는 수 없이 다물어지고 말았다.

"간밤에 통증 없이 침소에 드셨다 하오니, 오늘 밤에도 차를 올리겠나이다."

은설이 느리게 고개를 조아리며 흩어진 옷가지들을 주웠다. 하지만 그런 그녀의 유혹을 묵살해버리겠다는 듯, 도윤은 그녀가 내뱉은 말의 여운을 잘라버렸다.

"그럴 필요 없다."

옷가지를 줍던 은설의 손이 그대로 멈추었다.

"나의 명이 있거든 침전에 들라."

"……침전이라 하시면."

순간, 은설의 눈빛엔 두려움과 당혹감이 넘실거렸다. 그러자 도윤은 비싯, 그 근엄한 입술을 일그러뜨리며 그녀에게 한 걸음 바짝 다가갔다.

"무슨 상상을 하는 것이냐."

"전하."

"불순하구나."

도윤의 눈빛이 강렬하게 날아들었다. 은설은 애써 당황한 기색을 지우며 그를 꼿꼿하게 바라보았다.

"내가 또 너의 차를 마시러 화원까지 발걸음해야 하느냐. 나는 잠들기 전 술을 마신다. 하니 네가 내 침전으로 차를 내어 와야 할 것이 아닌가."

"분부 받잡겠나이다."

은설은 다소곳이 손을 모은 채 고개를 조아렸다. 그녀가 사뿐, 고개를 숙이자 그녀의 몸에서 밤새 자신의 코끝을 건드리던 향이 피어올랐다.

이건 분명 은설에게서도 흐르던 향이었다.

"홀로 갈 것이니, 주위를 물러라. 내가 별궁으로 향하는 것이 대전 담을 넘어선 아니 될 것이다."

"여부가 있겠나이까."

침소의대로 갈아입은 도윤은 상선까지 물리며 은밀히 별궁으로 향했다. 밤바람은 낮보다 더 쌀쌀했다. 그는 슬쩍 숙였던 고개를 들어 눈앞에 보이는 별궁을 바라보았다. 그런데…….

"아……?"

어둠 사이로 은은한 불빛이 퍼지고 있었다. 도윤은 뒷짐을 진 채 묵묵히 걷던 그 걸음을 멈추고 말았다.

빛이라니.

별궁으로 향하는 어둑한 길 중간, 빛 하나가 달처럼 피어올라 있었다. 절로 걸음을 멈춘 도윤의 시선이 그곳을 향하고 말았다. 그의 시선이 빼앗긴 것은 당연한 일이었다. 그런데 그 빛이 점점 커지기 시작하더니 그에게로 다가오고 있었다. 그는 얼굴을 굳힌 채, 커지는 빛을 바라보았다.

"무엇인가."

이내 그 빛 뒤로 사람 형체가 또렷하게 드러났다. 그것을 바라보는 도윤의 동공도 점점 커졌다. 그때, 은은한 빛 사이로 나지막한 음성이 흘러나왔다.

"소인이 직접 마중을 나왔나이다. 밤공기가 차옵니다, 속히 안으로 드소서."

은설이, 한 손엔 호롱불을 든 채 사뿐히 고개를 조아리고 있었다. 그를 안내하며 앞서 걷는 그녀의 뒷모습에 도윤의 눈길이 머물렀다. 깊은 침묵이 지속되었고 두 사람은 부지런히 걷기만 했다. 그러다 그가 그녀에게서 시선을 거두며 밤하늘을 올려다보았다.

"소임은 다 하고 온 것이냐."

"예. 이것이 오늘 제 마지막 소임입니다."

짧은 그 대답을 끝으로 둘은 다시금 긴 침묵 속을 걸었다. 하지만 이상하게도 한 걸음을 내디딜 때마다 도윤의 가슴에 필애원에서의 추억이 하나, 하나 떠오르고 있었다. 이 고요한 어둠도 은은한 달빛도…… 그리고 여전히 아름다운 그 여인도…… 모두 그 돌이킬 수 없는 추억 속과 일치했으니, 도윤의 가슴이 잔뜩 부풀 수밖에 없었다.

그때였다.

"중전 마마 납시오!"

뜻밖의 음성이 고요함을 깨트리고 말았다. 화들짝 놀란 은설이 소리가 나는 쪽으로 서둘러 고개를 돌렸다. 그러자 멀지 않은 곳에서 불빛이 부산스럽게 움직이고 있는 것이 보였다. 도윤 역시 얼굴을 굳힌 채 그곳을 응시했다.

"……전하!"

이내 그는 금방이라도 그녀를 덮칠 기세로 자신의 품에 그녀를 단단히 가두었다. 그러곤 겨우 장정 하나가 몸을 비집고 들어갈 수 있는 틈 사이로 그녀를 당겼다.

"앗!"

돌담 틈 사이에 겨우 몸을 숨긴 두 사람. 그의 커다란 손은 그녀의 가녀린 허리를 단단히 감싸고 있었다.

"전하……"

의외라는 듯 그녀가 시선을 떨며 그를 바라보았다. 그러자 도윤은 슬프게 은설을 내려다보고 있었다. 밀착된 두 사람 사이엔 조금의 틈도 허락되지 않았다.

"중전에게 보여 좋을 것 없다."

도윤의 커다란 손은 여전히 은설의 허리를 단단히 붙잡고 있었다. 이내 바로 옆에서 중전 김 씨의 날카로운 음성이 들려왔다.

"방금 여기서 무슨 소리가 들렸는……데?"

중전 김 씨와 중궁전 나인들이 이내 몸을 숨긴 도윤과 은설 곁으로 바짝 다가서 있었다. 두 사람은 더욱 숨을 죽였다. 그때, 삼엄하게 눈을 번뜩이며 주변을 살피던 중전의 눈에 불이 꺼진 호롱이 들어왔다. 은설이 좀 전에 손에서 놓친 호롱불이었다.

"하."

은설은 입술을 질끈 깨물고 말았다. 그의 품에 안긴 채 겨우 몸을 숨긴 그녀는 자신이 놓친 호롱불을 바라보며 몸을 떨었다.

"주 상궁, 이것은 나인들이 쓰는 호롱이 아닌가."

"그런 듯……하옵니다."

그 모습을 몰래 지켜보고 있던 은설은 저도 모르게 파르르 떨고 말았다. 은설의 동그란 눈망울에 당혹감과 두려움이 넘실거렸다.

"전……하."

"쉿."

온몸에 고스란히 전해지는 도윤의 온기에 은설의 가슴이 빠

160

르게 뛰기 시작했다. 그는 태연하게 그녀의 입술 위에 자신의 검지를 가져다 댔다. 그러다 이내 자신의 손끝에 퍼지는 말랑하고도 뜨거운 감촉에 서둘러 그녀의 입술에서 손을 떼고 말았다.

"중전이 듣겠다."

도윤은 짧게 숨을 내뱉으며 은설의 목덜미에 얼굴을 가까이 가져다 댔다.

"별궁에 뉘가 들었느냐."

"……그것은 소인도 잘. 별궁은 원래 비어 있는 곳이라."

"하면 왜 나인의 호롱이 여기 이렇게 떨어져 있는 것이지?"

어둠 속에서도 중전의 음성은 날카로웠다.

"별궁에 누가 있는지 샅샅이 살피고, 오늘 밤 전하의 주안상을 맡은 지밀이 누구인지 알아내 당장 중궁전으로 끌고 오라."

"예, 중전 마마."

"심상치 않은 분위기가 느껴진다. 전하의 행적도 내게 모두 고하여야 할 것이다."

주 상궁은 더욱이 고개를 조아리며 입술을 앙다물었다.

"내 눈을 피해…… 무슨 꿍꿍이라도 벌이고 계신 것입니까, 전하."

이를 악문 중전이 부들부들 떨며 호롱을 들어 저 멀리, 우악스럽게 던졌다. 호롱은 흙바닥 위를 거칠게 나뒹굴었다. 그런 중전을 넌지시 바라보는 도윤의 눈에 경멸이 일었다.

"가자."

곧 중전은 흙바람을 일으키며 뒤돌아섰다. 투덕거리는 발소리들이 분주히 멀어졌고 은설의 가슴은 속절없이 무너지고 있었다. 도윤과 헤어지면 곧장 중궁전 나인들에게 붙잡혀 중전 앞에 무릎을 꿇어야 할 것이었다. 은설은 입술을 세차게 악물며 한숨을 내쉬었다.

"두려운 것이냐."

그런 은설을 도윤이 물끄러미 내려다보았다. 한껏 흐트러진 옷매무시와 머리칼을 다듬으며 그녀가 도윤에게서 멀어졌다. 그러곤 바닥에 널브러져 있는 망가진 호롱을 들어 말없이 한숨을 내쉬었다.

"소인이 감내해야 할 몫인 것을요."

알다가도 모를 여인이었다. 도윤은 그 말에 등을 돌려 어둠 속으로 한 발, 내디뎠다. 은설은 묵묵히 앞서 걷는 도윤의 뒷모습을 바라보았다.

"많이…… 아프십니까, 전하."

그녀의 떨리는 물음에 그만 도윤이 걸음을 멈추곤 은설을 돌아보고야 말았다.

"그분이 돌아와 송구하다 할지라도 그 아픔은 가시지 않겠지요."

"모두 다 안다는 듯이 말을 하는구나."

"짐작할 수 있어, 드리는 말씀입니다."

"네가 무언데 짐작을 할 수 있단 말이더냐."

"그분도 무척이나 송구해하고…… 전하께 사죄하는 마음으로 살아가실 것입니다."

이것만큼은 진심이었다.

커다란 도윤의 뒷모습엔 삼 년 전, 그때보다 더 짙은 외로움이 묻어 있었다.

"늦었다."

"전하."

"송구도 사죄도 모두 늦어버렸다."

겨우 그 말을 내뱉은 도윤의 음성도 애처롭게 떨리고 있었다. 은설은 차마 도윤을 바라보지 못했다.

"이제와 아닌 척 숨겨도 너는 날 비웃겠지."

"소인이 어찌 전하를 비웃겠나이까."

"그래, 정인이 있었다."

도윤은 그 말을 내뱉으면서도 끝없이 고민했다.

나는 지금 내뱉은 이 말을 후회하게 될까.

하지만 아무래도 좋았다.

이미 이 여인은 다 안다는 듯이 자신을 대하고 있었다.

"그런데 있었는지 아니면 꿈을 꾼 것인지…… 이젠 그조차 분간이 되지 않는다. 기억은 분명히 있는데, 흔적도 없이 사라졌으니까."

"꿈이었다면 좋은 꿈이었습니까."

꼭, 삼 년 전 모든 것이 행복했던 필애원, 그 속으로 던져진 것 같았다.

두 사람은 잠시나마 가슴이 부풀었다.

"좋은 꿈이었지. 그런데 그 여인과 닮은 널 본 순간, 그것은 악몽이 되었다."

그는 걸음을 멈추곤 하늘을 올려다보았다.

"널 본 순간 모든 것이 무너지고 말았으니까."

그의 눈이 점점 젖어갔다.

"그리워졌고, 만지고 싶어졌고, 보고 싶어졌고…… 그때로 돌아가고 싶어졌다. 하지만 그럴 수가 없는 현실이 너무 잔인하다는 걸 느끼게 되었다."

그는 울음을 참으며 고개를 끄덕였다. 그 모습을 보던 은설이 그의 앞으로 다가가 품에서 손수건을 꺼내 그에게 건넸다. 그러자 도윤은 진중한 눈으로 은설을 지그시 바라보았다.

"나는 무엇을 원하는지, 이젠 무엇을 어떻게 해야 할지. 너를 곁에 두고 보면서 알아내려 한다."

그렇게 말하는 도윤의 눈빛이 불같이 타올랐다.

❦

짙은 어둠이 내려앉은 별궁엔 작은 촛불만이 바지런히 어둠을 걷어내고 있었다. 하지만 충분한 빛 없이도 별궁은 그 어느 때보다 따스했고 환했다. 도윤은 상을 앞에 두고 앉아선 연신 헛기침만 내뱉고 있었다. 그 앞에 조금 떨어져 앉은 은설은 가만히 차를 달였다.

"너는 어찌하다 입궐해 궁녀가 되었느냐."

어색한 침묵을 깨고자 도윤이 잔을 들며 은설을 돌아보았다. 그러자 은설은 고개를 조아리며 가만히 입술을 열었다.

"어린 시절 아버지와 오라비를 억울하게 잃고 어머니와도 생이별을 하게 되었습니다."

"무슨 사연이 있어 식솔들과 헤어지게 된 것이냐."

도윤은 무감한 얼굴로 은설을 바라보았다. 그러자 조심스럽게 차를 달이고 있던 은설이 그 얼굴을 치켜들어 도윤을 빤히 직시했다.

"탐욕과 권력에 굶주린 금수만도 못한 인간 때문에…… 소인의 아비는 독살당하셨고, 어린 오라비도 같은 방법으로 죽임을 당하였지요."

"저런……"

"그리고 소인의 어미는 어린 소인을 벗에게 맡겨두고, 그자들의 눈을 피해 한양을 떠나셨습니다."

"마음에 맺힌 한이 사무치겠구나."

"……이루 말할 수 있겠나이까."

아무렇지 않게 자신의 이야기를 내뱉는 은설의 눈가가 분노로 젖어갔다. 하지만 그것이 자신과도 관련된 이야기임을 전혀 눈치채지 못한 도윤은 그저 고개만 끄덕이고 있을 뿐이었다.

"하면 살아남은 네 어미와 넌, 너의 식솔과 가문을 풍비박산 낸 그 원수에게 복수하기 위해 살아가고 있는 것인가."

도윤이 묻었던 얼굴을 들어 은설을 바라보았다. 그녀는 주먹을 굳게 말아 쥐며 입술을 질끈 악물었다.

"예……. 복수하기 위해 지금껏 살아왔고 그러기 위해 입궐하였사옵니다."

"……그러기 위해 입궐을 하였다?"

그 말에 순간 도윤의 이마가 종잇장처럼 구겨지고 말았다. 은설은 달인 차를 잔에 부으며 그에게 건넸다. 그러자 그는 아무 말 없이 차를 건네받아, 한 모금 마셨다.

"예. 그자들은 죽이기 위해 입궐하였습니다."

그 말이 어쩐지 자꾸만 도윤의 가슴을 할퀴는 것 같았다.

"궐에 있는가. 그자들이."

그 역시 얼굴을 굳히곤 그녀를 바라보았다. 그러자 은설은 피식, 느른하게 미소를 지어 보였다.

"어찌 궐에 있겠습니까. 복수를 위해, 몸을 숨기려 도망치듯 입궐을 한 것이옵니다."

어쩐지 도윤은 깊은 한숨을 내쉬며 다시금 빈 잔에 차를 따르는 은설을 바라보았다. 그녀 역시 조아렸던 고개를 들어 그를 응시했다. 마주친 시선이 어쩐지 서늘하기만 했다. 묘한 긴장감이 둘 사이를 메워나갔다.

그때였다.

"마마……! 전, 전하께서 별궁엔 아무도……!"

"비키거라! 전하를 뵈어야겠다!"

갑자기 별궁 밖이 소란스러워지더니 이내 중전의 날카로운 음성이 들려왔다. 별궁에 잔뜩 내려앉았던 부드러운 고요함이 갈기갈기 찢기는 순간이었다. 일순, 도윤의 얼굴이 세차게 구겨지고 말았다.

"중전 마마, 송구하오나 전하께선 침소에 드셨나이다."

"저리 불이 환한데 어찌 침소에 드셨단 말이더냐! 그리고 멀쩡한 대전 침전을 두고 여기서 침소를? 누굴 능멸하려는 것이야? 당장 문을 열지 못할까!"

중전의 고함에 은설이 주먹을 꾹 말아 쥐었다. 그리곤 중전과 독대할 각오로 별궁 밖으로 나서기 위해 등을 돌리자 도윤이 그런 은설의 손을 잡아챘다.

"전하."

"앉거라."

"중전 마마께서 오신 모양입니다. 소인은 이만 물러나 중전 마마를 뵈어야……"

"앉으라고 하였다."

화를 꾹꾹 참아내고 있는 듯한 도윤의 얼굴이 힘겨워 보였다. 은설은 무어라 더 말을 이으려, 이내 입술을 굳게 다물며 도윤의 말대로 자리에 앉았다.

그때였다.

"마마……! 마마!"

별궁의 문을 거칠게 열어젖히고 잔뜩 화가 난 중전이 씩씩거리며 안으로 들어섰다. 침소의대를 입은 도윤이 자리에 삐딱하게 앉아 중전을 올려다보았다.

"대체 이건 어느 나라의 법도요, 중전."

도윤이 최대한 화를 억누르며 이를 악물었다. 이성을 잃은 중전은 거칠게 호흡을 내뱉더니 이내 도윤 앞에 다소곳이 앉은 은설을 발견하였다.

"이 아이입니까? 별궁에 꽁꽁 감춰두려고 하였던 계집이?"

"이것이 무슨 법도냐 물었소, 중전!"

"전하……! 참으로 너무하십니다!"

소리치는 도윤을 향해 중전은 그만 울음을 터뜨리고 말았다. 그 가운데에서 중전에게 등을 돌린 채 앉은 은설이 파르르 떨며 자리에서 일어났다. 그러곤 중전에게 인사를 올리기 위해 몸을 돌리려고 하자, 도윤이 다시금 은설의 손목을 잡아챘다. 중전과 은설의 눈이 동시에 커졌다.

"그대로 있거라."

단 한 번도 보인 적 없던 도윤의 누그러진 음성에 중전은 그만 이를 악물고 말았다. 오기가 생겼다. 중전인 자신의 손을 저리 잡아준 적 없는 왕이 한낱 궁녀의 손을 저토록 따스하게 맞잡고 있다니, 중전은 참을 수 없었다.

"고개를 돌리지 못하겠느냐."

울음을 삼키던 중전은 은설에게 바짝 다가서며 소리쳤다. 중전의 명을 어길 순 없었기에 은설이 하는 수 없이 고개를 돌리려 몸을 살짝 움직였다.

"그대로 있으라, 하였다."

그러자 도윤이 자리에서 일어나 은설을 자신 쪽으로 휙, 잡아당겼다. 순식간에 도윤의 품에 안기다시피 한 은설은 화들짝 놀라며 도윤을 바라보았다.

도윤의 얼굴은 여전히 딱딱하게 굳은 채였다.

"나의 여인이오."

"전하, 어찌 소첩에게!"

"그대는 이 생을 사는 동안 결코 될 수 없는 나의 여인."

그 순간 은설의 가슴이 서늘해지고 말았다.

이런 말을 하는 연유가 무엇일까.

그녀의 앞에선 그토록 부정하며 차갑게 대했던 도윤의 모습은 사라진지 오래였다. 마치 은설을 오랜 정인인 것처럼 감싸고도는 그의 모습이 낯설었다. 그러자 악을 이기지 못한 중전이 파르르 떨었다. 등을 지고 돌아선 은설에게도 그녀의 증오가 고스란히 전해졌다.

"더…… 비참해지시겠소, 중전."

도윤의 거친 호흡이 별궁을 흔들었다. 중전은 그대로 스르륵, 주저앉았다.

"신첩에게…… 참으로 가혹하십니다."

중전의 눈물에 도윤은 피식, 탐스러운 그 입매를 일그러뜨렸다. 처연한 그 비웃음에 은설이 감았던 눈을 떠 그를 올려다보았다.

"가혹은 그대가 나에게 끊임없이 주는 것이고. 존재만으로도 날 비극으로 몰아세우는 건 중전이니까."

도윤의 음성은 이루 말할 수 없을 만큼 차가웠고 외로웠다. 제발 자신을 내버려두라는 지독한 바람까지 스민 듯했다. 그것을 바라보는 은설의 가슴도 떨리고 말았다.

"하니 그 어떤 말로도 이 마음을 무너뜨릴 수 없으니 이쯤에서 물러나시오, 중전."

"전하!"

"가질 수 없는 마음이니 무너뜨릴 수도 없소."

"언제까지 신첩을 이리 박대하실 것이옵니까!"

"아직 할 말이 남은 것을 보니, 정녕 가혹이 무엇인지 내 손수 보여주길 원하는 것이오?"

악에 받친 음성으로 도윤이 피를 토하듯 말을 뱉었다. 군주의 고함은 별궁을, 그리고 별궁 담을 넘어서까지 울려 궁인들은 몸을 잔뜩 웅크리고 말았다.

"모두 자리를 물러나라! 그렇지 않으면 그게 누구든 이 궐에서 내쫓아버릴 터이니."

정확히 중전을 겨냥한 말일 것이었다. 무릎을 꿇은 중전이 두 주먹을 움켜쥐었다.

'네년의 얼굴을…… 내 반드시 확인하고 말 것이다.'

중전은 궁녀들의 부축을 받으며 별궁에서 물러났다.

중전과 그의 궁인들이 모두 별궁을 나서는 것을 확인한 후에야 도윤은 제 품에서 은설을 놓아주었다. 은설은 그대로 휘청, 바닥에 주저앉고 말았다. 도윤이 안타까운 얼굴로 그녀를 내려다보았다. 두 사람의 호흡이 뜨겁게 얽혔다.

"그저 이용한 것일 뿐이니 괘념치 말아라."

그의 가슴이 분기로 오르락내리락, 거칠게 헐떡였다.

"괜찮으시옵니까."

도윤의 부푼 입술이 피식, 힘없이 일그러졌다. 자신을 이용했다는 말에도 이 여인은 그를 걱정하고 있었다.

"무섭지 않으냐?"

"무엇이 말입니까."

"나는 이 밤만 지나면 널 다신 찾지 않을 수도 있고, 아예 없었던 사람처럼 널 지워버릴 수도 있다. 그 말의 뜻이 무엇인지 정녕 모르는 것이냐."

답답하다는 듯 그가 은설에게 물었다. 하지만 그녀는 말없이 미소만 지을 뿐이었다.

"아옵니다. 전하의 말이 무슨 뜻인지, 소인 다 아옵니다. 전하께서 중전 마마와의 기 싸움에 소인을 이용하였으나, 그 뒤는 책임질 수 없다. 이 말이 하시고 싶으신 것 아닙니까."

모든 것을 다 안다는 저 얼굴. 도윤은 아무런 대답도 하지 않은 채, 묵묵히 그녀만 바라보았다.

"예, 괜찮사옵니다. 이 모든 것 역시, 소인 때문에 벌어진 일이 아니옵니까. 하니 전하께선 이 일의 뒤는 생각지 마시옵고 그저 머물다 가옵소서."

그러곤 그녀는 다시 태연하게 차를 달였다. 참으로 이상하고도 신비한 여인이라, 도윤은 그만 할 말을 잃고 말았다.

먼동이 터오자, 궁녀들이 별궁으로 웅성거리며 모여들었다.

"뭐, 뭐야?"

그 속엔 중전의 지시로 은설의 얼굴을 확인하기 위해 잠입했던 중궁전 나인도, 또한 최 소의의 지시로 온 미월당의 김 나인도 있었다. 그들은 모두 아연실색하며 눈을 둥그렇게 떴다.

곤룡포를 갖추어 입은 도윤만 모습을 드러냈기 때문이었다. 그 곁엔 밤새 수발을 들었다는 궁녀의 모습은 보이지 않았다. 도윤의 얼굴은 그 어느 때보다 더 근엄하게 굳어 있었다. 아무래도 그 궁녀를 새벽에 먼저 돌려보낸 듯싶었다.

"마마께서 무슨 일이 있어도 끌고 오라 하시었는데……."

달콤하고 은밀한 밤이 지나고 도윤에게도 은설에게도 뜻깊은 새 아침이 밝은 것이었다. 멀어지는 도윤의 뒷모습을 바라보며 중궁전 나인도 미월당의 김 나인도 모두 주먹을 움켜쥐었다. 생각보다 일이 쉽게 풀리진 않을 것 같았다.

"뭐? 치마를 뒤집어 입고 나온 나인이 없다고?"

"그래! 지밀을 아무리 뒤져도, 글쎄 치마를 뒤집어 입고 나온 나인이 없대!"

간밤의 소식은 궐 곳곳까지 퍼져나갔다. 모든 소문의 근원이라는 세답방에서도 지난밤의 이야기는 제일의 관심사로 떠오르고 있었다. 그중, 밤새 임금의 곁을 지켰다던 그 나인이 치마를 뒤집어 입고 나오지 않았다는 것. 다시 말해 승은을 입지 않았다는 것이 화두였다.

"쉿. 상궁 마마님 들으시겠어. 그 누구도 그 나인의 일을 입에 담으면 출궁시켜버린다고 하셨잖아."

"……전하께서 직접 내린 어명이시지."

나인들은 모두 몸을 부르르 떨었다. 오늘도 어김없이 대전의 고참 나인들의 빨랫감을 이고 온 은설이 무성한 소문을 뒤로 하고 세답방으로 들어섰다. 열심히 방망이를 두드리고 있던 나인들이 은설의 등장에 입을 꾹 다물고 말았다.

"쟤 근데…… 왜 지밀이면서 매일 저렇게 빨랫감을 들고 오는 것이야?"

"찍혔다잖아. 지밀나인들한테."

그들의 숙덕거림은 곧 은설의 귀에도 닿았다.

"왜……? 예뻐서?"

"설마 예뻐서겠냐? 출신이 불분명하다더라. 그래도 지밀은 우리 중에서 제일 격이 있는 궁인이잖아?"

수군거리는 나인들의 음성에 은설의 얼굴이 딱딱하게 굳어 갔다. 하지만 아무렇지 않게 빨랫감을 펼쳐선 빨래를 시작하는 은설이었다. 자신에 관한 무성한 소문이 나돌고 이런저런 잡음이 일어도 관심 없었다.

명백한 이유와 목적이 있어 궐에 들어왔기에 그런 사사로운 것들에 감정을 쏟고 싶지는 않았다. 묵묵히 방망이질하는 은설의 곁에 세답방 나인 하나가 넌지시 다가왔다. 그러곤 고고하게 빨래만 하는 은설을 내려다보며 핏, 조소를 그렸다.

"그럴 거면 무수리로 입궐하지 그랬느냐?"

"하하하, 하하하하!"

자신을 농락하며 삼삼오오 떼 지어 선 채 박장대소하는 세답방의 나인들을 은설이 돌아보았다. 분노도 서러움도 치미지 않았다. 그저 안타까움과 한심함만이 가슴 깊숙한 곳에서 일었다.

"그래, 그렇게 남을 깎아내려서 희열을 취하고자 한다면 기꺼이 그리하거라. 그것이 너희의 미천한 인품이니 어쩔 도리가 있겠느냐."

은설은 느리게 고개를 저으며 다시금 방망이질에 몰두했다. 나인들은 그녀의 말에 기함하며 뒷걸음질 쳤다.

"쟤 말하는 거 들었어? 뭐래?"

"야, 너 다시 말해봐, 애가 간밤에 뭘 잘못 주워 먹고 실성을 했나!"

나인 하나가 은설의 어깨를 툭 쳤다. 그러자 은설은 기다렸다는 듯 그 나인의 손목을 우악스럽게 꺾었다.

"아, 아악!"

"입 다물고 있다 하여 벙어리 취급 말고 눈 감고 있다 하여 장님 취급 말아라. 가엾은 그 목숨, 오래 부지하고 싶으면 네가 벙어리인 양 입 다물고, 장님인 양 눈 감고 살아야 할 것이니."

그때였다.

"네가 단희라는 궁녀이냐?"

은설은 나인의 손목을 거칠게 내려놓으며 뒤를 돌아보았다. 험상궂게 생긴 상궁들이 은설을 빙 둘러쌌다. 심상치 않은 기운이 일었다. 은설은 자신도 모르게 입술을 꾹 깨물며 저를 둘러싸는 상궁들을 돌아보았다. 갑작스러운 상궁들의 등장에 세답방 나인들의 움직임이 부산스러워졌다. 떼를 지어 있던 나인들은 모두 한데 줄을 서선 고개를 조아렸다. 아무래도 지체가 높은 상궁인 듯했다.

"지밀의 단회냐, 물었다."

재차 묻는 상궁 하나가 은설을 우악스럽게 잡아챘다. 그러자 은설은 속절없이 휘청이며 파르르 떨고야 말았다.

주 상궁이라도 나타나주면 좋으련만……

은설은 밀려오는 두려움에 정신마저 아득해지려 했다.

"찾는 이가 맞소. 한데, 무슨 일……!"

"끌고 가라!"

"이보시오! 이보시오!"

은설은 영문도 모른 채, 우악스럽게 끌려가고야 말았다.

세답방을 지나 수라간을 지나…….

어디로 향하는지도 모른 채 은설은 거친 손에 잡혀 마냥 끌려가고만 있었다. 은설은 이를 악물었다. 자신의 곁을 무수히 지나치는 궁인들 역시 숙덕대며 우악스럽게 끌려가는 은설을 돌아보고 있었다. 화가 머리끝까지 치밀었다. 화를 억누르고 또 억누르느라 은설의 얼굴은 벌겋게 달아올라 있었다.

"대체 날 어디로 끌고 가는지…… 그 행방만 알려주실 수는 없습니까."

양팔을 단단히 압박하고 있는 탓에 은설의 어깨와 팔에 극심한 통증이 일었다. 이 끝엔 누가 그녀를 기다리고 있을까. 분노와 의구심에 가슴마저 아려왔다. 그때였다.

"대, 대원군 대감……!"

조선 끝까지 은설을 끌고 갈 기세로 잡아채던 궁인들의 발길이 우뚝, 멈춰 서고 말았다. 궁인들 모두 기함하며 고개를 조아렸다. 그제야 은설을 단단히 붙들고 있던 양팔도 놓았다. 은설은 이를 악물며 구겨진 옷매무시를 가다듬었다.

"중궁전에 다다라선 무슨 소란인 것이냐!"

대원군이 호통을 쳤다. 은설은 슬쩍 숙였던 고개를 들어 대원군, 이학수를 바라보았다. 절로 두 주먹을 움켜쥐는 은설이었다.

"그, 그것이……."

말을 얼버무리며 상궁이 은설을 한 번, 대원군을 한 번 돌아보더니 고개를 한껏 조아렸다. 이학수를 바라보는 은설의 눈에 짐짓, 뜨거운 불덩이가 타오르는 듯 이글거렸다. 못마땅한 얼굴로 궁인들을 바라보던 이학수 역시, 매서운 눈으로 저를 바라보고 있는 은설을 발견하곤 사선으로 치켜들었던 고개를, 똑바로 세워 들었다. 가히 화용월태(花容月態), 아름다운 얼굴이라 칭할 만했다. 이학수의 눈에 반짝, 불꽃이 일었다.

"웬 궁녀냐."

"중전 마마께서 데리고 오라는."

"주상의 승은이라도 입은 것이냐."

이학수는 흥미롭다는 듯 입꼬리를 말아 올리며 은설에게로 성큼 다가섰다. 그럴수록 은설은 더욱 고개를 치켜들었다. 제 아비를 죽이고 제 어미를 저리 비참하게 내쫓은…… 그로도 모자라 어린 제 오라비까지 죽음으로 내몬 인두겁을 뒤집어쓴 악귀였다. 은설의 꾹 다문 잇새로 끙, 앓는 소리가 흘렀다. 할 수만 있다면 제 품에 지닌 은장도라도 꺼내 이학수의 목을 처참하게 베어내고 싶었다.

"반반하구나. 이름이 무엇이냐."

이학수가 슬쩍 고개를 끄덕이며 은설에게 물었다. 그러자 은설은 여전히 입술을 꾹 다문 채, 이학수를 죽일 듯이 노려보고만 있었다.

"무엇하느냐! 대원군 대감께서 묻질 않으시냐!"

그러자 저를 우악스럽게 잡아끌던 상궁이 은설을 다그치기 시작했다. 그제야 은설은 적나라하게 드러났던 본심을 숨기며 고개를 조아렸다. 처절하게 피를 토하며 스러져간 아비의 마지막 모습이 눈앞에 뿌옇게 일렁이는 것만 같았다.

"단희라 하옵니다."

"처음 듣는 이름인데…… 어찌 네 그 반반한 미색은 낯이 익는 것도 같구나. 한데 어찌하여 이 아이를 중전께서 찾으신단 것이냐. 그것도 대낮부터 궐이 소란스럽게."

"송구하옵니다, 대감."

"다음부턴 이런 일을 행하려 하거든 깊은 밤 은밀히 행하도록 하라."

역시 이학수다웠다. 은설은 저도 모르게 핏, 헛웃음을 치고 말았다. 그러자 이학수는 그 거친 손으로 은설의 턱을 잡아채더니 은설의 얼굴이 저를 똑바로 바라보게 했다. 은설의 심장이 와르르 무너지는 듯했다.

"아님, 소리라도 지르지 못하게 입에 재갈이라도 물리던가.
꽃같이 아름다운 미색이라…… 출신이 불분명한 궁녀만 아니
었다면 빈(嬪)의 자리에도 올랐을 법한 용색이로구나."

할 수만 있다면 자신의 턱을 쥐고 있는 이 더러운 손을 단숨
에 쳐내버리고만 싶었다.

"하나 우리 주상에게는 꽃 같은 후궁들이 여럿이지. 아직 후
사를 보지 못한 앞날 창창한 중전께서도 저리 강건하게 계시
고."

이학수의 입꼬리가 비열하게 말렸다. 은설은 두 주먹이 부서
져라, 꾹 쥐었다. 팽팽한 두 사람의 기 싸움을 지켜보던 궁인들
이 되레 그 기에 눌려 고개를 푹, 조아렸다.

"출신이 불분명한 몸에서 용상을 볼 수는 없는 법이지. 우리
가문이 어떤 가문인데."

'네놈의 가문은 조선의 혈통을 끊어놓고 만, 피비린내 나는
대역 죄인의 가문이지.'

은설은 조소하며 입술을 더욱 악물었다.

"아직 승은을 입은 것이 아니라면…… 불씨의 싹은 잘라버리
는 것이 옳은 일이지. 이대로 출궁을 해, 잠적을 하기엔 너무 아
까운 미모이나…… 어쩌겠느냐. 주상의 손을 타기 전에 먼저
손을 쓰는 것이, 어쩌면 중전께서 내린 현명한 판단일지도."

이학수가 잔인한 말을 내뱉으며 돌아섰다. 은설의 혀가 딱
딱하게 굳어가는 것만 같았다. 그 말을 모조리 받아낸 두 귀와

가슴이 까맣게 타들어가는 듯했다. 은설은 돌아서는 이학수를 세차게 돌아보며 그 붉은 입술을 달싹였다.

"하면."

은설의 다부진 음성에 몇 걸음 나아가던 이학수가 걸음을 멈추었다.

"소인이 전하의 승은을 입는다면 이야기가 달라지겠습니까?"

"무어라?"

"이년이 지금 뉘 안전이라고 고개를 빳빳하게 들고……!"

소스라치게 놀라며 은설을 향해 버럭 소리를 지르는 상궁이었다. 하지만 은설은 그런 상궁의 말허리를 잘라먹으며 이학수를 향해 몸을 돌렸다. 그러곤 빳빳하게 고개를 든 채, 이학수를 뚫어져라 응시했다.

"전하께서…… 그래도 소인을 지켜주시겠다, 저의 손을 잡아주신다면은요."

은설의 당돌한 말에 이학수의 얼굴이 딱딱하게 굳었다. 그러곤 성큼성큼, 은설의 앞에 다다라선 다시금 그녀의 얼굴을 직시했다.

"네가 그 간밤에 별궁에 들었다던 지밀나인인 것이지."

"예, 소인이 전하께 별궁에서 차를 달여 올리었나이다."

"원하는 것이 무엇이지?"

이학수는 호통치며 그녀를 잡아챘다. 모든 궁인이 놀란 눈으로 이학수와 은설을 바라보았다. 하지만 은설은 당황하지 않고 말을 이어갔다.

"무엇을 원한다, 이 자리에서 고하면 대감마님께서 대신 들어주실 것이옵니까?"

"발칙한 년! 주제도 모르고 주상의 총애 하나만 믿고 까부는 꼴이 아주 우습구나!"

"송구하오나, 소인은 전하의 총애를 받는 궁녀가 아니옵니다. 하니 승은도 입지 못하고 차만 달이다 나온 것이 아니겠습니까?"

궁녀의 몸에서 나올 법한 기세가 아니었다. 단단하고 거친 어투며 다부진 음성이며 용색에서 풍겨오는 은은한 귀티, 그 모든 것이 궐에 널린 궁녀에게선 느낄 수 없는 기운이었다.

이학수는 얼굴을 일그러뜨리며 은설의 몸 위아래를 훑었다.

"이런, 이런! 이 방자한 년을……!"

이학수는 버럭 소리를 지르며 은설의 뺨이라도 내려치기 위해 손을 번쩍 들었다. 은설은 이를 악물며 두 눈을 질끈 감았다. 결코 그 고개를 조아리지도, 숙이지도 않고 뺏뺏하게 치켜든 채로. 그때였다.

"멈추지 못합니까!"

도윤이 버럭 소리를 질렀다. 그러곤 성큼성큼 다가와 은설의 앞을 단단히 가로막았다.

"아버지께서 함부로 대할 여인이 아닙니다!"

"주상…… 그 무슨 망발입니까!"

노발대발하는 이학수였다. 은설은 자신의 앞을 단단히 막아선 도윤을 먹먹한 눈으로 올려다보았다. 그러자 도윤은 그 형형하게 굳혔던 눈빛을 조금 누그러뜨리며 은설을 돌아보았다. 두 사람의 시선이 애처롭게 닿았다. 지금 이 순간 도윤은 무슨 생각을 하고 있을까, 은설의 마음이 복잡해졌다. 하지만 그런 그녀의 복잡한 마음을 다독이듯 그가 확신에 찬 음성으로 입을 열었다.

"이 궐의 모든 여인이…… 나의 여인이라 하셨지요."

"주상."

"해서 소자가 마음만 먹으면 모든 여인을 후궁으로 삼을 수도, 내 여인으로 가까이 둘 수도 있다 하셨지요."

마치 위태로워지길 자처하는 제 모습을 두 눈에 담으라는 듯, 도윤은 은설을 응시하며 말을 이었다. 은설도 도윤도 가슴을 떨지 않을 수가 없었다. 묘하게 피어오는 두 사람의 기류를 바라보던 이학수는 그 입술을 세차게 말아 물었다.

"소자가…… 그러기 싫었습니다, 이 여인에게만큼은."

동시에 은설의 가슴에 커다란 불덩이가 떨어지고 말았다. 이학수에게 건넨 말이었건만 도윤의 세찬 눈빛이 그녀를 단단히 옭아매고 있었다. 피할 수도, 그 눈을 외면할 수도 없는 은설이었다. 그래서 슬퍼졌다.

"주상……! 출처도 불분명한 궁녀요! 예, 원한다면 전각 하나 내어주는 것, 어렵지 않지. 하지만 용상은 아니 되오!"

"전각, 그딴 것으로 매어둘 여인이 아니란 말입니다, 아버지!"

"주상!"

도윤의 말에 이학수도, 곁에 있던 궁인들도 모두 놀라 고개를 조아리고 말았다. 저 멀리 친히 은설을 끌고 오기 위해 나섰던 중전 김 씨 역시, 소스라치게 놀라며 굳었다. 언뜻 돌아본 은설의 얼굴이 낯이 익었다. 일전에 저와 부딪힌 적이 있는 그 궁녀였다.

'그년이구나. 그때 치워버렸어야 했는데 결국 이 사달이 나고 말았구나.'

중전은 아연실색(啞然失色)하며 주먹을 말아 쥐고 말았다.

"전각, 후궁의 첩지, 그딴 것으로도 매어둘 수 있는 사람이 아닙니다."

"원하는 게 무엇이오, 이 계집에게 빈(嬪)의 첩지라도 줄 참입니까?"

이학수의 말에 중전의 눈앞이 아찔해졌다. 그러다 저도 모르게 다리의 힘이 풀려 스르륵 주저앉고 말았다.

"중전 마마!"

궁인들이 쓰러지는 중전을 다급히 부축했다. 그 소리에 은설도, 도윤도, 그리고 이학수도 모두 중전을 돌아보았다. 중전이 파리하게 질린 채 바들바들 떨고 있었다. 그 모습을 바라보던 도윤은 부러 중전과 이학수가 들으라는 듯 목구멍에 힘을 주었다.

"첩지조차 무의미하지요! 이 여인에게 어울릴 만한 첩지가 무엇이란 말입니까!"

비수 같은 말이 그의 입에서 쏟아졌다. 곧, 그 화살은 중전과 이학수의 가슴에 명중했다. 하지만 은설은 무감하게 더욱 얼굴을 굳혔다.

그녀는 도윤의 입에서 흘러나오는 말에 숨겨진 뜻을 이미 파악한 지 오래였다. 은설을 진심으로 은애하게 되어 내뱉는 달콤한 말이 아니었다. 그것은 오래도록 한쪽으로만 치우쳐진 지긋지긋한 정치 세력을 분산시켜보려는 그만의 움직임이었다. 은설은 낮게 조소했다. 자신의 마음을 정치로 이용한다 해도 어찌하였든 간에 왕의 성총을 쥘 수 있음이니, 유혹의 시작이 수월해질 것이란 생각이 들었다.

"무의미하다?"

날카롭고도 한없이 무거운 그 음성에 이학수는 눈을 치켜떴다. 한 걸음 더, 은밀히 다가간 도윤은 허리를 슬쩍 숙여 이학수의 귓가에 속삭였다. 오로지 이학수 그만이 들을 수 있게 낮고도 근엄한 음성.

"하나 굳이…… 그 여인에게 전각 하나를 내어준다면 용마루가 없는 전각. 그것이 적당하지 않을까요, 아버지?"

그 말에 이학수의 입이 절로 벌어지고 말았다. 진심으로 이 궁녀를 마음에 두어 이러는 것일까. 아니면 자신과 척을 지려 부러 이러는 것일까. 이학수의 눈이 도윤의 눈과 입을 면밀하게 살폈다.

용마루가 없는 전각이라 하면, 중궁전을 뜻하는 바였다. 놀란 이학수가 미처 무어라 답을 주기도 전에 도윤은 은설과 궁인들을 돌아보았다. 도무지 이 상황을 받아들이기 힘들다는 듯 궁인들이 의뭉스러운 얼굴로 숙덕대기 시작했다. 도윤 역시 왜 은설이 이학수와 대면하고 있었던 것인지 알 길이 없어 혼란스럽기만 했다. 그는 말없이 바닥만 응시하고 있는 그녀를 바라보았다.

"너는 무슨 일이기에 소란을 피운 것이냐."

이학수의 대답 따위는 들을 필요도 없다는 듯, 도윤이 은설을 향해 물었다. 은설은 고개를 조아리며 한 걸음 물러났다.

"소인……."

모두 그녀에게 주목했다. 중전마저 기함한 채 그녀를 바라보았다. 그때, 은설이 조아렸던 고개를 들어 중전을 넌지시 바라보았다. 은설은 침묵했지만, 눈으로 단단히 말하고 있었다. 순간, 은설과 중전의 시선이 부딪혔다. 그녀의 시선이 중전에게 머무르자 도윤은 입술을 굳게 악물었다.

"무슨 일인지 말하라."

그가 그녀의 가슴에 불을 지폈다. 은설은 주저하지 않고 고개를 조아리며 입을 열었다.

"소인, 소임을 다하던 중 상궁 마마님들의 손에 이끌려 예까지 오게 되었나이다."

"뭐라, 상궁?"

"예, 소인은 그저 영문도 모른 채 끌려왔나이다. 그러다 대원군 대감마님과 부딪힌 것이옵니다."

숨길 이유가 없었다. 아니, 처음부터 숨기고 싶지도 않았다. 그녀의 솔직하고도 당돌한 말에 중전과 그의 상궁들은 초조함

184

으로 얼굴이 파리하게 질려갔다. 동시에 상궁들은 그녀를 단단하게 움켜쥐던 손을 풀며 그녀에게서 후다닥 떨어졌다.

"저, 전하……!"

상궁들은 우물쭈물 눈치만 보며 중전을 바라보았다. 중전은 부들부들 떨며 치맛자락만 움켜쥐고 있었다.

"어느 전 상궁들인가."

그의 혀에 바늘이라도 돋은 듯, 참으로 날카롭기 그지없는 어투였다.

"그, 그것이 전하……."

"두 번 묻게 하지 마라."

"중, 중궁전 소속이옵니다, 전하!"

그들은 바닥에 무릎을 꿇고 앉았다. 동시에 은설의 가슴도 철렁 내려앉고 말았다. 짐작은 했지만 정작 자신을 이리 개처럼 끌고 오라 명한 것이 '중전'일 줄은 몰랐다.

한편, 도윤은 고개를 삐딱하게 꺾으며 중전을 돌아보았다. 왜 이런 짓을 벌였느냐, 물을 필요도 없었다. 중전은 말없이 바닥만 바라보고 있을 뿐이었다.

"이 궁녀를 제자리로 데려가라."

도윤의 명에 대전 지밀나인들이 그녀를 부축했다. 도윤은 여전히 충격 받은 얼굴로 바닥만 바라보는 중전을 싸늘하게 한 번 바라보고 곧바로 시선을 거두었다. 이학수 역시 눈앞이 아찔해져 그만 두 눈을 질끈 감고야 말았다. 이학수도, 은설도, 중전도 모두 도윤의 걸음에 눈을 떼지 못했다.

"저, 전하……."

중전이 다시금 변명이라도 할 모양으로 입을 열었지만 도윤은 무시했다. 발버둥 치는 그녀를 외면한 채, 그가 근엄하게 입을 열었다.

"그리고 과인이 다시 한 번 너희들에게 분명히 일러둔다. 오늘과 같은 일이 또 발생할 시, 그땐 과인을 능멸하는 것으로 간주하고 엄벌로 다스릴 것이다."

은설은 그런 도윤을 지그시 바라보았다. 또한, 이학수는 도윤에게서 시선을 떼지 못하는 은설을 바라보며 이를 악물었다.

"면이 있는 계집이다……. 저 단희라는 궁녀를 은밀히 조사하라."

제 22 장

복수를 품다

소임을 마치고 다시 대전으로 돌아갈 참으로 발걸음을 옮기는 은설의 눈에 중궁전이 들어왔다.

용마루가 없는 전각, 교태전.

은설은 텅 빈 눈으로 한껏 위엄을 부리며 서 있는 그곳을 올려다보았다. 그리고 그곳의 주인인 중전 김 씨를 떠올렸다. 어쩌면 자신이 복수하기 위해 제일 먼저 처리해야 할 수도 있는 인물이었다. 그녀의 투기와 비비 꼬인 성품은 주 상궁에게 들어 익히 알고 있었으나, 이토록 심할 줄은 몰랐다.

"궐에 제대로 된 윗전이 없으니, 중전의 방자함이 하늘을 찌르는구나."

은설은 입술을 지그시 깨물며 간밤의 일을 떠올렸다. 감히 왕이 머무르고 있는 침전에 마음대로 침범해, 왕을 모시는 궁녀를 끌어내려 하다니. 있을 수 없는 일을 다시금 떠올리며 은설이 느리게 고개를 저었다. 그때…….

"제 발로 찾아왔군. 혹 나를 찾는 것이냐?"

저 멀리서 중전이 타박타박 이쪽을 향해 오고 있었다. 은설은 개의치 않는다는 듯 고개를 조아리며 중전을 맞았다.

"무엇이지? 이 뻔뻔스러움은……?"

"중전 마마를 뵈옵니다."

"나를 기다리기라도 한 것처럼 태연하구나?"

"기다린 것은 아니옵고 그저 지나던 길에 걸음을 멈춘 것뿐이옵니다."

"그래? 한데 어쩌느냐. 그저 그 길을 그냥 지나치긴 이젠 글렀으니."

중전은 이를 악물며 그녀를 세차게 노려보았다. 하지만 은설의 얼굴엔 한 점 동요도 없었다.

"예, 소인도 그리 생각하옵니다. 어차피 한 번은 중전 마마를 뵙고 중전 마마께서 소인을 찾은 연유를 들어야 할 것 같단 생각은 했사옵니다."

그녀의 태연함에 중전은 기함하고 말았다. 중궁전 상궁들 역시 눈을 형형하게 치켜뜬 채 그녀를 노려보고 있었다.

"아침엔 네년에게 일러주고 싶은 것이 있어 불러들이던 중, 시끄러운 일이 생겼다. 그래, 네년 생각도 그렇다니 잘되었구나. 끌고 오너라."

중전은 끝까지 은설을 향해 쏘는 눈빛을 거둘 줄 몰랐다. 그러곤 은설의 어깨를 아프게 부딪치며 지나쳤다. 휘청이는 은설을 중궁전 상궁들이 휘어잡았다. 그러자 은설은 그들의 손을 세차게 뿌리쳤다.

"놓아주시지요."

그 순간, 앞서가던 중전도 그리고 그녀를 우악스럽게 잡아채던 궁인들도 은설을 돌아보았다. 그들의 눈빛엔 놀라움과 두려움이 함께 일고 있었다.

"피할 생각도 도망칠 생각도 없으니, 제 발로 들겠나이다."

숱한 궁녀들을 마주한 중전이었지만 그 누구에게서도 볼 수 없었던 기세에 주춤할 수밖에 없었다.

"무어라……?"

"소인, 그렇게 멍청하지 않사옵니다. 중전 마마."

은설은 예를 갖추어 고개를 조아렸다.

"멍청하지…… 않다?"

"처음부터 중전 마마께서 소인을 보고자 상궁 마마님들을 보내셨다, 알려주셨으면 소인 그리 소란을 피우지 않고 조용히 상궁 마마님들을 따랐을 것이옵니다. 또한, 전하께서 하문하셨을 때도 그리 곧이곧대로 답을 올려 중전 마마를 곤경에 처하게 하지도 않았을 것이고요."

중전은 조근조근 말을 이어가는 은설에게서 눈을 떼지 못했다. 궐 안에서 본 어떠한 여인들보다 우아했고 기품 있었으며, 냉철하고 싸늘했다. 중전은 저도 모르게 몸을 떨고 말았다.

"하니 소인, 중전 마마의 지엄하신 명을 받잡을 것이니 소인의 발로 중궁전에 들게 해주시옵소서."

그녀의 단아한 위엄에 중전은 짧은 탄식을 내뱉었다. 그러곤 그녀의 주위를 에워싼 상궁들을 돌아보며 입을 열었다.

"저년의 말대로 놓아주어라."

그리고 중전은 싸늘하게 돌아섰다. 하지만 그보다 더 싸늘한 얼굴로 은설이 그녀의 뒤를 뒤따랐다.

"이름은 단희, 소속은 지밀."

중전은 자신 앞에 반듯하게 고개를 조아리고 앉은 은설을 바라보았다. 그녀를 훑는 중전의 눈이 다정할 리 없었다. 가시 같은 그 시선을 담담히 받아내며 은설은 두 손을 곱게 포갰다.

"예, 그러하옵니다. 중전 마마."

"너의 뒤를 캐는 것은 그리 어려운 일이 아니니 지금부터 내가 묻는 말에 거짓 없이 고하여야 할 것이다."

"하문하소서."

은설은 얼굴을 묻은 채 그 소담한 입술만 작게 달싹였다.

"주 상궁과는 무슨 사이인가."

그 질문을 하는 중전의 얼굴이 무자비하게 일그러져 있었다. 안 그래도 왕이 눈여겨보는 궁녀라 눈엣가시인데 뒤를 캐보니 주 상궁과도 연이 닿아 있는 궁녀였다. 주 상궁이라면 이학수의 사람이기도 하니 중전은 덜컥 겁이 나기 시작했다. 혹, 자신 모르게 이학수가 후궁을 들이려는 것인지. 해서 왕의 성총까지 얻으려 하는 이 궁녀를 중궁전에 앉힐 요량인 것인지.

중전의 검은 눈에 분기 어린 눈물이 차오르기 시작했다.

하지만 은설은 여전히 고개만 조아리고 있을 뿐이었다. 은설은 조소를 삼키며 입술을 반듯하게 열었다.

"소인은 주 상궁 마마님의 질녀입니다."

"……질녀라?"

"어린 시절 조실부모하고 몸도 미령한 탓에 제 어미의 동생인 주 상궁 마마님께서 소인을 거두어 키워주셨사옵니다."

"주 상궁이 너를? 그럴 리가 없다. 주 상궁은 내내 궐과 내 아버님의 댁만 오가며 살았다. 너를 이리 키워낼 여력도 또한 시간도 없었다."

중전이 담담한 얼굴의 은설을 빤히 응시했다.

"예, 그리하여 소인은 남해에서 자랐습니다."

"남해?"

"마마님께서 사정이 그리하시니 직접 소인을 거둬주시지 못해 마마님의 친척분들이 계신 남해에서 지금껏 자라왔습니다."

"한데 왜 궁녀가 된 것이지?"

"이모님께 은혜를 갚으며 그분의 일을 돕고자 궁녀가 된 것입니다."

조금도 떠는 기색 없이 대범하게 말을 이어가는 은설이 못내 마음에 들지 않는 중전이었다. 중전은 끙, 앓는 소리를 내며 주먹을 세게 말아 쥐었다.

"승은은…… 입은 것이냐. 아니면, 아직인 것이냐."

그제야 본색을 드러내는구나, 은설은 조아렸던 고개를 담담하게 들었다. 그녀의 날 선 눈빛에 중전은 순간적으로 몸을 웅크리고 말았다.

"염려하시는 일은 없었사옵니다."

"……염려라?"

"또한, 앞으로도 없을 것이니, 마음 놓으셔도 됩니다. 중전 마마."

한낱 궁녀였지만 중전을 휘어잡고도 남을 기세였다. 중전은 미간을 찌푸렸다.

"감히 염려라 하였느냐?"

"예, 중전 마마."

"네까짓 게, 무엇을 안다고 감히 내게 염려란 말을 내뱉는 것이야!"

"하오시면 중전 마마."

은설은 무표정한 얼굴로 중전의 눈을 똑바로 직시했다.

"소인이 전하의 승은을 입어도 괜찮으시옵니까?"

방자한 그녀의 태도에 중전의 곁에 서 있던 상궁이 버럭 소리를 내질렀다.

"감히, 네년이 어느 안전이라고!"

그러자 중전은 부들부들 떨며 그런 상궁을 제지했다.

"안 괜찮을 것이 무엇 있느냐? 전하의 후사를 보는 것은 이 나라의 경사요, 이 궐의 모든 이들이 바라고 있는 숙원이다. 한데…… 그따위 질문으로 나를 능멸하는 연유는 무엇이냐? 나를 혹, 투기나 부리는 어리석은 국모라 여기는 것이냐? 똑바로 대답하지 못하면 네년은 여기서 살아 나가지 못할 것이다."

독기 어린 중전의 말에 은설은 은은한 미소마저 띤 채 입을 열었다. 그녀의 태연함과 여유로움이 중전의 목덜미를 움켜쥐었다.

"하면 어찌하여 중전 마마께서는 간밤에 별궁 처소로 납시셨나이까."

"……뭐?"

중전은 은설의 물음에 입을 떡 벌리고 말았다.

"소인이 전하의 승은이라도 입을까, 염려되어 납신 것이 아니옵니까?"

"그것은…… 그것은!"

"아닌 줄 아시면서, 옳은 걸음이 아닌 줄 아시면서도 중전 마마께서 그 위험한 길을 납시셨을 땐 그만한 이유가 있었겠지요. 소인의 승은, 전하께서 혹 소인을 품으실까. 그 때문에 발걸음하신 것이 아니옵니까? 소인의 말이 틀렸사옵니까?"

은설의 물음에 중전은 꿀 먹은 벙어리가 되었다.

"하오나 소인도 중전 마마의 뜻을 모르는 것은 아닙니다. 중전 마마께선 출처도 불분명한 소인의 몸에서 후사를 보는 것이 염려가 되셨겠지요?"

"……뭐?"

"어찌 그 하해와 같은 염려를 투기라 치부하시옵니까? 감히 소인, 그따위 방자한 생각은 품지도 않았사옵니다."

은설이 나지막이 이르며 고개를 조아렸다. 그 말에 중전의 얼굴이 화르르, 붉어지고 말았다. 말로는 중전의 면을 치켜세우는 척했지만 그녀는 분명히 자신을 깔보고 있었다. 중전은 치맛자락을 움켜쥐었다.

"하면 승은을 거부라도 할 것이란 말이냐?"

중전이 이를 악물며 물었다. 그러자 은설이 피식, 미소를 터뜨리며 그 붉은 입술을 열었다.

"어찌 소인이 감히 전하의 승은을 거부하겠나이까."

"하면! 염려하는 일을 없게 한단 네 말은 거짓이 아니더냐!"

"소인이 혹, 승은을 입게 된다면……. 소인이 직접 중전 마마를 찾아뵙겠나이다."

"무어라?"

"그러면 중전 마마께서 처분해주시지요."

"……무엇을?"

은설은 조금 머금었던 그 미소를 싸늘하게 지워내며 말을 이었다.

"소인에게 부자(附子)를 달인 탕약을 먹이시면 됩니다."

중전이 그녀의 말에 고개를 갸웃했다.

"부자(附子)가 무엇인데."

그녀의 의뭉스러운 시선에 은설이 냉소를 지어 보였다.

"회임을 방해하는 약재이옵니다."

"……뭐?"

"소인, 소인의 운을 기꺼이 중전 마마께 맡기겠나이다."

참으로 가혹한 그 말을 눈 하나 깜빡하지 않은 채 내뱉는 은설. 중전은 이제 그녀가 무서워지기 시작했다. 무어라 대답을 하지 못한 채 중전은 그저 은설만 빤히 바라보고 있었다. 그때, 은설이 슬쩍 고개를 조아리며 입을 열었다.

"하나, 아직은 일어나지도 않았고 일어날지조차 알 수 없는 그 일에 마음 쓰지 마옵소서. 소인의 의중은 이러하니 부디 헤아려달라, 감히 중전 마마께서 알아주십사 하고 올리는 말이옵니다."

은설의 싸늘한 음성에 중전은 입술을 꽉 깨물고 말았다. 은설은 조아렸던 고개를 들어 그녀를 차갑게 응시했다. 단단한 시선이 중전의 뺨 위에 닿았다.

✿

중궁전을 나서니, 주 상궁이 은설을 기다리고 있었다. 주 상궁은 은밀한 목소리로 은설을 붙잡았다.

"공주 마마…… 안 그래도 정의단(定義團)이 공주 마마를 뵙길 청하고 있다 하옵니다."

"그들이 한양에 당도했습니까."

'정의단'이라는 말에 은설이 반색했다. 그들은 공주와 폐서인 홍 씨의 신분 복귀를 위해 모인 추종 세력들이었다. 청국에서 폐비 홍 씨의 오라비인 홍 대감과 함께 세력을 키워나가던 중 홍 대감의 비보를 접하고 뿔뿔이 흩어져 몸을 숨기고 있다가 공주가 살아 있다는 소식을 듣고 다시 모여 활동을 재개한 것이었다. 그들은 탐라에 있는 폐비 홍 씨의 눈과 귀가 되어주

며 몸집을 점점 부풀리고 있었다. 그런 그들에게 은설의 존재
는 꺼져가는 불씨를 살리는 원동력이 되기에 충분했다.

"예, 시들시들하던 화력이 공주 마마의 등장으로 다시금 타
오르고 있다 하옵니다."

"예, 당연히 직접 만나 인사를 나누어야지요. 내 어머니와 아
버지, 그리고 나를 위해 존재하는 이들이니. 오늘 왕이 잠행을
나간다 합니다. 우선 난 그 뒤를 따라야겠습니다."

"예, 하오면 쇤네는 이학수의 사가에 들르기 전 정의단을 먼
저 만나보겠습니다."

"부탁합니다, 주 상궁."

두 사람은 결의를 다지며 서로를 등지고 돌아섰다.

잠행을 나온 도윤을 주환이 조심스럽게 바라보며 입을 열었
다.

"그 여인을 소상히 살필까요."

하지만 도윤은 그저 고개만 가로저을 뿐이었다.

"전하께서 그리 느끼신다면 반드시 그 여인에 대해 살펴야
합니다."

"내버려두어라. 나는 멈추고 싶진 않다."

"전하……! 그저 닮은 것뿐인 궁녀에게 그 어심이라도 내어
주실 요량입니까. 그것이 무엇을 뜻하는지 정녕 모르시옵니

까?"

주환이 소리쳤지만 도윤은 덤덤하기만 했다. 그의 마음이 안
타까움으로 젖어갔다. 왕이, 군주가 다시 위태로워질 그 길을
걸으려 하는 것 같아 마음이 미어졌다. 그의 걱정에 도윤은 얼
굴을 굳혔다. 그러곤 무감하게 굴었다.

"안다. 모르지 않는다. 그리고 그것의 끝이 무엇인지도 알고
있다."

그 말을 왜 저토록 담담하게 하는 것일까. 주환은 안타까워
미칠 지경이었다.

"위험하고 위태로울 것이며, 고독하고 아플 것이다. 삼 년
전 그때와 다를 바 없이 고통스러워지겠지. 그런데도 난 그 길
에 그 궁녀가 함께하고자 한다면 기꺼이 함께 갈 것이다. 하지
만……."

한 호흡에 그 말을 모두 내뱉던 그가 문득, 입을 다물고 말았
다. 무슨 생각이 떠올랐을까, 건조하지만 선명하던 그의 눈빛
이 날카롭게 번뜩였다.

"그 궁녀가 함께하려고 할까."

"아."

"나를 향한 그 마음이 진심이라면 기꺼이 아파도 함께 갈 것
이나, 나는 그렇지 않다고 본다."

그가 숨을 한 번 고쳐 쉬었다.

"그 마음은 진심이 아닐 테니까. 오늘 일로 그 궁녀를 괴롭히
는 무리가 속속 나타나겠지. 하면 난 그저 두고 볼 것이다."

"……두고 본다 하시면, 시험이라도 할 참입니까. 그 마음이 진심인지, 거짓인지."

"그럴 것이다. 네가 애써 알아볼 필요도 없는 것이지."

그가 결심한 듯 입을 다물었다. 그러곤 뒷짐을 진 채 한참 걷기만 했다. 주환은 그저 그의 안색을 살피며 뒤를 따랐다. 그러다 도윤이 그 반듯한 입술을 느리게 열었다.

"아마 나와 함께하지 않을 것이다."

그 음성이 왜 처연하게 들리는 것일까. 주환이 걷던 걸음을 멈추고 조아렸던 고개를 들었다. 붉은 노을이 번지는 하늘 아래, 그의 얼굴이 슬프게 빛났다.

"나와 함께할 리가 없다. 곧 속내를 드러내며 내게서 멀어지 겠지. 그 여인처럼……."

깊은 생각에 잠긴 듯 그가 잠시 눈을 감았다. 그러다 그 슬픈 생각을 애써 떨치려는 듯 시선을 돌렸다.

"청국에서 왔다는 역관은 여전히 움직임이 없는 것이냐."

그의 물음에 주환 역시 다시금 음성을 가다듬었다.

"예, 전하. 대원군 대감의 사가와 청국을 여전히 오가고 있다 고는 하나 딱히 이렇다 할 움직임이 없어 소신도 지켜만 보고 있는 상황입니다."

"탐라에선 별다른 소식이 없느냐."

"없사옵니다, 전하."

그 말을 끝으로 도윤은 서둘러 발걸음을 옮겼다. 오늘은 폐 비 홍 씨의 곁을 맴돌며 도윤의 손과 발이 되어주는 군사들이 훈련하는 곳을 찾을 요량이었다. 도윤은 이학수 몰래 군사를 키워가고 있었다. 그는 언제나 만일의 사태를 대비해야 했다.

"어느덧 군사를 키워 온 지 이 년이 다 되어갑니다. 지금까지는 대원군 대감의 눈을 잘 피해왔다고는 하나 점점 더 몸집이 커지고 있으니, 앞으로가 문제입니다."

"하나, 나는 걱정하지 않는다. 그 살벌한 감시 속에서도 굳건히 입지를 다져나간 나의 군사들이다. 지금보다 더 잘해낼 것이라 믿는다."

그 말을 끝으로 두 사람은 최대한 몸을 낮춘 채 인적이 드문 샛길로 들어섰다. 그 순간, 어디선가 나타난 복면을 쓴 무사들이 주환과 도윤을 순식간에 에워싸고 말았다.

"웬 놈들이냐!"

주환은 황급히 검을 뽑으며 도윤을 호위했다. 도윤은 얼굴을 한껏 숙인 채, 허리춤에서 검을 몰래 뽑아 들었다. 그러곤 주환의 뒤에 바짝 붙어 동태를 살폈다.

"감히 뉘 안전이라고, 칼을 거두지 못할까."

그때, 숨어서 도윤을 호위하던 호위대 무사들이 와르르 밀려나왔다. 도윤은 갓을 깊게 눌러 쓰며 복면을 쓴 무사들을 돌아보았다.

"칼을 버리면 목숨만은 살려주마!"

그 순간, 도윤의 호위대보다 더 많은 수의 무사들이 그들을 에워쌌다. 그들의 손에도 역시 화살이 쥐어져 있었다. 도윤은 무언가 잘못되었음을 직감하며 칼을 휘둘렀다.

"어서 몸을 피하시옵소서! 호위하라!"

주환의 외침과 동시에 무사들과 호위대가 한데 엉겨 붙었다. 화살과 검이 허공을 무수히 갈랐다. 도윤은 한껏 몸을 숨긴 채, 그들에게서 벗어나 멀리 달아나기 시작했다.

"하아…… 하아……!"

그의 턱 끝까지 숨이 차올랐다. 누가 보낸 자객일까, 도윤은 저잣거리를 가로지르며 고심에 잠겼다. 그때…….

"하…… 난감하군."

막다른 길목에 다다른 그는 땀을 훔치며 황급히 뒤를 돌아보았다. 어렴풋이 들려오는 무사들의 음성.

"멀리 가지 못하였을 것이다, 쫓아라!"

지금까지 잠행하면서 이런 위기에 봉착한 적은 단 한 번도 없었다. 그는 거칠게 숨을 몰아쉬며 급히 몸을 숨길 곳을 찾았다. 하지만 길 앞이 가로막혀 더 도망칠 수가 없었다. 그의 얼굴이 난감함으로 일그러져 갈 때, 누군가가 그의 손목을 지그시 쥐었다. 갑작스럽게 닿은 온기에 도윤은 화들짝 놀라며 그 손을 쳐냈다. 그런데 뜻밖의 얼굴이 그의 눈앞에 나타났다.

"네가 여길 어찌?"

"어서 숨으세요, 전하!"

평상복 차림의 은설이 걱정스러운 얼굴로 그를 바라보고 있었다. 도윤은 어찌 자신의 눈앞에 그녀가 있는 걸까, 조금도 짐작하지 못한 채 혼란에 빠지고 말았다.

"쫓아라!"

여기저기서 도윤을 찾는 무사들의 소리가 들려왔다. 은설은 다시 그의 손목을 쥐었다.

"이러고 있으시다 큰일 나겠습니다!"

그녀가 그를 잡아끌었다. 그러곤 자신이 쓰고 있던 장옷을 벗어 분주히 주변을 훑었다. 무엇을 하려고 이러는 것일까, 그는 그녀를 내려다보기만 했다.

"소인의 무례함을 용서하여주십시오."

그 말을 끝으로 은설이 붉은 장옷을 그의 머리 위로 둘렀다. 도윤은 숨을 멈추고 말았다.

이건…… 그때!

그는 속으로 매우 놀라며 입술을 질끈 악물었다.

삼 년 전, 은설이 이학수의 살수들에게 쫓기던 도윤을 도와줄 때 그녀가 썼던 방법이었다. 은설은 태연하게 그날처럼 그의 머리 위로 장옷을 둘렀다. 그러곤 보란 듯이 그에게 바짝 다가가 까치발을 들었다.

"전하, 조금만요."

그때를 떠올리고 있을까. 그의 눈길이 분주하게 그녀를 훑기 시작했다. 맞닿은 두 사람의 숨결이 서로를 미치도록 원하듯 거칠어져갔다. 은설은 도윤을 오롯이 올려다보았고, 도윤도 그녀를 한참이나 눈동자에 품었다.

그때, 투닥투닥 무사들의 발소리가 들려왔고, 이내 그들은 은설과 도윤의 모습을 보곤 황급히 등을 돌려 멀어졌다.

은설의 기지가 빛을 발하는 순간이었다. 무사들이 모두 돌아서자 은설이 다시금 장옷을 거두었다. 하지만, 그녀의 손을 움켜쥔 도윤의 손은 떨어질 줄을 몰랐다. 강아지처럼 동그란 눈을 조금 깜빡이던 그녀의 눈꼬리가 곧 길게 휘어졌다.

"많이 놀란 모양이십니다."

은설이 대수롭지 않게 말하며 그를 올려다보았는데, 애석하게도 그는 울고 있었다. 그의 눈동자에 투명한 눈물이 그득하게 고였다.

당황한 은설이 그에게서 한 걸음 물러났지만, 도윤은 그런 은설을 잡아당겼다.

"아…… 전하!"

갑작스러운 힘에 그녀가 휘청이며 그의 가슴에 안겼다.

"과인의 눈물을 원한 것이 아니었던가. 원한다면 백 번이고 천 번이고 울어주마…… 그 여인을 떠올리며."

그 말에 은설의 숨이 턱 막히는 듯했다.

"어찌 소인이 전하의 옥루를 원하겠나이까."

그러자 도윤이 한껏 얼굴을 구겼다. 그리고 자신의 눈물을 닦아내는 그녀의 손을 잡아챘다.

"너는 그 여인이 아니다."

흔들리는 자신의 마음을 다잡고 싶은 듯 그가 애처롭게 말했다. 그러자 은설은 느리게 고개를 끄덕였다.

"예, 소인은 그 여인이 아니옵니다."

"그런데 왜 너에게서 자꾸…… 은설이의 모습이 보이는 것인가. 왜 과인을 자꾸만 참담하게 만드는 것인가."

그의 입에서 오랜만에 듣는 자신의 이름. 그녀의 눈가에도 뜨거운 눈물이 고였다. 하지만 은설은 그의 눈물을 닦아내는 손을 멈추지 않았다. 그녀의 손끝에 맺히는 그의 눈물이 따가웠다.

"전하…… 울고 싶으면 마음껏 옥루를 보이소서. 소인이 백 번이고 천 번이고 전하의 옥루를 닦아내겠나이다. 하오나 전하……."

그녀가 반듯한 그 입술을 천천히, 그리고 야릇하게 벌렸다.

"소인은 은설이란 그분이 아니옵니다. 이제 소인을 단희, 오롯이 그 이름으로만 봐주시옵소서."

"단희로 봐달라."

"그분과 닮았다는 연유로 전하의 곁에 머무르긴 싫사옵니다."

은설은 자신의 손을 잡은 그의 손을 뜨겁게 맞잡았다.

"이제 그분을 잊고 소인의 손을 잡으시면…… 아니 되겠사옵니까, 전하."

그 말에 도윤의 눈이 힘 있게 번뜩였다.

"좋다. 하나, 그 말에 따르는 책임과 고통은 네가 감내해야 할 것이다."

그 말을 끝으로 도윤은 그녀가 잡은 손을 풀어 자신이 꽉, 손깍지를 꼈다.

"그것이 죽음이라도."

그녀는 고통을 삼키며 애써 미소를 지었다. 그러자 그가 차갑게 고개를 돌렸다.

"따르라."

도윤은 너울을 길게 늘어뜨린 채, 그녀의 손을 잡아끌었다. 은설은 장옷을 곱게 펼쳐 팔에 걸곤 그의 뒤를 바삐 따랐다.

"어디로 가시옵니까."

그녀가 작게 물었지만 도윤은 묵묵히 등을 보인 채 걷기만 했다. 은설이 고개를 슬쩍 조아렸다가 슬쩍 그에게서 한 걸음 물러나며 거리를 두려 하자, 그가 다시금 그녀의 손을 잡아끌었다.

"멀어지지 마라."

그녀가 고개를 들어 그의 얼굴을 바라봤다. 너울 뒤로 그의 얼굴이 딱딱하게 굳어 있었다.

"감히 전하와 함께 걸음을 나란히 하여 걸어도 되겠나이까."

"그리하라. 명이다."

차갑기 그지없었다. 어떤 감정도 스미지 않았다.

"어디로 향하는 것이옵니까."

도윤은 은설의 손을 끌어당기며 입을 열었다.

"필애원으로 갈 것이다."

그 말에 은설은 냉가슴이 되고 말았다.

아픔과 슬픔, 그리고 행복과 연모가 모두 깃든 아련한 곳.

그곳으로 향하겠다는 도윤의 말에 은설은 심장을 움켜쥐었다.

"지옥이라도 나와 함께 가겠느냐. 그곳이 나의 지옥이다."

대원군 이학수의 사가.

이학수의 앞엔 주 상궁이 고개를 조아린 채 앉아 있었다.

"단희라는 궁녀가 너를 통해 입궐하였다 하더군."

그 말에 주 상궁이 잠시 입꼬리를 떨었지만 이내 평정심을 되찾았다. 결국, 주 상궁과 은설의 사이에 무언가가 있음을 알아낸 그였다. 하지만 주 상궁은 담담하게 고개만 조아렸다.

"어찌 된 것인가."

"저의 질녀입니다."

"질녀……라니?"

이학수의 눈이 형형해졌다. 동시에 주 상궁의 가슴이 요란스레 울리기 시작했다.

"너에게 저런 질녀가 있었다?"

"오래전 몸이 편치 않아 남해로 요양을 보냈던 아이입니다."

"그래?"

주 상궁의 질녀라니, 조금은 마음이 놓이는 이학수였다. 이학수는 고개를 조아린 주 상궁의 얼굴을 찬찬히 훑으며 찻잔을 쥐었다.

"대감께서 신경이 쓰이신다면…… 출궁하라 명하겠나이다."

"아니, 그럴 것 없다. 자네의 질녀라면…… 뭐, 나의 사람이기도 하지? 다만 그 아이의 맹랑한 눈빛과 기세가 조금 놀라워 주춤하기도 했다만."

"그것은 따끔하게 혼을 내겠사옵니다."

이학수는 손에 쥔 찻잔을 내려놓으며 주 상궁을 뚫어지게 응시했다.

"원한다면 내 그 아이에게 특별 상궁, 아니지. 숙원(淑媛)의 첩지라도 내려달라 주상께 말해보겠네. 하면 그 아이가 지금보다 더 편안히 주상을 보필할 수 있을 것이네. 작금의 이 숙원은…… 그저 전각만 차지하고 있는 식충이와 다를 것 없으니 그 첩지를 빼앗고 출궁 처리하라 이르겠네."

뜻밖의 말에 주 상궁은 조아렸던 고개를 들었다. 하마터면 놀란 기색을 여실히 드러낼 뻔하였다. 주 상궁은 다시금 마음을 다잡은 채 뜻 모를 미소를 머금었다.

"아니옵니다, 대감. 그 아이는 몸이 약해…… 전하를 편히 뫼실 수가 없을 것이옵니다. 그저 지밀나인으로 틈틈이 전하를 보필하고 궐의 안녕을 위해 힘쓰는 것이 나을 성싶습니다."

차분히 그 말을 마친 주 상궁이 이학수를 올려다보았다. 그러자 이학수는 한 치의 의심도 없이 차를 홀짝홀짝 들이켜며 제 음성을 가다듬었다.

"언제든 원하면 내게 말하도록 하라. 어찌하였던 주상의 환심을 산 첫 번째 여인인 것이니."

"말씀만으로도 황공하나이다. 쇤네는 그럼 이만."

"그래, 중궁전을 오래 비워둘 순 없지. 이만 입궐해보게."

주 상궁은 정중히 고개를 조아리며 이학수의 사가를 나섰다. 입가에 머금었던 은은한 미소는 이학수의 사가를 벗어나자 싸늘하게 식었다.

"네놈의 숨통을 끊어놓을 공주 마마시지. 그 더러운 숙원 첩지를 받으실 인물이 아니란 말이다."

주 상궁은 이를 악물며 이학수의 사가를 빠져나왔다.

이제 모든 것을 하나씩 밝히며 모습을 드러냈으니 완벽하게 그들을 처단할 일만 남아 있었다.

주 상궁은 언제나 담담하던 은설의 얼굴을 떠올렸다.

은설이 이 고난의 끝에서 웃을 수 있을까.

그녀의 가슴이 참담하게 부서졌다. 이내 그녀는 서둘러 발걸음을 옮겼다.

정의단, 그들이 공주를 기다리고 있을 것이었다.

타오르는 복수심을 그 가슴에 다시금 새기며 주 상궁은 이를 악물었다.

"이곳을 아느냐."

필애원에 도착한 두 사람. 한창 핀 꽃들이 둘을 반갑게 맞이하고 있었다.

은설은 참담하게 부서지는 가슴을 움켜쥐며 힘겹게 고개를 들었다. 슬픔을 드러내지도 못하니, 속이 답답해 죽을 지경이었다.

"모르옵니다."

그녀는 애써 반색하며 필애원을 돌아보았다. 모든 아픔은 애초에 없었다는 듯, 그곳은 여전히 아름다웠다.

"신은설. 내가 그 여인을 처음 내 마음에 들인 곳이다."

바라던 것인데, 그가 다시 자신을 상기하며 괴로워하는 것. 그건 은설이 그토록 바라던 것이었는데 막상 그가 자신의 앞에서 행복했던 날들을 헤집으니 심장이 울렁거려 제대로 서 있을 수조차 없었다.

"왜…… 은애하였습니까."

은설은 등을 돌리며 물었다. 차라리 보지 않는 것이 나을 것 같았다.

"은애할 수밖에 없었으니까."

등 뒤로 들려오는 음성에 은설은 두 눈을 질끈 감았다.

"하면 왜…… 지옥이라 하십니까."

그 물음에 이번엔 도윤이 두 눈을 질끈 감고 말았다.

"이젠 없으니까."

은설이 힘겨워 보이는 그를 끌어안았다. 그녀의 손을 거부할 줄 알았는데 그가 말없이 그녀의 품을 받아들였다. 그의 눈가가 뜨겁게 젖었다. 그녀는 주저 없이 그의 눈물을 닦았다.

"편히 슬퍼하세요. 소인은 전하의 그림자가 되어드릴 것이니까요."

그가 고개를 들어 청초한 그녀의 얼굴을 바라보았다.

"그림자."

"그림자는 주인의 모든 것을 보고도 말하지 않으며 모든 것을 듣고도 책망하지 않는 것이니, 소인이 전하의 그림자가 되 겠나이다."

"그 말에 책임을 질 수 있느냐."

"예, 여부가 있겠나이까."

도윤은 채 눈물을 지워내지 못한 얼굴로 그녀를 보듬었다. 그 얼굴이 슬픔과 그리움, 혼란스러움으로 일그러져갔다.

"하면 과인은 이제부터 너의 주인이다. 하니, 너는 지금부터 과인만을 위해 살아야 할 것이다."

"지금까지 늘 그리 살아왔습니다."

그 말에 그는 두 눈을 질끈 감고 소리쳤다.

"과인이 원할 땐 언제든 과인의 곁에 머물러야 할 것이며! 과 인의 허락 없인 한 걸음도 움직이지 말 것이며!"

그러다 그가 손을 들어 은설의 턱 끝을 움켜쥐어 자신을 똑 바로 바라보게 했다.

"과인의 침소에 매일 밤 들어, 과인을 보필하여야 할 것이다."

✤

도윤은 환궁을 했고, 은설은 따로 걸음을 옮겼다. 그녀는 부 지런히 산속으로 걸었다. 이내, 은설은 뒤집어썼던 장옷을 벗 으며 산속 깊숙이 자리 잡은 무사 훈련장을 찾았다.

오래전부터 자리를 잡아 세력을 키워나간 듯, 깊은 산속에 위치한 훈련장은 제법 그럴싸하게 형태를 잡고 있었다. 은설은 먹먹한 눈으로 훈련장 곳곳을 훑었다. 그때, 먼저 와 기다리고 있던 주 상궁이 그녀의 곁에 왔다.

"지체되어 혹 무슨 일이라도 생긴 줄 알았습니다."

"무사들은 어디에 있소."

"마마를 기다리고 있사옵니다."

기다리고 있단 말에 은설이 옷매무시를 가다듬으며 주 상궁이 안내하는 곳으로 향했다. 자신과 자신의 가문을 위해 뒤에서 몰래몰래 세력을 키워나갔다는 정의단. 그들의 숭고한 희생과 의로운 뜻이 너무도 고맙고 미안해 은설은 자꾸만 눈물이 나려고 했다.

훈련장 더 깊숙이 들어가니 커다란 집이 보였다. 그 앞에선 여러 명의 무사들이 그녀를 기다리고 있었다. 은설은 무사들을 한 명, 한 명 정성스레 바라다보았다. 기적과도 같은 일이 일어났다며 공주를 향해 절을 올리는 이들도 있었다. 공주는 뜨거운 눈물을 흘리며 그들과 마주했다.

"나는 선왕 전하의 유일한 혈육이자…… 그대들을 도와 그대들의 대의를 함께 이루고자 온 공주, 신은설입니다."

은설은 고개를 숙여 무사들을 향해 인사를 올렸다. 그러자 여기저기서 울분이 터져 나왔다.

"공주 마마가 살아 계시다니……!"

모두 폐비 홍 씨의 오라비인 홍 대감을 윗전으로 모시고 따랐던 무사들이었다.

"이리 늦게 그대들과 마주하게 되어, 미안하게 생각합니다."

"공주 마마!"

"내 그대들이 나의 어머니와 나의 아버지…… 그리고 나의 오라버니를 위해 바쳐왔던 고귀한 목숨, 희생이 헛되지 않게 또한, 그대들이 피로 써 내려간 그 대의가 헛되지 않게 공주로서, 또 그대들의 수장으로서 이 목숨을 걸고 그대들과 함께할 것입니다!"

공주의 울분이 그들에게 닿자, 그들의 가슴엔 걷잡을 수 없는 희열과 복수심이 타오르기 시작했다.

"공주 마마, 만세!"

그들의 함성은 빈 숲을 요란히 울렸다.

은설은 눈물을 닦으며 두 주먹을 쥐었다.

"오늘, 그대들이 그들에게 보여준 무언의 경고는 분명 두려움이 되어 그들을 흔들 것입니다."

"예, 공주 마마!"

저잣거리에서 잠행을 나온 도윤을 습격한 복면 무사들은 은설이 보낸 정의단이었다. 곤경에 처한 도윤을 그녀가 다시금 유혹해, 자신의 사람으로 단단히 만들기 위해 계획한 것이었다.

"광명이옵니다, 공주 마마!"

"나는 궐에 들어가 작금의 금상, 이도윤을 처참히 흔들어 내 사람으로 만들 것입니다!"

"공주 마마……!"

"해서, 저 피비린내 나는 궐을 나와 그대들의 사람으로 한 명씩 채워나갈 것입니다."

은설의 말에 무사들의 눈빛이 단단해졌다.

"첫 계획이 무엇이오, 대장."

"이학수 사가에 있는 선왕 전하의 유품을…… 되찾아 오는 것입니다."

"아버지의 유품이 그곳에 있소?"

"예, 혹 선왕 전하의 혼이 궐을 떠나지 못하고 머물며 자신들의 운을 막을까, 남김없이 뺏어가 사가의 광에 처참하게 버려두었다고 합니다."

은설은 이를 악물며 무사들을 돌아보았다.

"이학수의 목을 쳐낼 수 있는 유일한 세력인 우리 정의단이 아직, 존재하고 있음을 그들에게 알려주어야겠지요."

"예, 공주 마마."

"그자의 사가에 있는 내 아버지의 유품을 모두 되찾아 오는 것으로 그들에게 첫인사를 건네지요."

"예, 공주 마마……!"

그녀는 두 눈을 지그시 감은 채, 하늘을 향해 고개를 치켜들었다.

'어머니…… 아버지…… 그리고 오라버니! 소녀, 반드시 이들과 함께 우리가 잃어야 했던 그 모든 것을 되찾고야 말겠습니다!'

제 23 장

사사로운 정

밤이 깊어지자, 은설은 다시 말끔하게 궁녀 옷으로 차려입은 채 별궁 침소로 나섰다.

"전하, 지밀나인 들었사옵니다."

"들라."

도윤은 읽고 있던 서책을 덮으며 고개를 들었다. 그러자 굳게 닫혔던 문이 열리고 은설이 은은한 빛을 받으며 모습을 드러냈다.

"왔느냐."

"예, 전하."

은설은 그의 앞에 다소곳이 앉았다. 그러곤 함께 가져온 찻상을 반듯하게 내려놓으며 두 손을 무릎 위에 얹었다.

"오늘도 이것이 너의 마지막 소임인 것이냐."

"예…… 전하."

은설은 그저 고개만 조아린 채, 입술만 달싹였다. 도윤은 그런 은설의 얼굴을 가만히 바라보았다.

"차를 따르거라. 한 잔 마셔야겠다."

도윤은 그녀에게서 시선을 거두곤 다시 서책을 펼쳤다. 은설은 그런 그를 바라보곤 묵묵히 차를 달였다. 이내, 향긋한 꽃내음이 침전을 가득 메웠다.

"그것 아느냐."

별안간, 침묵을 유지한 채 서책만 내려다보던 도윤이 입을 열었다.

"너는 나를 바라보지 않는다."

그 말에 은설이 그의 빈 잔에 차를 따르던 손을 멈추었다.

"나의 행복을 바란다면서, 진심으로 날 위로해주고 싶다면서, 정작 너는 나의 눈을 제대로 바라보지 않는구나."

그 말을 하는 도윤은 은설을 바라보지 않은 채, 책만 바라보고 있었다. 은설이 고개를 들어 그를 바라보았다. 무감하고도 무심한 그의 얼굴에 은설이 느리게 눈을 깜빡였다.

"해서 서운한 것입니까?"

은설이 은은하게 미소를 머금은 채 물었다. 그러자 서책을 무심히 넘기던 그의 손이 멈추었다. 그러곤 고개를 들어 그녀를 빤히 바라보았다.

"그래, 서운하다."

두 사람의 시선이 모처럼 부딪혔다. 은설이 그 붉은 입술에 반듯하게 곡선을 그렸다.

"과인만 바라보라."

그 말을 어명처럼 툭, 남기곤 그가 다시 책을 바라보았다.

"과인이 널 바라보지 않아도 너는 과인을 바라보아야 할 것이다."

"예, 전하. 그리하겠사옵니다."

어린아이처럼 투정을 부리는 도윤의 모습에 은설은 진심으로 엄마 같은 미소를 짓고 말았다. 그러곤 마저 차를 따라, 그의 앞에 놓아주었다.

"내가 잠들 때까지 침전을 벗어나지 마라."

그의 말에 은설이 말없이 다시 차를 달였다.

"내 숨결이 흐트러지진 않는지, 잠든 나를 한참 바라보고 물러나야 할 것이다."

은설이 차를 달이던 손을 멈추며 그를 바라봤다.

"소인이 전하를 말없이 떠날까, 두려워 그러는 것입니까."

정곡을 찔린 걸까. 도윤이 은설을 넌지시 바라보았다.

"소인은 전하를 떠나지 않사옵니다."

"너는 두렵지 않느냐. 내가 너를 다신 찾지 않는다고 해도 괜찮은 것이냐."

괜찮지 않다고 하라는 듯이 그가 재촉하며 물었다. 그러나 은설은 평온하기만 했다.

"소인은 두렵지 않사옵니다."

그 대답에 도윤은 들었던 찻잔을 놓으며 자리에서 일어났다.

"어딜 가시옵니까, 전하."

은설도 그를 따라 조심스레 몸을 일으켰다. 그러자, 도윤이 뒷짐을 진 채 침전을 가로질렀다.

"밤공기를 좀 쐬고 싶구나. 함께 따르거라."

밤바람이 꽤 차가웠지만, 쏟아지는 달빛은 포근하게 두 사람을 감쌌다. 뒷짐을 진 채, 말없이 앞서 걷던 도윤이 문득 걸음을 멈추고 은설을 돌아보았다. 은설은 고개를 조금 조아린 채, 그의 뒤를 묵묵히 따르고 있었다.

"그때 네가 말했던…… 이야기를 더 들려줄 수 있겠느냐."

도윤의 물음에 은설은 조아렸던 고개를 조금 들었다. 그녀의 얼굴 위로 달빛이 흐드러지게 쏟아졌다.

"어떤 이야기를 말씀하시옵니까."

그러자 도윤의 시선이 조금 떨리는 것이 느껴졌다. 은설을 똑바로 바라보던 그가 그녀의 시선을 외면했다.

"가문의 복수를 위해 입궐하였다는."

애써 침착하려 했는데, 도윤의 입에서 흘러나온 그 말이 은설의 귀에 닿는 순간 그녀의 고르던 숨결이 흐트러지고 말았다. 그것을 묻는 까닭이 무엇일지 은설은 잠깐 고민했다.

"어머니는 어디에서 지내고 계신 것이냐. 한양에서 멀리 떨어져 있겠구나."

무언가를 눈치채고 묻는 것일까?

은설은 조금 예민한 얼굴로 도윤의 안색을 살폈다. 자신에게서 시선을 돌린 채, 허공을 응시하는 도윤의 눈동자가 쓸쓸해 보였다. 은설이 조금은 착잡한 얼굴로 그에게 다가가 고개를 조아렸다.

"예, 섬에 계십니다."

"섬이라면……."

"완도에 계십니다."

도윤이 느리게 고개를 끄덕이며 등을 돌렸다. 은설은 도윤의 뒷모습에서 눈을 떼지 못했다.

"보고 싶지 않으냐."

등을 돌린 채 묻는 도윤의 음성이 건조했다. '어머니'란 말에 은설은 생각지도 못하게 눈물이 울컥, 차오르고 말았다. 그녀는 이를 악물며 울음을 참아냈다.

"예, 괜찮습니다."

은설은 고개를 푹 숙이고서 최대한 담담하게 대답했다. 하지만 그녀의 눈가엔 이미 눈물이 맺혀 있었다.

"내 품에 안겨 울겠느냐. 너를 보듬어줄까."

옅은 달빛 속을 관통하는 그의 목소리가 절절했다. 은설은 느리게 고개를 저으며 애써 입가에 호선을 그렸다.

"하면 전하께서 소인을 안아주시겠나이까?"

그녀의 당돌한 말에 그는 잠시 그녀를 바라보기만 하다 그녀를 향해 몸을 돌렸다. 그러곤 참을 수 없다는 듯 그녀의 손을 잡아당겨 품에 안았다. 놀란 은설이 숨을 흘리며 그의 단단한 품에 안겼다. 도윤은 그녀의 머리를 따뜻하게 감쌌다.

"보고 싶을 것이지. 정을 억지로 떼어놓고 이리 발걸음하였을 땐, 너도 참으로 아팠겠지."

요동치던 은설의 가슴이 점점 가라앉고 있었다.

"그것 아느냐."

"무엇을 말입니까."

"무척이나 닮았다, 너의 그 미소가."

"저의 미소가……, 혹 그분을 닮았다는 말씀입니까."

"그래. 작게 미소 짓는 널 볼 때마다 가슴이 저려온다."

그녀를 품에 안은 도윤 역시 자신에게 달려드는 비극을 애써 피하지 않겠다는 듯, 두 눈을 감고야 말았다. 은설은 슬픈 얼굴로 가만히 그의 품에 안겨 있었다.

"마음 터놓고 울 곳 없는 궐이라지만."

그때, 도윤이 조심스럽게 말문을 열었다.

"따라오너라."

"어딜 가시는 것이옵니까."

"내가 궐에서 유일하게 마음을 터놓는 곳."

그 말을 하며 도윤이 은설을 내려다보았다. 은설은 조금 긴장한 얼굴로 그를 바라보았다.

"여긴……."

두 사람이 도착한 곳은 대전에서 멀리 떨어진 빈 전각이었다. 오래전에 사람의 발길이 끊어진 듯, 음산하고 냉기만이 가득한 곳이었다.

"겁낼 것 없다. 이리 오라."

앞서 걷던 도윤이 머뭇거리는 은설을 돌아보며 고갯짓을 해 보였다. 빛이라곤 밤하늘의 달빛이 전부인 은밀하고도 신비로운 곳. 오래전부터 빈 곳으로 남은 듯 궐에서 제일 깊숙한 곳에 자리 잡은 전각이었다.

도윤은 익숙한 듯, 전각 앞 마루에 자리를 잡고 앉아 밤하늘을 올려다보았다. 그러자 달빛이 도윤의 머리 위로 은은히 쏟아졌다. 멀리서 그것을 가만히 지켜보던 은설도 조심스럽게 그의 곁으로 다가가 앉았다.

"여기가 어디입니까."

"내가 유일하게 마음을 놓을 수 있는 곳이다."

"한데 오랜 시간 비워진 듯……합니다."

은설이 조심스레 주위를 살피며 도윤을 올려다보았다. 깊은 생각에 잠긴 듯 그가 어둠 속만 뚫어져라 바라보고 있었다. 내리쬐는 달빛에 그의 얼굴에 긴 그림자가 드리웠다.

잘 뻗은 콧대와 여인만큼이나 아찔하게 뻗은 속눈썹은 달빛을 받아 더욱 매혹적으로 보였다. 은설은 저도 모르게 마음을 놓으며 그의 얼굴을 찬찬히 살폈다. 그녀의 허한 가슴에 그의 얼굴이 촘촘하게 박히는 듯했다.

"처음 입궐하였을 때, 궐이 무서웠던 난 하루 종일 이곳에 숨어 궁인들의 눈을 피하곤 했다. 열 살이 되던 해까지 빠짐없이 이곳에 몸을 숨기곤 했지. 내가 입궐하였을 때부터 이곳이 빈 전각이었으니…… 아무래도 꽤 오랜 시간 인적이 끊긴 곳이겠구나."

그리 달갑지 않은 추억을 헤집는 듯 그의 반듯한 미간이 슬쩍슬쩍 찌푸려지고 있었다. 은설은 그저 묵묵히 그의 넋두리를 듣기만 했다.

"이곳이…… 선왕이 마지막 시간을 보낸 곳이라 하더군."

도윤의 마지막 말에 그녀의 가슴에 커다란 돌덩이가 떨어진 듯, 산산조각이 나고 말았다.

"서, 선왕이라 하시면……!"

흔들리지 않아야 했는데 은설은 무자비하게 떨고 있었다.

"내 아비가 무참히 베어내고 얻은 이 자리의 원래 주인."

동시에 도윤의 고개가 은설을 향해 돌아갔다. 사시나무처럼 떨고 있는 은설과 아픔에 잠식된 도윤의 시선이 부딪혔다.

"선왕이 이곳에서 숨을 거두었지."

은설은 벌어진 입을 다물지 못하고 그만 자리에서 벌떡 일어나고 말았다.

폐가나 다름없는 이곳이…… 자신의 아버지가 피를 토하며 눈을 감은 곳이라니, 믿고 싶지 않았다. 궐에서 제일 멀리 떨어져 사람의 온기조차 느껴지지 않는 깊숙한 곳. 도윤은 충격받은 얼굴의 은설을 올려다보며 느리게 일어섰다.

"너도 선왕이 가엾은 것인가."

"어찌……."

"해서 과인이 금수만도 못한 버러지라 느껴지는 것인가."

그가 뒷걸음질 치는 은설의 손을 잡아 자신 쪽으로 잡아당겼다. 허망한 얼굴로 도윤을 올려다보는 은설은 또다시 울고 있었다.

"네 눈물의 의미가 무엇일까. 그 여인도 그래서 날 떠난 것일까."

은설은 그의 손을 놓으며 그에게서 등을 보였다. 끓어오르는 슬픔에 주체할 수 없이 눈물이 흘러 더는 그를 마주할 수가 없었다. 그에게서 멀어지기 위해 은설이 황급히 걸음을 떼던 그 순간이었다.

"멀어지지 마라."

"전하……!"

"과인을…… 버리지 마라."

도윤은 온몸으로 아파하며 은설을 뒤에서 끌어안고 말았다. 그의 갑작스러운 포옹에 그녀의 가슴이 갈기갈기 찢기는 듯했다. 그녀의 가녀린 몸 위로 그가 무너지듯 쏟아져 내렸다. 도윤은 은설의 목덜미에 얼굴을 묻으며 아픔을 삭이고 있었다. 이내 도윤이 그녀를 더욱 움켜쥐며 자신의 몸에 밀착시켰다.

"거짓이라도 좋다. 네 마음이 거짓이라고 해도 네 모든 것을 믿어줄 테니."

도윤은 그녀를 조심스럽게 돌려 자신을 바라보게 했다. 도윤은 이 빈 전각에 작은 몸을 숨긴 채, 숨죽여 울어야만 했던 열 살 때로 돌아간 듯 아파하고 있었다. 그의 고통이 고스란히 은설의 가슴에 닿았다. 하지만 차마 위로해주지 못할 슬픔이었기에 은설은 아무 말도 할 수 없었다.

"그러니 날 홀로 두고 돌아서지 마라. 부탁이다."

그것은 어명이 아니었다. 한 사내의 온 진심이 담긴 애원이었다. 은설은 도윤의 애원에 차마 멀어지지 못하고 그를 마주했다.

"아무래도 침소로 돌아가는 것이 나을 것 같습니다."

은설은 등을 돌리는 대신 고개를 조아리며 그에게서 한 걸음 물러났다. 그 순간, 거짓말처럼 소나기가 내리고 말았다.

쏴아아ー.

빈 전각을 그리고 두 사람을 순식간에 적셔나가는 거센 빗줄기. 은설과 도윤은 속수무책으로 젖어갔다.

은설은 서둘러 도윤의 손을 잡고 처마 밑으로 향했다.

"여기서 조금만 기다리십시오. 소인이 얼른 가서 우산을 가지고 오겠습니다!"

도윤이 비를 맞지 않게 세워둔 뒤, 은설이 다시금 빗속으로 뛰어들자, 도윤이 그녀를 제지했다.

"멈춰라."

그리고 자신의 겉옷을 벗어 그녀의 머리 위에 씌워주었다.

"전하……! 아니, 소인은……."

당황한 은설은 도윤이 벗어준 옷을 서둘러 벗으려 했지만, 도윤이 옷소매를 단단히 묶어 벗지 못하게 했다.

"가자."

이내 비에 젖은 그녀의 손을 움켜쥔 도윤이 아무렇지도 않게 빗속을 저벅저벅 걸어나갔다. 아무리 복수를 하기 위해 그에게 접근했다고 해도 왕의 옷을 대신 입은 채 그를 비에 젖게 할 순 없었다. 은설은 말없이 정면만 응시한 채 고스란히 비를 온몸으로 받아내는 도윤을 바라보았다.

'왜 자꾸만…… 베어낼 수 없게 날 흔드는 것입니까.'

그녀는 숨죽여 울었다.

"미안하구나."

갑작스러운 사과에 은설이 흠칫 놀라며 입술을 악물었다.

"널 울게 했구나, 내가."

숨죽여 울고 있었는데 그가 눈치를 챈 모양이었다. 은설이 서둘러 젖은 얼굴을 닦아내며 고개를 슬쩍 조아렸다.

"나의 이야기가 너의 슬픔을 건드린 모양이다."

"아니옵니다. 그런 것이 아니오라……."

도윤 역시 울음을 참느라 목울대의 핏줄이 도드라졌다.

"울어라, 마음껏. 자리를 피해줄 테니. 빗물이 눈물의 흔적을 씻어주지 않겠느냐. 하나, 너무 오래 빗속을 헤매지는 말아라, 빗줄기가 꽤 거세니."

도윤이 은설을 위해 한 걸음 앞서 걸어가주었다. 터덜터덜, 빗속을 맨몸으로 헤집는 그가 시리도록 외로워 보였다. 그녀는 말없이 멀어지는 그를 바라보다, 달려가 와락 그를 뒤에서 끌어안았다. 은설의 뜨거운 몸이 도윤의 등허리를 끌어안자, 그는 그대로 멈칫하고 말았다.

"전하."

그의 허리를 끌어안은 은설이 손깍지를 끼며 그를 단단히 붙잡았다.

"하나만 약조해주세요, 전하."

은설의 목소리가 흐느끼듯 옅게 떨리고 있었다.

"소인, 전하께 등을 보이지 않을 테니 전하께서도 소인에게 등을 보이지 마소서."

은설의 애틋한 목소리에 도윤의 눈가엔 눈물이 핑 돌고 말았다. 거짓이라도 좋았다. 이 여인의 마음이 거짓이라 할지라도, 이 순간이 영원하길 바랐다. 오랜만에 느껴보는 자신을 꼼짝없이 얼어붙게 만드는 뜨거운 감정에 도윤의 가슴이 울렁거렸다. 그가 조심스레 뒤를 돌아 자신을 끌어안고 있는 은설을 내려다보았다.

"약조, 하마."

도윤의 대답은 열기처럼 은설의 뺨에 닿았다. 빗물인지 눈물인지 모를 물기가 두 사람의 얼굴 위로 끝없이 흐르고 있었다.

"고뿔에 걸리겠다. 그렇게 찬 곳에 서 있기만 할 것이냐."

별궁 침전에 들어선 두 사람.

도윤에게 마른 수건과 새 침소의대를 건네고 돌아선 은설이 침전 문 앞에 우두커니 서 있었다.

"소인은 괜찮사옵니다. 얼른 새 옷으로 갈아입으소서."

은설은 헛기침을 하며 반듯하게 돌아서 있었다. 도윤은 옷고름을 휙, 풀며 쭈뼛쭈뼛 문 앞에 서 있는 은설을 향해 휘적휘적 다가갔다.

"내게 등을 보이지 않겠다 하지 않았더냐."

그때, 도윤의 목소리가 은설의 목덜미를 훑었다.

"전하……."

"내 침소 수발을 들려고 여기에 있는 것이 아니던가. 그럼 침소의대를 네가 갈아입혀줘야지. 과인이 직접 할까."

도윤의 말도 틀린 것은 아니었기에 은설은 난감하다는 듯 입술만 질끈 깨물었다. 슬쩍 돌아본 그는 이미 옷고름을 풀어 헤쳐, 상반신을 드러낸 상태였다. 은설은 얼굴을 붉히며 손을 뻗어 도윤의 침소의대를 잡았다.

"그럼 벗기겠나이다."

그녀가 떨리는 손으로 조심스레 그의 옷을 벗겨냈다. 그러곤 섬세하게 그의 젖은 옷을 뒤로 젖혀나갔다. 억 소리가 날 만큼 크고 잘 뻗은 옥체였다. 보고만 있어도 숨이 턱, 막힐 듯한 위엄이 뿜어져 나왔다. 적나라한 그의 나체를 똑바로 응시할 수 없어, 그녀는 비스듬히 고개를 숙인 채 마른 수건을 집었다.

"닦겠나이다."

은설이 작게 손을 떨며 수건으로 그의 젖은 몸을 닦아나가기 시작했다.

"날 보라."

그의 낮고 근엄한 목소리가 은설의 가슴 위로 쏟아졌다.

"보라 하였다, 날."

도윤이 손을 들어 그녀의 턱 끝을 조심스럽게 쥐어 자신을 바라보게 했다. 당황한 은설은 무감한 얼굴의 도윤을 빤히 올려다보았다. 이내 도윤은 그녀의 손에 아슬아슬하게 쥐여진 수건을 뺏어 들었다.

"네가 더 많이 젖었구나."

그리고 그녀의 젖은 머리와 얼굴을 닦아 내려갔다.

"제가 하겠습니다."

은설이 말끝을 흐리며 자신의 얼굴을 닦고 있는 도윤을 바라봤다. 그는 건조한 얼굴로 무심히 그녀의 뺨과 머리카락을 닦고 있었지만, 그 눈빛만큼은 뜨겁고도 간절했다. 은설은 그에게서 시선을 떼지 못한 채 도윤의 손길을 받아들였다. 심장이 자꾸만 널을 뛰어, 진정할 수 없을 만큼 온몸이 달아올랐지만 그녀는 애써 침착함을 유지했다. 은설이 도윤의 손에 들린 수건을 받아 들어 그를 새 침소의대로 갈아입혀주었다.

"되었다. 이젠 내가 할 것이다."

은설은 서둘러 그에게서 손을 거두며 돌아섰다. 도윤은 은설이 입히다 만 옷을 마저 입으며 옷고름을 매듭 지었다. 그러다 자신의 시선을 피하고 있는 은설을 넌지시 바라보며 그녀의 손목을 조심스레 쥐었다.

"이리 오너라."

이리 오란, 한 마디를 했을 뿐인데 은설의 심장이 숨을 못 쉴 만큼 뛰기 시작했다.

"어찌 소인이 감히 전하의 금침 위에 몸을 뉘이겠나이까."

정갈하게 깔려 있는 비단 금침 위에 도윤이 은설을 앉혔다.

마주 보고 앉은 두 사람 사이로 타오르는 촛불.

은설을 내려다보는 도윤의 눈빛이 단단했다.

"소인은 괜찮사오니, 편히 침소 드소서. 소인은 전하께서 잠
드시는 걸 확인한 후에 침전을 나서겠나이다."

안심하라는 듯 은설이 그를 다독였다. 그러자 도윤이 은설
의 손을 잡은 채로 몸을 눕혔다. 자연스럽게 은설의 몸이 도윤
의 상체 위로 기울었다.

"너도 고단할 테니, 좀 누워서 쉬다 가거라."

"동침을 하여도 될는지……."

은설이 머뭇거리며 그의 눈을 살피자, 도윤이 말없이 은설의
머리를 감싸 자신의 팔 위에 눕혔다. 얼결에 팔베개를 하고 누
운 은설은 그대로 얼어붙은 채 천장만 바라봤다.

떨고 있는 은설과 달리 그의 얼굴은 편안해 보였다. 천장만
바라보던 은설이 슬쩍 그를 돌아보았다. 눈을 감은 채, 천장을
향해 있는 그의 얼굴이 평소와 달리 유순해 보였다.

"무엇을 그리 뚫어져라, 보는 것이냐."

그때, 도윤이 은설을 돌아보았다. 순식간에 마주친 두 사람
의 시선에 불꽃이 일었다. 자신을 뚫어지게 응시하는 은설의
맑은 눈동자를 가만히 바라보던 도윤이 손을 뻗어 그녀의 뜨
거운 입술을 훑었다. 그러자 그에 화답이라도 하듯 은설이 입
을 열었다.

"소인은 전하께 모든 것을 걸었나이다."

"나 역시 너를 마음에 담기로 하였다. 그 말의 무게가 결코 가볍지 않음을 너 역시 잘 알고 있지 않으냐."

그 말을 숨처럼 내뱉으며 도윤은 은설을 더욱 세게 끌어안았다.

"정말 이대로…… 무너지는 것이 한순간이겠구나."

도윤은 그녀를 뿌리치지 않고 더욱 뜨겁게 보듬었다.

"곤히 자는구나."

도윤은 옷을 추스르며 자리에서 일어났다. 새근새근 잠이 든 은설을 지그시 내려다보던 도윤이 손을 뻗어 그녀의 이마를 짚었다. 비를 흠뻑 맞은 탓에, 열 기운이 오르는 듯했다.

"너를 쥐고 흔들 아버지의 세력이 벌써부터 두렵다. 결국 넌, 그들에게 물들어 지금의 이 깨끗한 마음은 잊고 권세와 탐욕으로 더럽혀지겠지."

그녀를 슬프게 내려다보던 도윤은 생각이 많은 얼굴로 자리에서 일어났다. 그리고 직접 침전 문을 열고 밖으로 나가 상선을 불렀다.

아직 동이 트지도 않았는데 벌써 침전을 나서는 도윤의 모습에 상선이 의아해했다.

"전하, 어찌 벌써……."

"안에 있는 궁녀의 몸 상태가 좋지 않다. 은밀히 어의를 불러 진맥을 짚고 탕약을 먹여 몸을 회복시킨 후 이곳을 조용히 빠져나갈 수 있게 하여라."

"예, 전하."

"그리고 날이 밝는 대로 도승지를 입궐케 하라. 저 궁녀의 첩지에 대해 논할 것이 있으니."

"……첩, 첩지라면. 저, 전하!"

은설이 승은이라도 입었나 싶어 상선이 화들짝 놀라며 고개를 들었다.

"승은을 입은 것은 아니나, 밤마다 나를 보필하고 있으니 분명 저 궁녀를 두고 수군거리는 소리가 커질 것이다. 그전에 미리 특별 상궁의 첩지를 내려 보호하고자 한다."

"한낱 궁인에게 그리 사사로운 은혜를 베푸실 필요는……."

상선이 조금 굳은 얼굴로 고개를 조아리며 말을 이어가자 도윤은 단호하게 말허리를 자르며 은설이 누워 있는 침전을 돌아보았다.

"사사로운 정이다."

"……예?"

"저 여인을 향한 과인의 마음은."

제 24 장
특별 상궁

"그래……? 전하께선 안 보이시고 홀로 별궁을 나섰다?"

미월당 최 소의가 지그시 눈을 감은 채 나인들의 수발을 받고 있었다. 나인 여럿이 그녀에게 달라붙어 머리를 빗겨주며 치장 준비에 한창이었다. 그녀의 눈동자엔 투기와 증오심이 불같이 타오르고 있었다.

"중궁전에선 무엇을 하고 있더냐?"

"중궁전 역시, 두 손 놓고 기다리고 있는 것 같았사옵니다."

"하긴……. 중궁전이라고 별수 있겠어? 그나저나 큰일이네. 대원군 대감의 사람이라면……. 후궁 첩지를 받는 것은 시간문제가 아니겠느냐."

"한데 마마, 그때 명하셨던…… 비상, 말입니다."

나인은 저고리 속에 감추어 두었던 독 뭉치를 꺼내며 손을 덜덜 떨었다. 최 소의는 무표정한 얼굴로 그 독을 움켜쥐며 이를 악물었다.

"마마 사, 사가에서 어렵게 얻어 오긴 했으나……. 이걸 정녕

230

쓰실 것입니까? 소인은 이 비상을 얻어 오는 길에도 어찌나 심장이 떨리던지요."

"그년이 죽든, 내가 죽든, 한 명은 나가떨어져야 결판이 날 운명이지."

그때, 미월당 밖에서 좌의정이 당도하였음을 알려왔다.

"마마, 좌상 대감 들었나이다."

최 소의의 친부(親父)였다. 그녀는 황급히 좌의정을 안으로 들였다.

"아버지⋯⋯. 이른 시간부터 어쩐 일이십니까."

미월당 안으로 들어서는 좌상의 얼굴이 어두웠다.

"마마. 밤새 잠을 못 이루었습니다. 어찌 새벽에 급하게 비상을 찾으시었는지요."

좌상이 자리에 앉으며 그녀의 손에 쥐어진 비상을 발견하곤 한숨을 내쉬었다.

"설마 그것으로 중궁전을 치려는 것은 아니겠지요? 이만큼 버텨온 시간이 아깝습니다. 그런 무모한 짓은 결코 생각조차 말아야지요, 마마."

"저격 대상이 잘못되었습니다, 아버지."

"⋯⋯마마?"

"중궁전이 아닌 그 궁녀."

그녀의 말에 좌의정의 얼굴이 묘하게 반전되었다. 은설은 좌의정에게도 눈엣가시 같은 존재였기에 그 기세가 더 커져 궐에 자리를 잡기 전에 잘라내고 싶었다. 좌의정의 몸이 최 소의를 향해 비스듬히 기울었다.

"어찌하실 생각입니까."

"밤마다 그년이 전하를 모시고 있습니다."

"해서 죽일 것입니까?"

"매일 밤 그년이 전하께 직접 차를 달여드린다 합니다. 하니, 거기에 비상을 넣어두면 꼼짝없이 전하께서 독을 마실 것이고 그럼 범인은 멀리 찾을 것도 없이 그년으로 지목되겠지요."

"하지만 직접 차를 준비하고 달인다면……. 철두철미하게 관리를 할 텐데, 틈이 있겠습니까?"

"틈이야 만들면 되는 것이지요, 아버지."

두 사람이 은밀히 거사를 논하고 있던 중, 밖이 소란스러워졌다. 최 소의와 좌상은 예민하게 처소 밖을 응시했다.

"마마, 마마……!"

대전에 염탐을 갔던 나인 하나가 헐레벌떡 미월당으로 들어섰다.

"무슨 일인데 소란이야!"

좌의정을 발견한 나인이 황급히 고개를 조아리며 더듬더듬 말을 이어갔다.

"지금 저, 전하께서 대전에 도승지 대감과 상선 어른을 불렀다 합니다!"

"……도승지를? 이 시간에? 상선은 왜."

순간 마주친 좌의정과 최 소의의 눈빛이 심상치 않게 번뜩였다.

"그 궁녀에게 무슨 일이라도 생긴 건 아니겠지요?"

좌의정이 심각한 얼굴로 최 소의를 돌아보았다.

"아닙니다. 승은은 아직이에요. 오늘 아침 확인했습니다."

"그렇다면……."

그때, 머뭇거리며 두 사람의 눈치만 보고 있던 나인이 말을 쏟아냈다.

"그것이 마마……."

"숨김없이 고하라."

"얼핏 새어 나오는 이야기로는 그 궁녀를 특, 특별 상궁에 봉하겠다는 말이……."

'특별 상궁'이란 말에 최 소의는 입술을 질끈 악물었고, 좌의정은 기함하고 말았다.

"승은도 입지 않은 궁녀에게 특별 상궁의 첩지라……?"

"아버지, 지체할 시간이 없습니다. 이러다 미월당까지 빼앗기게 생겼어요!"

최 소의의 외침에 좌의정 역시 일의 심각성을 깨달은 듯 최 소의의 손에 있는 비상을 내려다보았다.

"그렇게는 안 되지……. 암, 안 되고 말고. 감히 누구의 자리를 넘봐."

"전하, 특별 상궁은 너무 과분한 자리가 아니겠습니까."

도승지가 잔뜩 굳은 얼굴로 고개를 조아렸다. 하지만 어좌에 앉은 도윤의 얼굴엔 변함이 없었다.

"과분하다니요. 밤마다 과인을 보필하고 있는 궁녀입니다."

"하지만 승은을 입지 않은 궁녀에게 특별 상궁의 첩지를 주는 것은…… 전례에도 없던 일이라……."

"왕이 여인에게 품은 마음도 전례와 비교해 그 정도를 정해야 하오?"

"아, 그, 그것은 아니지만……."

"보호하려 하오."

도승지의 얼굴엔 여전히 걱정이 내려앉아 있었다.

"그대로 두었다간 권력에 이리저리 이용당하다 처참하게 버려질 것이오. 처음으로 궐에서 왕의 총애를 받는 여인이 나타났는데 과연 그들이 가만히 내버려둘까."

"하오시면 특별 상궁에 봉해, 전각을 두어 따로 보호하시겠단 말씀이십니까."

"적어도 지금의 자리보단 그들이 손을 덜 뻗치겠지. 감히 왕의 여인이란 명분으로 특별 상궁이 된 여인의 처소까지 들락날락할 순 없을 것이니."

도윤의 말에 도승지가 천천히 고개를 끄덕였다.

"예, 전하의 뜻대로 하시는 것이 옳을 듯싶습니다. 왕의 총애를 받는 여인이라……. 아니 그래도 권력을 서로 차지하려 암암리에 칼을 갈고 있는 자들에겐 참으로 좋은 먹잇감이 되지 않겠습니까. 전하께서 보호하셔야 할 듯싶습니다."

그때, 대전 밖에서 목소리 하나가 들려왔다.

"전하, 지밀나인 들었나이다."

지밀나인이라는 말에 세 사람의 시선이 동시에 문 쪽으로 향했다.

"들라."

도윤의 말이 떨어짐과 동시에 대전의 문이 열렸다. 그러자 은설이 단정한 차림으로 조심조심 안으로 들어섰다.

"그대들은 나가보시오."

도승지가 고개를 조아리다, 도윤을 향해 반듯하게 고개를 숙여 보이는 은설을 돌아보았다. 화려한 미색은 아니었으나 어심을 사로잡기에 충분했다. 도승지와 상선이 물러나고 넓은 대전에 도윤과 은설만 남았다. 도윤이 어좌에 앉아 지그시 그녀를 내려다보았다.

"그래, 열은 내렸느냐."

도승지와 상선을 대할 때완 사뭇 다른 목소리였다. 은설은 슬쩍 미소를 머금은 얼굴로 천천히 고개를 끄덕였다.

"예, 전하. 밤새…… 전하를 보필한다는 것이, 소인이 먼저 잠들었습니다."

"너라도 잘 잤으면 되었다. 아주 새근새근 잘 자더구나."

"그랬습니까……. 전하의 곁이 편하였나 봅니다."

"그럼 오늘 밤에도 내가 네 잠을 재워줘야 하겠구나."

도윤이 은설의 손을 천천히 잡으며 삼 년 전, 그녀를 사랑에 빠지게 했던 미소를 지었다.

"잠행을 나갈 것이다."

그 미소에 은설이 그만 마음을 탁, 놓고 말았다.

"너와 함께."

"소인과 함께요?"

"실은 잠행을 가장한 꽃 구경을 가는 것이다."

"꽃 구경……."

"꽃이 지기 전, 너와 함께 도성을 걷고 싶다."

순간 은설은 느꼈다.

이건 참, 위험한 유혹이 될 것만 같다고.

대전을 나서는 은설의 얼굴은 저도 모르게 달아올라 있었다. 그녀는 화끈거리는 얼굴에 손부채를 부치며 가슴을 쓸어내렸다.

─너와 함께.

자꾸만 도윤의 달콤한 목소리가 떠올라 숨결마저 흐트러질 것 같았다. 치맛자락을 움켜쥔 채 터덜터덜 대전 앞마당을 가로질러 가던 그때, 누군가가 은설의 앞을 가로막고 섰다.

"너, 잠깐 우리 마마님이 보자신다."

미월당 나인이 은설을 똑바로 마주 보고선 그녀를 위아래로 훑었다. 은설은 자신의 앞을 무례하게 가로막는 나인을 기분 나쁘다는 듯 얼굴을 굳힌 채 바라봤다.

"어디 소속이오."

은설이 나인을 똑바로 응시하며 묻자 나인은 은설의 기강을 잡으려 버럭 소리를 질렀다.

"이게 어디서 눈을 똑바로 뜨고……!"

그 순간 은설이 나인의 말허리를 뚝 자르며 그녀에게로 다가갔다. 은설에게서 풍기는 말로 형용할 수 없는 위엄에 나인은 그만 입을 꾹 다물고 말았다.

"전하께서 그날 분명 일렀을 텐데."

"뭐, 뭐?"

"누구든 함부로 이리 나를 끌고 다니지 못한다고."

"……내가 어, 언제 함부로 널 끌고 다녔다고 그래?"

"소속을 말하고 같이 가달라 얘기하는 것이 순서가 아니오?"

"그건!"

무어라 은설에게 대꾸하고 싶었지만 나인은 입을 다물 수밖에 없었다.

"소속을 말하면 가겠소."

당황하는 나인과 달리 은설은 무감하게 굴었다. 하지만 그녀의 작은 체구에서 뿜어져 나오는 기운은 예사롭지 않았다.

"미, 미월당. 최 소의 마마께서 널 보자신다!"

"앞장서시오."

나인이 소속을 밝히자마자 은설이 그녀에게서 싸늘하게 시
선을 거뒀다. 은설의 당당한 태도에 조금은 황당하다는 듯 그
녀를 바라보며 나인은 눈을 깜빡였다.

"뭐 하시오? 앞장서지 않고."

그곳이 어딘 줄 알고 두려운 기색 하나 없이 간다는 것일까.
중궁전에서도 빳빳하게 고개를 치켜들어 중전과 상궁들을 당
황하게 만들었다던 그녀에 대한 소문이 사실인가 싶었다. 나인
은 되레 찝찝한 마음을 안고 미월당을 향해 걸음을 옮겼다.

미월당에 다다른 은설은 화려하게 꾸며진 전각의 화원을 무
감한 얼굴로 훑었다. 앞서 걷던 나인이 찝찝한 얼굴로 은설을
힐끔힐끔 돌아보았다.

"궐에서 중전 마마 다음가는 소의 마마시니, 예를 갖추어야
할 거야."

나인은 입꼬리를 씰룩거리며 은설을 노려보았다. 그러자 묵
묵히 걷기만 하던 은설이 나인을 향해 건조하게 입을 열었다.

"소의 마마를 가까이서 모시는 나인인가."

"……뭐?"

"소의 마마를 위한다면 그 입놀림을 가벼이 해서는 아니 될
것이오."

"뭐라고?"

무지근한 은설의 목소리가 나인의 목덜미를 움켜쥐는 듯했다.

나인은 숨조차 제대로 쉬지 못한 채 은설을 질린 얼굴로 바라보았다.

"감히 이 나라의 국모이신 중전 마마와 비견해 이야기를 하다니. 궐에선 중전 마마 다음가는 권세는 없는 것이오. 중전 마마는 누구와도 비교할 수 없는 전하의 정비(正妃)시며 내명부의 수장이시니 그 존재만으로도 고귀하고 황송한 것이거늘. 어찌 중전 마마의 다음가는 세력을 논할 수 있단 말이오."

은설이 날카롭게 말을 남긴 채 나인을 지나쳤다. 충격받은 얼굴로 은설의 뒷모습을 바라보던 나인이 그녀의 머리채라도 뒤흔들 모양으로 손을 뻗었지만 갑자기 돌아보는 은설의 눈초리가 너무도 매서워 곧바로 손을 거두고야 말았다.

"고하시오."

미월당에 다다른 은설이 딱딱하게 말을 쏟아냈다.

"마, 마마……! 지밀나인을 데려왔나이다."

나인은 얼굴이 시뻘게진 채, 이를 악물었다. 그리고 여전히 고고한 얼굴로 서 있는 은설을 돌아보며 콧방귀를 꼈다.

"들라."

최 소의의 간드러지는 음성이 들려왔고, 곧 미월당의 문이 열렸다. 중전과 달리 미색이 뛰어난 여인이 은설을 마주하고 있었다. 은설은 조금은 굳은 얼굴로 최 소의 앞에 다다라 고개를 숙였다.

"소의 마마를 뵈옵니다. 지밀나인 단희라 하옵니다."

"그래, 어서 오게."

우려와 달리 최 소의는 환한 얼굴로 은설을 맞았다. 슬쩍 짓는 눈웃음엔 교태가 철철 흐르고 있었다. 묻었던 얼굴을 들어 최 소의를 바라보던 은설이 그녀 앞에 다소곳하게 자리를 잡고 앉았다. 최 소의는 밝은 얼굴로 은설에게서 눈을 떼지 못했지만 그 속은 시꺼멓게 타들어가고 있음을 은설은 쉽게 눈치챌 수 있었다. 얼굴은 웃고 있었지만, 눈동자는 맑지 못했다. 애써 끌어 올린 입꼬리도 제 분에 못 이겨 무너지고 있었다. 은설이 슬쩍 조소를 머금으며 고개를 숙였다.

"어찌 미천한 소인을 보자고 하시었는지⋯⋯."

자신에게서 눈을 떼지 못하는 최 소의를 향해 은설이 먼저 말문을 열었다.

"아. 내 정신을 놓고 있었네. 전하께서 가까이 하실 만한 미색이야. 한데, 어찌 미천하다 하는가. 네가 이 궐에서 유일하게 전하를 모시는 여인이지 않은가? 그러니 너에 비해 내가 더 하찮은 것이지."

무슨 꿍꿍이일까, 은설은 속에도 없는 말을 주절주절 내뱉고 있는 소의를 빤히 바라보며 눈을 반짝였다.

"어찌 감히 소의 마마께서 미천한 궁녀인 저에게 그리 말씀을 하시옵니까."

"⋯⋯궐 생활은 적응할 만한가? 입궐한 지 얼마 되지 않았다 들었는데. 쯧쯧, 얼마 전엔 중궁전까지 불려갔다면서. 얼마나 마음을 졸였는가."

최 소의는 덥석 은설의 손을 잡으며 그녀를 위하는 척, 안쓰러운 얼굴을 해 보였다. 순간 은설의 이맛살이 노골적으로 구겨지고 말았다.

"소의 마마……."

"안 보아도 뻔하지, 중전 마마께서 너에게 이런저런 피곤한 이야기들 쏟아내셨겠지. 앞으론 그런 일이 있거든 홀로 속을 앓지 말고 내게 와 넋두리하듯 털어놓게."

"……제가 어찌 감히 소의 마마께 그런 말을."

은설이 의뭉스러운 얼굴로 최 소의를 빤히 바라보았다.

"곧 내명부의 일원이 될 사람이 아닌가."

갑자기 최 소의의 입에서 흐른 말은 은설을 당황시키기에 충분했다. 은설이 불편한 기색을 얼굴에 드러낸 채, 최 소의만 빤히 바라봤다. 이내 최 소의는 은설의 손등을 어루만지며 눈가를 더듬기 시작했다. 그녀의 가식이 이어질수록 은설의 얼굴은 더더욱 굳어져갔다.

"어차피 나는 소의 첩지를 받았지만…… 전하께 아무런 힘도 되어드리지 못하는 존재이지 않은가. 그런데 넌 전하를 이 궐에서 보필하는 유일한 여인이니, 나는 이제부터 너를 내 아우라 생각하고 살뜰히 살필 것이야."

"소의 마마."

"중전 마마와 난 달라. 어차피 너와 나 모두 함께 전하만 바라보고 늙어가는 처지에……. 투기를 부려서도, 또한 경계를 하여서도 무엇 하겠어, 안 그래?"

은설은 다정한 척 구는 그녀의 손을 차갑게 뿌리쳤다. 가식적인 눈물을 쥐어짜며 눈가를 더듬던 최 소의는 싸늘한 은설의 반응에 순간 손을 멈칫하고 말았다.

"마마의 하해와 같은 은혜와 소인을 향한 지극한 마음은 황송하옵니다. 하지만……"

은설은 고개를 반듯하게 들어 최 소의와 눈을 똑바로 마주쳤다.

"고작 궁녀인 소인에겐 마마의 배려가 소인과 마마 모두에게 독이 될 성싶어 염려가 되옵니다."

"……독이라니?"

'독'이란 말에 분을 참고 있던 최 소의의 얼굴이 홱 일그러졌다.

"소인을 위하시고 바라시는 그 마음은 감사하오나 행여 마마께서 소인 때문에 곤경에 처하실까 두렵습니다."

"나의 배려가 어찌 너와 나를 곤경에 처하게 한단 말인가."

"소인은 일개 궁녀입니다."

그 말을 하는 은설에게서 뿜어져 나오는 기운은 일개 궁인이 아니었다. 한 나라의 중전이라 해도 믿을 수 있을 정도로 강단 있고 위엄 있는 작태였다.

"마마께선 소인을 위해 이리 전각까지 불러 피와 살이 되는 이야기를 해주시며 소인의 마음을 위로하여준다고 하시지만, 이것이 중전 마마께나 혹은 다른 후궁 마마님들께 닿는다면…… 과연 어찌 될까요."

말 속에 뼈가 들어 있는 듯 날카롭고도 묵직했다. 꼭, 자신을 더 건들지 말라는 경고와도 같아 최 소의의 심기가 점점 불편해지고 있었다.

"미월당 소속도 아닌 지밀나인인 저를 사사로이 불러들여 다른 마마님들께서 오해라도 하실까 두렵습니다. 그러다 소의 마마께서 다른 마마님들께 책이라도 잡혀 곤경에 처하시면 어찌시려고요."

"곤경이라."

"소인은 가진 것이라곤 그저 이 몸뚱이 하나뿐인 일개 궁인입니다. 책이 잡힌다 하여도 제게 내려지는 엄벌은 결국, 출궁뿐이겠지요. 하지만 마마께선…… 소인과 다르시지 않습니까."

어쩐지 은설의 입가에 기분 나쁜 냉소가 번지고 있는 것 같았다. 최 소의는 웃음기를 싹 거둔 채 본색을 드러내며 은설을 빤히 응시했다.

"다르다? 무엇이 어찌 다른데?"

은설은 그녀의 떨리는 동공을 똑바로 바라보며 입술을 벌렸다.

"마마께선 많은 것을 이미 가지고 계신…… 좌의정 대감마님의 여식이자, 이 궐의 소의 마마가 아니십니까."

의미심장한 그 말에 최 소의는 자리에서 벌떡 일어나 은설의 어깨를 우악스럽게 잡아챘다. 그리고 목에 핏대를 세우며 이를 악물었다.

"그 말은……. 가진 것이 많으니 잃을 것도 많다?"

"미천한 소인의 생각은 그러하옵니다. 하니, 일개 궁녀 따위에 불과한 소인에게 마음을 베풀지 마시옵고 부디 오래오래 자리를 보전하시옵소서."

은설의 말 한 마디, 한 마디는 비수가 되어 최 소의의 가슴 한가운데를 후벼 파는 듯했다. 그저 반반한 미색으로 권세 한번 쥐어보려, 도윤의 곁을 살랑살랑 돌아다니는 궁녀인 줄 알았건만 실상은 아니었다. 미색뿐만 아니라 강단, 그리고 총명함까지 모두 갖춘 듯했다. 최 소의는 까딱하면 소의(昭儀)자리를 빼앗길 수도 있겠단 생각이 들었다.

"전하의 성총을 믿고 참으로 까부는구나?"

"그럴 리가 있겠사옵니까. 아직 승은조차 입지 못한 지밀나인입니다."

"승은을 정녕 입지 않은 것인지……. 입고도 입지 않은 척하는 것인지, 알 길 없지."

최 소의는 조소를 한가득 머금은 채 은설의 뺨을 툭, 툭 손가락으로 쳤다.

"중궁전의 문턱도 넘었다니, 내 숨기지 않고 너에게 경고하지. 더 겪어보지 않아도 알겠지만, 나는 중전 마마처럼 고상하지도, 또한 그 품위를 유지하려 애걸복걸하지도 않는 사람이야."

독기가 잔뜩 오른 최 소의가 은설을 거칠게 내려놓으며 그 주위를 뱅뱅 돌았다. 은설은 눈 하나 깜빡하지 않은 채, 그저

244

묵묵히 정면만 바라보고 있을 뿐이었다.

"너 하나 이 궐에서 없애버리는 것, 어려울 듯싶으니? 중전 마마께선 손에 피 한 방울 묻는 것도 두려워하시는 샌님이시지만, 난 아니거든. 조용히 입 다물고 성총만 받아. 그러다 승은이라도 입게 된다면 특별 상궁, 딱 거기까지만 손에 쥐어. 그 이상을 바라거든 두 다리를 분질러 더는 전하를 모실 수 없게 해버릴 것이니, 처신 똑바로 하여야 할 것이야."

무시무시한 말을 내뱉던 최 소의가 피식, 미소를 머금으며 은설의 귓가에 속삭였다.

"알겠니, 단희야?"

그리고 그녀의 어깨를 가볍게 톡, 톡 두드리며 돌아섰다.

"오늘 밤에 전하를 모시기 전, 내게도 그 차를 내어주련?"

"……어떤 차를 말씀하시옵니까."

"매일 밤, 전하를 미혹시킨다는 네가 직접 달인다는 그 꽃차, 말이야."

"미혹이라…… 하시었습니까, 마마."

은설이 작게 헛웃음을 내뱉었다.

"얼마나 대단하고 향기로운 차인지 내 직접 마셔보아야겠다. 내 전하께 직접 달여드리는 차니 전하의 후궁인 내가 당연히 맛을 보아야지. 안 그래?"

은설은 그 말을 하는 최 소의의 눈을 뚫어지게 응시했다. 목소리와 달리 어딘가 불안해 보이는 듯한 시선이었다. 이내 은설은 고개를 조아리며 입매를 끌어 올렸다.

"여부가 있겠나이까. 마마께도 달여 올리겠나이다."

"그래, 그럼 나가봐."

최 소의가 휘적휘적, 은설을 지나쳐 다시 자리에 털썩 앉았지만, 웬일인지 은설은 물러나지 않고 가만히 최 소의를 바라보기만 했다.

"할 말이라도 남은 것이야?"

"이 궁인이 마마를 최측근에서 보필하는 나인이라 들었습니다."

은설이 조심스레 고개를 돌려 좀 전에 자신을 이곳까지 데려온 나인을 바라봤다.

"그런데?"

"저 궁인의 입놀림이 하도 가벼워 소인이 안 그래도 걱정을 하던 찰나에 소의 마마를 이리 뵈었는데."

최 소의의 동공이 점점 커졌다.

"왜 저토록 언행이 신중치 못한지, 알 듯도 싶습니다."

"뭐라?"

"본디, 소인과 같이 어리숙한 아랫것들은 윗전을 본보기 삼아 언행을 배우고 익힌다지요."

"……한데?"

은설이 말을 이어갈수록 최 소의의 이맛살이 점점 일그러지고 있었다.

"저 궁인의 행동거지가 어디서 비롯되었는지 조금은 짐작할 수 있을 것 같아 씁쓸합니다."

"……너?"

"하면 소인 오늘 밤, 마마께 드릴 차를 온 정성을 다해 준비하겠나이다."

그 말만 남긴 채 은설이 인사를 올리곤 돌아섰다.

은설이 미월당을 나가자마자 최 소의는 부들부들 떨며 주먹을 움켜쥐었다.

"지금 당장, 온 궐에 소문을 퍼뜨리거라."

입술을 짓이겨 무는 최 소의의 눈에 눈물이 그렁그렁 맺혔다.

"나 최 소의와 저년 사이에 큰 언쟁이 있었다고……! 해서 최 소의가 분에 못 이겨 몸져누웠다고!"

"마마……."

"중궁전, 대전까지 닿을 수 있도록 멀리멀리 퍼뜨리거라, 지금 당장!"

❁

곧바로 미월당을 나온 은설은 도윤이 기다리고 있을 대궐 밖이 아닌 주 상궁에게로 향했다. 아무래도 자신에게 오늘 밤 차를 내어 오라는, 최 소의의 명이 찜찜해서였다.

"주 상궁."

"마마, 어쩐 일이십니까."

"방금 미월당을 다녀오는 길입니다."

미월당이란 말에 주 상궁의 얼굴도 굳어졌다.

"최 소의가 내게 오늘 밤 왕에게 내어놓는 차를 자신에게도 달라, 그리 명을 하였습니다."

"무슨 꿍꿍이가 있을 텐데요, 마마."

"윗전의 명이니 알겠다고 대답을 했지만, 아무래도 수상합니다."

"제 생각도 그렇습니다, 공주 마마."

잠깐 동안 생각에 잠긴 은설은 입술을 작게 말아 물며 주 상궁에게 바짝 다가갔다.

"오늘 난, 왕과 잠행을 나갈 것입니다."

"괜찮겠습니까."

"정의단의 움직임도 오늘 밤이라고 했지요."

"예, 마마."

"하면 이렇게 하도록 합시다."

은설은 심각한 얼굴로 주 상궁을 응시했다. 주 상궁 역시 주먹을 굳게 말아 쥔 채 얼굴을 굳혔다.

"나는 오늘 왕과 입궐하지 않고 밖에서 해가 저물도록 있을 생각입니다."

"……예? 하면 언제 입궐을 하시려고."

"밤이 깊어지고 정의단의 습격이 갈무리가 되면 입궐하려 합니다."

"그때까지 마마께서 시간을 버시려고요?"

"예, 그러니 나 대신 주 상궁이 사람을 시켜 최 소의에게 차를 내어주세요."

"최 소의에겐 무어라 전할까요."

은설이 목소리를 낮추며 조곤조곤 말을 이어나갔다.

"내가 왕의 수발을 일찍 들게 됐다고. 해서 차를 직접 내어 오지 못했다고요. 하지만 왕의 침전에 들기 직전까지 직접 내가 차를 달였다고 전하세요."

"⋯⋯하면 최 소의는 계획했던 일을 행하지 못하겠네요."

"최 소의의 반응을 살피세요. 내가 없는 자리에서 무엇을 행하겠습니까. 혼자 끙끙 앓으며 지켜보다 오늘 밤은 그저 넘어 갈 듯싶습니다. 독약이라도 풀려고 했다면, 다음으로 미루겠지 요."

그녀의 말에 주 상궁이 덤덤하게 고개를 끄덕이며 은설의 눈을 바라보았다. 그 어느 때보다 진중한 그녀의 모습에 주 상궁도 숨을 죽였다.

"정의단이 이학수의 사가를 습격하게 되면⋯⋯ 다음 날, 궐은 발칵 뒤집힐 것입니다."

"예상하고 있는 바입니다."

"선왕의 유품만 모조리 사라졌으니 이학수와 그의 무리는 긴장할 수밖에요. 선왕을 추종하는 무리가 남아 있을 것이라 생각하고 탐라에 계신 어머니를 더 삼엄히 감시할 것입니다. 어쩌면 어머니에게 사약을 내리란 상소도 빗발칠 것이고요."

"⋯⋯따로 생각하고 계신 비책이 있사옵니까."

은설의 건조하던 얼굴에 냉소가 스몄다.

"내부 분란을 일으켜야지요."

"내부 분란이라 하시면."

"왕의 잠적. 그 시각, 불투명한 왕의 행적을 미끼로 던질 것입니다."

그것이 도윤을 위험에 빠뜨리는 일이란 걸 알면서도 은설은 멈출 수 없었다. 주 상궁은 냉정하게 말을 내뱉는 은설이 안쓰러우면서도 가히, 이 나라의 공주답다는 생각이 들었다.

"일개 궁녀와 잠행을 나가 밤늦도록 돌아오지 않은 왕과 더불어 미월당까지 의심을 받게 될 것입니다."

"미월당까지요?"

"왕과 함께 사라졌다는 궁녀가 마지막으로 들른 곳이 미월당이고, 미월당이 그 궁녀에게 직접 차를 내어 오라 명까지 하였지만, 최 소의는 내가 왕과 함께 잠행을 나간 사실은 모를 것이고. 주 상궁에게 들은 그대로 그저 침전에서 침소 수발을 들은 것으로 안다고 대소 신료들에게 고할 것이니, 왕의 실제 행적과 차이가 있지 않겠습니까? 그렇게 되면 미월당의 이름도 거론될 것입니다. 우린 최대한 그 두 사람의 뒤에 정의단을 숨겨야 합니다."

은설의 영민함에 주 상궁이 속으로 크게 감탄하며 고개를 조아렸다.

"하면 왕도 덩달아 위험해질 것입니다."

"생쥐도 구석에 몰리면 이빨을 드러내는 법입니다. 아군이라 생각했던 세력이 자신을 끝없이 의심하고 들면 왕도 비책을 마련하겠지요. 그렇게 되면 자연스레 부자(父子)지간엔 금이 갈 것이고 지금의 궐을 장악하고 있는 이학수의 세력에게서 위협을 느끼게 될 왕입니다."

그녀의 눈빛은 좀 전보다 더욱 반짝이고 있었다. 주 상궁도 긴장감을 놓지 못한 채 그녀의 말에 귀를 기울였다. 두 사람 사이에 순간, 어둠이 드리웠다. 비라도 흠뻑 내릴 요량으로 맑았던 하늘에 먹구름이 끼기 시작했다.

"하면 난 그 틈을 공략할 것이지요."

"……두려움에 떠는 왕에게 새로운 세력을 쥐어주겠단 말씀입니까."

"예. 두려움을 난폭함으로 바꿀 것입니다. 자신의 뜻에 반대하는 세력을 과감히 쳐낼 수 있는 칼을 쥐어주어야지요."

그 말을 끝으로 은설은 차갑게 군었던 얼굴을 풀며 한숨을 깊이 내쉬었다. 잔뜩 독이 올라 울분을 터뜨리듯 말을 이어가던 은설이 평정심을 되찾아갔다.

"명하신 대로 채비하도록 하겠사옵니다. 하오면 공주 마마께선 오늘 왕과 날이 저물도록 저잣거리에 계실 것이옵니까."

"예. 오늘이 정의단과 우리의 운명이 정해지는 중요한 날이 될 것입니다."

"전하, 소인이 늦었습니다."

은설이 멋쩍게 웃으며 도윤을 올려다보았다. 그녀는 오늘따라 더 어여뻐 보였다. 마주 선 두 사람 사이에 묘한 기류가 흘렀다. 꼭 오래된 연인 같아 서글프기도 했다.

"넘어지면 어찌하려고 뛰어오는 것이야."

도윤이 건조하게 말했지만, 미소만큼은 따뜻했다. 그가 자연스럽게 손을 뻗어왔고 은설은 그가 내민 손을 내려다보며 잠깐 고민했다. 너울 뒤로 슬쩍슬쩍 보이는 도윤의 얼굴은 그 어느 때보다 밝아 보였다. 마음이 미어지면서도, 꿈이라면 깨지 않았으면 싶었다. 만감이 교차해, 선뜻 도윤의 손을 잡지 못했는데 그가 은설의 손을 덥석 잡았다.

"가자, 단희야."

다정히 이름을 부르는 도윤을 올려다보던 은설은 미소를 짓지 않을 수 없었다. 애써 입매를 끌어 올리며 은설이 작게 고개를 끄덕였다.

단희는 아니었지만 지금 이 순간만큼은 은설은 단희도, 은설도 아닌…… 그저 사내, 도윤의 여인이어야만 했다.

그리고 사실은 진심으로 그러고 싶었다.

"말이 아니옵니까, 전하?"

궐에서 조금 벗어나자, 너른 들에 말 한 마리가 서 있었다. 은설의 얼굴이 굳어져갔고 도윤은 그녀의 속도 모른 채 피식 웃으며 은설의 손을 놓았다.

"오늘은 속이 좀 갑갑하여 말을 타볼까 싶어서."

"······아."

지금 이 순간, 은설과 도윤은 같은 추억에 잠기고 있었다. 은설도 도윤이 자신에게 말을 처음 가르쳐주던 날을 떠올리며 슬픈 기색을 애써 밀어내고 있었다. 도윤 역시 그날을 회상하며 아픈 마음을 홀로 삭였다. 은설은 말의 곁으로 느리게 걸어가 조심스레 손을 뻗었다.

─참으로 예쁘게 생겼습니다. 잘 부탁해, 언니가 승마는 처음이라 지금 되게 긴장되거든.

자신의 목소리가 귓가에 다시금 피어올랐다. 아랫입술을 질끈 깨물며 은설이 말의 등허리를 다정히 쓰다듬었다.

"잘 부탁해······. 언니가 너랑은 처음이라 지금 긴장되거든."

은설은 아무렇지 않게 그 말을 읊으며 환한 얼굴로 도윤을 돌아보았다. 그런데 도윤은 이미 그녀의 뒤에 바짝 다가와 서 있었다.

"아, 전하."

"수말이다."

그 역시도 그날처럼 아무렇지 않게 대답하며 은설을 지그시 내려다보았다.

'무엇이 우릴 이렇게 어긋나게 만들었을까.'

담담하려 했지만 요란스럽게 무너지는 가슴에 은설은 차마 도윤을 더 바라볼 수 없었다.

"말을 타본 적이 있는가."

하지만 도윤은 평정심을 유지하며 은설을 향해 물었다. 무어라 대답을 할까, 잠깐 고민했지만 은설은 작게 미소 지으며 고개를 끄덕였다.

"한 번 있사옵니다."

"그래……?"

생각이 많아진 얼굴로 도윤이 은설의 어깨를 가만히 짚었다.

"어깨너머로 본 것이라 능숙하진 못합니다."

도윤은 작게 고개를 끄덕이며 그녀의 손을 잡았다.

"올려줄 테니, 꽉 잡거라."

그가 먼저 말 등에 올라 은설을 향해 손을 뻗었다. 이번엔 머뭇거리지 않고 은설이 그의 커다란 손을 꽉 쥐었다. 도윤이 힘껏 그녀를 잡아당겼고, 은설의 몸은 사뿐히 안장 위에 앉았다. 그와 나란히 말 위에 올라 탁 트인 하늘과 땅을 바라보니 가슴이 먹먹해졌다.

3년이란 시간이 모두 부질없었음을 깨닫는 순간이었다.

달라진 것 없는 하늘과 땅, 그리고 이 마음이었다.

은설은 말고삐를 바짝 쥐며 숨을 길게 내쉬었다.

"긴장을 풀거라."

도윤이 그녀의 마음을 달래주듯 부드럽게 말했다. 은설은 고개를 끄덕이며 말을 향해 다정하게 입을 열었다.

"잘 부탁해."

그녀의 자연스러운 모습에서 도윤은 다시금 은설의 흔적을 찾았다. 이젠 포기한 듯, 작게 웃음을 내뱉으며 도윤이 그녀의 등허리에 몸을 밀착했다. 커다랗고 단단한 도윤의 상체가 그녀의 흔들리는 상체를 단단히 받쳐주었다.

"저 멀리를 한 번 보겠느냐."

봄바람처럼 도윤의 목소리가 은설의 귓가를 간질였다.

"가슴이 탁 트이지 않으냐. 종종 체기가 있는 듯, 명치 끝이 답답해 올 때면 말을 타곤 하지."

"예, 정말 그러합니다. 바람의 결도 다른 것 같습니다."

모처럼 은설도 긴장을 푼 채, 바람에 몸을 맡겼다.

"보는 시선도 달라지지. 위에서 내려다보면 아무것도 아닌 것을…… 결국 내가 앉은 그 자리도 다 부질없는 것이 아닐까, 넋두리를 한 적도 있었다. 한데 누군가가 내게 그리 말하더구나."

둘을 태운 말은 숲속을 향해 서서히 들어가기 시작했다. 봄바람에 실린 햇살도 어느 때보다 보드랍고 가벼웠다.

"나는 부질없는 자리에 앉은 것이 아닌, 각기 다른 시선을 헤아릴 수 있는 눈을 가진 성군이라고."

"아."

"그래서 내 자리가 부질없다 느끼는 것이 아니겠느냐고."

추억에 잠긴 듯 그의 음성엔 물기가 어려 있었다. 덩달아 은설의 가슴도 젖어 들어갔다. 아무런 대꾸도 할 수 없었다. 그저 묵묵히 추억만 헤집을 뿐이었다.

돌아갈 수 없어, 더욱 아름답고 슬픈 기억.

은설은 말없이 고개를 끄덕였다.

"함께하겠습니다."

그날처럼 같은 대답을 하며 도윤의 젖은 가슴을 달랬다.

"전하께서 바라보시는 그 세상을 소인도 함께 바라보겠나이다."

"……너와 똑같이 말하던 그 여인에게 난, 모두 맞춰갈 것이라 말하였지. 곁에만 있어달라고, 내가 모든 것을 맞춰가고 바라볼 것이니. 온전히 곁에만 있어달라고."

이젠 돌아갈 수 없다고.

이미 너무도 먼 길을 걸어왔다고.

도윤은 자신의 가슴을 끝없이 짓누르고 부수는 기억을 떨쳐 냈다.

"하지만 이번엔 너에게 그리 말하지 않을 것이다."

동시에 도윤은 말고삐를 세게 잡아당기며 말의 속력을 냈다. 은설의 댕기와 도윤의 너울이 바람에 휘날렸다.

"내 세상은 이곳이니……. 이젠 네가 내 곁으로 오거라."

그리고 한 손으로 은설의 허리를 꽉 움켜쥐었다.

"나는 너를 놓을 생각이 없으니, 나의 사람이 되어라."

"주상이 잠행을 나가셨다니?"

대전으로 향했던 이학수가 얼굴을 구기며 발걸음을 멈추었다.

"나가신 지 두 시진 정도는 지난 듯하옵니다."

상선이 반듯하게 고개를 조아리며 입을 열었다. 이학수의 얼굴이 의미심장하게 일그러졌다.

"누구와 함께 잠행을 나갔는가."

"그것이……."

은설의 얼굴을 가만히 떠올리던 상선이 입을 꾹 다물며 얼굴을 무겁게 굳혔다.

"근위대장만 함께한 것으로 아옵니다."

"그래? 언제 돌아온단 말은 없었고?"

"예, 대감마님."

"곧 해가 저물 것인데, 좀 늦는 감이 있군. 주상께서 돌아오시는 대로 내게 연통을 넣게."

이학수는 그렇게 돌아서다, 다시금 상선을 바라보며 입을 열었다.

"주상께서 혹 그 궁녀에게 첩지를 내리실 요량이더냐."

"자세한 것은 소신도 모르옵지만…… 그런 얘기를 도승지 대감께 건네신 줄로 아옵니다."

그 말에 이학수가 느리게 고개를 끄덕였다.

"흠…… 그 궁녀, 주상 몰래 은밀하게 내 사가로 들이게."

"……예?"

도윤의 걱정대로 이학수가 기어이 은설을 자신의 사람으로 만들 요량이었다. 뒤에서 그 말을 듣고 있던 중전은 화들짝 놀라며 입술을 말아 물었다.

"하루빨리 첩지를 내려 후사를 보게 해야지. 이제 궐에도 안정을 찾을 시기가 온 것이야."

돌아서는 이학수의 뒷모습을 바라보던 중전이 허탈한 얼굴로 입술을 악물었다. 자신이 처음 중전으로 입궐하던 때가 떠올랐다.

—너는 이제부터 우리 사람이다.

—대원군…… 대감마님.

—네 아비와 너는 오롯이 나를 위해 살아가야 할 것이다. 그
래야만 네 목숨과 네 가문의 부귀를 유지할 수 있을 것이
다. 하지만 조금이라도 내게 반(叛)하는 행동을 할 시, 난
가차 없이 너와 네 가문을 버릴 것이다.

—명심하겠나이다.

—이제 그 모든 이의 목숨줄은 내 손이 아닌 네 손에 달린
것이니……. 중궁전의 주인이 되어 어디 한번 그 자리를
잘 지켜내보거라.

—여부가 있겠습니까, 대감마님.

—이로써 무사히 중전이 되신 걸 감축드립니다. 부디 천세를
누리소서, 중전 마마.

중전의 입가가 파르르 떨렸다. 언제 내쳐질지 모르는 이 자리를 부지하는 것도 이젠 힘겨웠다. 중전이었지만, 또한 왕의

장인이었지만 이학수 앞에선 언제나 고개를 조아려야 하는 가문의 처지가 눈물이 날 만큼 비참했다.

'기어이…… 나를 버리실 요량입니까, 아버님. 하지만 어쩌지요. 나는 그리 쉬이 물러나드릴 생각이 없습니다만.'

중전은 주먹을 꽉 쥔 채 고개를 조아리고 있는 상선에게로 다가갔다.

"중전 마마, 납시셨나이까."

상선이 평정심을 유지하며 입을 열었다.

"전하께서 대전을 비우신겐가."

"그러하옵니다."

"잠행에서 돌아오시거든 내게도 연통을 넣어주시게나."

"예, 중전 마마."

중전의 목소리가 한없이 가라앉아 있었다. 이내 착잡한 심정으로 대전을 나서는 중전은 자신을 향해 고개를 조아리고 있는 지밀나인들을 찬찬히 돌아보았다. 그런데 은설만 그곳에 없었다. 순간, 싸한 기운이 중전의 가슴을 스쳤다.

해가 완전히 저물자 말없이 저잣거리를 돌던 두 사람이 가만히 손을 놓았다.

"이젠 해도 저물었고 궐로 돌아가야 할 것 같구나."

도윤이 은설을 돌아보며 말했다. 하지만 은설은 이대로 도윤을 궐로 보낼 수 없었다. 은설은 그가 놓았던 손을 다시 잡으며 도윤의 앞에 섰다.

"조금 더 있다가 가면 안 될까요?"

"……조금 더?"

은설이 눈을 반짝이며 미소를 지었다. 그러자 도윤은 조금 곤란하다는 듯 이마를 매만졌다. 분명, 지금은 돌아가야 할 시간이었다.

"소인도 오랜만에 궐 밖을 나와 이리 바람을 쐬니 좋아서 그럽니다."

"시간이 지체되기도 하였고 상선에게도 이리 늦는다는 말이 없어서……."

"조금만요……. 네?"

도윤이 거부할 수 없게 은설은 그에게 바짝 다가가며 손깍지를 꼈다.

"하고 싶은 것이 있느냐."

그의 말에 은설이 작게 미소를 지으며 입술을 앙다물었다. 조금 고민에 빠진 듯한 그녀의 얼굴을 내려다보며 한 시진 정도는 괜찮겠지, 도윤도 마음을 놓고 말았다. 순간, 하늘도 돕는 모양인 듯 비까지 추적추적 내리기 시작했다.

"하고 싶은 것은 없는데, 그저 저잣거리에 좀 더 머물고 싶사옵니다. 한데 비가 갑자기 내리니."

그 말에 도윤이 조금 굳은 얼굴로 비 내리는 밤하늘을 바라봤다.

"그러게, 예상치 못하게 비가 내리기 시작하는구나."

조금씩 젖어가는 두 사람.

은설이 장옷을 조심스레 벗어 그에게 건넸다.

"우선 이것으로 비를 피하고 계시지요. 소인이 잠깐 비가 그칠 동안 머무를 만한 곳을 찾아보겠나이다."

그러자 그가 그녀의 손목을 조심스레 움켜쥐었다.

"저기가 좋겠구나."

도윤의 손이 가리키는 곳은 주막이었다. 주막 안, 옹기종기 켜진 불빛이 아늑해 보였다. 이내 빗줄기는 더욱 거세졌고 두 사람의 몸도 속절없이 젖어 들었다.

"저리 누추한 곳에 전하를 어찌……."

"따라오너라."

괜찮다는 듯, 도윤이 은설을 이끌었다. 머뭇거리던 은설이 그를 따라 주막 안으로 들어섰다.

"아이고, 나리 얼른 드세요. 아가씨랑 홀딱 젖으셨네. 방 안을 따뜻하게 데워놓았으니 서둘러 들어오셔요."

주막 주인이 술상을 물리다 말고 도윤과 은설을 향해 물었다. 그러자 은설과 도윤은 괜히 멋쩍어 헛기침을 했다.

"선남선녀시네요. 부부라고 해도 믿겠어. 호호호."

주막 주인은 환하게 웃으며 말을 건넸지만, 부부라는 말에 두 사람의 얼굴이 동시에 달아오르고 말았다.

"방…… 방 하나, 내어주시오."

당황한 도윤이 괜히 은설의 손을 놓으며 주막 주인의 시선을 회피했다. 그런 도윤의 반응이 귀여워 은설이 핏, 웃음을 터뜨리며 주막 주인을 바라보았다.

"식전이라 그러니 밥상을 부탁해도 되겠소?"

"아무렴요. 탁주도 한 병 올려드리오리까?"

술이란 말에 도윤과 은설의 시선이 부딪혔다.

"술은 되었소."

은설이 거절하며 방 안으로 들려고 하는데 도윤이 그런 그녀를 막아섰다.

"아니, 한 병 내어주시오."

그 말에 은설이 의아하다는 얼굴로 그를 돌아보았다.

"오늘은 흐트러져도 되지 않겠느냐."

이내 두 사람은 따뜻하게 데워진 방 안으로 들어섰다.

잠깐 비를 맞았지만 두 사람은 속옷까지 모두 흠뻑 젖은 채였다. 방문이 닫히고 어색한 침묵이 흘렀다. 젖은 은설의 몸에서 물기가 뚝뚝 떨어졌다. 도윤은 가만히 그녀를 바라보다 천천히 잡아당겨 따뜻한 곳에 앉게 했다.

"어제, 오늘 비를 이리 맞으니 고뿔에 걸리는 건 시간문제겠다."

"여름이 오려나 봅니다. 소나기가 잦은 것을 보니. 전하께선 괜찮으십니까?"

붙어 있는 두 사람 사이로 열기가 뿜어져 나왔다. 도윤이 가만히 은설의 젖은 볼을 쓰다듬었다.

"어쩔 수 없이 여기서 비를 피하다 입궐하여야겠다."

"근위대장께서 기다리시진 않겠지요?"

"아마 지켜보고 있을 것이다. 항상 곁을 맴돌거든."

그의 말에 은설이 느른하게 미소를 지어 보였다. 그때, 방문 밖에서 주막 주인의 목소리가 들려왔다.

"나으리, 아가씨! 술상 들어갑니다."

그러자 두 사람은 서둘러 떨어져선 방문을 열었다. 이내 술상이 들어오고 다시 두 사람만 남겨졌다. 술상을 가운데 두고 둘이 쭈뼛쭈뼛 마주 보고 앉았다.

"혹 모르니 소인이 먼저 기미를 하겠나이다."

은설이 젓가락을 들어 찬거리를 조금씩 맛보았다. 도윤은 그 모습을 물끄러미 바라보고 있었다.

"이리 저잣거리에서 오랜만에 술을 마시니 좋구나."

그 말을 툭, 던지듯 내뱉으며 사발에 술을 따랐다.

"한 잔 받겠느냐."

"예, 전하."

은설 역시 그가 내민 술을 건네받으며 두 손을 다소곳하게 모았다. 비에 젖은 은설을 물끄러미 바라보던 도윤이 술을 말끔히 비워내며 입을 열었다.

"과인이 지난날, 그 여인을 위한 전각 하나를 짓고 있었다."

"……여인이라시면 저와 닮았다는."

"그래. 완공이 채 되기 전에 그 여인과 연이 끝나 공사는 갈무리되지 못한 채 중단되고 말았지."

은설은 가만히 술잔을 비워내며 도윤을 바라봤다. 은은히 피어오르는 지난날의 추억과 그와 한 공간에 있다는 묘한 설렘이 그녀의 가슴을 두근거리게 했다. 은설은 까만 눈동자 속에 도윤의 근사한 얼굴을 듬뿍 담았다.

"짓다가 만 전각이 되었겠군요."

"다시 공사를 시작하려 한다."

의미심장한 말을 하며 도윤이 술을 따랐다. 두 사람은 나란히 술을 마시며 뜨거운 눈길로 서로를 응시했다.

"이젠 너를 위한 전각으로 만들 것이다."

"전하……!"

"전각 이름은 따로 생각해 붙여둘 것이고, 돌아가는 대로 중전에게 일러 너를 특별 상궁으로 위임하게 할 것이다."

"하오나 전하, 승은도 입지 않은 소인이…… 특별 상궁만으로도 감지덕지하온데, 전각까지 바라겠나이까."

"네가 바라는 것이 아닌 과인이 바라는 것이다."

말을 마친 도윤이 성큼 은설에게로 다가갔다. 둘 사이에 놓여 있던 술상조차 거슬린다는 듯 그가 한 손으로 밀쳐냈다.

은설의 목덜미를 움켜쥔 도윤의 커다란 손.

서로의 숨결이 고스란히 닿을 만한 거리.

은설 역시 그의 손을 과감하게 받아들이며 그의 젖은 옷깃을 사뿐히 쥐었다.

"승은은 입었다고 말하면 그만. 과인의 성총이 깊어질수록 너에 대한 첩지 또한 그에 맞게 내릴 것이다."

"하지만 승은을 입지 않은 제가 어찌 거짓으로 승은을 입었다 하겠나이까."

은설이 커다란 눈을 느리게 깜빡이며 도윤의 눈을 응시했다. 도윤은 그녀의 입술을 뚫어지게 응시하며 붉게 달아오른 입술을 벌렸다.

"승은은…… 이것으로 대신하지."

그리고 그 말이 떨어짐과 동시에 도윤은 은설의 젖은 입술을 삼켰다. 은설의 입술을 뜨겁게 훔치던 도윤의 손길은 아슬아슬하게 은설의 허리를 쓸고 있었다. 그러다 훅, 달아오르는 술기운에 도윤은 손을 뻗어 은설의 옷고름을 쥐었다.

놀란 은설이 몸을 작게 떨며 그의 손을 잡았다. 하지만 은설의 염려와는 달리 도윤은 더 이상 그녀를 파고들지 않았다. 도윤은 은설의 달아오른 입술 곳곳을 뜨겁게 훑었다.

'참아야 한다.'

도윤은 가슴을 뚫고 솟아오르는 욕망을 꾹꾹 억누르며 입술을 뗐다. 이미 그로 인해 흠뻑 젖은 은설이 그의 품에서 파르르 떨고 있었다.

"입맞춤 한 번에도 이리 떨어대니."

"……전하."

"승은은 네가 마음의 준비가 되면 치르도록 하자."

그의 배려가 은설의 부드럽게 젖은 마음을 더욱 애타게 했다. 입맞춤 한 번에 서로의 사이가 더 은밀해진 느낌이었다. 두 사람은 잡은 손을 놓을 줄 몰랐다. 이대로 밤이 저물지 않았으면 싶었다.

복수를 꿈꾼 후, 처음으로 느껴보는 아름다운 밤이었다.

"소의 마마, 명하신 차를 내어 왔나이다."

손가락에 비상을 묻힌 채, 은설이 차를 내어 오기만을 기다리던 최 소의는 미월당 밖에서 들려오는 목소리에 반색했다. 미월당 나인 역시, 피식 조소를 흘리며 최 소의를 돌아보았다.

"들라 하라."

굳게 닫혔던 미월당의 문이 열리자, 은설이 아닌 중궁전 나인 하나가 들어섰다. 최 소의와 나인은 조금 놀란 얼굴로 중궁전 나인을 바라보았다.

"주 상궁 마마님의 명으로 차를 내어 왔사옵니다."

주 상궁이란 말에 최 소의의 얼굴이 구겨졌다. 그녀는 비상 가루가 묻은 손을 황급히 등 뒤로 감추었다.

"주 상궁이라니? 나는…… 그 대전 나인에게 명을 내린 것인데?"

"그 나인은 일찍 전하를 모시게 되어 주 상궁 마마님께서 소인에게 대신 소의 마마께 차를 드리라 명하였나이다. 하지만 차를 준비하고 달인 것은 모두 그 나인입니다."

"전하를…… 일찍 모시게 되었다고?"

"예, 그리 명 받았습니다."

주 상궁까지 이 일에 관여하고 있다니. 최 소의는 무언가 자신이 잘못 짚고 있음을 직감했다. 섣불리 은설을 건드려 일을 그르치게 될 시, 뼈도 못 추릴 거란 생각이 들었다.

최 소의는 입술을 악물며 곤란하다는 듯 얼굴을 구겼다. 이대로 독을 먹고 쓰러진다고 한들, 차를 달인 것은 은설이고 내어 온 것은 다른 여인이고 게다가 중간에 주 상궁까지 끼어 있으니 일이 복잡해질 것이었다.

그녀는 느리게 고개를 저으며 그 나인을 바라봤다. 그러고는 별 의심 없이 나인을 돌려보냈다. 미월당을 조심스레 빠져나가는 나인을 바라보며 최 소의가 깊은 한숨을 내쉬었다.

"요망한 년. 이렇게 쥐새끼처럼 빠져나가?"

"……주 상궁 마마님께도 고새 일러바쳤나 봅니다."

"섣불리 비상을 써서는 아니 될 것 같다. 오늘이 제격이었는데……. 나와 언성을 높이면서 싸웠던 그 궁녀가 내게 앙심을 품고 날 독살하려 했다, 그리 소문나기 딱 좋은 날이었는데."

최 소의는 비통에 잠긴 얼굴로 고개를 숙였다. 그러자 미월당 나인이 그녀 앞에 쪼르르 달려와 앉으며 무릎을 꿇었다.

"마마, 기회는 또 있을 것이어요."

수심에 잠긴 미월당을 위로하듯 나인이 목소리를 낮추었다. 은밀함 속에 숨겨진 날카로운 칼날이 최 소의의 목 끝을 겨누었다.

"아님…… 이건 어떨까요, 마마?"

죽을상을 하고 있던 미월당이 나인의 말에 고개를 치켜들었다.

"부적을 들여와, 여기 미월당 근처에 숨겨놓는 것입니다."

"……해서?"

"마마께서 자꾸만 시름시름 앓는다는 핑계로 국무(國巫)를 불러 부적을 찾아내게 하면 어떨까요?"

"그래서 살(煞)을 놓은 자를 그년으로 지목한다?"

순간 최 소의의 눈이 반짝 빛났다.

"예, 어떻습니까? 지금 독을 썼다간 마마만 곤경에 처할 수도 있고요. 어차피 지금 궐에 마마와 그년 사이가 좋지 않다는 소문이 파다한데, 차라리 부적이 낫지 않겠습니까?"

"그래, 그것이 좋겠구나. 내일 당장 사가로 나가 내 어머니께 이 사실을 전하고 강력한 살(煞) 기운을 지닌 부적을 달라 하여라."

은설이 특별 상궁이 되기 전, 이 모든 것을 끝내려는 최 소의였다.

✤

"늦은 밤, 자네를 부른 건 다른 이유 때문이 아니라……."

그 시각, 주 상궁은 이학수의 부름에 그의 사가로 나와 있었다.

"말씀하소서, 대감마님."

"자네의 질녀(姪女)를 특별 상궁에 봉하려 하네."

예상된 이야기에 주 상궁은 무표정을 유지하며 고개를 슬쩍

268

들었다. 큰 선심을 쓴다는 듯, 이학수가 수염을 만지작거리며 헛기침을 내뱉었다.

"천부당만부당하시옵니다. 아직 승은을 입지 못한 아이인데 어찌 특별 상궁에 앉히시려 합니까."

"이젠 주상도 후사를 보아야지. 결국 내가 주상의 고집을 끝내 꺾지 못한 꼴이 되었지만."

"……대감마님."

"자네의 질녀가 원자(元子)만 낳아준다면 어디 특별 상궁뿐이겠는가. 소의…… 아니, 정1품 빈(嬪)의 자리에 앉혀줄 것이야."

"하오나 그것은……."

그러다 이학수의 얼굴이 은밀하게 굳어지며 주 상궁을 향해 상체를 기울였다.

"만약 그때까지 중전에게 후사가 없다면……."

주 상궁은 입술을 악물며 이학수를 응시했다. 그에게서 어느 때보다 비릿한 피비린내가 진동을 하는 것 같았다.

"중궁전의 자리까지 내어줄 수 있음이지."

"……그에 걸맞은 가문이 아닙니다, 대감마님."

"신분이야 깨끗하게 세탁하면 되는 법. 그 아이, 조실부모(早失父母)하였다면서? 그러면 그럴듯한 가문의 여식으로 입양시키면 되는 것, 가문이 뭐가 중요하겠는가?"

"하지만 대감마님, 대소 신료들의 반발이 클 것입니다."

주 상궁의 말에 이학수가 크게 비웃었다.

"감히 이 조선에서 나의 의견에 반발할 자가 누가 있다고!"

그 말에 주 상궁은 무어라 더 말을 하려다 입술을 악물었다. 그녀는 슬쩍 문밖을 바라보며 정의단(定意團)의 등장을 기다렸다.

'곧 그들이 들이닥칠 것인데⋯⋯. 공주 마마께선 무사히 왕과 잠행 중이시겠지.'

추적추적 내리는 빗소리가 두 사람 사이를 메웠다. 이학수는 흡족한 듯 차를 마시며 소리 나게 웃었다.

"주 상궁, 자네가 나를 살렸어. 궐의 그 누구도 거들떠보지 않는 주상이 여인을 품다니! 그것도 자네의 사람을 말이야. 일이 더 수월하게 되지 않았나? 자네와 나는 서로 돕고 돕는 사이니, 이보다 더 각별한 연이 어디에 있겠는가, 하하하!"

그때였다.

"대감마님⋯⋯! 대감마님!"

잠잠하던 밖이 소란스럽기 시작했다. 그릇 깨지는 소리며 하인들의 비명이 이학수의 사가를 흔들기 시작했다. 순간, 이학수의 얼굴이 딱딱하게 굳어졌고, 주 상궁은 정의단이 당도했음을 직감하곤 찻잔을 내려놓았다.

"웬 소란이야!"

이학수가 신경질적으로 소리를 지르며 자리에서 일어났다. 동시에 주 상궁도 슬그머니 자리에서 일어나며 문밖을 바라보았다.

"크, 큰일 났습니다요! 얼른, 얼른 피하십시오!"

무언가 일이 잘못되었음을 직감한 이학수가 황급히 문을 열고 뛰쳐나갔다. 그러자 복면을 뒤집어쓴 검은 복장의 살수들이 이학수의 사가를 쑥대밭으로 만들고 있었다.

"몸을 피하셔야 하옵니다, 대감마님!"

주 상궁이 이학수와 함께 황급히 안채를 벗어나려 하는 순간, 살수들이 주 상궁과 이학수를 순식간에 제압했다. 주 상궁이 당황한 척 장옷을 걷으며 살수들을 향해 소리쳤다.

"감히 뉘 안전이라고! 칼을 거두지 못하겠느냐!"

그러자 이학수가 분노와 당황함에 얼굴을 일그러뜨린 채 복면을 쓴 살수들을 돌아보았다.

"누구의 명을 받고 내 사가를 습격한 것이지? 너희들이 지금 저지른 짓이 무엇인 줄은 알고 있느냐! 감히 이 나라 왕의 아비인 나를 위협해? 이것이 반역이라는 것을 꿈에도 모르는 것이냐!"

하지만 그 누구 하나, 주춤하는 기색 없이 칼을 거두지 않았다. 어마어마한 수의 살수들이 이학수를 에워싸며 점점 더 좁혀오고 있었다. 이내 정의단의 대장이 칼을 헤치고 걸어 나와 이학수와 마주했다. 그리고 날카로운 검을 뽑아 가차 없이 그의 목에 겨누며 눈을 번뜩였다.

"하늘이 무섭지 않느냐."

하지만 이학수의 기세 역시 만만치 않았다. 그는 그 칼을 맨손으로 움켜쥐며 힘을 주어 밀어냈다.

"내가 곧 하늘인데 무엇이 두렵단 말이냐?"

"어리석은 것. 네 주제에 감히 하늘이란 말을 입에 담아?"

"무어라."

"너 따위가 하늘이라니. 백성들 보기 부끄럽지 않으냐? 너는 겨우 네 손바닥으로 하늘을 가리고 있는 것이다."

정의단 대장의 목소리에선 분기가 뚝뚝 묻어났다.

"모두 다, 너에게 되돌아갈 것이다. 이미 넌 참회의 기회조차 잃은 가엾은 목숨이니 참으로 불쌍하지 않은가."

"……배후가 누군지 말하라."

이학수가 분노를 꾹꾹 억누르며 파르르 떨었다. 주 상궁은 그런 이학수를 물끄러미 바라보며 입술만 굳게 다물고 있었다.

"우리에게 그런 것은 없다. 우린 네 칼날에 목숨을 잃어야만 했던 억울한 혼령들이니."

"뭐, 뭐?"

"너를 단죄하러 왔으나, 그런 우리에게 굳이 배후를 묻는다면."

정의단 대장은 거칠게 칼을 휘두르며 이학수의 왼쪽 팔을 베어냈다. 순간 이학수는 비명을 내지르며 바닥으로 고꾸라지고 말았다.

"우리의 배후는…… 이학수 네놈이 되겠지. 우릴 증오로 불타게 하고 분노로 움직이게 한, 배후."

이학수가 악에 받쳐 소리를 내질렀지만, 돌아오는 것은 자신의 고함뿐이었다. 이미 이학수 사가를 지키고 있던 사병들은 정의단의 습격에 모두 피를 흘린 채 흙바닥 위를 나뒹굴고 있었다.

정의단의 머릿수도 어마어마했지만, 검술 또한 모두 혀를 내두를 정도라 이학수의 사병이 감당하기엔 무리였다. 이학수는 왼팔을 감싸 쥔 채 복면을 쓴 살수들을 하나하나 훑었다.

"다음엔 그 상처 난 팔이 잘려나갈 것이다. 그다음엔 네 다리가 잘려나갈 것이고. 억울하다, 생각하지 마라. 두려워하지도 마라. 모두 다 네놈이 자처한 일이니."

정의단은 그 말을 남겨놓고선 바람처럼 사라졌다. 이학수는 악을 내지르며 쑥대밭이 된 자신의 사가를 돌아보았다. 그때, 선왕의 유품이 담긴 곳간 문이 훤히 열려 있는 것을 발견하곤 혼비백산이 되어 허겁지겁 그곳으로 달려갔다.

"아, 아니……!"

이학수는 이를 악물며 흙바닥 위에 쓰러진 사병들을 향해 소리쳤다.

"지금 당장 궐로 가, 주상을 보호하라! 이것은 역모다! 죽은 선왕을 추종하는 세력들이 일으킨 반역이란 말이다!"

그의 외침은 평온하기만 하던 밤하늘을 쩍, 갈랐다.

"이리 돌아가려니 아쉽구나."

비도 그쳤고 밤도 늦어, 은설과 도윤은 느린 걸음으로 주막을 나섰다.

비가 한바탕 내린 탓인지 찬 기운이 훅 끼쳤다.

은설은 환하게 웃으며 그의 어깨에 슬쩍 얼굴을 기댔다. 그러다 바람에 휘날리는 꽃잎 하나를 발견하곤 손을 뻗어, 꽃잎을 쥐었다.

은설의 손바닥에 살며시 내려앉는 꽃잎.

"그것 아시옵니까?"

환하게 웃으며 그녀가 도윤에게 꽃잎을 내밀었다.

"이리 흩날리는 꽃잎을 쥐면 함께 있는 사람과 정(情)을 통한다는 것을요."

그 말에 도윤이 꽃잎을 가만히 쥐며 미소를 그렸다.

"이것이 그럼 우리의 정이 되는 것이더냐."

"그렇지요?"

그러자 도윤은 그 꽃잎을 다시금 바람결에 흘려보냈다. 은설이 눈을 동그랗게 뜨며 도윤을 바라보았다.

"우리의 정은 이리 매어두지 말자."

도윤은 따스하게 은설을 내려다보며 그녀의 양어깨를 감싸 쥐었다.

"흐르는 대로, 그리고 커지는 대로 내버려두자. 그 무엇도 우릴 속박할 수도, 또한 가로막을 수도 없다. 흐르는 세월을 따라 빛깔을 잃기도 하고 또, 물기를 머금기도 하고 때론 햇볕을 받기도 하는 그 마음을 함께 바라보자꾸나."

언제나 차갑던 그가, 이토록 다정하고 따스해지는 순간마다 은설은 자신이 싫어졌다. 모든 것을 놓고 싶을 만큼 그를 안고 싶었고 모든 것을 포기할 만큼 그의 곁에 있고 싶었다.

"감히…… 은애한다, 이 마음을 전해도 되겠습니까."

은설의 눈가에 눈물이 맺혔다. 그러자 도윤은 편안한 미소를 그리며 은설을 품에 안았다.

"하루에도 수십 번은 내게 고하여도 좋다, 너의 그 마음을. 아니, 그리하라. 너의 그 고운 입술에서 흐르는 말 중에서 가장 아름다운 말이, 바로 그 말이니."

그런데 그 순간, 둘 사이에 주환이 아연실색(啞然失色)이 되어선 달려왔다.

"무슨 일이냐."

그러자 주환은 흐르는 땀을 닦으며 거칠게 숨을 몰아쉬었다.

"큰일 났사옵니다. 서둘러 환궁하셔야 합니다! 반역의 조짐이 보입니다……!"

서둘러 입궐한 도윤은 궐의 공기가 심상치 않음을 감지했다. 대전 주변은 호위대가 삼엄하게 경계를 하고 있었고, 궁인들 역시 하얗게 질린 얼굴로 파르르 떨고만 있었다.

도윤은 옷을 갈아입으며 대전으로 들어섰다. 상선이 파리하게 질린 얼굴로 황급히 도윤의 곁에 섰다.

"안에 대원군 대감이 급히 들어 계시옵니다, 전하!"

그 말에 도윤은 닫힌 대전 문 앞에 우두커니 서서는 곤룡포를 여미었다. 이내 대전 문이 열리고 먼저 와 기다리고 있던 이학수가 뒤늦게 들어서는 도윤을 발견하곤 고함을 질렀다.

"대체 주상께선 이 시간 내내 어디에 있다 오셨단 말입니까! 지금 무슨 일이 벌어지고 있는지 알고는 있습니까?"

버럭 소리를 내지르는 이학수의 왼손에는 붕대가 칭칭 감겨 있었다. 도윤이 무어라 말을 하기도 전에 대전 밖에서 목소리가 들려왔다.

"전하, 중궁전 주 상궁 들었나이다."

주 상궁이 대전에는 왜.

도윤의 눈이 순간 번뜩였고, 이학수가 입을 열었다.

"들라고 하세요. 내가 불렀습니다."

도윤은 한숨을 내쉬며 이맛살을 찌푸렸다. 굳이 대전에서 나눌 이야기인가 싶어 심기가 불편해졌다. 이내 도윤이 주 상궁을 불렀고 그녀가 굳은 얼굴로 대전에 들어섰다.

"전하를 뵈옵니다."

주 상궁이 예를 갖추어 도윤을 향해 고개를 조아리자, 이학수가 거칠게 도윤을 지나쳐 주 상궁의 앞에 섰다.

"그래, 어찌 되었는가!"

"사병들이 급히 그자들의 뒤를 쫓았으니, 이내 배후가 밝혀질 것이옵니다."

"괘씸한 것들……! 감히 이 이학수의 사가를 털어?"

이학수가 버럭 소리를 지르며 도윤을 노려보았다.

"한데 주상께선 지금 이 시간까지 어디에 있다 오는 겝니까?"

도윤은 성큼성큼 옥좌로 다가갔다.

"잠행을 다녀오는 길이라고 했을 텐데요."

"이 늦은 시간까지요?"

도윤을 응시하는 이학수의 눈이 예사롭지 않았다. 순간 도윤은 자신을 바라보는 이학수의 눈초리가 날이 섰다는 것을 깨닫곤 이를 악물었다.

"예. 이 늦은 시간까지 저자를 돌아보고 오는 중입니다. 한데, 왜 수년간 멀쩡하던 사가에 살수들이 습격했단 말입니까."

도윤은 차분하게 이학수를 바라보았다.

"내가 묻고 싶은 말입니다. 대체 누가 감히, 이 나라의 대원군인 내 사가에 쳐들어와 칼부림을 한단 말입니까!"

분에 못 이긴 이학수는 고래고래 소리를 지르다 휘청이고 말았다. 도윤이 아무런 대꾸도 하지 않은 채 그저 묵묵히 이학수만 바라보고 있자 주 상궁이 말을 보태며 입을 열었다.

"아뢰옵기 황공하오나, 전하. 대감 마님의 사가에 있던……선왕 전하의 유품이 모두 도난당하였사옵니다."

"뭐라? 선왕의 유품이……?"

주 상궁의 말에 그제야 도윤은 소스라치게 놀라며 자리에서 일어나고 말았다. 순간, 도윤의 가슴이 얼어붙고 말았다. 누군가 바로 자신의 목덜미에 칼을 겨눈 듯 명치 끝도 서늘해졌다.

"필시 남은 선왕의 세력들이 벌인 짓일 게지."

부득부득 이를 갈던 이학수가 손끝을 파르르 떨며 눈을 치

특별 상궁   277

켜떴다. 도윤은 멍한 얼굴로 옥좌에 털썩 주저앉았다. 그리고
는 이내 피식, 헛웃음을 터뜨리며 입술을 말아 물었다.

"당연한 결과 아니겠습니까."

허망하다는 듯한 그의 목소리에 이학수가 얼굴을 들었다.

"주상, 방금 무어라 했습니까."

"당연한 것이라 했습니다. 그럼 언제까지 그 누구의 비난 없
이, 이 궐을 지켜낼 수 있을 거라 생각했습니까?"

이학수의 눈에 핏발이 섰지만 도윤은 눈 하나 깜빡하지 않
았다. 오히려 충분히 예상할 수 있었던 일이라는 듯 무감하게
굴었다.

"이제 와 배후를 찾아낸들 무슨 소용이 있겠습니까. 이미 아
시지 않습니까. 무의미하다는 것을요."

"뭐요?"

"이제 겨우 시작이 아니겠습니까, 그들에겐."

의미심장한 도윤의 말에 이학수는 주먹을 움켜쥐었다. 어쩐
지 도윤의 눈가가 뜨겁게 젖어가는 듯했다.

"하면 두 손 놓고 가만히 앉아서 그들에게 기만당하자?"

"먼저 조선의 법도와 왕실을 기만한 것은…… 아버지가 아
니십니까."

그 말에 주 상궁이 조아렸던 고개를 치켜들었다. 동시에 이
학수와 도윤의 시선도 날카롭게 교차했다. 이미 모든 것을 포
기했다는 듯, 도윤은 느리게 고개만 저었다.

"궐로 들어온다면 그들의 침입을 막지 않을 생각입니다."

"기어이 모든 것을 다 부수겠다?"

"누누이 말하지 않았습니까?"

도윤은 눈가가 뜨겁게 젖어가는 이학수를 뚫어지게 응시했다. 덩달아 도윤의 눈동자에도 뿌연 물기가 차오르고 있었다. 그를 응시하는 이학수의 눈이 잔인하게 번뜩였다.

"주 상궁."

"……예, 대감마님."

"지금 당장 의금부 군사들을 모두 풀어 한 명도 빠짐없이 살수를 추포해 압송토록 하고 한양을 나갈 수 있는 모든 길을 차단해 누구도 쥐새끼처럼 빠져나갈 수 없도록 하라."

도윤이 들으라는 듯 그 목소리에 더 힘을 주었다.

"그리고."

뒤돌아선 도윤은 두 눈을 질끈 감은 채 맨주먹만 말아 쥐고 있었다.

"이 궐 안에 그놈들과 내통하는 자가 있을 수도 있으니 샅샅이 살펴라. 그것이…… 이 대전이라 할지라도."

이학수의 마지막 말에 도윤이 냉소를 머금은 채 빙그르르 돌아섰다. 마주한 두 사람의 시선이 살벌했다.

"예, 그리하셔야지요. 대전 문을 활짝 열어둘 테니 마음껏 살펴보시지요."

도윤이 돌아서자, 이학수는 주먹을 움켜쥐었다.

주 상궁은 묵묵히 고개를 조아리며 두 사람 사이에 우두커니 서 있을 뿐이었다.

은설은 도윤이 깊이 잠든 것을 확인한 후에야 침전을 빠져나올 수 있었다.

마음이 너무 먹먹해 은설은 그대로 돌계단에 주저앉고 말았다. 희붐한 새벽이 밀려오는 밤하늘을 바라보며, 은설은 뛰는 심장을 움켜쥐었다.

─은설아, 은설아……!

좀 전에 식은땀을 흘리며 앓는 소리를 내던 도윤의 잇새에선 '은설'이란 자신의 이름이 흘러나왔다.

"여전히 그 굴레에서 벗어나지 못한 모양입니다."

그것은 자신도 마찬가지였기에 가슴이 갑갑해졌다. 자신의 이름을 신음처럼 뱉으며 괴로워하던 그의 얼굴이 자꾸만 눈앞에 떠올라 참담했다.

은설은 밤하늘을 한 번 올려다보곤 휘청이며 자리에서 일어났다. 그리고는 처소로 돌아가기 위해 성큼 계단을 내려서던 그때…….

"아."

어디선가 나타난 도윤이 은설을 뒤에서 와락 끌어안았다. 갑작스러운 포옹에 은설은 화들짝 놀라며 굳었다.

"전하……!"

그러자 도윤의 뜨거운 몸이 은설의 등허리에 바짝 밀착했다. 이내, 그는 힘겹게 숨을 터뜨리며 그녀의 목덜미에 얼굴을 묻었다. 그의 슬픈 열기가 고스란히 전해졌다.

"가지 마라……. 어찌 가는 것이야."

"전하께서 곤히 잠드신 줄 알고……. 어찌 깨셨습니까, 전하."

은설이 느리게 몸을 돌려 도윤을 바라봤다. 도윤의 얼굴은 눈물로 젖어 있었다. 악몽이라도 꾼 것일까, 자신을 내려다보는 도윤의 눈빛이 불안함으로 흔들리고 있었다.

"안 좋은 꿈이라도 꾸셨습니까. 숨결이 고르지 못하옵니다."

"삼 년 전, 그날로 되돌아가는 꿈을 꿨다."

"삼 년 전이라 하시면……."

"그 여인이 날 버리던 때로."

슬픔이 뚝뚝 묻어나는 목소리에 은설은 입술을 질끈 깨물고 말았다. 도윤은 다시금 은설을 와락 끌어안고는 놓을 수 없다는 듯 그녀를 안은 손을 깍지 꼈다. 그의 숨결이 다시금 흐트러지고 있었다.

"전하…… 고정하소서. 소인은 여기 있사옵니다."

"그 여인에게 버림받는 꿈을 꾸고 어지러운 마음으로 눈을 떴는데. 네가 없었다."

"……송구하옵니다."

"꿈인지 현실인지 분간이 되질 않아 자릴 박차고 나온 것이다."

가엾은 왕의 애달픈 진심이 그대로 전해졌다.

"잔인하게 나를 버리더구나. 변함없었다, 그 여인은. 삼 년 전 그때나 꿈속에서나."

"버리다니요······. 사정이 있어 떠난 것이 아니겠나이까."

"아니다. 잔혹하게 나를 짓밟으며 버린 것이다."

그의 목소리가 부들부들 떨리기 시작했다.

"삼 년 전, 그 여인을 만나기 위해 필애원으로 갔다."

뜻밖의 말에 은설의 가슴이 쿵, 쿵 뛰기 시작했다.

"그 여인에게 혼담이 오가는 다른 사내가 있다는 말을 듣고 믿을 수가 없어, 마지막이라 생각하고 그녀에게 달려갔었다."

"······전하."

"내게 말하지 못했던 건 다른 연유가 있었을 것이라 생각하며."

은설을 품에 안은 도윤의 가슴이 거칠게 오르락내리락했다.

"필애원에 달려갔으나, 그녀는 없고 마음을 남긴 서찰만 있더구나."

서찰이라니.

은설은 화들짝 놀라며 그의 품에서 떨어졌다.

"서찰······이라니요, 전하?"

뜻밖의 말에 은설은 의문을 지울 수 없었다.

"흉중생진(胸中生塵)이라 하더구나. 나를 기다리는 그 시간을 먼지에 비유하며, 평범한 삶을 살 테니 놓아달라 하였다."

"그럴 리가······, 그럴 리가요."

은설은 처음 듣는 소리에 기함하고 말았다. 자신이 보낸 적도 없는 서찰이라니, 믿을 수가 없었다.

"너도 믿을 수 없겠지. 나도 한동안 멍하니 지내야만 했다. 그렇게 다정하고 따스했던 여인이 그토록 잔인한 진심을 남긴 채 멀어졌다는 것이…… 믿을 수 없었다."

은설은 느리게 고개를 저었다. 도윤의 눈가엔 여전히 뜨거운 눈물이 맺혀 있었다.

"그…… 그 여인이 보낸 서찰이 아닐 수도 있지 않습니까."

크게 얻어맞은 듯한 얼굴로 은설이 도윤을 뚫어져라 응시했다. 그러자 부질없다는 듯 그가 힘없이 입술을 일그러뜨렸다.

"한데…… 보란 듯이 다른 사내의 품에 안기더구나."

"전하."

"혼담을 주고받던 그 사내겠지……. 달려가, 당장이라도 무엇 하는 짓인가 언성이라도 높이고 싶었다. 하지만 난 돌아설 수밖에 없었다."

"……아."

"내게 사랑 고백을 하며 건넸던 그 노리개와 똑같은 것을 그에게도 주더구나."

은설은 도윤의 말에 소스라치게 놀라며 주저앉고 말았다.

그것은 분명 자신이 아니었다.

대체 누가 자신의 행색을 하고 도윤에게 상처를 준 것일까.

상처받은 얼굴로 그날을 되새기는 도윤을 바라보자, 그제야 은설은 그의 고통을 조금은 알 듯싶었다.

궁녀로 입궐해 처음 그를 마주했을 때 왜 그토록 자신을 보고 괴로워했는지, 왜 그리 자신을 밀어내며 고통스러운 얼굴을 했는지……. 조금은 헤아릴 수 있을 것 같았다.

멍한 얼굴로 허공만 응시하는 은설을 도윤이 조심스레 일으켰다.

"그리 가엾게 여기지 않아도 된다."

애써 마음을 가다듬은 은설이 굳은 얼굴로 도윤을 바라보았다. 누가 그런 장난을 벌인 것일까. 은설의 머릿속이 뒤죽박죽 되고 있을 무렵, 도윤이 따스하게 그녀를 품에 안으며 그녀의 목덜미를 끌어당겼다.

"내가 아직 꿈을 꾸는 것인지, 꿈에서 깨 현실을 마주하고 있는 것인지 분간이 되질 않는다."

"전하, 옥체 미령하신 듯하온데 서둘러 침소에 드는 것이."

"이런 내가 한심하겠지, 고작 닮은 얼굴 하나에 이토록 휘청거리는 내가. 마음 하나 다잡지 못한 채 네게 응석만 부리는 내가."

"아니옵니다. 그리 생각하지 않습니다."

"하지만 모두 사실이니 개의치 않는다. 너만, 오직 너만 곁에 있으면 된다."

도윤은 꽉 끌어안은 은설이 부서질까, 사라질까 소중하게 쓰다듬으며 두 눈을 감았다. 그러곤 은설의 입술을 한숨에 삼켰다.

점점 동이 터와 환해지는 밤하늘 아래서, 둘은 뜨겁게 입을 맞췄다.

다음 날, 모처럼 쉬는 날이라 궐을 나선 은설의 얼굴은 어두웠다. 굳은 얼굴로 터덜터덜 궐을 지나쳐 저잣거리로 향하는 그녀의 마음은 돌덩이를 얹은 듯 무겁기 그지없었다.

"대체 누가 내 행색을 했단 말인가."

아무리 생각해도 짐작 가는 사람이 없었다. 은설은 고심에 빠진 얼굴로 터덜터덜 저잣거리를 가로질렀다.

그때, 누군가가 다가와 은설의 어깨에 세게 부딪혔다.

은설은 중심을 잃고 뒤로 넘어지고 말았다.

"아."

그녀가 황급히 고개를 들어 자신의 앞에 서 있는 이를 바라보자, 중궁전 나인이었다.

"눈 똑바로 뜨고 걷지 못해?"

심부름을 나온 듯, 중궁전 나인은 넘어져 있는 은설을 향해 콧방귀를 꼈다.

"이 넓은 길에서 굳이 내게 와 부딪히는 연유가 무엇이오."

건조한 그녀의 목소리에 중궁전 나인은 허를 찔린 듯, 움찔하며 헛기침을 했다.

"무슨 소리야? 굳이 와 부딪히다니? 네가 앞을 똑바로 보고 걷질 않아서 나와 부딪힌 거잖아."

시치미를 떼는 중궁전 나인을 물끄러미 바라보던 은설은 더 이야기하기도 지친다는 듯 느리게 고개를 저었다.

"앞으론 할 말 있음, 곱게 말로 하시오."

그 말을 남긴 채 은설이 먼저 그녀를 지나쳤다. 중궁전 나인
도 돌아서는 은설을 한참 동안 노려보다 발걸음을 옮겼다. 그
때, 저 멀리서 여주가 은설을 향해 허겁지겁 달려왔다.

"아가씨⋯⋯! 아가씨!"

눈물범벅이 된 채 은설의 품에 와락 안기는 여주. 그 곁엔 영
광이 멋쩍은 웃음을 지으며 서 있었다.

"여주야, 오라버니⋯⋯!"

여주는 눈물을 흘리며 야윈 은설의 뺨을 몇 번이고 쓸었다.

"너무하셔요! 한양에 오면 맨날 볼 수 있다고 했으면서. 통
발걸음도 않으시고⋯⋯. 게다가 궁녀라니요! 아가씨가 뭐가 아
쉬워서 궁녀가 된답니까? 속상해 죽겠어, 정말."

여주의 볼멘소리에 은설이 애써 입매를 끌어 올리며 여주의
손을 맞잡았다.

"어찌 나오셨어요, 오라버니. 혼자 갈 수 있는데⋯⋯."

은설이 영광을 지그시 올려다보며 말을 했다. 영광도 그런
그녀를 한참 응시하며 입술을 열었다.

"하도 여주가 널 마중 나가야 한다고 노래를 부르기에. 서둘
러 가자꾸나, 어머니 아버지께서 기다리신다."

영광의 말에 은설이 작게 고개를 끄덕이며 발걸음을 옮겼다.
그런데 여주는 그 자리에 선 채로 조금 전 중궁전 나인이 사라
진 쪽을 한참 동안 바라보고 있었다.

"여주야, 뭐 해?"

"······아, 아뇨. 근데 방금 그 여자는 누군데 무례하게 아가씨를 밀쳤답니까?"

여주가 눈살을 찌푸리며 은설을 돌아보았다.

"아니야, 그런 거. 실수로 부딪혀서 내가 넘어진 거야."

"실수는 무슨! 쇤네가 저기서 모두 다 보고 있었습니다요. 일부러 와서 확, 부딪히던걸요?"

중궁전 나인이 사라진 쪽을 응시하며 씩씩대는 여주를 은설이 말렸다.

"괜찮으니 서둘러 가자꾸나."

하지만 어쩐지 여주는 좀 전의 그 나인의 얼굴이 낯이 익기만 했다. 그녀는 찝찝한 마음이 가시지를 않아 연신 뒤를 돌아보았다.

"아, 근데······ 낯이 익는데."

여주가 느릿느릿 걸으며 그 여인의 얼굴을 한참 떠올리던 그때······.

"아! 왼쪽 뺨에 점······!"

그제야 여주는 생각이 난 듯 손뼉을 쳤다. 동시에 영광과 은설의 시선이 그녀에게로 향했다.

"쇤네! 저 여인이 누군지 알아요!"

그 말에 은설의 얼굴이 걷잡을 수 없이 일그러지고 말았다.

"네가 저 여인을 어찌 알아?"

여주의 말에 은설이 의아하다는 듯 그녀를 돌아보았다. 곁에 선 영광 역시 당황스럽다는 듯, 시선을 떨었다. 그러자 여주는 좀 전보다 더 확신에 찬 얼굴로 은설을 응시했다.

"지난날 본 적이 있사옵니다. 혹 저 여인도 궁인이옵니까?"

여주가 두려움이 가득한 얼굴로 이젠 그 나인이 사라지고
없는 곳을 빤히 응시했다.

"중궁전의 나인이다. 중궁전 나인을 네가 어찌 안다고……?"

은설이 얼굴을 찌푸리며 여주의 손을 잡았다.

여주는 '중궁전'이란 말에 소스라치게 놀라며 입을 틀어막았
다. 그 눈빛은 불안한 듯 연신 떨리고 있었다. 여주는 지난날,
자신이 은설의 행색을 하고 도윤을 만나러 나섰던 때를 떠올
렸다. 그때, 그녀가 괴한들의 습격을 받아 함정에 빠져 어느 사
가의 곳간에 갇혔을 때 보았던 그 여인이었다.

여주가 쉽사리 말을 잇지 못한 채 머뭇거리고 있자 은설이
그녀의 손을 잡아끌었다.

"어찌 알아, 어디서 보았는데?"

무언가 자신에게 숨기는 것이 있다는 걸 직감한 은설은 여
주와 영광을 날카롭게 돌아보았다.

"그, 그것이 아가씨……."

여주는 이내 눈물이 그렁그렁한 얼굴로 영광을 바라보았다.
여주의 시선이 영광에게로 향하자, 은설은 그를 싸늘하게 바라
보며 무지근하게 입을 열었다.

"숨기지 마세요, 오라버니."

"……은설아."

"덮으려고 할수록 커집니다. 숨기려고 할수록 곪을 것입니

다. 과거엔 모든 것이 소녀를 위해 그리하였다고 하여도 지금
은 아닙니다."

은설이 애원하듯 영광을 응시했다. 그녀의 눈동자가 진실을
갈구하고 있었다.

그때, 곁에서 안절부절못하던 여주가 털썩 무릎을 꿇으며 은
설을 올려다보았다.

"아가씨, 다 쇤네 탓이에요. 쇤네가 그러자고 했어요. 아가씨
마음 아파하는 거 더는 못 보겠어서…… 그래서, 쇤네가 아가
씨를 대신해서…… 삼 년 전에, 그분을 만나러 갔었어요!"

여주가 두 눈을 질끈 감은 채 파르르 떨었다.

그 말에 은설의 머릿속이 새하얗게 굳고 말았다.

오늘 새벽, 도윤이 슬픔에 잠긴 얼굴로 자신에게 털어놓았던
지난날의 이야기가 바로 이것인가 싶어 은설은 아무런 대꾸도
하지 못했다.

"더는 아가씨를 힘들게 하지 말라고…… 우리 아가씨 이제
행복할 수 있게 놓아달라고 빌기라도 해보려고 아가씨를 대신
해서 그 자리에 나갔었어요."

여주의 고백에 영광은 어찌할 바를 모르고 있었다. 은설은
새하얗게 질린 얼굴로 영광을 천천히 올려다보았다.

"이 말이…… 참입니까, 오라버니?"

그러자 영광은 말없이 긴 한숨을 내쉬며 그녀의 시선을 외면
하고 말았다.

"그래서…… 그분께 그리 큰 아픔을 준 겁니까."

"은설아."

"나를 위하려 했단 말은 듣기 싫습니다. 나를 위하려 하셨다면, 정녕 이 소녀의 마음을 다독여주고자 하셨다면……!"

은설은 입술을 악물며 두 주먹을 불끈 쥐었다.

"그분과의 마지막을 그리 고통 속에서 매듭짓게 하진 말았어야지요."

"하지만 은설아, 어머니와 나는 그저 너와 그분의 연을 어떻게 해서든 끊게 하려 했던 것이다. 네가 모든 것을 안 지금에 와서는 그때의 우릴 조금은 이해해줄 수 있지 않겠느냐. 왜 우리가 그토록 너와 그분의 연모를 반대하였는지……."

영광이 비통함에 잠긴 은설의 손을 맞잡으며 애원했다. 그 마음을 알지만 괴로운 건 어쩔 수 없었다.

"그래서…… 그리 아픔을 주셨습니까. 그분 앞에서 다른 사내와 내가 함께 있는 모습을 보여 그 가슴에 대못을 박고 쓰지도 않은 서찰을 내가 남겼다고 전해, 그분의 마지막 희망마저 짓밟으셨습니까."

은설의 목소리는 한껏 젖어 애처롭게 떨리고 있었다.

영광과 여주는 그녀의 말에 모두 놀란 눈으로 은설을 올려다보았다. 그건 자신들이 벌인 일이 아니었다.

여주가 할 말이 있다는 듯, 고개를 치켜들며 은설의 손을 잡았다.

"아니에요, 아가씨……! 그건 정말 우리도 모르는 일이에요! 실은 그때, 아가씨를 대신해서 필애원에 갔었는데……, 쇤네가 누군가에게 습격을 당했습니다."

은설은 '습격'이란 말에 입술을 질끈 깨물었다.

"뭐……? 그게 무슨 말이야."

"눈을 떠보니 어느 양반 댁의 곳간이었어요. 손발이 결박되어 있고 입에도 재갈을 물려놓고……. 그때 생각만 하면 눈앞이 아찔해요."

"자세히 얘기해봐. 대체 누가 널!"

"쇤네도 잘 몰라요. 근데 누군가 대화 나누는 것을 슬쩍 들었었는데, 쇤네가 아가씬 줄 알고 잡아 온 거 같더라고요. 누구 대감마님 돌아오시기 전까지…… 일을 갈무리해야 한다고 하면서. 쇤네가 문틈으로 봤는데, 아가씨와 똑같은 옷을 입은 여자가 서 있었어요."

"……뭐?"

은설의 머릿속을 스치고 지나가는 도윤의 이야기들.

자신은 몰랐던 삼 년 전의 이야기.

심장이 너무 빨리 뛰어, 숨조차 제대로 쉬어지지 않았다.

"그리고 그때 아가씨와 똑같은 옷을 입고 있던 여자가…… 바로 방금 전에 아가씨와 부딪혔던 그 궁인입니다!"

"뭐?"

여주의 말에 은설은 털썩 주저앉고 말았다.

"은설아……!"

영광이 황급히 그녀를 부축했다.

"너에게 미리 말하지 못한 건 정말 미안하다. 네 말대로 그

땐 그것이 너를 위한 최선의 방법이라 생각했었다. 하지만 네가 이리 힘들어하는 것을 보니 나의 판단이 잘못되었다는 걸 느끼는구나."

"……이미 지나고 난 뒤 후회하면 무슨 소용이겠습니까."

"하지만 결코 너와 그분을 아프게 하고 싶진 않았다. 그런데 정말 우리도 당한 거야, 그때는."

"소상히 말씀해주세요. 어째서 중궁전 나인이 제 행색을 하고 그분을 만났단 말입니까!"

은설은 이를 악물었다. 가슴 깊숙이에서 차오르는 분노감은 쉽사리 가라앉지 않았다.

"그 뒤에 내가 주 상궁 마마님을 뵈어 일의 전말을 들었다."

"……오라버니."

"중궁전 나인이 맞다고 하더구나."

"어째서, 왜."

"너에게 내려진 교지를 거두게 하기 위해서 그리하였다고 하더라."

"고작…… 고작 그 교지를 거두기 위해서요? 그렇게까지 할 필요는 없지 않았습니까! 그리하지 않아도 스스로 끊어낼 연이었단 말입니다!"

가슴을 쥐어뜯으며 괴로워하는 은설을 영광이 부둥켜안았다.

"그땐 널 살리는 것이 급선무였다. 그분의 아픔 따위보다 내겐, 그리고 우리에겐 너의 안위가 더 중했으니까. 그래서 중궁전의 소행이라는 걸 알게 되었을 때도 그저 너에게 내려졌던 교지가 무사히 거두어졌음에 안도하며 일을 덮었다. 거기서 더 파헤치는 것은 오히려 너에게 독이 될 것 같았기에."

그제야 듣게 된 그날의 진실이 은설을 사무치게 아프게 했다. 은설은 부들부들 떨며 자리에서 일어났다.

힘겹게 두 다리를 짚고 일어선 그녀는 영광을 단단한 눈빛으로 바라보았다.

"되돌려주어야겠지요."

"은설아."

"이제부턴 참지 않을 것이라, 한양 땅을 다시 딛는 순간 스스로 다짐했었습니다."

은설은 정말 모든 것을 다 부술 기세로 이를 악물었다.

"오늘 오라버니와 어머니, 아버지를 만난다고 한 연유는."

그녀의 붉은 입꼬리가 분노로 덜덜덜, 떨리고 말았다.

"소녀, 이제 특별 상궁이 되려 합니다."

"……은설아!"

"나의 끝이 어디까진지 어디 해보지요. 중궁전이라고 내가 못 갈 성싶습니까."

은설의 가슴이 뜨겁게 타오르고 있었다.

집에 들러 유희와 병판을 만나고 나서는 은설을 영광이 조심스레 뒤따랐다.

"특별 상궁은 다시 생각해보시지요, 당치도 않습니다."

"전하께서도 원하시고 저도 원하는 일입니다."

"저자를 처치하고자 한양에 오셨다 하였으면서…… 어찌 스스로 재물이 되려 하십니까."

그 말에 은설은 왈칵 눈물을 터뜨리고 말았다.

"흔들리지 않을 수 있다던 내 다짐은 이미 무너진 지 오래입니다."

"아니 됩니다!"

영광은 은설의 어깨를 세게 부여잡았다.

"결국 상처받게 되는 것은 마마이십니다."

"왕을 죽이고 왕의 가문을 몰락시킨다고 한들 이 마음이 편할 수는 없습니다. 그럴 바엔 함께 아프겠습니다."

"어째서 왜……. 다시 돌아온 것입니까. 그 마음을 왜 다시 돌린 것입니까."

영광은 입술을 악물며 은설을 원망스럽다는 듯 내려다보았다. 은설은 그의 눈빛을 외면하지 않고 담담히 받아들였다.

"돌린 것이 아닙니다, 오라버니. 은애든 증오든……. 연모든 복수든. 처음부터 그분에게 향해 있던 마음이었습니다."

울지 않았다. 은설은 조금도 흐트러지지 않은 모습으로 침착하게 말을 이어갔다.

"그 끝이 죽음이라 할지라도…… 끝내 내 손으로 끊어낼 연모와 마음이라 할지라도…… 소녀, 그분의 곁에 머무는 이 시간만큼은 진심을 다하고자 합니다."

그 말에 영광은 털썩, 무릎을 꿇고 말았다.

"……소인은 아니 되는 것이었습니까."

영광의 말에 은설은 조금 놀란 얼굴로 그를 내려다보았다.

"그렇게 마마를 향해 수없이 달려가고 멈추길 반복했던 소인의 마음은…… 결국 닿을 수 없는 것이었습니까."

애처로운 그의 고백에 은설의 마음은 무너졌다. 그녀 역시 그의 앞에 무릎을 구부리고 앉아 그의 젖은 시선을 맞추었다.

"이 서툰 마음이 행여 마마께 독이 될까, 한참을 기다리기도 했고, 자꾸만 소인이 아닌 그분을 바라보는 마마가 이러다 훌쩍 소인의 곁을 떠나실까, 겁 없이 돌진해보기도 했습니다."

"……오라버니, 어찌……."

"정말 한 번쯤은 소인을 봐주실 거라 믿었습니다."

그의 눈이 점점 젖어가자, 은설의 가슴도 뜨겁게 젖어갔다. 영광의 슬픔을 말없이 응시하던 은설은 손을 뻗어 그의 어깨를 잡았다.

"소녀를 아껴주시는 그 맘, 죽어서도 잊지 않겠습니다."

은설은 그를 처음으로 따뜻하게 안아주었다. 영광의 눈에서는 눈물이 쉴 새 없이 쏟아졌다. 은설은 지그시 눈을 감았다.

"하지만 오라버니, 소녀는 오라버니께 갈 수 없습니다."

"마마……."

"소녀를 향한 그 마음, 오라버니를 위해서라도 이제 거두어주세요."

제 25 장

필애당(必愛堂)

"트, 특별 상궁……? 그 단희라는 궁녀가? 기어이 일냈네!"

"큰일이야! 우린 이제 죽은 목숨 아니야?"

다음 날, 궐에서 특별 상궁이 탄생했다. 중전이 울며 겨자 먹기로 은설을 특별 상궁으로 위임했고, 이로 인해 궐 안이 떠들썩했다. 처음 왕의 성총으로 탄생한 여인이었다.

궁녀들은 모두 상기된 얼굴로 은설의 처소에 모여들었다. 은설은 반듯하게 머리를 틀어 올린 채 궁녀 복을 벗고 특별 상궁옷으로 갈아입었다. 머리를 틀어 올린 모습이 영 어색한지, 은설은 몇 번이고 경대를 들여다보았다.

"채비 다 하였사옵니까."

그때, 밖에서 도윤이 보낸 궁인들의 목소리가 들려왔다. 은설이 방을 나서자 처소 밖에서 은설을 보기 위해 삼삼오오 모여 있던 궁인들은 모두 그녀의 미색에 감탄하고 말았다. 머리부터 발끝까지 흐르는 은은한 기품은 입에 담을 수 없을 만큼 우아하고 고귀했다.

"지밀 소속의 나인이 전하의 성총을 입어 특별 상궁이 되었다. 지금까지는 너희와 다를 바 없는 궁녀였지만 이젠 특별 상궁 마마님이시니 예를 갖추어 마마님을 보필하여야 할 것이다."

상궁이 은설을 향해 고개를 조아리자, 궁녀들도 모두 그녀를 향해 허리를 숙였다.

"경하드리옵니다, 특별 상궁 마마님."

은설은 입가에 은은한 미소를 머금었다. 그 모습을 먼발치서 지켜보고 있던 최 소의는 이를 악물었다.

"그래, 웃을 수 있을 때 마음껏 웃어두어라."

최 소의는 주먹을 꽉 쥔 채 속으로 은설을 향해 저주를 퍼부으며 돌아섰다. 은설은 궁인들의 부축을 받으며 새로운 전각으로 향했다. 은설이 새 전각으로 향하는 내내, 궁인들의 호기심 어린 시선이 따라붙었다. 이제 겨우 특별 상궁에 올랐건만, 은설의 가슴은 벅차올랐다.

"이곳이 이제 마마님께서 머무실 곳입니다."

은설은 도윤이 그녀를 위해 마련한 전각 앞에 다다랐다. 멀리서 볼 때와는 달리 가까이에서 올려다본 전각은 그 자태가 더욱 아름다웠다. 전각엔 '필애당'이란 이름이 붙어 있었다. 마치 그 이름에 부합하듯, 처소 밖 마당엔 필애원처럼 갖가지의 향기로운 꽃들과 나무들이 가꾸어져 있었다.

은설은 울지 않기 위해 이를 악문 채 처소 안으로 들어섰다. 그러고는 떨리는 마음으로 처소의 문을 조심스레 열었는데……

"……전하?"

도윤이 뒷짐을 지고서 등을 진 채, 서 있었다. 은설은 흠칫 놀라며 그대로 굳었다. 그러자 도윤은 빙그르르 돌아 은설을 향해 두 팔을 힘껏 벌렸다.

"전하!"

마치 얼른 와서 안기라는 듯, 도윤은 은설을 내려다보며 환하게 웃고 있었다.

"단희야."

은설은 그대로 달려가 그의 품에 안겼다. 도윤이 처소 안에서 자신을 기다리고 있으리라고는 상상도 못했었다. 벅차오르는 감정을 숨길 수가 없어 은설은 그대로 그의 품으로 달려들었다. 도윤 역시 자신의 품에 안긴 은설을 꼭 끌어안으며 지그시 눈을 감았다. 오직 자신을 위해 머리를 틀어 올린 채, 오로지 자신만을 기다리며 지낼 이 전각에 들어선 그녀의 모습이 꿈인 것만 같아 믿을 수 없었다.

"꿈인가 싶구나."

"전하."

"어디 보자, 이젠 특별 상궁이 된 너의 모습을."

도윤은 모처럼 밝은 얼굴을 하고선 은설을 내려다보았다. 은설은 수줍은 듯, 얼굴을 붉히며 그의 품에서 떨어졌다. 보고 있어도 믿기지 않는다는 듯, 도윤은 놀란 얼굴을 숨기지 못한 채 그녀를 빤히 응시했다. 비녀를 꽂은 쪽 진 머리를 보니, 괜스레 마음마저 뭉클해졌다. 그러다 도윤은 다시 은설을 와락 끌어안고 말았다.

"미안하구나……."

미안하단 그의 말에 은설이 슬쩍 고개를 들어 그를 올려다보았다. 도윤은 정말 미안하다는 얼굴로 은설을 지그시 내려다보고 있었다. 그는 허리를 조금 숙여 그녀와 시선을 맞추었다.

"이리 어여쁜 너를……. 제대로 보듬어주지도 못했는데 왕의 여인이란 이유로 이곳에 널 가두게 한 것 같아서."

진심 어린 도윤의 말에 은설은 자신도 모르게 작게 탄식을 내뱉고 말았다. 자신을 내려다보는 이 눈빛, 그리고 자신을 향해 내뱉는 이 목소리, 자신의 팔을 지그시 쥐고 있는 이 따뜻한 손길까지…… 모두 그의 진심이 꽉 차 있는 듯했다. 이것이 영원할 수 없는 행복이라 할지라도 은설은 지금 이 순간만큼은 그 벅찬 감정을 온전히 누리고 싶었다. 은설 역시, 숨김없이 환한 미소를 머금으며 도윤을 올려다보았다.

"그런 말이 어디 있습니까, 전하. 소인은 행복할 따름입니다. 이렇게 전하를 마음껏 마음에 담고 기다릴 수 있는 곳이 생겨서요."

은설의 말에 도윤이 그녀의 손을 따스하게 맞잡았다. 이렇게 온기를 나누는 것만으로도 두 사람의 가슴은 묘하게 두근거렸다.

"널 행복하게만 해주고 싶다. 하지만 단희야……."

그가 머뭇거리듯 말을 꺼내다, 이내 말끝을 흐리고 말았다. 은설을 다정하게 내려다보는 눈동자도 곧 불안하게 떨리고 말았다. 그는 자신의 앞날을 조금은 짐작하고 있을까. 자신을 엄습해오는 선왕의 세력들의 독기 어린 기세가 느껴져서일까. 포근하게 은설의 팔을 감싸고 있던 그의 손끝도 무자비하게 떨리고 있었다. 결국 그를 파멸로 이끌 장본인은 자신이었지만, 지금 이 순간만큼은 온 힘을 다해 도윤을 위로해주고 싶었다.

"행복합니다. 소인은 지금도 충분히 행복하옵니다. 그러니 애쓰지 마세요, 전하."

걱정을 순식간에 녹이는 듯한 그녀의 나른하고도 따뜻한 목소리에 도윤은 온몸의 힘이 탁, 풀어지는 듯했다. 이대로 그녀의 품에 쓰러져 모든 것을 내려놓고만 싶었다.

"이곳이 아니라 할지라도, 행여 그곳이 너무도 춥고 아프고 외로운 길이라 할지라도, 전하의 곁이라면 그곳이 어디든 제겐 낙원(樂園)입니다."

순간, 도윤의 건조하던 눈가가 촉촉해지고 말았다. 이내 그는 곤룡포 속에서 무언가를 꺼내 은설의 손에 쥐어주었다. 은설은 조금 놀란 얼굴로 그것을 내려다보았다.

"이것이…… 무엇입니까."

옥가락지였다.

은설은 작게 입을 벌린 채, 눈동자를 떨고 말았다.

"널 위해 무엇을 준비할까 고민하다가 어제 저잣거리를 나선 김에…… 가락지를 샀다."

"전하."

"이것은 특별 상궁이 된 너에게 주는 나의 첫 선물이자……

나에게 첫걸음을 뗀 너에게 주는 나의 대답이다."

미소 대신 눈물이 터지고 말았다. 은설은 왈칵, 쏟아지는 눈물에 당황하며 서둘러 눈가를 훔쳤다.

"그리고 이젠 소인이 아니라 소첩이라고 하여야 한다."

"……아, 전하."

그제야 실감이 났다. 도윤의 뜨겁게 달아오른 잇새에서 흘러나온 '소첩'이란 단어에 은설은 그제야 자신이 도윤의 사람이 되었다는 사실이 와닿기 시작했다.

"예, 전하. 소첩, 앞으로 성심을 다해 전하를 모시겠나이다."

도윤은 그녀의 희고 긴 검지에 손수 고른 옥가락지를 살며시 끼워주었다. 주인을 찾아간 가락지는 햇빛을 받아 은은한 빛깔을 뽐냈지만 은설은 그만큼 더 슬퍼졌다. 은설은 도윤을 와락 끌어안았다.

"전하, 이대로 모든 시간이 멈추었으면 좋겠습니다."

마침 입궐하였던 대원군은 우의정과 특별 상궁이 된 은설에 대한 이야기를 나누고 있었다. 그때, 그들의 앞으로 은설이 고고한 모습으로 지나가고 있었다. 그녀를 발견한 그들은 발걸음을 멈추곤 은설을 빤히 응시했다.

"저기 지나가는군요."

"……주상께서 좋아하실 만한 미색이더이다."

"가까이서 본 적 있소, 대감?"

"방금 가까이에서 꽤 오래 이야기를 나누고 나오는 길이오."

"대단한 여인이지 않소? 어찌하였든 곧 전하의 후사 소식도 들려올 것이니 대감께선 한시름 놓았겠습니다."

우의정과 이학수의 말에 무심하게 땅바닥만 응시하고 있던 살수가 고개를 들어 은설을 바라보았다. 필애당을 빠져나가는 은설의 모습을 빤히 바라보던 살수가 순간, 미간을 찌푸렸다. 낯이 익은 얼굴이었다.

"갑시다. 주상보다 우리가 먼저 그놈들을 추포하여야 하니."

이학수가 시큰둥한 얼굴로 발걸음을 옮기던 그 순간, 살수가 무언가를 떠올린 듯 손뼉을 쳤다.

"아!"

그러자 이학수와 우의정이 대수롭지 않게 고개를 돌렸다.

"대감마님……. 저기 소의 마마 뒤에 걷는 여인이 이번에 특별 상궁이 된 궁녀입니까."

"그렇다. 한데, 그것은 어찌 묻는 것이냐."

살수는 긴가민가한 얼굴로 이학수를 향해 고개를 조아렸다.

"소신, 저 여인을 본 적이 있는 것 같사옵니다."

❖

"내 자네들을 중궁전까지 부른 연유는 오늘 내명부에 새 식구가 생기게 되어 인사를 나누고자 함이네."

인자한 얼굴로 찻잔을 들던 중전이 후궁들을 바라보며 온화한 미소를 지었다.

"특별 상궁, 들어오너라."

중전의 명이 떨어지자 굳게 닫혔던 중궁전의 문이 열렸다. 최 소의와 함께 중궁전에 들었지만, 중전의 명이 떨어지기 전까지 들 수 없었던 은설이 비로소 안으로 들어갈 수 있게 되었다.

후궁들은 싸늘한 눈으로 뒤를 돌아보았고, 최 소의 역시 깊은 한숨을 내쉬며 고개를 돌렸다.

"마마님들께 인사 올립니다. 특별 상궁, 단희라 하옵니다."

그때, 중궁전 안으로 들어선 은설이 자신을 아니꼬운 시선으로 바라보고 있는 후궁들을 향해 고개를 조아렸다. 그러자 중전이 가식적인 미소를 머금은 채, 은설에게 손짓을 해 보였다.

"어서 오너라. 여기 앉아, 차를 들자꾸나."

은설은 자신을 향해 살갑게 구는 생소한 모습의 중전을 넌지시 바라봤다.

맨 뒤에 자신의 자리가 마련되어 있었다.

꼭 그 자리가 가시방석일 것만 같아 은설은 잠시 망설였다. 그녀의 머뭇거림에 후궁들이 하나둘, 조소를 터뜨리며 저들끼리 수군댔다.

"얼른 앉지 않고 뭐 하느냐. 자네도 이제 내명부의 일원이 되었으니 내명부의 법도를 찬찬히 익혀야지. 아니 그렇소?"

중전의 물음에 후궁들은 저마다 입술을 피식피식 터뜨리기만 했다. 은설이 더 이상 서 있기도 뭐해 자리에 앉으려던 순간…….

"어딜 앉아."

최 소의가 날카롭게 말을 내뱉었다. 순간, 은설의 얼굴이 노골적으로 굳고 말았다.

"감히 첩지도 없는 상궁이, 여기 첩지를 받은 정식 후궁들과 겸상을 해? 쯧쯧, 특별 상궁이 되더니 눈에 뵈는 것이 없나. 하여간 궁녀 출신들은 위아래도 없이 무지하게 군다니까?"

그녀의 날 선 목소리에 은설은 그대로 멈춰 섰고 후궁들은 꺄르르 비웃음을 내뱉으며 은설을 힐끔힐끔 바라보았다. 하지만 그들의 제일 앞에 앉은 중전은 그저 묵묵히 차만 마시며 조롱당하는 은설을 방관했다. 마치 이 사태를 두 눈으로 보기 위해 은설을 불렀다는 듯이.

"중전 마마, 어찌 그리 상궁 나부랭이에게까지 하해와 같은 은혜를 베푸시옵니까?"

최 소의의 간드러지는 음성에 꺄르르 웃음을 터뜨리던 후궁들이 서로를 쿡쿡 찌르며 한 마디씩 보탰다.

"내명부의 법도도 좋지만, 첩지조차 없는 상궁이 숙원(淑媛)부터 소의(昭儀)까지, 정식 품계를 받은 후궁들과 겸상을 하며 법도를 논한다니요. 가당치도 않사옵니다."

"예, 중전 마마. 내명부의 새 식구라고…… 거창히 말할 것도 없지 않사옵니까? 그저 전하의 눈길 한 번 받고 그칠 상궁인 것을요. 호호호."

"여봐라. 밖에 김 상궁 있느냐? 여기 특별 상궁 모시고 가,

상궁들끼리 어디 적적한 곳에 둘러앉아 약과라도 나누어 먹지 그러느냐? 오늘 약과가 참으로 달구나."

저들끼리 좋다고 시시덕거리는 후궁들을 은설은 그저 넌지시 바라보기만 했다. 중전은 그제야 찻잔을 내려놓으며 입을 열었다.

"오늘은 나의 실수인가. 난 그저 내명부의 새 사람이 생겨, 그대들에게 인사도 시키고 법도도 익혀줄 겸, 이 자리에 불렀는데. 내 불찰인가 보오."

"어찌 중전 마마의 배려를 불찰이라 하겠나이까."

최 소의는 가식적인 웃음을 머금은 채, 여전히 그 자리에 우두커니 서 있는 은설을 돌아보았다. 그러자 아무 색깔 없는 얼굴로 고개만 조아리고 있던 은설이 그제야 입을 열었다.

"소인이 아직 왕실의 법도에 대해 익히 알지 못하여 결례(缺禮)를 범하였나이다. 부디 소인의 어리숙한 행동으로 마마들의 심기를 거스른 것, 너그러이 용서하여 주시옵소서."

얼굴이 빨개진 채 울음이라도 터뜨릴 줄 알았는데, 오히려 덤덤하게 용서를 구하다니. 후궁들은 놀란 얼굴로 은설을 돌아보았다. 중전 역시 은설의 건조한 태도에 눈살을 찌푸리며 그녀를 올려다보았다.

은설은 조금도 주눅 들지 않은 얼굴로 고개를 빳빳하게 들었다.

"중전 마마께서 소인에게 일러주려 하시었던 법도는 이미 충분히 온몸으로 느끼고 익혔나이다."

그 말에 꼭 뼈가 있는 것 같아 중전은 입술을 말아 물었다.

"……뭐라?"

"역시, 중전 마마께서는 이 조선의 국모(國母)이자 내명부의 수장다우십니다. 별다른 언행 없이 소인에게 이리 큰 가르침을 선사해주시다니요."

"뭐, 뭐?"

"소인, 또 한 번 중전 마마의 지혜로움과 자애로움에 감복(感服)하고 물러가나이다."

은설은 멍한 얼굴의 후궁들과 중전을 향해 예를 갖추어 인사를 올린 후 빙그르르 돌아섰다. 그 모습을 가만히 지켜보던 최 소의는 이를 질끈 악물었다.

'중전 마마께서 하실 수 없다면 제가 하지요.'

그녀는 은설이 나가자 현기증이 이는 척, 머리를 감싸 쥐었다. 그리고 이목을 끌기 위해 앓는 소리를 내기 시작했다.

"아……, 아아."

후궁들이 최 소의를 돌아보자, 이때다 싶어 최 소의는 바닥 위로 철퍼덕 쓰러졌다.

"소, 소의 마마……!"

궁인들이 달려들어 그녀를 부축했고 중전 역시 화들짝 놀라며 그녀에게로 달려갔다.

"무슨 일이야!"

그러자 미월당 나인이 기다렸다는 듯 들어와 최 소의를 부축하며 입을 열었다.

"시, 실은…… 소의 마마께서…… 며칠 전부터…… 시름시름 앓으셨습니다. 원인 모를 두통과 불면에 시달리시고 구역질까지 하시고……."

"뭐?"

"체기도 없고 고뿔 기운도 없다고 하시는데…… 대체 왜 이러시는 건지. 꼭 신병(神病)에 걸린 사람처럼 헛것도 보고 환청도 들린다 하시었습니다."

신병이란 말에 후궁들은 '에그머니나' 소리를 지르며 소의에게서 물러났다. 중전은 최 소의에게서 심상찮은 기운을 느끼곤 표정을 삼엄히 굳혔다.

"당장 소의를 처소로 옮기거라. 그리고 의원을 불러, 상세히 진맥하도록 하라."

"예, 중전 마마."

나인의 부축을 받으며 중궁전을 빠져나가는 최 소의의 뒷모습을 바라보며 중전과 후궁들은 충격에 빠진 얼굴을 하였다.

"신, 신병이면…… 어쩝니까, 중전 마마?"

김 숙원이 파르르 떨며 중전을 바라보았다.

"안타깝지만 출궁을 시키는 수밖에. 전하를 모시는 후궁이 어찌 그런 불미스러운 병을 앓아."

"하……."

"그러니 이번 일은 그냥 조용히 넘길 수 없다. 정녕 신병인지, 아니면 그런 증세를 보인 원인이 무엇인지 확실히 짚고 넘어가야 할 듯싶다."

은설이 필애당으로 돌아오자, 도윤이 그녀를 기다리고 있었다. 은설은 환한 얼굴로 그의 앞에 섰다.

"중전께서 널 불렀다지. 무슨 일은 없었느냐."

걱정스러운 그의 말에 은설이 옅게 웃었다.

"아무 일도 없었사옵니다."

"그래? 그렇다면 다행이고. 잠시 너와 걷고 싶어 이리로 걸음을 옮겼다."

두 사람은 발걸음을 나란히 했다.

"단희야, 궐이 답답하지는 않으냐?"

"소첩은 괜찮사온데 혹, 궐이 답답하시옵니까, 전하?"

"이제야 내 삶의 이유를 찾은 것 같으니, 이 궐이 다 무슨 소용이겠느냐. 그저 나를 옥죄고 괴롭게 하는 족쇄일 뿐이지."

은설은 고개를 들어 그의 슬픈 눈동자를 응시했다. 따스한 은설의 시선이 꼭 자신을 보듬는 것 같다는 착각이 일었다.

"궐이 족쇄라 느껴지시는 건…… 아무래도 곁에서 전하와 뜻을 함께할 대신이 없어서가 아니겠나이까."

나지막한 은설의 말에 도윤이 눈을 떴다.

"네 말이 맞다. 이 궐엔 수많은 내 아버지만 존재할 뿐, 그 누구도 내 뜻을 함께해 줄 이가 없다."

"전하의 뜻이…… 무엇인지는 모르겠지만, 그리고 소첩이 미천하여 감히 정사를 논할 수는 없지만, 지금은 환기가 필요한 때인 듯싶사옵니다."

은설의 말에 도윤이 조금 놀란 얼굴로 그녀를 내려다보았다.

"환기라."

그러다 잠시 고민에 빠진 얼굴로 연못을 바라보다, 그가 조심스레 입을 열었다.

"네 말을 듣고 보니…… 환기가 필요할 듯도 싶다. 내 숙원(宿願)이기도 하였고, 어쩌면 그것만이 이 조선을 위한 유일한 방법이겠구나."

하지만 이내 그는 다시 근심에 빠지고 말았다. 그의 고민이 은설의 가슴에도 그대로 와닿았다.

"한데, 어찌 얼굴이 어두우십니까?"

두 사람은 연못가를 따라 걷기 시작했다. 나란히 발걸음을 맞추며 산보를 하는 두 사람의 등 뒤로 그림자가 길게 늘어졌다.

"네 말대로 환기를 시키고 싶으나, 지금 정사를 함께 돌보는 대신 중엔 마땅한 인물이 없다."

"모두…… 대원군 대감마님의 사람이십니까?"

"그렇다고 봐야지. 뭐, 나도 그분의 아들이니 그분의 사람이지만 어쩔 땐 그게 너무 내 목을 죄는 듯 갑갑하다."

은설이 조심스레 도윤의 손을 맞잡으며 따뜻하게 그를 올려다보았다. 그리고 모든 의심도 녹일 듯한 미소를 지으며 그를 향해 입을 열었다.

"하오시면 전하, 감히 소첩이 한 말씀 올려도 되겠나이까?"

도윤이 그녀를 바라보며 천천히 고개를 끄덕였다.

"전하껜 아픔이고 잊고 싶은 과거일 수 있사오나, 지금으로 선 그들만큼 전하의 편에 서서 그들과 맞서 싸울 세력은 없다는 생각이 드옵니다."

"그들이 누구인가."

은설은 머뭇거리듯 그를 빤히 올려다보다 살며시 고개를 조아렸다.

"폐서인 홍 씨. 선왕 전하를 추종하던 세력들."

"……단희야."

"그들만이 오직, 대원군 대감마님과 그분을 따르는 세력에 맞설 힘이 있지 않겠나이까."

조금은 위험하고 그를 예민하게 만들 수 있는 발언이었기에 은설은 조심스럽게 얘기했다. 하지만 우려와 달리 도윤의 얼굴은 어둡지만은 않았다. 오히려 그녀의 말에 어느 정도 동의한다는 듯, 슬쩍 고개를 끄덕이고 있었다.

"그들이라면…… 정말 너의 말대로 내 아버님의 독주를 막을 수 있겠지."

그때였다.

"전하……!"

주환이 헐레벌떡 달려와 고개를 조아렸다.

"무슨 일인가."

"최 소의 마마께서…… 지금 쓰러져 미월당으로 급히 옮겨졌다 하옵니다."

310

제 26 장

최 소의의 덫

중전은 최 소의의 진맥 결과를 듣고 충격에 빠지고 말았다.

"불분명해……? 명확한 병명도 없다?"

그리 혼절을 할 만큼 증세가 심각하였는데 혼절의 원인이 불분명하다니. 중전의 귓가에 '신병' 같다던 나인의 말이 쟁쟁 울렸다.

"두통에 불면…… 헛구역질에, 환청에, 헛것까지 본다고."

정녕일까, 고심에 빠진 중전의 눈동자가 분주히 움직였다. 주 상궁 역시 하필 이 시기에 최 소의가 쓰러진 것이 은설에겐 해가 될 것 같아 마음이 쓰였다. 오늘 밤, 은설을 불러 정의단과 다음 습격 시기와 궐 안에 심어놓을 간자들에 대해 의논할 계획이었다. 주 상궁은 최 소의의 혼절이 은설을 겨냥한 것임을 모르지 않았다. 그래서 은설의 행보를 더욱 조심시켜야 하는 것이 맞았지만 그것만큼이나 정의단의 일도 촌각을 다투는 일이었다.

"그저 기력이 쇠하여 혼절을 한 것이겠지요."

주 상궁은 중전을 향해 대수롭지 않게 말을 내뱉었다.

"그런 것이라면 상관없지만……, 그런 것이 아니라면……."

하지만 중전은 아무래도 신경이 쓰인다는 듯 말끝을 흐렸다. 그때, 중궁전 나인이 헐레벌떡 안으로 들어섰다.

"중전 마마……!"

그러자 심각한 얼굴로 손톱만 물어뜯던 중전이 황급히 고개를 들었다.

"소의 마마께서 정신을 차리셨습니다."

"그래? 증세는."

"멀쩡하십니다. 그런데……."

중궁전 나인은 이내 몸을 부르르 떨며 말끝을 얼버무렸다. 주 상궁은 그런 나인을 물끄러미 내려다보았다. 중전의 얼굴은 점점 구겨졌다.

"악몽을 꾼 듯, 비명을 지르며 정신을 차리셨다고 하옵니다."

"비명을?"

"그것으로도 모자라 자꾸만 누군가가 자신을 죽이려 한다며, 지금 울고불고 난리도 아닙니다."

중전은 심각한 최 소의의 증세에 자리에서 벌떡 일어났다.

"어의 영감께선 계속해서 원인을 모르겠다고만 하시고…… 소의 마마께서는 힘들어하시고. 무서워 죽겠습니다, 중전 마마. 지금 미월당 주변으로 무슨 소문이 퍼지고 있는 줄 아십니까?"

중궁전 나인은 아직도 소름이 끼친다는 듯 몸을 부르르 떨며 입술을 질끈 깨물었다.

"무슨 소문."

주 상궁 역시 일이 심상치 않게 흘러간다는 걸 깨닫곤 얼굴을 굳혔다.

"누군가 소의 마마를 죽이려…… 저주를 퍼붓고 있는 것이 아니냐는."

중전은 발끈하며 소리를 내질렀다.

"감히 신성한 궐에서…… 저주라니!"

해괴망측한 소문이라며 중전은 치를 떨었지만, 속으로는 내심 정말 누군가 최 소의를 향해 저주를 내리고 있는 것은 아닐까 덜컥 겁도 났다.

"최 소의에게 가보아야겠다."

중전이 굳은 얼굴로 중궁전을 나섰고 그 뒤를 주 상궁과 나인이 서둘러 뒤따랐다.

"저주라면 필시 근원지를 찾아내어 엄벌로 다스릴 것이다. 감히 나의 궐에서 그런 해괴망측한 일을 벌인다니. 그런 발칙한 상상을 한 것으로 모자라 직접 그런 행동까지 벌였다면 더더욱 좌시할 수 없다."

미월당으로 향하는 중전의 분노가 커질수록 주 상궁의 가슴은 답답해졌다.

"전하, 최 소의께서……."

또다시 상선이 최 소의의 소식을 알려오자 도윤은 듣기 싫다는 듯 자리에서 일어나며 휘적휘적 편전을 가로질렀다.

"필애당으로 향할 것이니, 채비하라."

"전하, 그래도 잠시라도 미월당으로 향하는 것이……."

도윤은 미간을 잔뜩 찌푸린 채, 편전 문을 휙 열고 나섰다. 그러자 미리 편전 앞에서 도윤을 기다리고 있던 은설이 도윤을 발견하곤 고개를 조아렸다.

"단희야. 네가 어찌 연통도 없이."

도윤이 은설의 어두운 안색을 살뜰히 살폈다. 그의 걱정스러운 시선이 은설의 얼굴 곳곳에 닿았다.

"아, 한 가지 청을 드릴 것이 있어……."

은설이 머뭇거리듯 말을 내뱉자, 도윤이 그녀의 손을 따뜻하게 잡았다. 두 사람은 옅게 어둠이 내려앉은 돌길을 말없이 거닐었다. 함께 걷는 것만으로도 기분이 좋아져 도윤의 입가에선 미소가 떠나질 않았다.

"그래, 무슨 청이기에 그리 어두운 얼굴을 하고 날 기다린 것이냐."

"아, 저, 그것이……."

무슨 말부터 꺼내야 할지 몰라 은설이 머뭇거리자 도윤이 그녀의 손을 놓으며 앞에 섰다. 그리고 다정한 눈길로 한참이나 그녀를 내려다보았다.

"내게도 말 못 할 사정이 있는 것이냐."

"소의 마마께서…… 갑작스레 혼절을 하시었다 깨어나시어,

314

궐이 어수선해 실은 머뭇거려집니다."

"어떤 것이기에."

"잠시…… 급한 일이 생겨 사가를 다녀와야 할 듯하온데."

은설이 말끝을 흐리며 도윤의 눈치를 살폈다. 그러자 잠시 고민에 잠긴 듯, 그가 입술을 앙다문 채 바닥만 바라보았다. 궐의 여인이 사사로이 궐 밖을 출입하는 것은 실은 어려운 일이었다.

"지금 나갔다 언제 돌아올 것이냐."

"동이 트기 전에 다시 입궐할 듯하옵니다."

"보는 눈이 많은 곳이다. 가마를 내어줄 테니, 그것을 타고 다녀오도록 하라."

"아니옵니다, 전하. 윤허하여 주신 것만으로도 황송하나이다."

"내가 걱정되어 그런다."

도윤은 멀찌감치 서 있던 주환을 불렀다. 주환이 조금은 굳은 얼굴로 그의 앞에 섰다.

"가마를 은밀히 내어 오라. 단희가 궐 밖을 무사히 빠져나가는 것도 네가 지켜보아야 할 것이다."

당신은 알까. 내가 당신이 내어준 가마를 타고 당신이 보낸 사람의 호위를 받으며 당신을 무너뜨리기 위한 계획을 세우러 간다는 것을.

은설의 눈이 점점 깊어졌다.

"마음 같아선 네가 가는 곳까지 호위를 하라 명하고 싶지만, 네가 원하지 않을 것이니."

"마음을 써주시는 것만으로도 감읍하옵니다, 전하."

"조심히 다녀오도록 하여라."

도윤이 손을 뻗어 은설의 볼을 쓰다듬었다.

"늦지 않게 돌아오겠습니다."

"조심하여야 할 것이다. 널 주시하는 눈이 전보다 많아졌으 니."

❀

은설이 궐을 나서고 난 뒤 도윤은 홀로 대전에 들다, 그녀가 걱정되어 다시금 발걸음을 돌렸다.

"단희에게 가보아야겠다."

"……예?"

"아무래도 단희를 홀로 궐 밖에 보낸 것이 마음에 걸린다."

"하오나, 전하."

"상선. 필애당의 출입을 모두 막아라. 나는 뒷문으로 나가 궐을 빠져나갈 것이니 은밀히 말을 채비해놓거라."

도윤의 말에 상선이 근심 어린 눈빛으로 주환을 돌아보았다. 그리고 황급히 필애당의 반대편으로 뛰어갔다.

"내가 궐 밖에 나가고 정확히 반 시진 후에 필애당의 모든 불을 끄거라."

"……예, 전하."

"그리고 필애당의 뒷문만 조용히 열어 단희와 내가 돌아올

316

수 있게 통로를 마련해두고."

도윤은 그렇게 지시를 내린 후, 주환의 옷으로 대신 갈아입고 몰래 필애당을 빠져나왔다. 이내, 급하게 필애당 뒷마당에 대령해놓은 말 위에 올라타며 도윤은 복면을 썼다.

"너는 잠시 뒤에 나를 뒤따르거라."

걱정스러운 얼굴로 도윤을 올려다보는 주환을 향해 도윤이 나지막이 일렀다. 그러곤 말고삐를 바짝 말아 쥐며 그가 말의 안장을 툭, 찼다.

"널 홀로 보내는 것이 아니었다……. 한시도 내 곁에서 떨어지지 말라 명한 것은 나였거늘."

달빛을 가로지르는 그의 얼굴엔 알 수 없는 긴장감이 흐르고 있었다.

깊은 산속, 정의단의 집결지에 당도한 은설은 심각한 얼굴의 그들과 마주한 채 머리를 모았다.

"공주 마마, 탐라에서 소식이 왔사옵니다."

"어머니께서 소식을 전하셨습니까."

"예, 탐라를 곧 떠나실 것이라 합니다."

먼저 와 있던 주 상궁도 심각한 얼굴로 은설을 응시했다.

"지금은요."

"넉넉합니다."

"남해에 있는 군사는 얼마나 됩니까."

"이곳의 세 배 가까이에 다다르는 인원이 대기하고 있사옵니다."

"그럼 먼저 한양에서 반정을 일으키기 전, 그들이 어머니를 모시고 무사히 한양에 도착하는 것이 급선무겠습니다."

"하오나 지체할 수는 없습니다."

어둠 속에서도 그들의 뜻은 열정적으로 불타오르고 있었다. 정의단 하나, 하나를 살피는 은설의 눈동자에서도 뜨거운 욕망이 타올랐다. 정의단의 대장이 지도를 꺼내 남해에서 한양으로 통하는 경로 곳곳에 배치한 군사 집결지를 가리켜 보였다.

"이곳과 이곳, 그리고 이곳. 총 세 군데의 비밀 집결지를 만들어놓았습니다."

은설을 바라보는 대장의 눈길이 깊어졌다. 은설 역시, 가슴 속에 뜨거운 열기가 차오르는 것이 느껴졌다. 그녀는 주먹을 굳게 말아 쥐며 단호한 목소리로 입을 열었다.

"어머니께서 없어진 걸 저들이 아는 순간, 우리의 싸움은 시작이 되겠군요."

그녀의 음성에 옅은 떨림이 묻어났다. 은설을 바라보는 그들의 눈빛도 그녀를 따라 조금 흔들리기 시작했다. 은설은 서둘러 표정을 굳히곤 그들을 근엄하게 바라보았다. 오로지 자신만 의지한 채, 자신만 바라보는 그들을 위해서라도 그녀는 흔들리지 않아야 했다.

"어머니께서는 언제 탐라를 떠나신다 하십니까."

"보름 안에 움직이실 것 같습니다."

그들의 말에 은설이 소담한 입술을 작게 말아 물었다.

"승리할 것입니다. 반드시."

은설의 다부진 목소리가 그들의 귓가를 움켜쥐었다. 승리라는 말은 그들의 의욕을 달아오르게 했다. 주 상궁 역시, 의연한 모습의 공주를 안쓰럽게 바라보며 두 손을 모았다.

"저희는 공주 마마께 목숨을 걸었나이다."

은설의 고개가 느리게 돌아갔다. 주 상궁의 눈가가 젖어가고 있었다. 은설도 차오르는 눈물을 꾹꾹 삼키며 자리에서 일어났다.

"내일부터 정사에서 물러났던 대신들을 하나둘, 만나볼 생각입니다."

"궐로 불러들이실 겁니까, 마마?"

"당연합니다. 그들의 자리부터 먼저 찾아주어야 하지 않겠습니까. 그것이 우선입니다."

"그럼 소인들이 만나보겠습니다."

"내일 주 상궁과 논의하여 궐로 다시 불러들일 대신들의 명단을 간추려보도록 하겠습니다."

은설은 무거운 마음으로 자리에서 일어났다. 그녀를 따라 일어나는 정의단의 사람들의 눈도 깊어졌다. 주 상궁이 황급히 그녀의 뒤를 따랐다.

"혹 나를 쫓아온 무리가 있을 수도 있으니, 저부터 나가겠습니다."

은설은 장옷을 뒤집어쓰며 서둘러 천막을 헤집고 나섰다. 어둠이 짙게 내린 산속은 음침한 분위기를 자아내고 있었다. 은설은 몸을 잘게 떨며 풀숲을 헤쳐나가기 시작했다.

"대체 어디에……. 이쯤이라고 한 것 같은데."

영광 역시, 풀숲을 헤집는 손길이 거칠었다. 이 산 중턱쯤에 은신처를 급히 마련하고 은설을 불러들였다고 했는데, 사방이 어두워 눈앞도 제대로 보이지 않았다. 그때, 저 멀리 산 초입(初入)에서 웅성거리는 소리가 들려왔다. 영광은 황급히 바위 뒤에 몸을 숨겼다.

"이리로 사라진 것이 확실한가. 한데 왜 한 시진째, 같은 곳만 빙빙 돌고 있는 것이야!"

"여인의 몸으로 멀리 가지는 못하였을 것입니다. 반드시 뒤를 쫓겠습니다."

아무래도 은설을 뒤쫓는 자들의 목소리인 듯싶었다. 영광은 절로 숨통이 조여오는 듯했다. 그는 최대한 몸을 낮춘 채, 풀숲을 빠르게 가로질렀다. 그런데 멀지 않은 곳에서 호롱불을 든 여인 하나가 조심스럽게 산길을 내려오는 것이 보였다. 영광은 그것이 은설이라는 것을 직감했다.

"마마……!"

영광이 황급히 뒤를 돌아보니, 그들은 아직 은설을 발견하지 못한 듯 입구에서 웅성거리며 저들끼리 수군대고 있었다. 그 틈을 타, 영광이 은설에게로 빠르게 달려갔다.

"……앗!"

영광은 은설이 소리를 지르지 못하도록 그녀의 입을 조심스럽게 손바닥으로 막으며 나무 뒤로 몸을 숨겼다.

"소인입니다, 마마."

"……오라버니?"

그리고 놀란 그녀에게 나지막이 자신의 정체를 알리며 주위를 살폈다.

"어찌 이곳까지……."

"마마, 큰일 났습니다. 누군가가 마마의 뒤를 쫓고 있사옵니다."

그새 뒤를 밟힌 것일까, 은설은 영광의 말에 장옷을 꼭 쥐며 그와 함께 분주히 주변을 둘러보았다.

"우선 저들의 눈을 피해야 할 것 같습니다. 한데…… 여기에 제가 있는 것은 어찌 알고."

"아버지께 들었습니다. 아무래도 걱정이 되어……."

은설의 말에 영광이 작게 고개를 끄덕이며 웅성대며 이쪽으로 다가오는 무사들을 바라보았다.

"정의단은 사라졌습니까."

"예, 비밀 집결지 역시 불태워버렸을 것입니다."

은설이 조심스럽게 고개를 끄덕이며 입을 열었다. 영광이 그런 은설의 어깨를 살며시 쥐었다.

"서두르셔야 할 것 같습니다."

영광의 말에 은설이 작게 고개를 끄덕이며 몸을 움직였다. 두 사람은 이학수가 보낸 무사들과 점점 멀어졌다. 달빛마저 어둠이 삼킨 산속은 칠흑과도 같았다. 겨우 무사들을 따돌리고 산 아래로 거의 다 도착한 그때, 어디선가 갑작스럽게 말 하나가 튀어나와 은설의 앞을 가로막았다.

"웬 놈이냐!"

영광은 은설을 자신의 뒤로 숨기며 말 위를 날카롭게 올려다보았다. 거기엔 감히 상상조차 할 수 없는 사람이 있었다.

"필애당의 불이 곧 꺼지긴 했지만……. 전각 안의 움직임은 일절 없었사옵니다."

필애당을 살피고 온 중궁전 나인이 심각한 얼굴로 앉아 있는 중전을 바라보았다. 중전은 머리를 감싸 쥔 채, 머릿속이 복잡하다는 듯 이를 악물었다.

"한데……, 중전 마마."

중궁전 나인이 조심스럽게 입을 열었다.

"최 소의는 정녕 저주에 걸린 것일까요?"

"날이 밝는 대로 국무당을 불러 최 소의를 살피라 할 것이니, 곧 답이 나오겠지."

그제야 중전은 감았던 눈을 떠, 자신을 놀란 얼굴로 올려다

322

보고 있는 나인을 응시했다.

"누구 하나는 죽어 나갈 것이다. 그것이 누가 되었든, 살아남지 못할 것이야."

은설이 특별 상궁 자리에 앉게 되며 중전은 더더욱 자신의 입지가 좁아지고 있음을 깨달았다. 그것은 중전을 더욱 악랄하게 만들고 있었다. 그때, 누군가 급히 중궁전을 찾는 소리가 들렸다.

"중전 마마, 대원군 대감마님께서 급히 서찰 하나를 보내셨다 하옵니다."

"⋯⋯이 야심한 시각에?"

"급한 일이라 하옵니다."

그리고 이내 열린 중궁전의 문.

나인 하나가 서찰 하나를 들고 잔뜩 긴장한 얼굴로 들어섰다.

"이것이 무슨."

필애당이 지금 자리를 비워, 산호산으로 향하였다고 한다.
너에게 중궁전을 지킬 마지막 기회를 주겠다.
날이 밝는 대로 필애당이 감추고 있는
비밀을 파헤쳐 내게 고하여라.
필요하다면 필애당을 추포하여도 좋다.

서찰을 읽은 중전의 가슴이 불같이 뛰기 시작했다.

"아무래도 이번에 죽어 나갈 사람은 특별 상궁이 될 듯싶구나."

❅

"전하……!"

은설은 황급히 고개를 조아리며 영광에게서 떨어졌다.

'전하'라는 말에 영광 역시 소스라치게 놀라며 무릎을 꿇었다. 은설은 너무 놀라, 그대로 굳어버린 채 아무런 말도 할 수 없었다.

도윤은 침묵을 유지한 채 말에서 내려 은설의 손을 잡아끌어 자신의 앞으로 잡아당겼다.

"그대는 누구인가."

그리고 싸늘한 음성으로 무릎을 꿇고 앉은 영광을 일으켜 세웠다. 어둠 속에서도 용안은 황홀했다. 영광은 은설의 손을 꽉 잡아 자신의 품에 단단히 가둔 도윤을 말없이 올려다보았다.

"소인……."

힘겹게 입을 연 영광은 차마 다음 말을 내뱉을 수가 없었다. 머뭇거리는 영광을 대신해 은설이 도윤의 손을 잡았다.

"전하, 이분은……."

"너에게 물은 것이 아니다. 그대가 답하라."

하지만 도윤은 싸늘하게 은설의 말허리를 잘랐다. 은설은 처음으로 자신을 냉정하게 대하는 도윤을 조금 놀란 얼굴로 올려다보았다. 아무래도 화가 난 것 같았다. 은설은 어쩔 수 없이 입술을 닫으며 영광을 내려다보았다.

"감히 왕의 여인과 함께 있다니. 그대는 목숨이 두 개라도 되는 모양이다."

"송구하옵니다, 전하. 소인은 아무것도 몰랐사옵니다."

"……몰랐다."

"그저 산길을 헤매다 마주한 여인이라, 도움을 주어야 될 듯싶어……."

영광이 말끝을 흐리며 다시 고개를 조아렸다. 그런 영광의 속은 수천 갈래로 찢기고 있었다. 눈앞에 사랑하는 여인을 두고도 끝까지 곁에 두지 못한 채 외면해야 하는 자신의 현실이 비참해 눈물이 쏟아질 것만 같았다.

"가자. 밤이 깊었다."

더는 묻지 않으며 도윤이 은설의 손을 끌었다. 돌아서는 도윤의 얼굴이 무자비하게 굳어가고 있었다. 아무래도 저번에 궐에서 그녀와 함께 있던 사내와 동일 인물이란 생각이 들었다. 지독한 투기에 사로잡힌 도윤은 말없이 그녀를 말 위에 올렸다. 굳어가는 그의 안색을 살핀 은설 역시, 어떠한 변명도 덧붙이지 않은 채 그의 뜻대로 움직였다. 은설을 먼저 말에 태운 도윤은 이내 고개를 돌려 여전히 고개를 조아리고 있는 영광을 돌아보았다.

"다신 이 여인을 만나선 아니 될 것이다."

"……전하."

"또한, 그림자조차 밟아서도 아니 된다."

그 말에 고개만 묵묵히 숙이고 있던 영광이 고개를 치켜들었다. 도윤과 부딪히는 영광의 눈길이 위협적으로 번뜩였다. 자신의 연모만큼은 짓밟히고 싶지 않단 그의 본능이 고개를 치켜드는 순간이었다.

"살고 싶으면 나의 여인에게서 물러나야 할 것이다."

"전하."

"두 번은 말하지 않는다. 과인의 여인이라고 하였다."

하지만 그 본능의 싹을 잔인하게 밟아버리는 도윤이었다.

❀

궐로 돌아가는 길 위. 도윤과 나란히 말을 타고 가는 은설은 조금 굳은 얼굴로 정면만 응시했다. 궐 앞에 다다르도록 도윤은 그녀에게 아무런 말도 건네지 않았다. 차라리 질책이라도 하면 좋으련만 아무런 말도 하지 않은 채, 은설을 끌어안고서 말고삐만 잡아당기는 도윤이 은설은 원망스러웠다. 그때, 무거운 침묵을 깨고 도윤이 입을 열었다.

"묻지 않을 것이다."

그러자 은설은 작게 몸을 떨며 고개를 툭, 떨어뜨렸다.

"위축될 것도 없다."

"……전하."

"네가 잘못한 것은 하나도 없으니."

"하오나 전하, 소첩이 그 산을 헤맨 것은……."

무어라고 변명이라도 해야 마음이 편할 것 같아 은설이 입을 열었다. 하지만 도윤은 한 손을 풀어 그런 은설을 바짝 끌어안았다.

"되었다."

그가 은설의 말을 가로막으며 그녀의 목덜미에 얼굴을 묻었다.

"아무 말 하지 않아도 된다."

도윤의 뜨거운 진심이 그녀의 온몸에 전해졌다. 은설은 자신의 가슴을 끌어안는 그의 팔 위에 손을 포개며 눈을 감았다.

"소첩은 전하께 참으로 미흡한 여인인 것 같습니다."

"그런 말은 하지 말아라."

"송구할 따름입니다. 위험한 줄 알면서도 돌아가는 길을 몰라 헤매었습니다."

은설의 말에 도윤이 그녀를 살며시 놓으며 말고삐를 천천히 잡아당겼다.

"……무슨 일이 있었던 것이냐. 혹 네 심중을 어지럽히는 일이라도."

"아무 일도 없었사옵니다. 소첩은 괜찮사옵니다."

은설의 말이 떨어지자마자 도윤은 말에서 내려 그녀를 향해 손을 뻗었다. 그러곤 머뭇거리는 은설을 향해 내려와 안기라는 듯 따뜻한 미소를 지어 보였다. 은설은 도윤의 손을 꼭 맞잡은 채 하염없이 그를 내려다보았다.

"그렇다면 되었다."

그 말에 은설은 주저 없이 말에서 뛰어내려 그의 품에 안겼다.

"전하……!"

"단희야."

도윤은 은설을 뜨겁게 보듬었다.

"네가 아프지 않았으면 좋겠다. 그거면 된 것이다."

늦은 봄바람이 두 사람의 살결을 보드랍게 스치는 아름다운 밤이 깊어갔다.

❀

다음 날, 동이 트자마자 국무당이 성수청(星宿廳)에서 미월당으로 향했다. 각 전각의 후궁들도 그리고 중전 역시, 모두 미월당으로 모여들어 두려움에 가득한 얼굴을 하고 있었다. 최 소의는 수척해진 얼굴로 자신을 응시하는 국무당을 무덤덤하게 응시했다.

"미월당 앞마당을 샅샅이 파헤쳐보십시오."

"……앞마당을?"

"그곳에서 아주 사악한 살의 기운이 느껴집니다."

국무당의 명에 미월당 나인은 황급히 미월당 밖으로 빠져나갔다. 그리고 중전을 포함한 내명부의 여인들이 미월당을 나와 나인의 움직임을 살폈다.

국무당이 심각한 얼굴로 미월당의 앞마당을 살피다, 어느 한 곳에 멈춰 서선 그곳을 가리켜 보였다.

"이곳을 파헤치시오."

순간, 미월당 나인과 최 소의의 얼굴이 묘하게 환해졌다. 국무당이 가리킨 곳은 바로 최 소의가 미리 준비해놓았던 저주가 깃든 부적이 묻혀 있는 곳이었다. 그 모습을 지켜보는 중전의 얼굴도 점점 굳어갔다.

"아……!"

나인의 손끝에 무언가가 툭 걸렸다.

"마마! 여기 부적이 있습니다!"

'부적'이란 말에 모두들 화들짝 놀라며 나인에게로 모여들었다. 국무당은 경직된 얼굴로 나인의 손에 들린 부적을 받아 한참 내려다보았다.

"대체 누가…… 누가 이런 것을……!"

최 소의는 나인과 입을 맞춰놓은 대로 소스라치게 놀라는 척을 하며 뒤로 넘어졌다. 그러자 후궁들이 최 소의를 부축하며 두려움에 가득 찬 얼굴로 중전을 바라보기 시작했다.

"중전 마마……! 대체 누가 이런 끔찍한 짓을 벌였단 말입니까!"

"부디 중전 마마께서 이 해괴망측한 일의 전말을 낱낱이 파헤쳐주셔야 하옵니다!"

후궁들은 너 나 할 것 없이 진범을 찾아달라 호소했고 최 소의는 바닥에 널브러진 채 겁에 질린 얼굴을 했다.

"대체 누가 이런 짓을……."

중전은 이를 악물며 국무당에게로 향했다.

"사악한 기운입니다. 아주 강력한 살의 기운을 지닌 부적이
지요."

"저주의 흔적이 이곳에 남았으니, 이 저주를 가한 이도 찾을
수 있겠지."

중전의 말에 국무당은 지그시 눈을 감았다. 눈을 감고 궐 안
의 기운을 느껴보는 국무당의 얼굴이 삼엄하게 굳어갔다.

"미미하지만…… 느껴지옵니다."

더듬더듬 말을 이어가는 국무당을 바라보던 후궁들의 얼굴
이 경악으로 일그러졌다.

"죽기 싫습니다, 중전 마마……! 소인이 무엇을 그리 잘못했
다고 이 가엾은 소인에게 살을 내린단 말입니까! 제발, 제발 이
사악한 짓을 벌인 요망한 것을 잡아들여 부디 이 소인의 한을
풀어주시옵소서!"

최 소의의 울부짖음이 미월당을 쩌렁쩌렁 울리기 시작했다.
중전은 세차게 주먹을 말아쥐며 국무당을 올려다보았다.

"반드시 찾아내야 할 것이다. 이 흉악한 짓을 벌인 자를 찾
아내 물고를 낼 것이야!"

중전은 온 힘을 다해 그렇게 소리치며 후궁들을 돌아보았다.
그러고는 하나같이 겁에 질린 얼굴로 벌벌 떨기만 하는 후궁
들을 향해 느리게 입을 열었다.

"국무당은 지금 당장 이 살을 날린 자를 찾아내 내 앞으로

끌고 오라!"

"뭐라? 부적이 발견되었다?"

대전에 있던 도윤은 상선에게서 미월당의 소식을 전해 듣곤 불같이 화를 내고 말았다.

"감히 누가 그런 해괴한 짓을 저질렀단 말인가!"

도윤은 분노하며 자리를 박차고 일어났다.

"지금 당장 미월당으로 향할 것이다. 중전께선 무엇하고 계신가!"

대전을 가로지르며 도윤은 상선을 향해 소리를 질렀다. 그러자 그 뒤를 황급히 뒤따르던 대전 상궁이 고개를 조아리며 입을 열었다.

"지금 국무당과 함께 저주를 내린 자를 찾고 있다 하옵니다."

"신성한 궐에서…… 그것도 후궁을 겨냥한 저주라. 이건 필시 투기가 아니고 무엇이겠느냐."

참을 수 없다는 듯 도윤의 입가가 파르르 떨리고 말았다. 그때, 미월당에서 보낸 궁인인 듯 나인 하나가 헐레벌떡 도윤을 향해 달려와 고개를 조아렸다.

"전하! 미월당 마마께서…… 아, 아니 중전 마마께서……!"

나인은 당황한 기색이 역력한 얼굴로 허둥대기 시작했다. 그러자 대전 상궁이 버럭 소리를 지르며 나인을 다그쳤다.

"어허! 어느 안전이라고! 똑바로 고하지 못할까!"

나인은 그제야 숨결을 가다듬으며 다시 입을 열었다.

"중전 마마께서 급히 찾으시옵니다. 지금 대전 나인 처소로 납시라 하시옵니다."

'대전 나인 처소'라는 말에 도윤은 물론이고 대전 상궁과 상선도 굳고 말았다.

"대전 나인 처소라니."

"그곳에 지금 중전 마마와 국무당이 함께 계시옵니다."

그 말이 끝남과 동시에 도윤은 그쪽으로 발걸음을 옮기기 시작했다. 그를 뒤따르는 대전 궁인들 역시 숙덕대며 모두 불안한 얼굴을 했다.

'대전 나인 처소라니⋯⋯.'

나인들의 처소로 향하는 도윤의 얼굴은 심각하게 일그러지고 있었다. 대전 나인들 중 범인이 있다는 말인가. 도윤의 속이 바짝바짝 타들어가고 있었다. 그런데⋯⋯.

"전하⋯⋯?"

은설이 조금 의외라는 얼굴로 도윤의 앞에 섰다.

"단희야."

"전하께서 여긴 어쩐 일로⋯⋯."

은설도 도윤도 서로 놀란 얼굴로 바라보았다.

"소첩은 중전 마마께서 부르시기에 대전 나인들의 처소로 향하던 중이었습니다."

그 말에 도윤의 이맛살이 순식간에 구겨지고 말았다.

"대전 나인……."

은설은 대전 나인 출신이었다.

불과 며칠 전까지만 해도 은설의 처소는 그곳이었다. 불현듯 도윤의 머릿속에 불길한 생각이 자리 잡기 시작했다.

"단희야, 혹 네가……."

함정에 빠진 것일까. 도윤의 눈동자가 빠르게 굴러가기 시작했다.

"납시셨나이까."

중전이 조소를 입가에 머금은 채, 은설의 앞에 나타나고 말았다. 그리고 그 뒤로 보이는 후궁들의 싸늘한 눈초리는 모두 은설을 향하고 있었다.

"대체 무슨 일이오."

도윤 역시 낌새를 알아차린 듯, 은설을 막아서며 중전을 돌아보았다. 그러자 최 소의가 반쯤은 혼이 나간 얼굴로 은설을 거세게 노려보다 도윤의 앞에 무릎을 꿇곤 고개를 조아렸다.

"전하! 저 여우 같은 년을 당장 이 궐에서 내쳐주시옵소서!"

소리치는 최 소의와 그런 그녀를 황당하다는 듯 내려다보는 은설. 도윤은 그저 눈물에 젖어 엉망이 된 최 소의의 얼굴만 묵묵히 내려다보고 있었다.

"소첩을 저주한 것으로도 모자라……, 감히 이 나라의 지존 이신 전하까지 능멸하려 들었사옵니다!"

사건의 당사자인 은설은 아무런 말도 하지 못한 채, 사건이 어떻게 흘러가는 것인지 분주히 살피기 시작했다. 최 소의의 발악에 도윤의 고개가 은설을 향해 느리게 돌아갔다. 순간 은설과 도윤의 시선이 부딪혔다.

"저기 증거가 있사옵니다. 소첩의 명줄을 끊는 저주가 담긴 부적을 미월당 앞마당에 묻어두고, 저년이 궁인 시절에 거처했던 처소에선 전하를 미혹하는 부적을 발견하였사옵니다!"

최 소의가 온 힘을 다해 소리치며 은설을 노려보자, 은설은 할 말을 잃은 듯 고개를 떨구었다. 도윤은 복잡 미묘한 얼굴로 어떤 대꾸도 하지 않은 채 은설만 바라보고 있었다.

무슨 말이라도 좋으니 은설이 대신 말해주길 바랐다. 하지만 은설 역시 무슨 말을 해야 할지 몰라 그저 입술만 꾹 다문 채 도윤을 응시하고 있었다. 그러자 중전이 애틋해 보이기까지 하는 두 사람 사이로 저벅저벅 걸어왔다. 그러곤 손에 쥔 부적을 도윤에게 넘기며 싸늘하게 은설을 응시했다.

"이것이 저 특별 상궁이 머물렀던 처소에서 나온 것들입니다. 또한, 저 특별 상궁이 이 처소를 나선 후, 그 누구 한 명 이곳엔 얼씬도 하지 않았으며, 새 궁녀가 이 처소에 머문 적도 없다 하옵니다."

"……."

"국무당."

"예, 중전 마마."

"이 부적에 어떤 주술이 담겨 있는지 조금의 거짓도 없이 진실만을 고하라."

중전의 눈빛이 날카롭게 허공을 갈랐다.

"최 소의 마마를 겨냥한 치명적인 살과 국왕 전하를 미혹시키는 요망한 주술이 깃든 부적입니다."

국무당의 말이 떨어지자마자 도윤이 그녀를 향해 버럭 소리를 질렀다.

"그것이 이 특별 상궁의 것이라 자신하며 말할 수 있는가!"

그러자 국무당이 도윤의 앞에 무릎을 꿇으며 당찬 음성으로 입을 열었다.

"소인의 목숨을 걸고 자신할 수 있사옵니다. 이 부적은 특별 상궁의 것이 확실합니다. 특별 상궁이 머물렀던 저 처소에서 어마어마한 악의 기운이 느껴졌습니다. 그리고 특별 상궁을 소인이 오늘 처음 마주하였는데……."

순간 고개를 조아리고 있던 국무당이 얼굴을 치켜들며 은설을 무섭게 바라보았다. 국무당의 얼굴엔 음흉한 미소가 가득했다.

"뜻 모를 거대한 욕망이, 저 가냘픈 온몸을 지배하고 있사옵니다. 저 정도로 분노와 악에 받친 욕망이라면 소의 마마를, 그리고 전하를 희롱하고 베어내기엔 충분하지요."

은설의 무감하던 얼굴이 우악스럽게 구겨졌다. 그리고 쐐기를 박듯 중전까지 가세해 은설을 압박하기 시작했다.

"그리고 가장 이해할 수 없는, 아니, 용서할 수 없는 한 가지. 어젯밤, 저 특별 상궁은 필애당에 없었습니다. 성은을 입은 여인이 내명부의 수장인 나의 허락 없이 몰래 궐을 빠져나간 것으로도 모자라, 깊은 산속을 홀로 헤맸다고 합니다. 이것을 신첩이 어찌 받아들여야 할까요?"

일촉즉발의 상황에서도 은설은 눈 하나 깜빡하지 않았다. 오히려 더 단단히 고개를 치켜든 채, 자신을 잡아 죽일 듯 노려보는 여인들을 담담히 응시했다. 은설의 소행이 아닐 거라 믿으면서도 도윤은 이 순간, 은설이 무슨 생각을 하고 있을까 초조하게 그녀의 안색을 살폈다. 믿기로 하였으니, 마지막까지 이 여인을 믿어야만 했다. 은설을 바라보는 도윤의 시선이 단단해졌다.

"네가 고해보거라, 그럼."

중전은 이번에는 은설을 향해 버럭 소리를 질렀다.

"어젯밤, 너는 어디에 있었던 것이지?"

순간, 도윤과 은설은 서로를 묘한 얼굴로 바라보았다. 은설은 더 입을 닫고 있다간 곤경에 처할 것 같아 느리게 운을 뗐다.

"소인, 어젯밤 사가에서 급한 부름을 받고 잠시 필애당을 비웠나이다."

감히 있을 수 없는 일이었다. 은설의 대답이 마치 바라던 대답이었다는 듯 중전과 후궁들은 잔인한 미소를 지었다.

"그것이 변명이 될 것이라 생각하고 지껄이는 것이냐."

중전이 가소롭다는 듯 코웃음 치며 은설을 똑바로 응시했다. 그러자 은설 역시 조금의 흐트러짐 없이 중전을 고고하게 직시했다.

'네년의 소행이렷다……. 지난날 여주를 감금하고 내 행색을 해 전하와의 연을 그리 더럽혀놓았다지.'

중전을 바라보는 은설의 눈동자가 심상찮게 깊어지고 있었다. 자신을 응시하는 그녀의 날카로운 시선에 중전은 순간 등골이 오싹해지고 말았다.

'날 왜 저토록 노려보는 것이지. 내 발밑에 무릎을 꿇고 살려달라 싹싹 빌어도 모자랄 판에……'

은설의 당돌함이 되려 중전을 압박하고 있었다.

"변명이 아니라 사실입니다."

은설은 다시금 자신의 행적을 밝혔다.

"사실이라고 해도 용서받지 못할 일이지. 감히 전하를 모시는 특별 상궁이 내명부의 수장인 나의 허락 없이 궐을 나서? 법도를 몰라 저지른 실수라 하기엔 그 무게가 너무 크구나."

중전은 혀를 끌끌 차며 그녀에게서 한 발 물러났다. 그러곤 때마침 이쪽으로 모여든 감찰 상궁들을 보며 언성을 높였다.

"지금 당장 필애당을 샅샅이 뒤져 이년이 전하를 미혹하고 최 소의를 저주하였단 증거를 가지고 오너라. 또한, 어젯밤 이년의 행적을 밝힐 추국청을 열 것이다. 내가 직접 심문할 것이야."

중전의 명이 떨어지자마자 도윤이 저벅저벅 걸어가 은설의 앞을 가로막았다. 그러곤 그녀를 자신의 뒤에 숨기며 무표정한 얼굴로 입을 열었다. 그의 입가에 묘한 떨림이 피었다.

"그리할 순 없겠습니다만."

도윤의 저지는 중전 역시 예상한 부분이었다. 그랬기에 중전은 담담하게 고개를 조아리며 목구멍에 힘을 주었다.

"송구하오나 전하, 아무리 전하께서 총애하는 여인이라고 해도 지난밤, 궐을 비운 죄는 사사로이 넘길 수 없는 부분입니다.

또한, 이년이 머물렀던 처소에서 이런 흉측한 물건들이 발견되었으니 이는 왕실을 기만하고 국법을 어지럽힌 중죄요, 벌로 엄히 다스리는 것이 도리라 생각하옵니다."

중전은 울분을 토하듯 말을 씹어 뱉었다. 그간 도윤에게 당했던 서러움과 독수공방 신세를 부지하며 켜켜이 쌓아온 분노가 한순간에 터진 듯했다.

"지난밤 궐을 비운 죄라."

"예, 전하."

"과인과 함께 출궁을 하였다고 하면 과인도 중전께서 직접 심문하시겠소?"

뜻밖의 말에 중전은 그대로 굳고 말았다. 은설은 자신의 앞을 단단히 가로막은 채, 손목을 꼭 붙들고 있는 도윤을 올려다보았다. 도윤의 뒤에 서 있던 주환과 상선은 터질 게 터졌다는 듯, 한숨을 내쉬며 두 눈을 질끈 감았다.

"전하, 그렇게까지 저 아이를 지키실 필요는 없사옵니다. 전하께서 그 아이를 감싸면 감쌀수록 전하의 위상만 떨어질 뿐입니다."

"뭘 지킬 필요가 없고 위상이 떨어진단 말이오. 있는 사실 그대로를 그대에게 전한 것뿐인데. 아니 그렇느냐, 상선."

당황한 중전을 내려다보는 도윤의 눈엔 굵은 핏발이 서렸다. 도윤의 부름에 상선이 조심스럽게 고개를 조아리며 그의 곁에 섰다. 사람들의 시선이 모두 상선에게로 쏠리는 순간.

"예, 중전 마마. 전하께선 어제 늦은 밤, 특별 상궁과 함께 궐을 나서셨습니다."

"무어라……? 전하께선 어제 신첩과 궐에서 마주한 적이 있었습니다. 그때 전하께서 분명 필애당으로 향하신다 하시었는데, 어찌 출궁을 하셨단 말입니까?"

당연히 믿지 못할 소리였다. 아니, 그것은 반드시 거짓이어야만 했다. 중전은 도윤을 향해 힘겹게 반문하며 떨리는 마음을 애써 진정시켰다.

"그리했지요. 그리고 곧장 필애당으로 가 특별 상궁과 함께 궐을 나섰습니다."

"……그, 그것을 지금……."

"예, 사실이오. 특별 상궁과 말을 타고 저잣거리를 누비며 즐거운 시간을 보냈습니다. 내가 아랫것들이 보는 앞에서 나의 사생활까지 이리 발설해야 하오? 감히 이 나라의 지존인 나의 사적인 행적들을?"

도윤의 언성이 높아질수록 중전의 고개는 조아려지고 말았다. 은설은 그의 뒤에 숨어 핏, 입술을 힘없이 터뜨렸다. 그러다 그녀에게서 멀리 떨어지지 않은 곳에 무릎을 꿇고 있던 최 소의와 눈이 마주쳤다. 최 소의는 주먹을 부들부들 떨며 은설을 죽일 듯이 노려보고 있었다.

"부디 통촉하여 주시옵소서!"

중전이 선창하자 후궁들도 우르르 흙바닥 위에 무릎을 꿇으며 소리쳤다.

"통촉하여 주시옵소서, 전하!"

도윤도 부적에 대해서만큼은 은설을 도와줄 수 없었다. 그건 중전의 말이 사실이었으니까. 은설이 머물렀던 처소에서 부적들과 저주의 물건들이 나왔으니 이것은 도윤이 감싸줄 수 없는 부분이었다. 하지만 그렇다고 해서 이대로 은설을 저들의 손에 넘길 순 없었다. 도윤은 한껏 미간을 일그러뜨린 채, 은설의 손목을 더더욱 세게 쥐었다.

그때, 묵묵히 이 상황을 지켜만 보던 은설이 그의 손을 살며시 잡았다.

"단희야."

도윤은 엉망이 된 얼굴로 은설을 내려다보았다. 하지만 은설의 얼굴은 여전히 담담하기만 했다. 아무리 세찬 폭우가 내려도 젖지 않는 바다처럼, 그녀는 의연함을 잃지 않았다.

"더는 전하를 곤란하게 하고 싶지 않사옵니다."

차분하게 말문을 연 은설이 자신의 손목을 세게 쥐고 있는 도윤의 손을 살며시 떼어냈다.

"단희야……! 하지만."

도윤에게선 그녀를 향한 애틋한 감정이 절절히 뿜어져 나왔다. 바라보는 것만으로도 가슴이 아프다는 듯 힘겨워하는 도윤을 바라보는 중전과 후궁들의 눈이 투기로 멀어갔다. 그리고 이 모든 일을 직접 소행한 미월당의 나인은 어쩐지 자신이 생각했던 것보다 그 이상으로 은설을 아끼는 도윤의 모습에 묘한 두려움과 불안감을 느끼고 있었다.

"소첩을 믿으시지요, 전하. 소첩은 결코 전하의 품 안에서 부끄러운 짓을 한 적이 없사옵니다."

"당연하다. 네가 하늘이 두 쪽이 난다고 하면 내 하늘은 두 쪽이 날 것이고 네가 세상의 모든 물이 마른다고 하면 내 세상의 모든 물은 말라버릴 것이다. 네 말이 내겐 곧 진리이니라."

은설은 느리게 미소를 지으며 고개를 끄덕였다.

"그거면 됩니다."

"단희야."

"소첩이 직접 밝히겠나이다. 소첩의 무구함을, 또한 소첩의 억울한 누명을."

그 말을 끝으로 은설은 자신을 빤히 바라보던 미월당 나인을 응시했다. 순간, 은설과 눈이 마주친 미월당 나인은 소스라치게 놀라며 고개를 조아렸다.

은설은 그제야 알 것 같았다. 최 소의가 갑자기 혼절한 연유. 신병이 걸렸다며 헛소리를 지껄여 대던 연유. 필시 최 소의의 사주를 받고 저 나인이 벌인 소행일 것이다.

은설은 건조한 눈으로 한참이나 미월당 나인을 응시하다, 입을 열었다.

"조금만 기다려주세요, 전하. 깨끗한 몸으로 전하를 모시러 가겠나이다."

감찰 상궁들의 감시는 날이 저물도록 살벌해졌다. 필애당을 쑥대밭으로 만들어놓은 것으로도 모자라 추국청이 열릴 때까지 그녀를 감시하라는 중전의 명이 떨어진 것이었다. 이내, 추국청이 열릴 터였다.

은설의 운명을 가를 밤이 찾아온 것이었다.

"어떻게 해서든 추국청이 열리기 전에 그 미월당 나인을 만나야 해."

그때, 필애당 밖에서 강 나인의 목소리가 들려왔다.

"마마……!"

수발을 드는 강 나인만 겨우 필애당을 출입할 수 있었다. 강 나인은 필애당을 굳게 지키고 서 있는 호위대를 한 번 훑어보곤 서둘러 은설의 앞으로 다가갔다.

"좀 괜찮으시옵니까? 곧 감찰 상궁들이 들이닥칠 것입니다."

강 나인은 울상을 지으며 여기저기 필애당 바닥을 나뒹구는 물건들을 하나둘, 정리하기 시작했다.

"정말 무례하기 짝이 없는 자들이에요. 아무리 그래도 처소를 이리 쑥대밭으로 만들어놓다니……."

"강 나인, 주 상궁께서는 어찌하고 계신가."

"중전 마마께 싹싹 빌고 계시다 하옵니다."

주 상궁이 중전에게 빌고 있다니. 은설의 억장이 무너지는 듯했다.

"마마께서 주 상궁 마마님의 질녀이시니, 어떻게 해서든 이번 일을 무마시키려 하시려나 봅니다."

강 나인은 젖은 눈가를 더듬으며 어둑해진 필애당에 초를 밝했다. 그러자 은설은 좋은 생각이라도 떠오른 듯, 초를 '후' 불어 껐다.

"나는 지금 여길 나가야만 해."

"하오나 마마, 그건 불가능할 것 같사옵니다."

"반 시진만 어떻게 시간을 벌 수 없겠느냐?"

"한 시진 후에 감찰부에서 들이닥칠 것입니다. 그 전까지는 호위대가 필애당을 감시하고 있을 것이고요."

"미월당 나인을 만나야 해."

은설의 말에 강 나인이 눈을 동그랗게 떴다.

"미월당 나인을 설득시키려고요?"

"아니, 설득은 가당치 않다."

"……예?"

"나의 무고를 그 나인이 직접 밝히도록 종용할 것이야."

은설의 말에 강 나인은 잠자코 은설을 응시하다, 이내 생각을 굳힌 듯 고개를 끄덕였다.

"예, 마마께서 그리하신다면 그게 답일 것입니다."

강 나인은 자신의 옷고름을 주저 없이 풀었다.

"어떻게 해서든 꼭, 마마의 무고를 풀어야만 합니다. 반 시진입니다. 딱, 반 시진 후에는 돌아오셔야 합니다."

강 나인과 옷을 바꿔 입은 은설은 곧장 미월당으로 향했다.

달도 먹구름에 가린 탓에, 은설의 얼굴엔 짙은 어둠만 내려앉
았다.

"하하, 하하하!"

미월당의 담벼락을 타고 흐르는 최 소의의 간드러지는 웃음
소리. 신병이 나, 혼절을 해 곧 숨통이 끊어질 것 같다던 최 소
의는 온데간데없었다.

"네년의 소행이…… 틀림없으렷다."

그때, 미월당의 문이 열리고 미월당 나인이 다과상을 들고 나
섰다. 생과방으로 향하는 듯 그녀는 분주히 어둠 속을 걸었다.
미월당 나인이 더 깊은 어둠 속으로 향하자, 은설은 그때를 놓
치지 않고 그녀의 팔을 우악스럽게 잡아끌었다.

"아……!"

놀란 미월당 나인이 다과상을 놓치며 몸을 웅크렸고, 은설
은 그녀의 입을 있는 힘껏 틀어막았다.

"소리 지르면 넌 이 자리에서 죽는다."

은설의 목소리에 미월당 나인은 순간 숨 쉬는 법을 잊은 채
굳어버리고 말았다. 그녀는 순식간에 은설에게 제압당한 채,
인적이 드문 곳으로 끌려갔다. 이내, 은설이 그녀를 우악스럽
게 놓았고 미월당 나인은 흙바닥 위로 고꾸라졌다.

"대체 왜 이러는 것이오!"

미월당 나인은 두려움에 벌벌 떨며 소리를 질렀다. 은설은
또박또박 미월당 나인 앞으로 다가갔다.

"대, 대체 내게 왜……!"

그녀는 본능적으로 슬금슬금 뒷걸음질을 쳤다. 그때, 먹구름에 가려졌던 달빛이 드러나고 은설의 얼굴 위로 은은한 빛이 쏟아졌다. 설마설마했던 그녀가 자신의 눈앞에 나타나자, 미월당 나인은 서둘러 무릎을 꿇으며 두 손을 모았다.

"아니, 소인에게 어찌 이러시는 겁니까!"

"어찌 이러는지는 네가 더 잘 알 것이 아니더냐."

은설은 파리하게 질린 채, 벌벌 떠는 미월당 나인 앞에 섰다. 그러곤 그녀와 눈높이를 맞추기 위해 허리를 굽혔다.

"소인은 모르옵니다! 소인에게 이러시면 특별 상궁 마마님만 곤란해지십니다……!"

그것이 은설에게 위협이라도 될까 싶어 미월당 나인은 더듬더듬 소리쳤다. 하지만 은설은 되레 그녀를 비웃으며 무릎을 굽혔다. 동시에 미월당 나인은 숨을 멈추고 말았다.

"내 너에게 한 가지 일러줄 것이 있어 이리 널 찾아온 것이다."

은설에게선 분노도 노여움도 아닌 뜻 모를 여유로움이 넘쳐흘렀다.

"너도 낮에 똑똑히 들었겠지. 전하께서 중전 마마께 하시었던 말씀을."

"……그것이 무슨……."

"어젯밤 나와 함께 궐을 나서셨다는 전하의 말씀…… 그것은 거짓이다."

방금 자신이 무슨 소리를 들은 것일까. 꼭 귀신을 본 사람처럼 미월당 나인은 넋이 나간 얼굴로 은설을 응시했다.

"난 어제 전하와 함께 궐을 나서지 않았다."

"아!"

"전하께서 날 위해 후궁들 앞에서, 그리고 중전 마마께 거짓을 고해주신 것이지. 그건 너 역시, 어느 정도 내 말에 동의할 수 있는 부분이겠지? 내가 어제 필애당을 비운 것이 전하와는 아무 관련 없는, 오직 나의 사사로운 일 때문이었다는 것을."

"……어찌, 전하께서."

미월당 나인의 얼굴엔 당황한 기색이 역력했다. 흙바닥을 짚고 있는 그녀의 손이 무지막지하게 떨렸다.

"어찌 전하께서 그리해주셨는지, 정녕 모르는 것이야? 나를 보호하기 위함이시지. 어떠냐. 이 이야기를 네 윗전에게 가, 고하겠느냐?"

자칫하다간 자신이 위험에 처할 수도 있는 비밀이었는데 이를 아무렇지 않게 발설하다니. 은설의 의중을 헤아릴 수 없어 그녀는 더욱 입을 다물 수밖에 없었다.

"왜, 고하지 그러느냐? 이보다 더 놀라운 일은 없을 텐데?"

"……하, 하지만……."

"이 말을 전해 들었을 네 윗전의 얼굴이 참으로 볼 만하겠구나. 딱 지금의 네 얼굴과 같겠지."

소름이 돋을 만큼 태연하고도 여유로운 은설의 모습에 미월당 나인은 말을 잃었다. 더는 은설에게 어떤 대꾸도 하고 싶지 않다는 무력감이 일었다. 미월당 나인의 몸에서 힘이 쭉쭉 빠져나갔다.

"한데, 과연 이 어마어마한 말을 들은 네 윗전이 이 비밀의
무게를 감당할 수 있을까."

은설은 손을 뻗어 겁에 질린 나인의 볼을 쓸었다.

"너도 똑똑히 보았겠지, 나를 향한 전하의 성총이 무척이나
크고 깊으신 것을."

"마마……."

"너희가 아무리 짓밟으려 해도 내가 무너지지 않는 이유가
딱, 그것이다. 조선의 그 누구도 감히 얻지 못할 크고 깊은 어
심."

그 말을 하는 은설의 목소리가 옅게 떨렸다.

"하지만 이, 이번 일만큼은 전하께서도……!"

"참으로 어리석구나."

은설은 간단하게 나인의 말을 삼켰다.

"무슨 일이 있어도 전하께선 내 손을 놓지 않는다. 설령 내
가 진짜로 네 윗전을 저주하는 부적을 쓰고 전하를 미혹시킨
주술을 행하였다고 해도 전하께선 너희가 아닌 나의 말을 믿
어주실 것이지."

"그건……!"

"오늘 낮에도 나를 위해 거짓을 고하여주시었듯이."

미월당 나인의 눈앞에 은설의 손목을 움켜쥐던 도윤의 모습
이 떠올랐다. 한 번도 본 적 없는 자상하고 애틋한 왕의 모습.
그 낯선 모습에 자신 역시 가슴이 절절해지는 듯했었다.

"네년의 소행이겠지."

"……예?"

"미월당 앞마당의 부적, 그리고 내가 머물렀던 처소에서 나온 저주의 물건들. 모두 네 윗전의 명을 받아 네가 저지른 짓이지."

"……그, 그럴 리가 없지 않습니까?"

정곡을 찔렸지만 미월당 나인은 혼신의 힘을 다해 부정했다. 고개가 떨어져 나갈 만큼 좌우로 세차게 흔들던 미월당 나인은 순간 달라진 은설의 눈빛에 굳고 말았다.

"그래도 내가 한 짓이 아니니……, 내가 억울하게 누명을 쓸 수는 없는 법. 하니, 모두 너의 소행이라 그리 고하여야겠다."

"……그, 그게 무슨 말, 말이십니까?"

"나는 전하께 그 저주가 깃든 부적이 모두 미월당 나인의 소행이니 날 믿어달라, 그리 고할 것이다."

"증좌도 없는데……! 전하께서 그 말을 믿어주실 리가 없지 않습니까?"

"전하께서 나의 말을 믿을까……, 너의 말을 믿을까?"

은설의 독기 어린 눈이 점점 젖어가고 있었다. 달빛은 처연하게 그녀의 얼굴 위로 쏟아졌다.

"소인도 모르는 일이라 하지 않습니까……! 제발, 저를 놓아주십시오."

미월당 나인은 이내 눈물을 뚝뚝 흘리며 두 손이 발이 되도록 빌었다. 은설은 굽혔던 허리를 들어 그녀를 싸늘하게 내려다보았다.

"하지만 네가 그토록 끔찍이 아끼는 네 윗전은 무사할 수 있게 해주마."

"예? 그, 그것이 무슨……."

"이번 일은 오직 너 혼자, 독단적으로 벌인 일이라 고해줄 것이니. 네 윗전은 그래도 살아남을 수 있지 않겠느냐?"

"마마님……!"

"걱정하지 마라, 네 윗전은 내가 네 몫까지 성심껏 잘 보살펴줄 것이니."

"소, 소의 마마께서 소, 소인을 끝까지 지켜주실 것입니다!"

눈물로 엉망이 된 나인이 은설을 향해 고개를 치켜들며 소리쳤다. 그러자 은설은 풉, 소리 나게 웃으며 손바닥으로 입을 가렸다. 잔인하고도 처연한 조소였다.

"너는 참으로 가엾은 사람이구나. 소의께서 너를 지킨다는 의미는 감히 전하와 맞선다는 의미다."

"아."

"그 증좌가 가리키는 진범은 너와 나, 둘 중 한 사람일 것인데. 전하께서 날 버리고 고작 궁녀 따위인 너의 무고를 믿어주시겠다?"

미월당 나인 스스로 생각해도 부질없는 싸움이었다. 어떻게 최 소의와 자신이 벌인 짓을 알아냈을까. 보통내기가 아니란 말이 절절하게 와닿았다. 나인은 무릎걸음으로 엉금엉금 다가 은설의 치맛자락을 움켜쥐었다.

"제발 살, 살려주십시오, 마마님……! 소인은 그저 마마의 뜻을 거스를 수 없었습니다. 제발…… 부디, 제발 살려주세요! 제 식솔들이 저만 쳐다보며 연명하고 있습니다. 부디 이번 한 번만 눈감아주시면……."

그러자 은설이 거칠게 돌아서며 그녀를 싸늘하게 내려다보았다.

"내가 왜 네 사정을 딱히 여겨 눈을 감아주어야 하지?"

"……마마님, 제발!"

"오늘 밤, 네 스스로 선택하라. 곧 이번 일의 진상을 파헤치기 위한 추국청이 열릴 것이지. 살고 싶거든 그리로 와 일의 전말을 모두 발설하여야 할 것이다."

차디찬 은설의 목소리에 미월당 나인의 얼굴은 걱정과 불안으로 엉망이 되어갔다.

"나는 널 결코 용서해줄 생각이 없다. 하지만 목숨만은 살려줄 것이야."

그렇게 은설은 혼란에 빠진 나인을 남겨둔 채 냉정하게 돌아섰다.

제 27 장

병판의 장자

감찰부가 곧 필애당에 도착했다.

"당장 끌어내라!"

필애당 안에 꼿꼿하게 앉아 있던 은설은 감았던 눈을 떠 정면을 응시했다. 이내 필애당의 문이 우악스럽게 열리고 감찰부 상궁들이 우르르 들어왔다. 그러곤 가만히 앉아 있던 은설의 양팔을 결박한 채, 거칠게 그녀를 끌어냈다.

"마마님……! 마마님!"

그 뒤를 강 나인이 서둘러 뒤따랐고, 은설은 담담히 그들이 이끄는 곳에 몸을 맡겼다. 신도 제대로 신지 못한 채, 은설은 버선발로 추국청까지 끌려갔다.

"무릎을 꿇어라!"

감찰 상궁들은 은설을 패대기치듯 흙바닥 위에 내동댕이쳤다.

"중전 마마 납시오!"

이내 중전이 추국청 안에 모습을 드러냈고 추국청 안의 궁인들은 죄다 고개를 조아려, 그녀를 맞았다. 하지만 은설은 꼿꼿하게 고개를 치켜든 채, 이쪽으로 향해 오는 중전을 응시했다.

"저년을 묶어라."

싸늘한 중전의 말 한마디에 은설은 의자에 앉혀져 밧줄로 몸이 꽁꽁 묶이기 시작했다.

중전은 조소하며 의자에 앉아, 은설을 싸늘히 내려다보았다.

"시작하도록 하지."

그 말이 떨어짐과 동시에 무장한 호위대들이 추국청을 에워 쌌고, 한눈에 보기에도 지독하리만큼 냉정해 보이는 상궁들이 은설의 옆으로 다가왔다.

"가지고 오너라."

가지고 오란 중전의 말에 은설의 것이라 우겨대고 있는 부적들이 중전 앞에 놓였다.

"바른대로 고하여야 할 것이다. 고개를 들어 이것을 똑똑히 보아라. 네년의 것이 맞느냐?"

하지만 은설은 그 순간, '풉' 소리 내어 웃음을 터뜨리고 말았다.

"네년이 정녕 미쳤나 보구나. 감히 뉘 앞이라고 시건방을 떠는 것이야?"

최 소의는 은설을 향해 버럭 소리를 내지르며 주먹을 움켜쥐었다.

"웃음이 나, 웃은 것뿐인데 무엇이 시건방을 떠는 것이라 그러십니까?"

은설은 입꼬리를 묘하게 비틀며 고개를 사선으로 꺾었다. 그러자 최 소의가 '저년이!'라고 소리를 지르며 은설의 곁에 있는 감찰 상궁을 손가락으로 가리켰다.

"무엇하느냐! 당장 저년에게 찬물을 부어라! 아직 정신을 못 차린 듯하니!"

최 소의의 말에 상궁 두 명이 동시에 은설에게 찬물을 끼얹었다. 찬물을 맞은 은설은 온몸이 젖고 말았지만 의연함은 잃지 않았다.

"네 것이 맞느냐고 물었다. 묻는 말에 대답을 하여라."

이번에도 은설은 풉, 웃음을 터뜨리며 느리게 고개를 저었다.

"내 것이 아니고 맞고가 무엇이 중요하겠습니까? 소인의 것이 아니라고 하면 중전 마마께서 소인의 말을 믿어주실 것이옵니까?"

"네년이 아직 시건방을 떠는 걸 보니, 잠이 덜 깬 모양이구나? 뭣들 하느냐! 당장 저년의 주리를 틀어라! 저년이 바른대로 토설할 때까지 매우 틀어라!"

그제야 폭발한 중전이 자리에서 일어나 버럭 소리를 질렀다. 곁에 선 최 소의는 속이 다 시원하단 얼굴로 팔짱을 꼈다. 다른 후궁들도 재미난 구경거리라도 생긴 듯, 추국청 안으로 우르르 몰려와 쑥덕대며 은설을 바라보았다. 곧, 상궁 둘이 주릿대를 들고 와 은설의 다리 사이에 끼웠다. 그런데 그때…….

"주상 전하 납시오!"

더는 지켜볼 수 없었던 도윤이 직접 추국청으로 나선 것이었다. 갑작스러운 그의 등장에 주리를 틀기 위해 준비하던 상궁들도, 또한 중전 곁에서 시시덕거리며 은설을 바라보던 후궁들도 모두 고개를 조아렸다.

"지금 무엇하는 것이오!"

중전은 터덜터덜 계단을 내려와 도윤의 앞에 서서 고개를 조아렸다.

"죄인 심문 중이었사옵니다. 전하께선 괘념치 마시옵소서."

"괘념치 말아라?"

"내명부의 일이옵니다."

"내명부이기 전에, 내 여인이지. 증좌라곤 고작 저 부적 따위가 전부인데 그것을 빌미 삼아 이리 가혹한 심문을 벌인다? 게다가 그 부적이 필애당에서 나온 것도 아닌, 특별 상궁이 자리를 비운 지 여러 날이 지난 옛 처소에서 지금에서야 발견된 것인데!"

도윤의 호통에 은설은 감았던 눈을 떴다.

"하오면 누가 이 부적을 이년의 처소에 몰래 숨기기라도 했단 말씀이십니까?"

그리고 그 말이 떨어짐과 동시에 웬 궁녀 하나가 사시나무처럼 떨며 중전의 앞에 섰다. 코웃음 치고 있던 최 소의는 그 궁녀를 발견하자, 그대로 굳어버리고 말았다.

"웬 년이냐."

"중전 마마…… 전하……."

그 궁녀는 바로 미월당의 나인이었다. 동시에 최 소의 역시

354

그 자리에 주저앉았다. 하늘이 무너지는 듯한 굉음이 최 소의의 귓가에 울려 퍼졌다.

"쇤네 미, 미월당 소, 소속…… 소의 마마를 모시는 시중 나인입니다."

간신히 자신의 소속을 밝힌 나인은 곧바로 흙바닥 위에 이마가 닿을 정도로 고개를 조아렸다.

"쇤, 쇤네가 죽을죄를 지었나이다……!"

"뭐? 추국청이 열려?"

은설의 추국 소식은 이학수의 사가에도 닿았다. 웃는 것도 우는 것도 아닌 미묘한 얼굴로 이학수가 주먹을 움켜쥐었다.

"중전이 웃으면 주 상궁이 울겠고, 주 상궁이 웃으면 중전이 울겠구나."

그러곤 흥미롭다는 듯 눈을 번뜩이며 거친 입술을 혀끝으로 훑었다.

"하온데 대감마님……."

그때, 궐의 추국청 소식을 전하던 살수 대장이 어두운 얼굴로 이학수를 향해 입을 열었다. 평소와 달리 머뭇거리는 그의 안색이 어둡기만 했다.

"무슨 일이냐."

"대감마님께 말씀을 드려야 할지, 말아야 할지……."

이학수는 심상치 않은 낌새에 허리를 빳빳하게 세우며 그를 건조하게 응시했다. 한참 머뭇거리던 살수 대장의 입이 진득하게 열렸다. 그의 입가엔 작은 경련이 일고 있었다.

"특별 상궁 말입니다."

"……네가 저번에 본 적이 있다는?"

"예, 긴가민가 한참 고민하다가 아무래도 맞는 것 같아서."

이학수의 눈이 깊어졌다.

"삼 년 전, 첩지를 받고 입궐을 하기로 하였던 사라진 병판의 여식, 신은설."

뜻밖의 이름에 이학수는 말아 쥔 주먹을 펴고 말았다.

"신은설……이라니?"

그러자 긴가민가한 자신의 기억력을 다시금 되짚던 살수 대장이 확신에 찬 목소리로 입을 열었다.

"확실합니다. 그 여인과 똑같이 생겼습니다."

이학수의 가슴이 뜨거워지고 있었다. 자신이 모르는 거대한 음모가 숨겨져 있을 것만 같아, 심장도 뛰기 시작했다.

"병판의 여식과 닮았다라……."

은설의 이름을 읊조리면 읊조릴수록 묘한 기분이 감돌았다. 이학수는 이내 피식, 조소를 터뜨리고 말았다.

"이거 아주 흥미진진한 이야기가 펼쳐지겠군."

"소인이 이제 무엇을 하면 될까요. 특별 상궁을 감시하긴 무리고 병판을 은밀히 지켜볼까요."

꽤 흡족해하는 이학수의 얼굴을 물끄러미 바라보던 살수 대장이 고개를 조아렸다. 그러자 이학수는 느리게 고개를 저었다.

"아니지, 아니지. 상대가 잘못되었지."

"……예?"

"주 상궁을 면밀히 살펴라."

"주 상궁 마마님을요?"

"갑자기 왕래도 없던 질녀를 한양으로 데려와 궁녀를 만들었다. 한데 그 궁녀의 얼굴이 지난날, 자신이 그토록 경계하던 여인과 닮았다면…… 뭔가 이상하지 않느냐?"

턱 끝을 만지작거리는 이학수의 입가엔 잔인한 웃음이 번져 나가고 있었다.

추국청 안은 찬물을 끼얹은 듯, 순식간에 조용해지고 말았다. 중전도 그리고 도윤도 모두 긴장한 채, 미월당 나인을 응시했다. 미월당 나인의 얼굴은 이미 눈물로 엉망이 되어 있었다.

"소의 마마께서…… 소인에게 모두 지시하신 일입니다!"

그 말이 떨어짐과 동시에 감찰 상궁들에게 막혀 있던 최 소의가 발악하기 시작했다.

"네 이년! 감히 네가 뉘 안전이라고 거짓을 고하는 것이냐! 감히!"

갑작스러운 미월당 나인의 진언에 중전은 황급히 최 소의 쪽을 노려보았다. 그러자 최 소의는 허겁지겁 무릎을 꿇으며 두 손을 모았다.

"결단코 아닙니다! 저년이, 지금 저년이 실성한 것입니다!"

발악하는 최 소의를 은설이 묵묵히 바라보았다.

"소의 마마께서 특별 상궁 마마님을 음해하려 직접 이 부적을 사가에서 가지고 와 제게 미월당 앞마당에 심으라 명하셨습니다. 그리고 특별 상궁 마마님께서 궁녀 시절 머물렀던 처소에 이것을 갖다놓으라고도 하시었습니다."

모든 음모가 이제야 드러났다.

은설은 느리게 눈을 깜빡이며 부들부들 떨면서 말을 전하고 있는 미월당 나인을 내려다보았다.

"죽을죄를 지었습니다, 전하, 중전 마마……!"

중전은 세상을 잃은 듯한 얼굴로 최 소의를 노려봤다. 철석같이 믿고 있었건만 이런 식으로 뒤통수를 칠 줄은 꿈에도 몰랐다. 중전은 아무런 말도 잇지 못한 채, 파르르 떨기만 했다. 누군가 나서서 이 민망한 상황을 부디 빨리 정리해주길 바랄 뿐이었다. 그때, 도윤이 딱딱하게 굳은 얼굴로 고개를 돌렸다.

"뭣들 하느냐. 특별 상궁을 풀어주지 않고……!"

중전은 더, 도윤을 막아설 수 없었다. 그러자 감찰 상궁들에게 포박당해 있던 최 소의가 발버둥 치며 소리쳤다.

"소첩을 믿어주세요, 전하! 소첩이 피해자입니다! 저년이, 저년이 소첩을 음해하려 하였다고요……!"

하지만 최 소의의 발악은 허공을 애처롭게 떠돌 뿐, 그 누구도 그녀를 돌아봐주지 않았다. 후궁들 역시 은설을 보며 시시 덕거리다, 이내 최 소의를 돌아보며 끌끌 혀를 차고 있었다. 개처럼 질질 끌려가는 최 소의를 물끄러미 바라보던 중전이 일말의 희망이 남아 있을지도 모른단 생각에 그녀를 잡아챘다. 그 틈을 타, 최 소의는 손이 발이 되도록 싹싹 빌며 중전을 향해 납작 엎드렸다.

"중전 마마! 부디 소인의 말을 믿어주시옵소서! 결단코 소인의 짓이 아닙니다. 바로 저, 저년이……! 저년이 독단적으로 벌인 일입니다!"

최 소의의 떨리는 손가락이 미월당 나인을 정확하게 가리켰다. 동시에 은설의 입가에 실소가 터지고 말았다. 포박에서 풀려난 은설이 최 소의의 앞으로 느리게 다가갔다.

"정말 마지막까지 참회라는 것을 모르는 사람이군요."

은설이 느른한 눈길로 최 소의를 빤히 바라보다 도윤을 홱 돌아보았다. 그러곤 확신에 찬 얼굴로 그를 향해 고개를 숙여 보였다.

"전하, 소인은 이미 알고 있었사옵니다. 그랬기에 이 추국청도, 또한, 필애당을 수색하겠다는 중전 마마의 명도 모두 담담히 받아들였던 것이옵니다."

"……그것이 사실이더냐."

"물론 사주를 한 최 소의가 더 괘씸하지만, 그 사주를 받고 행한 이 나인의 죄도 결코 가벼이 여겨서는 아니 되겠지요."

중전은 그저 그런 은설을 바라보고 있을 수밖에 없었다. 한

순간에 주객이 전도되어, 닭 쫓던 개 지붕 쳐다보는 신세가 되어버린 중전. 중궁전을 지킬 마지막 기회였는데……. 그마저도 물거품이 돼버리기 직전이었다.

"당연한 일이다. 이토록 왕실의 기강을 흐트러뜨린 자들을 가벼이 용서하여서는 아니 되지. 지금 당장 이 나인과 최 소의를 포박해 옥에 가두어라."

도윤은 그렇게 명을 내리며 멍한 얼굴의 중전을 바라보았다.

"어찌시겠소? 이번에도 중전께서 친히 추국청을 열어 심문을 하시겠소?"

하지만 중전은 그 무엇도 대답할 수 없었다. 끌려가는 와중에도 최 소의는 자신은 무고하다며 고래고래 소리치고 있었다. 그러다 결코 이대로 물러갈 수 없다는 듯, 최 소의는 자신의 팔을 잡아끄는 상궁들의 손을 깨물며 뿌리쳤다.

"악!"

그러곤 곧장 은설에게로 달려와 그녀의 멱살을 움켜쥐었다.

"너……! 너……!"

하지만 은설은 담담히 자신의 멱살을 우악스럽게 움켜쥐는 최 소의를 내려다보았다.

"미월당 나인은 이리 가지고 오너라."

은설의 부름에 순순히 포박을 당하고 있던 미월당 나인이 주섬주섬 저고리에서 무언가를 꺼내 은설에게 내밀었다. 최 소의의 눈이 희번덕이며 커졌다.

"이것이 무엇인 줄 아십니까?"

"……그것이 무슨."

"그날 저를 불러들여 차를 내어 오라 했던 연유가 담긴 꾸러미이지요."

그 말에 최 소의는 미월당 나인을 세차게 노려보았다.

"네 이년……! 네가 아주 실성을 하였나 보구나!"

도윤이 휘적휘적 은설에게로 다가왔다.

"이것이 무엇인가."

중전도, 그리고 다른 궁인들도 모두 숨죽인 채 은설을 바라보았다.

"소첩을 음해하려고 소의 마마께서 사가에서 들어온 독이지요."

고개를 빳빳하게 치켜드는 은설의 눈빛은 그 어느 때보다 예리하게 빛났다.

"소첩에게 차를 내어 오라 시킨 날 밤, 소첩이 내어 온 차에 이 독을 풀어 소첩에게 독살 누명을 씌우려 했습니다."

찢어지는 최 소의의 비명이 궐을 세차게 갈랐다.

"일의 전말이 그리되었단 말이지."

그때, 아무 말 없이 바라보던 중전도 그제야 전에 궐 안을 돌았던 소문의 진상을 알 것만 같았다. 도윤은 은설의 어깨를 조심스레 감싸며 곁으로 다가왔다.

"수고하였다."

은설이 무너지듯 도윤의 품에 휘청거리며 안겼다. 그 모습을 바라보던 중전의 눈가엔 그렁그렁한 눈물방울이 맺혀 있었다.

은설은 도윤의 품에 안긴 채, 중전을 가만히 응시했다. 고개를 조아리는 중전의 몸은 애처롭게 떨리고 있었다.

"이번 일은 신첩이 경거망동하였사옵니다, 전하."

살기 위해선 어떻게 해야 하는지 이미 깨달았다는 듯 중전은 좀 전과 달리 한껏 기세를 누그러뜨린 채 고개만 조아리고 있었다. 후궁들 역시, 최 소의의 말만 믿고 중전을 앞장세워선 기고만장하게 굴었는데 이젠 전세가 역전되고 말았다. 모두들 목숨이 경각에 달린 듯, 파르르 떨며 몸을 사리기 시작했다.

"저, 전하! 소첩은 그저 소, 소의께서……."

"소첩 역시 특별 상궁의 무고를 알고 있었사옵니다!"

하나둘, 주절주절 변명을 늘어놓는 후궁들에겐 눈길도 주지 않은 채 도윤이 등을 돌렸다.

"필애당으로 향할 것이다. 어의를 들라 하라. 특별 상궁의 몸이 얼음장처럼 차가우니."

왕의 태도는 일관됐다. 오로지 '특별 상궁' 그 여인뿐이었다. 은설을 부축하며 필애당으로 향하던 도윤이 가만히 상선을 불렀다.

"날이 밝는 대로 최 소의의 아비를 대전으로 부르라. 그리고 지금 당장 최 소의의 사가로 가 부적과 독의 출처를 밝혀라."

"예, 전하."

상선이 돌아서자, 도윤은 은설의 손을 더욱 따스하게 잡았다. 은설은 자신을 걱정스러운 얼굴로 내려다보는 도윤을 바라봤다. 아까 맞은 물벼락으로 그녀의 얼굴은 엉망이 되어 있었다.

"괜찮은 것이냐."

"어찌 이 누추한 곳까지 납시셨나이까."

"네가 이런 꼴을 당하고 있는데 내가 어찌 대전에 있겠느냐."

안타까운 마음에 도윤은 은설을 와락 끌어안았다. 차가워도 너무 차가워진 그녀의 체온에 도윤은 걱정스러운 마음을 떨칠 수 없었다.

은설은 그의 허리를 끌어안으며 쓴웃음을 지었다. 하나부터 열까지, 그는 그녀의 안위를 우선으로 생각하고 있었다.

"지금 이 상황에서 너에게 할 말은 아니지만 오늘 일을 겪으며 내 생각이 더욱 확고해졌다."

신중하게 입을 여는 도윤의 얼굴은 그 어느 때보다 진지했다.

"어떤 생각을 말씀하시옵니까."

"너를 지켜주고 나에게 힘을 실어줄 권력. 이번 기회에 아버지의 세력을 덜어내고 나의 사람을 들이고자 한다."

"전하……."

"네가 좀 도와줘야겠다."

도윤은 서둘러 그녀를 부축해 필애당으로 향했다. 세상 그 어떤 부부보다 다정해 보이는 두 사람의 모습에 중전과 후궁들은 쓰라린 감정을 숨길 수 없었다.

날이 밝자, 궐 안이 발칵 뒤집혔다. 이 모든 것이 최 소의의 소행이라는 것은 어렵지 않게 밝혀질 수 있었다. 도윤의 부름을 받은 좌의정이 헐레벌떡 대전으로 들었다. 그곳엔 이학수와 도승지가 함께 있었다.

"저, 전하……!"

좌의정은 사색이 되어 바닥에 납작 엎드렸다. 오직 빌고 또 비는 것만이 살길이라는 듯이.

"오시었는가, 좌상."

이학수는 수염을 만지작거리며 곁눈질로 좌의정을 흘겨보았다. 옥좌에 앉아 느릿느릿 상소를 넘기던 도윤이 눈을 치켜떴다.

"최 소의의 처분에 대해서 아버님과 도승지와 이야기를 나누어 보았습니다."

느릿느릿 말을 이어가는 도윤과 바들바들 떨고 있는 좌의정의 시선이 부딪혔다. 저를 빤히 바라보는 도윤의 눈빛이 꼭 사약을 내리란 명과도 같이 느껴졌다.

"최 소의는 아직 자신의 무고를 주장하고 있소."

도윤을 대신해 이학수가 입을 열었다. 좌의정은 여전히 고개를 처박은 채 묵묵부답으로 일관했다.

"주상과 도승지와 함께 의논을 해보았소. 아무래도 최 소의가 무고하단 주장은 묵살될 것 같소."

그 말은 곧 사약과도 같았다. 좌의정은 겨우 처박고 있던 고개를 들었다.

"부디 소신을 봐서라도 한 번만, 한 번만 은혜를 베풀어주시옵소서, 전하!"

딸자식을 살리기 위해 그는 빌어야만 했다. 하지만 이학수는 혀를 끌끌 차며 절레절레 고개를 저었다.

"그러니 잠자코 미월당이나 지키고 있을 것이지, 투기를 왜 부려서는. 쯧쯧."

좌의정은 부들부들 떨었다. 그러다 이학수에게 엉금엉금 다가가 그의 옷자락을 움켜쥐었다. 체통이고 체면이고 내세울 여력이 없었다.

"제발, 대감. 우리 소의 마마를 살려주시오……!"

"어허, 이거 왜 이러는 것이오. 내가 언제 최 소의를 죽인다 그랬소?"

느릿느릿 말을 내뱉는 이학수의 얼굴은 이미 최 소의를 버린 듯 건조하기 짝이 없었다. 좌의정은 연신 고개를 조아리며 이학수에게 싹싹 빌기 시작했다. 도윤은 그 모습이 슬슬 불편하게 다가오기 시작했다.

"좌상."

도윤이 입을 열었다. 하지만 좌의정은 이학수의 옷깃만 붙들고 있었다.

"제발, 제발 대감……! 나를 봐서라도 한 번만……!"

도윤은 이런 상황이 이젠 신물이 났다. 당연한 것이 내명부의 수장도, 또한 후궁들도 오로지 이학수가 선택한 후궁들이었으니. 그들의 아비가 이학수의 개처럼 구는 것은 당연한 일이었다.

이젠 정말, 은설의 말대로 환기가 필요한 시점이었다.

"누가 이 나라의 왕인지……."

실소를 터뜨리는 도윤의 잇새로 그 말이 한숨처럼 튀어나왔다. 그러자 이학수에게 매달리며 애걸복걸하던 좌상이 몸짓을 멈췄다.

"전하……."

"좌상이 왕처럼 섬기는 내 아버님께서 최 소의에게 내려졌던 소의 품계 첩지를 박탈하겠다 하시었소."

그 순간 좌의정의 눈동자가 사시나무처럼 떨리기 시작했다.

"왕의 여인으로서 결코 행하여서는 안 될 투기를 부려 왕실의 위상을 떨어뜨렸고, 그것으로도 모자라 사가에서도 꺼리는 신력을 이 신성한 궐까지 끌어와 모두의 귀감이 되어야 할 소의 품계를 지닌 몸으로 내명부를 욕보이게 했소."

"전하, 부디……!"

좌의정이 이를 악물며 혼신의 힘을 다해 빌었다. 하지만 왕은 마음을 쉽게 돌리지 않았다.

"좌상의 여식에게 내려졌던 소의 품계를 박탈하고 폐출(廢黜)을 명할 생각이오."

결국, 그렇게 지키려 했던 미월당이 무너지는 순간이었다. 좌의정은 바닥에 납작 엎드린 채, 한 번만 더 생각을 해달라 울부짖었지만, 왕도, 그리고 이학수도 모두 마음을 굳힌 뒤였다.

"좌의정."

이학수가 느리게 입을 열었다. 지푸라기라도 집는 심정으로 좌의정이 손을 뻗었다. 그러곤 이학수의 커다란 손을 덥석 움켜쥐며 눈물로 호소했다.

"대감, 대감은 아시잖소! 지난날, 내가 대감을 위해 무슨 일까지 했는지……! 지금의 대감이 있기까지 내가, 어떻게 살아왔는지…… 대감께선 잊으시면 안 되지요!"

발악하는 좌의정의 손을 이학수가 성가시다는 듯 뿌리쳤다. 그 눈빛이 너무도 냉정하고 차가워, 좌의정의 가슴이 갈라지는 듯했다.

"누가 잊는다 하였는가. 어찌 그 얘기를 여기서 꺼내는 것인지."

이학수는 끙, 앓는 소리를 내며 등을 돌려 앉았다.

"이번 한 번만 눈감아주시오……!"

"그럼 중궁전의 체면은 누가 세워줄꼬? 그러니 가만히 전각이나 지킬 것이지 나서긴 왜 나서서."

"……대감, 그 말뜻은……."

"누구 하나는 수습을 해야 체면이 설 것이 아니오, 좌상? 일을 이 지경으로 만들었는데."

이학수의 말에 좌의정의 얼굴이 딱딱하게 굳어갔다. 결국, 중궁전을 지키겠다는 뜻일까.

"그래도 다행이라 여기게."

이내 이학수가 선심 쓰듯이 입을 열었다.

"자네의 밥줄까지 끊지는 않을 것이니."

그러자 좌의정이 처박았던 고개를 치켜들었다.

"대감……!"

"자네의 여식이 이번엔 경거망동하였으니 내, 자네의 여식까지 구제해주는 건 무리네."

이학수는 길게 숨을 늘어뜨리며 좌의정을 돌아보았다. 잠시 생각에 잠겼던 좌의정은 그래도 '좌의정'이라는 자신의 명예마저 박탈당하지 않은 게 어디인가, 가라앉은 얼굴로 고개를 끄덕였다. 그런데 도윤의 생각은 달랐다.

"도승지는 들으라."

"예, 전하."

"중전께서도 최 소의의 폐출을 원하고 계시고 대원군이신 내 아버지의 뜻도 그러하니 지금 당장 최 소의의 첩지를 빼앗고 출궁을 명하노라."

하늘이 무너지는 듯한 괴로움이 좌의정을 덮쳤다. 이학수 역시, 자신의 수족과도 같던 좌의정의 여식인 최 소의를 밀어내고 여전히 미심쩍은 특별 상궁의 손을 들어줘야 한다는 사실이 못마땅했다. 그때, 도윤이 끊어졌던 말을 천천히 이었다.

"또한 그의 아비인 최희재에게도 여식의 죄를 물을 것이다."

"저, 전하……!"

"최희재를 삭탈관직하고 전라도로 유배를 명한다."

그 순간 자리에 앉아 있던 이학수가 벌떡 일어났다. 그러곤 도윤을 향해 핏대를 세우며 입을 열었다.

"지금 그것이 대체 무슨 소리요, 주상! 나와 상의가 없지 않았소!"

"상의가 무엇이 필요합니까. 죄인을 엄벌로 다스리는 것이 인지상정. 아니면 좌상이 받을 벌이 가벼워 이러시는 겁니까?"

하지만 도윤은 이런 이학수의 반응마저 예상했다는 듯, 평온한 얼굴을 했다. 이학수의 얼굴이 노기로 붉어졌다.

"주상! 어찌 후궁의 잘못을 그 아비에게까지 끌어들여 충신을 잃으시려 하오?"

그마저 예상했다는 듯 도윤은 더 대꾸하지 않고 상선을 돌아보았다.

"상선은 가지고 오라."

그 말에 이학수와 좌의정의 눈이 불안하게 흔들리기 시작했다. 이내, 상선이 무언가를 들고 와 그들의 눈앞에 놓았다.

"후궁의 잘못을 그 아비에게 어찌 묻느냐 하셨지요. 그것을 보십시오. 최 소의의 사가에서 최 소의의 처소에 있던, 특별 상궁을 위협하기 위해 들였던 독과 동일한 독이 발견되었습니다."

"아."

"과연 궐에서 갇혀 지내는 여인이 어찌 사가에서 그런 무시무시한 독을 독단적으로 구할 수 있었을까. 애초에 그것은 말이 되지 않는 것이지."

"……전하!"

"발뺌할 생각은 마시오, 좌상! 하인들에게, 그리고 이 독을 맨 처음 좌상에게 건넨 약초꾼에게도 모든 사실을 들었으니. 이번 일에 좌의정 가문 모두가 연루되었다는 사실을 내 모를 성싶소?"

좌의정은 그대로 주저앉았다. 이학수는 도윤을 세차게 노려보았다. 이 일로 좌의정을 내칠 순 없었다. 영의정, 우의정, 그리고 좌의정까지 모두 자신이 쥐고 있는 인물들이었으니 누구 하나 버릴 순 없는 노릇이었다. 더군다나 자신의 손발이 되어 지금까지 권세를 탄탄하게 만들어주고 있었기에 이학수는 도윤의 결정이 탐탁지 않을 수밖에 없었다.

'어째서, 왜.'

단 한 번도 이학수의 사람을 내친 적 없는 도윤이었다. 그런 도윤이 어째서 지금 이런 결정을 내린 것일까.

"아버지께서는 개가 아니라 승냥이를 데리고 계셨습니다."

도윤은 그 말을 잔인하게 덧붙이며 조소를 터뜨렸다. 이미 좌의정은 실의에 빠져 무릎을 꿇은 채였고 이학수는 그런 도윤의 뜻을 받아들일 수 없다는 듯 목구멍에 힘을 주었다.

"그것은 아니 될 일이지요."

"더는 고집을 피우지 마십시오, 아버님."

"고집이 아니라, 주상을 위한 일입니다."

"언제까지 궐 안을 백성들을 위한 신하가 아닌 아버지의 몸종들로 채우실 생각입니까."

할 말을 잃고 말았다. 도윤이 이렇게까지 강경하게 나올 줄 몰랐기에 이학수는 그저 이 상황이 당혹스러울 뿐이었다.

"이렇게까지 할 필요는 없었소, 주상."

"아니, 이제라도 이렇게 해야 합니다."

"……특별 상궁을 지키고 싶어 이리했겠지. 그 여인을 해치

370

려고 한 세력을 살려둘 수 없었으니까."

"마음대로 생각하십시오."

좀처럼 의견을 좁힐 생각이 없어 보이는 두 사람이었다. 도윤은 이학수를 외면하며 자리에 앉았다. 이학수 역시 더 이상 그와 이야기할 것이 없다는 듯 등을 돌렸다.

"이번은 주상의 뜻대로 하시오. 이미 그리하겠다 마음을 먹은 뒤니. 좌의정 자리에 어울릴 만한 인물을 찾아 다시 오겠소."

말을 마친 이학수가 대전을 나서기 위해 발걸음을 옮기자, 그 순간 도윤의 딱딱한 목소리가 이학수의 발목을 쥐었다.

"아니, 그럴 것 없습니다. 이미 그 자리에 앉힐 이를 정했으니까."

지난밤, 도윤은 은설과 밤새 정사에 관한 깊은 이야기를 나누었다. 그저 궁녀 출신이라 여겼던 은설은 생각보다 훨씬 학식이 뛰어났다. 대화를 나누면 나눌수록 은설이 가진 지식은 매일 아침 함께 편전에 들어 정사를 논하고 싶을 만큼 깊고 넓었다. 그리고 도윤이 은설에게 부탁했던 한 가지. 자신과 분명 대립하긴 했지만, 지금 궐에 남아 있는 인물 중 이학수의 세력과 선왕의 남은 세력을 동시에 알고 있는 인물은 주 상궁과 상선뿐이었다. 그랬기에 도윤은 이번 최 소의의 사건을 기회 삼아 환국을 시도하려 했다.

―그때 네가 말해준 것을 곰곰이 생각해보았다. 남은 선왕의

세력들만이 나의 환국을 도와줄 수 있을 것이다. 하니, 너
와 연이 깊은 주 상궁에게 내 아버지 모르게 남은 선왕의
세력들 명단을 알려달라 할 수 있느냐.

도윤은 그중에서 다음 좌의정 자리에 앉힐 인물을 고를 생
각이었다. 갑작스러운 도윤의 제지에 이학수의 걸음이 멈추었
다.

"지금 무어라 했소?"

미리 도윤에게 귀띔받은 도승지는 그저 묵묵히 고개만 조아
리고 있을 뿐이었다.

"좌의정에 앉힐 인물은 제가 직접 고를 것입니다."

이학수의 눈썹이 산처럼 솟았다 꺼지길 반복했다.

"그것이 무슨 소립니까?"

"말 그대로입니다. 이젠 제가 직접 나의 조선을 이끌 인재를
뽑을 생각입니다."

처음 보는 도윤의 태도에 이학수는 말을 잇지 못했다.

"앞으로는 소자가 인재 등용에 온 힘을 다할 생각이니 아버
님께선 이젠 짐을 좀 내려놓으십시오."

할 말을 잃은 이학수는 좀 전보다 더 깊어진 눈으로 도윤의
얼굴을 살폈다. 도윤의 의중을 살펴야만 했다. 그러자 그의 의
도를 읽은 듯 도윤이 입을 열었다.

"지금까지는 소자가 나이가 어려 아버님께서 인재 등용이나
정사 문제 등 많은 부분에 관여하셨지만 이제 소자, 장성하였

으니 더는 아버님께 책임을 전가(轉嫁)하고 싶지 않습니다."

딱히 반박할 말이 없었다. 도윤은 이학수에게 이젠 정사에 손을 떼라, 강경히 말하고 있었다. 그 의사를 거부할 이유 역시 없었다. 도윤의 말대로 그가 어릴 땐 어리다는 이유로 대리청정(代理聽政)도 마다하지 않았고 모든 정사를 다 간섭하며 왕 위의 왕처럼 굴었지만, 이젠 도윤의 머리도 굵어진 것이었다.

"난 주상께서 정사에는 관심이 없는 줄 알았습니다."

이학수는 겨우 그 말을 꺼냈다.

"예, 그리하였지요. 그런데 이젠 관심이 생겼습니다."

힘을 길러야 했다. 그래서 누군가가 이 악을 끊어 내주길 바라는 것이 아닌 스스로 끊어야만 했다. 도윤의 눈빛이 이상하리만큼 단단하게 느껴졌다. 이학수는 그렇게 쫓기듯 대전을 나설 수밖에 없었다. 어쩐지 자신의 입지 또한, 이처럼 점점 줄어들고 있단 생각도 들었다. 물러나는 이학수의 얼굴은 엉망이 되어갔다.

❄

"명하신 대로 곧 처분이 떨어질 것입니다. 최 소의의 폐출 또한 차질 없이 채비 중이고요."

"멀리…… 아주 멀리멀리, 치워버려라. 감히 나를 기만한 것으로도 모자라 단희를 해하려 하다니. 결코 용서할 수 없다."

"그리고 전하께서 말씀하신 대로…… 좌의정 자리엔 과거,

선왕 전하를 모신 적이 있는 김영군 대감이 좋을 듯싶습니다."

그 말에 도윤 역시 흡족하다는 듯 고개를 느리게 끄덕였다. 곁에 서 있던 상선도 조아렸던 고개를 들어, 도윤을 향해 말문을 열었다.

"그자라면 믿고 맡기셔도 좋을 듯싶습니다. 마지막까지 선왕 전하의 곁을 지키셨던 분입니다."

이내 도윤은 고개를 끄덕이며 느리게 입을 열었다.

"그자의 정체는 알아냈느냐?"

은설과 함께 산속에서 나타났던 사내. 어딘가 익숙한 듯, 낯익은 자태가 자꾸만 도윤의 머릿속을 떠나지 않았다. 은설을 다시 만나지 말란 왕의 말에도 그 눈빛만큼은 누그러들 줄을 몰랐다. 욕망으로 불같이 타오르던 눈동자. 알아야만 했다. 그 사내의 정체를 꼭 알아야만 했다. 도윤의 물음에 주환은 고개를 조아리며 잠시 머뭇거리다 입을 열었다.

"그것이…… 병판, 신주혁의 장자라고 합니다."

"……뭐?"

뜻밖의 말에 도윤의 눈동자가 커졌다.

"은설…… 아가씨의 오라버니 되는 신영광이란 사내라 합니다."

순간, 주환을 돌아보는 도윤의 얼굴이 딱딱하게 굳었다. 얄궂은 우연일까, 아님…… 정말 무언가가 숨어 있는 것일까. 신영광이란 이름에 도윤은 그만, 특별 상궁인 '단희'의 얼굴을 떠올리고 말았다.

"왜…… 병판의 장자가 단희를."

도윤은 끝내 말을 잇지 못했다. 불현듯 삼 년 전 자신을 그 토록 아프게 했고 절절하게 했던 은설의 얼굴이, 그 위로 은설에 대한 그리움을 애써 떨쳐냈을 때 약속이라도 한 것처럼 도윤의 앞에 나타난 단희의 얼굴이 눈앞에 겹쳐졌다.

어둠 속에서 환상처럼 나타났던 단희. 어쩌면 정말, 어쩌면…….

"단희가…… 은설일 수도 있지 않을까."

황망한 말인 줄 알면서도 도윤은 그 의심을 뱉을 수밖에 없었다. 곁에 있던 주환 역시, 그의 말에 조금은 동의한다는 듯 깊은 한숨을 내쉬었다.

"전하. 어찌하올까요."

"하지만 날 그토록 매정하게 떠났으면서…… 다른 이의 이름으로 다시 내 곁에 나타날 이유가 없지 않으냐. 아무리 생각해 보아도 좀처럼 이해할 수 없는 일들이다."

도윤은 괴로운 듯 얼굴을 감쌌다. 은설과 단희가 동일 인물이라면 어떻게 되는 것일까. 무슨 연유로 떠났다 다시 돌아온 것일까. 아니, 그보다…… 왜 은설임을 숨긴 것일까.

말로는 더 설명할 수 없는 억울함과 원망이 가슴속에서 차오르기 시작했다.

"자세한 건 더 알아봐야겠지만…… 아닐 수도 있지 않겠습니까."

"아니라면 다행이지만, 맞다면…… 맞다고 하면 나는 어찌해야 할까."

도윤의 얼굴이 괴로움으로 일그러졌다. 손만 뻗으면 닿을 것 같이 가까운 곳에 자리 잡은 필애당은 여전히 평온하고 아름답기만 한데, 그곳에서 자신을 기다리고 있는 여인은 대체 무슨 비밀을 감추고 있을까.

❀

병판의 사가에서는 언성이 높아지고 있었다.

"소자…… 공주 마마와 폐비 홍 씨 마마의 마지막 대의를 위해 이 목숨을 바칠까 합니다."

"영광아!"

"홍 씨 마마께서 모레 탐라를 벗어나실 계획이라 합니다. 소자, 정의단 무리와 함께 마마를 모시러 남해로 가고자 합니다."

갑작스러운 영광의 선언에 병판과 유희는 화들짝 놀라 그의 손을 움켜쥐었다.

"대체 그게 무슨……."

"모든 관직을 내려놓고 정의단과 함께 두 분 마마의 신분 복귀를 위해 힘쓸 것입니다."

"위험한 일이다. 지금 여기 네 자리에서도 충분히 마마를 도울 수 있음이야. 한데 어찌 그 위험한 길을 가려 하는 것이냐."

유희가 영광의 손을 맞잡으며 눈물을 흘렸다. 하지만 영광은 모질게 먹은 그 마음을 번복할 생각이 없다는 듯 느리게 고개를 저었다. 그런 영광을 곁에서 바라보던 병판은 말없이 고개만 숙였다.

"누군가는 나서서 모시고 와야 할 마마입니다. 청국과 남해를 통괄하던 홍 대감께서 비명횡사하신 지 여러 해가 지났으니, 제가 나서서 아랫지방에 남은 세력들을 모아야 합니다."

"정의단 대장이 있지 않으냐"

"도성 전체에 정의단을 잡겠다는 이학수의 무리가 횡포를 부리고 있습니다. 곳곳에 복면을 쓴 정의단의 얼굴이 벽보로 붙여져 있고요. 정의단 대장은 도성을 지켜야 합니다. 언제 어느 때, 이학수가 들이닥칠지 모릅니다. 궐에 홀로 계신 공주 마마께서도 위태로워지실 거예요. 대장은 도성을 지키고 소자가 마마를 모시러 남해로 갈 인원을 다시금 꾸려야 할 듯싶습니다."

그 어느 때보다 확신에 찬 목소리로 말하는 영광을 유희는 그저 눈물로 바라볼 수밖에 없었다. 선뜻 영광의 손을 놓지 못한 채, 유희가 머뭇거리며 말을 잇지 못하자 병판이 조심스레 유희를 감쌌다.

"이리 마음을 먹고 어렵게 우리에게 전한 것 같은데…… 부인, 영광이를 응원해줍시다."

병판의 말에 유희는 그만 얼굴을 가리며 눈물을 쏟고 말았다.

"은설이도 이리 훌쩍 떠나…… 마음이 좋지 않은 때인데, 영광이마저 곁을 떠난다 생각하니 쉽사리 그리하란 소리가 입밖으로 나오질 않습니다."

유희의 솔직한 말에 병판이 작게 고개를 끄덕이며 영광을 바라보았다. 그렇게 결심한 영광 역시 낯빛이 좋지만은 않았다.

"실은 오래전부터 계획된 일이었습니다."

"오래전부터라……."

"정의단이 이곳에 자리를 잡고 공주 마마께서 한양에 당도하시기 전부터 소자 정의단을 오가며 그들과 여러 작전들을 함께 도모하였습니다."

"영광아. 어찌 일언반구(一言半句)도 하지 않았느냐."

"공주 마마께서도 아직 모르고 계시는 일입니다."

영광의 말은 유희를 더 절망에 빠지게 했다.

"어머니, 아버지, 혹 이번 반정(反正)이 성공리에 마치게 되면…… 소자……."

순간 영광은 머뭇거리며 어렵사리 말을 꺼냈다. 병판과 유희의 시선이 조금 긴장한 듯한 영광의 얼굴 위로 닿았다.

"부마가 되고 싶습니다."

부마라는 말에 두 사람의 동공이 커지고 말았다.

"공주 마마의 지아비가…… 될 것입니다."

도윤은 먹먹한 눈으로 하늘만 바라보았다. 그 사내가 병판의 장자라는 말이 쉽사리 귀에서 떠나질 않았다.

"전하……."

그때, 도윤을 부르는 상선의 목소리가 가라앉았다.

"병판의 장자…… 신영광이 알현을 청하옵니다."

갑작스러운 말에 도윤은 흠칫 놀라며 굳게 닫힌 대전 문을 바라보았다.

"그자가 나를 어찌."

상선은 이렇다 할 말 없이 그저 고개만 조아렸다.

"들라 하라."

그 말이 떨어지고 잠시 뒤, 대전 안으로 굳은 얼굴의 영광이 들어섰다.

"전하를 뵈옵니다."

한껏 고개를 조아린 영광을 가만히 내려다보던 도윤이 그 앞에 자리를 잡고 앉았다. 함께 입궐하였을 거라 생각하였던 병판은 보이지 않았다. 정말 영광이 자신에게 독대를 청한 것이라 생각하니 이상하게 긴장이 됐다.

'병판의 장자……. 은설의 오라비.'

도윤은 그 말을 씹어 삼키며 깊은 눈으로 영광을 내려다봤다.

"고개를 들라."

그 말에 영광은 주저하지 않고 고개를 치켜들었다. 산속에서 단희와 함께 있던 그 사내가 맞았다.

"제 발로 찾아올 줄이야. 그래, 무슨 연유로 나에게 알현을 청한 것인가."

"아뢰옵기 황공하오나…… 소인, 전하께 사실대로 고하여 할 것 같아 망설이고 망설이다 발걸음을 하였나이다."

어두운 영광의 얼굴에 도윤은 굳어가는 속을 다잡았다. 힘겹게 한 글자, 한 글자 내뱉는 영광의 안색 역시 어두워져갔다. 두 사람의 마주친 시선에선 금방이라도 불꽃이 일 것만 같았다.

"사실대로 고한다라."

도윤은 영광의 말을 곱씹어 보았다.

"특별 상궁 마마님……."

이내 영광의 입에서 흐른 말은 도윤의 신경을 건드리기에 충분했다. 영광은 머뭇거리듯 내뱉으며 슬쩍 고개를 조아렸다.

"실은 소인이 그날 밤, 특별 상궁 마마님을 우연히 보고 너무 놀란 마음에 그 뒤를 쫓았나이다."

"……그대가 뒤를 쫓았다?"

"예, 감히 전하의 여인이신 줄도 모르고…… 저도 모르게 쫓고 말았습니다."

"어째서인가."

도윤은 신중히 입을 벌리는 영광을 뚫어지게 응시했다.

"소인의 누이와 너무 닮아……."

"아."

그 순간 영광이 고개를 치켜들었다.

"전하께서도 저와 같은 생각이셨겠지요. 특별 상궁 마마님을 뵌 순간 소인 역시, 제 누이인가 싶어 너무 놀라 뒤를 쫓다 전하와 마주친 것뿐입니다. 하온데 그날 밤엔 소인이 경황이 없어 소상히 상황을 전하지 못해, 혹여 전하께서 오해라도 하실까……"

말끝을 흐리는 영광의 동공도 흔들리고 있었다. 진심으로 누이와 똑같이 생긴 여인을 보고 놀란 듯한 얼굴이었다. 꼭, 지난날 궁녀 단희를 처음 봤을 때의 자신을 보는 것 같아 마음이 이상해졌다.

"특별 상궁 마마님과 소인은 아무런 사이도 아닙니다. 제 누이가 갑자기 한양을 떠나는 바람에 전하와의 인연도 갑작스레 끊어졌다 들었습니다. 해서 소인 역시……"

"그 얘기라면 거두어라."

도윤은 그의 말을 잘라내며 먼 곳을 바라봤다. 도윤의 얼굴은 좀 전보다 어두웠다. 가슴이 오르락내리락할 만큼 거칠게 숨을 내뱉는 도윤은 꼭 그 속에 큰 열기를 품은 것 같았다.

이번엔 영광이 그를 빤히 응시했다. 의중을 조금도 헤아릴 수 없는 얼굴이었다.

"네 누이의 이야기라면 듣고 싶지 않으니."

도윤의 목소리는 그 어느 때보다 싸늘했다. 비로소 영광은 마음을 놓을 수 있었다. 그때의 일로 도윤의 호위대장인 주환이 자신의 뒤를 밟고 다닌다는 것을 어렴풋이 눈치챈 영광은 이렇게 하지 않으면 은설의 정체가 탄로 날 수도 있을 거란 생각이 들어 위험을 무릅쓰고 입궐을 한 것이었다.

"송구하옵니다, 전하. 하오나 너무도 닮아 오라비인 소인조차 착각할 뻔하였나이다. 어떻게 그리 똑같이 생길 수가 있는지……"

쐐기를 박듯 영광이 말을 덧붙이자 도윤은 느리게 고개를 저으며 영광을 세차게 바라봤다.

"네 누이의 행방은 네가 더 잘 알 것이니 더 긴말하지 않겠지만, 특별 상궁은 네 누이와 닮았을 뿐, 어떤 관련도 없다. 하니, 그럴 일이 없겠지만 혹여나 궐 밖에서 마주치더라도 전과 같은 결례를 범해서는 안 될 것이다."

자신의 여인을 지키겠다는 한 사내의 뜨거운 욕망이 타오르는 순간이었다. 영광은 작게 숨을 내뱉으며 입술을 질끈 악물었다. 영광은 감히 군주의 얼굴을 뚫어져라 응시했다.

"소인, 명심, 또 명심하겠나이다."

영광이 힘겹게 그 말을 뱉으며 고개를 조아렸다.

제 28 장

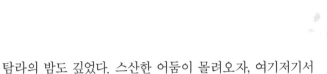

반정(反正)의 바람

 탐라의 밤도 깊었다. 스산한 어둠이 몰려오자, 여기저기서 들짐승들의 울음이 터져 나왔다.

 김 상궁이 바깥의 동태를 살피다, 횃불을 든 포졸 무리가 지나치는 것을 바라보며 홍 씨에게 다가왔다.

 "마마, 곧 배가 뜰 것 같습니다."

 폐비 홍 씨는 감았던 눈을 느리게 떠, 입술을 굳게 말아 물었다.

 "드디어 반정(反正)의 날이 밝아오는 것인가."

 "남해에서 온 무리들이 마마를 기다리고 있을 것입니다."

 홍 씨는 자신의 마지막을 배웅했던, 죽어가던 선왕의 모습을 떠올리며 눈물을 삼켰다. 김 상궁 역시 눈물을 꾸역꾸역 삼키며 주먹을 움켜쥐는 홍 씨에게 꾸려놓은 짐을 넘겨주었다.

 "김 상궁, 자네가 무사할 수 있게 내 한양에 도착하는 대로 사람을 보내겠네."

 "소인은 신경 쓰지 마시고 무조건 마마의 안위가 우선입니다. 소인은 이곳에서 소인의 소임을 다할 것이니 마마는……
반드시 반정을 성공리에 마치셔야 합니다."

두 사람은 손을 맞잡은 채 눈물을 흘렸다. 머뭇거리는 홍 씨
의 손을 김 상궁이 서둘러 놓으며 그녀를 배웅했다.

"미련은 여기 모두 남겨두고 오직 억울하게 눈감으신 선왕
전하와 세자 저하, 그리고 홀로 남겨져 고군분투하시는 공주
마마만 생각하고 떠나시옵소서……! 쇤네, 목숨을 걸고 반정
의 성공을 위해 기도하고 또 기도하겠나이다."

"꼭…… 꼭, 살아서 봅세. 김 상궁."

초가를 벗어나 어둠 속으로 사라지는 홍 씨를 향해 김 상궁
은 마지막 혼신의 힘을 다해 절을 올렸다.

날이 밝고 상참이 끝나자마자 대소 신료들의 불만이 여기저
기서 터져 나오기 시작했다. 새 좌의정이 선왕의 세력이라는
사실은 그들을 경악하게 만들기에 충분했다.

"아니…… 버젓이 선왕의 세력을 다시 끌어들이는 이유가 뭡
니까?"

이학수의 사람을 내치고 그 자리에 앉힌 이가 다름 아닌 선
왕의 세력 중 하나라니. 그들의 싹을 잘라버리고 선왕의 흔적
을 모두 지워냈건만, 도윤이 다시금 그들을 궐로 불러들이려
하고 있었다.

"그리되면 거의 기를 못 펴고 죽은 듯이 지내던 병판의 어깨에 날개를 달아주는 셈이 아닙니까?"

"미쳤군……. 그것을 함께 논의한 도승지도 미친 것이 아니오?"

"예조판서와 이조판서까지 싹 갈아엎을 모양이던데……. 환국을 시도하려는 것이 아니겠습니까?"

"대원군 대감께서는 이 사실을 알고 있소?"

이학수의 세력들은 편전을 나서며 웅성거리기 시작했다. 그들의 얼굴이 파리하게 질려갔다. 그때 새로 좌의정 자리에 앉은 김영군이 수염을 어루만지며 그들 앞에 고고하게 섰다.

"환국은 언제든지 이루어질 수 있고 그것은 전하 고유의 권한이시지."

"……죽었다 살아나더니 눈에 뵈는 게 없는가 보군. 그래봤자 이 넓은 궐에 대감 한 사람뿐. 누가 대감의 말에 힘을 실어줄 성싶소?"

비아냥거리는 그들의 목소리에 김영군은 핏, 이유 있는 웃음을 띠었다.

"태양을 가리던 먹구름이 걷히고 있다는 걸 왜 모르는지."

"뭐…… 뭐요?"

"쯧쯧, 고작 나 한 사람일까. 이제 시작이라는 것을 아셔야지들."

김영군은 혀를 끌끌 차며 이학수의 무리들에서 멀어졌다. 그 모습을 멀리서 지켜보고 있던 부원군은 눈빛을 반짝이며 서둘러 중궁전으로 향했다.

"마마, 어딜 가십니까? 상참이 지금 끝났을 텐데……. 필애당에서 전하를 기다리셔야 하는 것 아닙니까? 오늘 전하께서 함께 잠행을 나가시자고……."

필애당을 서둘러 나섰던 은설은 중궁전으로 발걸음을 옮겼다.

"강 나인, 너는 필애당으로 돌아가 혹 전하께서 발걸음을 하시거든 대전 화원 쪽에서 내가 기다리고 있겠다, 전하거라. 나는 홀로 중궁전으로 갈 것이니."

"지금 중궁전엔 부원군 대감께서 들어 계실 것이온데."

강 나인이 조금 놀란 얼굴로 은설을 제지했지만, 은설은 괜찮다는 듯 고개를 끄덕이며 강 나인을 돌아보았다. 강 나인은 못내 찝찝했지만 은설에게도 무언가 생각이 있지 않을까 싶어 서둘러 걸음을 옮겼다. 은설은 분주히 중궁전으로 향했다.

"지난날…… 감히 내 행색을 해 전하와 나의 연을 더럽혔겠다."

은설은 그날의 일을 잊지 않고 두고두고 되새김질했었다. 여주의 말을 곱씹으며 어떻게 해서든 중전에게 되갚아주겠노라, 다짐했던 그녀였다. 중궁전으로 향하는 은설의 얼굴이 점점 굳어갔다. 때마침 당도한 중궁전. 은설은 고개를 치켜들어 고고한 자태를 뽐내는 중궁전을 올려다보았다.

"나의 것을 탐하면 어찌 되는지…… 오늘 너에게 똑똑히 보여주어야겠다."

혼자 그 말을 읊조리던 은설은 거칠 것 없이 발걸음을 내디뎠다. 이내, 홀로 휘적휘적 중궁전으로 들어서는 은설을 발견한 주 상궁은 화들짝 놀라며 눈을 동그랗게 떴다.

"마, 마마님……."

"안에 뉘 들어 계시오."

중궁전 궁인들이 모두 놀란 얼굴로 은설을 바라보자, 주 상궁은 다른 말을 더 올리지 못한 채 초조한 듯 은설의 눈만 바라봤다. 그러자 은설은 괜찮다는 듯 고갯짓을 해 보였다.

"부원군 대감마님 들어 계시옵니다."

"고하여 주시오."

"중전 마마……. 특별 상궁 들었사옵니다."

주 상궁의 목소리가 고요한 중궁전을 갈랐다. 그러자 중궁전 안에서 중전의 앙칼진 목소리가 들렸다.

"들라 하라."

중전의 명이 떨어지자 굳게 닫혔던 문이 열렸다. 주 상궁은 안으로 담담하게 들어서는 은설이 걱정돼 시선을 놓지 못했다.

"네가 무슨 일로, 여긴."

못마땅한 듯 얼굴을 구기는 중전 앞에 부원군이 앉아 있었다. 부원군은 스르륵 고개를 돌려 은설을 올려다보았다. 두 사람의 시선이 형형하게 맞부딪혔다. 은설은 중전과 부원군을 향해 정중하게 고개를 조아렸다.

"볕이 좋아…… 중전 마마와 산보라도 나가 담소를 나누어 볼까 하여, 소인 감히 마마의 부름 없이 중궁전에 발걸음을 하였나이다."

은설의 차분한 목소리가 부원군의 귓가에 닿았다. 부원군은 반듯하게 서서 고개를 조아리고 있는 은설에게서 시선을 떼지 못한 채 이를 악물었다.

"네년이…… 그 반반한 낯짝으로 전하를 홀렸다는 특별 상 궁인가."

그는 다짜고짜 은설을 향해 거칠게 말을 뱉어냈다. 은설은 조아렸던 고개를 천천히 들어 부원군을 싸늘하게 내려다보았다.

"심상찮은 미색임엔 틀림없군. 네년 덕에 우리 중전 마마께서 더 고달파지셨다지."

"……그랬다면 송구하옵니다."

"담소를 나누고 싶어 왔다고 하니 내 자리를 비켜주지. 마마, 하면 내일 다시 들르도록 하겠습니다."

부원군은 꿍, 소리를 내며 자리에서 일어났다. 그러곤 여전히 자신을 빤히 바라보고 있는 은설을 매섭게 노려보며 그녀 곁에 섰다.

"아랫것이면 아랫것답게 굴어야 할 것이다. 괜히 설쳐대다 최 소의 꼴 당하지 말고."

부원군은 목구멍에 힘을 주어 말을 이어갔다. 분기에 찬 그의 목소리에도 은설은 그저 묵묵히 입을 다문 채 부원군을 바라볼 뿐이었다.

"오르지 못할 나무는 쳐다도 보지 않는 법. 네년이 영악하기로 소문났으니 내 말에 담긴 뜻이 무엇인지 잘 알 것이라 생각한다."

그렇게 말하며 부원군이 싸늘하게 돌아서자, 은설이 슬쩍 조소하며 중전을 내려다보았다. 이내 은설의 입이 벌어졌다.

"두려우십니까."

은설은 황당하다는 얼굴로 자신을 내려다보고 있는 부원군을 세차게 노려보았다.

"최 소의 역시 제게 같은 말을 하며 두려움을 안으로 삭이곤 했지요."

"……뭐라?"

"최 소의는 스스로 몰락한 것입니다. 그 누구도 최 소의를 그렇게 만든 것이 아니란 말입니다. 소인을 향한 두려움 때문에 스스로 그 길을 걸은 것입니다."

한 글자, 한 글자, 온 힘을 다해 말을 내뱉던 은설이 이번엔 멍하니 자신을 올려다보고 있는 중전을 바라봤다. 부원군은 무서운 기세로 몰아붙이는 은설을 굳은 얼굴로 응시했다.

"가히 최 소의를 폐출시키게 만든 장본인답게 아주 교활하고 발칙하구나. 뉘 안전이라고 세 치 혀를 놀려!"

부원군과 은설의 시선이 스산하게 스쳤다.

"한데 소인이 그 오르지 못할 나무를 쳐다보게 된다면……

어찌 될까요?"

"무어라……? 이년이……!"

부원군은 은설의 뺨을 내려치기 위해 그 커다란 손을 거칠게 들어 올렸다. 그러자 그것을 지켜보고 있던 중전이 자리에서 벌떡 일어나며 소리쳤다.

"아버지! 안 됩니다……!"

중전의 다급한 목소리에 은설의 뺨을 향하던 부원군의 손이 멈추고 말았다.

"전하께서 아시면…… 큰일이 날 것입니다!"

곧, 은설은 화를 주체하지 못해 거칠게 숨을 내뱉는 그를 빤히 올려다보며 느리게 입을 열었다.

"소인의 뺨을 한 번 내려치는 걸로 그 두려움이 가신다면 얼마든지 이 뺨, 내어드리지요."

"……뭐?"

"하오나 그 뒷감당은 부원군 대감마님이 아닌."

순간 은설의 분기에 찬 눈동자가 기함하는 중전에게로 날아가 꽂혔다.

"중전 마마께서 하셔야 할 것입니다."

"발칙한 년. 너의 앞날을 내가 두고두고 지켜볼 것이야."

그 말만 찌꺼기처럼 뱉어낸 부원군은 애써 은설을 지나쳤다. 동시에 울분을 삭이던 중전이 부르르 떨며 그녀를 세차게 노려보았다. 중전의 차가운 시선이 은설의 얼굴 위에 닿자 은설은 다소곳하게 입을 열었다.

"더 설전을 해봤자 중전 마마와 제가 얻는 것이 무엇이겠습니까. 바람이라도 쐬시지요. 청국에서 새로운 꽃이 들어왔다고 하니 구경이라도 가시지요."

은설이 덤덤하게 눈을 아래로 내리깐 채 고개를 조아렸다.

"우리가 함께 꽃구경을 할 사이는 아니지 않으냐?"

"그렇다고 해서 대놓고 척을 진 채 으르렁거리기엔 아랫것들 보기에 민망하지 않겠습니까."

그 말을 끝으로 은설은 한 걸음 물러나며 그녀를 빤히 바라보았다. 먼저 나가라는 듯한 그녀의 태도에 중전은 낮게 한숨을 내쉬며 고개를 치켜들었다. 그녀는 하는 수 없이 중궁전을 빠져나갔다.

❀

햇볕이 곱게 내리쬐는 대전 화원으로 향하는 길. 앞서가던 중전이 문득 뒤를 돌아 은설을 내려다보았다.

"한데 청국에서 온 꽃이 어찌 대전 화원에 있단 말인가."

그녀의 물음에 은설은 태연하게 고개를 들어 입을 열었다.

"꽃이 너무 예뻐 소인이 전하께도 보여드리고 싶어, 직접 대전 화원으로 옮겨놓았습니다."

떨떠름한 얼굴로 중전이 대전 화원 앞에 섰다. 그러곤 상궁들이 문을 열어줄 때까지 기다리고 있는데 은설이 그런 그녀의 앞을 막아섰다.

"마마, 잠시 주위를 물려주시지요."

"왜 그러느냐."

중전이 눈을 형형하게 치켜뜨며 은설을 돌아보았다.

"드릴 말씀이 있습니다."

그 말에 중전은 깊이 한숨을 내쉬며 주 상궁과 궁녀들을 바라보며 고갯짓을 해 보였다. 이내 궁인들이 물러나고 화원 앞에는 두 사람만이 남았다.

"곡해하지 마시고 들어주소서."

"……무엇을?"

"소인 중전 마마께 묻고 싶은 것이 있어 이렇게 주위를 물려달라 하였나이다."

한 글자, 한 글자 또박또박 내뱉는 은설의 입매에 옅은 호선이 그려졌다. 중전은 미간을 찌푸리며 그녀의 얼굴을 빤히 살폈다. 은설의 얼굴이 밝아질수록 중전의 가슴은 갑갑해져 왔다.

"무엇인데."

"병판의 여식…… 신은설이라는 여인을 혹, 아십니까?"

순간 중전의 머릿속이 바쁘게 돌아가기 시작했다.

병판의 여식이라면 지난 삼 년간 단 한 번도 잊어본 적 없는 이름이었다. 한데 어찌 그 여인의 이름이 특별 상궁의 입에서 흐르는 것일까.

"그 이야기라면 거두어라. 네가 입에 담을 일은 아니다."

"중전 마마께서는 그 여인을 보신 적이 있으시옵니까."

"나는…… 본 적 없지만."

중전이 말끝을 뚝 자르며 은설의 얼굴을 자세히 뜯어보았다. 은설을 내려다보는 중전의 얼굴이 붉어졌다, 창백해지기를 반복했다.

"하지만 알고는 계신 것이지요……? 그 여인에 대해서?"

"모르진 않지. 전하의 첫 정인이셨으니."

그렇게 말하는 중전의 입꼬리가 피식 솟았다. 마치 그 조소가 은설에게 '네가 아무리 성총을 거머쥐고 있다고는 하나, 전하의 첫 정인은 아니다.'라고 말하는 것 같았다. 하지만 은설은 동요하지 않았다.

"마마, 그럼 혹시 그 여인과 관련된 이런 이야기를 들어보신 적은 있습니까?"

은설의 말에 조소하던 중전의 얼굴이 차갑게 식고 말았다.

"소인, 조금 꺼림칙한 이야기를 들었는지라, 마마께도 직접 전하는 것이 옳은 일인 것 같아 이리 마마를 마주하였나이다."

그녀의 입에서 무슨 말이 흘러나올까, 은설의 입술을 쳐다보는 중전의 얼굴이 더욱 질려갔다.

"소인이 일전에 사가에 다녀온 적이 있었지요. 그때 저잣거리에서 우연히 그 여인의 이야기를 들은 적이 있사옵니다."

"뭐라?"

"하도 궐에서 그 여인의 이름을 들었던 터라 오가는 대화 속에서 그 이름이 단번에 귀에 들렸사옵니다. 해서 소인 역시, 그 여인에 대해 궁금했던 찰나라 걸음을 멈추고 대화에 집중하였지요. 아무래도 그 여인의 몸종 아이였던 것 같습니다."

중전의 눈썹이 슬쩍 위로 솟았다, 내려왔다.

"자신의 아가씨가 삼 년 전, 후궁이 될 뻔하였는데 모든 것을 내려놓고 한양을 떠나게 되었다고요."

"네가 잘 몰라서 하는 소린데, 그것은 그 여인이 포기하고 떠난 것이 아니다. 남은 사람 마음을 그리 아프게 헤집어놓고 저 혼자 아름답게 마무리를 지었다 생각하다니……. 아주 우습구나."

비열하게 웃음을 짓는 중전이 씹어 뱉듯 그 말을 쏟으며 은설을 바라보았다.

"혼담을 주고받던 가문이 있으면서 감히 전하를 기만하고 후궁이 되려 했다지. 모든 걸 내려놓고……라는 말은 어울리지 않는다. 쫓기듯 도망친 주제에."

중전의 말에 은설이 묵묵히 고개를 조아리며 입술을 열었다.

"한데 제가 들은 이야기는 그게 다가 아니었습니다."

"뭐……?"

"자신의 아가씨가…… 삼 년 전, 한양을 떠나기 전에 큰 곤욕을 치를 뻔하였다고 하더군요."

중전은 점점 자신의 몸이 낭떠러지 끝으로 밀려가고 있는 듯한 기분이 들었다.

"하마터면 목숨을 잃을 뻔하였다고. 갑자기 괴한들이 그 여인을 덮쳐 광에 가두고 그 여인과 똑같은 행색을 한 웬 여인이 나타나 자신의 아가씨를 대신해 누군가를 만나러 갔다고 하더군요."

"어, 어찌⋯⋯! 어찌 그런 해괴망측한 소리를! 그리고 그것이 왜, 그것이 뭐 어떻다고 내게 고하는 것이냐?"

중전이 사납게 소리를 지르며 눈을 치켜떴다. 그러자 은설이 그녀에게 조심스럽게 다가가며 무겁게 입을 열었다.

"한데 말입니다. 그 여인을 노린 자가⋯⋯ 이 궐 안에 있다고 하더군요."

"말도 안 되는 소리!"

"예, 소인도 처음에는 말이 안 되는 소리를 지껄인다, 그리 생각하였습니다. 그런데 중전 마마, 그 아이가 하는 말을 들어보니⋯⋯ 궁녀였다고 합니다."

"궁녀?"

중전의 목구멍이 바짝바짝 타들어가는 듯했다. 은설에게 초조함을 들키지 않으려 더욱 표정을 굳혔지만 그마저도 무의미할 지경이었다. 그녀의 이마엔 식은땀이 송골송골 맺히기 시작했고 눈동자 역시 갈피를 잡지 못한 채 흔들리고 있었다.

"한 귀로 듣고 흘리려 하였으나 그 궁녀의 생김새를 듣고 보니 한 궁인이 떠올랐지 뭡니까."

"뭐⋯⋯?"

"왼쪽 뺨에 점이 있는 궁녀라 하였습니다. 중전 마마께서도 퍼뜩 떠오르는 얼굴이 없사옵니까? 소인은 그 이야기를 듣자마자 중전 마마의 수발 궁녀가 떠올랐는데 말입니다."

"네 이년! 감히 나를 의심하는 것이냐!"

중전의 호통이 떨어지자마자 은설은 기다렸다는 듯 무릎을 꿇으며 고개를 조아렸다.

"천부당만부당하신 말씀이옵니다, 중전 마마. 어찌 소인이 감히 이 나라의 국모이신 중전 마마를 의심하겠사옵니까! 다만 저잣거리에서 그런 말이 또 나돌면…… 결국 궐의 위상은 떨어질 것이고 나아가 중전 마마께서도 그들의 입방아에 오르내리지 않겠습니까."

아주 틀린 말은 아니었기에 중전은 더 호통칠 수 없었다. 다만 지난날, 자신이 그 여인에게 했던 일이 떠올라 도저히 평정심을 유지할 수 없었다. 사시나무처럼 떨리는 그녀의 몸을 바라보던 은설이 쐐기를 박듯 입을 열었다.

"하니 소인 그날의 일을 전하께 고할까 합니다."

"뭐라……? 이미 끝난 일이다. 전하께서 애써 그 여인을 잊고 마음을 닫으셨는데 어찌 네까짓 게 그 일을 들먹여 전하의 마음을 다시 아프게 하려 하느냐?"

"다, 마마를 위해서지요. 이대로 가다간 저잣거리에서 그 몸종 아이가 하는 이야기를 들은 자들이 합리적인 의심을 하지 않으리란 법이 없지 않습니까. 그리고 그 일을 전하께서 혹 잠행 중에 듣게 되신다면."

"아."

"마마에 대한 오해와 불신이 얼마나 깊어지시겠습니까?"

반듯하게 고개를 조아린 은설의 머리 위로 중전의 호통이 떨어졌다.

"그러니! 그것이 지금 나를 향한 합리적 의심이라는 말을 하고 있는 것이 아니더냐?"

"그것이 아니지요."

"아니면 무엇이냐!"

"그 궁녀가 정말 중전 마마를 위해 그 여인을 독단적으로 해치려고 한 것일 수도 있지요. 하니 사건의 진상을 파헤쳐 그것이 거짓이라면 그 몸종 아이의 입을 다물게 해야 할 것이고 그것이 진실이라면……."

은설이 고개를 추어올려 중전의 눈을 똑바로 응시했다. 그 시선에 꼭 손이 달려 중전의 숨통을 압박하는 것 같았다.

"그 궁녀를 당장 잡아들여 감히 왕의 여인을 해치려고 한 죄, 그 사건의 모든 전말을 파헤쳐 지금이라도 벌을 받게 해야 함이 옳지 않겠습니까?"

그렇게 말하며 은설이 조심스럽게 자리를 뜨려 하자, 다급해진 중전은 은설의 손목을 우악스럽게 잡아챘다.

"나서지 마라. 죽고 싶지 않으면."

"중전 마마께서 내명부의 수장으로서 위엄을 세워주소서. 마마께서 직접 전하께 고하셔야 합니다."

"관두라고 하였다!"

"마마께서 하시지 않겠다면 소인이 직접 하겠습니다."

그러면서 은설이 그녀의 손을 세차게 뿌리치며 돌아서자, 은설의 등 뒤로 소름 끼치도록 잔인한 웃음이 들려왔다.

"하하…… 하하하!"

돌아보니 중전이 실성한 사람처럼 목을 젖힌 채 웃고 있었다.

"그래? 그럼 어디 한번 말해보아라. 증좌라곤 겨우 그 몸종 년의 입놀림 하나뿐이니?"

"……마마?"

"중궁전 나인이 윗전인 나의 명 없이 움직일 성싶으냐?"

미친 사람처럼 웃어대던 중전이 순식간에 웃음기를 거두며 은설을 향해 성큼성큼 다가갔다. 그러자 은설은 슬금슬금 뒷 걸음질을 치다 화원 벽에 쿵, 하고 등을 부딪치고 말았다.

"그 말은 마마께서 직접……."

"그래, 맞다. 내가 그리하라 명을 내렸지."

중전은 비열하게 입매를 틀어 올리며 은설의 어깨를 꽉 쥐었 다. 그러자 은설은 그녀의 힘을 이기지 못하고 바닥에 주저앉 고 말았다.

"아무리 전하의 첫 정인이라도. 전하께서 교지를 내리라 명 한 여인이라도. 전하의 성총을 거머쥔 대단한 년이라도, 나의 마음에 들지 않으면 그렇게 내쳐지는 법."

"중전 마마."

"그러니 알겠느냐? 지금 네년이 전하의 성총을 받고 있다 해 도 내 눈에 거슬리는 행동을 한다면…… 그년처럼 소리 소문 없이 궐을 떠나게 해줄 것이야."

그런 중전을 세차게 올려다보던 은설은 이를 악물며 말했다.

"어찌…… 그러셨습니까?"

"네 말대로…… 다, 나를 위해서."

중전의 입이 잔혹하게 벌어졌다.

"하니 너도 그 여인처럼 전하의 곁을 떠나고 싶지 않거든 그 주둥이를 함부로 놀려서도 또한 나의 심기를 건드려서도 아니 될 것이다."

은설이 황망하다는 듯 고개를 내저었다. 그녀의 검은 눈동자에 뿌연 눈물이 차오르고 있었다.

"마마께서 지난날 제게 물으셨지요. 전하의 승은을 입었느냐고. 그땐 마마께서 천한 제 몸에서 전하의 후손을 볼까, 그것이 염려되어 제게 물으시는 줄 알았습니다."

"그런데."

"속은 상했지만…… 소인 역시 그것이 궐의 안녕과 전하를 위한 일이라 생각하고 전하의 승은을 입으면 기꺼이 마마께가, 회임을 방해하는 탕약을 먹겠다…… 그리 말하였지요."

"그랬었지. 한데, 왜. 승은이라도 입은 것이냐?"

중전은 은설의 턱을 우악스럽게 잡아채 고개를 들게 했다.

"언제나 그러셨습니까."

"……무엇을."

"궐의 안녕과 질서를 위해 소인에게 그런 염려를 하신 것이 아닌……. 오직 투기 때문에 그러신 것입니까. 소인이 진짜 원자라도 낳아, 마마의 자리를 위협할까 싶어서요?"

은설의 목소리가 파르르 떨렸다. 그런 그녀를 뚫어지게 내려다보던 중전은 가벼운 조소와 함께 입을 열었다.

"당연하지. 원자(元子)의 모후는 곧 권력이다. 그것도 모르고 호기롭게 약을 먹겠다고 하였느냐? 왜, 다시 생각해보니 마음이 달라졌느냐? 네년이 원자를 낳게 되면 네년은 죽은 목숨과 다를 바 없다. 너도 그걸 잘 알고 있기에 네 목숨을 구걸하려 내게 그 약을 먹겠다 한 것이 아니었느냐? 한데 이제 너와 나, 둘이 남았는데 이리 자신 없어 하는 모습을 보이면 안 되지."

중전은 여유롭게 웃음을 지어 보이며 고개를 절레절레 저었다. 은설은 그런 그녀를 지그시 올려다보기만 했다.

"네가 죽든 내가 죽든…… 둘 중 하나는 이 궐을 떠나야 끝나는 싸움이 될 텐데 말이야."

그리고 그 말이 잔인하게 은설의 귓등 위로 떨어지자마자 화원 문이 벌컥 열렸다. 동시에 중전은 화들짝 놀라며 곁을 바라봤다.

"그렇다면 중전께서 나가주셔야겠소."

극도로 화가 난 도윤이 그 울분을 참지 못한 채 거칠게 숨을 뱉으며 중전을 쏘아보고 있었다.

"저…… 전하!"

화들짝 놀란 중전이 바닥에 엎드렸고, 동시에 도윤은 쓰러지듯 벽에 기대앉은 은설을 안아 일으켰다. 화원에 함께 있던 주환과 도승지가 딱딱하게 굳은 얼굴로 도윤의 뒤에 섰다.

"이젠 더…… 그대의 투기와 불순한 언행을 봐주고 있기 불쾌하오."

"전하! 오해십니다……! 이건 저년이 꾸민 모략……!"

"도승지는 들어라."

"예, 전하."

"날이 밝는 대로 중전의 폐위에 대하여 논할 것이다. 준비토록 하라."

그렇게 말하며 도윤이 싸늘하게 엎드린 중전을 지나치자, 소스라치게 놀란 중전은 고개를 치켜들며 멀어지는 그의 모습을 바라봤다. 그러자 고고하게 당의 속에 손을 집어넣은 은설이 그녀의 앞에 섰다.

"네 이년! 다 알고 나를 이리로 불러…… 자극시킨 것이야! 그렇지!"

"억울해할 것 없습니다, 중전 마마. 병판의 여식이란 그 여인이 더 가슴을 치며 아파하고 원통해했을 것이니."

"고작 투기란 명분 따위로 대원군 대감의 신뢰를 받는 중전인 내가 폐위될 것 같으냐?"

중전이 이를 부득부득 갈며 은설을 노려보았다. 이내 은설은 슬쩍 허리를 구부려 중전에게만 들리도록 은밀히 속삭였다.

"중전 마마의 말씀대로 이 궐에서 마마와 저, 둘 다 살아갈 수 없다면…… 어쩌지요, 아무래도 중전 마마께서 나가주셔야 할 것 같은데."

"폐위가 결정될 때까지 중궁전을 폐쇄하고 그 누구도 그곳에 발걸음할 수 없을 것이다."

성난 목소리로 그렇게 도승지와 상선에게 알리던 도윤은 여전히 믿기지 않는 얼굴로 파르르 떨었다. 그 곁에 가만히 앉은 은설은 혼란스러워 보이는 그를 올려다보며 걱정스러운 얼굴을 했다. 차마 괜찮냐는 물음조차 건넬 수 없을 만큼 엉망이 되어가는 그의 안색이었다.

"전하……. 하오나 폐위는 너무도 민감한 사안입니다. 더군다나 근래에 좌의정까지 갈아 치우면서 조정 대신들의 불만이 커지고 있는 터라…… 중전 마마까지 언급하신다면."

"상관없다. 그들이 무어라 생각하고 숙덕거리는가에 대해서는 조금도 관심 없으니."

그의 말이 떨어지고 어두운 얼굴로 잠시 고민에 빠졌던 도승지가 짧은 대답을 올리며 자리에서 일어났다. 이내 대전에는 은설과 도윤 두 사람이 남게 됐다. 도윤은 괴로운 듯 얼굴을 감싸 쥐며 연거푸 한숨만 내쉬고 있었다. 은설은 무릎걸음으로 다가가 그를 애처롭게 올려다보았다.

"전하."

그녀의 애달픈 목소리가 도윤의 심장에 닿았다.

"미안하구나……. 너에게 이런 모습을 보여."

"미안하다니요."

"모두 잊고 너를 바라보기로 했으면서 과인은 지금…… 네가 아닌 다른 여인 때문에 괴로워하고 있다."

그 말에 은설이 울지 않으려 입술에 힘을 주었다. 그리고 다소곳하게 손을 모으고 앉아 높은 파도가 치는 그의 마음이 진정되길 기다리겠다는 듯 고개를 조아렸다.

그저 은설은 말을 아끼며 그의 곁을 지켰고, 도윤은 홀로 울분을 삭이느라 애쓰고 있었다. 두 사람은 같은 공간에서 서로 다른 이유로 괴로움에 몸부림쳤다. 이내 고뇌하던 도윤의 입이 열렸다.

"그런 줄 알았으면…… 그런 일이 있었다는 것을 알았더라면……."

은설은 혼잣말을 하듯 정신없이 그 말을 내뱉는 도윤을 올려다보았다. 차마 뒷말을 잇지 못하고 말끝을 흐리고야 마는 도윤의 말을 그녀가 대신해서 이었다.

"그 여인을 잡았을 것입니까?"

"단희야."

"아니면……. 떠난 그녀를 어떻게든 찾아와 곁에 앉히셨을 것입니까?"

원망도 투기도 아닌 온기 어린 어조였다. 담담하고 따뜻하기 그지없는 그녀의 목소리에 도윤의 가슴은 더 아팠다.

"아니."

하지만 그렇게 대답하는 도윤의 목소리는 애처롭게 떨렸다.

"행복을 빌어줬을 것이다."

"……전하."

"행복하라고. 나를 버리고 달아난 그 어딘가에서도 부디 안녕하라고 빌어주었을 것이다. 적어도 마지막 안녕은 건네주었을 텐데. 그러지 못하고 지난 삼 년간 미워하고 원망만 한 것 같아…… 그것이 너무 미안하구나."

그 말에 은설은 손을 뻗어 도윤의 옥루를 닦아 주었다. 그러곤 말없이 그의 목을 끌어안아 따뜻하게 다독였다.

"이제라도 그 행복을 빌어주시니 그것이면 되지 않겠사옵니까?"

"……아."

"그 여인은 그 어디에서도 행복할 것이옵니다. 전하와의 행복했던 정을 추억하고 떠올리면서요."

도윤의 어명을 받은 무장한 호위대가 중궁전 앞에서 인간 벽을 이루고 있었다.

잠시 밖의 동태를 살피던 중궁전 나인은 서둘러 장옷을 뒤집어쓴 채 중궁전 전각 밑을 빠르게 달려나갔다.

─어떻게 해서든 궐을 빠져나가 내 아버지께 이 사실을 알려야 할 것이야. 그래서 그 병판의 몸종 년을 어떻게든 죽여놓아라.

중전의 마지막 발악과도 같았던 그 명을 반드시 따라야만 했다. 그것만이 자신이 살길이라 여긴 중궁전 나인은 온 힘을 다해 중궁전에서 멀어지고 있었다.

"나는 죽지 않을 거야……. 어떻게든 살아남을 거야."

장옷을 쥔 그녀의 주먹에 힘이 들어갔다. 그때, 중궁전을 벗어날 수 있는 유일한 중문이 눈앞에 들어왔다. 저 문만 무사히 빠져나가면 위기에 빠진 중전도, 또한 자신도 살아남을 수 있을 터였다.

─그리고 이번에 전하와 특별 상궁이 함께 갈 온양 행궁 길에 그년을 독화살로 죽일 생각이다. 아버님께 차질 없이 채비하라, 전하거라. 그년이 죽어야 모든 것이 끝이 날 수 있으니.

중전의 목소리가 그녀의 뒷덜미를 움켜쥐는 것 같았다. 심장이 터져나갈 것 같았지만 중궁전 나인은 이 긴장감을 이겨내야만 했다. 결심한 듯 그녀가 잽싸게 몸을 날려 중문으로 향하던 그 순간, 갑자기 누군가가 나타나 그녀의 앞을 가로막았다.

"흠…… 흠."

홀로 필애당으로 돌아와 가만히 서책을 넘기고 있던 은설의 앞에 도윤이 모습을 드러냈다.

은설이 갑작스러운 그의 헛기침 소리에 화들짝 놀라 고개를 들자, 그가 조금 머쓱한지 뒷짐을 진 채 은설이 아닌 다른 곳을 쳐다보고 있었다. 은설은 조금 놀란 얼굴로 자리에서 일어났다.

"전하, 어쩐 일⋯⋯이신지요. 석강(夕講)이 있으시다고 하지 않으셨습니까?"

그녀는 의아하다는 듯 눈을 동그랗게 뜨며 그를 바라봤다.

"미루었다."

"어째서요?"

"너와 바람을 쐬려고."

도윤이 그렇게 말하고는 이내 그녀의 앞에 손을 내밀어 보였다. 그의 커다란 손에 들꽃이 한 아름 들려 있었다.

"이게 무엇입니까?"

"궐 뒷산에 들꽃들이 예쁘게 피었더구나."

"손수 가져오신 것입니까?"

"사냥 연습을 하러 갔다, 네 생각이 나서."

그리 말하는 도윤이 미안하다는 듯 미소를 짓고 있었다. 그러자 은설이 그 꽃을 조심스럽게 받아 들며 화답하듯 입매를 끌어 올렸다.

도윤은 손을 뻗어 그녀의 목덜미를 끌어안았다.

"너무 예쁩니다, 전하."

"오늘은 아무 생각 없이 네 품에서 밤을 맞이하고 싶구나."

그 말을 하는 도윤은 이제 모든 것이 끝나간다는 듯 편안하게 웃어 보였다.

"예, 그리하여요. 볕이 좋으니 걸어요, 우리."

주 상궁이 조금은 굳은 얼굴로 중궁전 나인의 손을 낚아채 몸을 숨겼다.

"어딜 가는 것이냐."

"그, 그것이……."

"이리 밖으로 돌아다니는 것을 누가 알기라도 하면 어쩌려고!"

"하, 하오나…… 사, 사가에 급한 부름이 있어……."

무슨 일이 있어도 주 상궁에게 들켜선 안 된단 중전의 신신당부가 있었기에 중궁전 나인은 급하게 얼버무리며 주 상궁의 시선을 회피했다. 주 상궁은 파르르 떨기 시작하는 중궁전 나인의 안색을 면밀히 살폈다.

"꼭 지금 나가야 하는 것이냐?"

"예? 아…… 예, 마마님. 어, 어머니께서 아프다고 하셔서. 그럼."

중궁전 나인이 곤란하다는 듯 연신 눈살을 찌푸리자 주 상궁은 그녀의 손을 덥석 잡았다. 그러곤 형형하던 눈빛을 누그러뜨리며 다정한 목소리로 그녀를 내려다보았다.

"중전 마마께서 폐위 위기에 처하셨다. 그 어느 때보다 중전 마마의 입지가 위험하다는 걸 너 역시 잘 알고 있겠지."

"마마님……."

"나 역시 대원군 대감마님의 사람이지만…… 웃전인 중전 마마를 위하지 않은 적이 단 한 번도 없었다. 하니 난 지금 이 위기를 중전 마마께서 잘 헤쳐나가실 수 있도록 만전을 기할 것이다."

"하오나 마마님……. 마마님께서는 중전 마마가 아니더라도 대, 대원군 대감마님의 사람이니 목숨을 부지하실 수 있지 않사옵니까."

중궁전 나인이 울먹이며 자신의 손을 꼭 잡고 있는 주 상궁의 손을 내려다보았다.

"한데 너 혼자 무슨 힘으로 중전 마마를 지키겠느냐."

진심이라는 듯 주 상궁이 고개를 끄덕이며 그녀를 애처로운 눈길로 내려다보았다. 한 번도 본 적 없는 주 상궁의 따뜻하고도 살가운 얼굴. 순간 중궁전 나인의 마음이 흔들리고 말았다.

'중전 마마께서…… 이 일을 주 상궁에겐 절대로 말하면 안 된다고 했는데.'

고민하는 듯 입술만 달싹이는 나인을 내려다보던 주 상궁이 황급히 그녀의 손목을 잡아끌며 은밀히 속삭였다.

"너 혼자 힘으론 저 중문조차 넘을 수 없을 것이다. 난 이미 알고 있다."

"……예?"

"네가 중전 마마의 사가에 가야 한다는 것을."

"그…… 그것이!"

나인은 곤란하다는 듯 입술을 깨물었다. 그녀의 흔들리는 눈빛을 읽어낸 주 상궁이 더욱이 그녀에게 다가갔다.

"속일 생각 마라. 너 혼자로는 역부족이야. 중전 마마께서는 이미 폐위 위기에서 벗어나실 수 없다는 걸 잘 알고 계신다. 절박했다면 대원군 대감께 매달렸겠지. 살려달라, 구원해달라고. 지금 중전 마마를 살릴 사람은 대원군 대감밖에 없다는 걸 너도 잘 알고 있지 않으냐?"

"아."

"한데 중전 마마께선 이미 반쯤 포기하신 것이야. 그러니 너에게 이런 큰일을 맡겼겠지. 너는 고작 저 중문조차 넘지 못할 궁녀일 뿐인데 말이야. 마마께서는 지금 너무 혼란스러워 어떤 것이 옳은 길인지, 어떤 길이 제 살길인지조차 명민하게 생각하지 못하신다."

"……."

"하니 우리가 마마를 살려드려야 하지 않겠느냐?"

듣고 보니 맞는 말이었다. 주 상궁을 올려다보는 중궁전 나인의 눈이 좀 전과 달리 유순하게 풀어져 있었다. 그 말이 떨어지자마자 중궁전 나인은 자신의 몸을 짓누르고 있던 긴장감이 확 달아나는 것을 느꼈다. 나인은 마음을 굳힌 듯 눈물을 닦아내며 무겁게 입을 열었다.

"마마님, 도와주세요."

이내 주 상궁은 주절주절, 그녀의 입을 통해 중전의 마지막 발악을 듣게 되었다.

제 29 장

공주의 위기

"자네가 여기에는 어찌."

부원군은 갑작스러운 주 상궁의 등장에 화들짝 놀라며 자리에서 일어났다. 주 상궁이 자신의 여식을 보필하고 있는 최고 상궁이긴 했지만 중전이 제일 꺼리는 이학수의 오른팔이었기에 그녀의 방문이 살갑지만은 않았다.

"중전 마마의 명을 받잡고 왔사옵니다."

주 상궁은 부원군을 향해 정중하게 고개를 조아리며 얼굴을 굳혔다.

"대체 무슨 일인가. 혹 중전 마마께 무슨 변고라도 생긴 것인가."

"마마께서 폐위 위기에 처하셨습니다."

단조로운 그 말이 부원군에겐 청천벽력과도 같았다. 주 상궁의 입에서 '폐위'라는 단어가 흘러나오자 중궁전 나인은 바닥에 납작 엎드리며 꺼이꺼이 목 놓아 울고 말았다.

"대감마님……! 우리 중전 마마를 살려주세요!"

410

부원군은 믿을 수 없다는 듯 어떠한 대꾸도 하지 못한 채 주 상궁만 바라보고 있었다. 이내 창백하게 질려가는 부원군을 바라보던 주 상궁이 다시금 입을 열었다.

"전하께서 지난날, 중전 마마께서 병판의 여식에게 한 일들을 모조리 알게 되셨습니다……. 그것으로도 모자라 특별 상궁을 향한 투기를 감추지 못하시어 전하께서 노하셨사옵니다."

부원군은 서안을 소리 나게 내려치며 두 눈을 질끈 감고야 말았다.

"그렇게 조심하라 일렀거늘……! 어찌 그러셨단 말인가!"

"이번엔 어물쩍 상황을 모면하시기 어려울 듯합니다. 내일이면 전하께서 직접 상참 때 중전 마마의 폐위를 거론하실 것입니다."

"해서…… 중전 마마께서 자네를 내게 직접 보내셨단 말인가."

부원군이 주 상궁을 의미심장한 눈초리로 돌아보았다. 주 상궁은 대답 대신 중궁전 나인을 넌지시 내려다보았다. 이곳에 오기 전, 중전이 자신에게도 명을 내린 것처럼 부원군에게 이야기해야 한다고 나인에게 일렀던 것이 생각나, 주 상궁의 속이 쿵쿵거렸다.

"예. 부, 부원군 대감마님. 주, 중전 마마께서 직접 상궁 마마님과 함께 나가라 하시었습니다……. 지금 중궁전이 폐쇄되었거든요."

나인의 대답에 부원군은 충격에 빠져 입을 쩍 벌리고 말았다. 중궁전을 폐쇄한 적은 단 한 번도 없었다. 그는 당장 궐로 달려가기 위해 자리에서 일어났다.

"우리 마마께서 홀로 고초(苦楚)를 겪고 계시다니, 안 되겠다. 궐로 가야겠다!"

"대감마님, 자중하시옵소서."

"비키거라!"

"그래서 중전 마마께서 저희를 보낸 것이 아니겠습니까!"

주 상궁이 부원군을 막아서며 소리쳤다. 그제야 이성을 차린 듯, 부원군이 숨을 헐떡이며 자리에 털썩 주저앉고 말았다.

"우선 제 말을 들으십시오. 대원군 대감께서는 이미 이 사실을 알고 계실지도 모릅니다. 하지만 선뜻 나서기 어려우실 것입니다. 좌의정 영감 역시, 전하의 뜻대로 갈아 치웠지만 아무것도 하지 못하고 계시지 않습니까."

부원군은 세상을 잃은 듯 황망한 얼굴로 바닥만 응시하고 있었다.

"우선 그 당시의 일을 모두 기억하고 있는 병판의 몸종을 우리 손에 넣어야 합니다. 전하께서 제일 먼저 그 아이를 찾을 것입니다."

"……그 아이를 무슨 수로."

"병판 대감 댁과 면이 있는 제가 하지요."

주 상궁은 어떻게 해서든 여주를 보호해야만 했다.

자칫하다가 정말 여주가 부원군의 손에 들어가기라도 하면 목숨을 잃게 될지도 몰랐다. 하지만 독단적으로 병판의 집에 가 여주를 데리고 나와 보호하기엔 자신을 감시하는 눈이 뒤따라, 위험한 일이었다. 그녀에게는 병판의 집으로 들어가 모든 사실을 알려야 할 명분이 필요했다. 부원군이 부들부들 떨며 주 상궁을 바라봤다.

"어찌하면 되는가…… 어찌하면……!"

"쇤네에게 맡겨주시지요. 반드시 그 아이를 먼저 손에 넣겠습니다."

그렇게 말하며 주 상궁이 자리에서 일어났다. 그러곤 자신을 힐끔힐끔 바라보는 중궁전 나인을 알 수 없는 표정으로 빤히 응시하다, 등을 돌렸다. 주 상궁이 안채를 완전히 빠져나가자 나인은 기다렸다는 듯 은밀하게 입을 열었다.

"저, 대감마님…… 미처 드리지 못한 말씀이 있는데. 주, 주 상궁 마마님께는 아무래도 말씀드리면 안 될 것 같아서."

"속히 말하라."

"중전 마마께서…… 특, 특별 상궁을 죽여달라고 하셨습니다……!"

그 말에 부원군의 눈이 형형하게 번뜩였다.

"곧 전하와 특별 상궁이 온양 행궁으로 떠난다고 합니다. 그때…… 독이 묻은 화살로 특, 특별 상궁을 죽, 죽이라고……."

행여 주 상궁이 들을까 나인은 목소리를 떨며 자세를 낮추었다. 그러자 부원군의 손에 힘이 부들부들 들어갔다.

"그래, 중전 마마께서 옳은 판단을 내리셨다. 주 상궁은 적절

하게 우리가 이용하고 버리면 되는 것…… 특별 상궁 그년은
나 역시 하루라도 빨리 죽어버리고 싶었다."

"소, 소인이 도울 일이 있을까요."

"내가 직접 움직이면 곤란할 것이다. 내가 서찰 하나를 써줄
터이니 너는 내가 가르쳐준 곳으로 가 명궁수(名弓手)에게 그것
을 전하고 오거라."

경상도 남해군.

무사히 바다를 건너 남해 비밀 집결지에 도착한 폐서인 홍
씨는 그곳에서 미리 대기하고 있던 남쪽 정의단 세력과 합류
했다. 모두 폐비 홍 씨의 무사 합류를 기뻐하며 이로써 반정에
한 걸음 더 가까워졌음을 자축하고 있었다.

"마마, 한양에서 정의단이 이미 출발하였을 것입니다. 하오
나 그들이 도착할 때까지 기다리고 있는 것은 무리입니다. 그
들과 최종적으로 만나기로 한 여기 북쪽으로 더 올라가야 할
것입니다."

"내 생각도 같소. 여긴 아직 탐라와 가깝소. 참, 명운군은 무
사하오?"

작금의 군주를 쳐내고 그 자리에 선대 왕의 먼 조카뻘이자,
왕실의 피가 흐르는 명운군을 앉힐 계획이었다. 홍 씨는 남해
에 당도하자마자 숨 돌릴 새도 없이 명운군부터 찾았다.

"군 마마께서는 무사하십니다. 왕이 되기 위한 교육도 모두 마치셨고요. 이제 빼앗긴 그 자리를 무사히 되찾아 올 일만 남았습니다."

"혹여나 최악의 상황이 와도 나 대신 명운군을 비호하여야 할 것이오. 명운군은 우리의 마지막 희망이니."

"최악의 상황은 없을 것입니다. 여기 군사와 강원도, 전라도 그리고 평안도까지. 조선 팔도 곳곳에 정의단의 세력을 키워놓았으니 한양을 가운데 두고 서서히 포위망을 좁히면…… 반드시 이학수를 잡을 수 있을 것입니다."

그러자 홍 씨는 먼 하늘을 올려다보며 입술을 세차게 악물었다.

"이 기쁜 날, 오라버니도 함께 하였다면 얼마나 좋았을까."

"그래도 홍 대감이 마지막까지 청국에서의 세력을 놓지 않으셨기에 그들이 자금을 대주어 지금의 정의단이 있을 수 있게 된 것이 아닙니까. 하니, 홍 대감께선 죽어서도 저희와 함께하고 계신 것이옵니다."

곧 비라도 세차게 내릴 듯, 하늘은 뿌옇게 흐려지고 있었다.

"하루만 몸을 뉘인 뒤, 바로 이곳을 떠나야겠소. 떠나기 전엔 이곳을 흔적도 없이 불태워야 하오."

"차질 없이 채비하겠나이다, 마마."

홀로 궐에서 애쓰고 있을 공주, 은설의 생각에 홍 씨의 눈시울이 붉어졌다.

"공주……. 곧 우리의 나라가 올 것이다. 이 못난 어미는 죽어서라도 너와 그리고 세자와…… 전하의 한을 모두 풀어줄 것이야. 조금만 더, 힘을 내어 버텨주어라."

그렇게 중얼거리는 홍 씨의 야윈 볼 위로 뜨거운 눈물이 흘렀다. 곧, 그보다 더 굵은 빗줄기가 남해를 적셔나가기 시작했다.

❀

한편, 주 상궁은 인적 드문 깊은 산속을 빠르게 내달렸다.

'그래, 무언가 더 숨겨져 있을 줄 알았다. 내가 네놈들의 뜻대로 내버려둘 성싶으냐.'

중궁전 나인과 부원군이 은밀히 나누던 이야기를 문밖에서 모두 들은 주 상궁이었다.

열흘 뒤엔 도윤과 은설이 온양 행궁 길에 오를 것이었다. 그녀를 지킬 계획을 세우기엔 턱없이 부족한 시간이었다. 주 상궁의 숨이 턱 밑까지 차올랐지만, 그녀는 멈출 수 없었다.

"마마님……! 어찌 연통도 없이……!"

그때, 정의단의 은신처에 당도한 주 상궁은 정의단 대장과 마주했다.

"큰일 났습니다. 공주 마마가 위험합니다."

그 말에 대장은 황급히 문을 잠그며 주위를 살폈다.

"반정이 코앞으로 다가왔습니다. 그게 무슨 말입니까. 공주 마마께선 궐에 무사히 계신 것이 아니었습니까?"

"중전이 지금 폐위 위기에 처했습니다. 해서 그 원흉을 공주 마마께 돌려 곧 온양 행궁 길에 오를 공주 마마를 죽이려, 그들이 죽이려 합니다."

대장은 서둘러 검을 챙겨 들며 복면을 썼다. 그의 손이 분주하게 움직이기 시작하자, 주 상궁이 그를 황급히 막아섰다.

"어찌하시려고요……!"

"부원군을 죽여야지요. 그럼 초상을 치르느라 공주 마마를 죽이려 한 계획이 수포로 돌아갈 것 아닙니까! 어떻게 해서든 중전과 부원군, 그리고 이학수의 눈을 돌려 시간을 끌어야 합니다."

"그건 대감의 목숨도 보장받을 수 없는 위험한 일입니다. 그럴 것이 아니라, 공주 마마께 이 사실을 알리면 무언가 비책을 마련할 수 있을 겁니다. 시간이 촉박하여 공주 마마께 아직 아뢰지 못하였으나 마마라면 분명 방법을 알려주실 겁니다."

"하면 우리가 무엇을 하면 되겠습니까."

주 상궁은 거칠게 숨을 몰아쉬며 머리와 얼굴을 타고 흐르는 땀을 닦아냈다.

그녀는 숨 돌릴 새도 없이 품에서 종이 하나를 꺼냈다.

"이것이 무엇입니까?"

"이곳에 위치한 사수에게 공주 마마 시해(弑害)를 명하였습니다."

그 종이는 공주에게 화살을 겨눌 사수의 은신처가 그려진 지도였다.

"아마 부원군의 명을 받았으니 곧 거처지를 옮기지 않겠습니까? 이자의 행방을 놓치면 공주 마마가 위험해질 수 있습니다."

"전하께서 언제 행궁에 오르신다 하시었습니까?"

"열흘 뒤입니다. 제가 더 움직이는 것은 위험할 듯하니 대감께서 이 사수를 은밀히 살펴주십시오. 살 끝에 독을 발라 공주 마마를 향해 쏠 것이라 했습니다."

그 말을 들은 정의단 대장은 믿고 맡기라는 듯 세차게 고개를 끄덕였다.

"하면 공주 마마께서 분부를 내리시면 곧장 알려주십시오. 그전까지 저는 이자에게 사람을 붙여놓겠습니다."

다음 날, 날이 밝자 시작된 상참에서 도윤은 예고한 대로 중전의 폐위를 거론했다. 그러자 조정 대신들이 거세게 반발하며 무릎을 꿇었다.

"그것은 아니 되옵니다, 전하!"

"통촉하여 주시옵소서……!"

하지만 도윤은 흔들리지 않았다. 그저 묵묵히 입을 다문 채, 무릎을 꿇고서 아우성치는 이학수의 세력들을 지그시 내려다보고 있을 뿐이었다. 이제 편전엔 이학수의 사람들만 있는 것이 아니었다.

도윤이 새로 앉힌 좌의정 김영군을 필두로 선왕의 세력들 몇몇이 자리를 하고 있었다. 그동안 등청을 거부하고 어전 회의에 종종 불참하기도 했던 병조판서 신주혁 역시 김영군의 복귀 소식에 오랜만에 상참에 참석했다. 그들은 도윤과 마찬가지로 얼굴을 굳힌 채 반대편에서 통촉하여달라며 소리치는 이학수의 세력들을 바라봤다.

"고작 투기만으로 중전 마마를 폐위시키는 것은 무리라고 생각하옵니다, 전하……!"

우의정의 말에 좌의정 김영군이 고개를 치켜들었다. 그는 몹시 황당하다는 얼굴로 조소했다.

"고작…… 투기라고 하시었소? 지금 전하의 성총을 한몸에 받고 있는 특별 상궁에게 중전 마마께서 회임을 방해하는 약까지 먹이려 하시었습니다! 그것으로도 모자라 과거, 전하의 여인에게까지 투기를 부려 입궐을 방해했습니다! 이것을 두고 고작 투기라 하실 수 있습니까? 투기는 칠거지악(七去之惡) 중 하나라는 걸 모르십니까?"

김영군의 호통에 우의정은 부득부득 이를 갈았다. 그러자 도윤이 자리에서 일어나 느긋하게 그들을 내려다보며 입을 열었다.

"그렇지요. 국모로서 마땅히 품격을 지키고 아랫사람들에게 모범이 되어야 할 내명부의 수장이 불온한 행동거지를 한 것으로도 모자라, 감히 과인의 총애를 받고 있는 후궁에게 패악을 부렸지. 그것이 과연 조선의 안녕과 왕실의 위계질서를 위해 벌인 일이라 보이십니까? 그렇게 생각하는 경들 또한 중전과 다를 것 없는 사람들이겠지. 질투와 야욕에 사로잡혀 무엇이 옳고 그른지조차 분간하지 못하는 어리석은 사람."

도윤의 말에 이학수의 세력들은 무언가 더 소리를 치려다 입을 꾹 다물고 말았다.

병판은 조금 굳은 얼굴로 도윤을 올려다보았다. 티 낼 수는 없었지만 은설이 대신들의 입방아에 오르내리는 것이 마냥 편하지만은 않았다. 혹여나 공주라는 것이 탄로가 날까, 병판의 목이 바짝바짝 타들어갔다.

"과인은 경들을 설득시키기 위해 이 이야기를 꺼낸 것이 아니오. 경들 또한 과인을 설득시키려 한다면 오산(誤算)입니다. 쉬이 결정을 내릴 수 있는 사안이 아닌 만큼 신중에 신중을 더하겠지만, 과인은 결정을 번복할 생각이 없습니다. 다음 조참(朝參)에 필시 이 안건을 마무리 짓도록 하겠습니다."

말을 마친 도윤이 성큼성큼 편전을 빠져나오자, 그 앞에 이학수가 뒷짐을 진 채 서 있었다. 대신들도 또한 궁인들도 모두 숨죽인 채 이학수와 도윤을 번갈아 쳐다보았다.

"대전에서 기다리실 것이지 편전까진 어인 일이십니까."

도윤이 눈살을 찌푸리며 묵직하게 입을 열자, 이학수가 물끄러미 하늘을 올려다보았다.

"결정을 번복해서는 안 되지. 암, 이 나라의 군주가 한 입으로 두말을 하면 쓰겠습니까."

그제야 이학수가 빙그르르 돌아, 도윤을 똑바로 바라보았다.

"역시 내 아드님이십니다. 반드시 내뱉은 말을 지키셔야지요. 암요. 그것이 군주이자, 백성들의 아버지시지."

그렇게 말하는 이학수의 눈이 빨개져 있었다. 그의 눈가에 잔 경련이 일어났다.

"하면 이렇게 하지요. 병판의 여식을 불러 일의 전말을 들어 보는 것으로."

"뭐요?"

그 말에 도윤은 기함하고 말았다.

"고작 특별 상궁의 말 한마디로 이 나라의 국모를 폐한다는 것은 너무 허망한 일 아닙니까?"

반박할 수 없었지만 도윤은 다시금 이학수가 조선을 주무르게 방관할 순 없었다.

무어라 대꾸하기 위해 입술을 달싹이자, 병판이 조심스레 도윤의 뒤에 다가와 무릎을 꿇었다. 그러곤 고개를 조아려 정중하게 입을 열었다.

"소신, 병조판서 신주혁입니다. 전하, 부디 바라옵건대 제 여식은 삼 년 전, 아픔을 잊고자 애써 가족과의 연도 끊고 한양을 떠나 이제 겨우 웃음을 되찾았습니다."

"······병판."

"중전 마마의 폐위에 소신의 여식 이름이 오르내리는 것이 사실, 무척이나 불편하고 송구스러워 몸 둘 바를 모르겠습니다. 감히 전하께 간곡하게 청을 드리온대, 미천한 제 여식 때문에 조강지처이신 중전 마마를 내치지는 마시옵소서······! 교지조차 받지 못했던 제 여식이 중전 마마의 폐위에 합당한 명분이 될 수는 없습니다."

병판의 소신 있는 발언에 장내가 술렁거렸다. 중전의 폐위를 찬성하던 선왕의 무리들도 병판의 말에 동요하기 시작했다. 하지만 도윤은 굳건히 그 자리에 선 채로 병판을 무겁게 내려다보았다.

"틀렸다. 과인은 자네의 여식 때문에 중전을 폐위하려는 것이 아니다."

곧 도윤은 병판이 아닌 이학수를 힐난하는 얼굴로 돌아보았다.

"중전의 투기는 감히 과인의 여인이자, 원자(元子)의 모후가 될 수도 있는 특별 상궁을 향했다."

"……원, 원자라니요. 주상!"

도윤은 부들부들 떨고 있는 이학수에게 느리게 다가가 그의 곁에 바짝 붙어 섰다. 그러자 핏발 선 이학수의 눈동자가 도윤을 의뭉스레 바라보았다.

"아버지, 칠거지악 중 투기뿐만 아니라 말이 많은 것, 도둑질을 행하는 것. 이것들 역시 합당한 폐위 명분이 될 수 있다는 것을 알고 계시지요?"

"그것이 무슨 말입니까, 주상."

"지난날, 중전은 일의 자초지종을 알아보지도 않은 채 폐출당한 최 소의의 말만 듣고 입놀림을 가벼이 하여 죄 없는 특별 상궁을 곤경에 처하게 하고 내명부를 혼란에 빠뜨리게 한 장본인이자, 또한 아직 회임도 하지 않은 특별 상궁에게…… 회임을 방해하는 약을 먹이려 하여 과인의 자식을 빼앗으려 하였으니! 이것이 도둑질이 아니고, 무엇이겠습니까?"

이번엔 이학수가 말을 잃고 말았다. 병판은 조아렸던 고개를 들어 태산보다 더 높은 군주의 뒷모습을 올려다보았다.

"여인의 치마폭에 싸여 이젠 조강지처까지 내치시고 왕실의 기강을 무너뜨리려 합니까, 주상?"

그러자 도윤이 잔인하게 입꼬리를 끌어 올리며 조소했다.

"하면 이왕 왕실의 기강이 무너졌으니, 특별 상궁이 원자(元子)만 낳는다면 중전의 자리에 앉혀도 되겠습니까?"

"주상……! 그 무슨 망발입니까!"

"못할 것도 없지. 소자 역시, 왕실의 피가 흐르는 적통(嫡統)도 아닌데 이 곤룡포와 익선관 따위가 다 무슨 소용입니까?"

"입, 다무시오."

"백성들이 그러더군요. 산기슭을 어슬렁거리며 약한 짐승들의 목덜미나 노리는 금수(禽獸)의 피가 흐르는 왕이라고."

"뭐……?"

"참으로 황당무계하지 않습니까? 나는 금수(禽獸)가 아닌 사람의 자식인데 말이지요."

도윤의 의미심장한 말에 이학수는 냉가슴이 되고 말았다. 얼음장보다 더 차가운 도윤의 시선이 그의 가슴을 정확히 내리꽂고 있었다.

"아, 내가 혹…… 사람의 자식이 아니었던가."

혼잣말인 양 그렇게 중얼거린 도윤은 이학수를 싸늘하게 지나쳤다. 남겨진 이학수와 그의 무리들의 얼굴엔 황망함과 충격만이 번져가고 있었다.

그렇게 열흘이란 시간이 흘렀다.

"마마님, 오늘이 행궁 날인데……."

그 와중에도 중전의 폐위는 쉽사리 결정이 나지 않았다. 양쪽 세력들이 거세게 맞부딪힐수록 중궁전의 운명은 더더욱 미궁 속으로 빠졌다.

은설은 어느덧 여름에 접어들어 녹음(綠陰)이 짙게 드리운 필애당의 마당을 내려다보았다. 그녀는 품속에 항상 간직하고 있던 도윤이 준 옥비녀를 꺼내보았다.

"이 비녀를 하고…… 전하를 모실 날이 올까."

비녀를 내려다보는 은설의 눈이 깊어졌다.

"참으로 예쁩니다. 전하께서 주신 것입니까?"

강 나인이 환하게 웃으며 옥비녀를 내려다보았다. 그러자 은설은 말없이 고개를 끄덕이며 슬픈 미소를 입가에 지어 보였다.

"오늘 차림과 참 잘 어울릴 듯한 비녀인데, 이것으로 바꿔드릴까요? 그곳 온천이 그리 좋대요. 어차피 전하와 특별 상궁 마마님이 좋은 시간 보내러 가는 것이니…… 예쁘게 하고 가시면 좋을 것 같은데."

그녀의 물음에 은설은 차분한 얼굴로 연신 고개만 가로저었다.

"그래, 이것을 하고 가면 참 좋을 것 같구나. 하지만 이것은…… 다음에."

다음을 기약하며 은설은 비녀를 다시 품속에 넣었다.

"내가 무척이나 아끼는 비녀라 지금 꽂기엔 너무 아까울 듯싶구나. 더 좋은 날, 더 행복하게 웃을 수 있는 날 꽂을 것이다."

강 나인은 더 말을 잇지 못한 채 고개만 갸웃했다.

"아직 중전의 폐위가 결정되지 않은 때에, 행궁을 가신다니."

"전하께서 중전 마마를 폐위시켜버리고 말겠다는 의지를 보인 것이 아니겠습니까? 어차피 행궁은 훨씬 전에 결정된 일정이었잖습니까. 폐위 이야기가 나오든 말든, 마마님께서도 신경 쓰지 마십시오."

하늘을 올려다보는 은설의 눈동자가 옅게 흔들렸다. 오늘은 은설과 중전의 운명이 갈리는 날이었다. 중궁전에선 은설을 죽이기 위한 살을 겨눌 것이고 은설은 중궁전을 몰락시키기 위해 그 살을 피해야만 할 것이었다.

"두렵지 않다면 거짓이겠지. 나 역시 사람인데…… 어찌 목숨을 담보로 하는 일에 태연할 수 있겠는가."

"하지만 오늘 열린 조참에서 중전의 폐위만 결정되면 부원군 대감 또한 아무것도 못 하지 않을까요?"

"폐위만 결정된 것이지…… 부원군이 역모로 몰려 추포가 되는 것은 아니지 않느냐. 그리고 중전의 폐위가 그리 쉽게 결정이 날 사안이 아니다."

그때, 다른 궁녀가 조심스레 다가와 은설에게 고개를 조아렸다.

"전하께서 곧, 조참이 끝나실 것이옵니다. 행궁 길에 오르실 채비를 하시지요, 특별 상궁 마마님."

그 말이 꼭 활시위가 당겨졌다는 말인 것 같아 은설은 저도 모르게 몸을 부르르 떨었다.

✿

"단희야. 예서 기다린 것이냐."

때마침 조참을 마치고 은설을 데리러 가기 위해 편전을 나서던 도윤은 은설이 기다리고 있는 것을 발견하곤 반색했다. 도윤의 목소리에 은설이 환하게 웃으며 그를 돌아보았다.

"전하."

"가마에 오르고 있지. 왜 서서 기다리고 있었던 것이야."

도윤이 따스하게 웃으며 은설의 손을 쥐었다. 두 사람은 자연스럽게 발걸음을 맞춰 걸으며 가마가 있는 곳으로 향했다.

"오늘따라 더 어여뻐 보이는구나."

모처럼 해사하게 꾸민 은설이 도윤의 칭찬에 나지막이 미소를 지으며 볼을 붉혔다.

"전하와 함께…… 처음으로 백성들을 마주하는 날이 아닙니까."

"하긴 너와 다복한 모습을 백성들에게 보이는 것이 처음이구

426

나."

"돌팔매질을 당하는 것은 아니겠지요? 중전 마마의 폐위 소식이 백성들에게 퍼졌는데…… 아랫사람인 소첩은 이리 꾸미고 전하와 행궁 길에 오른다고요."

담담하게 말하던 은설이 씁쓸하게 웃었다. 그러자 도윤이 그녀의 두 손을 따뜻하게 맞잡았다.

"누가 너에게 돌을 던져. 네가 그런 수모를 당하는 것을 내가 가만히 지켜보고 있을 것 같으냐?"

순간 은설의 가슴이 사무치게 아려왔다.

"아니요. 소첩이 돌을 맞아 돌무덤에 깔린다 할지라도 전하께선 맨손으로 소첩을 구해내 주실 것이지요?"

그렇게 말하며 그녀는 애써 웃어 보였지만 입꼬리가 부자연스럽게 떨렸다.

"알고 있으면서도 떨리는가 보구나. 첫 행궁 길이라."

자칫하다 계획이 틀어지면 그들이 쏜 독화살을 그대로 맞을 수도 있을 터였다. 아무리 마음을 다독이고 추슬러보려고 해도 터지는 두려움은 은설의 여린 몸을 금방이라도 집어삼킬 것만 같았다. 은설은 말없이 그의 품에 얼굴을 묻으며 눈을 감았다.

도성을 막 지난 가교(駕轎)는 내리쬐는 햇볕을 받으며 산길로 접어들고 있었다. 은설은 긴장하지 않으려 두 손을 움켜쥐었지만 자꾸만 몸이 파르르 떨려왔다.

백성들의 호기심 어린 눈들이 사라지자 본격적으로 온양 행궁으로 향하는 비탈길이 나왔다. 옹기종기 모여 있던 사가들 대신 드넓은 들판이 펼쳐졌다.

은설은 작게 숨을 몰아쉬며 눈부시게 아름다운 초원을 돌아보았다. 그때 도윤이 슬며시 고개를 돌려 은설을 바라보았고, 순간 두 사람의 시선이 곱게 포개졌다. 말없이 은설을 바라보며 잔잔한 미소를 짓던 그가 꼭, 예쁜 하늘을 올려다보라는 듯 고개를 들었다. 은설도 그를 따라 고개를 젖혀 구름 한 점 없는 맑은 하늘을 바라봤다.

"예쁘다……."

그렇게 말하던 은설은 이내, 도윤을 태운 가교(駕轎)가 커다란 느티나무와 닿아 있는 것을 발견했다. 곧 심장이 터질 듯 세차게 뛰기 시작했다.

─공주 마마를 태운 가마가 느티나무를 지나면 그들이 마마에게 독이 묻은 살을 쏠 것입니다.

주 상궁의 목소리가 귓가를 쟁쟁 울렸다. 은설은 치맛자락을 꾹 쥔 채, 점점 가까워져 오는 느티나무를 응시했다.

"강 나인, 가마를 좀 멈춰주겠는가."

그녀의 부름에 강 나인은 고개를 끄덕이며 가마를 세우게 했다. 은설을 태운 가마가 갑작스럽게 멈추자 자연스레 가교도 멈춰 섰다.

"무슨 일이 있느냐."

도윤이 서둘러 은설을 바라보자, 그녀는 어느샌가 그의 앞에 다가와 있었다.

"안색이 좋지 않구나. 몸이 미령한 것이냐."

도윤은 가교에서 내려 낯빛이 어두운 은설의 어깨를 짚었다. 한눈에 보기에도 창백하게 질린 그녀의 얼굴에 도윤은 걱정스레 은설의 손을 맞잡았다. 그런데 그녀의 손이 얼음장처럼 차가웠다.

"단희야……."

"너무 긴장을 했던 탓에…… 속이 울렁거려 잠시 쉬었다 갔으면 해서요, 전하."

그렇게 말하면서도 은설은 연신 눈동자를 떨며 불안한 기색을 감출 수 없었다. 도윤은 부자연스럽게 숨을 뱉어내며 도통 자신에게 집중하지 못하는 은설을 내려다보며 한숨을 쉬었다.

"어찌 이렇게 긴장을 한 것이냐."

은설은 어색하게 미소를 지으며 도윤을 태웠던 가교의 위치를 바라봤다. 다행히 느티나무를 지나치지 않은 채 그늘 옆에 세워져 있었다.

그것을 확인한 은설이 안도의 한숨을 내쉬며 가슴을 막 쓸어내린 그 순간, 공중에서 날아든 화살 하나가 정확하게 도윤의 머리를 스치고 가교 지붕에 거세게 꽂혔다.

"으악!"

"악!"

갑작스러운 화살에 반듯하게 줄을 맞추어 서 있던 궁인들은 비명을 내지르며 바닥에 납작 엎드렸다. 순식간에 아비규환이 되고 말았다.

"전하를 비호하라!"

호위대가 소리치며 달려옴과 동시에 도윤은 놀란 은설을 자신의 품에 가두었다. 은설 역시 숨을 고를 새도 없이 돌연 날아든 화살에 화들짝 놀라 살이 날아온 쪽을 바라봤다. 그런데 자신을 끌어안고 있는 도윤의 등 뒤로 다시금 화살 비가 쏟아지고 있었다.

호위대가 서둘러 도윤과 은설의 곁으로 달려왔지만, 이미 살수들의 손에서 벗어나 맹렬하게 날아드는 화살들을 막기엔 역부족이었다.

"전하! 위험합니다!"

그때, 은설은 정확하게 도윤의 등 뒤를 향해 날아오는 화살촉을 발견하곤 피를 토하듯 소리치며 그를 밀어냈다.

"윽."

"단희야!"

은설은 그대로 털썩, 주저앉고 말았다. 호위대가 검을 뽑아 날아오는 화살을 쳐냈지만 애석하게도 한 발이 은설의 가슴에 명중하고 말았다.

"안 된다! 단희야!"

말로는 표현 못 할 통증이 가슴부터 퍼지기 시작했다. 꼭 상체가 두 동강이 난 듯한 고통이었다. 은설은 자신을 품에 안은 채 비명을 내지르는 도윤을 힘겹게 올려다보았지만 곧 눈앞이 흐려졌다.

"저…… 전하……."

심장을 향해 뻗쳐가는 아픔은 선명하기만 한데, 그녀는 점점 혼몽해져만 갔다. 도윤은 은설의 가슴에 처참하게 박힌 화살을 손에 쥔 채 절규했다.

"안 돼! 눈을 떠! 눈을 뜨란 말이다! 아아악!"

❖

서둘러 궐로 돌아온 도윤은 어의의 침을 맞고도 도통 정신을 차리지 못하는 은설을 내려다보며 소리를 질렀다.

"어떻게 된 것이냐! 왜 눈을 뜨지 못해!"

"그, 그것이……."

"무슨 수를 써서라도 살려내야 한다!"

"아무래도 독…… 독화살을 맞은 듯싶습니다."

어의의 말에 도윤은 기함하고 말았다. 도윤은 온몸이 식은 땀에 젖어 앓는 소리만 내는 은설을 도무지 바라만 볼 수가 없었다. 그는 괴로움에 몸부림치며 상선을 향해 고함을 질렀다.

"나를 향해 겨눈 화살이었다. 이것은 명백한 반역이다! 그놈들은! 그놈들은 어떻게 되었느냐!"

그때 주환이 황급히 필애당으로 들어서며 도윤의 뒤에 섰다.

"전하, 그 자리에서 살수들을 포박했습니다. 지금 의금부에서 압송 중이라는데 어떻게 할까요."

도윤은 자리에서 벌떡 일어나 충혈된 눈으로 주환을 세차게 바라보았다.

"과인이 친국(親鞫)을 할 것이다. 당장 채비하라."

그렇게 말하며 그는 여전히 사경을 헤매고 있는 은설을 내려다보았다.

"어떤 일이 있어도 살려야 할 것이다. 과인의 목숨보다 더 중요한 사람이니."

하지만 은설은 좀처럼 깨어날 기미가 보이지 않은 채, 점점 더 얼굴이 파랗게 질려가고 있었다.

"안에 있는가."

주 상궁은 여주를 서둘러 도성 외곽에 사는 유희의 친정으로 보낸 후 중궁전 나인이 숨어 있는 사가로 갔다.

"예, 주 상궁 마마님."

나인은 아무런 의심 없이 장옷을 뒤집어쓴 채 모습을 드러냈다.

"부원군 대감마님께서 어디로 가라고 하시던가요?"

단출하게 짐을 꾸린 채, 그녀는 황급히 방을 나섰다. 그러곤 주변을 경계하며 주 상궁의 앞에 섰다.

"우선 가마에 오르거라."

"가마에요? 대감마님께서 소인에게 가마를 내어주시라 하시었습니까……?"

나인은 자신 앞에 놓인 가마를 의문스레 바라보며 말끝을 흐렸다.

"그래. 대감마님께서 속히 네가 한양을 떠나야 한다며 가마를 내어주셨다."

"소인같이 천한 궁녀에게 어찌 가마를……."

"속히 네가 한양을 빠져나가야 한다고만 하시던데. 나도 자세한 전말은 모르겠구나. 궐이 아직은 잠잠한데 너를 이리 급히 보내시려는 연유를."

그러자 불현듯 나인은 오늘이 특별 상궁을 죽이기로 한 날인 것을 깨닫곤 황급히 입을 다물었다. 그러곤 가마에 서둘러 올라타며 문을 닫았다.

"떠나라면 떠나야지요. 소인이 한양에 더 머물러봤자, 좋을 것은 없을 것이니."

"그리고 이것, 너의 은신처가 적힌 서찰이다. 대감마님께서 네게 전하라 하시더구나."

주 상궁은 부원군이 전하라고 준 서찰을 건네며 작게 고개를 끄덕였다. 그러곤 가마꾼들을 돌아보며 가마를 출발시켰다.

"그럼 출발하시오. 도착하면 거기 적힌 곳으로 가, 몸을 숨기고 있으면 될 것이다."

"예, 마마님. 그럼 중전 마마를 잘 부탁하옵니다."

나인은 별 의심 없이 고개를 끄덕이며 창문을 닫았다. 가마꾼들이 나인이 탄 가마를 들고 걸음을 옮기기 시작하자, 주 상궁은 멀어지는 가마를 바라보며 말없이 입술을 말아 물었다. 그러곤 장옷을 다시금 뒤집어쓴 채 궐로 돌아가기 위해 몸을 돌렸다. 저잣거리가 부산스러웠다.

"에구머니나. 반역이 일어나는 거야, 그럼?"

"전하께 쏜 독화살이라잖아……! 그걸 특별 상궁인가, 암튼 그 마마님께서 대신 맞고 쓰러지셨다잖아."

숙덕거리는 사람들의 목소리에 주 상궁이 굳은 얼굴로 그들을 바라보았다. 삼삼오오 모인 사람들은 모두 좀 전에 일어난 임금을 향해 겨누어졌던 화살에 관한 이야기로 한창이었다. 주 상궁은 떨리는 발걸음으로 그들에게 다가갔다.

"그게 사실이오?"

"예? 아, 예. 전하께서 맞을 뻔하신 살을 그 특별 상궁이 맞았답니다."

"화살을 쏜 자들은요? 어찌 되었답니까?"

"그 자리에서 바로 추포되어 끌려갔다고 하던데…… 자세한 건 잘. 아무래도 역모의 움직임이 일어난 듯싶소. 어휴, 무서워."

사람들이 혀를 내두르며 부르르 몸을 떨었다. 주 상궁은 저도 모르게 주먹을 움켜쥐었다. 그러곤 지난밤, 은설과 나누었던 이야기를 떠올렸다.

―예? 독화살을…… 막지 말고 쏘라니요?

―위기를 기회로 바꿀까 합니다. 그들보다 한 발 먼저 살을 쏘세요. 정확하게 말하자면 목표는 제가 아닌 왕입니다. 내가 움직일 수 있게 첫발은 꼭 가교(駕轎)의 지붕을 겨냥하셔야 합니다.

―너무 위험합니다! 그러다 마마께서 화살을 맞으면 어쩌시려고요!

―아니요. 내가 직접 그 살을 맞을 겁니다. 내 몸에 반드시 독이 퍼져야 합니다. 그리고 내가 왕을 대신해 독화살을 맞은 것처럼 보여야 하고요. 그렇게 되면 살을 쏜 자들은 자연스럽게 역모가 될 것입니다.

―그러니까……. 중궁전에서 준비해둔 살수들의 화살과 똑같은 것을 사용해 그들보다 먼저 살을 쏘란 말이지요. 해서 정의단은 사라지고 부원군 패거리를 우왕좌왕하게 만들어 그 자리에서 포박되게 하고요.

―그렇지요. 이 사실을 꿈에도 모르는 그쪽 살수들은 내가 탄 가마가 느티나무 아래를 지나가기만을 기다릴 겁니다. 하지만 나는 가마가 느티나무 아래를 지나기 전 멈추게 할 것입니다. 그때, 나를 향해 화살을 쏘세요. 절대 왕과 다른 궁인들을 해쳐서는 안 됩니다.

주 상궁의 눈에서 굵은 눈물이 뚝뚝 흐르고 말았다.

"공주 마마……. 계획대로 그들을 역모로 모는 것에 성공했습니다."

하지만 독화살을 정통으로 맞았으니 은설의 안위가 문제였다. 어의가 알아차릴 수 있을 만큼만 소량의 독을 화살 끝에 묻혀놓았다고 해도 그녀에겐 치명적일 것이었다.

주 상궁은 깊게 한숨을 내쉬며 궁으로 향하는 발걸음을 재촉했다.

제 30 장

연꽃 가락지

　은설에게 독화살을 쏜 것은 정의단이었지만 그들의 계획대로 그 자리에서 추포된 것은 부원군의 살수들이었다.

　"억울하옵니다, 전하……!"

　그들은 궐에 마련된 추국청에 포박된 채 무릎을 꿇고 있었다.

　"전하, 여기 있습니다."

　주환은 살수들이 들고 있던 화살과 은설의 가슴을 명중했던 화살을 도윤에게 나란히 건넸다. 굳은 얼굴로 두 개의 화살을 비교하던 도윤은 그만 헛웃음을 터뜨리고 말았다. 한눈에 들여다보아도 두 화살은 몹시 흡사했다. 도윤은 부들부들 떨리는 손으로 은설의 가슴을 명중했던 피 묻은 화살을 들었다.

　"전하, 힘드시면 소신이 직접 추국을 하겠나이다."

　곁에 있던 좌의정의 말이 떨어지자마자 은설을 살피던 어의가 모습을 드러냈다.

　"명하신 대로 두 화살 끝에 묻은 독을 살펴본 바로는…… 같은 독입니다."

도윤은 억울하다고 아우성치는 살수들을 조소하며 그들을 지그시 내려다보았다.

"배후가 누구인지 말하지 않겠다?"

그러곤 자리에서 일어나 여전히 입을 꾹 다물고 있는 살수들에게 다가갔다. 살수 중 하나가 고개를 치켜들어 도윤을 향해 소리쳤다.

"배후 따위는 없습니다! 또한, 저희는 결코 역모가 아니옵니다! 독이 묻은 화살을 쏘려 잠복해 있었던 것은 사실이나 그것의 목표가 전하는 아니었습니다!"

"뭐라?"

"특별 상궁을…… 죽이려 한 것입니다. 감히 궁녀 주제에 전하를 미혹해 나라를 어지럽히는 꼴을 좌시하고 있을 수가 없어서 저희가 독단적으로 행한 일이옵니다. 하오나 저희가 미처 활을 쏘기도 전에 어디선가 화살이 날아든 것입니다!"

"닥치지 못할까! 감히…… 과인의 여인인 특별 상궁을 죽이려 하였다고? 그걸 지금 핑계라고 대는 것인가! 너희가 가지고 있던 화살과 나를 죽이려 했던 이 화살이 같은 것인데 겨우 그 따위 변명을 지껄이는 것이냐!"

도윤의 불호령이 떨어짐과 동시에 주 상궁이 추국청 안으로 빳빳하게 고개를 치켜든 채 걸어왔다. 도윤은 갑작스러운 그녀의 등장에 미간을 슬쩍 찌푸렸다.

"무엇이냐. 중궁전 상궁이 무슨 일로."

주 상궁의 등장에 입을 꾹 다물고 있던 살수들이 동요하기 시작했다.

"전하, 고변(告變)하러 왔사옵니다."

그 말에 살수들과 궁인들의 동공이 커지고 말았다. 도윤 역시 주먹을 굳게 말아 쥐며 주 상궁을 단단히 내려다보았다.

"중궁전에서 역모의 움직임이 있었습니다. 중전 마마와 부원군 대감마님께서 제게 역모를 지시하셨습니다."

놀란 도윤이 자신의 앞에 무릎을 꿇고 앉은 주 상궁에게 성큼성큼 다가갔다.

"그 말을 어찌 믿지?"

"부원군 대감마님께서 행여 이 일의 전말이 밝혀질까 중궁전 나인을 출궁시켜 몰래 도성 밖으로 빼돌리려 했사옵니다."

"뭐라."

"대감마님께서 은신처가 적힌 서찰을 그 나인에게 건네주었습니다. 그 서찰의 필체는 부원군 대감마님의 것이 맞는지 대조해 보면 될 일. 소인이 지금 그 나인을 실은 가마를 이쪽으로 올 수 있도록 가마꾼들에게 손을 써놓은 상태입니다. 제 고변이 사실인지, 아닌지는 나인을 태운 가마가 이곳에 도착하는지에 달려 있겠지요."

그 말에 당황한 살수들이 서로의 얼굴만 분주히 살피고 있었다. 순간 도윤의 입꼬리가 피식 솟았다. 자신만만한 주 상궁의 목소리에 도윤이 뒷짐을 진 채, 깊이 숨을 내쉬었다.

그리고 얼마 후, 거짓말같이 추국청 안으로 가마 하나가 들어섰다. 궁인들이 술렁이기 시작했고 도윤 역시 굽혔던 허리를 펴, 그 가마를 넌지시 바라보았다. 주 상궁도 숙였던 고개를 들어 중궁전 나인이 타고 있을 가마를 물끄러미 응시했다. 이내 가마가 땅에 닿고, 도윤이 고갯짓을 해 보이자 궁인들이 달려가 가마 문을 열었다.

"벌써 당도한 것이오?"

아무것도 모르는 중궁전 나인은 의아하다는 듯 눈을 동그랗게 뜨며 가마에서 내렸다.

"아!"

그녀는 자신의 눈앞에 펼쳐진 믿을 수 없는 광경에 그만 스르륵 주저앉고 말았다. 순간, 도윤의 앞에 무릎을 꿇고 앉은 주 상궁과 나인의 시선이 부딪쳤다.

"마, 마마님 이것이 어찌 된 일……!"

그러자 주 상궁이 무덤덤한 얼굴로 나인을 바라보았다.

"이로써 저의 고변은 사실이 된 것이지요."

이내 도윤이 승기를 거머쥐었다는 듯 회심의 미소를 띠며 입을 열었다.

"지금 당장 중전과 부원군을 추포하라! 내 일의 전말을 다 따져 저들에게 사약을 내릴 것이다!"

밤이 깊어갔지만, 은설은 도통 깨어날 기미가 보이지 않았다.

도윤의 마음이 바짝바짝 타들어갔다.

"전하, 벌써 침소에 드실 시각이 훨씬 지체되었사옵니다. 그러다 옥체 미령해지실까, 걱정이옵니다."

상선이 좀처럼 필애당을 떠날 줄 모르는 도윤을 걱정스레 내려다보았다. 하지만 도윤은 빨개진 눈으로 연신 차가운 은설의 손만 잡고 있었다.

"나를 대신해 화살을 맞은 여인이다. 내가 어찌 내 몸이 상할까 저어되어 눈을 붙일 수가 있겠느냐."

그 목소리에는 이미 물기가 가득했다. 그때, 필애당의 문이 열리고 어의가 내린 탕약을 든 강 나인이 자리했다.

"전하……, 마마께 탕약을 먹여드려야 하옵니다."

그러자 도윤이 직접 탕 그릇을 받아 들어 은설의 곁에 놓았다.

"내가 직접 먹일 것이니, 물러나라."

"저, 전하……. 전하께서 어찌."

상선은 화들짝 놀라며 안절부절못했다.

"모두 물러나라 하였다. 특별 상궁과 단둘이 있고 싶으니."

그는 위태롭게 몸을 떨며 입술을 달싹였다. 그러곤 손수 은수저를 탕 속에 집어넣어 독의 여부를 살폈다. 이내 상선이 물러나고 강 나인 역시 필애당을 나서려다, 무언가 생각이 난 듯 자리에 멈추었다. 그러곤 조심스럽게 도윤의 뒤로 다시 다가가 고개를 조아렸다.

"전하……, 이것을 전하께 드려야 할 것 같아."

그녀의 말에 은설의 입에 탕약을 조심스럽게 흘려주다, 손을 멈추었다. 강 나인은 품에서 무언가를 꺼내 그의 앞에 천천히 내려놓았다.

"이것이 무엇인데."

비단 보자기에 쌓인 작은 물건이 은설의 피로 얼룩져 있었다. 그것을 내려다보는 도윤의 마음이 편치가 않았다.

"어의 영감께서 말씀하시길…… 마마님께서 이것을 품에 간직하고 있었기에 큰 위기는 넘겼다고 합니다. 전하께서 그때 주셨던 비녀……라고 하시던데."

"……내가?"

도윤은 처음 듣는 소리라는 듯 피 묻은 비단 보자기를 집어 들었다. 그러곤 그것을 쉽사리 펼쳐보지 못한 채, 물끄러미 바라만 보고 있었다.

'비녀'라는 말에 그의 가슴이 작게 뛰었다.

"화살이 그 비녀에 부딪힌 뒤 마마님의 가슴에 관통했다고 합니다. 그래서 비녀가 두 동강이 났지만…… 덕분에 마마님은 큰 위험에서 벗어나실 수 있었고요."

도통 알아들을 수 없는 말에 도윤은 여전히 앓는 소리를 내며 누워 있는 은설을 바라보았다.

"오늘…… 행궁 길에 그 비녀를 꽂고 갈까, 한참 고민도 하셨는데. 마마님께서 무척이나 아끼는 비녀라 하시었습니다. 해서 지금 꽂기엔 아깝다고……. 더 좋은 날, 더 행복하게 웃을 수 있을 때 하실 거라고 하셨습니다."

그렇게 말하며 강 나인은 은설이 걱정된다는 듯 눈가를 훔쳤다.

비녀라…….

도윤은 말없이 은설의 얼굴만 응시하며 분주히 머릿속을 굴렸다.

"그래. 알겠다, 나가보아라."

아무래도 비녀를 확인해봐야 알 수 있을 듯싶었다. 강 나인이 필애당을 나서자 도윤은 조심스럽게 보자기를 펼쳤다. 그 속에는 화살을 맞아 두 동강이 나버린 옥비녀가 들어 있었다. 그리고 그 비녀와 함께 작은 가락지 하나가 댕강, 소리를 내며 떨어졌다.

"아……?"

순간 옥 비녀와 가락지를 내려다보던 도윤의 눈이 걷잡을 수 없이 커지고 말았다. 고르던 숨결도 한순간에 흐트러졌다. 심장이…… 말로 형용할 수 없을 만큼 아프게 뛰기 시작했다. 온몸의 피가 빠르게 돌았다.

"이것은."

삼 년 전, 도윤이 세상에서 가장 은애하였던 여인에게 주었던 옥비녀.

─태어나 처음으로 여인을 위한 선물을 샀다. 그 여인을 생각하며 그 여인에게 어울릴 것 같은…… 비녀를. 나는 그것을 주며 청혼할 것이다. 연모한다고.

가슴 찢기는 통증이 삽시간에 도윤을 잠식하고 말았다. 그는 떨리는 눈으로 다시금 은설을 내려다보았다.

"너…… 설마……."

목구멍을 틀어막을 듯이 심장이 뛰어 그는 제대로 숨을 쉴 수가 없었다.

아니겠지, 아닐 것이야.

그는 그저 비슷한 비녀일 것이라며 널을 뛰는 가슴을 진정시켰다. 하지만 그 짧은 순간에도 온갖 생각이 그의 머릿속을 스쳐가고 있었다.

도윤은 떨리는 손으로 비녀와 함께 떨어진 가락지를 주웠다. 그러곤 그 가락지의 문양을 확인하는 순간 뜨거운 눈물을 토해내고야 말았다.

본능이, 그리고 그의 온 감각이 애써 밀어두었던 그녀에 대한 기억을 끄집어내기 시작했다.

연꽃 문양이 곱게 새겨진 고운 가락지.

―예쁘지요? 세상에 딱 하나밖에 없는 가락지입니다. 여기
   연꽃무늬가 참으로 예쁘지 않습니까?

상기된 얼굴로 눈을 반짝이며 재잘대던 그녀의 목소리가 피어났다.

잊지 못했다. 아니, 잊을 수가 없었다.

은설과 관련된 모든 것을 잊지 못했던 그였기에 도윤은 한눈

에 그것이 은설의 것임을 알아차릴 수 있었다.

"그럴 리가 없다…… 그럴 리가 없어!"

눈물이 앞을 가려 은설의 얼굴이 제대로 보이지가 않았다.

꿈을 꾸는 것일까, 아님 헛것을 보는 것일까.

그는 파르르 떨며 가락지를 손에 꼭 쥐었다. 손바닥에서 느껴지는 선명한 가락지의 감촉이 이건 현실이라고 말해주고 있었다. 하지만 그는 연신 고개를 휘저으며 가슴을 내리쳤다.

"세상에, 딱 하나밖에 없다던 가락지를…… 왜, 왜…… 네가 들고 있는 것이야, 왜!"

도윤은 울부짖으며 사경을 헤매고 있는 은설의 어깨를 쥐었다. 그러곤 삼 년 내내 참았던 울분을 토해내듯 눈을 뜨지 못하고 있는 그녀에게 모든 걸 쏟아냈다. 하지만 그녀는…… 애석하게도 자신 때문에 사경을 헤매고 있었다.

강 나인이 흘리듯 하고 간 말이 떠올랐다.

─지금 꽂기엔 아깝다고……. 더 좋은 날, 더 행복하게 웃을 수 있을 때 하실 거라고 하셨습니다.

너와 내가 다시 마주한 이 순간보다 더 좋은 날이 어디에 있다고 그랬을까.

"눈을 뜨거라! 얼른 눈을 뜨란 말이다! 지금 당장 눈을 떠 이 모든 것을 과인에게 설명하란 말이다. 어명이다, 어명……!"

이내 그는 고꾸라지듯 은설의 가슴 위로 쓰러져 뜨거운 눈물을 흘렸다.

"왜, 네가 왜 여기서…… 이러고 있는 것이야. 모든 것을 다 용서하여줄 것이니…… 나를 떠났던 것도, 나를 속인 것도, 모두 다 용서할 것이니…… 제발, 제발…… 눈을 뜨거라. 눈을 떠다오…… 은설아."

삼 년 만에 처음으로 스스로 금기했던 그 이름을 입 밖에 꺼내는 순간이었다.

날이 밝자 이학수는 도윤을 독대하기 위해 집을 나섰다.

"결국 부원군이 참형을 면치 못했다 하였지. 쯧쯧, 어리석은 인간."

"중궁전 역시 폐위를 당하고 사약까지 명 받았으니…… 이제 모두 끝났다고 봐야지요."

이학수는 강렬하게 타오르는 태양을 올려다보며 피식, 조소했다. 그러곤 지그시 눈을 감아 진득하게 고민했다.

"대감마님, 명하신 대로 알아보니 지방으로 내려갔다는 병판의 여식은 없었습니다."

"역시……."

"또한, 그 집의 하인을 잡아 알게 된 사실은 삼 년 전 한양을 떠났던 병판의 여식은 올봄에 다시 한양으로 왔다고 합니다."

"그래. 그럴 줄 알았다. 특별 상궁이…… 병판의 여식이었던 것이야. 중궁전을 차지하려…… 그 긴 시간을 기다린 것이냐."

"하면 이제 특별 상궁은 어찌할까요. 이대로 두면 중궁전을 차지하기까지는 시간문제입니다."

"오히려 잘되었다."

"……예?"

"그간 목숨 귀한 줄 모르고 내 권세 안에서 나를 농락한 것들을 이참에 모두, 싹 갈아엎을 기회가 될 것이니."

그 말을 하던 이학수는 얼굴에 웃음기를 거두곤 세차게 이를 악물었다.

"주 상궁, 대체 병판의 여식과 무슨 사이기에…… 삼 년 전엔 그년을 입궐시키지 못하게 하려 발버둥 쳤으며, 지금은 어째서 자처해 그년의 정체를 숨긴 채 입궐시킨 것일까. 정녕 그년이 노린 것이 중궁전 자리였을까."

이학수는 심각한 얼굴로 수염을 만지작거렸다. 그 눈동자에선 잔인한 살기가 스멀스멀 기어오르고 있었다.

"주 상궁을 잡아 올까요."

"잡아 온다고 해서 그년이 곱게 실토할 위인이 아니지. 수년간 나를 속이고 독단적으로 일을 벌여 온 년이다. 대체 병판의 여식과 그년 사이에 무엇이 있는지는 모르겠으나…… 그년을 잡아 족친다고 해서 해결될 일은 아무것도 없다."

"……하면 어찌하올까요."

살수의 물음에 이학수가 느리게 고개를 젓다 피식, 조소를 터뜨렸다.

"병판의 여식과 늙은 여우 같은 그년 모두를 잡기 위한 비책. 지금 당장 병조판서 신주혁을 역모죄로 추포하라."

비열하게 솟아올랐던 그의 입꼬리가 순식간에 내려앉는 순간이었다.

❀

깊은 새벽이 지나고 동이 텄지만 도윤은 대전에 들 수가 없었다.

"왜 알아보지 못했을까. 내가 이토록 어리석은 사람이었단 말인가. 누가 봐도 그 여인인 것을…… 다시 돌아와주었으니 기뻐해야 할지…… 왜 나를 속인 것일까, 울어야 할지…… 아니면, 한 여인에게 두 번씩이나 반한 내가 우습다고 해야 할지. 도통 모르겠구나."

상선은 알 수 없는 말만 늘어놓는 도윤을 그저 바라보기만 했다. 그때, 도윤은 가슴속에 품어두었던 은설의 비녀와 가락지를 상선에게 건넸다. 그 얼굴이 몹시 아파 보여 상선의 가슴이 철렁했다.

"비녀는 새것으로, 가락지는…… 깨끗이 세정하여 가지고 오도록 하라. 중요한 것이니 소중히 다루어야 할 것이다."

"아, 예. 전하."

상선은 두 동강이 난 비녀와 조금 낡아 문양이 흐릿해진 가락지를 받아 들었다. 그러곤 아무 생각 없이 그것들을 한참 내려다보던 그때, 문득 가락지가 상선의 눈에 밟혔다. 상선은 말 없이 가락지를 빤히 들여다보았다. 눈에 익은 연꽃 문양이 이 상하게 그의 가슴을 울렁이게 했다.

"필애당에 가보아야겠다. 오늘 상참은 거를 것이니 대신들에게 그리 전하고."

그렇게 말하며 다시금 도윤이 지친 얼굴로 발걸음을 옮기던 그 순간, 상선이 예민하게 눈동자를 떨었다.

"저, 전하…… 하온데 이 가락지는…… 누구의 것입니까?"

그렇게 묻는 상선의 얼굴이 이상하리만큼 창백하게 질려가고 있었다. 도윤이 지친 얼굴로 그를 돌아보았다.

"어찌 그러는가."

"소, 소신의 눈에 익은 가락지인 것 같아."

그 말에 도윤의 미간이 일그러졌다. 상선은 손끝을 파르르 떨며 가락지를 오래도록 바라보고 있었다.

"눈에 익다니. 그럴 리가……. 세상에 단 하나뿐인 가락지라 들었다."

상선이 소스라치게 놀라며 입을 다물지 못했다. 그의 수상쩍은 반응에 도윤은 눈썹을 구기며 상선의 손목을 쥐었다.

"왜 그러는 것이냐."

"저, 전하…… 이것은……."

"말하라."

상선은 무릎을 꿇으며 옥가락지를 다시금 도윤에게 건넸다.

"선, 선대왕의 유품이옵니다……!"

"여기 가지고 왔습니다, 전하."

도윤은 상선이 건넨 승정원일기를 황급히 펼쳐보았다. 자꾸만 사지가 떨려 제대로 서 있을 수가 없었다. 상선은 불안한 얼굴로 연신 도윤의 안색만 살폈다.

"그러니까 그 가락지가…… 선대왕이 중전에게 연모의 증표로 만들어준 가락지라고."

도윤은 다시금 그 말을 되새겨보았다.

"예, 전하. 소신이 대전 내관으로 배정받고 얼마 지나지 않아 선대왕께서 소신에게 첫 명을 내리신 것이 바로, 그 가락지였습니다. 세상에 단 하나밖에 없는 가락지를 만들 것이라며…… 선왕께서 직접 도안하시고 장인에게 부탁한 것이라 소신이 똑똑히 기억하고 있지요."

그 말에 도윤의 가슴이 자꾸만 바닥 위로 곤두박질치고 있었다. 승정원일기를 뒤적이는 그의 손이 분주해졌다. 이내 선대왕의 정비(正妃)였던 홍 씨가 폐서인 당해 유배 가기 직전의 상황이 기록된 부분을 발견했다.

> 홍 씨가 사산을 하고도 그 사실을 숨긴 채 사가에서 여자아이 하나를 빼돌려 공주로 삼으려 함. 그 사실을 중궁전 상궁이던 주 씨가 좌의정 이 씨에게 발고(發告)하여…….

어린 시절 이학수에게 들었던 그대로 기록이 되어 있었다. 그러나 지금 와서 승정원일기를 읽어보니 이상한 구석이 한두 군데가 아니었다. 도윤은 홍 씨가 사산을 하였다는 부분과 그녀를 윗전으로 보필했던 주 상궁이 하필 이학수에게 발고하였다는 점이 수상쩍었다. 그는 그 부분을 끊임없이 내려다보며 생각했다.

"배신한 주 상궁과 사산한 폐비 홍 씨."

무거운 목소리로 중얼거리던 도윤은 이내 홍 씨가 사산하기 전의 기록들을 살펴보았다. 서책을 넘기는 손끝이 자잘하게 떨렸다.

"사산하기…… 며칠 전, 홍 씨는 태교를 위해 용인산으로 떠났다. 그리고 산사에서 시작된 산통으로 돌아오자마자 출산을 준비하였으나 죽은 아이를 낳았다……?"

아무리 생각해도 이 이후가 이상했다. 중전은 사산을 하자마자 기다렸다는 듯 사가에서 여자아이를 데려오라 하여 공주를 낳은 것처럼 꾸미려 했다.

중전이 죽은 아이를 낳을 것이란 걸 사가에선 이미 알고 있었던 것일까. 어찌 그 짧은 시간에 홍 씨의 사가에서는 막 태어난 여자아이를 데리고 있었던 걸까.

그리고 그날 밤, 주 상궁 역시 마치 중전이 그런 일을 저지를 줄 알았다는 듯 곧바로 이학수에게 고발하여 죽은 공주가 채 중전의 품에서 떠나기도 전에 산실청을 습격했다고 했다.

"소신이 기억하기로는 산사로 떠났던 폐비가 주지승이 일러준 출산 날짜와 산통이 진행된 날짜가 같아 지체 없이 출산 준비를 하여야겠다, 그리 전하께 일렀었습니다."

상선이 고개를 조아리며 말을 덧붙였다. 그러자 도윤은 여전히 의문을 떨칠 수 없다는 듯 의아한 얼굴로 입술을 질끈 물었다. 그 눈빛이 뜨겁게 타오르고 있었다.

"보통 이런 일을 꾸밀 땐, 가장 먼저 숨겨야 할 것부터 처리한 뒤 일을 진행하지."

혼잣말처럼 그 말을 읊조리던 도윤이 불현듯 승정원일기를 세차게 덮었다.

"예……? 그것이 무슨."

"사가에서 여자아이를 데려오라 명을 내렸을 때 홍 씨는 그 사산한 아이의 시체를 함께 궐 밖으로 보냈어야 했다."

"아."

"그것이 옳은 순서지."

하지만 중전은 보란 듯이 죽은 아이를 품에 안고 있었다고 했다. 마치 내가 사산을 하였다는 걸, 만천하에 알리고 싶어하는 사람처럼. 도윤은 승정원일기를 상선에게 건네며 근엄하게 물었다.

"병판과 선왕은 어떤 사이였는가."

가만히 도윤을 향해 고개를 조아리고 있던 상선이 무겁게 입을 열었다.

"병판 대감과 선대왕 사이는 막역했습니다. 폐비가 유배를 떠나고도 선대왕의 곁을 유일하게 지켜준 이가 병판이었고요. 그

452

리고 폐비 홍 씨와 병판의 부인 역시 오랜 벗이라 하였습니다."

"벗……이라."

"같은 해에 병판의 부인께서 여자아이를 출산하시어 만삭이던 홍 씨가 그 여식을 위한 옷도 손수 지어주실 만큼 막역한 사이였습니다."

도윤의 얼굴 위로 씁쓸한 기운이 내려앉았다.

은설과 같은 해에 태어났지만, 유명을 달리한 공주.

하필이면 병판의 부인과 폐비 홍 씨가 같은 해에 여자아이를 낳았다니. 그는 가만히 눈을 감고 말없이 떠난 은설의 모습을 그렸다. 가슴에 금이 간 듯, 고통은 미세하지만 선명하게 번져 갔다.

'혼담을 주고받던 가문이 있었으나…… 혼인을 하기 위해 한양을 떠난 것은 아니었고. 내가 그때 보았던 사내와 부둥켜 안고 있던 은설의 모습은 중궁전이 꾸민 모략이었다…….'

괴로운 듯 구겨진 그의 얼굴 위로 햇볕이 유난스럽게 쏟아졌다. 그의 얼굴은 신열이 오른 사람처럼 붉게 달아올랐다.

내게 남겼던 그 서찰도…… 거짓이었으니, 그렇다면 은설이가 정말 한양을 떠난 이유는 무엇이었을까.

그리고 왜 다시 돌아와…… 궁녀로 입궐해, 단희인 척 연기를 했던 것일까.

관자놀이가 지끈거려왔다. 도윤은 신음을 뱉어내며 이마를 감싸 쥐었다. 그때, 그의 귓가에 불현듯 피어오르는 은설의 무덤덤하고도 가라앉은 목소리.

─어린 시절 아버지와 오라비를 억울하게 잃고 어머니와도 생이별을 하게 되었습니다.

순간 도윤의 감긴 눈이 번쩍 떠졌다. 어찌 궁녀가 되었느냐 물었는데, 은설은 덤덤하게 자신의 이야기를 들려주었었다. 그의 목덜미가 **빳빳**하게 굳고 말았다.

─탐욕과 권력에 굶주린 금수만도 못한 인간 때문에…… 소인의 아비는 독살당하시었고, 어린 오라비도 같은 방법으로 죽임을 당하였지요. 그리고 소인의 어미는 어린 소인을 벗에게 맡겨두고, 그자들의 눈을 피해 한양을 떠나셨습니다…….

도윤은 그만 휘청, 몸을 떨고야 말았다.
벗에게 자신을 맡겨두고 떠났다는 어머니. 그리고 그 벗의 밑에서 자라왔다는 여인.

─복수하기 위해 지금껏 살아왔고, 그러기 위해 입궐하였사옵니다.

그녀의 슬프고도 악에 받친 음성이 도윤의 가슴을 뒤흔들었다. 은설의 입에서 흘러나왔던 '복수'라는 두 글자가 정확하게 그의 심장을 관통했다.

"전하! 괜찮으시옵니까?"

"공주……."

도윤은 흐느끼듯 내뱉었다. 그 얼굴은 마치 절벽 아래를 내려다보는 사람 같았다.

"공주는…… 살아 있는 것이다."

그날 밤, 도윤은 멍한 얼굴로 은설을 내려다보았다. 그녀에게 침을 놓던 어의는 한시름 놓았다는 얼굴로 도윤을 응시했다.

"전하…… 이제 한고비는 넘긴 듯하옵니다. 조금씩 맥에 힘이 실리기 시작했습니다."

하지만 도윤은 웃을 수가 없었다. 크게 기뻐할 수도, 마음을 놓을 수도 없었다. 그저 어두운 얼굴로 점점 혈색을 찾아가는 은설을 물끄러미 내려다보고 있을 뿐이었다.

"그래……. 수고하였다. 특별 상궁이 깨어날 때까지 만전을 기하여야 할 것이다."

어의가 물러나고 은설과 둘만 남겨진 도윤의 얼굴엔 슬픈 빛이 역력했다. 그 누구도 위로해줄 수 없는 아픔이 그의 멍든 가슴을 덮쳐왔다.

"은설아."

이제야 마음 놓고 불러보는 그 이름에 소리 없는 눈물이 흐르고 말았다.

"얼마나…… 나를 원망했느냐. 얼마나 날, 죽이고 싶었느냐."

도윤의 목소리가 걷잡을 수 없이 떨려왔다. 하지만 은설은 평온한 얼굴로 새근새근 숨소리만 내뱉고 있었다. 좋은 꿈을 꾸는 듯, 잔뜩 일그러졌던 얼굴도 편안해 보였다.

"너의 그 달콤한 꿈에 나란 사람은 없는 것이겠지."

뱉어진 그 말은 참 아픈 모양을 하고 있었다. 도윤은 눈물이 어린 실소를 터뜨리며 은설의 따뜻한 손을 잡았다.

"해서 나를…… 죽이러 온 것이었느냐."

원망도, 그리고 미움도, 또한 왜 이토록 자신을 기다리게 했느냐는, 아픔을 주었냐는 책망도 할 수 없었다. 자신을 떠났다, 단희로 돌아온 그녀는 세상 그 누구보다 불행하고 가엾은 사람이 되어 있었다. 그리고 그녀를 그리 만든 것엔 자신의 탓이 제일 컸다. 그랬기에 도윤은 이제 더 그녀를 위로해줄 수도 보듬어줄 수도 없을 것 같았다. 이렇게 절절한 마음으로 바라보는 것조차 송구스러웠다.

"내가 너를 위해 죽어야 할까…… 아니면 살아야 할까."

그는 괴로움에 몸부림치며 온기를 되찾은 은설의 손을 자신의 볼에 가져다 댔다. 이젠 함께 나눌 수조차 없는 그녀의 온기였다.

"죽고 사는 것에 이제 남은 미련은 없지만…… 더는 널 은애할 수 없다는 것이 사무치게 아프구나."

결코, 마음에 품어서는 안 될 여인이었다. 자신은 그 여인에게 있어 그저 죽여야 할 원수의 아들이었기에.

도윤은 숨죽여 눈물을 흘리며 잔인한 운명에 고개를 숙였다.

"죽는 날까지 공주…… 그대를 위해 내 목숨을 바치겠소."

그렇게 읊조리는 도윤의 눈꺼풀이 힘겹게 내려앉았다. 그때, 필애당 밖에서 주환의 다급한 목소리가 들렸다.

"전하, 병조판서 신주혁 대감이…… 역모로 추포당하였사옵니다."

그 말이 귓가에 닿자마자 도윤의 눈에선 눈물이 툭 떨어졌다.

"역시 나는 그대를 아프게만 하는 사람인가 보오."

도윤은 성난 얼굴로 대전을 향해 성큼성큼 다가갔다. 그리고 직접 문을 우악스럽게 열어젖히며 그 가운데 앉아 있는 이학수를 내려다봤다.

"대체 아버지께선 어디까지 가시려고 하는 겁니까!"

이학수는 예상했다는 듯 다짜고짜 소리치는 도윤을 덤덤한 얼굴로 돌아보았다. 두 사람의 눈빛은 금방이라도 불이 붙을 듯 세차게 타오르고 있었다.

"어디까지긴. 그저 가던 길을 걷고 있을 뿐인데."

"이젠 그만하실 때도 되지 않았습니까? 무고한 이들을 죽이는 짓거리는 이골이 나도록 하지 않으셨습니까! 해서 얻어낸 그 자리도 이젠…… 성에 차지 않으십니까?"

악을 내지르는 도윤을 바라보던 이학수의 입가에 작은 경련이 일었다.

"병판을 왜 반역의 죄로 추포하셨습니까. 무엇을 얻고자 그리하셨습니까!"

"신은설. 그년을 여태 잊지 못한 것이냐? 해서 그년하고 똑같이 생긴 그 궁녀를 곁에 끼고 도는 것이야?"

이학수의 말에 순간 도윤은 저도 모르게 마음이 놓이고 말았다. 그는 다행히 은설이 공주라는 사실을 모르고 있는 듯싶었다. 도윤은 허탈한 듯 실소를 터뜨리며 절레절레 고개를 저었다.

"혹시 그 여인을 잊지 못해 보복하듯 중전을 폐위시키고 보란 듯이 병판과 그의 세력들을 궐에 끌어들였다……. 그리 생각하고 계신 겁니까?"

두 사람을 에워싸는 공기는 점점 더 차가워지고 있었다.

"난 네가 선왕의 세력들을 하나둘씩, 나의 궐에 끌어들이는 연유를 알아야겠다."

"응당 그들이 있어야 할 자리니 다시 부른 것일 뿐, 연유 따위는 없습니다."

도윤은 물기 가득한 눈동자를 번뜩이며 그를 내려다보았다. 그러고는 더는 양보할 수 없다는 듯 사선으로 비튼 고개에 힘을 주었다.

"병판은 건드리지 마십시오. 왕명입니다."

"무어라……? 왕명? 네가 이제 불효까지 저지르려 하는구나?"

"더는 죄를 짓지 말란 말입니다. 이미 아버지께서 지은 죄만으로도 이 숨통이 틀어막힐 것 같으니."

그 말에 이학수가 도윤의 뺨을 내려치기 위해 손을 올리자, 도윤은 그 손을 재빠르게 가로챘다.

"용안에 손을 대시려고요……?"

"이거 놓지 못해? 내가 너에게 이러라고 씌워준 익선관인 줄 아느냐! 누가 아군인지, 적인지 구분조차 못 하는 네가 왕이라 할 수 있느냐?"

"소자는 기꺼이 대전 문을 활짝 열어놓고 그들을 맞이할 것입니다."

"……뭐?"

"하니 아버지도 이젠 포기하시지요. 이러라고 아버지께서 제게 씌워준 익선관이 아니었겠지만…… 어쩌겠습니까. 이제 와 후회한들…… 그것은 이미 소자의 것인데."

도윤은 밖에 있는 상선을 포함한 대전 궁인들에게 들으라는 듯 소리를 질렀다.

"지금 당장 병판과 그의 식솔들을 풀어주어라!"

그러자 이학수는 그보다 더 큰 불덩이를 삼킨 듯 목구멍에 힘을 주었다.

"병판을 돕는 자! 그 역시 역모다! 그 누구도 병판을 도와선 아니 될 것이다!"

"그렇게 끝까지 고집을 꺾지 않으시겠다면. 예, 좋습니다. 소자의 윤허가 있어야만 병판을 무너뜨릴 수 있을 겝니다. 소자가 납득할 만한 역모의 증좌를 가지고 오세요."

이학수는 어처구니가 없다는 듯 실소를 터뜨렸다. 그러곤 도윤이 집어 던진 익선관을 물끄러미 내려다보며 입술을 질끈 깨물었다. 어쩐지 그것을 내려다보는 이학수의 눈동자가 치열하게 이글거렸다.

"아버지의 왕 놀이는 여기서 멈추셔야 할 겁니다. 이젠 아버지가 죽이라면 죄인이 되고 살리라면 충신이 되는 시대는 끝났습니다. 또한, 소자 이젠 왕실의 위엄과 종묘사직을 바로 세우기 위해…… 아버지의 대전 출입도 금할 것입니다."

차갑고도 잔혹한 음성에 이학수의 고개가 느리게 돌아갔다.

"뭐라?"

"듣거라! 지금 이 시각 이후로 대원군 대감의 대전 출입을 금기할 것이니 그리 알고 대원군 대감을 모시거라."

도윤은 다시 이학수를 향해 말했다.

"소자에게 할 말이 있으면 다른 대신들처럼 알현을 청하시옵소서."

그 말을 남긴 채 도윤은 저벅저벅 옥좌로 향했다. 도윤의 뒷모습을 넋이 나간 사람처럼 바라보던 이학수는 무언가 크게 잘못되어가고 있음을 깨달았다.

늦지 않았다면…… 정녕 아직 늦은 것이 아니라면…….

이학수는 주먹을 굳게 말아 쥐며 대전 문을 박차고 나섰다.

그러곤 자신의 곁에 따라붙는 살수를 향해 말을 씹어 뱉었다.

"왕을 갈아 치울 때가 되었구나."

그 어느 때보다 청명한 햇살이 대전 앞마당에 내리쬐고 있었다.

제 31 장

공주, 은설

며칠이 지나고 나서야 드디어 필애당에서 좋은 소식이 들려왔다. 은설이 정신을 차렸다는 말에 도윤은 한걸음에 그곳으로 향했다.

꼬박 엿새 만에 정신을 차린 그녀였다.

도윤은 힘겹게 눈을 뜨며 몸을 일으키는 은설을 서둘러 부축했다.

"정신이 드는 것이냐."

은설의 모든 비밀을 알아차린 후였지만 도윤은 그녀를 위해 내색하지 않기로 하였다. 하지만 아무리 마음을 추슬러 그녀를 단희로 바라보려 해도 이미 부서진 마음을 회복할 수는 없었다. 그의 눈은 이미 단희가 아닌 은설을 바라보고 있었다.

"단희야……."

이젠 생소하기까지 한 그녀의 이름을 부르며 도윤이 은설을 꽉 안았다. 자신의 가슴에 닿는 그녀의 온기가 그 어느 때보다 감사하고 절절한 순간이었다.

"네가 이대로 눈을 뜨지 않을까, 내가 얼마나 걱정하였는 줄 아느냐."

"그럴 것 같아 소첩 사경을 헤매는 순간에도 전하의 목소리 하나, 얼굴 하나…… 모두 잊지 않으려 애쓰고 있었습니다."

그렇게 말하는 은설의 눈에서도 눈물이 흘렀다.

자신이 화살을 맞았다는 것은, 그리고 이렇게 무사히 눈을 떴다는 것은…… 자신의 계획이 모두 성공리에 끝이 났다는 말이었고, 동시에 아주 잠깐이겠지만, 도윤을 지켜냈다는 의미이기도 했다. 은설은 진심으로 그가 아닌 자신이 화살을 맞았다는 것이 다행스러웠다.

그 찰나에도 도윤의 등 뒤로 날아오는 수많은 화살을 바라보면서 그녀는 행여 그가 다칠까 두려웠었다. 하지만 이렇게 무사히 살아 자신을 보듬어주니, 그것만으로도 눈물 날만큼 감사할 지경이었다.

"전하……"

은설은 혼신의 힘을 다해 그를 불렀다. 그리고 그 역시 온 마음을 다해 그녀를 부둥켜안았다.

"다시는 그러지 마라. 나보다 네가 먼저 눈을 감아서는…… 결코, 아니 된다."

하지만 은설은 그 말 속에 스며든 도윤의 아픔은 끝내 알아차리지 못했다.

"전하, 소첩은 괜찮습니다."

은설은 힘겹게 그 말을 토해내며 자신의 눈앞에 있는 도윤을 뚫어져라 바라보았다. 자신에게 미안해서인지, 도통 눈을 마주치지 않는 그였다. 은설은 작게 미소 지으며 그의 손을 잡았다.

"어찌 소첩을 바라보지 않으십니까?"

그녀의 나지막한 목소리에 그가 힘겹게 고개를 들었다. 그런 그의 눈이 빨개져 있었다.

"깨어났으니, 이리 무사히 깨어났으니 되었다."

말은 그리 무심히 하면서도 도윤은 은설을 제대로 바라볼 수가 없었다. 어떤 눈으로, 그리고 어떤 얼굴로 그녀를 바라봐야 할지 몰랐다.

그런 그의 마음을 은설은 상상조차 할 수 없었기에 그저 자신이 사경을 헤매는 동안 마음을 많이 쓴 탓에 그러는 모양이다 싶어, 그를 위로했다.

"소첩은 하나도 아프지 않습니다. 그러니 표정 푸셔요."

"고맙다."

"……예?"

"다시…… 내 곁으로 돌아와주어서."

"아."

"그리웠던 네 얼굴을 마음껏 보고 듣고팠던 네 음성을 한없이 듣고…… 사무치게 안고팠던 널 가슴 가득 품어보고…… 그러다 네 곁에서 눈감을 수 있게 해주어서."

그 말에 순간 은설의 심장이 쿵, 내려앉고 말았다. 그녀는 조심스레 그의 얼굴을 올려다보았다.

도윤은…… 울고 있었다.

"전하, 어찌 옥루를……."

그의 눈물을 마주하는 순간 은설의 가슴도 무자비하게 무너져 내렸다.

도윤을 대신해 화살을 맞던 순간 그녀는 이대로 눈을 뜨지 못하면 어쩌나, 하는 걱정보다 다신 그를 볼 수 없을지도 모른다는 생각에 절실하게 살고 싶었다. 은설 역시 빨개진 눈으로 도윤의 가슴에 얼굴을 묻었다.

사방이 어둠으로 휩싸이자 옥사(獄舍)에 은은한 달빛이 드리웠다. 옥에 갇혀 오도 가도 못 한 처지가 된 병판은 처연한 얼굴로 밤하늘을 올려다보고 있었다. 언제 어느 때, 역모죄가 인정되어 목이 잘려나갈지 모르는 나날들이었다.

"대감마님……!"

그때, 누군가가 자신을 은밀히 불렀다. 그가 힘겹게 눈을 떠 보니 주 상궁이 장옷을 뒤집어쓴 채 그의 앞에 서 있었다.

"주 상궁 마마님께서 여길 어찌."

"공주 마마께서 눈을 뜨셨습니다. 걱정하실 것 같아, 일러드리러 왔습니다."

"……마마님. 속히 이곳을 떠나십시오. 아무래도 이학수가 무언가 눈치를 챈 것 같습니다."

"이미 쇤네는 오래전부터 그의 감시를 받고 있었습니다. 해서 일부러 부원군을 방패 삼아 여주를 빼돌린 것이고요."

"하면……."

"지금부턴 시간 싸움입니다. 누가 먼저 왕좌를 차지하느냐가…… 관건이지요."

그러자 병판이 엉금엉금 기어가 주 상궁의 손을 덥석 잡았다.

"공주 마마를 지켜주세요, 마마님. 곧 영광이 홍 씨 마마를 모시고 한양으로 올 겁니다. 그때까지만 시간을 끌어주셔야 합니다."

"아니 그래도 오늘 정의단에서 연통이 왔습니다. 전라도와 경상도, 그리고 강원도의 군사들이 모두 무사히 한양으로 오고 있다고요."

주 상궁은 붉어진 눈가를 쓸며 고개를 주억거렸다. 그러자 병판은 조금 안심이 된다는 듯 한숨을 내쉬며 눈가를 쓸었다.

"버티셔야 합니다, 대감마님. 다행히 왕은 이학수의 뜻대로 움직일 생각이 없어 보입니다."

"갑자기 우릴 역모로 지목해, 없애버리려고 하는 게 찜찜합니다."

"우리의 계획을 눈치챈 것은 아닙니다. 하지만 이학수가 더는 쇤네를 찾지 않고 감시의 눈을 붙인 것을 보면……."

그녀는 말끝을 흐리며 입술을 질끈 악물었다.

"아무래도 특별 상궁이 지난날, 대감마님의 여식이었다는 것을 눈치챈 것 같습니다."

병판은 깊은 한숨을 내쉬며 고통스럽게 얼굴을 일그러뜨렸다.

"이제 어쩌지요?"

"하지만 이학수가 무슨 이유에서인지 왕에게 공주 마마의 정체를 토설하지는 않았습니다."

"……이학수가 지금 무슨 생각을 하는지, 알 수 없겠지요."

"대전 출입까지 금지된 상태라 자세한 움직임은 모르니…… 아무래도 쇤네가 목숨을 걸고 이학수의 사가로 들어가야 될 것 같습니다."

그 말에 병판이 화들짝 놀라며 그녀를 올려다보았다.

"이 시기에…… 이학수의 사가를요? 안 됩니다, 마마님. 마마님 말대로 공주 마마가 내 여식이라는 걸 알아차렸다면…… 마마님께서도 이학수에게 죽임을 당할 수 있습니다."

"하지만…… 한 가지 걸리는 게 있습니다. 그걸 꼭 확인해야겠습니다."

주 상궁의 미간에 주름이 잡혔다. 병판도 숨죽인 채 그녀의 얼굴을 뚫어지게 응시했다.

"지난날, 이학수가 쇤네에게 청국에서 온 역관 하나를 만나보라 했습니다."

"……역관이요?"

"자신의 먼 조카라고 했습니다. 그땐 쇤네가 이학수에게 감시를 당하기 전이었지요."

그때를 회상하는 듯 주 상궁의 얼굴이 일그러졌다, 펴지길 반복하고 있었다. 그 말을 듣는 병판의 가슴도 쿵, 쿵 뛰기 시작했다.

"그 역관과 깊은 대화를 나누어보지는 않았지만, 이학수가 역관에게 궁중 법도를 가르쳐주라 하였습니다."

"……궁중 법도라면."

"조선에서 나고 자랐지만 어린 나이에 청국으로 유학을 떠났기에 궁중 법도에 대해선 무지하다며…… 쇤네에게 교육을 하라 일렀지요."

"역관에게 군이 궁중 법도를 왜."

"해서 쇤네가 몇 번 이학수 사가 별채에 머무르는 역관에게 법도를 가르쳐준 적이 있었습니다."

두 사람은 꼭 같은 생각이라도 하는 것처럼 서로를 향해 눈빛을 반짝였다. 가만히 주 상궁의 말을 듣고 있던 병판이 무겁게 입을 열었다.

"이학수의 또 다른 핏줄이라면…… 혹시."

"예, 쇤네의 생각도 대감마님과 같습니다."

"설마…… 금수만도 못한 놈이 제 아들을……."

차마 병판은 다음 말을 잇지 못한 채 몸을 부르르 떨었다.

"이학수와 왕이 서로를 향해 칼날을 겨누고 있다면, 우리에겐 기회가 될 수도 있고 또한 위기가 될 수도 있습니다. 하니, 정의단이 반정을 시작하기 전 쇤네가 역관의 정체를 꼭 알아내야 합니다. 기회라면 잡아야 하고 위기라면 피해야 하지요."

"주 상궁……. 혹 탐라에 무슨 일이라도 생긴 것입니까. 이학수의 움직임이 심상치 않다며 궁인들이 쉬쉬하는 것을 들었는데."

주 상궁은 이학수의 사가로 가기 전, 필애당에 잠시 들렀다. 조금이나마 몸을 추스른 은설은 곧장 궐의 분위기부터 파악하기 시작했다. 은설에게 병판의 역모 소식을 전하려 했지만, 차마 입이 떨어지지 않았다. 주 상궁은 그저 먹먹한 눈길로 조금 불안에 떠는 그녀의 눈동자를 바라만 볼 뿐이었다.

"변고가 생긴 것입니까? 이학수가 혹, 우리의 계획을 눈치채고……."

"그것은 아니고 마마께서 병판 대감마님의 여식이었다는 것을…… 알아차린 듯합니다."

"뭐……라고요?"

"그 때문에 지금 병판 대감마님과 유희 부인께서 곤경에 처하셨습니다."

"그것이 무슨……."

은설은 소스라치게 놀라며 주 상궁의 손을 잡았다.

"……역모 죄로 추포되셨습니다."

"그게 무슨 말도 안 되는 소립니까! 역모라니요!"

은설의 커다란 눈에 눈물이 그렁그렁 맺히고 말았다. 결국, 자신 때문에 자신이 가장 아끼던 사람들이 위험에 처한 것이었다. 이내 주 상궁은 품에서 무언가를 꺼내 은설 앞에 내밀었다. 은설은 젖은 얼굴을 힘겹게 들어 그것을 내려다보았다.

"이것이…… 무엇입니까."

주 상궁이 머뭇거리며 무겁게 입을 열었다.

"탐라에서 소식이 들려왔습니다. 홍 씨 마마와 각 지방의 정의단 세력들이 곧 한양에 당도할 것입니다."

"그 말은……"

"해서 이것은…… 왕을 죽일 독입니다."

그 말이 은설을 또 한 번 사지로 내몰았다. 화살을 맞았을 때보다 더 아픈 통증이 그녀의 폐부를 찔렀다.

"만약을 대비해…… 마마께 이 독을 드리라, 정의단이 보내온 것입니다."

"만약이라면……."

"혹 정의단이 도성 문을 통과하지 못해 궐에 당도하지 못한다면…… 왕의 최측근에 있는 사람은…… 마마뿐이시니."

"……아."

"칼에 그 독을 묻혀 왕을 처리해달라는 청이 있었습니다. 정의단은 어떻게 해서든 이학수와 그의 모든 세력들을 죽일 것이니 마마께선 왕을…… 죽여달라고요."

도윤을 애써 떨치지 못한 은설의 마음을 잘 알고 있었기에 주 상궁의 목소리가 떨려왔다.

독을 물끄러미 바라보는 은설의 얼굴이 점점 굳어갔다. 그 얼굴에 독이 퍼져가는 듯 안색도 어두워졌다.

"마마……. 머지않아 새 시대가 열릴 것입니다. 하니…… 마음 약해지시면 아니 됩니다. 굳건해지세요, 공주 마마."

흔들리는 그녀의 눈빛을 읽어낸 듯 주 상궁이 그녀를 똑바로 쳐다보며 공주라 말했다. 끝없이 약해져만 가는 은설을 더 보고 있기가 힘들었다.

"공주 마마…… 마마께선 이 조선에 남은 유일한 선왕의 혈육이십니다. 마마께서 흔들리시면 우리가 지난 세월 견뎌내고 버텨냈던 모든 것들이 무너집니다."

"그자는, 그러니까 왕은……."

'가엾은 사람입니다. 그저 괴물의 아들일 뿐입니다. 그 사람은…… 아무런 죄가 없습니다.'

은설은 차마 내뱉지 못한 말을 속으로만 삼키며 홀로 아파했다.

"마마의 마음을 쇤네가 모르는 것은 아니옵니다. 하지만 반정은…… 왕이 죽어야만 이루어지는 것입니다."

"……주 상궁."

"왕이 죽어야만 그 자리에 새 임금을 앉힐 수 있습니다. 하나의 태양이 무너져야, 백성들은 새 태양을 받아들일 것입니다."

❧

은설은 심란해진 마음으로 달빛이 드리운 흙길을 걷고 또 걸었다.

그 가슴에 주 상궁이 건넨 독을 품은 채, 정처 없이 한참을 내디디던 그녀의 발이 문득 멈추어 선 곳은 바로 자신의 아비인 선왕이 눈을 감았다는 빈 전각이었다.

사람의 손길이 오래전에 끊긴 곳. 흔한 궁인들의 발걸음조차 닿지 않은 초라하고도 볼품없는 곳에 그녀가 멈춰 섰다. 그 앞에 무릎을 꿇고 앉은 은설은 무너지듯 고개를 조아렸다.

"아……버지……."

그녀의 머리 위로 은은한 달빛이 쏟아졌다. 그것이 꼭 죽은 아비의 손길인 것만 같아 은설은 마음이 아려왔다.

"소녀…… 어찌하면 좋을까요."

눈물이 끊임없이 그녀의 얼굴을 그리고 흙바닥을 적셨다.

"죽이라 합니다……. 죽여야만 한다고 합니다, 그자를요."

은설은 눈물을 쏟으며 고개를 치켜들었다. 그러곤 낡고 부서져, 곧 무너져 내릴 것만 같은 그 전각을 올려다보며 아프게 입을 열었다.

"이 마음에서 채 죽이지 못한 그 사람을…… 제 손으로 죽여야 한다고 합니다. 못 하겠다, 하지 못하겠다, 도망치면…… 아니 되는 것이지요? 그분과…… 모든 것을 내려놓고 저 멀리 달아나고 싶다, 그리 마음을 먹어서는 아니 되는 것이지요?"

때마침 그녀의 머리 위로 축축한 빗방울이 쏟아지고 있었다. 은설의 몸이 빗물에 젖어갔다.

"살고 싶습니다, 아버지. 그 사람과 함께…… 살고 싶습니다."

결국 무너진 은설은 흙바닥 위에 고꾸라지듯 엎어졌다. 그러

곧 젖은 흙을 두 주먹에 움켜쥐며 아프게 땅바닥을 내려쳤다. 할 수만 있다면 이 가슴을 때리고 내려쳐 멈추게 하고 싶었다.

"이 이기적인 욕심…… 이 어리석고 나약한 마음…… 모두 나락으로 떨어져 달게 받을 테니…… 그럴 테니, 제발 그 사람을 살려주세요. 제발 살게…… 해주세요, 우릴."

❈

은설이 홀로 산보를 나갔다는 강 나인의 말에 도윤의 걸음이 빨라졌다. 비까지 추적추적 내리는데 홀로 어딜 간 것일까, 그의 얼굴이 점점 굳어졌다. 혹시 병판의 추포 소식을 듣고 옥사로 간 건가 싶어 그곳에 들렀지만 은설은 없었다.

"대체…… 어딜 갔단 말이냐."

그의 마음이 아파왔다. 그는 주위를 물리고 홀로 어둠 속을 헤집었다.

"살고 싶습니다, 아버지……."

은설이 빈 전각 앞에 무릎을 꿇고 앉아선 홀로 중얼거리고 있었다. 순간 그 전각을 올려다보는 도윤의 눈동자가 고통스럽게 흔들렸다. 선왕이 쓸쓸하게 숨을 거두었던 곳. 그 앞에서 그의 여식인 공주가 울고 있었다. 도윤은 그대로 굳은 채 조선의 공주인 은설을 바라만 보았다. 그때, 그녀의 슬픈 목소리가 빗물을 타고 그의 가슴에 닿기 시작했다.

"이 이기적인 욕심…… 이 어리석고 나약한 마음…… 모두

나락으로 떨어져 달게 받을 테니…… 그럴 테니, 제발 그 사람
을 살려주세요."

어찌 네가 나락으로 떨어진다 하느냐.

아픔과 고통은 오롯이 나의 몫이다.

하니, 내 손을 놓고…… 나를 죽이거라.

"제발 살게…… 해주세요, 우릴."

은설이 그렇게 말하며 흙바닥 위로 쓰러져 통곡하고 있었다.
그 순간 도윤도 스르륵 무너지고 말았다. 그녀에게 씌워주기 위
해 가지고 왔던 우산 역시, 그의 손에서 미끄러진 지 오래였다.

도윤도 은설과 함께 젖어갔다. 그러곤 가슴을 쥐어뜯으며 무
릎을 꿇었다.

"실은…… 나도 살고 싶다. 죽고 싶지 않다. 너와 함께……
살고만 싶다, 은설아."

그것이 독을 품은 꽃이라는 걸 알면서도 도윤은 차마 그 꽃
을 꺾어버릴 수 없었다. 세상에서 제일 치명적인 독을 품었다
할지라도 그는 그 꽃을 삼킬 수밖에 없었다.

너무도 아름답고…… 고운 꽃이었기에.

이 역겹고 지옥 같은 삶을 그래도 살게 해주었던, 단 하나의
꽃이었기 때문에.

다음 날, 날이 밝자마자 은설은 퉁퉁 부은 얼굴로 중궁전으

로 발걸음했다. 오늘은 폐비 김 씨에게 사약이 내려지는 날이었다.

"폐비 김 씨는 나와서 전하의 명을 받들라."

때마침 중궁전에 도착한 은설은 소복 차림으로 덤덤하게 무릎을 꿇는 중전을 바라보았다. 그녀의 아비인 부원군이 막 참형을 당한 찰나였다. 중전의 어머니와 아버지, 그리고 식솔들 모두의 목이 떨어지자마자 이내 그녀에게도 사약의 명이 떨어진 것이었다. 중전의 눈이 자신을 지그시 응시하는 은설과 마주쳤다. 핏, 조소를 터뜨리며 중전은 이를 악물었다.

"최 소의에게도 그리하더니, 나의 마지막도 구경하러 온 것이냐?"

중전의 말에 궁인들이 모두 고개를 조아리며 은설에게 길을 터주었다. 은설은 무표정한 얼굴로 중전의 앞에 섰다.

"억울하다 생각하지 마시옵소서. 세상엔 억울하고 원통한 이들이 널렸으니. 마마께선 이 생에서 죗값을 치르고 눈감는 것을 다행이라 여기십시오. 이것은 전하께서 마마께 베푸시는 마지막 은혜이십니다."

그 말이 떨어지자마자 중전의 손에 들려 있던 사약 사발이 은설의 이마로 향했다.

쨍그랑, 소리와 함께 은설은 사약을 뒤집어썼다. 사약 사발에 베인 그녀의 이마에서 피가 흐르고 있었다.

"트, 특별 상궁 마마님……!"

서둘러 궁인들이 은설을 부축했지만 그녀는 의연함을 잃지 않았다. 오히려 더 날카로운 눈빛으로 중전을 내려보며 피가 뚝뚝 흐르는 대로 내버려두었다. 다시 중전 앞에 새로운 사약 사발이 놓이자, 그녀는 우악스럽게 은설을 노려보았다.

"내가 가만히 이 사발을 받아드니…… 내가 내 죄를 인정이라도 한 줄 아느냐? 착각하지 마라. 나와 내 아버지, 그리고 우리 가문은 그 누구보다 떳떳하다. 다만 내가 네년의 숨통을 끊어놓지 못하고 눈감는 것이 천추의 한일 뿐이다!"

중전의 목소리가 중궁전을 울리자, 은설의 입이 열렸다.

"중궁전 앞마당에서 최후를 맞이하니 네가 여전히 중전이라 생각하는 모양이구나."

"무어라?"

"너는 폐비다."

"아니, 나는 중전으로 죽는 것이다. 네가 아무리 발버둥 쳐도 갖지 못한 이 자리에서 죽는 것이라고!"

"그렇게 해서라도 너의 죽음을 위안 삼고 싶다면 그리하여라. 네 기억 속에 너는 중전이고 나는 한낱 상궁일지 모르겠지만…… 역사 속에서 너는, 투기를 일삼고 국모의 품격을 더럽히다 결국 봉황잠의 무게를 견디지 못하고 무너진 폐비가 되어 있을 것이니."

그 말에 중전은 굵은 눈물을 뚝뚝 흘렸다. 이내 사약을 재촉하는 명이 다시금 떨어졌고 중전은 떨리는 손으로 사약 사발을 쥐었다. 그러곤 보란 듯이, 사약을 꾸역꾸역 마셨다.

"윽……."

476

이내 중전은 목을 감싼 채 괴로운 듯 미간을 찌푸렸다. 하지만 죽는 그 순간까지도 은설을 용서하지 않겠다는 듯 그녀를 똑바로 올려다보고 있었다. 그 처참한 모습을 바라보던 은설은 중전에게 다가가 조심스레 허리를 굽혔다.

"잊지 마라……."

그러곤 오직 그녀에게만 들릴 듯한 작은 목소리로 속삭이기 시작했다.

"지난날, 네가 내게 한 짓을. 그리고 내가 지금 너에게 내리는 이 벌을. 삼 년 전, 나는 그 누구보다 전하를 은애하였고…… 우리는 순수하고 아름답게 행복을 그렸었다."

"……뭐, 뭐?"

갑작스러운 은설의 말에 중전의 숨통이 턱, 틀어막혔다. 순간 중전의 심장이 터질 듯이 뛰기 시작했다. 아무래도 약 기운이 점점 몸에 퍼지고 있는 듯했다.

"한데 어찌 그리 가혹하게 나와 전하의 사이를 갈라놓았느냐고는 묻지 않겠다."

"……네, 네가!"

"나보다 높은 자리에 앉아 있던 네가 모든 것을 망쳐놓았다고 생각했겠지, 해서 전하와 나의 정(情)을 완전히 끊어놓았다 생각했겠지. 하지만 틀렸다. 나는 이렇게 다시 돌아왔고 결국 모든 것을 제자리로 돌려놓았으며…… 이렇게 너에게 벌을 내렸으니."

"욱…… 욱."

중전의 눈이 빨개졌다.

이내 괴로운 듯 그녀는 헛구역질을 하며 은설을 세차게 노려보았다.

"네가…… 윽, 네가 그럼……."

"그래. 내가 삼 년 전, 전하의 첫 정인이었던…… 신은설이다. 죽어서도 잊지 말아라."

은설의 그 말을 끝으로 중전은 힘없이 고꾸라지고 말았다.

제 32 장

원수의 아들은

"주 상궁은 저대로 내버려둘 것입니까. 이젠 대놓고 필애당과 옥사를 드나들고 있다 합니다. 이것이 대감마님을 향한 도전이 아니면 무엇이겠습니까! 당장 끌고 와 숨통을 끊어놓아야 합니다!"

이학수의 살수가 소리치며 분노했다. 하지만 이학수는 그저 덤덤하게 조소하며 차만 들이켜고 있을 뿐이었다.

"환국을 한 후에 병판과 그의 여식과 궐에 눌러앉은 선왕의 모든 세력을 제거할 것이다. 그때, 주 상궁도 함께 불태울 것이다."

그 말에 살수가 깊이 숨을 내쉬며 은밀히 고개를 조아렸다.

"분부하신 대로…… 이 역관에게 준비를 하라 일렀습니다."

"이런 날이 오지 않길 바랐건만……."

이학수는 씁쓸하다는 듯 말끝을 흐리며 도윤이 갓난이 시절 때 입었던 배냇저고리를 물끄러미 내려다보았다.

"대감마님께서 전하께 쏟아부으신 애정과 노력을 그 누가 모르겠사옵니까. 그저 안타깝고 황망할 따름이옵니다."

이학수는 깊어진 눈으로 도윤의 배냇저고리를 말없이 응시했다. 그리고 그것을 쥔 채 한참을 바라보다 바닥에 휙, 던졌다.

"태워라."

그의 눈엔 한 점 미련도 없었다. 살수는 이학수의 명대로 도윤의 배냇저고리를 손에 움켜쥐었다.

"병판의 여식은."

"아직 옥사에 발걸음하진 않았다고 합니다."

"꽤나 잘 버티고 있군. 지 부모와 식솔들이 모두 자기 때문에 고초를 겪고 있는데도 코빼기도 비추지 않다니. 독한 년, 아주 독해 빠진 년이야. 한데 그 집 장자의 행방은 아직이더냐."

"예, 전국에 수배령을 내렸으니 곧 잡힐 것입니다."

"귀신같이 냄새를 맡고 몸을 숨겼나 보군. 성가신 가문이었어……. 진즉 선왕을 독살할 때 죽여버렸어야 했는데. 버러지 같은 것들……."

이학수는 찻잔을 꾹 쥐며 손을 부들부들 떨었다.

"한양의 사병들을 모두 대기시켜라."

"예."

"그리고 도성 외곽에 있는 사병들도 모두 소집해 궐로 쳐들어갈 채비를 하라."

"명, 받잡겠사옵니다."

"모레가 보름달이 뜨는 날이라지. 만월(滿月)의 빛이 조선에 드리우는 밤. 그 밤이 저물고 나면 새 태양이 떠오를 것이다.

차질 없이 채비하라."

그 말이 떨어지자마자 살수는 안채를 박차고 나섰다. 그러곤 어둠 속을 은밀히 가로질러 별채로 향했다.

"대감."

이내 살수가 누군가를 부르자 별채의 문이 덜컥, 열렸다. 도윤과 비슷한 또래의 남자가 짜증스럽게 얼굴을 구기며 살수를 내려다보았다.

"숙부님께서는 대체 언제까지 이 골방에 나를 가둬둘 셈이라더냐."

"이제 채비를 하시면 될 것 같습니다."

그러자 그의 얼굴이 밝아졌다.

"……숙부님의 명이 떨어지셨는가."

"예."

"진즉 이럴 것이지. 왜 그놈을 그 자리에 앉혀서 이리 여러 사람을 고생시키는 것인지."

그는 피식 웃으며 이학수처럼 한껏 고개를 젖혀 달을 올려다보았다. 그 눈은 이학수 못지않게 야욕으로 번뜩이고 있었다.

"대감마님께서는 모레 밤 거사를 진행하실 생각이십니다."

"하면 그놈은 어찌 처리할 생각인가."

"……그놈이라면."

"내 옥좌에 앉아 있는 그 천한 놈 말일세."

"아, 전하께서는……."

"네 이놈. 전하라니……! 아직까지 그 입에 전하를 담고 있는 것인 게냐! 출신도 불분명한 천한 놈에게 전하가 가당키나 하다고!"

그 말에 살수는 주변을 살피며 고개를 조아렸다.

"하오나 아직은 국왕 전하이십니다."

"숙부님의 피를 받은 것도 아니오, 그렇다고 왕족도 아니오. 그저 민가(民家)에 잠입해 막 출산한 산모를 죽이고 얻어낸 갓난이가 아니었는가……!"

"대감, 목소리를 낮추시옵소서. 그 사실을 아는 자가, 이 집엔 없사옵니다."

실은 도윤은 이학수의 핏줄이 아니었다.

줄줄이 여식만 출산하던 정경부인은 아들을 낳기 위해 무던히 노력했지만, 마지막 자식마저 아들이 아닌 딸아이였던 것이다. 혹시 정경부인이 또다시 여식을 낳을 것에 대비해 그들은 출산을 핑계로 남해로 떠났었다. 한데 정말 정경부인이 딸을 낳자, 미리 민가에서 손을 써둔 사내아이와 바꿔치기한 것이었다. 아들이 아쉬웠던 이학수에게 도윤은 단비 같은 존재가 될 수 있으리라 생각했다.

"출신도 불분명한 그 천한 것이 용상을 꿰찰 때부터 그토록 내 아버님과 숙부님들이 반대를 하시었건만……. 적통에 가까울수록 옥좌의 위엄이 서는 것처럼, 숙부님의 친아들이어야만 백성들의 민심을 사로잡을 수 있을 것이라 하시더니…… 결국 고집을 꺾지 않으시다 또다시 손에 피를 묻히는 번거로움을 겪는 것이 아닌가?"

"대감마님께선 제 아들임에도 불구하고 폭군으로 성장한 왕을 직접 끌어내리는 희생을…… 백성들에게 보여 다시금 민심을 회복하려 하십니다. 하니, 대감께서 잘 따라주셔야 할 겁니다."

"쯧쯧, 불쌍하군. 평생 제 아비인 줄 알고 살았건만, 끝내 진실을 알지 못하고 가짜 아비의 손에 죽는 왕의 꼴이라니."

타다 만 그을린 배냇저고리를 쥔 것은 다름 아닌 주 상궁이었다. 그녀는 충격받은 얼굴로 어둠 속에 몸을 숨겼다.

―경사도 이런 경사가 없습니다……! 대감의 반정이 성공할 줄 알았습니다, 허허! 게다가 이 적시 적격에 아들까지……! 따님만 줄줄이라, 아들 복이 없으신가 했더니 정경부인께서 떡하니 남해로 가, 아들을 낳으시다니요. 이런 광명(光明)이 어딨겠습니까……!

이학수와 그들의 반역이 성공리에 마쳤을 때, 이학수의 사가에선 성대한 연회가 열렸었다. 그리고 연회에 모인 반역자들은 하나같이 입을 모아 이학수의 장자 소식을 축하했었다. 아들이 아쉬웠던 이학수에게 도윤의 탄생은 가뭄의 단비 같은 존재였다. 그런데 그 아들이…… 친자(親子)가 아니었다니.

주 상궁은 너무 놀라 입이 다물어지지 않았다.

그녀는 오랜 시간 이학수의 사가에서 지내왔기에 그의 사가 비밀 통로를 제집처럼 드나들 수 있었다. 그렇게 잠입한 이학수의 사가에서 주 상궁은 결국 도윤과 이학수 사이에 얽힌 충격적인 비밀을 듣고야 말았다.

그때, 자신이 도윤을 죽이라며 은설에게 건넸던 독이 떠올랐다.

왕은…… 왕은, 이학수의 친아들이 아니었다. 왕도…… 이학수에게 이용을 당한 것이야. 공주 마마께 얼른 이 사실을 고하여야 해……!

주 상궁은 깊이 한숨을 내쉬며 서둘러 몸을 일으켰다. 지체할 시간이 없다고 생각하면서 들어왔던 비밀 통로로 다시 발을 내디디는 순간, '쿵' 하는 굉음이 들려왔다.

놀란 그녀가 황급히 뒤를 돌아보자, 어둠 속에서 찢어지는 듯한 웃음소리가 들려왔다. 무언가 잘못되었음을 직감하는 순간…….

"잡았다, 쥐새끼."

이학수의 목소리가 주 상궁의 목덜미를 움켜쥐었다.

"해서 사발에 맞았단 말이냐."

도윤은 속상한 얼굴로 은설의 이마에 난 상처를 직접 치료

해주고 있었다. 은설은 도윤을 마주하면 할수록 독이 신경 쓰여 한숨이 나왔다.

"많이 아픈 것이냐."

"괜찮습니다."

두 사람은 처음 만났던 못가에 앉아 달빛을 맞고 있었다.

도윤은 조심스레 은설의 손을 맞잡았다.

둘은 말없이 달을 올려다보았다.

"보름달이 뜨면…… 여기에 다시 올까."

어쩐지 그의 눈동자 속의 달이 축축하게 물기를 머금고 있는 것 같았다.

"단희야. 나는 행여 네 마음이 가짜라고 해도…… 너를 놓기가 싫다."

도윤은 은설에게 커다란 손을 내밀었다. 그러자 은설은 망설임 없이 그 손을 잡았다.

그 커다란 손이 너무도 따스하고 포근해 은설은 피식, 웃음이 났다.

"하지만 혹여 네가 나 때문에 아파진다면…… 나는 지금 네가 잡은 이 손을 놓을 것이다."

"전하."

"하니 내가 너에게…… 이 손을 놓으라고 하면, 지체 말고 놓아야 한다."

갑작스러운 그의 말에 은설이 놀란 얼굴로 그의 얼굴을 살폈다. 그녀는 선뜻 대답하지 못한 채 입술만 꾹 깨물고 있었다.

서글픈 그의 목소리에 그녀의 굳게 맞물린 입술이 쉽사리 떨어지지 않았다.

"은애하면…… 아파진다고 해도 함께 가야 하는 것이 아니옵니까?"

은설은 조심스럽게 그에게 되물었다.

"아니. 은애하니 아프지 않길 바라는 것이다."

도윤의 단호한 목소리에 은설의 가슴은 천 갈래 만 갈래 찢기는 것만 같았다. 꼭 이별을 예감한 사람처럼. 그리고 머뭇거리는 은설의 가슴속에 독이 들어 있는 걸 아는 사람처럼.

도윤이 은설의 손을 놓으려 하자, 은설은 그의 손을 다시금 뜨겁게 쥐었다.

"피할 수 없는 아픔이라면 소첩은 함께하고 싶사옵니다."

놓고 싶지 않았다. 은설은 자신의 욕망에 솔직해지기로 했다. 이내 그녀는 그의 목덜미를 끌어안아 자신의 입술을 곱게 포갰다.

'하루만…… 딱 하루만 진심으로 이 사람을 품고 싶습니다. 더는 욕심내지 않겠습니다. 오늘 하루만큼은.'

그러자 도윤은 그녀의 온기를 따스하게 받아들였다.

'이 밤만큼은 난 망국의 공주도 아니오…… 이 사람은 원수의 아들도 아닙니다.'

은설은 그 말을 삼키며 눈을 감았다. 도윤도 끊임없이 그녀의 등을 다독이며 자신에게 다가온 그녀의 작은 입술에 숨결을 불어넣었다.

두 눈을 꼭 감고 있는 은설의 눈꺼풀 위로 잔 떨림이 내려앉았다. 도윤은 투명하게 빛나는 그녀의 얼굴을 물끄러미 내려다보다 손을 뻗어 탐스러운 뺨을 쥐었다. 금방이라도 터질 듯 그녀의 양 볼이 붉게 달아올라 있었다.

도윤의 이성은 점점 희미해져갔다.

"눈을 떠, 나를 보아라."

그러자 그녀의 감긴 눈이 느리게 떠졌다. 도윤은 그녀의 여린 볼을 따스하게 쓰다듬다, 그녀의 쪽 찐 머리에 꽂힌 비녀를 뺐다. 이내 은설의 틀어 올린 머리가 스르륵 풀려 어깨 위로 고스란히 내려앉았다.

"온 마음을 다하여…… 너를 은애했고, 온 힘을 다하여…… 너를 지킬 것이다."

"소첩 또한…… 온 마음을 다해 전하를 모실 것입니다."

도윤은 천천히 손을 뻗어 그녀의 옷고름을 쥐었다.

"아."

그러자 그녀의 맞물린 잇새 사이에서 가냘픈 떨림이 흘러나왔다. 담담하려 애썼지만 그럴수록 은설의 입가엔 경련이 일고 있었다. 속적삼 속, 그녀의 하얀 살결이 촛불에 비쳐 은은한 빛을 내는 듯했다. 도윤은 더 바라만 보고 있기 힘들다는 듯 옷고름을 잡아당겼다. 그러자 미끄러지듯 속적삼이 풀어지고 그녀의 희고 곧은 어깨가 그의 눈앞에 드러났다.

"전하……."

풍성한 곡선이 속치마에 위태롭게 가려져 있었다. 그녀가 부끄러운 듯 초를 끄기 위해 손을 뻗자, 도윤이 그 손을 덥석 쥐었다. 그러곤 이불 위에 그녀를 거세게 눕히며 위에서 내려다보았다. 도윤의 커다란 손이 이내 그녀의 마지막 남은 속치마 매듭을 아슬아슬하게 쥐었다.

"과인의 손길이 싫다면…… 거부하여도 좋다."

"소첩을…… 안아주셔요, 전하."

그 말이 끝나자마자 도윤의 손은 거침없이 그녀의 속치마 매듭을 풀었다. 모든 것이 부질없어지는 순간이었다. 은설의 몸을 가리고 있던 속치마의 매듭이 풀어졌고, 두 사람은 거추장스러운 꺼풀을 벗어 던진 채 예민하게 달아오른 서로를 바라봤다.

"하아……."

그저 피부를 맞닿은 채 내려보고, 올려다보기만 하는데도 숨이 찼다. 삼 년 내내 원망하며 복수를 갈구했던 여인은 이곳에 더는 없었다. 또한, 평생을 지옥 속에서 살던 비운의 왕도 존재하지 않았다. 두 사람은 오래전부터 서로를 은애하고 아꼈던 사람들처럼 서로를 보듬었다.

"예쁘구나, 눈물이 날 만큼."

오래오래 두 눈에 담고 싶은 여인이었다. 자신의 온 감각에 그녀를 새기듯 도윤은 그녀를 바라보고 또 바라보았다. 은설은 수줍은 듯 볼을 붉히며 아랫입술을 살짝 말아 물었다.

"소첩 역시 기쁘옵니다. 이리 전하의 품에 안길 수 있어서……."

도윤은 천천히 손을 뻗어 그녀의 턱 끝을, 그리고 귀 끝을 어루만졌다. 그러다 참을 수 없다는 듯 자신의 침소 의대를 풀어 헤쳐 저 멀리 던지며 그녀를 더욱 꽉 보듬었다.

"눈을 감지 말고…… 나를…… 보아라."

한순간도 은설의 시선을 놓치기 싫었다. 잘게 몸을 떠는 그녀가 자신을 끝까지 바라봐주길 원했다. 자꾸만 자신의 예민한 곳을 건드리는 그의 손길 때문에 눈이 감겨왔지만, 그녀는 애썼다. 도윤의 입술이 닿은 곳이 눅눅하게 젖어 홧홧하게 달아오르고 있었다.

"전하……. 은애하옵니다."

도윤은 틈 없이 그녀를 꽉 끌어안으며 신음처럼 말을 뱉어냈다.

"내 목숨보다 더…… 연모한다, 너를……!"

필애당의 공기를 가르는 도윤의 음성이 옅게 떨리고 있었다. 그를 받아들이는 순간, 아릿한 통증이 그녀의 몸을 휘감았다. 은설의 눈물 위로 그의 옥루가 내리박혔다.

한편, 영광은 한양을 경계로 아랫지방에서 세력을 확장하고 있던 모든 정의단 세력을 끌어와 드디어 도성 부근까지 올라왔다.

"오늘 밤 무슨 일이 있어도 도성에 당도해야 하오. 그리고 내일 밤, 도성 문을 습격할 것이오. 다들 준비되셨지요."

그는 오랜 시간 이곳까지 달려오고도 여전히 열의가 넘치는 정의단원들을 돌아보며 숨을 돌렸다. 그때, 정의단의 일원이 영광의 곁으로 다가와 은밀히 말을 전했다.

"성문을 지키고 있는 무리들이 죄다 이학수의 사람이라고 합니다, 도련님."

"한양에 연통을 보내놓았으니 시각에 맞추어 도성 외곽 쪽으로 한양 정의단이 내려올 것이오. 게다가 강원도 세력들도 합류하기로 하였으니, 걱정할 것 없소."

그러자 몇몇 사람들이 걱정스러운 얼굴로 그 곁에 모여들어 한 마디씩 보탰다.

"도성 문이 뚫리면 눈치챈 왕이 궐문을 단단히 걸어 잠가 우릴 고립시킬 것입니다, 도련님."

"이학수의 사병과 왕의 군사 수 또한 어마어마합니다. 성문이 뚫린 것을 알면 두 사람의 세력이 모든 힘을 합쳐 궐을 지킬 것인데 무슨 수로 궐로 쳐들어갑니까?"

그들의 목소리가 점점 커지고 있었다. 영광은 비책이 있다는 듯, 그들을 진정시키며 입을 열었다.

"도성 문이 열리면 먼저 대기하고 있던 강원도 정의단 세력이 궐로 진입하기로 하였습니다. 그와 동시에 나는 마마와 명운군을 모시고 곧바로 궐을 향해 돌진할 것입니다. 그대들은 적을 제압하며 천천히 대궐 쪽을 압박하십시오. 그럼 도성 문

쪽에서 우릴 기다리고 있던 한양의 정의단 세력이 그대들을 도
와 함께 대궐로 진입할 것입니다. 그렇게 되면 오히려 이학수와
왕의 세력이 독 안에 든 쥐가 되고 말지요. 손쉽게 그들을 제
거하고 왕을 죽인 뒤, 옥좌를 되찾을 것입니다."

"궐에 계신 공주 마마께서 위험해지시는 건 아니겠지요?"

"그건 걱정 마세요. 내가 서둘러 궐에 들어가 공주 마마를
비호할 것입니다."

영광의 빈틈없는 계획을 들은 사람들은 서로 고개를 끄덕이
며 승리를 확신했다. 그들은 모두 얼른 해가 저물길 바라며 다
시금 분주히 발걸음을 옮기기 시작했다.

제 33 장

시작된 반정

결전의 아침이 밝았다.

누군가에겐 죽음이, 그리고 또 누군가에겐 새로운 삶이 시작될 아침. 하지만 편전은 여느 날과 다름없이 대신들의 목소리로 시끄러웠다.

오늘 상참에서는 병판의 처결을 놓고 의견들이 분분했다. 지키려는 자들과 없애려는 자들의 치열한 다툼은 끝날 기미가 보이지 않았다.

"전하! 하오나 역모는 그 싹을 잘라버려야 하옵니다! 어영부영 넘겼다간 큰 화를 면치 못하실 것이옵니다! 조금이라도 의심되는 자들 또한, 조금이라도 연루되어 있다 사료되는 것들은 모두 그 불씨를 없애버려야 하옵니다……!"

하지만 대제학의 주장에도 도윤은 요지부동이었다.

"조금이라도 의심되는 자, 조금이라도 연루되어 있는 것들. 그것들에 병판은 없다."

"……전하!"

"하니, 내일 이 시각까지 그 누구도 병판의 역모를 입증할 만한 증좌를 가지고 오지 않는다면 병판은 무고(無故)로 풀려날 것이니, 그리 아시오."

말을 끝마친 도윤이 일어나, 편전을 빠져나갔다. 멀어지는 그를 바라보는 선왕 무리의 안색이 좋지 않았다. 대제학과 설전을 벌이던 좌의정 김영군은 어둑해진 낯빛으로 숨을 깊게 내쉬었다.

"오늘이지요."

"예, 이미 홍 씨 마마께서 한양에 당도하셔서 때를 기다리고 있다는 연통을 받았습니다. 이것 참…… 흠."

오늘 밤, 폐비 홍 씨 세력이 왕을 끌어내리려 도성 문을 뚫고 궐로 진입할 것이었다.

그 계획을 일찌감치부터 알고 있었던 선왕의 세력들은 서로를 돌아보며 슬쩍슬쩍 고개를 끄덕였다. 하지만 그들의 얼굴엔 씁쓸한 빛이 짙게 감돌았다.

곧 내쳐질 왕이었지만, 도윤은 이학수와 달랐기 때문이었다.

"숙원(宿怨)을 푸는 날이 밝아오건만 어찌 마음은 이리 무거운지."

"그러게나 말입니다, 좌상 대감. 나도 그다지 썩, 마음이 편치만은 않아요."

모든 비운의 원흉이었던 이학수의 피가 흐르는 아들이었지만 어쩐지 그만큼은 이학수와는 다른 사람인 것 같았다. 꼭 다른 피가 흐르는 사람처럼…… 도윤은 곧고 올바르고 정의로웠다.

좌의정과 그의 무리는 못내 아쉬웠다. 이학수의 아들만 아니었다면 자신들과 함께 새로운 조선을 이끌 성군(聖君)이 될 수 있었을 텐데. 그때, 무슨 일인지 오늘 상참에선 꾹 입을 다물고 있던 우의정이 도윤이 자리를 비우자 그제야 비싯 입꼬리를 틀어 올리며 속으로 말을 삼켰다.

'내일이란…… 없을 것이다, 폐주(廢主).'

오늘 밤이 되면 이학수가 환국을 시도할 것이니, 그에게 내일이란 없는 것이었다. 이학수의 무리는 곧 앓던 이가 빠질 것이란 생각에 기쁘기까지 했다.

두 세력의 표정이 묘하게 대조되고 있었다.

오후가 되자 궐 안 분위기가 심상치 않았다.

"전하……. 이젠 결정을 내려주셔야 합니다."

"군사들을 은밀히 모았는가."

"모두 대궐 근처에서 전하의 명만 기다리고 있사옵니다."

주환이 참담한 얼굴로 도윤의 뒤에 바짝 붙어 섰다. 그의 명만 떨어진다면 도성 문과 궐문을 걸어 잠그고 폐비 홍 씨의 세력을 초반부터 막을 수 있을 것이었다. 이학수조차 아직 모르는 그들의 움직임이었기에 도윤의 윤허만 떨어진다면 얼마든지 진압할 수 있는 반정이었다.

"너에게 긴히 할 말이 있다."

그는 물끄러미 주환을 돌아보며 덤덤하게 말문을 열었다.

"무슨 일이 있어도…… 특별 상궁을 꼭 지켜야 한다."

"그것이 무슨."

"혹 오늘 밤, 무슨 일이 일어난다면 내가 아닌 그 여인을 지켜라. 그 여인은 선왕의 공주다."

그의 말이 끝남과 동시에 주환은 경악하고 말았다.

"선왕의 마지막 핏줄이니…… 그 여인을 비호하여야 할 것이다. 털끝 하나도 다치지 않도록."

필애당을 돌아보는 도윤의 손등에 힘줄이 도드라졌다.

"하오면 전하의 목숨이 위험합니다. 그들은 전하를 죽이러 오는 것입니다!"

"내 명이 떨어지기 전까지 모두 대궐 근처에 잠입하고 있어야 할 것이다."

"……전하, 제발. 피하십시오. 피하셔야 하옵니다!"

주환이 눈물을 흘리며 무릎을 꿇었다. 하지만 도윤은 결코 결심을 꺾지 않았다.

"도성 문이 뚫리거든…… 아버지의 세력들이 대궐을 수비하러 몰려들 것이다. 그럼 지체 말고 대궐 문을 열기 위해 힘써야 할 것이다."

"전하……!"

그는 먹먹한 눈으로 하늘을 한 번 올려다보다, 위용(威容)스러운 궐을 내려다보았다.

"우리는 그들의 반정을 함께한다."

활시위가 팽팽하게 당겨졌다. 복면을 쓴 무사들의 살은 모두 한곳을 겨냥하고 있었다. 그들을 내려다보던 영광은 느리게 손을 들었다. 막 떠오른 보름달이 그들의 정수리 위로 바짝 올라선 때였다.

"정신을 바짝 차리시오. 기회는 단 한 번뿐이오."

영광의 말에 무사들은 다시금 활시위를 강하게 잡아당겼다. 하늘을 향해 뻗은 영광의 손이 주먹을 쥐면 반정은 시작되는 것이었다. 폐비 홍 씨도, 그리고 명운군도. 모두들 숨죽여 영광의 손만 바라보았다. 그때, 영광의 활짝 펼쳐졌던 손바닥이 굳게 말렸다.

"가자! 오직 전진이다……!"

영광의 포효와 함께 도성 문을 향해 어마어마한 화살이 비처럼 내렸다. 도성 문을 지키고 있던 병사들은 속수무책으로 정의단 세력에 당하고 있었다.

"으아아악!"

"반역이다! 도성 문을 지켜라……!"

"성문을 봉쇄하라!"

황급히 도성 문이 닫히고 있었다. 저 문이 닫히기 전에 폐비 홍 씨 세력이 모두 통과해야만 했다.

"으아악! 밀어라! 얼른!"

영광이 이를 악물고 선봉에 서서 닫히려는 성문을 막아냈다. 그러자 정의단의 세력들도 모두 힘을 합쳐 문을 열기 위해 고군분투했다.

거센 화살 비가 여기저기서 쏟아지고 날카로운 칼날이 휘몰아치는 성문 앞. 고성과 비명이 난무하고 빗물처럼 선혈이 사방에서 튀기 시작했다. 그리고 때마침 조금씩, 조금씩 열리기 시작하는 성문.

"조금 더 힘을 내어라!"

그러자 이내, 도성 문 근처에서 대기하고 있던 또 다른 정의단 세력들이 가세해 성문을 부수기 시작했다. 도성 문을 지키고 있던 군사들이 힘없이 당하자, 정의단 대장은 대궐 근처에서 잠복한 채 때만 기다리고 있을 강원도 정의단 세력들에게 신호를 보냈다.

"지금이다……!"

쿠궁, 쿵, 쿵. 그가 쏘아 올린 불꽃은 한양 전체를 울리기 시작했다. 더 멀리, 그리고 더 높이 솟아오르는 반정의 신호탄. 꼭 그들의 반정을 축복이라도 하듯 크고 웅장한 불꽃이 까만 하늘 위에서 번쩍였다.

"전하! 피하셔야 하옵니다, 더는……! 더는 시각이 없사옵니다. 제발…… 제발 피하소서……!"

그들이 쏘아 올린 불꽃은 대궐까지 울리고 있었다. 천둥이 내려치는 듯 하늘에선 굉음과 함께 불꽃이 튀고 있었다. 갑작스러운 불꽃이 하늘에서 터지자, 궁인들은 놀란 얼굴로 하늘만 바라보고 있었다. 어느덧 전투복으로 갈아입은 도윤은 감고 있던 눈을 떠 요란스럽게 터지는 그것을 바라봤다. 꼭 자신을 죽이러 오는 그들의 거센 발소리 같았다.

주환은 검을 뽑아 든 채, 도윤의 앞에 섰다. 그러자 대기하고 있던 호위대들도 주환을 따라 검을 뽑아 도윤을 비호했다.

"대궐은 소신이 지키겠사옵니다, 하니! 특별 상궁 마마님과 얼른 궐을 떠나십시오……! 제발…… 이대로는 안 됩니다. 특별 상궁 마마님과 함께 차라리 조선을 떠나세요! 비밀 통로를 따라 밖으로 나가시면 말이 대기하고 있습니다! 곧 청국으로 향하는 배 한 척이 뜰 것이니 속히 그 배에 오르소서!"

주환은 울부짖으며 도윤의 앞을 떠날 줄을 몰랐다. 그러자 도윤은 자리에서 일어나 느리게 손을 들어 그의 어깨를 짚었다.

"전하……!"

이내 도윤은 덤덤하게 주환을 바라보다, 자신의 곁을 지키고 선 호위대를 향해 크게 소리쳤다.

"폐주(廢主)의 마지막 명이다! 대궐 문을…… 반드시 열어라!"

도윤의 눈동자에 불꽃이 시리게 박혔다.

도성 문을 격파한 정의단은 무지막지한 기세로 대궐까지 달려가기 시작했다. 그 선봉에 선 영광은 폐비 홍 씨를 비호하며 검을 휘둘렀다. 저 멀리서 이학수의 사병들이 무장한 채 돌진하고 있었다.

"이학수의 사병들이다! 한 명도 남김없이 사살하라!"

정의단 대장이 소리치자, 그들 역시 겁 없이 이학수의 사병 무리를 향해 달려들었다. 한데 엉킨 두 세력들은 한 치의 양보도 없는 전쟁을 시작했다. 그때, 궐의 비밀 통로를 알고 있는 폐비 홍 씨가 영광의 손을 끌었다.

"뒤쪽으로 가면 비밀 통로가 있네. 서둘러 궐 안으로 진입해 공주를 보호하고 왕의 목을 베어내면 될 것일세……!"

"예, 마마. 소인이 뒤따르겠사옵니다!"

대궐을 지켜내기 위한 이학수의 사병들과 그것을 뚫기 위한 정의단의 2차전이 시작되고 있었다. 하지만 궐 내에 있던 이학수의 군사들까지 가담하니 그 수는 어마어마했다.

때마침 도윤의 목을 치기 위해 잠복하고 있던 무장 세력들까지 목표물을 바꾸어 정의단을 공격하자, 이젠 정의단이 휘청거리기 시작했다. 사활(死活)이 걸린 그들의 처절한 몸부림은 시간이 더할수록 거세졌다.

이학수의 사병을 어느 정도 물리쳤다 생각하던 그때, 그보다 더한 인원이 저 멀리서 흙바람을 일으키며 달려오고 있었다.

"대, 대장……!"

순간 정의단의 눈앞이 깜깜해지고 말았다. 이미 지칠대로 지친 정의단은 지금까지 해치웠던 사병들의 곱절이나 많은 수에 혀를 내둘렀다. 그들을 향해 무지막지한 기세로 돌진해 오는 머릿수만으로도 타격이 컸다.

"이대로는 무리입니다! 어떡하면 좋습니까, 대장!"

누군가의 도움이 절실했다. 하지만 정의단이 가진 세력은 이것이 다였다. 서둘러 폐비 홍 씨와 차기 왕으로 앉힐 명운군을 비밀 통로로 보내던 영광은 주춤하는 기세의 정의단을 돌아보며 그대로 멈춰 서고 말았다.

짙은 패색이 정의단을 향해 드리우고 있었다.

"이미 많은 목숨이 희생당했습니다……! 후퇴해야 할 것 같습니다!"

궐로 진입하기 위해 대기하고 있던 강원도 세력들도 미처 파악하지 못한 궐 내의 군사들이었다. 그 수는 전란만큼이나 굉장했다. 게다가 군사들은 모두 중무장한 채 궐문을 막아서고 있었다.

"갑자기…… 저렇게 많은 군사들이 어떻게 무장한 채로 몰려온 것인가……! 마치 또 다른 반역이라도 계획하고 있었던 것처럼!"

영광은 좌절하며 굳은 얼굴로 정의단 대장을 돌아보았다. 마침, 두 사람은 같은 생각을 하고 있었다.

"후퇴는 없다! 모두 전진하라!"

영광이 다시금 검을 뽑아 들어 군사들을 해치우기 시작했다. 하지만 곱절이나 되는 그들을 무찌르기엔 역부족이었다.

여기저기 정의단의 사람들이 칼과 살에 맞아 떨어져나갔고, 영광은 이를 악문 채 검을 휘둘렀다.

"무리…… 무리요, 도령……!"

끝까지 포기하지 말자던 정의단 대장마저 턱 끝까지 숨이 차올라 몸이 무너지고 있었다.

그때였다.

"반드시 궐문을 열어라! 어명이시다!"

'어명'이라는 말과 함께 대궐 안에서 고함이 들려오기 시작했다. 이학수의 사병들과 군사들 또한 갑작스러운 상황 전개에 모두 당황하며 궐 안을 바라보았다.

궐 밖만 지키면 될 줄 알았던 이학수의 세력은 뜻밖의 무리에 우왕좌왕하기 시작했다. 앞을 지키고 있던 전열이 순식간에 흐트러지고 말았다. 순간, 궐 안에서 비명이 들리고 화살이 쏟아지기 시작했다. 이학수의 사병들이 피를 토하며 쓰러졌다.

"무, 무엇인가……! 대체……!"

그와 동시에 궐 밖 숲에서 대기하고 있던 무장한 무리들이 밀물처럼 밀려와 정의단에 섞여 이학수의 세력을 공격했다. 영광은 충격에 휩싸여 놓친 검을 주워 들 수가 없었다.

"대체…… 이자들은 누구란 말인가……!"

홍 씨 또한, 보고도 믿지 못할 광경에 발걸음을 멈추고 정의단과 함께 싸우는 의문의 무리들을 바라보았다.

"어명이시다! 반드시 궐문을 열어라……!"

"어명이시다!"

그리고 여기저기서 울려 퍼지는 '어명'이라는 말들까지. 순간, 영광의 뒷덜미가 바짝 곤두서고 말았다. 그때, 의문의 무리 중 한 명이 영광에게 다가와 다급하게 말을 전했다.

"병판의 장자시오?"

"……한데."

"지금 병판 대감과 식솔들이 의금부에 포박되어 있소. 서둘러 옥사로 가시오!"

그 말이 끝나자마자 홍 씨와 영광의 시선이 부딪혔다. 두 사람은 마주 본 채 고개를 끄덕이며 비밀 통로를 향해 달려가기 시작했다.

"아버지! 어머니!"

궐 안 역시 아비규환이었다.

갑작스러운 사태로 궁인들은 소리를 지르며 이리저리 뛰어 다니기 바빴고, 영광은 그들을 헤치고 황급히 옥사 안으로 들어갔다. 그러자 저 멀리서 병판의 희미한 목소리가 들려오기 시작했다.

"영광아, 여기다!"

홍 씨와 서둘러 달려가 보니 병판이 옥사에 갇혀 있었다.

"대체 이게 무슨 일입니까, 대감!"

"마마……!"

병판은 홍 씨의 등장에 황급히 무릎을 꿇으며 고개를 조아렸다.

"뭐 하시는가. 서둘러 대감을 꺼내드리지 않고."

홍 씨는 자신 때문에 병판이 곤경에 처한 것은 아닐까, 가슴이 답답해졌다. 이내 굳게 닫혔던 옥사 문이 열리고 병판이 밖으로 나왔다. 그는 서둘러 영광의 손을 붙잡으며 파르르 떨었다.

"영광아……! 주 상궁 마마님이 보이시질 않는다!"

그 말에 홍 씨도 소스라치게 놀라며 병판을 바라보았다.

"그것이 무슨 소립니까, 대감. 주 상궁이……! 왜!"

"주 상궁 마마님이 소신을 찾으러 온 마지막 날 밤, 알아볼 것이 있다며 이학수의 사가로 홀로 간다고 했습니다! 그 뒤로…… 소식이 끊겼습니다!"

그때, 대전을 지키고 있던 군사들까지 대궐 문을 지키기 위해 우르르 달려가고 있었다.

궁인들의 찢어지는 비명이 제법 가까이에서 들리기 시작했다. 병판은 서둘러 홍 씨를 보호하며 영광의 손을 놓았다.

"나는 네 어머니와 마마를 모시고 공주 마마께 갈 테니, 넌 서둘러 이학수의 사가로 가보거라!"

"괜찮으시겠습니까, 아버지?"

그러자 병판은 군사들이 버리고 간 검 하나를 집어 들며 시간이 없다는 듯 미간을 찌푸렸다.

"주 상궁 마마님은 왕과 관련된 중요한 비밀을 파헤치러 갔다!"

그 말에 영광과 홍 씨의 시선이 스산하게 부딪혔다.

"이학수가…… 무언가를 감추고 있어. 그 비밀을 반드시 알아내야 한다!"

"마마님……! 궐문이 곧 뚫릴 것 같습니다……!"

동태를 살피고 있던 강 나인은 궐문이 조금씩 뚫리기 시작하자 반색하며 필애당으로 달려왔다.

하지만 은설은 그곳에 없었다.

강 나인은 화들짝 놀라며 빈 처소 이곳저곳을 둘러보았다. 그러나 어느 곳에도 은설의 흔적은 보이지가 않았고, 짙은 어둠만이 필애당을 감쌌다.

"마, 마마님……?"

그때, 처소 안 서안 위에 작은 사발이 놓여 있었다. 강 나인은 헐레벌떡 달려가 초를 밝혔다.

"이건……."

주 상궁이 은설에게 왕을 죽이라며 건넸던 독이었다. 그런데 그 안에 있어야 할 비상(砒霜)은 없었고, 빈 사발 아래에 서찰한 장만 놓여 있었다.

강 나인이 떨리는 손으로 서찰을 집어 들던 그때, 누군가가 필애당으로 헐레벌떡 뛰어들었다.

"마마……!"

땀 범벅이 된 홍 씨와 병판, 그리고 유희가 강 나인을 세차게 바라보고 있었다.

"마마님께서는 어디에 계신가!"

그러자 강 나인은 황급히 고개를 조아리며 그들에게 은설이 마지막으로 남기고 간 서찰을 건넸다.

"마마님께서는 보이시지 않고 이, 이것만……."

폐비 홍 씨는 떨리는 손으로 은설이 남긴 서찰을 받아 들었다. 그러곤 떨리는 마음으로 서찰을 읽어 내려가기 시작했다.

> 내 손으로 직접, 내 품에서 그 사람의 숨을 거두게 해주소서.
> 그 누구에게도 그 사람의 마지막을 내어줄 수 없습니다.
> 이것만큼은 소녀가 할 수 있게 해주시옵소서.

눈물로 써 내려간 그녀의 마지막 서찰.

세 사람은 누가 먼저랄 것도 없이 대전을 향해 달리기 시작했다.

제 34 장

폐주, 이도윤

  은설은 자꾸만 다리가 후들거려 앞으로 고꾸라지고 있었다. 이미 혼비백산이 된 궁인들이 다 달아난 대전은 냉기만이 감돌았다. 은설은 떨리는 몸으로 힘겹게 벽을 짚으며 도윤에게 가기 위해 혼신의 힘을 다하였다.

  오직 어둠만이 선명하게 남은 대전. 궁인들의 비명으로 대궐이 찢어질 듯한데, 오직 대전만은 이미 오래전에 버려진 듯 고요했다. 은설은 한 치 앞도 보이지 않는 그곳을 홀로 더듬거리며 어렵사리 걸음을 내디디고 있었다.

  "아⋯⋯!"

  그런데 그때, 누군가가 은설을 세차게 잡아끌었다. 놀란 그녀가 숨도 제대로 내쉬지 못한 채, 위를 올려다보자, 도윤이 은설을 지그시 내려다보고 있었다. 그의 처연한 눈빛을 바라보는 순간, 은설은 아무런 말도 할 수가 없었다. 은설은 도윤의 품에 안긴 채로 먹먹한 눈길의 그를 올려다보았다. 무슨 이유에서인지 두 사람은 서로 말을 이어가지 못했다.

"왜 그리 놀라는 것이냐. 네가 닳고 닳도록 넘나들던 대전 문턱인데."

"······아, 그것이······."

한껏 긴장해 뻣뻣하게 굳은 은설을 달래주듯 도윤이 그녀의 손을 잡았다. 그러곤 그녀를 잡아끌어 대전 안으로 이끌었다. 그 안으로 들어서자 희미한 불빛이 두 사람을 에워쌌다. 도윤의 얼굴이 선명해지고 왠지 모를 포근함이 은설을 감쌌다. 순간 울컥, 눈물이 차올라 그녀의 숨통이 턱 막혔다.

도윤은 슬그머니 은설의 손을 놓으며 그녀에게서 한 발 물러났다. 자신에게서 멀어지는 그의 발을 물끄러미 내려다보던 은설은 천천히 고개를 들었다. 아릿한 통증이 가슴부터, 서서히 번져갔다.

"할 말이 있는 얼굴이구나."

선뜻 말을 꺼내지 못하는 은설을 대신해 그가 먼저 말문을 열었다. 하지만 은설은 그 말에 답을 하지 못했다. 그저 입술만 질끈 깨문 채, 머뭇거리는 그녀의 얼굴은 어느 때보다 아파 보였다. 은설을 지그시 내려다보던 도윤이 힘겹게 입술을 벌렸다.

"은설아."

영광은 정의단의 세력들을 이끌고 이학수의 사가로 쳐들어갔다. 하지만 이학수의 사가 앞은 대궐만큼이나 삼엄한 경비로

둘러싸여 있었다. 그들의 동태를 살피던 영광은 정의단을 돌아보며 작게 고갯짓을 해 보였다. 그러자 정의단이 먼저 대문을 지키고 있는 사병들의 시선을 끌고 뒤이어 영광이 담을 넘어 집 안으로 숨어들었다.

"역도들이다! 막아라……!"

많은 수의 사병들을 쉽게 따돌린 영광은 주 상궁의 흔적을 찾기 위해 어둠 속을 헤집었다. 그때, 어디선가 주 상궁의 찢어지는 비명이 들렸다.

"놓아라! 이거 놓지 못하느냐!"

긴박해 보이는 주 상궁의 음성에 영광은 지체할 새도 없이 몸을 날렸다.

"으아아악!"

그러곤 주 상궁을 잡아끌고 가는 살수를 거침없이 베어내며 그녀를 가로챘다.

"도련님!"

영광은 결박이 된 그녀의 손을 풀어주며 서둘러 몸을 숨겼다. 그는 거칠게 숨을 몰아쉬며 만신창이가 된 주 상궁을 살폈다.

"이게 대체 무슨 일입니까! 어머니, 아버지께선 어찌 역모로 추포되셨고 마마님께서는 왜 이학수에게 이런 꼴을……!"

그러자 주 상궁은 파르르 떨며 영광의 손을 꼭 쥐었다. 세상이 끝날 듯한 굉음이 여기저기서 울려 퍼지고 있었다. 천지개벽(天地開闢)이라도 일어난 것처럼 한양은 난리통 속이었다.

"도련님, 지금부터 제가 하는 말을 꼭 공주 마마께 전하셔야 합니다!"

"예, 마마님."

"왕, 왕은…… 이학수의 아들이 아닙니다!"

속에 담고 담았던 울분을 토하듯 주 상궁이 소리쳤다. 그 말을 들은 영광의 반응은 마치 처음 이 사실을 알았을 때의 주 상궁과 크게 다르지 않았다. 그는 주 상궁이 지금 무슨 말을 하는 건가, 세차게 숨을 내쉬며 그녀를 뚫어져라 바라보았다.

"그게 무슨 소립니까."

"왕은 이학수의 친아들이 아닙니다! 그 역시 이학수에게 농락당한 것입니다. 이학수는 지금 새로운 왕을 앉히려는 반역을 준비하고 있습니다!"

그래서…… 그 많은 군사들이 대기하고 있었던 것이구나.

영광은 그제야 말도 안 되는 그 상황들이 이해가 가기 시작했다.

"얼른 공주 마마께 가서 이 사실을 전해야 합니다……!"

도윤이, 원수의 아들인 줄로만 알았던 그가 결국 이학수와는 무관한 사람이었다는 것을 안다면 은설은 어떤 반응을 보일까. 한시가 급한 상황이란 걸 알면서도 영광의 가슴이 무너지는 것은 어쩔 수 없었다. 그때, 갑자기 어디선가 화살이 날아왔다. 화들짝 놀란 두 사람이 몸을 웅크렸다.

"공……주라니?"

어둠 속에서 화살을 든 이학수가 성큼성큼 걸어 나왔다. 주 상궁과 영광은 소스라치게 놀라며 자리에서 일어났다.

"공주라니……. 그럼…… 그, 병판의 여식이…… 선왕의 공주였단 말이냐?"

이학수는 분개하며 허공을 향해 소리를 질렀다. 영광은 주 상궁의 손을 세게 붙잡곤 그대로 달렸다.

"얼른 궐로 가야겠습니다!"

그때, 이학수의 화살이 두 사람 사이를 위태롭게 가로지르기 시작했다. 그러다 영광의 팔 끝을 스치고 지나간 화살에 그는 고통스러운 신음을 뱉어내며 팔을 감쌌다. 하지만 두 다리를 멈출 순 없었다. 여기서 주저앉는다면 모든 것이 부서지고 말 터였다. 영광은 세차게 이를 악물며 뛰고 또 뛰었다. 그런데 그 순간…….

"윽……!"

주 상궁 등에 화살이 정확히 꽂혔다. 영광은 화들짝 놀라며 뒤를 돌아봤다. 그러자 이학수가 두 사람을 죽이기 위해 무서운 속도로 달려오기 시작했다.

"마마님……!"

영광이 넘어진 주 상궁을 업기 위해 팔을 뻗자, 주 상궁은 그대로 영광을 밀어냈다.

"서둘러 가십시오! 공주 마마를 지키셔야 합니다!"

"……마마님!"

"둘 다 위험해지면 큰일이지 않습니까! 어서 가세요! 어서요……!"

이제 다 왔는데. 고지가 눈앞이었는데……

영광을 밀어내는 주 상궁의 눈앞이 흐릿해져갔다. 마음이 미어지게 아팠지만 영광은 그녀를 두고 대궐을 향해 달릴 수밖에 없었다. 떨어지지 않는 발걸음을 애써 돌려 죽을힘을 다해 내달리는 순간에도 이학수의 화살은 끊임없이 영광의 뒤를 뒤따랐다.

"어서 가세요! 도련님……! 얼른 뛰세요!"

그리고 주 상궁은 화살을 맞아 넘어진 몸을 일으켜 영광을 향해 돌진하는 이학수를 막아냈다.

"이년! 비키지 못해?"

"절대……! 내 숨통이 끊기기 전까지 너는! 너는 절대……, 윽!"

자신을 붙들고 늘어지는 주 상궁의 심장을 향해 이학수는 거침없이 화살촉을 꽂았다. 그녀는 스르륵 앞으로 고꾸라지면서도 잡은 이학수의 다리는 끝내 놓지 않았다.

"이날을 위해…… 이 순간을 위해! 그 역겹고 더러운 시간들을 버텨온 것이다……! 나는 절대…… 혼자 눈감지 않을…… 것이다, 절대."

마지막 악을 쏟아낸 주 상궁의 몸은 쓸쓸히 식어갔다.

도윤의 처연한 목소리가 떨어지자마자 그녀는 소스라치게

놀라며 그를 바라보았다.

은설이라니, 잘못 들은 것일까.

하마터면 그녀는 그 말에 휘청, 무너질 뻔하였다.

"방금 무어라, 했습니까."

그러자 도윤이 희미하게 미소를 머금은 채로 그녀에게 비녀와 가락지가 싸인 보자기를 건넸다. 그것을 건네받는 은설의 커다란 눈에 눈물이 그렁그렁 맺히고 말았다. 이건 자신이 끝까지 놓을 수 없었던 도윤에 대한 마음과 가문의 복수가 담긴 것들이었다.

결국 은설은 스르륵 주저앉았다.

"이, 이것을 어찌."

"네 것이 아니더냐. 돌려주어야 할 것 같아서."

"전하."

"이유가 있었겠지…… 돌아와서도 내게 돌아왔다 말하지 못하였던 이유. 그런 것이 네게 있었을 것이라 생각했다. 한데."

"아."

"그 연유가 너무도 아프고 잔인해, 나는 입을 다물 수밖에 없었다. 모든 것을 알고서도 너에게 말하지 못했다. 위로도 건네지 못하였다."

그렇게 말하는 도윤의 얼굴도 힘겹게 일그러지고 있었다. 은설은 차마 고개를 들어 그를 바라볼 수 없었다.

"아프지 말아라, 내 품에 안겨 울거라…… 나는 그런 것조차 네게 건넬 수 없는 사람이라는 것을 알아버려서."

"전하…… 지금 무슨 이야기를."

"공주…… 그리고 선왕의 복수."

"아!"

"그것은 감히 내가 보듬지 못할 그대의 슬픔이니. 미안하다는 그 흔한 사과조차…… 건넬 수가 없었다."

터지는 울음을 참지 못한 은설이 입을 틀어막은 채 엉엉 울고 말았다. 목놓아 울어도 가슴이 뚫리지 않았다. 되레 그 눈물이 목구멍을 틀어막아 그녀의 온몸을 무겁게 적시고 있었다.

"해서 그대를 이해하기로 하였고 모든 것을 묻지 않기로 했다. 그리고…… 나를 용서하지 않기로 하였다."

모든 것을 알고 자신을 보듬었던 것일까. 은설은 힘겹게 고개를 들어 도윤을 올려다보았다. 가엾은 두 사람의 시선이 아프게 얽혀들었다.

"은설아. 지금 내가 가장 후회되는 것이 무엇인 줄 아느냐. 너를 조금 더 일찍 알아보지 못했다는 것이다. 너를 곁에 두고도 알아보지 못한 나를…… 얼마나 원망했을까, 우습다 생각했을까."

"……아니, 아니야."

"한 여인에게 두 번씩이나 마음을 준 내가…… 얼마나 미련해 보였을까."

그러자 은설이 가슴을 쥐어뜯으며 힘겹게 말문을 열었다.

"해야 할 말이…… 그리고 듣고 싶었던 말들이 참 많았는데."

그녀의 떨리는 목소리를 차분히 듣고 있는 도윤의 얼굴이 점점 가라앉고 있었다.

"아무것도…… 도저히 아무것도 생각이 나지를 않아."

그렇게 말하며 은설은 소매 속에 숨겨두고선 차마 꺼내지 못했던 독이 묻은 칼을 대전 바닥에 툭, 떨어뜨리고 말았다. 바닥과 칼이 부딪쳐 내는 날카로운 마찰음이 차가운 대전 공기를 갈랐다. 도윤은 먹먹한 눈으로 세찬 은빛을 뿜어내는 단도를 내려다보았다. 그의 얼굴 위에 어슴푸레 미소가 드리워졌다.

"어찌 그랬느냐고, 어찌 사람이 그토록 잔인할 수 있느냐고……. 당신 때문에, 그리고 당신 아비 때문에 우리가 얼마나 아팠는데……. 지난날의 고통과 지옥을 우리가 어찌 감당하며 살아왔는데. 아팠던 만큼 미워하려 했어. 비참했던 만큼 증오하려고 했어. 이 독이 묻은 칼로…… 당신의 심장을 찔러버리려고 했어. 그런데……!"

은설은 괴로운 듯 소리를 내지르며 그를 올려다보았다.

그녀의 얼굴은 이미 눈물로 엉망이 되어 있었고, 도윤은 그런 그녀를 아프게 내려다보고 있었다.

"왜 마음대로 내 마음을 흔들었어……. 왜 아무것도 못 하게 다 부숴놓았어, 왜!"

은설이 가쁘게 숨을 뱉어내며 악을 질렀다. 그러자 도윤이 그녀 앞에 조용히 무릎을 꿇고 앉았다. 그러곤 손을 뻗어 은설이 떨어뜨린 칼을 쥐어 그녀의 손에 쥐어주었다.

"다, 모두 다 미안하구나, 은설아."

도윤 역시 울고 있었다. 그도 은설만큼이나 아프게 눈물을 흘리고 있었다. 그녀만큼이나 아프게 죽어가고 있었다.

"어찌나 이 이름을 불러주고 싶었던지……. 진작 알아보지 못해 미안하다고…… 꼭 말해주며 새 비녀를 주려고 했는데, 이리 모든 것이 끝이 나고 말았구나."

"하."

"은설아, 좋았던 시간, 행복했던 기억…… 여기 이곳에 다 묻어두고 새로 살아가거라."

"전하……!"

"애초에 우리는 없었던 것처럼…… 나란 사람은 존재하지도 않았던 것처럼 그렇게 모두 다 잊고 행복해야 한다."

은설의 눈동자가 무자비하게 떨리고 말았다. 그의 입에서 흐르는 이별의 말이 은설의 폐부를 연신 찔렀다.

"기억하느냐. 언젠가 우리가 아파지는 순간이 오면 내 손을 놓으라고 했던 말…… 모든 것은 내가 다 짊어지고 눈감을 테니. 나락으로 떨어져 그대와 그대의 가문을 아프게 한 죄, 달게 받을 것이니. 그대는 이제 내 손을 놓고 새 조선에서…… 빼앗겼던 공주 신분을 되찾고 오래오래 행복하게 살도록 하라."

도윤이 쥐어준 칼은 다시금 은설의 손에서 미끄러지고 말았다. 마치 이 상황을 부정하듯이. 그를 결코 자신의 손으로 찌를 수 없다는 듯이. 아무리 눈을 감고 마음을 억눌러도 은설은 그 칼을 다시 손에 쥘 수가 없었다.

"지난날, 내가 그대에게 남겨두었던 소원이 있지."

"아."

"염치없이 그 소원을 이제 빌어볼까 하는데…… 들어주겠느냐?"

"싫어. 그만…… 그만해."

애석하게도 도윤은 너무도 편안하게 웃고 있었다. 하지만 느리게 호선을 그리는 입가는 눈물로 쉴 새 없이 젖어갔다.

"반정은…… 새 나라는…… 폐주가 죽어야 탄생하는 법이니, 주저 말고 나를 찌르거라."

"어떻게 내가…… 당신을……."

"나의 소원을 들어주기로 하지 않았더냐. 그대를 위해서 내가 죽어야 한다. 하니 아무것도 생각지 말고 그대를 이리 만든 내 아비와 내 아비 손에 죽어간 그대의 아비만 생각하라."

그 말이 떨어짐과 동시에 대전 밖에서 요란한 비명과 함께 거센 화살들이 날아오기 시작했다. 은설은 자신의 앞에 놓인 칼을 밀어내고 도윤의 손을 움켜쥐었다. 조금 더 지체하였다간 정의단의 습격에 도윤의 목숨이 위태로울 것이었다.

"얼른 일어나세요. 얼른요! 도망가야 해요! 이대로 있다간 당신 정말 죽어……!"

"공주."

"살 수 있어요……! 우린, 살 수 있어. 그러니까 내 손 놓지 마……! 부탁이야……. 제발."

그녀의 애원에도 도윤은 움직이지 않았다. 무릎을 꿇은 채 요지부동인 도윤을 향해 은설이 쓰러지듯 무너져 눈물을 흘렸다.

"이러지 마……. 일어나요."

하지만 도윤은 자신의 손을 꼭 잡고 있는 은설의 작은 손을 억지로 떼어냈다. 하얗게 질린 은설의 동공에서 눈물이 뚝, 떨어졌다.

"행복했으니 그걸로 되었다."

"전하……!"

"태어나 단 한순간도 기뻤던 적이 없던 내게…… 그대는 숨이었고 삶이었고 아픔이었고…… 행복이었으니."

은설이 그의 허리를 끌어안았다. 그러곤 눈물로 애원하며 두 눈을 질끈 감았다.

"그만해요. 그렇게 다 끝인 것처럼 얘기하지 마……."

은설은 도윤의 허리를 끌어안은 채 손깍지를 꼈다.

"제발 살아. 살아줘……. 이렇게는 아니야. 이럴 수는 없어."

그러자 도윤이 자신의 허리를 꼭 안고 있는 그녀의 작은 손을 밀어냈다.

"용서하지 마라. 나를 그리고 나의 가문을."

끝까지 자신을 밀어내는 도윤이 원망스러워 은설은 그만 소리치고 말았다.

"차라리 빌어! 용서해달라고……. 살려달라고……! 빌란 말이야, 내게. 당신은 아무 잘못 없잖아. 당신은 그저…… 그 사람의 자식으로 태어났을 뿐이잖아! 근데 왜, 다 짊어지고 눈감으려 해. 왜 당신이 모든 걸 떠안고 가려고 해!"

밖에서는 도윤을 찾는 듯한 소리가 들려오고 있었다. 은설은 자신의 앞에 무릎을 꿇은 도윤을 아프게 내려다보다, 함께 무릎을 꿇었다.

"차라리 목숨이라도 구걸해. 목숨만은 살려달라고. 모든 것을 다 내려놓을 테니…… 제발 살게만 해달라고 빌어! 나를…… 혼자 이렇게 버려둘 셈이야? 나 이렇게 두고 혼자 비겁하게 죽어버릴 생각이었어? 그 약속들은 그럼 다 거짓이었던 거야? 나와 함께 살겠다는…… 평생 은애하겠다는 그 말은 다…… 거짓이었느냐고."

"은설아."

"나는 어떡해, 그럼. 나더러 뭘 어떻게 하라고!"

"아파하지 마라. 나를 위해 더는 울지도 말고."

"나는 이제 당신 없으면 죽어요……. 못 살아. 그러니까 제발…… 나를 살려줘, 당신이."

그 순간, 검에 베인 대전 문이 날아가고 정의단이 성큼성큼 대전으로 들어왔다.

"폐주를 죽이고, 공주 마마를 비호하라!"

정의단 대장의 명이 떨어지자마자 그들은 검을 뽑아 도윤을 에워쌌다. 날카로운 검 끝이 모두 도윤에게로 향했고 은설은 눈물을 닦으며 다시금 도윤의 손을 잡았다. 그때, 도윤의 빨개진 눈이 은설을 올려다보았다.

"내가 어찌 살려달라고 하겠느냐. 내가 어찌 그대에게 함께 살고 싶다, 욕심내며 이 손을 붙들 수 있겠느냔 말이다."

"욕심……이라고 하지 마. 난 당신을 용서한다고 한 적 없어.

차라리 내 옆에서 평생, 내게 미안해하며 용서를 빌며 살아. 그러면 되잖아."

"그러기에는 이도윤이란 세 글자는 그대에겐 너무도 무겁고 아픈 이름이다. 그대를 두고두고 아프게 할…… 결국 후회만 남길 더러운 이름이지."

정의단은 절절한 두 사람을 바라보며 머뭇거릴 수밖에 없었다. 이내 대장이 이 모든 슬픔을 끝내겠다는 듯 거세게 소리를 질렀다.

"무엇하느냐! 당장 폐주를 죽이지 않고!"

그 순간 은설이 무릎을 꿇은 채 몸을 돌려 도윤을 막아섰다. 도윤을 보호하겠다는 듯, 뻗은 두 팔은 사정없이 떨리고 있었다.

"안 됩니다! 나의 명 없이, 이 사람을 죽일 수 없어요!"

그러곤 여전히 무릎을 꿇은 채 눈을 감고 있는 도윤을 돌아보았다.

"빨리 도망가, 빨리……!"

여전히 자신을 놓지 못하는 은설을 물끄러미 올려다보던 도윤은 그녀가 들고 온 독이 묻은 칼을 집어 들었다. 하지만 그 것을 보지 못한 은설은 점점 거리를 좁혀 오는 정의단을 향해 울분을 토했다.

"멈추세요! 멈추란 말이야……! 이 사람은 아무 잘못이 없어! 아무 잘못이 없……!"

그때였다.

"윽."

은설의 등 뒤로 도윤의 짧은 신음이 흘렀다. 놀란 은설이 뒤를 돌아보았을 땐 이미 단도가 그 가슴에 박힌 채였다.

"으악……! 안 돼! 안 된단 말이야!"

도윤의 두 손은 자신의 폐부에 박힌 칼을 굳게 움켜쥐고 있었다. 빨갛게 충혈된 그의 눈은 연신 은설을 애처롭게 바라봤다.

"은설아……."

"죽지 마……. 죽지 말란 말이야!"

은설은 괴로워하며 그를 품에 안았다. 그러자 고통스러운 듯 도윤의 이마가 구겨졌다.

"은애하였고…… 연모하였고…… 함께 영원히…… 살고 싶었다, 그대와."

"안 돼!"

"다음 생애는 그대의 심장으로 태어나 영원히 그대와 함께 숨 쉬며…… 살고 싶구나."

은설은 울부짖으며 피로 젖어가는 도윤을 세차게 끌어안았다.

"어의! 당장 어의를 불러주세요, 어의를……!"

은설은 그대로 도윤의 몸을 감싸 안았다. 그녀가 울부짖으며 도윤의 가슴에 꽂힌 칼을 쥐었다. 그러곤 쉴 새 없이 흐르는 피를 두 손으로 막아내며 소리를 질렀다. 하지만 괴로움에 몸부림치는 은설과 달리 도윤은 이제 모두 다 끝났다는 얼굴로 편안하게 웃고 있었다. 분주히 날숨만 위태로이 뱉어내는 그를 원망스러운 눈으로 내려다보던 은설은 그의 얼굴에 자신의 얼굴을 묻었다.

"혼자 이렇게 두고 가지 마. 이대로 눈감으면 죽을 때까지 원망할 거야……!"

그때, 폐비 홍 씨와 병판 내외가 두 사람을 발견하곤 그대로 굳고 말았다.

피를 흘리며 쓰러진 폐주 도윤을 감싸 안은 채 울부짖고 있는 공주 은설.

애틋한 두 사람의 모습을 차마 바라볼 수가 없었다. 그 순간, 저 멀리서 이학수가 모습을 드러냈다. 동시에 반역의 소식을 듣고 대소 신료들 역시 궐로 모여들고 있었다.

몇 되지 않은 남은 사병들과 함께 기어이 대궐에 나타난 이학수. 오랜 시간이 흘러서야 다시 마주한 폐비 홍 씨와 이학수, 둘은 서로를 한눈에 알아보았다.

"용케 네년이 궐까지 왔구나."

정의단은 그를 향해 활시위를 잡아당겼다. 홍 씨는 턱없이 부족한 사병들을 앞세워 대궐에 당도한 이학수를 돌아보며 조소했다. 이학수는 말에서 내려 휘적휘적 가로질러 홍 씨 앞까지 거침없이 걸어왔다. 그 순간에도 그를 향해 있는 활시위는 팽팽하게 당겨져 있었다.

"왕을 죽였구나."

그러곤 덤덤하게 피를 흘린 채 쓰러진 도윤을 바라보며 말을 이었다.

"이로써 네 복수는 모두 끝이 난 것인가?"

그 말이 끝나자마자 홍 씨는 정의단 대장이 차고 있던 검을 거세게 뽑아 그의 목에 겨누었다. 그러자 이학수가 핏, 조소하며 입술을 일그러뜨렸다.

"그새 검술도 배운 것이냐? 유배지에서 꽤 적적했던 모양이었구나. 죄인의 몸으로 많은 것들을 계획했어."

그가 혀를 끌끌 차자 홍 씨는 이학수의 눈을 뚫어져라 응시했다.

"나의 복수가 이깟 네 아들놈의 목을 벤 것으로 그칠 성싶으냐?"

"뭐라."

"내 복수는 이제 시작이다."

홍 씨는 이학수의 눈을 똑바로 직시한 채 온 궁인이 듣도록 크게 소리쳤다.

"반정으로 폐주 이온의 목숨이 끊어졌다! 해서 지금부터 조선의 국왕은 명운군이며, 선왕 전하의 유일한 혈육인 공주는 지금 이 시각 이후로 그 신분을 회복시키고자 한다!"

그렇게 소리치는 홍 씨를 핏발 선 눈으로 노려보던 이학수가 부들부들 떨다, 목구멍에 힘을 주어 잔인한 웃음을 뱉어냈다. 그는 소리 내어 웃고 있었지만 실은 울고 있었다.

"폐비 따위가 감히 유배지를 벗어나 대궐에 침입해, 조선의 국왕인 이온을 사살하였다! 이것은 명백한 반역이다! 뭣들 하느냐, 당장 폐비 홍 씨와 그의 무리들을 포박하지 않고!"

하지만 그의 외침에도 궁인들은 모두 얼어붙은 채 움직이지 않았다. 이학수는 우악스럽게 얼굴을 구기며 자신의 시선을 외면하고 있는 궁인들을 돌아보았다. 그 속에는 이학수의 사람들도 포함되어 있었다.

"이것들이 모두 죽고 싶은 것이냐! 감히 국왕의 아비인 나 이학수의 명을 거부해? 네놈들도 모두 대역죄로 옥사에 갇혀봐야 정신을 차릴 것이냐……!"

그의 목소리는 허망하게 궐을 울렸다. 그때, 말을 타고 대전으로 들어서던 영광이 무수한 화살 속에 포박된 이학수를 올려다보며 소리를 질렀다.

"오늘 밤, 반역을 꾀한 것은 다름 아닌 이학수였습니다!"

그 말이 떨어지자마자 궐 안의 모든 시선이 영광에게로 집중됐다. 영광의 곁에선 이학수의 조카인 역관이 겁에 질려 파르르 떨고 있었다. 역관은 차가운 돌바닥 위에 무릎을 꿇고 고개를 조아리며 모든 것이 끝났다는 얼굴로 이를 악물었다.

"숙, 숙부님께서…… 왕, 왕을 폐한 후 저를 옥좌에 앉히려고 했습니다."

질린 얼굴로 더듬더듬 그 말을 내뱉는 역관을 향해 이학수가 소리쳤다.

"네 이놈! 감히 누구를 모함하는 것이야!"

그러자 역관은 이학수에게 칼을 겨누고 있는 폐비 홍 씨 앞으로 엉금엉금 기어가 두 손을 모아 싹싹 빌기 시작했다.

"소인은……! 소인은 아무것도 모르는 일이옵니다. 어린 시절 숙……숙부님의 종용으로 청, 청국으로 넘어가 쥐죽은 듯 살다 몇 해 전 한양으로 건너왔습니다!"

"네 이놈 닥치지 못할까!"

살고자 하는 욕망에 역관은 주절주절 모든 것을 쏟아내고 있었다. 그를 내려다보는 홍 씨의 얼굴이 점점 일그러졌다.

"처음에는 몰랐습니다! 참말입니다! 그저 숙부님이 제게 한양에 벼슬자리 하나 내어주시는 줄 알고 건너온 것이었습니다! 한데 한양에 와서 알았습니다……! 작금의 왕을 폐위하고 소인을 왕의 자리에 앉히려고 했다는 것을요!"

이학수가 역관에게 다가가려 몸을 움직이자 홍 씨는 이학수를 향해 가누었던 검을 그의 목 끝에 바짝 가져다 댔다.

"움직이지 마라. 한 발자국만 더 움직이면…… 네놈의 숨통을 바로 끊어버릴 것이니."

강인한 그녀의 목소리에 이학수는 발길을 멈출 수밖에 없었다. 이내 영광은 바닥에 납작 엎드려 목숨을 구걸하는 역관을 지그시 내려다보며 입을 열었다.

"네놈을…… 왜 옥좌에 앉히고 친자(親子)인 이온을 폐하려 하였는지도 소상히 고하라."

순간 영광의 말에 살벌하게 역관을 내려다보던 이학수의 미간이 일그러지고 말았다.

"이온은…… 숙부님의 친자가 아닙니다! 자신의 핏줄을 옥좌에 앉히기만을 손꼽아 기다리셨던 숙부님께는 애석하게도

524

아들 복이 없었습니다! 해서…… 수년 전, 숙부님은 민가(民家)에서 남자아이 하나를 훔쳐 자신의 친자인 것처럼 꾸몄습니다!"

그 말이 떨어지자마자 궐 안이 걷잡을 수 없이 술렁이기 시작했다. 동시에 은설의 품에 안겨 언제 끊어질지 모르는 숨을 힘겹게 뱉어내고 있던 도윤의 눈가에 눈물이 떨어지고 말았다. 은설 역시 소스라치게 놀라며 영광을 돌아보았다.

"소인 역시 그간 숙부님 때문에 이 비밀을 알고도 발설치 못하였습니다! 또한, 이번 역모도 소인의 의지와는 전혀 상관없는 것이었습니다! 부디…… 부디 목숨만은 살려주시옵소서!"

피식, 이학수는 웃음을 터뜨리고 말았다.

모든 것이 끝이 나버린 절망적인 상황.

이학수의 폭주하던 야욕이 절단되는 순간이었다.

영광은 충격받은 사람들을 향해 소리쳤다.

"폐주, 이도윤은…… 이학수의 아들이 아니었습니다. 아들이 없었던 이학수가! 선대왕을 죽이고 그 자리를 차지하기 위해 민가에서 무고한 이들의 목숨을 빼앗고 훔친 아이를 그 자리에 앉힌 것입니다! 그리고 내 옆에 있는 이 이학수의 조카를 오늘 밤, 옥좌에 앉히려 했습니다."

그의 목소리는 궐 안에 쩌렁쩌렁 울려 퍼졌고 홍 씨는 더 참을 수 없다는 듯 소리를 지르며 그 날카로운 검을 세차게 들어 이학수의 가슴을 거침없이 찔렀다.

"죽어라, 이 금수만도 못한 놈아!"

"아······!"

그와 동시에 그녀는 활시위를 당기고 있는 정의단을 향해 소리쳤다.

"대원군 이학수는 대역죄로 참형에 처한다······!"

그 순간, 홍 씨의 명이 떨어지자마자 무수한 화살들이 칼에 맞고 쓰러지는 이학수에게로 날아들었다. 그의 온몸에 날카로운 화살이 날아와 박혔고 사지가 찢기는 고통이 삽시간에 그를 엄습했다. 그는 피를 토하며 홍 씨 앞에 무릎을 꿇고야 말았다.

"윽······."

이학수는 빨개진 눈으로 끝까지 폐비 홍 씨를 노려보았다. 홍 씨는 흐르는 눈물을 닦아내며 고개를 떨구려 하는 이학수의 턱을 거세게 움켜쥐었다. 그러곤 그간의 울분과 분노를 모두 잘게 부수어 뱉어내듯 입을 열었다.

"사람이 아닌 줄은 진작부터 알고 있었다만······ 너는 죽어서도 용서받지 못할 악귀였구나. 아무리 네놈의 핏줄이 섞인 아들이 아니라고 해도······ 너를 평생 아비라 불렀던 아이였다. 한데 그리 처참하게 버릴 생각을 하다니. 너에겐 옥좌보다 못한 껍데기일지 몰라도······ 지금 그자는 너 때문에······!"

"으······윽."

"오로지 너란 짐승 때문에 죽어가는 것이다······. 하니, 눈을 감아서도······! 지옥에 떨어져서도 네 죄, 용서받을 생각 마라."

홍 씨의 살기 어린 목소리가 피를 토하며 쓰러지는 이학수의 몸뚱이 위로 떨어졌다. 결국, 이학수는 그렇게 최후를 맞이하고 있었다. 모든 것이 끝나고 흩어졌던 것들은 제자리를 찾아가고 있었지만 은설에겐 세상이 무너지는 고통이었다.

"흐윽……, 흑……."

여전히 울음을 그치지 못한 채 도윤을 끌어안고 눈물을 토하는 그녀에게 홍 씨가 천천히 다가갔다. 그녀가 움직이자 정의단을 비롯한 궁인들이 모두 고개를 조아렸다.

"대비 마마……!"

그리고 그녀를 향해 대비라는 호칭을 붙이며 무릎을 꿇었다.

"공주."

눈물 때문에 아무런 말도 하지 못하는 은설의 등 뒤로 홍 씨가 다가왔다. 그녀는 가라앉은 음성으로 곁에 있던 정의단을 돌아보았다.

"폐주와…… 공주를 갈라놓아라."

그때, 피투성이가 된 주환이 홍 씨 앞으로 다가와 납작 엎드렸다. 그러곤 파르르 떨며 눈물로 호소하기 시작했다.

"마마! 부디, 우리 전하를 살려주시옵소서! 전하께서는……, 수년간 마마를 돕고 있었사옵니다!"

그의 말에 정의단을 비롯한 홍 씨의 눈이 커졌다.

"그것이 무슨 소리더냐."

"지난 몇 년간 탐라에 비밀 자금을 대어주고 있던 것이 다름 아닌, 전하셨습니다."

그리고 떨리는 손으로 그간의 비밀 자금 조달 보고서가 적

흰 서찰을 그녀에게 건넸다. 그것을 받아 든 홍 씨는 눈앞이 아찔해지고 말았다. 거기엔 정말 수년간 자신을 도운 도윤의 노력과 흔적이 고스란히 담겨 있었다.

그때, 홍 씨의 귓가를 불현듯 스치고 지나는 목소리들.

─어명이시다! 반드시 궐문을 열어라……!

그녀는 서둘러 피를 흘리고 쓰러진 도윤을 돌아보았다. 점점 의식을 잃어가는 듯, 그가 축 늘어져 있었다. 홍 씨는 깊은 한숨을 내쉬며 파르르 떨고야 말았다.

"대체…… 왜."

"그리고 마마께서 반정을 일으키실 거라는 걸 알고 있으면서도 군사를 모아 대원군 대감의 세력과 맞서게 하였나이다! 부디, 부디 우리 전하를 살려주시옵소서!"

정의단이 술렁이기 시작했다. 그리고 그 자리를 함께하고 있던 선왕의 세력인 대소 신료들도 그 광경을 지켜보곤 모두 혀를 내차며 절레절레 고개를 젓고 있었다. 하지만 홍 씨와 정의단, 그리고 이 많은 사람이 함께 지키고 이루고자 했던 조선에 도윤은 없었다. 홍 씨는 고심에 빠진 듯 도윤을 끌어안고 여전히 눈물을 흘리고 있는 은설을 바라보았다.

모두 홍 씨의 결정을 기다리는 듯 그녀의 입술만 쳐다보고 있었다. 이내 마음을 굳힌 듯 홍 씨가 굳은 얼굴로 입을 열었다.

"하지만 우리가 세우고자 한 왕은 따로 있다. 그간 우리를 돕고 보호해준 것은 온 마음을 다해 고마움을 전할 일이지만…… 반정에 사사로운 정을 더하는 것은 이날을 위해 달려온 많은 이들의 희생을 헛되이 하는 것. 안타깝지만…… 폐주는 새 조선에 존재할 수 없다."

"마마……!"

"폐주의 시신을 수습하라."

그렇게 말하며 홍 씨는 차갑게 등을 돌렸다. 은설의 찢어지는 듯한 울음만 빈 대전을 처연히 울리고 있었다.

"전하…… 흐윽……. 전하……."

폐위가 되었다고 해도 오직 그녀만은 끝까지 놓지 못하는 군주, 도윤.

공주가 사랑한 폭군의 눈꺼풀은 그렇게 감겨만 갔다.

이내, 만월(滿月)에 드리웠던 먹구름은 걷히고 눈부시게 희고 환한 빛이 가엾은 두 사람의 머리 위로 쏟아졌다.

은설의 처연한 울음이 연거푸 그 달빛을 갈랐다.

제 35 장

장마의 끝

한차례 긴 장마가 끝이 나자 녹음 위에 영롱한 햇살이 닿았다. 그칠 것 같지 않던 장대비가 그치고 모처럼 맑은 바람이 대비전 안으로 들어섰다.

"대비 마마, 공주 자가 드셨사옵니다."

길었던 비가 멎고 따가운 햇볕이 화원에 내리쬐는 것을 바라보고 있던 대비 홍 씨는 환한 얼굴로 고개를 돌렸다.

"공주."

대비의 얼굴에 환한 빛이 물들어갔다. 은설 역시 밝은 얼굴로 대비를 향해 고개를 조아렸다.

"어마마마."

"비가 그치지 않으면 어쩌나 했는데, 다행이구나."

대비의 따스한 목소리에 은설은 말갛게 솟아오른 해를 바라보았다. 오랜만에 산새들이 정겹게 지저귀며 대궐 하늘을 날아다니고 있었다. 그러자 묵묵히 창밖을 응시하던 대비가 천천히 입을 열었다.

"좋으냐. 궐을 떠나니."

그녀의 물음에 공주의 볼이 능금 빛으로 물들어갔다.

"송구하옵니다. 어마마마 곁에 더 있고 싶었는데……."

"그러게나 말이야. 이제 좀 너와 오순도순 다복하게 지내보
나 했더니만."

그때, 대전 문이 열리고 이젠 상궁이 된 강 나인이 고개를
조아리며 들어섰다.

"공주 자가께서 직접 달이신 차이옵니다."

두 사람 사이에 다과상이 놓였고 은설이 빙그레 미소 지으
며 찻잔을 쥐었다.

"적적하시진 않습니까? 주 상궁이…… 많이 그립진 않으시
고요?"

은설의 물음에 조용히 차를 들이켜던 대비가 쓸쓸히 이마를
쓸었다.

"평생…… 나 때문에 고통 속에서만 살다 눈감은 이가 어찌
그립지 않겠느냐."

"……어마마마."

"그립고…… 미안해 문득문득, 이 마음이 아려온다."

먼 곳을 응시하는 대비의 눈동자가 촉촉하게 젖어갔다. 은
설 역시 눈시울을 손끝으로 더듬거렸다.

"눈감는 순간까지…… 이학수의 모진 고문을 받다 숨을 거
두었다지."

"소녀도 주 상궁만 생각하면 마음이 쓰라립니다. 이 좋은 날,

함께였다면 더할 나위 없이 행복하였을 텐데요."

그러자 대비가 쓸쓸히 미소를 지으며 은설을 넌지시 바라보았다.

"유희와 병판 대감에게 인사는 올렸느냐?"

그 말에 은설이 작게 고개를 끄덕이며 슬쩍 입술을 말아 물었다.

"예⋯⋯. 두 분도 저희 내외가 한양을 떠난다고 하니 많이 아쉬워하셨습니다."

"적적할 것이야. 늘 붙어 있던 자식들이 모두 곁을 떠나니, 나도 무척 서운하구나."

"종종 궐에 들러 어마마마께 문후 여쭙겠사옵니다."

"그래⋯⋯ 당연히 그래야지."

대비의 낮은 목소리가 은설의 가슴을 울렸다. 이내 대비는 자신의 옥가락지를 낀 은설의 손을 잡으며 따스하게 어루만졌다.

"이젠 행복해져야 한다, 공주."

"행복합니다, 어마마마. 어마마마께서 원하시는 부마감과 혼인을 치루었으니⋯⋯ 어마마마께서도 소녀에 대한 걱정은 놓으셔요."

"공주."

"이젠 소녀도⋯⋯ 혼자가 아니지 않습니까."

혼자가 아니란 말이 이상하게 시큰거리게 아프면서도 다행이란 생각이 들었다. 두 사람은 다시금 굳게 입을 다문 채 청명한 하늘을 올려다보았다. 대비는 눈가를 훔치며 말없이 눈을 감았다.

"전하……. 모두에게 모질었던 과거는 이제 끝이 났습니다. 전하께서 그토록 지키고 싶어하셨던 우리 공주도 이리 장성하여 다시 궐로 돌아올 수 있었고요."

그러자 은설 또한 자신의 볼을 타고 흐르는 눈물을 닦으며 눈을 감았다.

"아바마마……. 이젠 소녀가 아바마마를 대신해 어마마마와 이 궐과…… 그리고 아바마마께서 평생 걱정하시었던 이 조선을 지키겠사옵니다."

두 사람의 보드라운 목소리는 바람을 타고 대비전 밖으로 은은히 퍼져갔다.

❀

은설의 가슴이 모처럼 두근거리고 있었다. 아팠던 시간은 여전히 그 가슴에 남아 이따금씩 그녀의 눈물을 자극했지만 이제 은설은 행복했다.

그대를 만날 생각에…… 한숨도 못 잤다고 이야기하면 그대가 믿을까.

그녀는 한 걸음 내디디다, 멈춰서서 하늘을 올려다보았다.

그대를 만나러 가는 이 길이…… 젖지 않아서, 참 다행이야.

그렇게 생각하며 부지런히 걸음을 내디뎠다. 화려한 비단옷도 장신구도 없이 그저 무명옷만 단출하게 입은 은설이 풀숲을 가로지르고 있었다. 눈을 감아도 눈을 떠도, 언제나 그 사람이 곁에 살고 있는 것 같아 그녀는 마음이 아려오다가도 기뻤다.

힘든 줄도 모르고 비탈길을 오르고 또 올라, 그녀는 작은 동산 앞에 섰다. 은설은 작게 숨을 뱉어내며 자신의 약지에 끼워진 옥가락지를 만지작거렸다. 그러다 곁에 핀 들꽃 한 송이를 가만히 내려다보다, 눈시울을 적시고 말았다.

"들꽃처럼 오순도순 살아가자며……. 그리 말해놓고 어찌 나를 두고 떠날 생각을 했어."

은설은 무릎을 끌어안고 앉아 하얗게 핀 들꽃을 한참이나 내려다보았다. 휙, 불어온 산들바람에 그녀의 치맛자락이 날렸다. 은설은 느리게 고개를 들어 끝없이 펼쳐진 들판을 바라보았다.

"사랑 나눈 시냇가에서 임을 보내고……."

소담하고 붉은 잇새에서 구구절절한 시 한 수가 흘러나왔다. 눈을 지그시 감은 채, 그녀는 시를 읊어갔다.

"홀로 잔을 들어 하소연할 때……."

은설의 낮게 가라앉은 목소리가 들꽃을 지나 동산을 넘어 곱게 핀 구름 위에 닿았다. 그때, 누군가가 그녀 앞에 성큼 다가와 그녀를 대신해 시 구절을 이었다.

"피고 지는 저 꽃 내 뜻 모르니, 오지 않는 임을 원망하게 하리."

은설은 감았던 눈을 번쩍 떠, 자리에서 일어났다. 그러자 꿈에 그릴 만큼 그립고 보고팠던 얼굴이 눈앞에 그려졌다.

"서방님!"

순간, 은설의 눈동자가 반짝였다. 사내는 뒷짐을 진 채 나지막이 미소를 지었다.

"해서 오지 않는 이 서방을 원망한 것이오, 부인?"

은설은 환하게 웃으며 그의 품에 와락 안겼다.

"어찌 이리 늦으셨습니까. 기다리느라 목이 빠질 뻔했습니다."

그녀의 너스레에 사내는 환히 웃으며 뒤로 감추었던 손을 그녀 앞에 내보였다. 그 손에는 어여쁜 들꽃이 한 아름 들려 있었다.

"아······."

"오다 생각나 주워왔소."

"서방님, 주워온 것 치곤 너무 예쁜걸요?"

은설이 환하게 웃자 그제야 그도 활짝 웃음을 지어 보였다. 그러곤 커다란 손을 뻗어 그녀에게 내밀었다. 은설은 기다렸다는 듯 그 손을 쥐며 환하게 웃었다. 선명한 온기가 두 사람의 손 위로 퍼지자 둘은 서로를 그윽하게 바라보았다. 그러곤 약속이라도 한 듯, 두 사람은 말없이 들꽃이 흐드러지게 핀 초원 사이를 걸어갔다.

"대감······!"

단출하게 짐을 꾸려 궐을 나서던 영광이 저를 부르는 소리에
걸음을 멈추었다. 그러자 이제는 근위대장이 된 정의단 대장이
자신을 먹먹한 눈으로 바라보고 있었다.

"나를 배웅해주러 나온 것입니까?"

영광이 환하게 웃으며 그를 돌아보았다.

"어영대장직에 앉은 지 얼마나 됐다고…… 남해로 가십니까."

"어명이지 않습니까. 몇 달만 살피다 복귀할 것이니 그동안
한양을 잘 부탁합니다."

"한양이야…… 뭐, 제가 보살필 게 무엇 있나요. 전하께서
워낙 살뜰히 보살피시니."

그의 너털웃음에 근위대장은 씁쓸하게 입술을 말아 물었다.

"한데, 대감."

"예."

"서운하시진 않습니까?"

갑작스러운 그 물음에도 영광은 당황하지 않았다. 그 물음
이 무엇을 뜻하는 것인지 잘 알고 있는 사람처럼 그저 묵묵히
웃음만 지은 채 하늘을 올려다보았다.

"오늘 공주 자가께서 한양을 떠난다 하십니다."

"아니 그래도 배웅을 해드리고 오는 길입니다."

"어찌 편히 공주 자가를 보내드렸습니까."

"……모두 제자리를 찾아가는 것이 아니겠습니까?"

"대감께서…… 공주 자가를 각별히 아끼시고 보살피셨던 그
마음을 소인은 잘 알고 있지 않습니까. 하니."

"괜찮습니다."

영광은 입가에 미소를 매단 채, 근위대장을 내려다보았다. 그 얼굴에 닿는 영광의 시선이 그 어느 때보다 부드럽고 따스했다.

"공주 자가께서 행복하시면…… 그것으로 된 것이 아니겠습니까?"

근위대장은 무어라 더 말을 이으려다, 굳게 입술을 다물고 말았다. 정말 영광이 행복해 보였기 때문에. 더는 공주의 이야기로 그 마음을 혼란스럽게 하고 싶지 않았기 때문에.

근위대장이 고개를 조아리자 영광은 뒷짐을 지며 회상하듯 먼 산을 바라보았다.

"결국 이온이란 이름을 가진 사람은 이 세상에 없게 되었지만, 그분은 공주 자가께 제일 소중한 사람이 된 것이 아닙니까."

"공주 자가께서 왜…… 대감을 두고 폐주를 선택하신 걸까요. 사람들의 기억 속에 존재하지 못할 이와 혼인을 해, 살아간다는 것이 참으로 힘드실 텐데 말입니다. 사람들의 눈에서 사라져야 할 폐주이기에…… 결국 공주 자가께서 모두가 있는 이 한양을 떠나 깊은 산속으로 들어가 여생을 보내야 한다는 것이 참으로 안타깝습니다, 대감."

근위대장은 안타깝다는 듯 깊게 한숨을 내쉬었다. 두 사람은 약속이라도 한 것처럼 지난날, 반정이 일어났던 밤을 떠올렸다. 모든 것을 제자리로 돌려놓겠다던 그들의 의지 속에서 역시나 도윤은 이학수와 함께 사라져야 할 존재였다. 그것이 이학수의 친자가 아니라고 해도 한 하늘 아래 두 태양은 뜰 수가 없었다.

도윤이 사라져야만 조선에는 평화가 드리울 것이었고, 대소 신료들도, 또한 백성들도 새로운 왕을 추대하며 모실 수 있을 터였다. 그랬기에 스스로 심장을 찌른 폐주, 도윤을 차갑게 식어가게 내버려둘 수밖에 없었다.

—폐주는 숨을 거두었다.

대비가 근엄하게 그 말을 내뱉자마자 도윤은 이학수와 함께 궐에서 내쳐지게 되었다. 궁인들과 백성들은 그의 죽음을 모두 안타까워했지만, 당연한 절차였기에 모두들 그를 외면할 수밖에 없었다. 하지만 단 한 사람. 공주, 은설만큼은 끝까지 그의 손을 놓지 못했다.

—공주, 그 손을 놓으세요.
—그리 못합니다, 어머니.
—……공주.
—차라리 저도 궐을 떠나겠습니다. 이분과 함께요. 소녀의 자리는 이 대궐의 공주가 아니라, 이분의 곁입니다.
—공주, 어찌…….

은설은 끝내 고집을 꺾지 않았다.

─저를 내쫓아주세요, 궐에서. 이분을 살리고 싶습니다. 소
녀가 어떻게든 살릴 것이니, 저와 이분을 밖으로 내보내주
세요.

애처로운 그녀의 목소리가 대비의 가슴에 고스란히 내려앉
았다. 이내 대비는 천천히 눈을 감으며 입을 열었다.

─대전 문을 닫아라.

은설을 안타깝게 바라보던 대비가 정의단 대장을 향해 은밀
히 말했다. 이내 대전 문이 굳게 닫히고, 여전히 도윤을 품에
안고 울음을 그치지 못하는 공주를 향해 대비가 입을 열었다.

─폐주 이온은 지금 이 자리에서 숨을 거둔 것이다.
─어머니……. 아니 됩니다. 아직 숨을 쉽니다. 제발요.

은설이 애원하며 대비의 치맛자락을 움켜쥐었다. 그러자 괴
로운 듯 대비는 눈을 감았다.

─살려내라…….
─……예?
─폐주 이온은 죽었으나 공주의 부마, 이도윤은 살아 있는
것이다. 하니 반드시 살려내야 할 것이다.

그렇게 말했던 대비의 목소리가 아직도 두 사람의 귓가에 울리는 듯했다.

영광은 눈가를 쓸어내리며 깊게 숨을 내쉬었다.

"그토록 바랐으니까. 공주 자가께서 바랐고, 그분께서 선택하신 것이니까요."

"아."

"폐주 이온은 그렇게 죽었지만 공주 자가의 반려, 이도윤의 삶은 이제부터가 아니겠습니까. 공주 자가께서는 그것을 그토록 원하셨고요."

근위대장은 느리게 고개를 끄덕이며 영광을 바라보았다. 슬퍼하고 있을 것이라 생각했는데 그는 의외로 덤덤한 얼굴이었다. 오히려 그렇게 생각한 근위대장의 가슴이 착잡해지고 있었다.

"하면 저도 행복한 것입니다."

"대감."

"그저 공주 자가께서…… 그분과 오래오래 행복하셨으면 좋겠습니다."

진심으로 은설의 행복을 바란다는 듯 영광은 그렇게 말하며 한동안 미소만 지었다. 하늘을 올려다보는 그의 눈동자가 먹먹해졌다, 반짝이기를 반복했다.

"서방님, 서방님은 단희가 좋았습니까, 아니면 은설이 좋았습니까?"

이제야 길고 길었던 아픔의 시간을 끝내고 영원히 놓지 않을 손을 맞잡은 은설과 도윤. 도윤은 빙그레 미소를 머금은 채, 들꽃 향을 맡고 있는 은설을 돌아보았다.

"부인이라서 좋았지. 그건 단희도 은설도 아닌…… 오직 부인이었기에 내 마음이 움직인 것이 아니겠소."

그의 대답에 은설이 피식 웃으며 고개를 들었다.

"우문현답(愚問賢答)이십니다."

맞잡은 두 사람의 손 위로 산들바람이 곱게 스쳤다. 도윤이 말없이 꽃길을 걷다 걸음을 멈추었다. 자연스레 두 사람이 마주 보게 되었다.

"한데, 부인."

"예?"

"억울하지는 않소?"

갑작스러운 그 물음에 은설이 눈을 동그랗게 떴다.

"억울……하다니요?"

그러자 도윤이 그녀를 지그시 내려다보며 느리게 눈을 깜빡였다.

"폐주 출신인 빈털터리 사내라 관직을 얻을 수도 없고…… 사람들 눈에 띄어서도 아니 되고. 덕분에 이 조선의 공주인 그대가 성대한 혼례도 올리지 못하고 쫓기듯 산속으로 들어가 평생을 살아야 하는데……."

"아."

"억울하지는 않을까 해서."

그의 말에 은설은 별걱정을 다 한다는 듯 아무렇지 않게 미소를 그려 보였다. 그러곤 꽉 잡은 그의 손을 물끄러미 내려다보며 회상에 잠겼다.

"하나도요. 내가 너무도 잡고 싶었던 손이니까."

이내 그녀는 고개를 들어 도윤과 눈을 맞추었다.

"한데, 대신 소첩이 이 세상에서 제일 억울했던 것이 무엇인지 아십니까?"

"무엇이오?"

"서방님께서 매정하게 내 손을 놓고 나를 떠나려 했을 때, 고집을 꺾지 않으시고 스스로 칼을 들었던 그때만 생각하면 이 가슴이 아직도 먹먹합니다."

반정의 밤을 떠올리는 듯 은설이 아프게 입술을 깨물었다. 그러자 도윤이 그녀를 따뜻하게 감싸 안으며 지그시 눈을 감았다. 그의 커다란 손이 연신 은설의 머리카락을, 그리고 등을 쓸어내렸다.

"부인을 살리기 위해 어쩔 수 없었소."

"소첩이 그때 진짜 독이라도 발랐으면 어쩔 뻔했습니까?"

"하지만 부인도 날 찌르려고 가지고 온 게 아니오? 아무리 가짜 비상(砒霜)이라지만 칼에 찔리면 아프잖소."

"슬쩍 찌르는 시늉만 하고 속히 서방님 데리고 도망치려 했습니다, 뭐."

은설이 입술을 삐죽이며 도윤을 밉지 않게 흘겨보았다. 도윤은 피식 웃으며 자신이 준 비녀를 꽂은 채 머리를 틀어 올린 그녀의 단정한 목덜미를 만지작거렸다.

"대비 마마께서 은덕을 베풀어주시어…… 이리 그대와 소중한 여생을 보낼 수 있게 되었으니 이 은혜를 어찌 다 갚아야 할지. 또한 그대를 살리기 위해 희생한 주 상궁 역시…… 미안하게 생각하오. 평생 아픔을 갖고 그리 힘겨운 삶을 살아가는지 모르고…… 오해했소, 내가."

"이젠 하늘에서 편안하셨으면 좋겠습니다. 주 상궁이 없었다면 오늘 제가 이리 서방님의 손을 잡고 있지 못했을 거예요."

이내 두 사람은 다시금 흐드러진 꽃길 사이를 걷기 시작했다. 휘날리는 잎들이 두 사람의 새 출발을 반기듯 아름답게 반짝이고 있었다.

"서방님께서는 원통하지 않으십니까?"

"내가……?"

"폭군이라 반정이 일어났고…… 해서 폐주가 되어 죽은 사람으로 백성들에게 기억될 것이 아닙니까."

은설의 나지막한 목소리가 바람 속을 스쳤다. 도윤은 가만히 고개를 끄덕이며 하늘을 올려다보았다.

"부인이 생각하는 이온이란 왕은 어땠소."

그의 물음에 은설의 굳게 맞물렸던 입술이 슬쩍 벌어졌다.

"백성과 조선을 가엾게 여기고 어여쁘게 생각하고…… 오직 백성들을 위한 정치를 했던 성군이셨지요. 그 누구보다 옥좌를 빛냈던 군주. 서방님께선 한 점 부끄러움 없는 백성들의 아버지셨습니다."

그 말에 도윤은 행복한 미소를 지을 수 있었다. 얼굴에는 어쩐지 다행이란 안도감도 스치는 듯했다.

"그럼 되었소."

"……예?"

"역사는 나를 폐주로 기억하겠지만, 단 한 사람…… 나 역시 끝내 놓고 싶지 않았던 그대의 기억에는 그래도 좋았던 왕이었으니, 그거면 되었소."

그의 행복한 얼굴에 은설의 뺨도 붉어졌다.

저 멀리 두 사람을 기다리는 배가 보였다.

햇볕을 받아 곱게 반짝이는 물결이 장관이었다.

"다 잊으세요. 서러웠던 시간, 모질었던 사람들. 서방님을 괴롭혔던 나쁜 생각들도 이제 여기에 모두 버리고 새로 살아가는 것입니다. 소첩과 함께요."

그러자 도윤이 말없이 그녀의 어깨를 감싸 안으며 허리를 굽혔다. 맞닿은 두 사람의 시선은 그 어떤 햇살보다 빛나고 있었다.

"이리 그대를 얻었으니 내 기꺼이 그 모든 것을 잊어버리리다."

"서방님."

"은애하오. 끝까지 이 못난 내 손을 놓지 않아주어 고맙소."

은애한다는 그 짧은 말에 그간의 모든 것이 담겨 있는 것 같아 은설은 눈물을 흘리고 말았다. 그녀의 뜨거운 눈물에 도윤은 손을 뻗어 은설의 뺨을 쓸었다.

"은애한다고 하였는데 왜 눈물을 보이는 것이오."

"나 역시 서방님을 너무 은애하고…… 있어서요. 너무 행복합니다."

"정말 많이, 사랑한다, 은설아."

글자 하나하나, 은설의 가슴에 포근하게 담기는 순간이었다.

"나도 많이…… 은애해, 당신을."

그녀는 참지 못하고 그의 목을 끌어안아 입을 맞추었다.

모싯빛의 햇볕이 두 사람의 머리 위로 보드랍게 내려앉았다.

서로를 뜨겁게 끌어안은 두 사람의 약지엔 연꽃 문양이 새겨진, 세상에 단 한 쌍뿐인 가락지가 끼워져 있었다.

평생, 그리고 영원히 놓지 않을 이 손. 생채기 난 자리엔 새살이 돋고 있었다.

화마(火魔)가 할퀴고 간 듯 재만 남아 컴컴했던 그들의 시간 위로 찬란한 태양이 떠오르고 있었다.

숱한 원망과 증오 속에서도 오직 서로만 사랑했고 바라보았던 두 사람. 둘은 오래도록 그리고 진득하게 숨결을 나누었다. 마치, 이 세상이 끝난다고 해도 절대 닿은 그 마음을 끊어내지 않을 것처럼.

외전

꽃은 다시 피고

"부인, 부인!"

어디선가 어렴풋이 들려오는 도윤의 목소리에 은설은 미간을 찌푸리며 눈을 떴다. 쏟아지는 따뜻한 햇살에 은설의 양 뺨이 빨갛게 물들어가고 있었다.

"으음."

그녀는 작게 몸을 뒤척이며 몸을 일으켰다. 손에 꼭 움켜쥐고 있던 들꽃 다발이 옅게 흔들렸다. 주변을 살피니 우거진 풀들이 이리저리 바람결을 타고 있었다. 은설은 자신의 손에 쥔 들꽃을 내려다보며 피식, 웃음을 터뜨렸다. 산보를 하다 예뻐서 꺾었는데 저도 모르게 그것을 쥐고 잠이 든 모양이었다.

낮잠을 얼마나 잔 것일까. 자신의 볼이 빨갛게 달아오른 것을 느끼며 은설은 주변을 살폈다.

"서방님……?"

몸을 감싸는 보드라운 바람이 은설의 가슴을 붕 뜨게 했다. 은설은 치맛자락을 살포시 쥐며 신을 신고는 도윤의 목소리가 들려오는 쪽을 바라보았다. 그러자 멀리서 도윤이 풀숲을 헤치며 이쪽으로 오고 있는 것이 보였다. 은설의 입가에 잔잔한 미소가 사르르 번져갔다.

"서방님!"

그녀는 환하게 웃으며 손을 휘휘, 흔들어 보였다. 작고 하얀 손에 쥔 들꽃이 햇살을 받아 앙증맞게 반짝이고 있었다.

"한참 찾았잖습니까. 여기서 무엇을 하고 있었던 겁니까, 부인."

도윤이 걱정스러운 얼굴로 빨갛게 달아오른 은설의 볼을 쥐었다. 그녀의 뺨은 햇살에 달구어져 뜨끈하게 열이 오른 채였다. 행여 은설이 더울까 손부채질을 해주며 그녀의 손에 들린 들꽃을 내려다보았다.

"볕이 너무 좋아 잠깐 낮잠을 잤습니다."

"또 들꽃을 꺾은 것입니까, 부인? 저번처럼 손에 풀독이 오르면 어쩌려고요."

도윤은 들꽃을 꼭 움켜쥔 은설의 손을 바라보며 대신 꽃을 들었다. 그러곤 들꽃을 쥔 채 잠들어버려 초록빛으로 풀물이 들어버린 그녀의 작은 손을 만지작거렸다. 은설이 멋쩍게 웃으며 그의 손등에 자신의 손을 포갰다.

"예뻐서 그냥 지나칠 수가 없었습니다. 방 안에 꽂아두려고요."

그러자 도윤의 시선이 그녀의 얼굴 위에 빤히 머무르다 이내, 그녀의 봉긋하게 불러 오른 배에 내려앉았다. 도윤의 반듯하게 맞물린 입매가 느리게 호선을 그렸다.

"걱정했잖습니까. 홀몸도 아닌데 또 무슨 사달이라도 난 줄 알고."

"서방님께서는 소첩이 조금만 보이지 않아도 이리 큰일이 난 듯 굽니다. 여기서 소첩이 어딜 가겠다고요."

은설이 피식 웃으며 그의 손을 잡았다. 그러자 도윤은 그녀의 손을 자신의 다른 손으로 옮겨 잡고는 가만히 그녀의 어깨를 감싸 쥐었다. 배가 무거워 쉬이 걷지 못하는 은설을 위해 도윤은 그녀의 속도에 걸음을 맞추었다.

하나로 포개진 두 사람의 머리 위로 싱그러운 햇살이 곱게 내려앉았다. 두 사람은 자연스럽게 발을 맞추어 다정하게 걸어갔다.

"요즘 태동이 잦습니다. 산달이 가까워지니 그런 모양입니다."

"오늘도 우리 찹쌀이가 배를 뻥뻥 걷어찼습니까?"

"예, 서방님을 닮아 아주 힘이 장사인 듯합니다."

은설의 말에 도윤의 입이 귀에 걸릴 듯 벌어졌다. 괜스레 그의 환한 웃음을 보자 그녀의 마음도 덩달아 밝아지는 듯했다.

"이 녀석이 신기하게도 내 손만 닿으면 태동을 멈추니……. 나도 우리 찹쌀이의 발길질을 느껴보고 싶은데."

그가 걸음을 멈춰서서 다시금 허리를 굽혀 은설의 동그란 배에 귀를 가져다 댔다.

"찹쌀아, 들리느냐? 얼른 나와 이 아비와 함께 놀아야지."

"사내아이였으면 좋겠습니까, 아님 딸이었으면 좋겠습니까?"

자신의 배를 한참 내려다보며 도란도란 말을 건네는 도윤을 향해 은설이 물었다. 그러자 도윤이 피식 웃으며 은설의 배를 부드럽게 쓸어내렸다. 마치 아기 머리를 쓰다듬듯 그녀의 부른 배를 만지작거리는 그 손길은 한없이 부드럽고 조심스러웠다.

"무엇이든지요. 그대와 나의 첫 아이이지 않습니까."

그렇게 말하는 도윤의 눈동자는 연신 그녀의 배를 바라보고 있었다. 바라만 보아도 행복하다는 듯 그는 미소를 머금은 얼굴로 은설을 올려다보았다.

두 사람은 시선을 맞추며 약속이라도 한 듯 박꽃 같은 웃음을 터뜨렸다. 은설은 손을 뻗어 자신을 올려다보고 있는 도윤의 뺨을 쥐었다.

"소첩은 서방님을 꼭 빼닮은 사내아이였으면 좋겠습니다."

"그럼 나는 부인을 쏙 닮은 딸아이였으면 합니다."

그때, 저 멀리서 여주가 은설을 부르는 소리가 들렸다.

"공주 자가님……! 자가님!"

도윤은 굽혔던 허리를 펴 다시금 은설을 부축했다. 이내 여주가 헐레벌떡 이쪽으로 다가와 거칠게 숨을 몰아쉬며 은설의 손을 잡았다.

"무슨 일이라도 생겼어?"

"한양에서…… 헉, 헉…… 한양에서 마님이 오셨습니다!"

'마님'이라는 말에 은설과 도윤의 시선이 순간 세차게 부딪혔다.

"그래, 수고하였다. 어영대장."

"황송하옵니다, 전하."

지방으로 파견을 갔다 돌아온 영광은 임금 앞에 고개를 조아리고 앉았다.

그를 묵묵히 내려다보던 임금은 흐뭇한 미소로 그를 응시하다, 조심스럽게 입을 열었다.

"공주는 만나보고 왔는가."

"예, 공주 자가께 전하의 명도 전달해드렸습니다."

"그래, 대답은 듣고 왔는가. 어찌한다고 하던가."

"기쁜 마음으로 입궐을 하시겠다, 하셨습니다."

영광의 말에 임금은 환하게 웃으며 고개를 끄덕였다. 밝아지는 용안을 바라보고 있던 영광도 웃음꽃을 피우며 다시금 얼굴을 묻었다.

곧 대비의 탄신일을 축하하는 연회가 궐에서 성대하게 열릴 것이었다. 그때, 모처럼 은설과 대비를 만나게 해줄 참이었다.

공주 내외가 사람들의 눈을 피해 한양을 떠나 산 지 벌써 삼 년이 다 되어갔다. 임금은 이를 안타깝게 여겼지만 어쩔 수가 없었다. 도윤이 살아 있다는 것을 궁인들이 안다면 크게 동요할 것이었으니 두 사람의 입궐을 편하게 허락해줄 수가 없었다. 하지만 이번에 공주가 회임까지 했다고 하니, 대비의 소원이기도 한 공주 내외의 입궐을 어떻게든 마련하려는 임금이었다. 이번에도 궐의 안녕을 위해 입궐을 거절하면 어쩌나 했는데, 다행히 은설이 어명을 받든 것이었다.

영광은 조심스럽게 입을 열었다.

"한데 혹, 그러다 부마의 얼굴을 궁인들 중 누가 본다면 어쩝니까?"

걱정스러운 그의 말에 임금은 괜찮다는 듯 작게 고개를 끄덕여 보였다.

"보는 이가 없도록 철두철미하게 채비를 하여야겠지. 어영대장은 직접 지방에 내려가 공주 내외를 모셔 오도록 하라."

어명을 받든 영광은 자리에서 일어나 정중히 고개를 조아린 뒤, 대전을 빠져나왔다. 그때, 이쪽으로 오고 있던 대비와 맞닥뜨렸다.

"어영대장, 오랜만인 것 같소."

대비는 환하게 웃으며 그의 손을 다정하게 맞잡았다. 그러자 영광은 그녀를 향해 황급히 예를 갖추며 입술을 달싹였다.

"대비 마마, 어영대장 전하의 명을 받잡고 복귀하였사옵니다."

"힘들지는 않았소? 유난히 더위가 극성을 부려 지방에서 업무를 보기 힘들었을 텐데."

"아닙니다. 대비 마마 덕분에 무탈하게 돌아왔습니다. 참, 공주 자가께는 약재와 마마께서 직접 지으신 태어날 아기씨의 배냇저고리를 무사히 전달해드렸습니다."

"고맙소. 우리 공주는 잘 지내고 있소?"

그녀의 소식이 궁금하다는 듯 대비는 영광에게서 눈을 떼지 못했다. 그러자 영광은 너무도 행복해 보였던 은설의 모습을 떠올리며 애틋하게 대비를 바라보았다.

"잘 지내고 계셨습니다. 너무도 행복한 모습이었습니다. 부마께서도 공주 자가를 살뜰히 보살피고 계셨고요."

"그렇군……. 공주가 보고 싶어 병이 날 지경이오. 언제쯤 공주와 부마를 볼 수 있을런지."

아쉬워하는 대비를 향해 영광이 느리게 미소를 지으며 입을 열었다.

"공주 자가께서 이번 대비 마마 탄신 연회에…… 입궐을 하기로 하시었습니다."

"그것이 참말인가……! 그것이!"

대비는 화들짝 놀라며 아이처럼 기뻐했다. 그러다 믿기지 않는다는 듯 연신 영광만 뚫어지게 응시하다, 이내 눈시울을 적시고 말았다. 세월도, 그리고 숱한 방해 속에서도 끊어지지 않던 모정이었기에 대비의 눈물은 그 누구의 눈물보다 더 뜨겁고 애틋했다.

"예, 공주 자가께서 이번 연회에는 꼭 참석하겠다고 하시었습니다."

"아, 내가 이러고 있을 때가 아니군. 주상을 만나 속히 공주를 맞이할 채비를 해야겠네……! 내 공주를 위한 옷도 지을 참이었는데 얼굴을 보고 직접 줄 수 있게 되어 참으로 기뻐……!"

대비는 그렇게 말하며 들뜬 모습으로 대전을 향해 서둘러 발걸음을 옮겼다. 그 모습을 바라보던 영광도 괜스레 코끝이 찡해지고 있었다.

❀

"어머니⋯⋯! 아버지!"

한양에서 이곳까지 먼 걸음을 한 유희와 병판은 한양을 떠날 때보다 훨씬 더 혈색이 도는 은설의 얼굴에 크게 기뻐했다.

"자가⋯⋯ 얼굴에 혈색이 돕니다. 부마께서도 그러시고요."

"어머니, 보고 싶었습니다. 어찌 연통도 없이 이리 먼 곳까지 발걸음하시었습니까? 미리 언질이라도 주셨으면 장이라도 넉넉하게 봐둘 텐데요."

"그럴 필요가 무엇 있습니까. 산속에 꽁꽁 숨어 지내시느라 고단하시지요? 아니 그래도 이번에 한양에서 이것저것 챙겨 왔습니다. 배 속에 아기씨까지 있는데 부실하게 드시면 아니 되지요."

그렇게 말하는 유희의 눈이 빨갛게 물들어갔다. 곁에 있던 병판도 빨개진 눈으로 연신 은설을 애처롭게 응시했다. 그러자 괜스레 이 모든 슬픔과 걱정이 자신 탓인 것만 같아 도윤은 말없이 고개를 숙였다. 은설은 풀이 죽은 도윤의 손을 따뜻하게 맞잡으며 느리게 웃었다.

"어머니, 여기서도 넉넉하게 먹고 입으며 지내고 있습니다."

"걱정이 되어 그러지요. 아무리 으리으리한 기와집이라고는 하지만…… 세상과 단절되어 이 집에서만 꽁꽁 숨어 지내셔야 하니, 소인이 걱정될 수밖에요."

"걱정 마셔요. 저 잘 지내고 있습니다. 보셔요, 살도 제법 쪘습니다. 서방님께서 하도 산모와 아이에게 좋다는 것들을 구해다 주셔서요."

그녀가 작게 미소를 지어 보이자 도윤이 멋쩍은 듯 입술을 말아 물었다. 그때, 병판이 도윤의 손을 조심스럽게 쥐었다.

"우리 공주 자가를 이리 아끼고 보살펴주어 고맙습니다."

"제가 당연히 해야 할 일인 것을요…… 장인어른."

"아……."

장인어른이란 말이 도윤의 입에서 흐르자 세 사람은 조금 놀란 얼굴로 그를 바라봤다. 하지만 이내 유희와 병판은 활짝 웃으며 조금은 굳어 있는 도윤의 어깨를 다정하게 다독였다.

"예, 암요. 장인어른이지, 나는 이 서방의 장모고요."

"고맙……습니다. 따뜻하게…… 대해주셔서."

그 말에 유희와 병판은 몰래 눈물을 훔쳐야만 했다. 유희에게 은설은 친딸과 다름없었기에 도윤은 자신의 사위나 마찬가지였다. 은설은 도윤과 혼례를 치르고 한양을 떠나 살면서도 병판 내외를 부모처럼 섬겼다. 자신에게 어머니는 두 명이라며 매번 유희와 병판의 경조사를 챙겼다. 그것은 대비도 마찬가지였다. 자신을 대신해 은설을 살뜰히 보살피고 키워준 유희를 마땅히 은설의 어머니로 대우했다. 이젠 병판 내외는 대비에게도 또 다른 가족과 같았다.

"며칠 머무르다 가실 것이지요? 오랜만에 조용하던 집이 복작복작한 것 같아 너무 좋습니다. 어머니, 아버지."

그녀가 유희의 팔짱을 끼며 눈을 찡긋해 보이자 병판과 유희가 눈물을 닦아내며 고개를 끄덕였다.

"예, 며칠 머무르며 공주 자가 몸보신 시키라는 대비 마마의 명이 계셨거든요."

"그럼 오늘 밤에 모처럼 마당에 둘러앉아 돼지라도 한 마리 잡아먹을까요?"

"그럽시다. 안 그래도 돼지 한 마리 잡아 왔습니다."

병판이 너털웃음을 지으며 도윤의 어깨를 다독였다.

"이 서방도…… 나와 술 한잔하겠습니까? 나도 처음으로 내 사위와 술잔을 기울이고 싶은데."

병판이 쑥스러운 듯 머리를 긁적이며 도윤의 눈을 바라보았다. 이내 도윤 역시 화답하듯 미소를 지으며 고개를 끄덕였다.

"좋습니다…… 장인어른."

✤

계절은 여름에서 가을로 바뀌어갔고, 은설의 배도 점점 불렀다. 은설과 도윤은 조금은 경직된 얼굴로 서로의 손을 맞잡았다.

다시금 마주한 한양, 그리고 대궐.

청아한 하늘 아래 펼쳐진 기라성 같은 궐의 모습에 두 사람은 생각이 많은 얼굴로 한동안 입을 꾹 다물었다.

은설은 너울 뒤로 보이는 도윤의 가라앉은 눈을 바라보았다.

"서방님……."

자신을 부르는 은설의 작은 목소리에 그가 천천히 고개를 돌렸다.

"생각이 많아져서……. 다시 이리 궐문을 들어설 수 있을 거라곤 생각도 못 하였는데."

도윤은 은설의 손을 더욱 뜨겁게 잡으며 크게 숨을 내쉬었다. 그러자 두 사람을 이곳까지 데리고 온 영광이 고개를 조아리며 나지막이 말문을 열었다.

"안에서 대비 마마와 전하께서 무척 기다리고 계실 것입니다."

"곧, 궐에서 연회가 열린다고 하였지요?"

그 말에 은설과 도윤은 서로를 말없이 응시하다 약속이라도 한 것처럼 동시에 발걸음을 옮겼다.

두 사람 다 얼굴이 보이지 않게 길게 너울을 늘어뜨린 채 천천히 걸음을 디뎠다.

한때는 자신의 집이었고 그렇게 벗어나기 위해 발버둥을 쳤던 공간이지만, 이렇게 다시금 궐의 흙을 밟게 되니 만감이 교차했다.

그건 은설도 마찬가지였다.

복수를 위해 피눈물을 삼키며 들어온 곳이었지만, 결국은 사랑하는 사람도, 그리고 자신의 가족도 모두 지켜낸 후 떠났던 곳.

이렇게 도윤과 손을 맞잡은 채 다시 돌아올 수 있을 거라곤 생각도 못 했다.

모든 것을 내려놓고 이 사람, 지금 자신의 곁을 지켜주고 있는 도윤의 손만 잡은 채 떠났던 곳이었기에 그녀 역시 여전히 건재한 대궐을 바라보니 가슴이 뭉클해졌다.

게다가 떠날 땐 두 사람이었지만, 이제는 셋이 되었으니.

은설은 이상하게 눈물이 차오르는 것 같아 멋쩍게 웃음을 지었다. 그러곤 자신의 배를 따뜻하게 움켜쥐며 도윤의 곁에 바짝 붙어섰다.

"기분이 어떠십니까, 서방님?"

"좋습니다. 아주……."

"참으로 이상하지요. 우리가 없었던 지난 시간에도 궐은 햇볕을 맞고 비도 맞고 바람도 맞으며 몸집을 부풀린 모양입니다. 그땐 몰랐는데 이리 궐이 크고 화려했나 싶습니다."

은설은 먹먹한 눈으로 대궐 곳곳을 훑었다. 여기저기서 궁인들의 까르륵거리는 웃음소리와 새 소리들이 들려왔다. 붉게 물든 낙엽들도 빛을 받아 장관을 이루고 있었다.

도윤은 그런 그녀의 어깨를 따스하게 감싸며 다정한 목소리로 입을 열었다.

"그때의 우리는 베어내고 지킬 것에만 급급했으니…… 나 역시 궐이 이리 아름다웠나 싶습니다."

"서방님."

"그래서 한편으로는 다행이란 생각도 듭니다. 나의 청춘을 보냈던 이곳이 마냥 지옥같이 처참한 곳이 아니어서요……. 이리 아름다운 곳이어서."

그때, 저 멀리서 두 사람을 마중 나온 대비가 환하게 웃으며 서 있었다. 마음이 뭉클해진 은설은 울지 않으려 입술을 악물었다. 도윤은 서둘러 은설의 등을 다독였다.

"얼른 가보세요, 부인. 대비 마마께서 기다리고 계시는 것을요."

그 말에 은설이 도윤의 손을 조심스럽게 놓으며 자신을 향해 울먹이는 대비에게로 다가갔다.

"은설아……."

"어머니."

더 말하지 않아도 두 사람은 서로의 감정을 알 것만 같았다. 둘은 뜨겁게 포옹하며 백 마디의 말을 대신했다. 그 뒤에서 두 사람을 지켜보던 유희와 병판도 함께 훌쩍이고 말았다.

"먼 길 오느라 수고하였다."

"어머니…… 보고 싶었어요."

애틋한 두 사람 뒤로 도윤도 조심스럽게 다가와 섰다. 대비는 도윤을 발견하곤 주저 않고 그의 손을 덥석 쥐었다.

"수고하였어……. 이리 먼 길까지 오느라…… 고생하였네."

세 사람은 뜨겁게 손을 맞잡으며 행복한 웃음을 지었다. 꽃은 다시 피고, 계절은 숱하게 바뀌겠지만 서로를 보듬은 이 손은 결코 멀어지지 않을 것이었다.

"전하 이제야 우리 세 식구…… 아니 네 식구, 함께 마주하게 되었습니다. 그곳에서 안녕하시지요?"

대비는 선왕을 그리워하며 하늘을 올려다보았다.

하늘에선 꼭 네 사람의 앞날을 축복하듯 쨍한 햇빛이 바람을 타고 흩날리고 있었다.

✦

"영광아, 공주 자가께 드릴 짐은 다 쌌느냐?"

유희가 아침부터 분주히 서둘렀다.

밤새 내리던 비는 날이 밝자 언제 비바람이 휘몰아쳤냐는 듯, 맑게 개어 있었다.

가만히 처마 끝에 맺힌 물방울을 올려다보던 영광이 고개를 돌려 유희를 바라보았다.

"예, 어머니. 별채 곳간에 넣어두었습니다."

"잘하였다. 식사 준비는 잘 되고 있으려나……."

유희는 상기된 얼굴로 은설에게 먹일 고기와 과일들을 잔뜩 돌보고 있었다. 영광은 뒷짐을 진 채 서둘러 움직이는 유희를 바라보았다.

"아 참, 이불은? 공주 자가 덮을 이불을 손수 마련했었는데……. 정선 댁……! 정선 댁, 어디에 있는가?"

"예, 마님!"

"어제 내가 별채에 따로 놓았던 이불은?"

이내 유희는 정선 댁과 함께 별채로 총총총 사라졌다.

"저리도 좋으실까……"

영광은 그런 유희의 모습을 물끄러미 바라보다, 피식 웃음을 터뜨리고 말았다. 오늘은 공주 내외가 병판의 집에서 하룻밤 묵기로 한 날이었다.

회임했던 은설이 몇 달 전, 사내아이를 출산하고 처음으로 한양으로 오기로 한 것이다.

한양에 당도한 공주 내외는 곧장 입궐해 대비를 만나러 갔다.

영광은 느리게 마당을 가로지르며 집을 돌아보았다. 이곳에서 은설과 어린 시절을 함께 보냈던 때가 떠올랐다. 영광은 저도 모르게 설핏, 입가에 미소를 그렸다.

"공주 자가……"

가만히 그녀를 부르며 영광이 대문을 활짝 열었다.

얼른 은설이 낳은 아기가 보고 싶었다.

이제 영광은 그 아이의 숙부가 되는 것이니, 벌써 가슴이 두근거렸다.

"궐에서 자고 가면 좋으련만……"

대비는 아쉬운 듯, 은설의 손을 움켜쥐고는 몇 번이고 손등을 쓰다듬었다.

은설은 그런 대비를 물끄러미 바라보며 고개를 끄덕였다.

"그래도 이젠 종종 자주 볼 것인데요. 한양 근처에 와 살게 되었으니 자주 입궐해 얼굴 보이겠습니다."

"보자, 이 할미가 우리 손주 한 번 더 안아볼까?"

그 말에 마침 설윤을 안고 있던 도윤은 조심스럽게 대비의 품에 설윤을 안겼다.

가만히 도윤의 품에서 잠들어 있던 설윤이 꼼지락거리며 눈을 깜빡였다.

"아이고……! 이 할미가 단잠을 깨운 게야? 응?"

설윤이 예뻐 죽겠다는 듯, 대비는 아이를 품에 안은 채 눈을 떼지를 못했다.

은설은 그런 대비를 바라보다, 곁에 앉아 있던 도윤을 응시했다.

"온 김에 전하도 뵙고 가시지요, 서방님."

"……전하를?"

그 말에 대비가 가만히 고개를 주억거리며 도윤을 응시했다.

"그러게. 주상께서 며칠 전부터 기다리고 계셨네. 그리고 이번에는 입궐하거든 꼭 공주와 자네의 얼굴을 보았으면 하시었네."

"아…… 그러셨습니까."

도윤이 나지막이 고개를 끄덕이며 생각에 잠겼다. 은설은 그런 그가 조금 신경이 쓰였는지 가만히 그의 손을 잡았다.

"내키지 않으면 곧바로 퇴궐하여도 괜찮습니다."

"감히 전하께서 뵙고 싶으시다는데…… 어찌 내키고 말고 하겠습니까."

"행여…… 서방님께서 아직은 대전에 드는 것이 불편하실까, 하여."

벌써 도윤이 이 궐에서 폐주가 되어 쫓겨난 지 몇 년이나 지났지만, 아직 그에게는 이곳이 상처일 터였다. 해서 은설은 매번 그와 입궐할 때마다 마음이 쓰였다. 채 아물지 않은 상처를 매번 이렇게 툭, 툭 건드리는 것만 같아서.

그녀의 말에 도윤은 느리게 고개를 저었다.

"아닙니다. 괜찮습니다. 하면…… 전하를 뵙고 올까요?"

대비가 그렇게 말하는 도윤을 바라보며 은설에게 설윤을 건넸다.

"상처일 것이야. 아직은 말일세. 자네에게는 이곳이 조금은 불편한 곳이기도 하겠지."

"이제는 다…… 잊었습니다, 대비 마마."

"어찌 잊었다 하겠는가. 마음에 묻고 지내는 것이지. 그래서 주상께서 행여 자네가 부담을 가질까 내내 대전에 한 번 들르라는 말을 하지 못했던 모양이야."

"예에……."

"어제 그리 내게 말씀하시었으니 영, 불편하면 가지 않아도 되고."

그 말에 도윤은 자신의 손을 꼭 쥐고 있는 은설의 손 위에 다른 한 손을 가만히 포갰다.

그러곤 느리게 입술을 달싹였다.

"백성 된 도리로 전하를 뵙는 것은 영광이지요. 부인, 설윤이를 잠시 대비 마마와 있게 하고 우리는 전하를 뵈러 갈까요?"

도윤의 말에 은설은 말없이 고개를 끄덕였다.

대비는 은설의 품에 안겨 있던 설윤을 다시 달라는 듯 손짓을 해 보이며 환한 얼굴을 했다.

"그러도록 하세요, 공주. 공주도 주상을 오랜만에 뵙는 것이니까."

"예…… 하면 다녀오겠습니다, 어마마마."

두 사람은 나란히 자리에서 일어나 대비 전을 나섰다. 도윤과 은설은 너울을 길게 늘어뜨린 채 손을 맞잡았다. 그러곤 오랜만에…… 정말 오랜만에 궐 담을 따라 길을 걸으며 대전으로 향하고 있었다.

"서방님."

"예, 부인."

도윤이 은설의 어깨를 다정히 감쌌다. 두 사람은 약속이라도 한 듯 맑은 하늘을 올려다보며 편안한 얼굴을 했다.

대궐 위로 펼쳐진 하늘은 그 어느 때보다 맑고 구름 한 점 없었다.

"우리가 이리 어깨를 나란히 하고 대전으로 향할 날이 올 줄은 몰랐습니다."

도윤도 그 말에 동의한다는 듯이 고개를 천천히 끄덕이며 입을 열었다.

"그러게나 말입니다. 게다가 우리를 닮은 아이와 함께 오리라고는 상상하지 못했습니다."

"모든 게 다 꿈만 같습니다. 서방님도 그렇지요?"

"당연하지요. 나는 부인과 함께 하는 매일이 꿈만 같습니다."

궁인들이 아무런 의심없이 그들 곁을 스쳐 지났고 도윤과 은설은 작게 웃으며 걸음을 재촉했다.

"궐은 그대롭니다. 하나도 변한 게 없는 것 같아요."

은설은 궐을 휘휘 둘러보며 말했다.

그러자 도윤이 눈을 반짝이며 은설을 돌아보았다.

"대전 옆에…… 필애당이 아직 있을까요."

"필애당……이요?"

'필애당'이라는 말에 은설의 가슴이 간질거리는 것 같았다.

"아마 오래 비워져 있었을 텐데……. 아직 있을까요?"

은설도 필애당이 궁금했다.

두 사람은 따뜻하게 손을 맞잡은 채, 필애당으로 향하는 익숙한 길을 걸었다.

"우리 설윤이도 같이 올 걸 그랬어요."

"대비 마마께서 워낙 설윤이를 보고 싶어 하셨으니 함께 보낼 시간을 드리는 것도 나쁘지 않을 것 같아서. 한데, 부인 말대로 설윤이도 함께였다면…… 그때 이야기했던 것처럼 필애당에서 토끼 같은 자식을 많이 낳고 그곳에서 오래오래 살지는 못했지만, 어쨌든 토끼 같은 자식과 함께 필애당에 가는 것이니 감회가 새로웠겠습니다."

그때, 두 사람은 필애당 앞에 도착했다.

"아."

은설의 걸음이 점점 느려졌다.

그녀의 눈동자에 그때의 자태를 그대로 간직하고 있는 필애당이 담겼다.

"그대로……입니다."

벅차오르는 감정에 은설의 목소리가 잦아들었고 도윤이 그런 은설을 물끄러미 바라보았다.

"안으로 들어가볼까요, 부인……?"

처음 은설이 '특별 상궁'에 봉해지며 함께 필애당 안으로 들었던 것처럼, 두 사람은 나란히 손을 맞잡은 채 행복한 얼굴로 걸음을 뗐다.

그때 그날처럼, 비운의 공주가 사랑했던 왕, 도윤과 그런 군주가 연모하고 은애하였던 '특별 상궁'처럼, 둘은 필애당 안으로 조심스럽게 들어섰다.

필애당은…… 그대로였다. 시간이 꽤 흘렀음에도 눈부시게 아름다운 필애당은 여전했다.

"어찌…… 변한 것이 하나도 없어 보입니다."

은설이 조금 상기된 얼굴로 필애당을 돌아보았다.

화원의 나무와 풀들도 누군가가 가꾸고 있는 듯 제자리를 지키며 아름답게 피어나 있었고, 필애당 안 역시 반짝반짝 윤이 났다.

"누군가가 가꾸고 있었나 봅니다."

"그러게요⋯⋯. 아니면, 누가 이 처소를 쓰고 있는 것은 아닐까요?"

오랜 시간 비워두었기에 당연히 잡초도 여기저기 자라고 풀도 우거져 있을 거라 생각했는데, 필애당 안에도 여기저기 흠이 나고 먼지도 쌓여 있을 줄 알았는데, 마치 누가 살기라도 하는 듯 필애당 안은 깨끗했다.

도윤과 은설이 가만히 필애당 앞에 서서 잘 정돈된 화원과 필애당 곳곳을 둘러보고 있던 그때⋯⋯.

"주상 전하 납시오⋯⋯!"

갑작스럽게 들려온 목소리에 도윤과 은설이 화들짝 놀라며 고개를 조아렸다.

그러자 왕이 너털웃음을 지으며 이쪽으로 걸어오고 있었다.

"입궐했다는 소식을 들었습니다. 어서 오십시오."

왕은 그렇게 말하며 고개를 조아리고 있는 도윤의 어깨를 다독였다. 곧 왕은 주위를 물리며 은설과 도윤을 넌지시 내려다보았다.

"먼 길 오느라 수고했소, 공주. 이번에 건장한 사내아이를 출산하였다지요. 몸조리는 잘 하시었소?"

"예, 전하. 전하 덕분에 아이와 저, 모두 건강하게 잘 지내고 있사옵니다."

은설은 그렇게 말하며 희미한 미소를 지은 채 왕을 올려다보았다.

왕은 슬쩍슬쩍 고개를 주억거리며 도윤을 바라보고 있었다.

그러다 두 사람이 올려다보고 있던 필애당을 물끄러미 응시하며 입을 열었다.

"여전하지요, 이곳은?"

"예, 전하. 혹 누가 이곳에서 지내고 있사옵니까? 소인이 떠날 때와 별반 다를 것이 없어 조금 놀라고 있었사옵니다."

"부지런히 관리를 하라 하였거든."

"……아?"

"행여 오늘같이 이 전각의 주인이 돌아와 들여다보았을 때, 그때의 추억과 행복했던 기억을 고스란히 느낄 수 있도록 매일같이 청소하고 돌보라 하였소."

왕의 말에 도윤이 슬쩍 조아렸던 고개를 들어 그를 바라보았다.

자신보다 조금 더 어린 왕.

그는 대비 홍 씨가 남해에서부터 왕으로 앉히기 위해 몰래 데리고 있던 왕족이었다. 어쩌면 왕은 선왕이자 폐주인 도윤의 존재에 대해 불편하고 거북할 것이었다.

언제 어느 때, 도윤이 세력을 끌어모아 다시금 왕좌를 되찾겠다, 반역을 일으킬 수도 있는 것. 그렇기 때문에 반정이 이루어지면 반드시 폐주는 죽임을 당해야만 했다. 애초에 반역의 싹을 뽑아버려야 하기 때문에.

하지만 왕은 공주의 정인(情人)인 도윤을 죽이고 싶지 않다는 대비의 말을 전적으로 따랐다. 그리고 도윤을 극적으로 살려 공주와 함께 한양을 떠나게 한 뒤, 지금까지 단 한 번도 도윤을 의심한 적도 또한 그를 경계한 적도 없었다. 되레 이학수의 발 아래에서 평생을 꼭두각시처럼 살아야 했던 도윤을 측은하게 생각하고 있었다.

"내가 그대를 불편하게 한 것은 아니겠지요."

"천부당만부당하신 말씀이옵니다, 전하."

왕이 도윤을 향해 그렇게 말하자 도윤은 몸 둘 바를 몰랐다.

"그대가…… 그 악의 구렁텅이에서 이 옥좌를 잘 지켜내시었습니다."

왕은 도윤을 비단 공주의 남편으로만 취급하지 않았다. 그는 도윤을 선왕이자 성군(聖君)으로 대우하고 있었다. 그 말에 도윤이 조금은 먹먹한 눈으로 왕을 응시했다.

"그렇게 말씀해주시니…… 소인…… 몸 둘 바를 모르겠나이다."

"앞으로 종종 입궐하여 내게도 힘을 실어주시오. 그대가 이 옥좌를 지켜나가며 품었던 마음, 견뎌내야만 했던 고통을 옛이야기해주듯 내게도 들려주시오. 나도 그대처럼 이 옥좌를 잘 지키며 백성들을 살뜰히 돌보고 싶으니."

"……성은이 망극하옵니다, 전하."

은설 역시, 왕이 그렇게 이야기해주어 참으로 고맙다는 듯 조금은 젖은 눈으로 왕을 올려다보았다.

"언제든 입궐하여 대비 마마도 뵙고 나와도 담소도 나누며…… 이곳 필애당에서 두 분 내외가 옛 추억을 떠올리며 밤도 지새우고 그리하시지요, 공주."

"……어찌 그런 하해와 같은 은혜를."

"내가 그대의 오라비가 아니잖습니까, 하하하."

왕은 그렇게 말하며 사람 좋은 웃음을 지어 보였다. 그러다 누군가를 찾는 듯 왕이 은설과 도윤을 살폈다.

"한데 우리 설윤이는……?"

"아, 대비 마마께 맡겨두고 왔사옵니다만……."

"아. 나도 보고 싶었는데."

"하면 대비 전으로 함께 가시겠습니까?"

"그럽시다."

왕이 환하게 웃으며 앞장 서서 걸었고, 그 뒤를 도윤과 은설이 따랐다.

세 사람의 등 뒤로 그림자가 길게 늘어졌고, 이내 그림자는 한데 어우러졌다.

"오시었나 봅니다……!"

은설을 태운 가마가 병판의 사가에 당도하자 먼저 나와 그녀를 기다리고 있던 여주가 소리쳤다.

마당에서 서성이고 있던 영광과 유희, 그리고 병판이 여주의 목소리에 우르르 달려나왔다.

"아…… 공주 자가……!"

"오시었습니까."

도윤이 먼저 말에서 내려 유희와 병판을 향해 고개를 꾸벅 숙여 보였고, 이내 가마에서 내리는 은설을 부축했다.

"어머니, 아버지……!"

은설은 유희와 병판을 보자마자 울컥해 눈시울을 붉혔다.

"먼 길 오셨습니다, 공주 자가……!"

유희 역시 눈물이 그렁그렁한 얼굴로 은설을 안았다.

"궐에서 전하와 대비 마마를 뵙고 오는 길입니다."

도윤은 병판을 향해 말하며 은설의 품에 안겨 있던 설윤을 대신 안아 들었다.

"이게 얼마만인지. 먼 길 오느라 수고했습니다."

"그간 강녕하시었지요, 장인어른."

"예. 잘 지냈습니다. 아이고……. 네가 설윤이구나……! 자, 이 할애비에게 와보거라."

병판은 도윤의 품에서 꼬물대고 있는 설윤을 품에 꼭 보듬었다. 영광 역시 환한 얼굴로 포대기 안을 들여다보았다.

"설윤아, 내가 네 숙부다……!"

유희도 반색하며 병판의 품에 안긴 설윤을 내려다보며 눈물을 훔쳤다.

"수고하였습니다, 공주 자가…… 너무 수고하셨어요. 어쩜 이리 부마와 똑 닮은 왕자를 낳으셨습니까."

그 말에 곁에 잠자코 있던 여주가 기웃거리며 설윤을 바라보았다.

"쉰네 눈에는 공주 자가와 똑 닮으신 것 같은데. 우리 공주 자가…… 입덧 때문에 얼마나 힘드셨는데요. 그렇지요?"

여주의 말에 은설이 피식 웃으며 그녀의 등을 다정히 쓸었다.

"네가 고생이 많았어. 어때? 한양에 오랜만에 오니?"

"……좋지요. 말해 뭐합니까. 안 그래도 공주 자가 입궐하시고 난 뒤에 저는 오늘 한양 벗들 실컷 만났습니다. 마님께서 오늘 하루는 특별히 휴가를 주셨거든요."

"그랬어? 좋았겠구나."

"얼른 들어가자. 우리 설윤이 춥겠다. 저녁 아직이지? 어서 식사 들자꾸나."

"예, 어머니."

병판은 신줏단지 모시듯 설윤을 품에 안고 조심스럽게 안으로 들어섰다. 유희가 그 뒤를 따르며 도윤의 등을 다정히 쓸었다.

"시장하시지요? 상다리 휘어지게 차려놓았으니 들어갑시다."

"예, 장모님."

유희와 여주, 그리고 병판이 집 안으로 들어서고 영광이 은설과 도윤을 물끄러미 바라보았다.

"오라버니."

은설이 희미한 미소를 머금은 채, 영광을 바라보았다.

"장하십니다, 공주 자가. 저리 건강하고 씩씩한 아이를 낳으셨으니."

"오라버니께서도 얼른 장가드십시오. 해서 어여쁜 아이들을 보듬어야지요."

"그리해야지요. 대비 마마께서도 강녕하시지요?"

영광은 도윤을 돌아보며 물었다.

도윤은 고개를 끄덕이며 영광과 어깨를 나란히 했다.

"예. 입궐해 얼굴 한 번 보이라 하시었습니다. 요즘 일이 영, 바쁘신가 봅니다. 대감."

"제가 소홀했지요, 뭐……. 날이 제법 쌀쌀합니다. 오늘 어머니께서 부마 오신다고 상다리가 아주 휘어지게 안줏거리들을 준비했으니 오늘 밤새 제 술 동무가 되어주셔야 합니다?"

영광의 말에 도윤이 피식 웃으며 은설의 눈치를 한번 보고는 은밀히 속삭였다.

"예. 오늘 코 삐뚤어지게 한번 마셔……."

"서방님! 오라버니……!"

그러자 은설이 두 사람을 믿지 않게 흘겨보며 피식 웃었다.

"자자, 얼른 들어갑시다! 음식 다 식겠습니다!"

세 사람은 환하게 웃으며 집 안으로 들어섰다.

크고 환한 만월(滿月)이 병판의 사가를 포근하게 감싸고 있었다.

〈끝〉

두 사람의 꽃길을 그리며

《공주, 폭군을 유혹하다》라는 작품의 첫 시작은 엔딩 장면을 떠올리면서부터였습니다.

권세도 부귀도 모두 내려놓은 채, 무명실로 지은 옷을 입은 두 주인공.

그 두 사람이 나란히 손을 맞은 채 들꽃이 무수히 피어난 흙길을 걸어가는 장면을 꼭 엔딩으로 쓰고 싶었습니다. 이 장면을 제일 먼저 떠올리고 난 후, 저는 《공주, 폭군을 유혹하다》의 시놉시스를 쓰기 시작했습니다. 그리고 이 작품의 엔딩을 처음 저의 뜻대로 마무리 지을 수 있어서 행복했습니다.

세상의 온갖 방해에도 서로를 향한 애틋한 마음만큼은 절대 놓지 않는 두 사람, 그 두 사람이 바로 이 소설의 주인공인 도윤이와 은설이었습니다. 망국의 공주로 태어나 복수를 위해 궁녀가 된 은설. 하지만 자신만큼이나 불행한 삶을 살아야 했던 폭군 도윤의 진짜 삶을 들여다보며 복수가 아닌 사랑을 택하게 되는 것. 저는 이런 절절하고 애틋한 사랑 이야기를 그리고 싶었습니다. 그리고 《공주, 폭군을 유혹하다》가 꼭 그런 작품이 된 것 같아 다행이면서도 독자님들의 가슴에도 애틋하게 남는 작품이 될 수 있었으면 하는 욕심도 나네요.

《공주, 폭군을 유혹하다》는 제 인생의 두 번째 동양 로맨스입니다. 처음 제가 사극물에 도전한 것이 《두 개의 달—세자빈을 찾아라》라는 작품이었어요. 첫 사극을 끝내고 곧바로 《공주, 폭군을 유혹하다》 집필 작업에 들어갔습니다. 《두 개의 달》에 대한 아쉬움과 조금 더 절절하고 애틋한 동양 로맨스를 쓰고 싶다는 마음이 앞서 덜컥 시작했던 이 작품이 생각보다 많은 분의 사랑을 받았습니다. 그러다 테라스북이라는 좋은 출판사를 만나 제 인생 첫 '네이버 정식 연재'에 도전하게 되었고 심사 기간에는 네이버 웹소설 베스트리그에 승격되기도 했고요. 그러다 정식 연재 심사에 통과가 되고 저는 그렇게 《공주, 폭군을 유혹하다》로 네이버 오늘의 웹소설 독자님들 앞에설 수 있었습니다.

웹소설 작가로 첫발을 떼며 '네이버 정식 연재'라는 꿈을 내내 품게 되었는데, 이 작품이 그 꿈을 이룰 수 있게 해주었습니다. 그래서 제게는 참 소중하고 고마운 작품이에요.

쓰는 내내 은설이가 되었다가 도윤이가 되었다가 하면서 많이 힘들기도 했고 재미도 있었습니다. 제가 바라던 엔딩 장면을 쓰는 순간에는 괜히 코끝이 찡해지기도 했습니다. 작가 때문에 우리 두 주인공이 너무 먼 길을 돌아 사랑을 이룬 것은 아닐까, 이제는 오래오래 행복하란 마음을 꾹꾹 눌러 담아 마지막을 써 내려갔답니다.

저는 현대 로맨스도 집필하지만, 사극 로맨스를 참 좋아해요. 사극만의 아련하고 애틋한 그 감성 때문에 아무래도 한동안 사극 작품 작업을 계속할 것 같습니다. 늘 행복하고 감사한 마음으로 써 내려가겠습니다.

《공주, 폭군을 유혹하다》를 사랑해주시고 빛나게 해주셨던 독자님들 감사해요. 그리고 연재 내내 저의 글에 숨결을 불어넣어주셨던 제가 너무 좋아하는 Aggie.R 삽화가님, 정말 감사합니다. Aggie.R 님의 멋진 삽화 때문에 우리 공주가 더 사랑받을 수 있었던 것 같아요. 수고 많으셨습니다.

또, 《공주, 폭군을 유혹하다》가 무사히 완결까지 달려올 수 있도록 옆에서 응원해주시고 함께 지켜봐주셨던 테라스북 출판사에도 감사 말씀 전합니다.

저는 또, 재미있고 행복한 이야기로 독자님들께 인사드리도록 할게요.

항상 건강하시고 행복하세요.

사랑합니다, 여러분.

공주, 폭군을 유혹하다 2

초판 1쇄 인쇄 2021년 01월 25일
초판 1쇄 발행 2021년 01월 30일

지은이 진숙 | 펴낸이 강성욱 | 책임 기획 전주예 | 내지 디자인 장지은 | 로고 김미현 | 교정 서진영 류혜선
기획 편집 송진아 정종건 최예림 장현호 이진영 이상학 정송원 | 표지 디자인 디자인그룹 헌드레드
펴낸곳 테라스북 | 등록 제2020-000111호
주소 (05020) 서울특별시 광진구 동일로 116 제일빌딩 4층 403호 (화양동)
전화 070-4794-5826 | 팩스 0505-911-5826
블로그 http://terracebook.blog.me | 전자우편 terracebook@naver.com
ISBN 979-11-91257-04-5 (04810)
ISBN 979-11-970482-9-6 (SET)

테라스북은 주식회사 스토리펀치의 임프린트 브랜드입니다.